普通高等教育“十一五”国家级规划教材

普通高等院校汉语言文学专业规划教材

第四版

中国当代文学概论

於可训　著

WUHAN UNIVERSITY PRESS
武汉大学出版社

图书在版编目(CIP)数据

中国当代文学概论/於可训著．—4版.—武汉：武汉大学出版社，2016.5(2018.12重印)

普通高等教育“十一五”国家级规划教材　普通高等院校汉语言文学专业规划教材

ISBN 978-7-307-17856-4

Ⅰ.中…　Ⅱ.於…　Ⅲ.中国文学—当代文学—概论—高等学校—教材　Ⅳ.I206.7

中国版本图书馆CIP数据核字(2016)第103578号

责任编辑:朱凌云　　责任校对:汪欣怡　　版式设计:马　佳

出版发行：**武汉大学出版社**　(430072　武昌　珞珈山)

(电子邮件：cbs22@whu.edu.cn　网址：www.wdp.com.cn)

印刷:湖北金海印务有限公司

开本:720×1000　1/16　印张:23.75　字数:427千字　插页:1

版次:1998年7月第1版　2003年5月第2版

2009年3月第3版　2016年5月第4版

2018年12月第4版第2次印刷

ISBN 978-7-307-17856-4　定价:36.00元

初版编写说明

按照文学史家习惯的划分，中国当代文学的时间上限起于1949年中华人民共和国成立，它的下限则是一个开放的时间概念，迄今为止乃至此后一个相当长的时期内的中国文学，都属于当代文学的范畴。本教材所论，仅限于1949—1989年的当代文学。这是因为，这一阶段的文学已经构成了一个相对完整的段落，而且一个相对完整的知识系统也不可能没有它的内涵和外延方面的一些必要的界定，故而就现阶段而言，中国当代文学的研究对象仍然不能不局限于一定的过去时间之内。如果从中国文学或中国新文学“通史”的角度来看这一阶段的当代文学，无疑具有一种“断代”的文学史的意义。虽然当代文学目前还不具备严格意义上的“史”的学科属性，学术界对当代文学能否成“史”也有不同意见，但这并不妨碍从“史”的角度对它展开研究。本教材即是选取这样的研究角度，以从比较宏观的层次“概论”当代文学的发生、发展、性质、特征、文学思潮、文学现象及重要作家、作品为主，在这个过程中，加强“史”的描述和分析，力求做到“史”“论”结合，使本教材成为一种具有“史论”特征的当代文学教材。

本教材将1949—1989年的中国当代文学分为前后两个大的时期：前一时期从1949年到1976年；后一时期从1976年到1989年。这是对习见的“三分法”① 所作的一点分期上的调整。这两个大的时期的文学分列为本教

---

① 即从1949年到1966年的“十七年”文学；从1966年到1976年的“文革”十年文学；从1976年以降的“新时期”文学。此外，当代文学的分期有代表性的还有“四分法”，即在“三分”中，将“十七年”文学以1956年为界再分为前后两个时期。其他分期方法兹不详列。

材的上、下编。此外，又在本教材连续的章节之后，单列一章，“概论”台湾地区和香港、澳门地区的文学，以示其与整体的中国文学密不可分而又具有其各自的特殊性。

本教材以适应课堂教学需要为主，为给教师备课和课堂教学留下充分发挥的余地，更好地发挥学生的独立思考和课外阅读的能动作用，同时也因为篇幅的关系，为使内容更加精练，文字表述更加简明扼要，本教材一般不罗列作家的生平经历和复述作品的情节内容，也尽可能地减少常见资料的引用和对单个作家、作品的一般性的阐释与评价，主要集中笔力讨论一些综合性的和比较宏观的文学现象与文学问题，使本教材能够更好地体现“史论”的特色，发挥“史论”的优势和功能。

本教材覆盖的当代文学知识从严选择，所论尽可能吸收本学科及相关学科的研究成果，在方法上也力争有所借鉴和改进。凡引用他人成果，皆详明出处，以志“知识产权”，不敢有私，特此声明并致谢忱。云云。

作者谨识

丙子年岁末

修订版说明

《中国当代文学概论》自 1998 年 6 月出版后，到现在已经连续印刷 5 次，平均不到一年就重印了一次。全国各地已有一些大专院校采用本书作为中文本、专科生基础课教材，或研究生的备考和学习书目。这是我当初编写这本教材时所始料未及的。现在，应一些使用单位的师生和广大读者的要求，在出版社和本书责编蔡先保先生的一再催促下，从去年开始，我即着手修订本书，历时一年，方得完成。

修订版除订正个别资料和字、句外，对初版本的内容未作大的改动，行文风格也力求保持初版本的面貌。修订版将中国当代文学的时间下限延伸到 2000 年，即刚刚过去的 20 世纪的最后一年，以体现 20 世纪中国文学的一种有机整体性。与此同时，鉴于 20 世纪最后 10 年，即 90 年代的文学同时又孕育了新世纪文学的新的萌芽和因子，修订版在体例上也作了一点相应的变通处理，即将这个具有转换和过渡性质的 90 年代文学单独设为下编，而将初版本的下编改为中编，以体现这个年代的文学的一点相对的独立性，这也是对其作为转换和过渡时期的文学的特殊性的一个历史的认定。基于上述原因，修订版在涉及 20 世纪的历史年代时，一律沿用初版本的某某年代，而不特别标明属于 20 世纪。

需要特别加以说明的是，本书初版本定稿后，香港、澳门先后回到祖国母亲的怀抱。对回归后港、澳文学的研究，尚需假以时日，故此次修订，未及增写 90 年代港、澳文学的内容，只将初版本第七章当代台、港、澳文学概论，援例移往本教材连续的章节之后，列为第十章，留待来日对 90 年代及其后台、港、澳文学的发展再作修订补充。

本书出版后，曾受到过许多前辈师长、侪辈同行和青年学子的鼓励。他们对本书的修订也提出了许多宝贵的意见，有的还致函致电，代为订正某个人名、刊名或作品篇名，使我深受感动，在此，并致诚挚感谢之意。

作　者

壬午年岁末于珞珈山两不厌楼

目　录

中编　1976—1989 年的文学

下编　1989—2000年的文学

总论

中国新文学的整体性与当代文学 相对于中国古典文学而言，当代文学无疑属于现代中国新文学的历史范畴。20 世纪 80 年代，有些学者提出“20 世纪中国文学”和“中国新文学整体观”① 之类的概念和观点，即注意到了当代文学与现代中国新文学的这种整体的历史联系。这种整体的中国新文学观不仅仅是文学史研究的观念和方法，同时也反映了现代中国新文学发生和发展的历史实际。

具有悠久历史传统的中国古典文学，到了 19 世纪中叶，因为外部时势的变化和文学自身代有新变的要求，像中国文学史上已经发生过的历代诗文革新运动一样，也在酝酿一场革新变化。鸦片战争前后，龚自珍、魏源等人首开风气，主“变”敢“逆”，他们的思想和作品，对古典文学长期以来所依附的道统和文统，形成了极大的冲击，同时也对 19 世纪末期资产阶级维新派所发动的文学改良运动产生了直接的影响。基于这样的影响，加上甲午战争后日益加深的内忧外患的刺激，维新派提出的“诗界革命”、“文界革命”等文学改良的主张显得更加明确、更加激烈，也更进一步动摇了古典文学的传统根基，孕育了中国文学从古典向现代转变的契机。经由 19 世纪后半期这些文学革新浪潮的剧烈冲击，有着两千多年历史的中国古典文学到了 20 世纪初期，已经走到一个历史转变的最后关头了。

---

① 参见黄子平、陈平原、钱理群：《论 20 世纪中国文学》，《文学评论》1985 年第 5 期；陈思和：《中国新文学整体观》，上海文艺出版社 1987 年版。陈氏的这个观点，最早见于 1985 年 5 月出版的《复旦大学学报》（社科版）《中国新文学史研究的整体观》一文。

20世纪在人类历史上是一个崭新的世纪。民族解放和民主运动的勃兴，马克思主义的传播，尤其是1917年俄国10月社会主义革命的胜利，从根本上改变了世界历史的格局。此后，在近3/4世纪的漫长历史过程中，世界被划分为社会主义和资本主义两大阵营，各自走着不同的发展道路。在这两个阵营之间，从社会制度到意识形态，从经济体制到民情风习，都有极严格的区别，并且长期处于一种敌对的状态和斗争之中。这种新的世界历史格局的形成，对现代中国新文学的发生和发展，产生了极为重要的作用。一方面，它使20世纪初发生的文学革命在很短的时间内便跳出了古典诗文革新的窠臼，挣脱了近代文学改良主义的束缚，在完成从古典向现代的最后转变之际，即成为20世纪初爆发的“五四”新文化运动的重要组成部分；另一方面，则使20世纪以来的中国新文学始终置身于这样的一个新的世界历史格局之中，在它的影响和制约之下参与改造中国和改变自身的历史活动，在这个过程中，因其接受了马克思主义的影响和无产阶级的领导而获得了新的文化品格和本质规定，形成了独特的艺术形态和精神传统。虽然在中国新文学发生和发展的历史上，也存在各种不同的文学派别的分裂与斗争和各种不同的文学潮流的消长与更迭，但就其贯穿始终的主导倾向和主要潮流而言，却是在这种新的世界历史格局中，伴随着无产阶级领导的中国革命的发生和发展而形成的新民主主义和社会主义性质的新文学。

学术界习惯将1949年中华人民共和国成立以前的新文学主流称为“无产阶级领导的人民大众的反帝反封建的文学”，即新民主主义性质的文学，而将1949年中华人民共和国成立以后的文学称为社会主义性质的文学，正是从文学作为一种社会意识形态的属性方面，说明了当代文学与现代中国新文学在本质上的一致性。按照毛泽东对现代中国社会和中国革命的性质所作的阶段性划分，“中国革命的历史特点是分为民主主义和社会主义两个步骤”。① 故此，无论是新民主主义性质的文学还是社会主义性质的文学，都是整体的中国新文学主流即革命文学的重要组成部分和不同发展阶段。正如中国革命的这“两个步骤”具有一种先后承接和转换递进的关系一样，当代文学无疑也是前此阶段的中国新文学主流一种历史的发展和延续。

当代文学与中国新文学主流的这种整体性关系的形成，经历了一个漫长的发展过程。中国新文学在发轫之初，由于接受了马克思主义的影响，本来就具有社会主义、共产主义的思想因素，到了20年代中后期，更进一步发

① 毛泽东：《新民主主义论》，《毛泽东选集》第2卷，人民出版社1991年版，第666页。

展成为对于无产阶级革命文学的一种自觉的提倡。在这个基础上形成的 30 年代的左翼文学，则是在中国共产党领导下的一种有组织的革命文学运动，是中国共产党领导的革命战争的有力的一翼。这个文学运动经过 10 年的艰难发展，逐渐在中国新文学史上占据了主流的地位，形成了中国新文学的独特的革命传统。40 年代，在中国共产党领导的抗日根据地和解放区出现的新的人民文艺，是中国革命文学传统的发展和延续。尤其是 1942 年毛泽东发表了《在延安文艺座谈会上的讲话》（简称《讲话》），用马克思列宁主义的思想观点，系统地总结了现代中国的新文学尤其是作为主流的革命文学运动的经验和教训，提出了一系列具有创造性的见解和看法，为中国新文学尤其是主流的革命文学的进一步发展奠定了理论基础，指出了前进的方向。以《讲话》为代表的毛泽东的文艺思想，在中华人民共和国成立以后，则成了当代文学的理论纲领和指导方针，在《讲话》的直接指导和理论影响下，40 年代解放区贯彻“工农兵方向”的文艺创作和国统区革命的进步的文学作品，是中华人民共和国成立以后当代文学的奠基之作。尤其是在 40 年代后期的解放战争期间创作的大批优秀的革命文艺作品，在中华人民共和国成立以后产生了重要的影响，为当代文学赢得了巨大的声誉，更是当代文学的直接源头。①

当代文学与中国新文学的整体的历史联系，是一个复杂的过程，除了上述作为中国新文学主流的革命文学的历史与当代文学的一脉相承的关系外，还有其他各种表现形式。这些表现形式，归纳起来，主要有以下几个方面：

其一，中国文学自 20 世纪初的文学革命完成了从古典向现代的转变之后，从内容到形式的现代化一直是新文学追求的主要目标。在追求这个现代化的目标的过程中，新文学的创造者们一方面“采用外国的良规”，从外国文学尤其是欧美文学中广泛吸取滋养；另一方面则努力运用已经获得的现代意识，“择取中国的遗产，融合新机”②，促使中国文学传统发生创造性的

① 1949 年中华人民共和国成立以后出版的《中国人民文艺丛书》包括戏剧、小说、通讯报告、诗歌和说书词等，共计 53 种，全部是解放区的优秀文艺作品。其中丁玲的《太阳照在桑乾河上》（1948 年版）、周立波的《暴风骤雨》（1948 年版）于 1952 年分获斯大林奖金二、三等奖，同获二等奖的还有歌剧《白毛女》。又如创作于 1948 年的话剧《红旗歌》、《战斗里成长》等，在中华人民共和国成立以后产生了“轰动”性的影响。此外，还应当包括在中华人民共和国成立前就开始构思酝酿或先期创作，在当代文学中才最后完成或改写定型的作品在内。

② 鲁迅：《〈木刻纪程〉小引》，《鲁迅全集》第 6 卷，人民文学出版社 1981 年版，第 48 页。

转化。虽然在这个过程中，也出现了种种极端化的偏向，但就其整体而言，正是在克服这些极端化偏向的同时，推动了新文学的现代化进程朝着积极健康的方向发展。而且，由于现代中国特殊的社会历史原因，中国新文学的现代化进程，又总是与它的民族化和大众化的要求相伴相生的。因此，中国新文学的现代化决不是全盘“西化”或全盘“欧化”，而是要使它具有民族特色，以适应现代大众的审美需要，亦即是要使中国新文学的现代化具有“为中国老百姓所喜闻乐见的中国作风和中国气派”。① 当代文学是中国新文学这个统一的现代化进程的一个重要发展阶段。虽然它在50—60年代步履维艰，在“文革”中甚至处于一种完全中止的状态，但经过“文革”后的“拨乱反正”，80年代以来，它又复归于正常发展轨道，而且表现出更加开放的态度，也进一步加快了前进的步伐。当代文学正以前所未有的速度走向世界，它必将实现中国新文学所确立的具有民族特色的现代化的历史目标。

其二，中国文学自古以来就存在着一个现实主义和浪漫主义并行的艺术传统，现代中国新文学也是如此。虽然它的直接来源是西方近代文学，但是因为注入了新的历史内容，经过丰富和发展，逐渐成了中国新文学的一种新的艺术传统。这个传统在中国新文学史上虽然迭经变化，现实主义和浪漫主义之间也互有消长，并且常常要与此外的现代主义派别发生种种的龃龉和斗争，但是，从总的趋势上说，中国新文学仍然是以现实主义和浪漫主义为其精神的主导，现实主义和浪漫主义仍然是中国新文学的艺术主潮。正是基于这样的精神传统，20世纪以来，无论处于何种历史阶段上，中国新文学始终都在密切关注着民族整体的生存与发展，以及民族个体的命运与境况，并且从中寄寓了民族振兴的理想和改善人性的期望。正因为如此，所以中国新文学又是充满时代气息和富于理想主义色彩的。当代文学直接承续了中国新文学的这一艺术传统，并且以其独特的理解和追求，构成了这一传统的一个新的发展阶段和表现形态。虽然它在50—60年代向这个传统中灌注了过多的政治内容，也曾经出现过社会主义现实主义一元独尊的偏向和并不十分成功的“两结合”的尝试②，甚至在“文革”中将这一传统变成了一种僵硬的政治模式。但是，“文革”结束以后的新时期文学却在一个开放的社会环

① 毛泽东：《中国共产党在民族战争中的地位》，《毛泽东选集》第2卷，人民出版社1991年版，第534页。

② “两结合”即革命的现实主义和革命的浪漫主义相结合，1958年提出这样的主张，受“大跃进”的时代气氛影响很深，在理论和创作上都存在很多偏颇。参见本书有关章节。

境和文化环境中，再一次使这一传统得到丰富和发展，并且在不断地融合异质艺术因素的过程中，使这一传统更加发扬光大。需要特别指出的是，80年代以来，各种创作方法和文学派别多元并存，现实主义和浪漫主义虽然不一定见诸明确的提倡，但其内在精神和基本手法仍然贯穿于迭起的文学潮流之中，仍然在一个多元的文学时代维持着中国新文学的一以贯之的艺术传统。

其三，中国新文学的历史，是由一代又一代新文学作家的文学活动构成的一个连续性的文学链条。这些作家无论属于何种文学派别，持有何种艺术主张，他们之间，不但存在上下传承和相互影响的关系，而且，其创作成就和艺术经验，也因为这种传承和影响的关系，经纬交织，构成了一部完整的文学家族的谱系。当代文学就是这个新文学的家族谱系的一脉薪传。其中不仅有从五四运动时期到40年代，不同时期的诸多“跨代”作家，通过他们在当代新的文学活动，把中国新文学的艺术传统直接带入当代文学，同时还有众多新的当代作家，在这种传统的影响下开始新的艺术创造，并在自己的创作中，使之发扬光大。虽然这个传统在“文革”期间遭到了严重的摧残，但是从50—60年代到80年代，举凡在当代文学中取得了重要成就的作家和产生了重要影响的文学派别，无一不与这种传统本身和这种传统的影响紧密相连。即使是新时期以来迭起的文学新潮，也不难从这个传统中的某些文学派别，找到它的历史端倪。

中国新文学的阶段性与当代文学 相对于整体的中国新文学史而言，当代文学只能是它的一个发展阶段。依照历史学分期惯例，当代文学无疑属于中国新文学“通史”的“断代史”范畴。一部文学“通史”固然有它的整体的性质和特征，一部文学“断代史”同样也有它作为一个相对独立的发展阶段的特殊性。

以上在论及当代文学与中国新文学的整体的历史联系的过程中，实际上已经涉及当代文学作为整体的中国新文学的一个发展阶段的阶段性特征问题。这种阶段性特征的形成，最根本的原因，是以1949年中华人民共和国的成立为标志，中国社会所发生的巨大历史转折。中国共产党独立领导的人民革命，自20世纪20年代中期以后，经过长期的艰难曲折，浴血苦斗，终于取得了最后的胜利，夺取了全国政权，完成了从新民主主义革命向社会主义革命的转变，开始在中国实行社会主义制度。与此同时，同样是从20年代中期以后开始形成和发展起来的无产阶级革命文学，也由长期以来处于被压迫的和只能在局部的、有限的区域才能得到发展的状态，一变而为占据统治地位的国家意识形态的一个重要组成部分，成为对整个社会生活和民族精神都发生重要影响的主流的文化形态。鲁迅在30年代曾说："惟有左翼文艺现在在和无产者一同受难（Passion），将来当然也将和无产者一同起来。"① 他所预言的正是1949年发生的这种文学和革命一起转变的历史情况。这种转变的结果也使当代文学从50年代初期到70年代中期打上了极深的政治烙印，成了中国新文学史上极具政治性的一种文学形态。

正因为如此，中国当代文学同时又是一种高度组织化的文学。1949年7月在全国第一次文代会②期间成立的全国性的文艺组织——中华全国文学艺术界联合会③，标志着这种高度组织化的文艺体制的确立。此后，党和政府即通过这个全国性的文艺组织及其分支机构和其他地方性的文艺团体，对文学艺术活动实行统一的领导和管理。当代文学开始被纳入当代中国的社会主义革命和社会主义建设的总体事业之内，成为为这个事业服务和这个事业本身的一个重要组成部分。这种高度组织化的文艺体制的确立，不但保证了作家队伍和文学作品在政治倾向上的高度统一，而且也有利于推行统一的艺术主张和创作原则，从而使当代文学在艺术精神上也保持其内在的一致性。从这个意义上说，当代文学又是中国新文学中最具统一性的一种文学形态。而且，当代文学的生产和消费，又不能不依赖于统一的计划经济的运行体制，亦即是作为一种精神产品的生产活动，也需要像物质产品的生产那样"有计划、按比例"地发展，也要接受这种统一的计划经济体制的影响和制约，这无疑也是当代文学的统一性的又一种特殊的表现形式。

当代文学的历史性转换和新的文学体制的确立，对当代文学的阶段性特征的形成，有着决定性的影响作用。一切被我们认为是当代文学所特有的东西，都可以从这种历史的和体制的因素中找到它的发生和发展的客观依据。但是，也应当看到，当代社会在经历了"文革"动乱和在新时期实行改革开放之后，随着又一次新的历史性转折的发生以及改革开放所带来的整个社会结构和文学体制的变化，当代文学的阶段性特征，也出现了一些新的变化的迹象，有些方面甚至发生了一些根本性的改变。正因为如此，对当代文学的阶段性特征的理解，就不能局限于某一个特定的时期而不顾及其他，而是

① 鲁迅：《黑暗中国的文艺界的现状》，《鲁迅全集》第4卷，人民文学出版社1981年版，第288页。

② 全称是中华全国文学艺术工作者代表大会，1949年7月2日—19日在北平（今北京）召开。

③ 1953年9月更名为中国文学艺术界联合会（简称中国文联）。

要从一个整体的动态过程中考察它的形成、发展和变化。

就当代文学的一些基本问题而言，其阶段性特征主要表现在如下几个方面：

（一）在文学与政治的关系问题上，由强调政治功利到注重更为广泛的社会功利性

文学与政治的关系问题，长期以来，是困扰当代文学的一个重大的理论问题，也是给当代文学造成了许多失误和教训的一个复杂的实践问题。这个问题的提出，在马克思主义文艺理论和世界无产阶级革命文学运动史上，有一个漫长的发展过程。在中国的革命文学运动中，自从 1942 年毛泽东《在延安文艺座谈会上的讲话》确立了“文艺是从属于政治的”、“文艺服从于政治”① 的理论原则之后，“为政治服务”就成了革命文学运动的指导方针。尤其在当代文学中，更是一种带有根本性质的最高的原则信条。在这一理论原则的指导下，中华人民共和国成立以后，当代文学为配合完成各项政治运动，为从思想上宣传和教育广大人民群众，确实付出了极大的努力，做出了极重要的成绩，对巩固和完善社会主义制度，推动社会主义事业的发展进程，起了极为重要的作用。

但是，也应当看到，在这个过程中，当代文学也逐渐丧失了它的诸多艺术的功能，以至于常常用艺术形象去图解一些政治理论或政策条文，由“为政治服务”变成为具体的方针政策服务，成了政治简单的“传声筒”。更有甚者，有时候还要充当政治运动和阶级斗争的工具，“文革”中更堕落成为“四人帮”玩弄政治权术的一种“阴谋”手段。这无疑也给社会主义事业造成了极大的危害，同时也危害了当代文学自身的正常发展。

“文革”结束以后的新时期放弃了文学“为政治服务”的口号，纠正了当代文学长期以来比较狭隘的政治功利观的偏颇，而以一个更为全面也更为完善的“为人民服务，为社会主义服务”的口号取而代之。后一个口号虽然仍然带有很强的政治性，但是，因为人民对于文学的需要是多方面的，社会主义事业的范围也是十分广泛的，故而文学在“为人民服务，为社会主义服务”的过程中，也就能够充分地发挥它的多样化的功能，显示它更加广泛的社会功利性。事实证明，新时期文学在坚持社会主义的政治方向的同时，确实又满足了人民群众多样化的审美需求。它在摆正了与政治的关系之后，将会为社会主义精神文明的建设起到更加积极的推动作用。

---

① 毛泽东：《在延安文艺座谈会上的讲话》，《毛泽东论文艺》（增订本），人民文学出版社 1992 年 8 月第 4 版，第 54、55 页。

（二）在文学与生活的关系问题上，由强调文学对生活的直接反映到注重文学与生活的更为复杂的反映形式

如同文学与政治的关系一样，文学与生活的关系，也是当代文学一个重大的理论问题和实践问题。中华人民共和国成立以后，伴随着中国社会所发生的历史性转变，当代文学也开始转换自己的题材和主题。社会主义时代新的生活内容，新的人物形象和新的思想感情，开始成为当代文学集中反映的主要对象。从中华人民共和国成立后所进行的社会主义革命和社会主义建设，到新时期的改革开放，建设四个现代化，当代文学始终追随当代社会的历史进程，把当代中国在各个不同时期所发生的巨大而又深刻的历史变化，以及当代中国人民丰富多彩的精神风貌和艰难曲折的心路历程，都写进了一部形象的历史，在中国新文学史上，为当代中国留下了一部形象的实录。这对于鼓舞当代中国人民建设新生活的热情，坚定他们实现新的生活理想的信念，从而更加有力地推动当代历史发展进程，无疑起了极为重要的现实作用。当代文学在这方面的历史功绩是不可磨灭的。

但是，在这个过程中，由于长期以来存在的某种理论上的偏颇和“为政治服务”所造成的极端倾向，当代文学在处理与生活的关系问题上，也出现了许多偏离艺术轨道的反常现象。其主要表现有二：一是要求文学随时随地地记录生活的变化，把文学等同于新闻文体，变成被动地、机械地报道生活的工具；二是要求文学配合“中心”工作，把文学变成了一种实际的工作方法，直接为具体的生活过程服务。因为存在这种偏离艺术轨道的反常现象，就造成了当代文学在一个时期内既不可能在精神上超越生活，也不可能在题材上有所扩大。更有甚者，长期以来形成的一种“题材决定论”，对当代文学反映生活的丰富性、复杂性和多样性，危害极大。例如 20 世纪 60 年代初有一种“写 13 年”的理论①，就完全排斥当代生活以外的文学题材，把文学限制在一个狭小的时空之内，既损害了文学创作的自由，又束缚了艺术想象的天地。这些偏向的存在，无疑影响了当代文学反映生活的深广程度，同时也影响了当代文学自身发展的速度和规模。

“文革”结束以后的新时期文学，在从理论上纠正上述偏向的同时，又在创作中强化了主体对生活的介入作用，丰富了文学反映生活的方法和技

---

① 指 1963 年 1 月 4 日由柯庆施在上海文艺界元旦联欢会上提出的一个理论主张，认为文艺只能以当代 13 年的生活作为题材。因为只有“写 13 年”的“现代生活”，才能“帮助人民树立社会主义思想”；张春桥和姚文元则进一步发挥说，只有“写 13 年”，才是社会主义文艺。

巧，文学由对生活直接的、切近的反映到呈现出更为复杂多样的反映形式。在新时期文学中，不但人民群众从事改革开放和“四化”建设的现实的历史活动始终是文学观照的主要对象，而且文学也把它无所不至的笔触伸向更为广阔的生活领域和更加丰富复杂的内心世界，描摹人情风俗的变迁，揭示心理活动的奥秘。在关注现实社会人生的同时，又把目光投向民族历史文化的深处，让文思飞升到对人类问题的终极关怀的境界。当代文学在调整了文学与生活的关系之后，无疑已经大大地扩展了文学反映生活的领域，获得了更大的艺术表现的自由度。当代生活从来没有像今天这样在当代文学中得到如此丰富多样、如此广泛深入的艺术反映，当代文学也从来没有像今天这样能够如此丰富多样、如此广泛深入地反映当代生活。

（三）在文学创作方法问题上，由社会主义现实主义（包括“两结合”）一元独尊，到不同的文学创作方法多元并存

文学创作方法本来是从文学史上某种文学传统或文学潮流和文学派别的创作活动中，提炼和概括出来的一种文学创作的原则和精神（例如现实主义和浪漫主义）。前苏联理论界最早提出这个文学理论概念和范畴的时候，就赋予了它如同哲学的思想方法（例如唯物主义和唯心主义）一样的内涵和意义，这就使得这个关于文学传统或文学潮流和文学派别的理论问题，成了对文学创作活动具有决定性的或根本性的影响作用的理论命题。20 世纪 30 年代，被前苏联文学界奉为理论圭臬的社会主义现实主义的创作方法①传入中国时，因为其中包含有“要求艺术家从现实的革命发展中真实地、历史地和具体地去描写现实”和“艺术描写的真实性和历史具体性必须与用社会主义精神从思想上改造和教育劳动人民的任务结合起来”的内容，因此就十分强调作家的世界观和思想倾向在社会主义现实主义的创作方法中所起的主导作用。

中华人民共和国成立后的当代文学，如同 20 世纪 30 年代的左翼文学和 40 年代的解放区文学一样，也是以社会主义现实主义为理论的圭臬。中华人民共和国建立初期，文艺界就开始普遍深入地学习社会主义现实主义的创作方法，并以之作为“中国人民的文学”的“旗帜”、“中国文学

---

① 社会主义现实主义的创作方法是 1934 年 9 月第一次苏联作家代表大会通过的《苏联作家协会章程》中正式提出的。“社会主义的现实主义，作为苏联文学与苏联文学批评的基本方法，要求艺术家从现实的革命发展中真实地、历史地和具体地去描写现实。同时，艺术描写的真实性和历史具体性必须与用社会主义精神从思想上改造和教育劳动人民的任务结合起来。”

前进的道路"。① 虽然在50年代后期曾经以"两结合"的创作方法取代了社会主义现实主义的提法，但二者之间的内在精神却是基本一致的。这一创作方法在引导作家学习马克思主义、毛泽东思想，转变立场、观点和思想方法，树立科学的世界观和革命的人生观，以及引导作家在正确的思想指导下深入生活、观察生活和反映生活等方面，确实收到了很大的成效，对改善作家队伍的结构，提高创作主体的素质，也有不可否定的作用。而且，在当代作家中，也确有一批作家在自觉地实践这种创作方法，有些实践的成果（作品）也开始接近或基本上达到了这种创作方法的原则要求。在理论上，有关社会主义现实主义和"两结合"的创作方法的讨论和探索，也丰富了现实主义的理论宝库，对文学基本理论的建构，都有不可忽视的作用。所有这一切都说明，社会主义现实主义作为一种客观存在，是有其历史功绩的，它对于当代文学所起的历史作用，也是不应轻易抹杀的。

但是，由于社会主义现实主义的创作方法本身存在的难以克服的理论局限，加之取代它的"两结合"创作方法所受特定时代的社会政治因素的影响，在当代文学历史上，贯彻和实践这一创作方法，也出现了许多重大的偏颇和失误。这种偏颇和失误主要表现在以下两个方面：其一，由于在理论上过分强调世界观对创作方法的决定作用，在实践中也就免不了要用前者取代后者，造成思想和艺术二元分裂的倾斜局面。在这种局面下，作家为求政治思想的正确、保险而不惜牺牲艺术的实验和探索，或以政治思想上的深刻、敏锐代替艺术上的创新和追求。结果自然要造就许多重思想、轻艺术或思想先进、艺术平庸之作。在一个时期内，当代文学的总体质量下降，不能不说是与这种创作方法上的引导的偏颇和失误极有关系。其二，因为社会主义现实主义的创作方法是以政治的名义确定的当代文学前进的道路和方向，"两结合"的创作方法的提出更带有鲜明的政治色彩和背景，故而除浪漫主义（指革命的浪漫主义）本身就是社会主义现实主义的题中已有之义（社会主义现实主义包含革命的浪漫主义）而外，在中华人民共和国成立后直至"文革"时期的当代文学中，其他的创作方法都是受到排斥的。特别是20世纪以来西方形形色色的现代主义的创作方法，更被当做是资产阶级腐朽、没落的创作思想加以抵制和批判。这无疑也限制了当代文学的艺术视野，影响了当代文学对世界各国艺术经验的借鉴和吸收。在一个时期内，当代文学除前苏联等少数国家外，对世界其他国家特别是欧美各国的文学缺乏起码的

① 周扬：《社会主义现实主义——中国文学前进的道路》，《人民日报》1953年1月11日。

了解，甚至处于一种完全的隔绝状态，也不能不说是与创作方法上的唯社会主义现实主义一元独尊大有关系。

“文革”后的新时期文学虽然并未明确放弃社会主义现实主义和“两结合”的创作方法，但却在理论和实践上纠正了它曾经出现过的诸多偏颇和失误，使之回到现实主义创作方法的历史传统的正常轨道。与此同时，它又广泛吸收和借鉴其他各种创作方法的艺术经验，特别是在引进 20 世纪以来西方现代主义各流派的创作方法方面，进行了大胆的实验和探索，也取得了重要的成绩和经验。这些吸收和借鉴、实验和探索虽然不能代替社会主义现实主义（包括“两结合”）的创作方法的自身的发展和完善，同样也不能以前者否定后者存在的必要和可能，但因为吸收和引进了这些不同的创作方法，毕竟已经打破了在创作方法上一元独尊的不利局面。当代文学开始出现了前所未有的不同的创作方法多元并存的艺术态势，它对于多元化的当代文学格局的形成，无疑有着极为重要的影响作用。

（四）在文学形式问题上，由强调民族化到注重民族形式的现代化

如前所述，中国新文学从一开始就十分注重民族化的形式，在主流的革命文学中，更成为一种自觉的追求。中华人民共和国成立以后的当代文学同样是以民族化的形式为追求的方向，并且在这个方向上取得了重大的成就和收获，出现了一批真正具有民族风格的作家、作品，造就了中国新文学的民族形式的新形态，把中国新文学的民族化追求推向了一个新阶段。当代文学对民族化的追求，主要有以下两个方面的特点：其一是注重精神而不徒在形式。中国新文学对民族形式的追求，在相当长的时间内主要是着眼于“旧形式”即传统的民族和民间形式的利用，虽然在这方面也取得了重要的成就，但因为过于拘泥于“旧形式”本身，毕竟仍觉有所不足。当代文学由于吸取了历史的经验，加上置身于新的文化环境，面对新的读者群众，故而在民族化的追求方面，也就不仅仅在于利用传统的民族形式，而是吸取其内在的精神，把其中沉淀的民族的审美习惯和审美趣味的元素提取出来，使之灌注于新的创作，以便铸造一种新的民族形式，适应新的时代和新的群众的审美需要。当代文学的众多作家作品虽然不一定采用或完全不采用传统的民族形式，但却具有“中国作风和中国气派”，为当代的人民大众所“喜闻乐见”，其原因正在于此。其二是融合新机而不拘执传统。当代文学的民族化追求，一方面注意吸取传统的精神，另一方面同时也十分注意融合艺术的新机，特别是“五四”以来的新文学所积累的新的经验，所创造的新的形式。其中当然也包括前苏联等国文学中的某些新的艺术经验和形式。因为融合了这些新的艺术因素，故而当代文学所追求的民族化就显得更加丰富多样。

但是，也正是在上述方面，由于某种历史的惯性和诸多现实的因素的影响，当代文学一方面在吸取传统精神的过程中，并未能做到使民族的文学传统真正发生“创造性的转化”，有时仍不免拘泥于已有的形式，甚至以之作为当代文学的民族化的道路和方向；另一方面则在融合新机的过程中，又长期处于一种“偏食”前苏联文学的状态，包括对“五四”新文学的“择取”，也存在很多极端的“偏好”。这势必也要使当代文学的民族化追求受到影响。在20世纪中后期的一个开放的呈现一体化趋势的世界文化环境中，中国当代文学的民族化追求却长期处于一种封闭的和与外界隔绝的状态，未能像拉美文学那样尽快完成民族文学的现代化进程，造就一种既是民族的又是世界的现代的民族文学。

“文革”后的新时期文学虽然不一定以民族化为统一的理论标帜，但却没有放弃民族化的目标和方向。针对前此时期当代文学在民族化问题上的某些极端偏向，它对新的追求的路径和取向，也作出了相应的调整。在民族化的方向上，新时期文学所作的新的追求的努力主要表现在以下两个方面：其一是以更加宽容的态度接受民族的文学遗产，包括“五四”以来的新的文学传统。新时期文学不但依然重视继承长期以来居于正统地位的民间的、大众的和新文学的主流传统，而且也注意从那些曾经在不同程度上被历史冷落甚至遭到废弃的古代文学和新文学史上非主流的作家、作品中，开发于创造新的民族形式有用的艺术资料。这样，新时期文学所得民族文学传统的沾溉就更显丰沛，民族形式的根基也更加深厚。其二是以更加开放的眼光吸纳世界文学新潮，特别是20世纪以来西方现代主义的文学潮流。新时期文学在继续不断地向西方近代文学吸取艺术滋养的同时，又在短短的十几年间，差不多移植了20世纪以来西方现代主义各流派的艺术形式和技巧。虽然这种移植未免失之匆匆和显得根基不牢，但毕竟打破了长期以来与世界当代文学的隔绝状态，同时也加快了中国文学的现代化步伐。中国文学终究要以一种新的、现代的民族特色自立于世界文学之林，这是一种追求的目标，也是一种历史的趋势。

当代文学的历史发展和整体格局　在本书的《初版编写说明》中，已经阐述了当代文学的历史分期的有关问题，并将当代文学的历史发展，分为前后两个时期：前期从1949年中华人民共和国成立，到1976年结束“文革”、进入当代中国历史的“新时期”。后期则从1976年结束“文革”后实行改革开放，到1989年即将进入20世纪90年代的社会主义市场经济建设、中国社会开始发生新的转型变化。在修订版中，我们又适时地加入了进入

90 年代以后的文学，将这期间的文学也作为当代文学的一个相对完整的发展时期。这三个时期的文学既是一个统一的整体，又有各自的特点，它们共同显示了当代文学曲折的发展道路和复杂的精神面貌。

文学史的分期，多以时代为限。分期首先是一个时间的概念，必然要与时代发生联系。但是，一个时代对文学发生重大的或决定性影响的因素又是多种多样的。有时是政治的，有时是经济的，有时是宗教的，有时又是诸如战争等其他更具体的因素，或者有时甚至就是文学自身的革新和变化所显示出来的阶段性，如此等等，故而文学史的分期又常常在大的时代概念之下，依上述影响文学或文学自身变化的因素来划分更小的时期。对中国当代文学来说，影响其发展的无疑是政治和经济这两大决定性的因素。因此学术界习惯于从当代中国的政治和经济的发展变化去划分文学的时期，是符合当代文学的历史实际的。本书把中国当代文学分为三个相对完整的发展时期，同样也是基于这样的历史实际。因此，讨论这三个时期的文学的历史发展，就不能离开对这三个时期的政治和经济状况所作的分析。当然，这种分析又必须以对文学发生影响为度，同时还要兼及文学自身发展变化的形式和规律。

从 1949 年到 1976 年，是当代文学重要的奠基时期和开拓时期，也是当代文学充满曲折和艰难发展的时期。这个时期的文学，在 20 世纪 50 年代中期以前，基本上是在致力于完成从新民主主义革命时期的文学到社会主义革命时期的文学的转型变化。故而在各个方面都带有比较明显的社会转型期的文学特征。由于这个时期国家的政治、经济都处于一个稳步发展和持续上升的时期，虽然在学术文化和文学领域也开展过某些过火的批判甚至错误地处理过一批优秀的作家，但在总体上却未对文学的发展产生决定性的影响。这期间的文学虽然处于转型变化之中，未能取得重大的艺术成就，但文学的局面却是“生动活泼”的，文学的发展也是基本正常的。其中许多新的萌芽，对当代文学有重要的意义，为当代文学的进一步发展奠定了最初的基础。从 50 年代中期到 60 年代中期，在近十年的时间内，当代文学一直处于一个激烈动荡的国际国内环境之中。这期间的当代文学，主要是致力于不断发展和完善它的社会主义文学的政治性质。为此，它一方面运用政治的手段和政治运动的方式，发动了一系列文学批判运动，以便使作家的世界观和文学的指导思想得到根本的改变。这些文学批判运动对这期间文学的发展大多造成了不利的影响，甚至很大的伤害。这期间文学道路的曲折和发展的艰难，也主要是由这些文学批判运动甚至直接就是政治运动造成的。但是，另一方面，这期间的文学在为社会主义事业服务的过程中，由于遵循了深入生活、反映生活的正确的艺术规律，并以现实主义文学所要求的真实性和典型性不断地抵制那些文学批判和政治运动的干扰，在艰难曲折的发展中也取得了重要的艺术成就。特别是在某些文学门类，出现了当代文学创作的高峰，产生了迄今为止仍难以企及的艺术精品。与此同时，在这期间，一批“跨代”作家在完成了艺术转变之后又取得了新的创作成就；与当代文学一起成长的新进作家也形成了自己的创作风格，在走向最后的成熟。此外，当代文学基本理论的建构，当代文学批评活动的开展，也在这期间形成了自己的特色和取得了重要的成就。无论从哪方面说，这都是当代文学的一个成熟时期和收获时期。从60年代中期到70年代中期，当代文学进入了一个政治的“非常”时期。十年“文革”动乱，不但破坏了文学发展的环境，也中止了文学自身的发展。当代文学已经形成的正确理论原则遭到严厉的批判，已经取得的重要艺术成就受到彻底的否定，已经产生了重大影响的作家受到严重的摧残。而在这种批判和否定的基础上以政治的强力推行的理论原则和“样板”作品，既是政治阴谋的产物，又有悖于艺术的规律。这无疑是当代文学业已建立起来的社会主义性质受到歪曲和走向失落的时期，也是社会主义的文学事业遭受重大挫折和中止发展前进的时期。这期间的文学值得重视的是少数作家在逆境中坚持“地下”的或“半地下”状态的创作，以及在数百万“上山下乡”的“知识青年”中产生的新的文学创作的萌芽。这些创作或创作的萌芽对“文革”结束后的新时期文学产生了重要的影响，从而也表明这期间的文学在遭受重大挫折的同时也在酝酿新的转机。

从1976年结束“文革”以来的新时期文学，即是以对“文革”期间的当代文学的“非常”状态的“拨乱反正”为开端的。这种“拨乱反正”首先是从政治上“平反”“冤、假、错”案，把文学的生产力从政治的高压下解放出来，使当代文学恢复正常的发展状态。其次是解放思想，从理论上正本清源，恢复当代文学正确的理论原则和对新文学的历史（包括当代文学）的正确评价。与此同时，“文革”的空前浩劫所造成的灵肉创伤和长期的心理郁积，也在解除政治的禁锢之后，酝酿了一次空前的文学“爆炸”。从20世纪70年代中期到80年代中期，当代文学经历了一系列的“轰动效应”，创造了文学与社会、文学与群众紧密结合的历史的奇迹。这期间的文学是当代文学恢复和重建其社会主义特质的时期，也是当代文学在经历了一个“否定之否定”的历史行程之后，获得了一个新的飞跃的时期。从80年代中期以来，随着改革开放的深入发展，当代文学在观照传统的同时也以更加开放的态度走向世界。各种文学理论观念和文学批评模式的引进，各种文学创作方法和文学表现形式的实验，成了这期间文学活动的“热”点。虽然这些“引进”和“实验”也存在某些生搬硬套和脱离读者的弊端，但从总体上说，却为这期间的文学造就了一个多元并存的局面。这标志着当代文学在保持其社会主义的主体性质和主导倾向的同时，也在建构一个多元互补的内在格局。

进入20世纪90年代以后，由于“冷战”结束后的新的国际环境的影响和改革开放的深入发展、建设社会主义市场经济的初步实践，当代文学在一个新的意义上又发生了新的一轮转型变化。这一转型变化，对当代文学的管理体制、当代文学的艺术生产、作家的思想观念与文学活动的方式，都产生了深远的影响，这种影响见之于这期间的文学思潮和文学创作，就出现了从90年代初对市场经济这一新的生存环境的仓促应对，到90年代中期以后逐步走向自觉回应的发展变化的过程。在这个过程中，各体文学都留下了自己丰富的创作实绩，尤其是长篇小说，更取得了前所未有的发展和进步。整个90年代的文学不仅是新时期以来中国当代文学的一个自然的历史延续，同时也以它萌生的新质为当代文学在新世纪的未来发展奠定了一个全新的基础。

以上我们沿着纵向的时间线索简要地论述了当代文学的发展状况及有关问题。完整意义上的中国当代文学事实上还应当包括台湾地区和香港、澳门地区的文学在内。这就涉及整体的中国当代文学的一个外部空间格局问题，亦即是说，中国当代文学除了它的母体祖国大陆之外，还存在着台湾地区和港、澳地区两个不同的生存和发展的历史空间。由于近代中国历史和中国社会特殊的政治原因，台湾地区和港、澳地区长期脱离祖国大陆母体，从政治、经济到文化习俗、生活方式，都处于一个相对特殊的发展状态。在这个特殊的社会文化环境中生存、发展着的台湾地区和港、澳地区的当代文学，在社会属性、艺术形态和发展道路等方面，与生存和发展在祖国大陆的当代文学，自然就存在着诸多的不同和差异。就台湾地区的当代文学而言，由于台湾地区在政治上与祖国大陆处于一种敌对状态，致使台湾地区的当代文学孤悬海外，从20世纪50年代受当局操纵的反共的“战斗文艺”，到60年代在经济转型背景下的“现代主义文学”浪潮，再到70年代民族意识觉醒后“乡土文学”的回归，转而进入80年代迎来一个多元的文学时代，在40多年的时间内走过了一条与祖国大陆的文学完全不同的发展道路。而港、澳地区的当代文学由于处于外国殖民统治之下，加上一个比较发达的商业经济的社会环境的影响，故而从20世纪50年代起就一直带有比较浓厚的商业文化的色彩。虽然在港、澳地区的当代文学中也有一股现实主义的文学潮流贯穿始终，少数作家在现代主义的艺术实验方面也取得了重要成绩，但从总体上说，港、澳地区的当代文学成就最高、影响最大，且最能显示其文化上的和艺术上的特色的，毕竟是它的长盛不衰的通俗文学潮流。或者说，通俗文学在港、澳地区的当代文学中始终占据着主流的地位。这也是港、澳地区的当代文学有别于祖国大陆的当代文学的特殊之处。因为这些原因，所以，台湾地区和港、澳地区的当代文学既是整体的中国文学的一个局部的、地域的文学，又有别于一般的地域文学的概念，而是一种有着特殊的质的规定和特殊的表现形态的地域文学。将这样两个特殊的地域文学纳入中国当代文学的整体格局，显然不仅仅是一个量的改变的问题，而是意味着整体的中国当代文学将要容纳一种异质的文学因素，从而也必将带来整体的文学结构的调整和变化。中国当代文学将因此而扩大其民族文学的内涵和外延，它也将因此而显得更加跌宕多姿，更加丰富多彩。

台湾地区和港、澳地区的文学与祖国大陆的文学本来就共有一个民族的文化传统和文学传统，这两个地区的新文学（包括当代文学）也是源自祖国大陆的一脉薪传，而且，台湾地区和港、澳地区的当代作家大多来自祖国大陆，或在祖国大陆出生、接受启蒙教育和开始文学写作。祖国大陆的作家在不同的历史时期，也在这两个地区从事过文学活动，留下了重要的文学影响和业绩。最近十余年来，由于两岸关系渐趋缓和，港、澳地区的回归，祖国大陆与这两个地区的文学交往也日益频繁。加上 20 世纪 80 年代以后，由于内外形势的变化，祖国大陆和这两个地区的当代文学都进入了一个多元发展的新时期，更使这两个地区与祖国大陆之间的文学交往获得了一个有利的客观基础。从根本上说，台湾地区和港、澳地区的文学作为统一的中华民族的文学的特殊部分和不同的表现形式，与祖国大陆的文学一样，都共同关心民族的生存与发展，也十分关注人类的整体命运和世界文明的历史进程。而且，由于祖国大陆和这两个地区在经济发展上的不平衡，故而产生在不同背景上的当代文学，也存在一个相互借鉴和互补共生的关系。无论从哪方面说，台湾地区和港、澳地区的当代文学与祖国大陆的当代文学都是一个不可分割的整体，随着这两个地区与祖国大陆的文学交往的日益加深，整体的中国当代文学的趋势也正在逐渐形成。台湾地区最终将回到祖国的怀抱，中国当代文学最终也必将以一个统一的整体面貌在世界文学中占有自己的一席地位。

上编

1949—1976年的文学

第一章　社会文化背景

1949 年，中华人民共和国的成立在中国历史上是一件划时代的大事。从此，中国人民结束了被帝国主义、封建主义和官僚资本主义“三座大山”压迫和剥削的历史，开始了一个建设社会主义的新时代。这不但是近代以来中国人民前赴后继的革命斗争的伟大胜利，也是有着数千年古老文明的历史的中华民族的一个新世纪的开始。中华人民共和国的成立使社会生活的各个方面都发生了巨大的历史转折，本期文学即生存在这个巨大的历史转折的背景之下。

要了解这个巨大的历史转折对本期文学所发生的影响，就不能不考虑到如下几个方面的背景因素：

经济基础与社会生活　中华人民共和国成立以后，人民政权在没收官僚资本、进行土地改革和统一财政经济制度的同时，即着手医治战争的创伤，在旧中国所留下的残破的废墟上，恢复和重建已是百孔千疮的国民经济。经过三年艰苦的努力，国民经济迅速得到了恢复和发展。随后，即在此基础上着手实现国家的社会主义工业化和对农业、手工业及资本主义工商业的社会主义改造，开始了有计划地、大规模地建设和发展国民经济。“三大改造”的任务在 1956 年即宣告完成。这意味着中国共产党领导的中国革命已经由新民主主义过渡到社会主义阶段。中国的社会主义制度已经基本上建立起来了。此后，国内的主要矛盾是“人民对于经济文化迅速发展的需要同当前经济文化不能满足人民需要的状况之间的矛盾；全国人民的主要任务是集中力量发展社会生产力，实现国家工业化，逐步满足人民日益增长的物质和文化需要”。① 为了完成这一伟大的历史任务，国家在社会主义改造完成之后，即开始转入全面的、大规模的社会主义建设。从1956年到“文化大革命”开始的1966年，在短短十年的时间内，虽然遭受过例如1958年的“大跃进”和1959—1961年的自然灾害等严重的挫折，但国民经济在各个方面仍然得到了飞速的发展，取得了令举世为之瞩目的巨大成就。在这个“开始全面建设社会主义的十年”中，中国在经济上已经摆脱了解放前的贫穷、落后和遭受帝国主义的剥削、压迫的状况，开始建成了一个独立自主的和比较完整的国民经济的体系，走上了一条“有计划、按比例、高速度”地发展的健康轨道。一个人口众多的古老的农业国度，在这十年中，开始奠定了自己的工业化的坚实基础，成为一个向现代化强国的目标迈进的初步繁荣昌盛的社会主义国家。② 从1966年到1976年的十年“文化大革命”，中断了中国经济走向现代化的历史进程。“文化大革命”使国民经济的各个方面都遭到了极大的破坏，蒙受了巨大的损失，乃至濒临崩溃的边缘。但是，在“文革”前的两个时期所奠定的国民经济的基础仍然在发挥巨大的作用，在农业和一些重要的工业部门，特别是在交通和某些最新的、尖端的科技领域，还取得了一些重要的进展和突破。经历了“文化大革命”的历史劫难，从中华人民共和国成立以来开始逐步确立的社会主义的经济基础仍然在焕发生机和活力，中国经济的现代化仍然存在着可以期待的前景和希望。

国民经济的恢复、重建和高速发展，给社会生活的各个方面都带来了极大的变化。土地制度的改革，使无地和少地的农民得到了足够的土地，实现了他们世世代代梦寐以求的“耕者有其田”的理想。随后，又依据他们自己的愿望，在农业的社会主义改造运动中，走上了合作化的道路。农业合作化不但避免了在土地制度改革之后可能出现的新的贫富分化的现象，而且也从根本上改变了传统农业分散的、个体的经营方式，增强了抵御自然灾害和从事农业基本建设的能力，从而极大地提高了农业的劳动生产力，使广大农民走上了一条共同富裕的道路。尽管合作化运动在以后的发展中，产生了许多诸如生产和分配方面的弊端，但就当时的历史条件和生产力状况而言，仍然不失为中国传统农业走向现代的一个明智的选择。而且这种选择事实上也

① 《中国共产党中央委员会关于建国以来党的若干历史问题的决议》，《三中全会以来重要文献选编》（下），人民出版社1982年版，第802页。

② “要努力把我国逐步建设成为一个具有现代农业、现代工业、现代国防和现代科学技术的社会主义强国”即“四个现代化”的目标是1964年年底到1965年年初召开的第三届全国人民代表大会宣布的。

使中国农民特别是广大贫苦农民摆脱了世世代代缺吃少穿的贫困生活，给他们带来了衣食温饱和安居乐业的保障。中国农村由长期以来的贫穷、凋敝一变而为繁荣、兴旺，出现了前所未有的生机和希望。与此同时，城市在恢复工业生产、把没收的官僚资本转变为社会主义的国营企业和对手工业及资本主义工商业的社会主义改造过程中，也逐步摆脱了解放前所遗留下来的城市人口的沉重的失业负担。城市就业率的提高和消灭失业现象，不但稳定了市民的生活，而且也带来了消费水平的提高，促进了商业的发展和市场的繁荣，城市生活同样也出现了一派生机勃勃、蒸蒸日上的发达景象。

城乡经济的繁荣和人民群众生活水平的提高，同时也引发了精神文化生活方面的需要。中华人民共和国成立后，人民政府在发展经济的同时，也大力发展文化教育事业，着手对旧中国的文化环境进行彻底的改造。经过艰苦的努力，在很短的时间内，便消灭了对城乡人民毒害极大的诸如吸毒、卖淫、赌博等社会丑恶现象，遏制了各种封建的和资本主义的文化恶流的泛滥，净化了文化环境。与此同时，人民政府也对旧有的文化和演出团体进行了卓有成效的改造，同时在各级各地建立新的文化组织，使新旧文化工作者团结合作，共同为新时代的人民群众服务，提供更多、更好的精神文化产品，满足人民群众日益增长的对于精神文化生活的迫切需要。随着教育的普及和人民群众的文化水平的日渐提高，以及新的文化环境的形成和新的文化精神产品的广泛传播，这期间人民群众的精神文化生活，也得到了从未有过的丰富和满足。

新的社会制度和经济基础的建立，新的社会生活环境的形成，以及由此而引起的对于精神文化生活的新的需要的出现，是本期文学生存和发展的重要条件。早在中华人民共和国正式宣告成立之前，即将诞生的人民政府就十分重视新中国的文艺事业的繁荣和发展。1949 年 7 月 2 日至 19 日在北平（今北京）召开的中华全国文学艺术工作者第一次代表大会，团结了新老文艺工作者和来自解放区与国统区的两支文艺队伍，组成了一个新的统一的文艺阵营，奠定了新中国文艺事业的基础。此后，从经济恢复时期到社会主义改造和社会主义建设时期，人民政府都在为文艺事业的发展不断地创造条件、提供保证，中国文学从来也没有像在中华人民共和国成立以后这样获得如此强有力的物质保障，中国的作家也从来没有像在中华人民共和国成立以后这样获得如此安定的从事艺术创造的良好环境。虽然这个环境和保障在“文化大革命”中遭到了极大的破坏，但从根本上说，在新的经济基础上诞生的、适应人民群众需要的新的人民文艺，始终是新中国的社会主义事业和人民群众的精神文化生活的一个不可分割的重要组成部分。考察本期文学的社会文化背景，不能不首先注意这个重要的前提因素。

意识形态与时代风尚　中国共产党作为马克思列宁主义的政党，在取得革命胜利、建立人民政权之后，理所当然地也要以马克思列宁主义作为“指导我们思想的理论基础”。因此，马克思列宁主义及其与中国革命的具体实践相结合的产物——毛泽东思想，无疑是社会主义中国占统治地位的国家意识形态。与历史上其他形态的国家政权不同，社会主义国家是人民的国家，人民是社会主义国家的主人。作为国家的主人，广大人民群众无疑应当接受马克思列宁主义、毛泽东思想的教育，努力学习和掌握马克思列宁主义、毛泽东思想，使之成为抵制各种封建主义、资本主义和其他消极、腐朽的思想侵蚀的有力武器，成为认识世界、改造世界、巩固政权、建设国家的强大的精神力量。为此，中华人民共和国成立以后，中国共产党即着手在广大人民群众，尤其是广大党员、干部和知识分子中间，通过各种不同的形式，有组织地开展马克思列宁主义的学习教育运动（包括学校教育中的“德育”），同时也通过学习贯彻国家的各项政策法令，向人民群众灌输马克思列宁主义的立场、观点和方法。特别是在20世纪60年代以后逐步开展起来的学习毛泽东思想的群众运动，更使马克思列宁主义的思想教育深入人心。这种经常性的学习教育活动又常常与各种各样的政治运动和知识分子的思想改造结合起来，尤其是与国际共产主义运动中的思想斗争结合起来，这样，就进一步增加了它的严肃性和重要性。与此同时，马克思列宁主义、毛泽东思想的立场、观点和方法，还通过这种学习教育运动，深入地影响到学术文化领域，使哲学、历史、经济和其他社会、人文科学都从根本上得到了革命的改造，成为以马克思列宁主义、毛泽东思想为指导和核心的社会主义的国家意识形态的一个重要组成部分。虽然从50年代中期以后，在政治上出现的某些“左”的错误和偏颇，尤其是“文化大革命”开始前后，林彪集团利用毛泽东思想的权威进行政治阴谋活动，给这种群众性的学习教育运动蒙上了阴影，但是，从整体上看，马克思列宁主义、毛泽东思想毕竟得到了空前广泛的普及，广大人民群众尤其是党员、干部和知识分子自觉地学习、掌握马克思列宁主义、毛泽东思想，运用马克思列宁主义、毛泽东思想分析问题、解决问题，在改造社会、改造自然和改造自身的过程中确实产生了巨大的物质力量。中国人民真正用马克思列宁主义、毛泽东思想武装起来了。国家意识形态如此广泛深入地为普通人民所掌握，并且在社会实践中发挥如此巨大的作用，这是本期政治生活中的一件带根本性的大事，考察本期文学的生存和发展，不能不注意这种意识形态的力量对文学所产生的巨大影响。

马克思列宁主义、毛泽东思想广泛深入的普及，各种社会改造和思想教育运动收获的巨大成效，以及在新的经济基础上建立的新的社会关系和思想观念，从根本上改变了这期间的社会风气，形成了20世纪50—60年代特有的一种团结、和谐、热情、乐观和积极、进取的时代风尚。这种新的时代风尚主要表现在如下几个方面：其一是主人翁的态度。中华人民共和国的成立不但在国际国内造成了巨大的政治影响，而且也给中国人民注入了巨大的心理能量。无论是相对于近代中国受帝国主义侵略、蹂躏的屈辱的历史，还是对照在国民党统治下的受压迫、受剥削的痛苦生活，中国人民都有一种站起来了翻身得解放的感觉。这种感觉不仅是属于一个阶级，同时也是属于全民族的每一个成员。而且在新政权中，人民成了国家的主人，故而主人翁的态度也就成了全体人民所共有的一种普遍的心理状态了。这种心理状态作为一种内在感受是民族自立和人民当家的自豪感与荣耀感，见之于日常实际的工作和生活，则是对人民自己的事业的无私的奉献和高度的责任。这期间在全体社会成员中形成的一种良好的工作作风，即来源于这种主人翁的态度或受着它的激励和影响，它在实际工作和日常生活中所产生的作用是十分巨大的。其二是集体主义的精神。社会主义改造的完成，公有制的确立，同时也改变了建立在私有制的基础上的社会关系和思想观念。公共的、集体的观念开始取代私有的、个人的观念，逐渐在人们的头脑中形成一种全新的道德原则和价值标准。人们运用这种新的道德原则和价值标准要求自己，也衡量他人，于是，在实践中便形成了一种可以称之为“为公”的普遍的行为规范。这种行为规范的出现不但改变了数千年来为私有制所培植的天经地义的人生信条，而且也协调了人与人的关系，使社会成员在“为公”的前提下，形成了一种团结友爱、互相协作、共同前进的新的社会风尚。这种新的社会风尚的形成反过来又对这期间的经济基础和社会生活产生了巨大的作用和影响，是这期间的经济基础和社会生活赖以生长发展的精神的气候和土壤。其三是理想主义的激情。社会主义制度的建立本身便是一种革命的理想的实现；社会主义作为共产主义的低级形态，又是在向着共产主义的最高理想前进，因此，在整个社会主义改造和社会主义建设期间，理想主义都是引导人民群众进行革命和建设的精神的火把。这种理想主义不但体现在国家对于发展前景的蓝图和规划上，而且也见之于个人的信仰和对人生目标的选择与追求。理想主义作为一种巨大的精神动力，在这期间的社会生活中激起了极大的生活热情，孕育了一种积极乐观的思想情绪，为这期间的社会生活涂上了一层热烈、明朗的精神色调。

以上我们分别从社会主体、社会关系和社会发展的角度，扼要地阐述了在本期社会生活中形成的一种新的时代风尚的主要表现。除此而外但又与此相连的，还有诸如爱国主义、劳动观念和平等原则，等等，都是这期间在人民群众中普遍生长着的新的精神因素。这些新的精神因素，有些是与民族的精神传统一脉相承的，有些则是在新的社会制度和经济基础上萌生的新的思想观念，这些新的精神因素和思想观念，加上上述各个方面，从整体上构成了一种新的时代精神，造就了一种新的时代风尚。它不但体现在少数英雄模范人物身上（他们是人民群众学习的楷模），而且也沉淀在普通人的道德观念和价值标准之中，影响到人们的情感态度、心理行为和对事物的态度与评价。文学艺术作为一种社会接受和社会评价的对象，当然也要受到这种时代风尚的影响和制约。法国文学史家丹纳曾经把“时代精神和风俗习惯”看做是一定时代文学生长的“精神的土壤和气候”，是决定这一时代的文学的“基本原因”。① 可见，时代风尚对本期文学的影响是很重要的。

由于这期间政治上出现的某些失误和意识形态领域里存在的某些理论偏颇的影响，在人们的思想观念和心理行为方面，也出现了许多与时代的要求和历史的趋势不甚合拍乃至有悖时势的偏颇和局限。例如，在上述主人翁的态度中掺杂的某些妄自尊大的盲目情绪；在集体主义的精神中隐含的某些忽视乃至否定个性和个人利益的极端偏向；在理想主义的激情中泛滥的某些不切实际的空想和急躁冒进的心理，以及其他诸如封闭、保守、狭隘、固执等封建主义和小农意识的残余，所有这一切，都是对这期间的时代风尚产生不利影响的消极因素。它不但助长了这期间政治上的某些失误和意识形态领域的某些偏颇，而且也影响了这期间的文学对生活的判断和评价。考察这期间的时代风尚对文学的影响，也不能不注意到这些并非局部的或偶然出现的消极因素的作用。

文化传统与外来影响　中国文学自古以来就是生活在一个有着深厚文化传统的土壤之中的，当代文学自然也不例外。在“五四”新文化运动中孕育产生的新文学，虽然从一开始就是以对传统文化的批判为特征的，但是，对其中的精华和合理的部分，仍然有所继承和吸收。特别是经过了现代历史的实践和检验，逐步形成了以毛泽东为代表的对待文化传统的正确的方法和态度，使得传统的精华和合理的部分，得到了进一步的发扬和光大。中华人

① 参见丹纳：《艺术哲学》“第一编　艺术品的本质及其产生”，人民文学出版社1963年版。

民共和国成立以后，根据毛泽东确立的思想原则，对既往的文化传统，在各个领域，都进行了批判性的清理。通过这种清理，剔除了封建的糟粕，重塑了传统的形象，重建了传统的体系，使古老的文化传统以一种全新的意义，成为当代群众联系历史的新的精神的纽带和通道。本期文学即生存在这个重新建构的文化传统之下。就其对本期文学影响最为直接的文学的传统而言，以封建的、“载道”的正统诗文为正宗的文学传统，开始为具有民主性、人民性的文学传统和被正统诗文淹没已久的民间的、民众的传统所取代。在这个新的文学传统中，本期文学更多地是从那些具有反抗精神的、追求人生自由（主要是婚姻、爱情）的和同情劳动人民的以及劳动人民自己创造的文学作品，或其他积极健康、通俗普及的文学作品中吸取艺术的滋养。这种经过“提纯”和“净化”处理的文化传统的滋养，无疑强化了本期文学的人民性和大众化的方向，对本期文学的思想内容尤其是风格形式，都产生了极为重要的影响。

但是，由于在中华人民共和国成立以后对封建文化的批判中产生的某些过于简单化的弊端，加上长期形成的某些衡量传统的过于单一的政治尺度的影响，也使得这期间在对文化传统的继承问题上，出现了一些极端化的偏向。在哲学、历史和其他人文、社会科学领域，历史上许多重要的文化思想和文化人物，往往被一些简单的政治标签所封闭。更有甚者是以当代的阶级和政治的标准去区分历史人物和传统文化的阶级性与政治倾向，以至于发展到“文化大革命”期间，把历史人物和传统文化也纳入到当代政治斗争的范畴，演出了一幕幕阴谋影射的政治闹剧。这种简单化地和实用主义地对待文化传统，无疑使传统的精神遭到了极大的破坏，它在当代文化中造成的传统断裂对本期文学的影响是十分有害的。在文学传统的继承方面，这种简单化的和实用主义的态度，除了上述种种表现外，就是轻视乃至否定传统文学尤其是正统诗文的形式和艺术对当代文学的作用和意义，有些在形式上创新的、艺术成就很高的作品，常常被斥为形式主义、为艺术而艺术乃至颓废没落的情调而被弃之不顾，这无疑也造成了本期文学在吸收传统的艺术滋养方面所出现的长期以来的偏食症，它对本期文学所造成的影响同样也是十分有害的。

与此同时，本期文学在对外来影响的吸收方面，也出现了类似的偏向。外国文学和文化的影响对“五四”新文学的孕育形成曾经起过决定性的作用。在新文学史上，不断地吸收外国文学和文化的滋养，也是新文学发展壮大的一个重要条件。中华人民共和国成立以后，本期文学并没有停止对外国文学和文化的借鉴与吸收，但却因为社会历史的变动而确立了新的原则标准，产生了新的现实需要。本期文学所受外来影响，主要有以下两个方面：其一是欧洲从文艺复兴到19世纪的近代文学，尤其是19世纪欧洲的批判现实主义文学和俄国的革命民主主义的文学；其二是十月革命以后的前苏联文学和其他（主要是东欧）社会主义国家的文学。在这些外来影响中，前苏联文学的影响又是举足轻重的；在20世纪50年代中前期，甚至是带根本性的。举凡前苏联文学的理论原则和作家作品，乃至方针政策和文学活动，在这期间都被及时地、详尽地介绍进来，作为文学界直接学习和仿效的对象。本期许多文学理论方面的讨论和文学批评方面的活动（包括非文学的批判），都是在前苏联文学界的直接影响下开展起来的。本期作家的文学创作，尤其是青年作家的创作所受前苏联文学的影响，更是一个普遍存在的文学现象。有些青年作家的处女作或成名作甚至直接就是在某位前苏联作家或某部前苏联文学作品的影响下创作出来的。所有这些外来影响，对本期文学的发展都是十分重要的。它不但在极为有限的条件下开拓了本期文学的视野，保持了本期文学与世界文学的历史联系，而且也滋养了本期的作家，尤其是在理论和创作方面，确实收获了许多重要的成果。否认本期文学存在外来影响，是一种不尊重历史的表现；无视本期文学的外来影响的积极方面，同样是对历史的一种偏见。

当然，本期文学在吸收外来影响方面，过于拘泥阶级的和政治的选择尺度，以及由此而导致的艺术胸襟的狭隘和艺术趣味的狭窄，也不免将更大范围内人类所创造的艺术财富，尤其是20世纪以来人类所创造的最新的艺术成果，拒之于国门之外。特别是在50年代后期乃至“文化大革命”期间，中、苏两党和两国关系破裂之后，逐渐割断了本期文学与前苏联和东欧其他社会主义国家的文学之间的联系，使得本期文学的后半部完全处于一种封闭和与世隔绝的异常状态。本期文学给人们留下的封闭、保守的印象，也主要是因为这种偏狭的乃至极端的态度所造成的消极的结果。

一定时期的文学所受的文化传统和外来影响的作用，虽然常常表现为一种显在的文化行为和文学行为，但是，它的更深刻的也是更长远的作用，却是传统和外来的因素对文学的潜移默化的浸润和熏陶。无论本期文学在继承传统和吸收外来影响方面取何种态度，传统和外来影响作为作家的一种文化修养和文学修养，总是要以这样或那样的方式对文学的创造发生或隐或显的作用。而且，传统和外来影响一旦融入心理层面，成为一种集体的意识和时代的风尚，也会对文学发生无形的作用。这都是人力即使是政治的强力也不能移易的。考察本期文学的文化传统和外来影响的作用，也不能不注意到这个重要的因素。

第二章 文学思想潮流

第一节 本期文学思潮发展概况

一定时期的文学思潮，是一定时期的文学观念和文学主张的集中表现，同时也反映了这一时期文学的发展趋势和要求。各民族文学在各个不同历史时代的文学思潮的表现形式是各不相同的。中国当代文学在本期的文学思潮最突出的表现便是与政治运动和政治斗争密不可分。文学思潮往往被视为某个阶级的政治思想的具体表现，或者被认为是反映了某个阶级在政治上的愿望和要求。因此，本期在文学思想上的争论和斗争往往很快便被转入政治运动和政治斗争的轨道，或者是作为发动政治运动、开展政治斗争的前奏。有些以文学思想斗争的名义进行的讨论或争论，实质上就是一场政治性质的运动和斗争。

正因为如此，本期文学思潮几乎不存在一种完全独立的运动形式，它基本上是附着在政治运动和政治斗争的轨道上运行的，它的某些理论主张和思想观点也大多被淹没在政治思想和政治理论之中，或者掺杂了过多的政治思想和政治理论的因素。

研究本期文学思潮，我们首先必须把本期文学思潮从本期的政治运动和政治斗争中相对“剥离”出来，然后才能从中清理出一个相对完整的发展线索。

本期文学思潮的发生和发展，大致经历了如下三个阶段：

第一个阶段：从 1949 年到 1957 年　这个阶段的文学思潮，有两个交叉并进的运行轨迹：其一是以第一次全国“文代会”、第二次全国“文代会”的召开和贯彻“双百”方针①，以及因此而开展的文学讨论和文学批评活动为标志的，确立新的文学方向和理论原则的运行轨迹；其二是以讨论电影《武训传》，批判俞平伯的《红楼梦》研究，批判胡风的文艺思想，文艺界的“反右”斗争②，以及因此而开展的其他的文学批判和文学思想斗争为标志的，反对与新的文学方向和理论原则相抵牾的文学倾向和学术思想的运行轨迹。

这两条运行轨迹在时间上虽然有诸多交叉之处，但在实际运动中却遵循着各自的逻辑和规律。中华人民共和国成立以后，需要确立新的文艺方向和理论原则，同时也要根据变化了的情况制定新的文艺方针和文艺政策，前一条运行轨迹即是遵循这样的历史逻辑，在这期间，确立了以《在延安文艺座谈会上的讲话》为代表的毛泽东文艺思想作为新中国文艺的指导思想，以《在延安文艺座谈会上的讲话》提出的文艺为人民大众首先是为工农兵服务作为新中国文艺的发展方向，以社会主义现实主义作为新中国文艺创作和批评的最高准则，以“百花齐放，百家争鸣”作为繁荣新中国文艺的基本方针。

与此同时，围绕这些问题，文艺界还开展了许多理论讨论和文学批评活动，特别是在“双百”方针提出后文艺界出现的理论“争鸣”，也为新的文艺方向和理论原则的确立增添了新的内容。虽然在这个过程中也存在一些理论上的不足和偏颇，但从总体上说，这些极具建设性的工作，在很短的时间内便奠定了新中国文艺的理论基础，开拓了当代文学思潮发生和发展的历史源头，对本阶段的文学创作也产生了积极的作用和影响。

本阶段文学思潮的另一条轨迹基本上是在政治斗争的轨道上运行的。中华人民共和国成立以后，一方面要进行巩固和保卫新生政权的政治斗争和军事斗争，同时还要在意识形态领域肃清封建主义、资产阶级和小资产阶级的思想影响。尤其是因为在新民主主义革命取得胜利之后，确定了无产阶级和

① 第一次“文代会”是1949年7月2日—19日在北京召开的。第二次“文代会”是1953年9月23日—10月6日在北京召开的。“双百”方针即“百花齐放，百家争鸣”的方针，是毛泽东1956年5月2日在最高国务会议第7次会议上正式提出的。具体内容详见有关参考资料。

② 讨论电影《武训传》在1951年，批判俞平伯的《红楼梦》研究在1954年，批判胡风的文艺思想集中在1955年，文艺界的“反右”斗争在1957年。具体情况详见有关参考资料。

资产阶级的矛盾是“过渡时期”国家政治生活中的主要矛盾，故而在思想文化和意识形态领域进行反对资产阶级的斗争，就成了这一阶段文艺运动和文艺思想斗争的主要内容。

这一阶段在文艺界发动的历次运动，虽然斗争的侧重点各有不同，但一以贯之的主题就是反对资产阶级的思想体系，包括资产阶级的世界观和方法论，及其在文学艺术和学术文化领域的各种表现，亦即资产阶级的文艺思想和学术思想。而且这种斗争还常常越出文学艺术和学术文化的范畴，成为一个纯粹的政治问题。有时甚至还要联系到党内的思想倾向和政治分歧，为此后的党内斗争埋下了伏笔。

这一阶段在文艺界发动的历次文艺运动和文艺思想斗争，就积极的方面而言，对知识分子的思想改造和确立马克思列宁主义的世界观、方法论在文学艺术和学术文化领域的指导地位，以及对澄清文艺问题和学术文化问题上的一些重大的理论是非，乃至对新的文艺理论和学术思想体系的建立等，都曾起过巨大的历史作用。但是，我们也应当看到，这些文艺运动和文艺思想斗争也开了以政治的方式解决文艺问题和学术文化问题的先例，尤其是“反胡风”斗争和“反右”斗争及其所作的扩大化的错误的处理，留下了巨大的历史隐患，对此后的文艺思潮乃至文学创作的发展都产生了极为不利的影响。

第二个阶段：从1958年到1965年　与此前的第一个阶段不同，这个阶段的文学思潮不存在两条明显的交叉并进的运行轨迹，而是随着国家的经济生活和国际国内的政治斗争形势的变化，在总体上呈现出一种波澜起伏的发展态势。

1957年的“反右”斗争以后，阶级斗争的扩大化不仅没有得到及时的纠正，同时还因为苏共“二十大”和“匈牙利事件”后国际形势的变化的影响，使得阶级斗争的理论在国家的政治生活中反而得到了进一步的发展和强化。无产阶级同资产阶级的斗争已经不限于“过渡时期”国内的阶级矛盾，而是与整个国际范围内的阶级斗争和共产主义运动内部反对修正主义的斗争紧密联系在一起。

这样一来，反对资产阶级和修正主义文艺思潮的斗争也就成了本阶段文艺思潮发展的一个核心主题。从1958年“反右”斗争的尾声进行的对资产阶级、修正主义文艺思想的批判和再批判，到1959年“反右倾”以后又一次批判资产阶级、修正主义的文艺思想，直至1962年八届十中全会，尤其是毛泽东的两个批示①后持续到“文化大革命”前的不间断的批判资产阶级、修正主义的文艺思想，这种批判和斗争的趋势一直在不断发展和逐步升级，结果便在本阶段形成了一种在政治上极端“左”倾的文艺思潮。这种极“左”的文艺思潮不但断送了“双百”方针和20世纪60年代初期文艺政策调整之后出现的大好局面，而且也助长了文艺理论的谬误。更有甚者，是它直接成了“文化大革命”中对文艺进行“革命大批判”的政治预演和先声。正因为如此，1965年对新编历史剧《海瑞罢官》的批判，也就顺理成章地成了引发持续十年的“文化大革命”的直接政治导火线。

在进行政治批判的同时，1958年的“大跃进”又将本阶段的文艺思潮卷入了一场空前的经济狂热之中。“大跃进”的初衷是为了贯彻总路线②精神，加速经济建设，使我国尽快摆脱“一穷二白”的落后面貌。人民群众在“大跃进”中爆发出来的高度热情和冲天干劲，对本阶段的文学发展是一个有力的推动，他们用文学的方式表达自己的心声，也为本阶段的文学增添了新的内容。从这个意义上说，在“大跃进”运动中兴起的“新民歌”是有其历史的合理性的，也是合乎中国文学的历史传统（包括新文学的传统）的。

在“新民歌”运动的背景下开展的关于新诗发展问题的讨论，以及根据毛泽东谈新诗的意见而提出的“两结合”的创作方法，对于丰富和发展新诗理论和现实主义的创作方法，都有着极为重要的理论和实践的意义。但是，由于在“反右”斗争以后，片面夸大了在斗争中激发出来的精神力量和过于急切地把这种精神的力量转化成物质的成果，加上缺少经济建设的经

① 1963年12月12日毛泽东对文艺问题的第一个批示是：“各种文艺形式——戏剧、曲艺、音乐、美术、舞蹈、电影、诗和文学等等，问题不少，人数很多，社会主义改造在许多部门中，至今收效甚微。许多部门至今还是‘死人’统治着。不能低估电影、新诗、民歌、美术、小说的成绩，但其中的问题也不少。至于戏剧等部门，问题就更大了。社会经济基础已经改变了，为这个基础服务的上层建筑之一的艺术部门，至今还是大问题。这需要从调查研究着手，认真地抓起来。许多共产党人热心提倡封建主义和资本主义的艺术，却不热心提倡社会主义的艺术，岂非咄咄怪事。”1964年6月27日，毛泽东对文艺问题的第二个批示是：“这些协会和他们所掌握的刊物的大多数（据说有少数几个好的），十五年来，基本上（不是一切人）不执行党的政策，做官当老爷，不去接近工农兵，不去反映社会主义的革命和建设。最近几年，竟然跌到了修正主义的边缘。如不认真改造，势必在将来的某一天，要变成像匈牙利裴多菲俱乐部那样的团体。”

② 1958年5月，中国共产党在八届二中全会上提出了“鼓足干劲，力争上游，多快好省地建设社会主义”的总路线。

验，不能很好地掌握客观规律，以及某些盲目的骄傲自满的情绪从中作祟，致使这一场全民的经济建设的热潮，很快便被一种急躁冒进的情绪所左右，出现了一种完全由主观意志支配的、不讲实际条件和客观规律的空想与浮夸。

这种情绪和风气影响到这期间的文学，一方面是盲目地制定不可思议的高指标和大计划，放文艺“卫星”，同时又提出了诸如“演中心，画中心，唱中心”和“三结合”① 等有悖于艺术规律的创作主张。另一方面，无论是群众性的创作，还是专业作家的作品，都出现了以浮夸和空想代替浪漫主义，又以这种扭曲的浪漫主义取代现实主义的生活基础的创作倾向。与此同时，理论上对“两结合”的创作方法所作的政治化的阐释，以及对诸如理想、热情、想象等主观因素和浪漫主义的片面强调，也助长了这种创作倾向的漫延。

1958 年的“大跃进”虽然是十分短暂的，但它却给本阶段的文学思潮留下了持久而深远的影响。

20 世纪 60 年代初，对“反右”和“大跃进”以后文艺界出现的“左”的倾向，从方针政策和理论思想上进行调整、“纠偏”，是本阶段的文艺思潮在向“左”的极端发展的过程中出现的一个短暂的起伏和波澜。“反拨”“大跃进”中出现的违反艺术规律的极端偏向在 1959 年就已经开始，周恩来为此作了极大努力。② 但是，不久即被突然而起的“反右倾”斗争所中断。

这一次文艺政策调整的最直接的动因，则是在“大跃进”、“反右倾”和连续的自然灾害给国民经济造成巨大损失之后，国家开始实行扭转经济形势的“八字方针”。③

与之相适应，文艺政策也开始调整。从 1961 年到 1962 年，文艺政策调整的重大举措主要见于在北京、广州召开的几次重要会议和周恩来、陈毅在这几次会议上发表的重要讲话，以及会议讨论、审议的有关文艺问题的重要

---

① 所谓“三结合”，即“领导出思想，群众出生活，作家出技巧”三者结合的创作方法，它与“演中心，画中心，唱中心”同为“大跃进”期间提出的违背艺术规律的创作主张。

② 1959 年 5 月 3 日，周恩来在京邀请文艺界人士召开座谈会，在会上发表了《关于文化艺术工作两条腿走路的问题》的重要讲话，开始纠正“大跃进”中文化艺术工作的极端化偏向。

③ 这里所说的“八字方针”，即“调整、巩固、充实、提高”的方针。它的正式提出并见诸实施是在 1960 年年底。

文件。① 这些会议、讲话和文件精神，集中体现在如下两个方面：其一是从知识分子政策和对文艺队伍的估计问题，“双百”方针和艺术民主问题，组织领导和制度措施问题入手，纠正错误偏向，调动文艺界的积极性，解放文艺的生产力。其二是从尊重艺术规律入手，澄清一些重大文艺理论问题上的思想混乱，解除束缚，解放思想，活跃文艺理论和创作空气。其中特别是宣布摘掉知识分子的“资产阶级”帽子，认为他们现在已经是“为无产阶级服务的脑力劳动者”，以及提倡“破除迷信，解放思想”，发扬艺术民主、尊重艺术规律等，皆切中“反右”斗争和“大跃进”以后文艺界“左”的思潮的要害。其他关于一些重大文艺理论的辨析，也对这期间种种极端的倾向进行了一次全面的“反拨”。在这个形势下，邵荃麟在“大连会议”上提出的“现实主义深化”和“写中间人物”的主张②，以及后来在文艺界开展的关于题材问题，美学问题，文学上的“共鸣”现象和山水诗问题，戏剧冲突和悲剧、喜剧、历史剧问题，以及《金沙洲》、《达吉和她的父亲》等一些具体作品的讨论和争鸣，都成了文艺政策调整后本阶段的文艺思潮开始活跃回升的重要迹象和鲜明标志。只是这种现象“好景不长”，八届十中全会以后掀起的新的“反修”斗争的浪潮，很快便淹没了这个短暂的调整、“纠偏”所取得的成果，本阶段的文艺思潮重新滑入“左”的轨道，直至“文化大革命”全面爆发。

第三个阶段：从 1966 年到 1976 年　这是本期文学思潮发展的一个十分特殊的阶段。严格说来，这一阶段并不存在一种真正意义上的文学思潮。所

---

① 1961 年 6 月 1 日—28 日，中共中央宣传部在北京召开文艺工作座谈会，文化部同时召开故事片创作会议，因为会址都在北京新侨饭店，故通称“新侨会议”；1962 年 3 月，文化部、中国戏剧家协会在广州召开全国话剧、歌剧、儿童剧创作座谈会，通称“广州会议”。周恩来在前两个会议上发表了《在文艺工作座谈会和故事片创作会议上的讲话》，在后一个会议的预备会和正式会议上分别发表了《对在京的话剧、歌剧、儿童剧作家的讲话》和《关于知识分子问题的报告》。陈毅在“广州会议”上发表了《在全国话剧、歌剧、儿童剧创作座谈会上的讲话》。文艺工作座谈会讨论了《关于当前文学艺术工作若干问题的意见》（共有十条内容，正式执行时改为八条，简称“文艺八条”），故事片创作会议审议了《关于当前电影工作的意见》（二十三条），都是体现这些会议精神的重要文件。

② 中国作家协会于 1962 年 8 月 2 日—8 月 16 日在大连召开了农村题材短篇小说创作座谈会，简称“大连会议”。邵荃麟在会上的发言提到了“现实主义深化”和“写中间人物”问题，后来被编造为“现实主义深化”论和“写中间人物”论，遭到无理批判。

谓文学思潮，只是盗用文学的名义，实质上却是一种普遍泛滥的极“左”的政治潮流。这种潮流如果要冠以文学思潮的名称的话，就可以叫做“政治文学”的思潮。

这种“政治文学”的思潮，集中表现在如下两个方面：其一是以《纪要》① 为代表的对既往的文学传统和文学成就的全面批判和全盘否定。《纪要》不但重复了在前此阶段的批判斗争中对中华人民共和国成立后“十七年”的文艺所作的许多错误的估计和评价，而且还在此基础上变本加厉地炮制了一条“黑线专政论”，认为中华人民共和国成立后的文艺界是“被一条与毛主席思想相对立的反党反社会主义的黑线专了我们的政”。而这条文艺“黑线”，就是“资产阶级的文艺思想、现代修正主义的文艺思想和所谓30年代文艺的结合”。它还将历次被错误地批判的文艺观点，用深文周纳、罗织编造的方法，拼凑成所谓“黑八论”②，作为“文艺黑线”的“代表性论点”。以此为依据，《纪要》不但一笔抹杀了中华人民共和国成立以来的文艺成就，而且全盘否定了“五四”以后，尤其是30年代以后革命文学的传统乃至国际无产阶级文艺运动的历史。与此同时，他们还给中、外文学遗产加上种种封建主义和资本主义的恶谥，肆意践踏人类在历史上创造的优秀文化成果。以《纪要》为代表的这股文化虚无主义的潮流，在“文化大革命”十年中，对文学进行了全面的批判和扫荡，其结果不但使当代作家的人身受到了极大的伤害，而且也在当代文学中造成了一段难以填补的文学的“空白”和“断层”的历史。

其二是以“样板戏”③ 的创作经验为代表的违反艺术规律的理论戒条。所谓“革命样板戏”，本来是在20世纪60年代初的京剧现代戏创作、演出活动中涌现出来的优秀成果，它的渊源甚至可以追溯到从40年代的解放区到中华人民共和国成立后所进行的戏剧改革。江青插手后不但按照当时的政治需要肆意改动戏剧情节，而且把她“钦定”的表演程式乃至艺术细节，

---

① 1966年2月2日—20日，林彪委托江青在上海召开了部队文艺工作座谈会，会后由陈伯达、张春桥、姚文元加工、整理成《林彪同志委托江青同志召开的部队文艺工作座谈会纪要》，简称《纪要》。1966年4月10日作为中共中央文件下达。

② 所谓“黑八论”，即“写真实”论、“现实主义——广阔的道路”论、“现实主义深化”论、“反‘题材决定’”论、“写中间人物”论、“反‘火药味’”论、“时代精神汇合”论、“离经叛道”论等。

③ 指现代京剧《智取威虎山》、《红灯记》、《沙家浜》、《海港》、《奇袭白虎团》，舞剧《红色娘子军》、《白毛女》，交响音乐《沙家浜》。1967年5月31日《人民日报》社论《革命文艺的优秀样板》把这八个剧目称为“革命样板戏”。

都奉为神圣不可侵犯的圭臬，并且利用手中的政治权力，向全国“推广”、“普及”，以此来填补批判、扫荡后出现的文艺“空白”，“开创”他们认定的“无产阶级文艺的新纪元”。在此基础上，他们又进一步将“样板戏”的“创作经验”总结归纳为一系列理论戒条，企图拼凑一个新的理论体系，作为普遍遵循的创作原则和规律。这些理论戒条的核心就是“三突出”① 的理论及其一系列派生物。“三突出”是“文化大革命”中唯一可以称得上是带有某种“建设”性的理论成果，但这个理论本身却是根据阶级斗争的需要和某种政治理论的模式创造出来的，既违反艺术的规律，也脱离创作的实际。在“文化大革命”期间，根据这种理论创作的文艺作品，不是对帮派人物露骨的吹捧，就是别有用心地鼓吹“与走资派作斗争”，除了作为新的文化专制和政治阴谋的手段外，它是不可能促进真正的文艺创作的发展和繁荣的。

“文化大革命”中对上述“政治文学”思潮的抵制力量是极为微弱的。除了出自毛泽东或周恩来对某些作家作品的政策性的保护和支持外，所有文艺界自发的抵制和抗争都不可能有一个光明的结果。在这样严峻的情势下，唯一存活下来并对后来的文艺发生过深远影响的，是一股处于“地下”或“半地下”状态的文学潮流。这股文学潮流主要不是见于理论主张，而是见于实际创作。除了少数在逆境中坚持创作的老作家和中年作者外，它的基干队伍主要是一批从狂热的政治中心退居边缘的“知识青年”。由于特殊的人生经历和现实境遇的关系，这种“地下”的或“半地下”状态的“知青文学”，不但表达了与当时的政治时尚极不相同的思想感情和生活内容，而且也采用了与当时的“样板”创作毫无共通之处的艺术形式。无论从哪方面说，这股潜在的“知青文学”的思潮，都是对上述“政治文学”潮流的一种挑战和反动。在这种挑战和反动中，也孕育了新时期文学思潮的滥觞和萌芽。当然，一个真正的文学的历史新时期的开始，必得有一个重大的历史转折发生才有可能。1976 年 4 月 5 日在天安门广场爆发的诗歌运动，就是这个历史的大转折即将发生的最初信号。以对文艺的批判开始的“文化大革命”，在经历了十年的灾难性岁月之后，终于又被文艺推上了历史的审判台，这是本阶段的文艺思潮所得到的一个最后的光明的结果。

---

① 所谓“三突出”，即“在所有人物中突出正面人物；在正面人物中突出英雄人物；在英雄人物中突出主要英雄人物”。1968 年 5 月 23 日，于会泳在上海《文汇报》发表《让文艺舞台永远成为宣传毛泽东思想的阵地》，第一次公开提出并阐述了“三突出”的口号，原文略有出入，后经姚文元修改为现在的表述。

第二节 本期文学思潮理论焦点

本期文学思潮在艰难曲折的行程中，涉及众多方面的理论问题。这些理论问题，一部分属于基本理论范畴，一部分是创作实践中提出的新的课题。这些问题散见于本期的文艺运动和文艺思想斗争、本期关于文艺问题或与文艺有关的学术问题的讨论，以及本期的某些作家作品的评论之中，有些展开得比较充分，有些还来不及完全展开，有些甚至只是提出了问题，解决问题的时机要留待来日。由于本期文学思潮发展的复杂性和曲折性，同一理论问题有时会在不同的阶段以不同的方式反复出现。有些问题在某一阶段可能是当时的热点，但从长远的角度来看，并无多少理论意义，特别是本期的文艺批判和文艺思想斗争，往往在政治上把问题提到吓人的高度，在理论上却无多少实质性的内容，有些问题的性质则可能是属于其他学术范畴，并不一定都是文艺问题。相反，有些在当时被忽略了的或被当做无关紧要的问题，却有着极为重要的理论意义。鉴于这种情况，为了学习的方便，我们从本期繁复的文艺思潮中，梳理出了两条主要的理论线索，作为本期文学思潮的理论焦点。以下，我们将集中讨论这两条主要的理论线索及与之相关的理论问题。

文学的性质、功能及与之相关的理论问题　由于本期文学与政治之间的特殊密切的关系，以及“文学从属于政治”、“文学为政治服务”的理论原则的确立，使得文学的性质和功能问题，成了本期文学思潮的一个核心的理论问题。本期的许多文艺运动和文艺思想斗争以及文艺理论方面的讨论和争论，大多或直接或间接地涉及这个问题。但是，由于这一理论原则也是毛泽东文艺思想的一个理论核心，关系到新中国文艺的性质和方向，加上历史条件的限制和认识上的局限，本期关于这个问题的讨论和争论，一般来说，并不存在一种公开反对“文学从属于政治”和“为政治服务”的理论主张，而是更多地表现为对这个理论原则的修正和补充，或从创作方面提出某些在贯彻这一理论原则的过程中出现的实际问题。这是本期关于文学的性质和功能问题的讨论的一个主要方面。另一方面，因为文学的性质和功能除了它在与政治的关系中表现出来的社会意识形态方面的特征外，还有它自身的一些特殊的规律和表现形式，即文学与政治及其他社会意识形态相区别的特殊性质，这也是属于文学的性质和功能问题的一个重要方面。关于这方面的讨论，在本期主要见于形象思维和创作规律及美学问题的探讨。因为与政治保持了相对的理论距离，各种意见都可以充分表达，因而相对于前一方面而言，就显得更有学术性，也更为活跃。

关于文学作为一种社会意识形态的性质和功能问题的讨论，在 20 世纪 50 年代中期以前主要是围绕贯彻和确立毛泽东《在延安文艺座谈会上的讲话》的理论原则和新的文艺方向问题展开的。讨论的中心是如何正确理解和处理文艺与政治的关系及在创作实践中出现的各种偏向问题。其中特别是文艺与宣传党的政策和配合政治任务的关系问题，是这一讨论的集中体现，与创作的关系也最为密切。在这个问题上，因为当时文艺界的领导人的正面阐释存在着把文艺为政治服务缩小到为具体的政策服务和为了配合完成政治任务而不惜牺牲艺术性的偏向，故而这场讨论的结果最终不是“反拨”文艺为政策服务和“赶”政治任务这个不科学的理论命题，而是在肯定这个命题的前提下，讨论文艺如何更好地（包括反对简单化地图解政策和兼顾艺术性）为政策服务和配合完成政治任务。与此同时，在创作中，一方面批评了认为为政策服务和配合政治任务必然导致公式化和概念化的观点，另一方面也批评了例如杨绍萱在神话剧、历史剧创作中把为政治服务简单化和庸俗化的反历史主义倾向。① 由此可见，这个时期关于这个问题的讨论只在确立一个既有的理论命题和防止在这个过程中出现的极端偏向，并未触及这个理论命题中的一些实质性的问题。虽然这期间也有围绕阿垅的《论倾向性》开展的政治和艺术的“一元论”的讨论②，但因为这场讨论的主导倾向是对阿垅的反驳和批评，结果并未能对这种总体的趋势发生多大的作用和影响。

真正从基本理论和创作实践的角度触及这个问题的一些实质性的方面的，是“双百”方针提出后，文艺界关于“文学是人学”和文学与人性、人道主义问题的讨论。巴人（王任叔）、钱谷融、王淑明等在这方面率先进

① 1951 年，在戏曲改革工作中，杨绍萱在他所改编的神话剧、历史剧《新白兔记》、《新天河配》、《新大名府》中，用历史事件和神话传说比附、影射今天的现实，让古人和神话中的人、物用今人的语言表达今人的思想，甚至把当时正在进行的各项生产、学习运动直接编织进戏剧情节，表现出了一种极端简单化和庸俗化的反历史主义倾向，受到文艺界一致的抵制和批评。

② 1950 年年初，阿垅在《文艺学习》第一期上发表了《论倾向性》一文，主张艺术与政治的“一元论”，认为艺术与政治的关系，“不是‘两种不同的元素’而是一个同一的东西；不是‘结合’的，而是统一的；不是艺术加政治，而是艺术即政治”。由此引起了一场文艺与政治的关系问题的讨论。

行了有益的探讨。① 他们的观点和论述的侧重点虽然也有一些细小的差别，但作为一种整体的倾向，其共同的出发点都在于反对文学创作中的公式化、概念化和文学批评中的教条主义倾向。针对创作中出现的图解政治（包括政策和某些关于生活本质的理论或概念）的倾向，他们认为，文艺不是一般地以形象反映社会生活（因为“图解”也有“图”，即形象），而是要以它的特殊的描写对象——人为中心，即“文学是人学”。同时，文艺作品中所描写的人，又不能是一种毫无灵性的反映“整体现实”和“生活本质”的工具，而是活生生的，有血有肉的，有真情实感的。只有写出了这样的人，才算“抓住了生活，抓住了社会现实”。因此，文艺要达到“教育人、改善人”和“反映生活、揭示现实本质”的目的，就“必须从人出发，必须以人为注意中心”。基于这样的理解，他们批评“有些作者，为要使作品为阶级斗争服务，表现出无产阶级的‘道理’，就是不想通过普通人的‘人情’。或者，竟至于认为作品中太多人情味，也就失掉了阶级立场了”。因此这些作品的“政治气味太浓，人情味太少”，“不能打动人”。在此基础上，他们进一步涉及人性和人道主义的历史和现实诸多方面的理论问题。这些理论问题的探讨虽然因为“反右”斗争未能继续深入下去，在20世纪60年代初又作为“反修”斗争的对象遭到进一步的批判②，但在这次讨论中提出的“文学是人学”的命题，以及广泛涉及的文学的性质、功能、特征等文学的基本理论问题和对于创作与批评中的公式化、概念化及教条主义的倾向所作的批评，都是对“文学为政治服务”这一理论原则本身以及在贯彻这一理论原则的过程中出现的极端偏向的一个极为重要的修正、补充和“反拨”。此后，在这方面的理论探讨即被持续不断的批判所取代，但在具体作品的讨论和评论中却时有涉及。60年代初，有关文学中的“共鸣”现象和山水诗问题的讨论，实际上也与这个问题密切相关。可见，它的影响并未完全中断。真正恢复文学的“人学”命题的合法地位并将文学中的人情、人性和人道主义问题推到历史的前台，是在“文化大革命”结束后的新时期文学，由此，也便使这方面的理论与实践，开始进入到一个新阶段。

---

① 巴人在《新港》1957年1月号上发表的《论人情》、4月号上发表的《给〈新港〉编辑部的信》、在《北京文艺》5月号上发表的《以简代文》，钱谷融在《文艺月报》1957年5月号上发表的《论“文学是人学”》，王淑明在《新港》1957年7月号上发表的《论人情与人性》、在《文学评论》1960年第3期发表的《关于人性问题的笔记》（写于1957年冬至1958年年初），是阐述他们观点的主要论文。

② 这次批判是以姚文元在《文艺报》1960年第2期上发表的《批判巴人的“人性论”》一文为发难。《文学评论》本年也发表了一系列批判巴人和王淑明的文章。

关于文学自身的特殊性质和规律，即形象思维和创作规律问题的讨论，在20世纪50年代初就有所涉及，具体到形象思维问题上，最早是在对胡风文艺思想的讨论中涉及的胡风对文艺创作中的形象思维问题的论述。形象思维本来是古今中外的文艺创作中客观存在的一种思维规律，它不同于科学的抽象思维，而“是对于真理的直感的观察，或者说是用形象来思维”。① 从40年代到50年代，胡风也多次谈到形象思维问题。以作家的这种特殊的“认识作用”作为反对文学创作中的“客观主义”和“主观公式主义”的理论武器。但50年代初对他的批评却认为他过于强调艺术认识和文学创作的感性特征，贬低乃至抹杀了创作过程中的理性作用。但是，与此同时，当时的文艺领导为要克服创作中的公式化、概念化倾向，提高文学的思想性和艺术性，也强调要在创作中运用形象思维和注意文艺的规律。可见，形象思维问题的提出，是与当代文学的创作实践密切相关的。50年代中期，在“双百”方针的鼓舞下，同时也受到前苏联学术界讨论形象思维问题的影响，文艺界对形象思维问题进行了热烈的讨论。这次讨论同样也是由创作实践中的问题引起的，具体而言，即是文学创作如何正确把握“艺术特征”，运用形象思维，创造典型形象。但是，当讨论展开之后，争论的焦点大多集中在“什么是形象思维”、“形象思维的过程”、“形象思维与抽象思维的关系”等一些比较纯粹的理论问题上，离创作的实际越来越远。后来又因为在“反右”斗争中，形象思维的观点也不可避免地受到了政治的批判。这种批判在“文化大革命”前夕竟上升到“现代修正主义文艺思潮”和“反党、反马克思主义”的高度②，致使这个重要的文学理论问题长期被搁置起来。直到70年代后期结束“文革”之后，公开发表了毛泽东给陈毅谈诗的一封信，涉及形象思维问题③，形象思维才重新引起人们的重视，只是这个问题的讨论后来未能继续深入下去，在理论上也没有达到应有的深度。

在这期间开展的关于美学问题的讨论，与形象思维问题的讨论所经历的变化极为相似。问题的提出也是源于一个文学批评实践中的问题，即在文学批评实践中如何正确处理政治标准第一和艺术标准第二的关系问题。有的读者根据朱光潜在《文艺心理学》中提出的“距离说”（即在审美状态下主体要与对象的实用目的保持一定的心理距离）和“移情说”（即在审美过程中

① 别林斯基：《艺术的观念》，《外国理论家作家论形象思维》，中国社会科学出版社1958年版，第59页。

② 郑季翘：《文艺领域必须坚持马克思主义认识论》，《红旗》1966年第5期。

③ 见1978年1月《诗刊》。

主体将情感移注于对象而达到物我同一的状态)，认为对文学艺术作品的鉴赏（包括批评）可以超出现实的功利关系之外，从而对文学批评的“政治标准第一”和“艺术标准第二”的次序问题提出了疑问。① 蔡仪在回答这个问题时，批评了朱光潜的“距离说”和“移情说”，认为美感是源于社会生活的，审美活动不可能脱离社会功利性，重申了文学批评的“艺术标准服从政治标准”的原则，于是引发了一场关于美学问题的讨论。但是，在讨论开始以后，争论的焦点很快便转向美学的基本理论问题，并且从 20 世纪 50 年代中期到 60 年代初期，就“美的本质”、“美感”和“自然美”等一系列美学问题进行了集中的讨论。讨论的结果是初步奠定了美学这门新兴的学科在我国学术界的地位和理论基础，出现了后来对我国的美学发展影响深远的不同学派的思想萌芽。美学问题的讨论虽然没有像形象思维问题那样遭受到政治的批判，但讨论中的某些政治因素的影响，也限制了不同学派的发展，直到“文化大革命”结束后的新时期，作为一个独立的学科，美学的发展才真正进入一个广阔的新天地。

形象思维和美学问题的讨论虽然经历了许多曲折，又过于局限于纯粹理论的范畴，离创作和批评的实际较远，但对正确认识文学的特征和创作的规律，却有着极为重要的参照作用。尤其是对本期文学中出现的某些极端政治化的和教条主义、公式化、概念化的倾向，这些讨论无疑也起到了一种重要的缓冲作用。无论是作为文学理论的基本建设还是作为相关学科的学术成果，这些讨论如同上述对文学的“人学”特征的诸多问题的讨论一样，是本期文学理论思潮在探讨文学的性质和功能问题上所取得的重要收获。

文学的创作方法及与之相关的理论问题　文学的创作方法因为涉及作家的世界观和思想方法，所以长期以来，在新文学的历史上，一直受到人们的高度重视。又因为创作方法问题往往与新文学的历史传统和创作实践密切相联，所以长期以来，它又是一个文学理论建设和学术探讨的重点。在当代文学史上，则由于上述原因，它便成了一个与当代文学的性质和特征密切相关的理论问题，故而这个问题也就吸引了更多的理论注意，成了本期文学理论讨论和争论的焦点。由于现实主义的创作方法较早在新文学史上确立了它的历史地位，在迭经变化之后，成了新文学的主要潮流和基本传统，故而本期关于文学创作方法的讨论和争论又主要是围绕现实主义问题展开的。这是本期文学思潮关于创作方法问题的理论探讨的一个重要方面。另一方面，则因

① 参见《文艺报》1949 年 10 月 25 日 1 卷 3 期“文艺信箱”中丁进的来信。

为现实主义方法的核心在创作实践中主要是见之于人物形象尤其是典型人物的艺术塑造，故而关于人物形象尤其是典型问题的讨论，就成了本期文学思潮关于创作方法问题的理论探讨的一个重要组成部分。其他与创作方法相关的理论问题可能还有诸多方面，但大多不外乎是这两个方面的问题的延伸和发展。

关于现实主义问题的讨论和争论，在本期文学思潮中，最早的、最为集中的、程度最为激烈的、牵涉的历史问题和理论问题最为复杂的，是20世纪50年代中前期对胡风文艺思想的批评和批判。胡风从30年代起就从事左翼文学运动，他在文学创作、翻译、评论和理论研究等方面，都为革命文学的发展做出了重要贡献。他的文艺思想是一个十分复杂的体系，但“追求的中心问题是现实主义（社会主义现实主义）的原则、实践道路和发展过程”。① 因此，胡风的文艺思想可以说就是现实主义的文艺思想。在长期的理论研究和评论工作中，他用现实主义的眼光去观察文学史现象，研究新文学的发生和发展，也用现实主义的尺度去衡量民族形式，探讨民族形式的源泉和表现，同时，还把现实主义的原则贯彻于文学批评的实践，评价作家、作品，总结创作的规律和经验。在这些方面，他都发表了许多独特的见解，也因此而引起了许多分歧和对立的意见。从40年代初期胡风参与民族形式问题的讨论以后，他与众多论者的分歧和对立的意见，大多集中在现实主义及与之相关的问题上。因为这些分歧和对立有很深的历史渊源，加上在长期的讨论和争论的过程中，胡风把他的现实主义的文艺思想逐渐发展成了一个比较完整的理论体系，这个独特的理论体系与从前苏联传入的社会主义现实主义的流行理论比较，反映了现实主义的理论原则在中国新文学史上不同的价值取向，因而成了从40年代一直延伸到本期的文学思潮的一个重要的理论现象。

胡风并不一般地反对社会主义现实主义，恰恰相反，他始终不渝地坚持社会主义现实主义的理论原则，并为它的科学性和纯洁性而斗争。他所不赞同的只是有关社会主义现实主义理论（主要是它的定义）从前苏联传入时与生俱来的某些天然的理论缺陷，以及中国的传播者们所作的许多扩大和加深这种理论缺陷的偏狭的理解和阐释。正因为如此，胡风与众多论者在这个问题上的理论分歧和对立，就必然要集中到作为社会主义现实主义理论（定义）的核心问题，即这个理论（定义）中“从现实的革命发展中真实

① 《胡风评论集·后记》，《胡风评论集》（下），人民文学出版社1985年版，第407页。

地、历史地、具体地描写现实”和“以社会主义精神从思想上教育和改造劳动人民的任务”这“两个本质的因素”是否需要“结合”起来和如何“结合”的问题。按照定义本身的逻辑和流行的理解，这两者是应当而且能够“结合”的，“结合”的方式是作家首先要获得无产阶级的世界观，然后才能在创作中“真实地、历史地、具体地描写现实”和以自己的作品中的“社会主义精神”完成“从思想上教育和改造劳动人民的任务”。一般论者都认为这是社会主义现实主义与过去时代的现实主义特别是批判现实主义的根本区别，并且因此而十分强调世界观对现实主义创作方法的决定作用，在实践中则把它看做是文学的党性原则和阶级性的集中表现，是贯彻毛泽东的文艺思想的可靠保证。胡风的看法与上述种种有诸多不同。首先，他认为现实主义作为一种文学传统，它的原则精神是一以贯之的。他并不特别强调社会主义现实主义与过去时代的现实主义（包括批判现实主义）的本质区别，而是认为社会主义现实主义不过是现实主义的原则精神在社会主义时代的具体体现，即他所说的“是在社会主义思想所领导的革命斗争时期和苏联的历史现实中的现实主义”。现实主义的这个一以贯之的原则精神，在他看来，即是“写真实”这个“现实主义发展的宝贵传统”和“通过文艺底特殊机能”去反映现实这个“最高原则性的概念”。因此，强调“写真实”和文艺的特殊规律，也就成了他的现实主义理论的基本内容。他甚至认为，社会主义现实主义“本质的意义”，就包含在“写真实”的原则之中，至于“用社会主义精神从思想上教育和改造劳动人民”，不过是对“写真实”的原则的一个“补充的说明”。因为“社会主义精神”就存在于社会主义的现实之中，一个现实主义作家只要遵照文艺的规律进行艰苦的创作实践，“通过实践斗争底胜利（现实主义底胜利）”，就能获得“社会主义精神”，就能“达到马克思主义”。① 其次，与众多论者强调世界观对现实主义创作方法的决定性作用不同，胡风特别强调作家的“主观战斗精神”的作用。“主观战斗精神”是胡风的现实主义文艺思想的一个核心命题。这个命题的提出最初是针对抗日战争相持阶段文艺界出现的战斗意志衰退的现象，要求作家强化“人格力量”、“战斗要求”，高扬“主观战斗精神”，完成抗战文艺的历史使命。在这里，“主观战斗精神”是在特定的历史阶段上对作家的现实精神的具体要求。经过了20世纪40年代中后期围绕这个问题的一系列理

① 参见《胡风对文艺问题的意见》，《文艺报》1955年第1、2期附发，第14~16页。

论论争①，到了50年代初期，胡风把抗战时期对作家的这个具体的要求，逐渐发展为现实主义文学“创作实践的基本规律”，成了他的独特的现实主义文学理论的核心命题。关于“主观战斗精神”，胡风的阐释用语十分复杂，前前后后也有一些发展和变化，但其主要含义不外乎是作家介入现实的强烈愿望和艺术创造的饱满情绪。这在一般意义上说本没有什么特别之处，但当他把“主观战斗精神”贯彻于创作过程，用于处理创作过程中的主、客观关系，就显出不同一般的特色来了。这个不同一般的特色就是在创作过程中作家和创作对象之间的“相生相克”的理论。胡风认为文学创作过程是“从对于客观对象的感受出发，作家得凭着他的战斗要求突进客观对象，和客观对象经过相生相克的搏斗，体验到客观对象底活的本质的内容，这样才能够‘把客观对象变成自己的东西’而表现出来”（他关于创作主体和创作对象的许多复杂的理论观点，都是从这个基本的认识派生出来的）。② 他认为这个过程也是作家的“自我斗争”和通过“自我斗争”“自我扩张”的过程，他把这个过程视作“艺术创造底源泉”。他甚至认为这个过程“能够补足作家底生活经验上的不足和世界观上的缺陷”。③ 胡风就是以这个“主观战斗精神”的理论为武器，参与抗战时期和中华人民共和国成立初期文学领域里的思想斗争，反对他所认定的浮在现实表面的“客观主义”和演绎政治观念的“主观公式主义”的（他认为这两种倾向都“歪曲了现实”）。此外，胡风在现实主义文学反映生活的多样性和题材的广泛性问题上，也有许多独到的见解（他的这方面的观点后来被归纳为“到处有生活”和反“题材决定”论）。这些理论见解综合起来，就构成了胡风的现实主义文艺理论的独特的思想形态。

胡风的现实主义文艺思想是一个十分复杂的理论体系，其中有许多创造性的见解，也有一些不够科学以至于是十分偏激的看法。但是，如果把它放

---

① 最主要的几次是从1944年由舒芜的《论主观》引起的论争；1948年在《大众文艺丛刊》（香港）上开展的对胡风文艺思想的批评和胡风的反批评；1952年由舒芜的《从头学习〈在延安文艺座谈会上的讲话〉》引起的对胡风文艺思想的再批评和胡风的回答。其中关于这一理论命题的重要理论论著是胡风的《关于创作发展的二三感想》（1942年）、《置身在为民主的斗争里面》（1944年）、《论现实主义的路》（1948年）、《胡风对文艺问题的意见》（1954年）和舒芜的《论主观》等。

② 《论现实主义的路》，《胡风评论集》（下），人民文学出版社1985年版，第319页。

③ 《密云期风习小纪》，《胡风评论集》（上），人民文学出版社1985年版，第392页。

在特定的历史阶段上来考察，又不能不说，他的这些理论观点，对于纠正长期以来存在的关于现实主义问题的某些偏狭的理解和在创作实践中存在的某些极端的倾向，确实起到了极为重要的警醒作用。本期对胡风的文艺思想的批评和批判中涉及的现实主义问题，虽然是历史地形成的，大部分都是历史问题，但却有极强的现实针对性，也是极为重要的现实问题。虽然这次批评和批判造成了一个悲剧性的结果，使胡风的文艺思想长期淹没无闻或处于一种被扭曲的状态，但它的潜在的影响却是十分深远的，在创作实践中事实上也在起着一种无声的作用，因而理所当然地应当看做是本期文学思潮在现实主义文学理论方面的一个重要收获。

在批评和批判胡风的文艺思想之后，本期关于现实主义问题的理论探讨仍然是集中在如下两个方面的问题上：其一是从理论上辨析“社会主义现实主义”的定义的缺陷和由此所造成的阐释与理解的混乱（例如秦兆阳的《现实主义——广阔的道路》）。因为前苏联文艺界已经纠正了这个定义中的某些不科学的提法，放弃了其中“艺术描写的真实性和历史具体性必须与用社会主义精神从思想上改造和教育劳动人民的任务结合起来”的表述，① 故而在理论上得以重提胡风的社会主义现实主义是“在社会主义思想所领导的革命斗争时期和苏联的历史现实中的现实主义”的观点（秦兆阳等的表述是“现实主义在社会主义时代的发展”或“社会主义时代的现实主义”），同时胡风所坚持的“写真实”原则也重新受到了应有的肯定，而且再一次强调“现实主义文学的思想性和倾向性，是生存于它的真实性和艺术性的血肉之中”。这当然只是问题的一个方面。问题的另一方面是，1958 年在“大跃进”的浪潮中提出的“两结合”的创作方法，虽然最终取代了“社会主义现实主义”在中国文学中的历史地位，但因为向其中灌注了过多的政治因素和偏重于缺乏现实基础的“革命浪漫主义”，结果不是弥补了而是进一步扩大和加深了“社会主义现实主义”在理论上的固有缺陷和实践中的极端偏向。虽然作为一个新的理论命题，“两结合”的创作方法仍然有极为重要的理论意义和实践意义，但由于各种复杂因素的影响，终究未能对本期文学的发展产生多少积极的促进作用。其二是在实践中反对创作的公式化、概念化和理论批评中的教条主义倾向。秦兆阳等人在 20 世纪 50 年代中期探讨现实主义问题，其出发点本来就是针对文学为政治服务的过程中出现的各种简单化和庸俗化的弊端的。针对这些弊端，他们特别强调现实主义的要求和文学艺术的特点，认为“现实生活有多么广阔，它所提供的

① 这个修改的决定是 1954 年第二次苏联作家代表大会作出的。

源泉有多么丰富，人们认识现实的能力和艺术描写的能力能够达到什么样的程度，现实主义文学的视野、道路、内容、风格，就可能达到多么广阔，多么丰富”（《现实主义——广阔的道路》）。但是，在这些正确的意见遭到无理的批判之后，创作中的弊端不但没有得到解决，相反，却在50年代后期的“大跃进”中发展到更为严重的地步，以至于到了60年代初期又不得不重新提出这个问题。邵荃麟的“现实主义深化”的观点虽然是针对“大跃进”中脱离现实的浪漫主义而发的，要求在“现实主义深化”的基础上产生强大的革命浪漫主义，在这里寻求两者结合的道路，但核心的问题仍然是胡风当年所反对的浮在表面的“客观主义”和演绎政治观念的“主观公式主义”。可见，本期关于现实主义问题的理论探讨存在着一以贯之的内在联系。本期关于现实主义的诸多理论问题，直到“文化大革命”结束后的新时期，才得到正确的评价，社会主义现实主义也在一个新的意义上，重新成为新时期最初一个阶段文学发展的理论方向。

在本期文学思潮中，典型问题是与现实主义问题密切相关的另一个理论探讨的焦点问题。这一方面是因为在马克思主义关于现实主义的经典定义中，典型问题是现实主义的一个重要的理论内容①，故而讨论现实主义就不能不涉及典型问题（胡风、秦兆阳、周勃等人在讨论现实主义时都论及典型问题）。另一方面则是因为，典型问题常常是与创作实践中人物形象的塑造问题紧密联系在一起，故而典型问题的讨论又常常是围绕文学作品中人物形象的塑造问题展开的。在这个意义上，典型问题的讨论从新中国成立初期讨论“小资产阶级的人物可不可以作为文艺作品的主角”②、“关于创造新英雄人物问题”③，以及对“肖也牧的创作倾向”和对《关连长》（朱定）、《我们的力量是无敌的》（碧野）、《战斗到明天》（白刃）等作品的批评就已经开始。此后，在学习社会主义现实主义理论，讨论“文艺作品如何反映人民内部矛盾”，批评“中间人物”论和对《创业史》、《青春之歌》、《金沙洲》、《达吉和她的父亲》等作品的人物评论中，也多有涉及。尤其是“创造新英雄人物”的讨论，从20世纪50年代到60年代，一直是一个十分活跃的理论话题。在这个问题上，虽然有许多分歧和对立的意见，但总的理论倾向却逐渐趋向如下几个方面：英雄人物应当以工、农、兵为主角；应当

① 恩格斯在《致玛·哈克奈斯》的信中说：“现实主义的意思是，除细节的真实外，还要真实地再现典型环境中的典型人物。”

② 参见《文汇报》1949年8月至11月“磁力”副刊。

③ 参见《文艺报》1952年5月第62期~12月第76期。

尽量避免描写英雄人物的“品质缺陷”和内心冲突；英雄人物体现了特定阶级和时代的本质；塑造英雄人物是文学为无产阶级政治服务的重要表现，等等。与此同时，大量“中间”状态的或处于“转变”之中的人物形象，特别是那些“复杂”的和“反面”的人物形象，却受到无原则的轻视，甚至把他们等同于生活中的人物，完全否定这些人物形象作为艺术典型的意义和价值。这种倾向发展的结果必然要走到“文化大革命”中用“三突出”的原则创造“高、大、全”式的英雄人物的地步。文学意义上的典型形象被政治意义上的“无产阶级工农兵典型形象”所取代，创造这样的“典型形象”，成了为“四人帮”的阴谋政治服务的“创作的根本任务”。

本期关于人物形象塑造特别是英雄人物形象塑造问题的讨论，以及对诸多作家创作、诸多文学作品的批评，从一个侧面也反映了本期关于典型问题讨论的理论趋向。本期比较集中的关于典型问题的理论讨论，是在20世纪50年代中期“双百”方针提出之后。讨论的重点是对“典型”和“典型性”的理解。这些众说纷纭的理论观点归纳起来，主要有以下两个方面：其一是把“典型”看做是“一定社会力量的本质”，一定“时代和阶级的代表”。其二是把“典型”看做是“共性和个性的统一”。在这里，“共性”是指社会的、历史的、时代的或阶级的、阶层的和社会集团的“共同性”，尤其是共同拥有的“本质特征”。“个性”则是指表现“共性”的个别事物和人物形象的具体各别的性格特征。这都是从内涵的角度对“典型”和“典型性”所作的定性分析，虽然二者都不排斥“个别性”（包括前一种看法也认为“代表既然是人物，那就有属于他自己个人的东西，即个人的命运与个性”① ）。但强调的重点却是他的“普遍性”，尤其是这种“普遍性”中政治的或阶级的本质内容。这与上述关于人物形象尤其是英雄人物形象的塑造问题上所表现出来的理论倾向是完全一致的。此外，也有从其他角度对“典型”和“典型性”问题发表的不同见解（例如何其芳从文学接受的角度谈到“典型”是“人们用来称呼某些人的共名”的“共名说”就比较有代表性②）。这些理论见解集中显示了本期关于典型问题的理论探讨所取得的重要收获。虽然典型理论本身在“文化大革命”结束后的新时期受到了新的创作实践的检验和挑战，并且因此而得到了更新和发展，但在本期文学思潮中却是现实主义理论不可或缺的一个重要方面。

---

① 巴人：《典型问题随感》，《文艺报》1956年第9号。

② 参见何其芳：《论阿Q》，《人民日报》1956年10月16日。

第三章　各体文学创作

第一节　本期诗歌创作

本期诗歌创作概况　作为中国当代诗歌的历史起点，本期诗歌创作是以对中华人民共和国的成立这一划时代的伟大历史事件的歌颂为发端的。郭沫若的《新华颂》、何其芳的《我们最伟大的节日》和胡风的长诗《时间开始了》是这一历史性的颂歌的开篇之作。这同时也标志着一个颂歌时代的开始，在此后的一个相当长的时期内，对于重大的政治历史事件的歌颂，也便成了本期诗歌一个普遍的艺术风气。中华人民共和国的成立也在诗人面前展开了一片全新的生活天地，诗人们急于用自己的笔记录所见、所闻，用自己的诗描述新人、新事，用自己的歌唱反映时代的变化，这就使得这期间的诗歌同时也滋长了一种写实的风气。尤其是诞生在这个新旧转折关头的以阮章竞的《漳河水》为代表的一些叙事诗作品，直接把20世纪40年代解放区的诗歌经验和艺术方向带入当代诗歌，对本期诗歌现实主义诗风的形成，产生了重要的作用和影响。无论是诗的情感倾向还是诗的表现形态，本期诗歌后来发展的诸多因素，都可以从这一历史的起点找到它的滥觞和端倪。

但是，新的历史的起点对于每一个当代诗人来说，在艺术上并不意味着都是一个良好的开始。一批在20世纪40年代的解放区从事诗歌创作的诗人，进入本期以后，因为能够很快地适应新的社会环境和时代要求，创作的转换较为顺利，在经过了一个短暂的适应过程之后，便开始进入了正常的创作状态。与此相反，其他诗人则因为这个适应的过程所经历的时间较长，或者经过了较长的时间仍然不能完全适应或完全不能适应新的时代的要求，故而创作的转换就较为缓慢。尤其是一些具有浪漫主义的“唯美”或现代主义倾向的诗人，有的甚至放弃了诗歌创作而去从事其他的文学工作。这种复杂的创作转换情况，一方面使得本期诗歌在最初一个阶段的创作显得较为沉寂或不够活跃，另一方面同时也意味着本期诗歌从一开始便偏重解放区诗歌的艺术经验而偏离中国新诗更为广泛的艺术传统。本期诗歌此后向着比较单一的艺术轨道发展，也与转换期的社会环境和时代要求对诗人的这种艺术的选择极有关系。

经过了一个短暂的转换阶段，本期诗歌进入 20 世纪 50 年代中前期以后，开始日渐活跃起来。一些跨越新旧两个时代的著名诗人，如冯至、艾青、臧克家等，这时大多完成了自己的艺术转换。虽然在这个转换的过程中大多失去了自己原有的艺术优势和创作特长，但毕竟在新的时代找到了适合于自己的创作题材和艺术表达的方式，开始写出了一些能够适应新的时代要求的诗歌作品。特别是在 40 年代的解放区主要以叙事诗的成就显示了一种新的创作方向的李季、田间、阮章竞、张志民等，这时都进入了特定的题材领域，从各个不同的侧面反映了中华人民共和国成立后经济建设和人民生活所发生的巨大变化。他们的创作集中显示了解放区的现实主义诗歌与本期诗歌的历史联系，奠定了本期诗歌写实风格的艺术基调。与他们的创作形成对照，同样是作为 40 年代的解放区诗人，并在创作中取得了一定成绩的贺敬之、郭小川等，则在他们的创作中，把 40 年代解放区的朗诵诗和早期革命诗歌的“政治抒情”传统带入了本期诗歌，在本期诗歌中开拓了一个“政治抒情诗”的艺术潮流。除了上述这些“跨代”诗人之外，一批在新中国的土壤上成长起来的青年诗人，也为本期诗歌增添了重要的新生力量。这批青年诗人虽然有极少数人在 40 年代后期就有过文学创作或诗歌创作的尝试，但作为一个新的诗人群体崛起于诗坛，却是在中华人民共和国成立之后。他们在艺术上虽然同样是受着 40 年代解放区诗歌的影响，但因为他们的生活积累和情感体验是来自于一个全新的时代、全新的社会生活，尤其是他们中的绝大多数人都有过军旅生活的经验，故而他们的作品也就透露了一种与过去时代的诗歌完全不同的明朗、清新、热烈、高亢的艺术格调。这种艺术格调同时也是本期诗歌所特有的一种时代风格和艺术特色。虽然 50 年代中期的“反右”斗争对这个新的青年诗人群体造成了一种毁灭性的打击，但是这个群体中的一部分优秀诗人如闻捷、李瑛、严阵、顾工、雁翼、梁上泉、傅仇、未央、张永枚等却逐渐成长为本期诗歌创作的中坚力量，另一部分遭受厄运的诗人如公刘、邵燕祥、白桦、流沙河等则在中年复出之后，将这一群体的艺术精神带入新时期诗歌，使之继续发扬光大。除了上述“跨代”

诗人的转换和新诗人的成长之外，影响本期诗歌发展另一个重要问题，是在40年代的诗坛十分活跃的“七月派”① 诗人和具有独特风格的“九叶派”②诗人在“胡风反革命集团”事件和“反右”斗争前后相继退出诗坛。这两批诗人在本阶段诗坛相继“隐退”，无疑影响了本期诗歌在艺术上对中国新诗多样化传统的继承和对外国现代诗歌艺术的借鉴与吸收。由于本阶段诗人队伍这种异常的变动，加上社会政治因素的影响，本期诗歌此后在“纵的继承”方面独尊解放区诗歌传统，在“横的移植”方面独重前苏联的诗歌经验，逐渐走上了一条十分独特的但却不免偏狭的发展道路。

从20世纪50年代后期到60年代中期“文化大革命”发生以前，本期诗歌一方面由于受持续不断的阶级斗争和政治运动的影响，日益将情感的抒发专注于国内外阶级斗争和政治事件的重大主题。其结果不但使“政治抒情诗”的创作日趋发达，而且也使一般“生活抒情诗”的创作染上了浓厚的“政治抒情”的色彩。随之而来的是，诗的议论和说理的倾向也日趋严重，许多诗作甚至完全背离了“诗言志”的文体精神和抒情传统，成了某些政治理论押韵的宣传品和时代精神的简单的传声筒。另一方面，则由于受“新民歌运动”③ 的冲击和诗歌发展道路问题的理论讨论④的影响，在艺术

---

① 指抗日战争期间在胡风主编的《七月》、《希望》杂志上发表诗作或“七月诗丛”中出版诗集的一批诗人。这批诗人大多受胡风文艺思想的影响，其中有些人后来被打成“胡风反革命集团”骨干分子。

② 指在20世纪40年代后期创办了《诗创造》和《中国新诗》杂志并以之为阵地从事诗歌创作的一批青年诗人，他们的诗风倾向于西方现代主义。1981年江苏人民出版社出版了其中的代表人物辛笛、陈敬容、杜运燮、杭约赫（曹辛之）、郑敏、唐祈、唐湜、袁可嘉、穆旦九人的合集《九叶集》，故称“九叶派”。又因其主要阵地是《中国新诗》杂志，故又称“中国新诗”派。他们中的一部分人后来被打成“右派”分子，另一部分人因为诗风与时代不合而中止诗歌创作。

③ 1958年“大跃进”期间，人民群众自发地用诗歌的形式歌唱自己的劳动，表达自己的理想，出现了“新民歌”创作的热潮。后来经过有组织的搜集、整理，加以提倡和推动，形成了声势浩大的“新民歌运动”。“新民歌运动”既有人民群众的真实心声的体现，也存在政治上的“冒进”和经济上的“浮夸”的影响。1959年，人民文学出版社出版了郭沫若、周扬主持编选的“新民歌”的权威选本《红旗歌谣》。

④ 在“新民歌运动”的推动下，1958年下半年，文学界开展了关于诗歌发展道路问题的讨论。1959年3月，毛泽东在成都召开的中共中央工作会议上发表的关于诗歌发展道路问题的意见，即“中国诗的出路，第一条是民歌，第二条是古典，在这个基础上产生出新诗来”，“形式是民歌，内容应是现实主义和浪漫主义对立的统一”，对这次讨论产生了决定性的影响作用。

上进一步放弃了对外国（包括前苏联）诗歌的“横的移植”的努力，更加专注于从“民歌”和中国“古典”诗歌的基础上去寻找当代诗歌的发展道路。结果虽然在吸收古典诗歌意境创造的艺术经验和融合新旧民歌艺术风格的神韵方面也取得了一定的成绩，但从总体上说，创作的道路却愈走愈窄，以至于许多诗的艺术表现手法日渐走向程式化，诗体本身也缺少创造和变化。

这一阶段的诗歌虽然后来逐渐摒弃了“大跃进”期间虚浮的“浪漫主义”和“新民歌”的过于单调的民间形式，但浪漫主义的直抒胸臆和“新民歌”的豪放诗风，却成了这一阶段占主导地位的“政治抒情诗”和带有“政治抒情”倾向的诗作的主要艺术格调。

尽管存在上述偏向，这一阶段的诗歌创作仍然取得了一些重要的收获，除了在叙事诗领域出现了如李季的《杨高传》、闻捷的《复仇的火焰》和郭小川的《将军三部曲》等优秀作品以外，就是有众多诗人如贺敬之、郭小川、李瑛等在抒情诗的创作方面都在走向艺术上的最后成熟，他们的一些重要抒情诗作品都产生在这一阶段，是这一阶段的抒情诗创作为本期诗歌提供的为数不多的艺术精品。

本期诗歌从思想到艺术都是带着严重的危机进入“文化大革命”的非常时期的。整个十年“文化大革命”，诗除了同文学家族的其他成员一起饱受摧残和蹂躏之外，就是日渐沦为政治时尚的点缀和阶级斗争的工具，成了分行排列的标语口号和合辙押韵的政治檄文。

但是，与此同时，“文化大革命”也孕育了当代诗歌的转机和艺术革新的萌芽。一部分因为“文化大革命”的冲击而失去创作权利和在前此阶段的政治运动中先后从诗坛“隐退”的诗人，虽然身处逆境，却写出了一批表现了他们的独立思考和独特风格的作品。① 他们的创作同时也使中国新诗的优秀传统在“文化大革命”的非常时期得以保存下来，不致完全中断，因而在“文化大革命”结束后理所当然地成了新时期诗歌复归传统的桥梁和纽带。另一部分则是刚刚从“文化大革命”的政治漩涡中心退居边缘、在20世纪60年代后期的“上山下乡”运动中涌现出来的“知青”诗人，他们的创作大胆地“反叛”时尚的思想和艺术，表现了这期间的诗歌挣脱政治束缚、呼唤艺术革新的强烈要求，是“文化大革命”结束后的新时期

① 各派诗人都有所作，后来成为名篇名作的有郭小川的《团泊洼的秋天》、《秋歌》，曾卓的《悬崖边的树》和绿原、牛汉、唐湜、蔡其矫、流沙河以及画家黄永玉等人的有关作品。

"新潮诗歌"的滥觞和源头。① 这两批诗人的创作虽然暂时都处于"地下"状态，但对"文化大革命"结束后的新时期诗歌却产生了极为重要的作用和影响。本期诗歌是以一场政治性的"天安门诗歌运动"② 为其历史的终结的。"天安门诗歌运动"显示了人民群众的觉醒和力量，孕育了新时期思想解放和艺术革新的萌芽，它同时也是一个伟大的历史转折和新的文学时代开始的标志。

本期抒情诗创作　抒情诗在中国新诗史的不同阶段上曾有过不同的表现形态。本期抒情诗的基本表现形态主要有两种：其一是比较特殊的"政治抒情诗"；其二是与之相对的一般抒情诗或称之为"生活抒情诗"。这两种形态的抒情诗在本期抒情诗创作中都取得了重要的成就，出现了一些在当代诗歌和新诗史上具有重要影响的诗人和诗歌作品。因为这两种形态的抒情诗在本期诗歌创作中有各自发生和发展的特殊性，故以下拟从两个方面分别加以描述和讨论。

就历史渊源而论，"政治抒情诗"的滥觞应当是早期革命诗歌。早期革命诗人例如蒋光慈、殷夫等的诗歌创作，往往注重选取国内外重大的政治事件和历史场景作题材，表达他们的体验、感受或歌颂、赞美之情。而且作为抒情主体，他们所表达的也不纯粹是个人的情感，而是联系着一个阶级或阶层，是站在一个政治群体的立场上说话的。这些有别于一般抒情诗的特殊的抒情要素，经过了抗战期间的朗诵诗运动的发展，又与朗诵诗所要求的直抒胸臆、朗朗上口和富于鼓动性等诸多特征结合起来，在这期间，基本上奠定了"政治抒情诗"的最初的艺术基调。本期"政治抒情诗"即是在这个基础上发展形成的一种特殊的抒情诗的艺术形态。

本期"政治抒情诗"创作在20世纪50年代初主要是以中华人民共和

---

① 新时期"新潮诗歌"（即所谓"朦胧诗"）的代表人物北岛、舒婷、顾城、江河、杨炼等都是在这期间先后开始他们的诗歌创作的。对这些诗人的创作产生重要影响的更早一些从事诗歌创作的"知青"诗人还有食指（郭路生）等人。这期间还形成了被后来的论者称举的"知青"诗人的群体"白洋淀诗派"（以芒克等为首），奠定了"文化大革命"结束后另一个"知青"诗人的群体"《今天》诗派"（以北岛为首）的创作基础。

② 1976年4月5日（农历丙辰年清明节）前后，人民群众在北京天安门广场以诗歌的形式悼念年初去世的国务院总理周恩来，表达对江青、张春桥、姚文元等人的不满和愤怒，被当做"反革命事件"遭到镇压。1978年12月召开的中国共产党十一届三中全会撤销了关于"天安门事件"的错误文件，为"天安门事件"平反。

国的成立这一划时代的历史事件为题材，表达诗人对这一伟大历史转折的经验和感受。代表作主要是上述郭沫若、何其芳和胡风等人的作品。郭沫若的《新华颂》拟四言古体，显得庄严典雅。胡风的《时间开始了》分5个“乐篇”①，长达4500行，气象十分恢弘。何其芳的《我们最伟大的节日》在保持他的一贯的清新流畅的抒情风格的基础上，又增添了几分雄放的气势。这些诗作以欢庆和赞颂的情感为基调，类似于古代的“颂”体和某些“大赋”，是一种赞颂型的“政治抒情诗”，故又被人称做“颂歌”。“颂歌”开创了本期“政治抒情诗”的艺术风气，对此后的创作产生了深远的影响。但是，这时的“颂歌”也因为来不及进行情感的沉淀而不免流于浮泛，因为缺乏深入的思考而显得内容空疏，在艺术上也只限于直抒胸臆而无多少新的创造。除“颂歌”以外，这时的“政治抒情诗”值得注意的还有石方禹的《和平的最强音》，表现作者对于“战争与和平”的历史和现实的独特思考，是一篇不可多得的有气魄、有深度的“政治抒情诗”作品。50年代中期是“政治抒情诗”在艺术上的创造期。贺敬之的《放声歌唱》继续了赞颂型的“政治抒情诗”（“颂歌”）的创作。郭小川的《致青年公民》组诗则创造了一种鼓动型的“政治抒情诗”。他们的创作融合外来影响和古典传统，将“政治抒情诗”的各基本抒情要素发展成比较成熟的抒情模式，使“政治抒情诗”成了一种引人注目的、独特的抒情诗的诗体形态。郭小川和贺敬之也因此而成了本期“政治抒情诗”创作的优秀代表。从50年代后期到60年代，“政治抒情诗”的创作日益繁荣，郭小川进一步把上述抒情模式转换成一种新的“辞赋”体，贺敬之则继续以上述抒情模式创作出了新的更有力度的作品。一些从未涉笔“政治抒情诗”创作或“政治抒情诗”创作非其所长的诗人，如李季、阮章竞、张志民、闻捷、李瑛、张万舒等，这时也创作了一些或长或短的“政治抒情诗”作品，有些在当时还产生了一定的影响。“政治抒情诗”创作一时间竟成了一种流行的抒情风气。但这时的“政治抒情诗”已染上了较重的理念成分，属于一种政论型的“政治抒情诗”。而且这时的政治理念本身又存在着太多的极端偏向，加上在这种流行的创作风气中，“政治抒情诗”原有的抒情模式已日益僵化，在艺术上未有更新的探索。这种趋势，必然要导致“政治抒情诗”在“文化大革命”中不可避免地走向最后的瓦解和衰落。

由于本期在国家政治生活中存在着持续不断的政治运动和政治斗争，社

① 其中第3个“乐篇”《青春曲》当时未能写成发表，是作者复出后于20世纪80年代初补足重刊的。

会生活的“政治化”程度极高，各个领域、各个方面都渗透了极强的政治因素，故而用“政治抒情诗”的形式敏锐及时地直接反映现实生活中的政治变动，就成了诗歌“为政治服务”的重要标志。这是本期“政治抒情诗”繁荣兴盛的主要原因。与此同时，又因为本期在进行社会主义革命和社会主义建设的过程中，不断地开展反对资产阶级、小资产阶级个人主义的思想斗争和进行共产主义、集体主义的道德教育，影响到诗歌尤其是“政治抒情诗”的创作，往往把作为抒情主体的个体等同于作为一般社会主体的个人，把抒情主体的个人情感和个性表现等同于政治和道德上的个人主义。在这种社会思潮和文艺观点的影响下，本期“政治抒情诗”创作很少能够见到具有独特的个人感受的作品，大多数作品所抒发的一般是为群体所共有的普遍的社会情感。抒情主体由“小我”变为“大我”，主体的情感表达由群体通过个体的“代言式”，变为直接以群体的名义取代个体的“群言式”。这是本期“政治抒情诗”在艺术上所发生的一个重要变化，也是“政治抒情诗”作为一种成熟的形态，在本期逐渐形成的一些主要的艺术特征。由于上述原因，本期“政治抒情诗”创作议论和说理的风气十分浓厚，除了极少数优秀作品，一般诗作的情感化和形象化的程度不高，诗思政论有余而哲理不足，诗兴激扬过甚而缺乏调节，诗风偏于直泻而不够委婉曲折，“文化大革命”中甚至发展到直接演绎政治理论和标语口号式的直白呼号的程度。这些无疑都影响了本期“政治抒情诗”的创作质量和“政治抒情诗”本身的艺术生命。“政治抒情诗”在“文化大革命”结束后的20世纪70年代末虽然还有过短暂的复苏，但很快便趋于消失，在新的诗歌潮流中结束了自己短暂的艺术历史。

郭小川和贺敬之是本期“政治抒情诗”最有代表性的也是成就最高的诗人。他们在艺术上的主要贡献是共同完成了“楼梯式”的“政治抒情诗”体的“中国化”（民族化）。“楼梯式”的抒情诗体最早是前苏联革命诗人马雅可夫斯基的独特创造，传入中国以后，对新诗史上的众多诗人都产生过重要影响。郭小川和贺敬之在田间等解放区诗人已取得的创作成就的基础上，进一步融合了中国古典诗歌和民歌的形式与韵律，将这种外来的抒情诗体最终改造成了当代“政治抒情诗”的主要艺术形态。在运用“楼梯式”的诗体进行创作方面，郭小川的《致青年公民》组诗（一共7首）较早作出了成功的试验。特别是其中的《投入火热的斗争》、《向困难进军》等，以跳跃的句式和鼓点般的节奏，表现了高昂的意志和饱满的热情，在青年读者中产生了很强的鼓动性和号召力。“楼梯式”的“政治抒情诗”体也因此而引起了人们的讨论和注意。但是，真正表现了“楼梯式”的“政治抒情诗”体的成熟形态和鲜明特征的，是嗣后出现的贺敬之的《放声歌唱》和他以这种诗体创作的一系列其他作品。《放声歌唱》在艺术上的最大特点是以马雅可夫斯基式的梯式排列的诗行结构驾驭中国古典诗歌和民歌的韵律形式，使自由诗的散文的句式与古典诗歌和民歌的韵律得到了完美的结合。其中特别是排比和对偶的广泛运用，以及吸取中国古典诗词的意境创造和民歌的反复咏唱手法等，都使“楼梯式”这种外来的抒情诗体“得到了创造性的发展”，“达成了民族化的初步成就”。① 贺敬之此后的“政治抒情诗”作品，特别是长篇“政治抒情诗”，主要是采用这种形式。他的作品虽然数量不多，但大多产生了广泛而持久的社会影响。除《放声歌唱》外，其他如《十年颂歌》、《雷锋之歌》、《西去列车的窗口》等，都是本期“楼梯式”的“政治抒情诗”创作的重要收获。在这些长篇的“政治抒情诗”外，贺敬之还创作了《回延安》、《三门峡歌》、《桂林山水歌》等脍炙人口的抒情短章，这些诗作虽然大多是采用民歌体或拟古体歌行的形式，但其内在的气韵与他的长篇“政治抒情诗”仍有诸多共通之处，是他的“政治抒情诗”创作的一种艺术的变奏。

与贺敬之专心致志于“楼梯式”的“政治抒情诗”创作不同，郭小川在作了短暂的创作尝试之后，即转向其他方面的诗歌创作。但是，到了20世纪60年代，他又回到了“政治抒情诗”的创作上来，并且把他曾经尝试过的“楼梯式”的诗体加以艺术的还原和改造，创造了一种被人称之为“新辞赋体”的“政治抒情诗”体。这种诗体将“楼梯式”的成梯形排列的诗行“还原”成散文式的长句②，在外形上追求“节的匀称”和“句的均齐”（即每一节的行数相等，每一行的字数相等），尤其注重节与节之间、行与行之间的排比与对称，使诗体在外形上显得规范整饬，类似于20年代的新格律诗。但是，它的内在的散文式长句却是自由灵动、活泼多变的。这种外形整饬，内里灵活的诗体广泛地吸取了中国古典诗歌尤其是辞赋体的艺术营养，是对中国古代辞赋所作的一种创造性的艺术转化。用这种像古代辞赋一样铺张扬厉、汪洋恣肆的现代辞赋体创作“政治抒情诗”，较之采用已经基本定型的“楼梯式”的诗体，在艺术上就显出了一个重要的革新变化，

① 茅盾：《反映社会主义跃进的时代，推动社会主义时代的跃进》，《争取社会主义文学的更大繁荣》，作家出版社1960年版，第21页。

② 因为“楼梯式”本来是马雅可夫斯基为适应朗诵的需要，将散文式的长句切割成梯式排列而成，被称为“剁碎了的散文”。郭小川尝试“楼梯式”也有此意，故恢复其散文式的长句是一种艺术的“还原”。

也为“政治抒情诗”“创造了一种雄浑有力的诗体”。① 这是郭小川在60年代对“政治抒情诗”艺术作出的一个新的贡献。他的这种“新辞赋体”的代表作如《甘蔗林——青纱帐》、《厦门风姿》、《乡村大道》等，虽然规模体制不及“楼梯式”的诗体那样宏大，但却更有文采，更具形象性和音乐的流动美感。除“新辞赋体”外，郭小川这期间还吸收民歌和古典诗词的语言特色，创作了句式比较短促、结构比较自由灵便的《林区三唱》等直抒胸臆的诗篇，这些诗篇具有“新辞赋体”一样的气势和力度，是郭小川为诗体艺术作出的又一个成功的试验。

所谓一般抒情诗在本期抒情诗创作中有两个主要含义：其一是指纯粹个人的抽象的情感抒发，即不假于外物，表现为一种个体独白的形式。因为纯粹个人的情感在本期往往被视为资产阶级或小资产阶级情调，是很难得到充分表达的，故而在本期抒情诗中，这类纯粹个体独白式的抒情诗的创作是不够发达的。即使偶有所作，也容易招致批评和冷落。与此相对的是，本期一般抒情诗的另一个含义，是指借助于一定的生活场景、人物或故事抒发个人的情感，亦即即景生情、缘事而发。这也就是所谓“生活抒情诗”的含义。这类抒情诗因为符合本期提倡的“反映生活”的文学观念的要求，又受解放区诗歌的现实主义传统和前苏联当代诗人的写实风格的影响，故而在本期抒情诗创作中十分发达。本期一般抒情诗创作也主要是指这种形式的“生活抒情诗”。

本期抒情诗创作紧接着20世纪50年代初期的“颂歌”之后便是50年代中期兴起的一个“生活抒情诗”的创作潮流。由于大规模的社会主义经济建设的兴起和社会生活所发生的翻天覆地的变化，许多诗人接受时代的感召与呼唤，深入到经济建设和社会生活的各个领域，把那儿作为他们相对固定的创作源泉和基地。于是，在这个时期的“生活抒情诗”领域，就出现了一批以特定的经济建设和社会生活题材为对象的抒情诗作，集中表现了本期诗人对于各行各业的建设成就和新人新事的赞美与歌颂。其中比较有代表性的例如李季以玉门油矿为基地的诗歌创作，阮章竞深入包头钢铁基地的诗歌创作，傅仇以林区建设者的生活为题材的诗歌创作，邵燕祥、戈壁舟、顾工、雁翼、梁上泉等歌颂电力和铁路、公路交通建设成就的诗歌创作，以及张志民、严阵等反映农村生活，田间、闻捷等反映边疆生活，以及公刘、白桦、李瑛等反映军旅生活，包括稍早一些时候的未央、张永枚等反映抗美援朝战争的诗歌创作，等等。这些抒情诗作在艺术上的共同特点，是注重客观

① 冯牧：《郭小川诗选·序》，人民文学出版社1979年版，第11页。

对象的描写，在对客观对象的描写中表达作者的情感态度，显示生活的理性涵义，是一种将抒情主体的情志寄寓于客观对象的具有极强的写实倾向的抒情形态。这种抒情形态集中显示了本期“生活抒情诗”创作的艺术特色，奠定了本期“生活抒情诗”创作的风格基调。

从20世纪50年代后期到60年代，“生活抒情诗”因为受时代潮流和政治气候的影响，题材和主题愈来愈窄，诗风也随之发生了很大的变化。诗人原来所热衷的自然山水、田园风光、民族风情、边疆风貌，以及甜蜜的爱情、愉快的劳动、崇高的理想、美好的青春、幸福的生活，逐渐为国际国内的阶级矛盾和阶级斗争所取代，诗人的情感由热烈而趋于严峻，诗的主题由轻松而趋于严肃。与此同时，在艺术上也由注重客观对象的描写，一变而为依据主观的需要把客观对象抽象为某种隐喻或象征的艺术符号；由通过客观对象的描写表达主体的情志，一变而为人为地赋予客观对象以某种确定的情感内容和理性含义。抒情的方式日趋程式化，诗的语言日趋理念化和规范化。这些迹象表明，这一阶段的“生活抒情诗”正在日渐向“政治抒情诗”靠拢，乃至到“文化大革命”中完全与“政治抒情诗”合流，为“政治抒情诗”的潮流所吞没。“政治抒情诗”最终成了本期“生活抒情诗”的一个无法逃遁的历史归宿。从50年代后期到60年代，由于个体的创作的发展和当代诗歌整体的艺术追求的结果，也出现了一批成熟的诗人和诗歌作品。这些诗人和诗歌作品在这期间走向成熟，是本期“生活抒情诗”结出的最后一批艺术成果。

闻捷和李瑛是本期“生活抒情诗”创作的优秀代表。他们的作品分别代表了本期“生活抒情诗”在上述两个阶段上的创作特色和艺术成就。闻捷的“生活抒情诗”的创作成绩主要见于他在20世纪50年代中期以前以新疆各族人民的生活和劳动为题材的诗歌创作。诗集《天山牧歌》集中了这方面的全部代表作。这些诗作记载了新疆各族人民的生活变迁和劳动的欢乐，具有极为浓厚的西部边疆的地域特色。其中特别值得注意的是，诗人创造性地把边疆少数民族民间文学中古老的爱情题材和主题，与新时代新的生活和劳动以及对新人新事的歌颂与赞美结合起来，使之发生了一次艺术的化合，从而创造了一种充满了爱的劳动和通过劳动去实现爱的追求的具有新的时代特色的“情歌”模式。与此同时，闻捷也创造了一种融少数民族民歌清新、明快的艺术风格与现代新诗真切、细腻的描写手法为一体的新的“田园牧歌”的抒情格调，在总体上体现了当代新诗熔铸民间诗歌所取得的最新艺术成就。闻捷后来的创作转向叙事诗和“政治抒情诗”，除了长篇叙事诗《复仇的火焰》以外，其他作品均未能超过他在50年代中期以前的

“生活抒情诗”的创作成就。

与闻捷在20世纪50年代中期以前崭露头角便引人注目不同，李瑛的诗歌创作虽然起步较早，但却是经过了一个较长的发展过程之后，在50年代后期到60年代才走向最后成熟的。在这个发展过程中，李瑛既保持了50年代中期以前由公刘、白桦等一批年轻的军旅诗人所开创的清新刚健的诗风，又感染了50年代中期以后新诗向古典诗歌学习的艺术风气，开始把古典诗歌的表现手法运用于现代新诗的创作，在融合古今诗艺方面，取得了重要的艺术成就。60年代初结集出版的《红柳集》是他在这方面的创作成就的主要代表。他的这些诗作主要取材于边疆和军旅生活，在艺术上最大的特点是善于从普通的生活细节和自然景物中提炼出诗情哲理，创造一种气氛浓烈、色彩感极强的艺术画面，形成一种类似于古典诗词的意境创造中常见的艺术境界。与之相适应的是，他的这些诗作的语言都十分凝练，篇幅也比较短小，是本期“生活抒情诗”中的一种现代“绝句”。在50年代后期到60年代的“生活抒情诗”日渐政治化，开始与“政治抒情诗”合流的总体情势下，李瑛的诗作仍能保持“生活抒情诗”的艺术本色，并且在艺术上有所创造和发展，在本期诗歌创作中，是有特殊重要的意义的。当然，李瑛此后的创作也受了这种政治化的趋势的严重影响，直到“文化大革命”结束后的新时期，他的诗歌创作才重新站到一个新的艺术起跑线上。

本期叙事诗创作　本期叙事诗创作是以20世纪40年代解放区的叙事诗创作的自然延续为发端的。阮章竞的《漳河水》从创作到发表跨越了两个历史年代，直接把解放区叙事诗创作的艺术经验带入到当代叙事诗的创作中来，成为当代叙事诗的开山之作。以此为发端，在50年代初期，出现了一个短暂的叙事诗创作的热潮。由于诗人比较熟悉过去时代的生活，又处在一个新旧转变的历史时期，故而这些数量不大的叙事诗作品，大多取材于过去时代苦难的生活遭遇和为争取翻身解放所进行的反抗斗争。前者以冯至的《韩波砍柴》为代表，后者以乔林的《白兰花》最为出色。《漳河水》则兼有二者的因素，但却着眼于人物的命运在新旧时代所发生的戏剧性变化。这些叙事诗作品不但题材和主题与40年代解放区的叙事诗没有多大差别，而且除极个别作品外，在艺术上也大多采用民歌体或拟民歌体的形式。无论从哪方面说，这时的叙事诗创作尚处在40年代解放区叙事诗的巨大影响之下，未能获得自己所应有的“当代”品格。

本期诗歌在20世纪50年代中期出现了一个“政治抒情诗”和“生活抒情诗”的创作热潮，相对而言，叙事诗的创作就比较沉寂。但在这个过程中，也不乏一些成功的收获。特别是一些年轻诗人根据少数民族民间传说创作或整理的叙事诗作品如韦其麟的《百鸟衣》、白桦的《孔雀》和公刘参与整理的《阿诗玛》，以及郭小川的一些以革命历史为题材创作的自由体叙事诗作品《白雪的赞歌》、《深深的山谷》、《一个和八个》① 等，格外引人注目。这些叙事诗作品一方面说明当代叙事诗创作仍然十分重视民间传统和民歌形式，另一方面也表明当代诗人在继承传统的基础上也在探讨叙事诗的新的表现方法和技巧。50 年代中期对当代叙事诗而言，从内容到形式，都处在一个重要的艺术转换期。

经过了这个艺术的转换期之后，当代叙事诗在 20 世纪 50 年代后期迎来了第一个也是唯一的一个创作的高潮。这个创作的高潮不但以作品的数量众多为标志，而且就其主要的代表作而言，从规模体制到表现技巧，都表明当代叙事诗在继承传统的基础上进一步把叙事诗艺术推向了一个新阶段。李季的《杨高传》、闻捷的《复仇的火焰》和郭小川的《将军三部曲》等，是这个创作高潮中叙事诗的主要艺术收获。在这个创作的高潮过去之后，当代叙事诗就因为诗歌创作中日益强化的“政治抒情”的趋势而一蹶不振。直到“文化大革命”结束以后的新时期，仍然未见有全面复苏的迹象。叙事诗的衰落同时也表明一个注重写实的诗歌时代的结束。

由于历史的原因和现实的影响，当代叙事诗在艺术上有两个主要的发展趋向：其一是从 20 世纪 40 年代解放区的叙事诗中衍生出来的民歌体的或拟民歌体的艺术趋向；其二是在更深远的新诗传统的影响下形成的自由体或半自由体的艺术趋向。前者在艺术上以阮章竞的《漳河水》和李季的《杨高传》为代表，后者以闻捷的《复仇的火焰》和郭小川的《将军三部曲》为代表。这些诗作集中表现了当代叙事诗在艺术上所作的新的探索，同时也表现了这些诗人在叙事诗创作上的艺术特色。

《漳河水》作为当代叙事诗的开山之作，虽然没有完全脱出 20 世纪 40 年代解放区叙事诗的艺术影响，仍然是以民歌体为其艺术的依托，但与 40 年代的《王贵与李香香》等民歌体的叙事诗不同，它不再沿用某种单一的民歌曲调，而是杂取种种民间歌谣，进行综合的艺术创造。这表明当代叙事诗向民歌学习正在走出“套用”现成形式的阶段，注重吸取各种形式民间歌谣的艺术精华，使之发挥一种整体的艺术功用。《漳河水》因而在向民歌学习方面，也开辟了一条新的路径。与《漳河水》不同，李季的《杨高传》

---

① 郭小川的这三部叙事诗都是在 1957 年创作的，《一个和八个》未及发表即在内部遭到批判，1979 年才由香港《文汇报》和武汉的《长江》丛刊先后刊出该诗全文。

完全放弃了他所熟悉和热衷的民歌形式，改向综合的民间说唱艺术——鼓书去吸取艺术的滋养。鼓书能说能唱，带说带唱，本身就是一种以叙事为主的民间艺术，用于叙事诗创作，自然要比以抒情为主要功能的民间曲调更为切合。而且李季的《杨高传》的鼓书唱词，事实上只是对鼓书这种说唱艺术的一种“拟”用，是一种“拟”体，而不是这种形式本身。它的基本形态已经脱出了民间形式，更接近李季所习用的章节句式都比较规范的自由体或半自由体（也可称半格律体）的新诗。

从《漳河水》到《杨高传》，虽然并不一定完全是自觉的追求，但当代民歌体的叙事诗正在挣脱民歌体的固有局限，努力使民歌体的叙事风格向现代新诗转化，却是有迹可寻的。

自由体的叙事诗在中国新诗史上比民歌体的叙事诗有着更为深远的传统，但具有《复仇的火焰》这样大的规模和气魄的叙事诗作品①，尚未曾得见。从这个意义上说，这部作品应当是本期叙事诗为中国新诗历史作出的一个重要贡献。与中国新诗史上的自由体叙事诗大多要受同一时期的自由体抒情诗的诗风影响一样，《复仇的火焰》从章节到句式都接近这期间已日渐规范的自由体抒情诗，因而就诗体而言，严格说来，它只能属于半自由体（或半格律体）的范畴。这是《复仇的火焰》在艺术上的一个重要特点。其次是它虽然是自由体或半自由体新诗，但却是以一个行吟诗人的口吻在讲述一段惊心动魄的人生故事，故而又带有明显的民间说唱艺术的特点。而且在这部长诗中，诗人也确实融进了很多少数民族民间歌谣，更增加了这部叙事长诗的民间色调。《复仇的火焰》在艺术上的这些特点，说明自由体的叙事诗也在进行一种艺术的融合。作为这种融合的另一个重要收获，《将军三部曲》的某些艺术上的特征可能更带典型性。这部叙事长诗就其基本的艺术表现形态而言，无疑是属于自由体的新诗范畴。但是，它的短促的句式、跳荡的音节、明白如话的语言、灵活多变的韵律等，却又明显地吸取了元明散曲的精华，是一种被人称为“散曲式”的自由诗体。通过融合这种起于民间的古代“散曲”，《将军三部曲》在艺术上也走上了一条“在古典和民歌的基础上发展”的道路。

综上所述，我们不难看出，既要挣脱民歌体固有的局限，又要向“古典和民歌”学习，这是本期叙事诗在创作上所面临的两难选择。本期叙事诗在艺术上所取得的重要成就虽然都来源于在这两者之间所进行的成功的融

① 《复仇的火焰》计划写三部，第一部《动荡的年代》、第二部《叛乱的草原》分别于1959年、1962年出版，第三部《觉醒的人们》只发表了部分章节，余稿散失。

合，但是这种两难的选择最终也限制了本期叙事诗向新的更广大的领域作艺术的掘进和开拓。

第二节　本期小说创作（上）：中短篇小说

本期中短篇小说创作概况　如同叙事诗创作一样，当代小说创作虽然是植根于新文学的深厚的艺术传统，但它的最直接的起点，却是解放区作家的小说创作。在中短篇方面，曾经作为解放区的文艺方向的代表的赵树理继续了他在20世纪40年代小说创作的题材和主题，在这期间写出了可以看做是《小二黑结婚》的姊妹篇的短篇小说《登记》，仍然把他的目光投向中国农村正在进行的反封建斗争，关注尚未完全结束的民主革命遗留的历史任务。与赵树理的创作方向接近的一批熟悉农村生活的作家，尤其是在40年代的解放区就已经取得了一定的创作成就的山西作家，在这期间的短篇创作也都在继续开拓这个解放区小说未尽的题材和主题。谷峪的《新事新办》，马烽的《结婚》、《一架弹花机》等是这方面的代表作。这些作品对当代小说的意义，不仅仅是把解放区小说的艺术传统带入当代创作，同时也在当代小说中开辟了一个对本期和后来的小说影响深远的农村题材的创作领域，奠定了这个领域的小说创作的艺术取向和风格基调。

20世纪50年代中前期，随着农村合作化运动的兴起和农业社会主义改造运动的深入发展，这个领域的中短篇小说创作也得到了长足的进步。农业合作化运动较之土地改革，对中国农民来说，是一场更深刻的革命，其中牵涉很多更深层次的观念和风俗习惯的变革问题，因此，反映农业合作化运动中新旧思想的矛盾和冲突，就成了这期间农村题材中短篇创作的重要主题。与此同时，作家也热情歌颂新人的成长和新事物的萌芽，描写合作化运动给中国农村带来的新的面貌和巨大变化。前者以马烽等山西作家的短篇创作为代表，后者以秦兆阳的《农村散记》等短篇作品最为出色。这同时也是这期间农村题材的中短篇小说创作两种最基本的风格基调，即以反映新旧矛盾为主的喜剧风格和以歌颂农村新貌为主的牧歌风格。此外，则是刘澍德的《桥》和孙犁的《铁木前传》等中篇作品，将笔触深入到人物的内心世界和历史的纵深，在合作化运动的背景下，揭示了中国农民在历史的转折关口，对不同的人生信条和生活道路所作的选择与追求，因而成为这期间反映农业合作化运动的不可多得的生活和思想都比较厚重的中篇作品。李准则以其敏感的政治触角和大胆的干预精神，在他的成名作短篇小说《不能走那条路》中尖锐地提出了土地改革后农村出现的两极分化问题，最早接触到两条道路的斗争这个贯穿本期农村题材的小说创作始终的核心主题。李准因而成了这期间农村题材的中短篇创作思想最为新锐的年轻作家。

20 世纪 50 年代中前期，中短篇小说创作的另一个重要的题材领域是反映战争和革命历史。刘白羽的中篇《火光在前》以纪实的笔触，及时地描绘了人民解放战争渡江战役的历史性场面，先声夺人，成为这个领域最早的几篇有成就的作品之一。随后便是当时正在进行的抗美援朝战争，也成了中短篇小说创作的重要题材。“七月派”作家路翎在这方面的创作有独特的成就。特别是他的一个引起争议的短篇《洼地上的“战役”》，展示了志愿军战士丰富的情感世界和崇高的献身精神，将人性描写与国际主义主题结合起来，在这个领域率先取得了重要的艺术突破。与此同时，一些作家的中短篇创作开始从已经成为历史的过去年代的革命斗争中取材，开创了当代革命历史题材中短篇创作的艺术先河。以写自己亲身经历过的冀中抗日根据地的斗争著称的孙犁继 40 年代的名篇《荷花淀》之后，又写出了同样朴素清新的《山地回忆》等短篇新作。峻青的短篇《黎明的河边》、王愿坚的短篇《党费》等，则分别展现了解放战争和第二次国内革命战争时期艰苦卓绝的斗争生活，是这个领域开始在艺术上走向成熟的短篇作品。峻青和王愿坚也因此而成为继孙犁之后，在这个领域的中短篇创作中最有代表性的中青年作家。与农村题材的中短篇创作相较，这个题材领域的作品大多带有一种崇高的悲剧气氛。此后，这种崇高的悲剧风格与孙犁在 40 年代开创的诗意的、浪漫的风格就成为本期反映战争和革命历史题材的中短篇创作两种最主要的艺术基调。

除上述两大题材领域外，其他题材领域如工业题材和日常生活题材的中短篇创作虽然不够发达或受到人为的抑制，但有些作品如杜鹏程的以宝成铁路建设者的生活为素材的中篇《在和平的日子里》、肖也牧的作为“小资产阶级创作倾向”受到批判的短篇《我们夫妇之间》等，或以诗情和哲理的结合见长，或以生活细节的描写取胜，都是这期间的中短篇创作中不可多得的重要收获。

20 世纪 50 年代中前期是本期中短篇创作的奠基阶段。本期中短篇小说的一些重要作家，在这期间都开始了他们的创作活动，或写出了自己的代表作。有的还产生了较大的影响，奠定了自己的风格雏形。从思想到艺术，从方法到技巧，这期间的中短篇创作都为本期中短篇小说的发展打下了坚实的基础。

如果不是随之而来的波澜陡起，本期中短篇创作乃至全部当代小说的发展将可能是另一种完全不同的景象。1956 年“双百”方针的提出，刺激了

“干预生活”① 的小说创作的勃兴。在很短的时间内，中短篇小说创作出现了前所未有的活跃局面。主要是一批在本期开始小说创作的年轻作家，大胆揭露生活中的矛盾和“阴暗面”，勇敢触及爱情和人性的禁区，前者如刘宾雁的《在桥梁工地上》、王蒙的《组织部来了个年轻人》，后者如邓友梅的《在悬崖上》、陆文夫的《小巷深处》等，表现了作家积极介入生活的独立自觉的主体性和艺术上不拘格套、勇于探求的创新精神。这些作品和它们的作者在旋即到来的“反右”斗争中，虽然很快便遭到了严厉的批判和不公正的处理，但对后来的小说创作尤其是“文化大革命”结束后的“伤痕小说”却产生了深远的历史影响。

经过了20世纪50年代中前期的艺术积累和50年代中期政治风雨的洗礼，本期中短篇小说创作从50年代后期到60年代初开始走向艺术上的全面成熟。成熟的表现除了产生了一批在本期乃至当代小说史上占有重要地位的优秀中短篇作品，例如赵树理的《锻炼锻炼》、茹志鹃的《百合花》、王汶石的《新结织的伙伴》、李准的《李双双小传》之外，就是本期的一些优秀的中青年作家的中短篇创作大多是在这期间形成了自己独特的艺术风格，比较有代表性的如李准、王汶石、茹志鹃等。一些在前此阶段的中短篇创作中已经取得了重要的艺术成就或奠定了自己的风格基调的作家如孙犁、赵树理和峻青、王愿坚等，则在他们的创作中进一步完善了各自的风格特色或使之得到丰富和发展。

在这期间，本期中短篇小说也开始形成了一些基本的创作定势，逐渐失去了前此阶段创作的艺术活力和探索精神，包括某些大致相近的艺术风格的形成，同时也意味着更为多样的创作风格的失落。尤其是“反右”斗争和“大跃进”运动，在这期间的中短篇创作中又设置了许多新的禁区，诱发了一种反现实主义的浪漫“浮夸”的创作倾向，从总体上影响了这期间中短篇小说的艺术质量。

20世纪60年代初的文艺政策调整，给本期中短篇小说创作造成了一个短暂回升的势头。赵树理等作家在这期间的短篇创作塑造了一系列具有“实干”精神和各式各样的处于中间状态的人物形象，被作为一种“深化”现实主义的创作方向受到高度的肯定和推崇，从而使这期间的短篇创作开始

① 1956年在中国作家协会第二次理事扩大会议上形成的创作主张，指作家对生活应当采取“积极参预的态度”，“不能采取回避或旁观的态度”。在创作中的具体表现是敢于暴露生活矛盾，触及艺术的禁区。这种创作主张后来虽然遭到批判，但对当代文学产生了重要影响。

挣脱“大跃进”的影响，逐渐回复正常的艺术轨道。文艺政策的调整也使得作家有可能在现实题材之外去寻找新的表现领域，于是，在“调整”现实题材的创作的同时，这期间的短篇创作中，也出现了一个历史题材的短篇创作的短暂热潮。例如，陈翔鹤的《陶渊明写〈挽歌〉》、黄秋耘的《杜子美还家》等，皆曲折地表达了作家对于现实问题的复杂感受，是这期间短篇创作现实主义“深化”的特殊收获。但是，由文艺政策的调整带来的这个短暂的创作回升的势头很快便遭到政治方面的遏制和批判。此后，直到“文化大革命”爆发之前，本期中短篇创作就全面跌入艺术的低谷。虽然一些部队作家以“大比武”为题材的短篇创作多少还保持了一点微弱的艺术势头，但它们毕竟是强弩之末，终于无法挽救本期中短篇创作走向最后的衰落。

“文化大革命”期间的中短篇创作在初期的“革命大批判”中遭到毁灭性的摧残之后，20 世纪 70 年代开始被“四人帮”集团所利用。这期间在“四人帮”集团操纵下的一些中短篇创作不但直接充当了政治斗争的工具，而且也是他们的帮派文艺理论在文学创作中拙劣的实践和表演。整个“文化大革命”期间，只有在 70 年代中期短暂的经济“整顿”的形势下，个别作家的中短篇创作，如蒋子龙的中篇《机电局长的一天》和以“手抄本”的形式在“地下”流传的“知青”作者的中短篇作品等，才显露了一点新的艺术转机的萌芽。但这点萌芽也只有到“文化大革命”结束后的新时期的中短篇创作中，才有可能结出新的艺术革新的果实来。

本期农村题材中短篇小说诸代表作家 在中国新文学史上，广义的农村题材的中短篇小说创作从 20 世纪 20 年代就已经开始，并且取得了重要的艺术成就，出现了以鲁迅为代表的重要作家和以“乡土小说”为标志的重要创作流派。30 年代左翼作家的中短篇创作、40 年代解放区作家的中短篇创作，也大多是以农民的反抗斗争和农村的民主改革为题材。中华人民共和国成立以后，农村的发展和农民问题仍然是革命和建设的根本问题，因而理所当然地吸引了更多作家的艺术关注。加上当代作家大半起于农村或与农村有千丝万缕的联系，有的在 40 年代的中短篇创作就对农村题材有丰富的艺术积累，故而本期农村题材的中短篇创作就显得十分发达，在小说家族中几乎占据了主导的位置。本期中短篇小说有代表性的作品和在创作方面取得了重要成就或形成了自己独特风格的作家，也大半集中在这一创作领域。从某种意义上说，本期中短篇小说的创作成就，也主要是农村题材的中短篇小说的创作成就。鉴于这种情况，讨论本期中短篇小说创作，就不能不首先注意这一题材领域的代表作家和他们的代表作。

本期农村题材中短篇小说的代表作家主要有两种类型：一种是以赵树理和山西作家群为代表的“跨代”作家；一种是以李准和王汶石等为代表的新进作家。前者包括了在本期从事农村题材的中短篇创作的跨越新文学史不同时期的“老”作家，例如沙汀、艾芜、骆宾基、欧阳山、刘澍德、孙犁、周立波、康濯、秦兆阳等，有的在本期的创作还取得了重要的进展，成了本期中短篇创作最新艺术成就的显著标志。但是，在这些“跨代”作家的中短篇创作中，作为一个群体显示出独特的艺术特色，因而格外引人注意的仍然是以赵树理为代表的山西作家群。这个群体曾经被人称做“山药蛋派”。不管这个流派的名目是否能够成立，通过这个作家群体了解本期农村题材的中短篇创作，无疑是具有典型意义的。后者所涉及的范围更广，包括本期在农村题材这个特定的创作领域开始中短篇小说创作的所有新进作家。虽然其中有些作家的中短篇创作在不同阶段上还产生过一些重要影响，例如刘绍棠、浩然等，但后来却因为政治的原因终止了小说创作，或小说创作的主要成就在长篇而不在中短篇方面。相对而言，李准和王汶石在这个领域的中短篇创作始终保持了一种艺术的连续性，并且逐渐形成了比较稳定的风格特点，因而比较能够代表这些新进作家在本期农村题材的中短篇创作中所取得的艺术成就。此外，还有在其他重要题材领域的创作十分活跃或在长篇创作中取得了重要成就的作家，也涉足农村题材的中短篇创作，我们将在有关章节讨论这些作家其他方面的创作时，也论及他们在农村题材的中短篇创作中的一些重要作品。

以赵树理为代表的山西作家群是一个比较特殊的创作群体。除赵树理外，还包括马烽、西戎、孙谦、束为等山西籍或主要在山西从事文学创作活动的作家。他们大多在抗日战争期间开始文学创作，是毛泽东《在延安文艺座谈会上的讲话》提出的文艺的“工农兵方向”的积极实践者，并以他们所取得的最初的创作成就开辟了中国现代小说民族化和大众化的新的艺术方向。中华人民共和国成立以后，他们的创作始终没有脱离农村题材这一创作领域，而且在本期一些主要的创作阶段上，都以其严谨的现实主义的创作态度和具有独特地方特色的艺术风格赢得了广泛的好评，成为本期农村题材的中短篇创作的一个重要的艺术家族。这个特殊的作家群体在本期农村题材的中短篇创作中，比较活跃的主要有以下两个阶段：

第一个阶段是20世纪50年代初期到50年代中期，以赵树理和马烽的创作为代表，主要针对土地改革和合作化运动中出现的新旧思想的矛盾和冲突，批评各种封建主义和个人主义的思想残余，歌颂新生事物和新人的成长，反映了从新民主主义革命到社会主义革命的历史转变时期社会生活所发生的深刻变化，是属于以“歌颂光明”为主的“问题小说”。这一阶段的主要代表作有赵树理的《登记》，马烽的《结婚》、《一架弹花机》、《三年早知道》等。艺术上基本上是40年代创作的历史延续或在此基础上开始的新的探索，故而未能取得新的突破，有的还停留在作品所反映的社会“问题”本身或满足于对新人新事的歌颂，未能对这些“问题”和现象作更深的挖掘，人物形象也比较单薄，情节的巧合太多，艺术上显得不够成熟和比较表面化。

第二个阶段是20世纪50年代后期到60年代初期，赵树理、马烽、西戎的作品成为文学界关注的焦点。这一阶段的创作主要是针对1958年“大跃进”中出现的“浮夸”和“冒进”的风气，提倡求实的态度和实干的精神，同时还通过描写一些处于“中间状态”的人物形象，探索文学如何反映人民内部矛盾问题，是属于一种以“纠正偏向”为主的“问题小说”。这一阶段的代表作主要有赵树理的《锻炼锻炼》、《套不住的手》、《实干家潘永福》，马烽的《我的第一个上级》，西戎的《赖大嫂》等。相对于前一个阶段而言，这些作品虽然同属“问题小说”，但因为触及的是当时社会生活中比较敏感的政治问题和普遍流行的艺术风气，故而具有极为重要的现实意义。而且这些作品在艺术上都比较成熟，是通过成功的人物塑造和严格的现实主义描写表现作者对社会“问题”的倾向和态度，故而留下了很多在当代文学史上脍炙人口的人物形象，在叙事和描写的技巧上也达到了一个新的高度。这个作家群体在60年代初因为受批判“中间人物”论的影响，大多没有更多新的创作，作为一个特殊的创作群体，在本期的艺术使命亦宣告结束。

作为山西作家群的主要代表，赵树理是一位受民间文化和民间文学浸润很深的作家。从20世纪40年代起，他的小说创作就以民间说唱艺术为蓝本，经过加工改造，创造了一种具有民族化大众化特色的新的艺术形式。他在本期的短篇创作一如既往地保持了他在40年代的艺术特色，在有些作品中还有所发展和创造，技巧更加娴熟，艺术成就更高，在短篇创作方面，是当代屈指可数的几位大师级作家之一。一般说来，赵树理的短篇小说比较重视故事情节的连贯性和完整性；情节的结构比较单纯，线索清晰，脉络分明；注意事件发展过程和起承转合的叙述与交代；善于运用悬念和戏剧手法加强叙事效果；塑造人物多用白描手法；语言糅合日常口语、俗语和民间说唱艺术的风格，既通俗易懂，幽默风趣，又朴质明快，合辙上口。除此而外，赵树理的短篇尤其以塑造人物见长，他在本期的一些重要短篇作品，大多塑造了一些成功的人物形象，如小飞蛾（《登记》）、“吃不饱”、“小腿痛”（《锻炼锻炼》）、陈秉正（《套不住的手》）、潘永福（《实干家潘永福》）等，有的还达到了相当的典型高度。这些人物形象丰富了本期中短篇小说的人物画廊，为当代文学作出了重要的艺术贡献。

马烽、西戎等其他山西作家与赵树理的创作风格大致相似，他们有的本身就是接受赵树理的创作影响，在赵树理开辟的创作方向上成长起来的。但就本期其他山西作家的一些有代表性的作品而言，马烽不完全采用赵树理式的第三人称“全知全能”的叙事，往往比较注重选取一个特殊的叙事角度（例如第一人称）；西戎则在赵树理式的纯粹白描之外，也适当借用了西洋小说注重心理描写的手法，等等。这些都说明，山西作家群本期的中短篇创作在艺术上也有新的发展和变化。但是，山西作家群在本期的中短篇创作有的也受当时的政治思潮和艺术风气的影响，没有达到应有的现实主义深度。艺术上虽有新变，但因为总体变化的幅度不大，也限制了自身进一步的发展和提高。

与山西作家群的创作从历史中走来不同，以李准和王汶石为代表的新进作家在本期的中短篇创作，因为从一开始便切入农业合作化运动这一正处于激变之中的农村现实生活，是中国农村社会这一巨大历史变革的直接参与者和积极推动者，故而他们对新事物的反映就非常敏感，提出的问题往往也十分尖锐，而且富于理想主义的激情和青春的浪漫色彩。他们在本期的中短篇创作也大致经历了如下两个阶段：

第一个阶段是20世纪50年代中前期，是他们创作的起步阶段。在这个阶段上的作品，一类以李准的短篇《不能走那条路》为代表，富于思想的锋芒。这篇作品所提出的土地改革之后农村出现的两极分化和土地买卖问题甚至具有一种政策的超前性和预见性，李准也因此而在本期农村题材的中短篇创作中，以善于敏锐地发现生活中的问题和敢于大胆地触及生活中的矛盾著称，这也是李准在这一阶段的中短篇创作的主要特点。此后，这批新进作家的这一创作特点在50年代中期的“双百”方针提出之后，又以李准的《灰色的帆篷》和刘绍棠的《田野落霞》等作品为代表，再次表现了他们在本期的中短篇创作大胆“干预生活”的识见和勇气。他们在这个阶段上的另一类作品，以王汶石的短篇《风雪之夜》为代表，饱含生活的激情。这篇作品以浓笔重彩的涂抹渲染所传达出来的时代气氛，表现了作者对于生活的坚定理想和热烈信念，此后也便成了作者的创作“带着微笑看生活”的最初的艺术特征。与王汶石的理想和激情相近的还有刘绍棠的《青枝绿叶》等作品，对新的农村生活的描写充满了青春诗意的浪漫气息，也是本期新进作家农村题材的中短篇创作的一个重要艺术特征。但是，这些新进作家在这个阶段上的中短篇创作，从总体上说，大多不善于塑造有血有肉的人物形象，不善于通过严格的现实主义描写表达自己的理想和激情，思想和情感过于外露，叙事和描写比较稚嫩，从总体上看，都只是他们的创作的准备和演习阶段。

第二个阶段是20世纪50年代后期到60年代，是这些新进作家在艺术上的成熟期和各自的个人风格的形成阶段。这些作家在这个阶段上的作品有一个共同的倾向，就是热情歌颂农村出现的新生事物，努力塑造农村涌现的新人形象。相对而言，前一阶段作品思想的锋芒和诗意的色彩大为减弱，形象的实感和喜剧的色彩大为增强。这些作品也可以分为两种主要的类型：一类是以李准的短篇《李双双小传》和《耕云记》为代表，继续完成赵树理等作家率先开拓的农村新旧思想斗争的题材和主题，同时也进一步发展了赵树理等作家的早期作品所开创的带有喜剧色彩的艺术风气。不同的只是李准这期间的作品着眼于歌颂农村出现的新人新事，而不是像赵树理的早期作品那样着眼于对旧事物的暴露和讽刺。较之赵树理的早期作品，旧的思想和习惯在李准的这些作品中已退居极为次要的地位，失去了与新事物抗衡的勇气和力量，故而这些作品中的新旧思想斗争就是一种轻松的喜剧，或可称之为“轻喜剧”。它让人们带着微笑向旧的生活形式告别，以新的状态和面貌建设新生活。这是作为这些新进作家的代表的李准在他的短篇艺术的成熟期最主要的创作特色。李准这期间的短篇创作以善于在新旧思想的矛盾冲突中塑造新人形象著称，尤其是善于运用独特的艺术细节和富于个性化的人物语言刻画人物性格，因此他笔下的人物如李双双、孙喜旺（《李双双小传》）和肖淑英（《耕云记》）等，都有很强的生活实感，跃然纸上，呼之欲出，在艺术上的典型化程度很高。如同赵树理一样，李准的短篇艺术也很注意向民间艺术尤其是民间说唱艺术学习，因此他的小说的结构、语言、手法、技巧与赵树理也有诸多相似之处。

这个阶段的另一类作品是以王汶石的短篇《新结识的伙伴》为代表，发展了20世纪50年代初期农村题材的中短篇创作以歌颂农村新貌为主的牧歌风格和这些新进作家在前一个阶段的创作中的理想主义和浪漫激情，倾尽全力在新的人民公社化的农村背景上努力塑造符合时代需要的农村新人形象。这同样也是王汶石在他的短篇艺术的成熟期的一个重要创作特点。王汶石这期间的短篇创作也以塑造人物著称。与李准善于在新旧矛盾中塑造人物相较，王汶石更善于在新与新的对比中刻画新人。他笔下的张腊月和吴淑兰（《新结识的伙伴》）虽然都是农村新人，但却各有各的性格特征，不会相互混淆，也不能互相替代。王汶石笔下的人物同样有很强的生活实感，这种生活实感的取得除了像李准一样善于运用细节和人物语言之外，就是同时也发挥了他在《风雪之夜》等作品中的特长，比较注意环境、气氛的渲染和人物肖像的刻画，并不完全依靠白描的手法。因为忽视了新人成长过程中的矛盾和斗争，较之李准，王汶石笔下的人物就不免给人以单薄和表面之感，同时也过于诗意化和理想化。60 年代初，由于日益强化的阶级斗争对浪漫的诗意和轻松的喜剧风格的否定，王汶石在创作了他的最后一个有代表性的短篇《沙滩上》之后，未能提供更多新的力作。李准则把他的创作转向了电影和长篇小说。这两位有代表性的作家的创作的衰歇和转向，同时也意味着起于 50 年代初的这个农村题材中短篇创作的新进力量从整体上开始走向全面的艺术滑坡。

本期反映战争和革命历史题材中短篇小说诸代表作家　相对于农村题材的中短篇创作在中国新文学史上有一个漫长的形成和发展过程而言，反映战争和革命历史就是本期中短篇创作开辟的一个全新的题材领域。这个领域的中短篇创作在 20 世纪 50 年代初刚刚结束的人民解放战争和当时正在进行的抗美援朝战争的背景下并以之为题材，曾经出现了一个短暂繁荣的局面，表现了本期中短篇创作对这个题材领域最初的关注和兴趣。此后，随着这两场战争逐渐进入历史的范畴，这个领域的中短篇创作也开始进入了一个平稳的发展时期。由于这个领域的创作不但受现实政治的干扰较少，而且现实政治活动还常常需要借助战争年代和革命历史作为参照，进行传统教育，故而在有意无意之间就得到了一种有力的呵护。从 50 年代到 60 年代，这个领域的中短篇创作始终没有出现如现实题材的中短篇创作那样的诸多波折的局面，也没有一个明显的创作阶段性，虽然作家的人数不多，但几位从事这方面的创作的作家，却大多取得了重要的成就，成了这个领域的中短篇创作的优秀代表。这几位有代表性的作家在这个领域的中短篇创作大致可以分为两种风格类型：一种是孙犁、茹志鹃的诗意的浪漫风格；一种是峻青、王愿坚的崇高的悲剧风格。这两种风格在这个领域的中短篇创作中互相映衬，互相补充，共同呈现了本期反映战争和革命历史题材的中短篇创作的总体特色和艺术风貌。

孙犁作为一位在 20 世纪 40 年代的解放区就以反映当时正在进行的抗日战争的中短篇小说著称的作家，实际上是这个领域的中短篇创作最早的艺术开拓者。虽然他笔下的战争当时还是“现实”题材，但以他的短篇《荷花淀》为代表的一批作品的独特的艺术风格，却对此后反映战争和革命历史题材的中短篇创作产生了深远的影响，造就了本期这个领域的中短篇创作的一种十分特殊的风格类型。孙犁本期在这个领域的短篇创作保持了他一贯的风格特色，《山地回忆》是他在这期间的代表作，也是本期这个领域的短篇创作的重要收获。孙犁的作品虽然以战争和革命历史为题材，但却不去写具体的战役和战斗场面，也一般不涉笔牺牲和渲染苦难，而是喜欢选取日常生活场景，通过日常生活情感，表现抗日军民的爱国热情和献身精神以及他们美好的心灵和丰富的内心世界。正因为如此，孙犁的作品又常常喜欢借助富有地方特色的日常景物渲染人物活动环境，通过典型的日常生活细节和高度个性化的日常生活语言刻画人物性格，故而他的作品虽写战争却不见战争的硝烟，虽写时代风云却充满了日常生活情趣。因为注重这种艺术表现的日常性，所以孙犁的作品也不在结构上刻意经营，只用一种散文的笔致进行艺术描写，从这种描写中自然而然地展现革命年代的人情和战争的诗意，让人物形象从字里行间不知不觉地凸显出来。与之相适应，孙犁的小说语言朴实清新，简洁流畅，不但摹情状物恰到好处，有很强的艺术表现力，而且含蓄隽永，内蕴深厚，耐得住咀嚼和回味。所有这些特征，集中起来，就使得孙犁的小说在朴素的现实主义描写中隐隐透出一股浪漫主义的气息，是一种别具一格的“战地浪漫曲”。

作为这个领域短篇创作的后起之秀，茹志鹃的小说从一开始便具有与孙犁大致相近的艺术格调。她的成名作《百合花》虽然出现在 20 世纪 50 年代中后期，但因为当时所提倡的时代风格已是以热烈、高昂为主调，故而她的与孙犁相近的“清新、俊逸”也就格外引人注目。茹志鹃在这个领域的短篇创作也像孙犁一样注重以“诗”和“散文”的方式处理战争题材，尤其是注重人物的心灵和情感的“诗化”，赋予人物的思想行为以一种独特的诗意。但与孙犁相比，她不是以朴素的白描见长，而是善于经营一些富于诗意的画面，让她的人物置身其中，从各个不同的侧面描摹人物的音容笑貌，展现人物的内心世界。因此她笔下的人物虽然出入于战火硝烟之中，但心灵却不染一点战争的灰尘，始终如山野的“百合花”一样圣洁、纯朴，透着自然的情韵。茹志鹃的短篇也以散文的结构见长，但比较注意总体的经营调度。艺术描写善用细节，人物刻画情态逼真。语言活泼清丽，笔端常带感情。与孙犁的艺术风格大半源于作者冲淡的性情不同，从茹志鹃的创作中，隐隐可见一种女性作家的细腻和柔美。

孙犁同期的中长篇和茹志鹃此后的现实题材的短篇创作，都有类似特色。以他们为代表的这种诗意的浪漫风格，对本期小说创作打破刻板写实的局面和实现风格的多样化，都有重要的意义。但他们的这种追求在艺术上也不免显得柔弱和过于理想化，缺少这个领域的作品应有的气势和力度。

从某种意义上说，峻青和王愿坚的创作恰好弥补了孙犁和茹志鹃的不足。一般说来，崇高的悲剧风格是反映战争和革命历史题材的文学作品的正格，峻青和王愿坚在这个领域的短篇创作则是这一正格的两种不同的艺术变奏。这两位作家的创作大多取材于艰苦的革命斗争年代在生死存亡的重要关头流血牺牲的悲剧故事；悲剧的主角都是为革命献身的英雄人物，都是属于崇高的美学范畴的艺术形象。不同的只在于二者的艺术表现方法：一般说来，峻青比较注重通过曲折的故事和传奇的情节塑造英雄人物，因而他笔下的英雄都有一些非凡的表现和惊人的举动，场面比较壮烈，有一种震撼人心的力量。王愿坚则比较注重通过一些平常的生活场景和细节表现英雄性格，因而他笔下的英雄虽无惊人之举，表面看似平常，却有一种内在的气势和力度，同样感人肺腑。正因为如此，峻青的作品比较讲究结构的完整，注意情节的起承转合，落笔大刀阔斧，艺术的气势较足。王愿坚则大多采用断面结构的方法，在具体细节场面上用力，手法精雕细刻，艺术的感染力较强。峻青的作品语言色彩浓烈，尤其擅长描写景物和渲染气氛，强化了作品的悲剧效果。王愿坚则用平实的语言讲述英雄的故事，不事形容和夸饰，悲剧的效果同样强烈。

以上基本上是依据峻青的《黎明的河边》和王愿坚的《党费》等短篇作品，也是他们在这个领域的创作中最有代表性的作品所作的比较分析。这些特征同样也适用于这两位作家的其他创作。峻青反映战争和革命历史的短篇创作主要集中在20世纪50年代中前期，此后，他的创作逐渐转向现实题材和散文写作。但他的现实题材的作品又常常是以革命历史和战争年代为参照，故而仍未脱离对战争和革命历史的回顾与抒写，同样保持了他写战争和革命历史的作品的艺术特色，甚至他的散文的浓墨重染、磅礴大气也有他的小说风格的神韵包蕴在内。王愿坚在这个领域的短篇创作则贯穿了他的全部创作历程的始终。他的主要作品大多集中在50年代中后期，除《党费》外，他后来的有些作品把战争和革命历史带入现实生活，表明他的创作如峻青一样，取材的角度发生了新的变化，艺术的视野也更为扩大。有些作品如《七根火柴》等，则在艺术上更显凝练，更加精粹，都是他在本期创作所取得的重要收获。峻青和王愿坚的作品一般都缺乏更深、更新的主题开掘。峻青的有些作品有时流于空廓，王愿坚的有些作品则略嫌生活的实感不足。这两位作家在“文化大革命”结束后的新时期虽然还创作了一批反映战争和革命历史的小说新作，但大多未能达到和超过他们在本期所取得的艺术成就。

第三节　本期小说创作（下）：长篇小说

本期长篇小说创作概况　作为文学家族的重镇，长篇小说在中国新文学史上的发展一直比较缓慢，虽然各个年代都出现了一些重要的作家作品，但终究未能形成一个集中繁荣的创作局面。只有在本期长篇创作中，才迎来了这样的创作局面，因此，本期长篇创作是中国新文学史上长篇小说发展的重要阶段。

中华人民共和国成立之初，虽然20世纪40年代后期解放区的一批长篇小说，如丁玲的《太阳照在桑干河上》和周立波的《暴风骤雨》等，是作为新中国的《人民文艺》丛书印行，但是，真正属于新中国的长篇创作毕竟还有待一个全新的开始。差不多是与人民共和国同时诞生的，孔厥、袁静的《新儿女英雄传》以颇带传奇色彩的笔法，描写了抗日战争期间一群新时代的英雄儿女为民族解放而投身抗战的动人事迹，是本期反映战争和革命历史最早的长篇小说，同时也为这个此后十分发达的长篇创作领域开了先路。50年代初，本期长篇小说的主要收获都集中在这一领域。其中比较突出的有柳青的反映解放战争的长篇《铜墙铁壁》、杨朔的反映抗美援朝战争的长篇《三千里江山》和孙犁的反映抗日战争的长篇《风云初记》① 等。这些作品涉及自八年抗战以来中国人民所进行的几次重大的民族解放、人民革命和反对国际帝国主义的战争，表明本期反映战争和革命历史题材的长篇创作的基本格局已经形成。特别是孙犁的长篇《风云初记》，虽然当时还未及窥见全豹，但就已发表和出版的部分看，这部作品取材的独特和结构的别具一格，以及将诗的抒情和散文的写意融于小说的叙事所取得的成绩，都使它不失为这期间长篇创作的一个特殊的收获。50年代中期长篇创作的另一个重要收获是杜鹏程的《保卫延安》和赵树理的《三里湾》。前者以略近史诗的规模和气魄以及富于哲理和抒情的笔触，真实地再现了在人民解放战争的伟大历史背景上展开的延安保卫战的历史过程，是本期长篇创作中第一部全景式地描写战争的重要作品。后者则以富于喜剧性的、幽默风趣的艺术描

① 《风云初记》共分三集：第一、二集于1950年、1951年在《天津日报》连载，1953年和1956年该报又发表第三集部分章节。此外，《人民文学》在1955年、《新港》在1956年和1962年也发表了第三集的片断和部分章节。1951年人民文学出版社出版第一集初版，1953年人民文学出版社出版第二集初版。1955年人民文学出版社出版第一、二集合集。1963年作家出版社出版第一、二、三集合集。

写，深刻地揭示了在农业合作化运动中中国农民的思想观念和风俗习惯所发生的历史性变化，是本期反映现实题材最早获得成功的长篇作品。这两部作品同时也意味着本期长篇创作将在历史和现实、战争年代和和平时期这两个主要的生活层面上逆向展开，它们各自所显示的是一种有代表性的艺术类型，对此后的长篇创作也有重要的开启意义。除了这些重要的长篇作品之外，这期间还有一大批如《新儿女英雄传》那样在艺术上带有传奇色彩和通俗文学特征的长篇作品，例如徐光耀的《平原烈火》、知侠的《铁道游击队》等，也为本期此后数量众多的革命英雄传奇一类的长篇创作开辟了一条艺术的河道。

无论从哪方面说，20 世纪 50 年代中前期的长篇创作虽然在题材、主题和艺术的表现方面还处在一个拓荒时期，但它所取得的重要收获和一些具有开创性的艺术成果，却为此后的长篇创作打下了一个宽阔的基础。

从 20 世纪 50 年代后期到 60 年代初期，由于本期长篇作家大多经过了较长时间的生活积累和艺术积累，加上拥有一个稳定的创作环境和受着时代精神的激励，他们从中华人民共和国成立前后开始的长篇创作，到这时已经进入了一个集中的收获期。这个收获期中的长篇作品不但数量众多，而且从 1957 年到 1961 年，在短短的 5 年时间内，中国当代一些重要的长篇小说，例如反映战争和革命历史题材的梁斌的《红旗谱》、吴强的《红日》、杨沫的《青春之歌》、欧阳山的《三家巷》、罗广斌和杨益言的《红岩》，反映现实题材的周立波的《山乡巨变》、周而复的《上海的早晨》（第一部）、柳青的《创业史》（第一部）等，都先后问世。加上在读者中影响极大的革命英雄传奇一类的长篇创作，例如高云览的《小城春秋》、曲波的《林海雪原》、冯德英的《苦菜花》、冯志的《敌后武工队》、刘流的《烈火金刚》、李英儒的《野火春风斗古城》和李六如的历史题材的长篇小说《六十年的变迁》等，就使得这个收获期中的长篇小说，不但数量上如此集中，在中国新文学史上实属前所未见，而且它在艺术上所达到的总体高度，也为后来的长篇作品所未能企及。

这个收获期中的长篇创作，主要有以下几个方面的特点：

一是它的题材覆盖面的广阔。就反映战争和革命历史题材的作品而言，这期间的长篇创作几乎覆盖了从辛亥革命到中华人民共和国成立，大半个世纪的中国革命从旧民主主义到新民主主义的不同历史阶段和全部历史行程。其中有些作品的时间跨度甚至纵贯这部漫长的中国近现代革命历史的始终，俨然是一部中国近现代革命的历史演义。就反映现实题材的作品而言，从中华人民共和国成立以后的经济恢复、土地改革、抗美援朝到农业、手工业和资本主义工商业的社会主义改造，以及随后开展的大规模的社会主义经济建设，举凡这期间所进行的重大社会历史活动，也无一不被纳入长篇创作的题材范围。把反映这些重大社会历史活动的长篇作品连缀起来，同样也覆盖了年轻的共和国成立以后的一段并不太长的历史行程。其中有些多卷体的作品虽未及完全出版，但计划中的时间跨度同样也贯穿了这个历史行程的始终。如果进一步将这两部分作品连缀起来，则这期间的长篇创作题材就构成了一部完整的中国近现代社会的形象的发展史。以一个短暂时间内的长篇创作如此完整地反映了中国近现代革命的历史，确实是文学史上一种罕见的创作现象。

二是它的人物形象塑造的成功。这期间的长篇创作，特别是那些比较优秀的作品，往往都塑造了一些比较成功的和具有典型意义的人物形象，或者这些人物形象已经达到了一个“典型人物”的艺术高度。这些成功的人物形象如同这些作品的题材一样，也覆盖了比较广泛的社会阶级和阶层，特别是作为近现代中国革命的主体和对象所属阶级和阶层的人物形象。这些人物形象集中起来，同样也构成了一幅中国近现代历史众生百态的人物图画。

三是它的艺术表现方法的多样。这期间的长篇创作虽然从总体上说是属于现实主义的创作方法的范畴，但并不排斥它们各自选择的具体的叙事方式和角度。这种选择也就构成了这期间的长篇小说在总的现实主义创作原则支配之下的不同的艺术表现形态。就这期间（个别作品稍早或稍后一些）优秀的长篇代表作而言，这些各不相同的艺术表现形态主要有如下几种类型：(1) 以《创业史》和《上海的早晨》等作品为代表的以社会运动为主体叙事的类型；(2) 以《红旗谱》和《青春之歌》等作品为代表的以人生历程为主体叙事的类型；(3) 以《三里湾》和《山乡巨变》等作品为代表的以风俗变迁为主体叙事的类型；(4) 以《红岩》和《林海雪原》等作品为代表的以英雄传奇为主体叙事的类型。除了这些主要的类型之外，还有以《红日》和《保卫延安》等作品为代表的以战史断面为主体叙事的类型，以《六十年的变迁》和《三家巷》、《苦斗》等作品为代表的以人生历程串连历史事件为主体叙事的类型，等等。这些众多的叙事类型也是这期间的长篇创作为当代长篇小说提供的一些基本定型的叙事模式。本期及此后的长篇创作大多要受这种叙事模式的影响。这也是这期间的长篇小说为当代长篇创作作出的一个重要的艺术贡献。

这个收获期的长篇创作因为选择的历史题材较多，相对于现实题材而言，给人以不够平衡之感。无论是现实题材还是历史题材，作品的主题又大多局限在既定的社会政治结论之内，缺少更深、更新的发掘和开拓。人物形象的塑造也偏重阶级的“共性”而忽视独特的“个性”，尤其是不敢涉及正面人物和英雄人物的复杂性格和行为的个人动机，一定程度上削弱了人物形象的真实性程度和艺术感染力。在艺术上偏重继承中国古代话本传统和学习民间通俗小说的经验而缺少更新的创造意识和实践，也影响了这期间的长篇创作的整体艺术质量。

在这个长篇创作的高潮和收获期中，20 世纪 60 年代初就因为日益扩大和强化的阶级斗争形势而出现了艺术的危机，尤其是长篇小说《刘志丹》事件①，对本期长篇创作形成了直接的冲击。此后，本期长篇创作即开始出现全面滑坡。从 1962 年到“文化大革命”爆发之前，长篇小说创作不但数量锐减，而且整体的艺术质量也大为下降。尤其是作品的主题开始大幅度地向阶级斗争或路线斗争倾斜，人物形象的塑造也愈来愈追求过于理想化的高大完美。

这期间值得注意的作品除姚雪垠的历史题材的长篇小说《李自成》（第一卷）之外，其他如陈登科和浩然的反映农业合作化运动中农村两个阶级、两条道路斗争的长篇小说《风雷》和《艳阳天》，金敬迈的歌颂舍己救人的英雄战士欧阳海的长篇小说《欧阳海之歌》等，也都沾染了这样的艺术风气。这些长篇作品虽然在艺术上也取得了一定的成就，特别是浩然的《艳阳天》以高度浓缩的结构和富于生活气息的描写，展现了京郊农村合作化运动的艰难历程，在本期同类题材的长篇中不失为一部艺术上比较成熟的作品；金敬迈的《欧阳海之歌》以丰富生动的细节和饱蘸激情的笔触塑造了英雄战士欧阳海的感人形象，在广大读者特别是青年读者中产生了强烈的反响，但终究因为上述原因而未能挽救这期间的长篇创作的整体滑坡的趋势。这些作品对阶级斗争、路线斗争的扩大化描写和人物形象塑造过于理想化的倾向，实际上已经是即将到来的“文化大革命”中某种极端政治化的创作模式的一个预演信号。

“文化大革命”10 年中，本期长篇创作在经受了最初的冲击之后，从 20 世纪 70 年代起又开始陆续有作品出版。这些作品无论是取材于历史还是现实，其主题大多与阶级斗争和路线斗争有关，其中还有一部分是直接迎合当时的政治需要或受当时的政治势力的操纵，为它们正在进行的夺权斗争和政治阴谋服务的。只有极少数作品在不触犯政治禁令和以写工农兵英雄人物

① 1962 年党的八届十中全会期间，康生诬蔑长篇小说《刘志丹》的作者李建彤“利用写小说搞反党活动”，并追查所谓幕后策划者和参与者，株连万人，造成了一场历史的大冤案。

为主的情况下，才在艺术上多少挣脱了一点清规戒律的禁锢和束缚，表现了有限的一点生活实感和艺术个性。这期间另外值得注意的一个长篇创作现象，是一些处于逆境中的作家的长篇创作，例如姚雪垠的《李自成》（第二卷）、莫应丰的《将军吟》等，都是在这期间最后完稿或动笔写作的。这两部长篇作品虽然出版在“文化大革命”结束后的新时期，并且同时获得首届“茅盾文学奖”，但却是本期长篇创作在这期间孕育的最后一批宝贵果实。

本期几种主要叙事类型的长篇代表作　如上所述，本期长篇创作在20世纪50年代后期到60年代初期，逐渐形成了几种主要的叙事类型。这些叙事类型不但在本期长篇创作中有着比较普遍的代表性，而且作为这些叙事类型的代表作品也是本期长篇创作在艺术上走向成熟的重要标志。以这些有代表性的作品为主，分析这几种主要叙事类型的长篇小说的艺术成就和特征，即可把握对本期长篇创作的总体评价。以下我们仅就这几种主要叙事类型的长篇代表作展开一点具体分析。

（一）以《创业史》和《上海的早晨》为代表的以社会运动为主体叙事的长篇作品

本期反映现实题材的长篇创作，大多取材于20世纪50年代开始的几次重大的社会改造和社会革新运动。尤其是对农业、手工业和资本主义工商业的社会主义改造（即“三大改造”），更是本期现实题材的长篇创作关注的主要对象。取材于这场社会主义改造运动的作品占据了本期长篇创作的绝大多数，其中又以反映农业的社会主义改造（即农业合作化运动）的长篇作品所占的比例更大。这种取材方式反映了本期长篇创作迫近现实的强烈要求，以及通过重大社会政治运动揭示社会生活本质的现实主义艺术特色。

《创业史》和《上海的早晨》是本期这种类型的长篇小说的代表作。这两部长篇的共同之处首先就在于，它们的题材和主题与它们所反映的社会运动的过程和性质之间，存在着一种完全的同构和同质关系。就题材而言，《创业史》反映的是中国农村在土地改革之后从成立互助组到建立农业生产合作社，即农业的社会主义改造的全部历史过程①；《上海的早晨》反映的也是中华人民共和国成立之后从“三反”、“五反”到“公私合营”，无产

① 《创业史》原计划写四部，从互助组、农业社写到人民公社，结果只完成前两部。本期只出版了第一部，这儿的讨论主要以第一部为依据，同时也考虑到作者的整体构思和第二部的有关内容。

阶级对资产阶级进行社会主义改造的全部历史过程。① 这两部作品基本上是按照一种严格的编年史的方式，把20世纪50年代在中国城乡所进行的社会主义改造运动完整地展现在人们面前。就主题而言，从总的方面说，这两部作品的主题都是属于表现社会主义革命的主题范畴，只不过《创业史》侧重于表现农民阶级走社会主义道路的必然要求和必由之路；而《上海的早晨》则侧重于表现资产阶级接受社会主义改造的艰难曲折和斗争过程，都是50年代在中国城乡进行的社会主义改造的本质内容。正因为如此，这两部作品的另外一点共同之处，就是它们所塑造的人物形象、所确立的人物关系、所创造的艺术典型的本质含义，与它们所反映的这两个领域的社会主义改造过程中现实的人物关系及其所属各阶级、各阶层的政治倾向之间，也存在着一种完全的同构和同质关系。它们是严格按照现实的阶级关系编制作品中的人物谱系的。因而这两部作品中的人物，特别是主要人物，是作为现实生活中各个阶级、阶层的不同社会成员的代表的身份出现的，其中的典型形象也是属于一个特定阶级的或阶层的典型人物。这两部作品的第三点共同之处，都是企图从全景的角度全方位地展现50年代中国进行社会主义革命和社会主义建设的整体面貌。虽然《创业史》涉笔城市工业化和《上海的早晨》涉笔农村土地改革都非其所长，但整体的艺术框架都勾勒了一幅中国社会的宏观图画。

基于这两部作品与它们所反映的社会运动之间的这种同构同质关系，它们无疑正确揭示了20世纪50年代在中国城乡进行的社会主义改造运动的本质内容和这期间的社会主义革命的性质与特点。两部作品在人物形象塑造方面所取得的成绩，也进一步扩大了作品反映社会生活的深广程度。其中又以《创业史》在艺术典型的创造方面取得了更大的成功。作为农业合作化运动的带头人，在梁生宝身上体现出来的社会主义新人的特质和他的纯朴、善良、勤奋、谦虚以及充满理想和热情的个性魅力，都使他成为本期长篇创作中一个不可多得的艺术典型。梁三老汉则作为一个带着沉重的历史负担走进社会主义的传统农民的典型形象，他的性格中诸多复杂的矛盾因素更具普遍意义，因而在当时引起了更多的关注。两部作品在艺术上纵横展开的态势，具有一种“史诗”的气魄和规模，尤其是《创业史》，还把艺术的笔触伸向历史的纵深，揭示了农民阶级艰难创业的漫长历程，更具“史诗”的力度。作为小说中的长篇巨制，两部作品都十分注重故事情节的铺叙和生活场景、

① 《上海的早晨》共分四部，本期只出版了前两部，后两部出版在20世纪80年代。这儿的讨论是把这四部作为一个艺术的整体，但重点是在前两部。

生活细节的描写与刻画，都比较准确地传达了特定时代的时代气氛和生活氛围。《创业史》因为独到的风俗描写而具有浓郁的地方特色，它的融哲理的议论和激情的抒发于一体的叙事，也使作品的整体风格显得更加凝重、浑厚。

像《创业史》和《上海的早晨》这样以社会运动为主体叙事的长篇小说，其根本局限在于作家对其所反映的社会运动的认识和评价，不可能也不允许超越这些社会运动本身的政治性质，因而作品的主题也就难免要局限在这些社会运动的理论政策范围之内，很难有更深、更新的挖掘和开拓。完全按照社会运动的历史进程来结构作品，在艺术上也显得刻板、拘泥，创造力不足。

（二）以《三里湾》和《山乡巨变》为代表的以风俗变迁为主体叙事的长篇作品

《三里湾》和《山乡巨变》都取材于农业合作化运动，也基本上涉及这个运动的全过程或其中的一个重要阶段，严格说来，也应当属于以社会运动为主体叙事的长篇范畴。但是，与上述一类作品不同的是，这两部作品叙事的侧重点不是或不完全是农业合作化运动的历史进程本身，即不是着眼于揭示这个运动发生发展的客观规律和必然趋势，而是把这一运动看做是激发生活变革的历史动因，着重点在于反映由它引起的风俗习惯和世态人心的转换与变化。因此农业合作化运动的过程和某些阶段，在这两部作品中就只是作为一种结构的线索和框架，其细部的描写却专注于从私有制向公有制转变过程中，农村社会各种关系的变动和农民群众新旧思想的矛盾与冲突。其中尤其是对于一些处于中间状态或转变之中的农民形象的刻画，比较深入地揭示了农业合作化运动在中国传统农民身上所引起的革命性变化，以及他们告别私有观念走向社会主义的艰难曲折，达到了相当的艺术深度。同时也为本期长篇创作的人物画廊留下了如马多寿（《三里湾》）、盛佑亭、陈先晋（《山乡巨变》）等众多具有典型意义的人物形象。因为着眼于反映农业合作化运动所引起的风俗变迁，故而这两部作品都善于在众多的家庭及其成员之间设置矛盾冲突，尤其是善于通过复杂的婚姻、爱情关系表现新旧思想的对立和斗争。这也使得这两部作品都充满了浓厚的喜剧色彩。而且这两部长篇的作者也都发挥了他们在小说艺术方面的创作特长：《三里湾》纯用工笔白描，却不乏赵树理式的幽默风趣；《山乡巨变》有周立波式的诗情画意，却不乏传神的细节刻画。在本期反映农业合作化运动的长篇中，这两部作品都堪称是在艺术上别具一格的优秀之作。

《三里湾》和《山乡巨变》也存在如同上述以社会运动为主体叙事的长

篇类似的局限，虽然在切入生活的角度和艺术结构方面有所突破，但矛盾冲突的设置和人物关系的处理仍不免受制于一定的理论政策和阶级本质的限定，以至于两部作品如果以对于合作化运动的态度划分，其人物类型基本相近。这无疑也影响了两部作品反映生活的深广程度和艺术创造力的有效发挥。

（三）以《红旗谱》和《青春之歌》为代表的以人生历程为主体叙事的长篇作品

在中外文学史上，以一个或几个主要人物的人生历程作为文学作品的情节线索，是一种常见的叙事模式。这种模式在长篇小说中尤为多见。其主要表现形态有如下两种：一是以作家自己的人生经历为主，即通称自传体或包含了作家的经历原型的文学作品；二是以作家的原型之外的作品主人公的人生经历为主，即一般以塑造人物为中心的文学作品。这两种形态的以主要人物的人生历程为主体叙事的文学作品，在本期长篇创作中占有很重要的比重，出现了例如《红旗谱》和《青春之歌》这样的优秀代表作。《青春之歌》属于前一种形态①，《红旗谱》则属于后者。

上述这两部作品都是取材于革命历史，属于革命历史题材的长篇创作。中国共产党领导的人民革命在漫长的历史过程中，不仅改造了社会，同时也改造了人。尤其是作为革命队伍的成员，来自不同阶级和阶层的个人，在艰苦的革命斗争年代都经受了锻炼，得到了成长，由一个普通人成长为一个自觉的革命战士。这种改变人和造就人的革命，无疑会激发作家极大的艺术创造的热情。而且，通过塑造这样的人物形象，展现他们的人生历程，也可以集中反映他们所属阶级或阶层的其他成员走上革命道路的共同规律，折射他们投身革命的那个年代的时代风云。这对于长篇作家来说，同样也是极具吸引力的。

《红旗谱》和《青春之歌》分别选取了占中国革命基本队伍的绝大多数的农民和知识分子形象作为作品的主人公，而且两部作品的主人公的主要活动和人生历程都集中于一个重要的历史年代：前者是从大革命失败后中国共产党独立领导的工农武装斗争到抗日战争开始的年代②；后者是从“九一

① 参见杨沫：《谈谈〈青春之歌〉里的人物和创作过程》，《文学青年》1959年第1期。

② 《红旗谱》共分三部，第三部《烽烟图》写到抗日战争初期，出版在1983年。这儿的讨论以本期出版的第一部《红旗谱》和第二部《播火记》为主，同时也考虑到作者的整体构思。

八”事变到“一二·九”运动中国共产党领导的爱国学生运动热潮高涨的年代。这两个重要的历史年代对中国农民阶级和知识分子走上革命道路，曾经起过决定性的作用。选择这样的历史年代表现作品的主人公走上革命道路的人生历程，无疑具有极为重要的典型意义。在这样的历史背景上，两部作品都表现了主人公从自发的反抗到自觉的斗争的发展和转变过程，而且都描写了在这个过程中，党的教育和实际斗争的锻炼所起的重要作用，因而都比较深刻地揭示了农民阶级和知识分子完成革命的人生历程的必由之路和必然趋势。两部作品以主要人物为主，分别塑造了一个农民阶级和知识分子的群体形象。这两个群体形象以众多成员各自不同的人生经历，分别从不同的层次、不同的侧面和不同的意义上，丰富和深化了作品的中心题旨，同时也折射了上述两个重要年代阶级斗争和民族战争的风云，是反映这两个年代的社会生活的历史长卷。

《红旗谱》因为比较完整地展现了中国农民由个人自发的反抗到在党的领导下组织起来进行阶级斗争的历史过程，同时也展现了这些反抗的农民由古典的英雄到现代的革命战士的成长和转变过程，因而具有很强的历史意识和较高的思想深度，在艺术上也具有一种“史诗”的气魄和规模。与这样的艺术题旨和表现对象相适应，《红旗谱》十分重视作品的民族风格和地方特色，尤其重视把反映“中国特色”的革命和艺术上的民族化追求结合起来，通过作品的地方特色显示作品的民族风格，因而《红旗谱》在艺术上所表现出来的民族风格，首先就是它的艺术描写中透露出来的中国革命的“历史特点和民族特点”，其次则是它对冀中平原的人民生活和民俗风情所作的精湛的描写和刻画。此外，《红旗谱》也比较重视继承中国古代小说传统的表现方法和技巧，在这个基础上又吸收了西洋小说的艺术经验，创造了一种比西洋小说“略粗一些”，但比中国古典小说“要细一些”的写法，使作品所追求的民族风格显示出了一种新的时代特色。与此同时，作品在融会书面语言和日常口语以及在追求人物语言的个性化方面所取得的成功，也进一步强化了作品的民族风格和地方特色。相对而言，《青春之歌》虽然在艺术上也取得了许多重要的成就，尤其是在人物形象的塑造方面，善于运用对比的方法和典型的生活细节揭示人物心理、刻画人物性格，使作品中的众多人物尤其是知识分子形象得到了较之一般作品更为细腻真切的描写，造成了强烈的感人效果，但因为缺乏比较自觉的艺术追求，因而在整体上的特色不及《红旗谱》那样突出。

作为以人生历程为主体叙事的长篇小说，《红旗谱》和《青春之歌》都不能不遵循它们各自的主人公走上革命道路的必经过程和必然规律，但是，

《红旗谱》在描写朱老忠入党之后，思想性格没有更大的发展变化，加上这个人物的某些固有的“类型化”特征，都影响了作品主题的深化和人物形象的典型化程度。《青春之歌》因为始终让林道静带着她自身的弱点和缺陷，处于一种成长过程的发展变化之中，人物性格显得更有艺术的活力。但《青春之歌》后来迁就某些极端的意见，增写作者所不熟悉的与农民运动结合的情节，造成了艺术上的一个不应有的缺憾。

在本期比较优秀的长篇小说中，李六如的《六十年的变迁》和欧阳山的《三家巷》、《苦斗》，也应当属于以人生历程为主体叙事的比较有代表性的长篇作品之列。这两个长篇系列虽然在人物形象的塑造尤其是在主要人物形象的塑造方面未能达到如《红旗谱》和《青春之歌》那样的典型高度，但这两部作品以主人公的人生历程纵横串连的社会历史的时空跨度，却堪称此类作品中的翘楚。①《六十年的变迁》以史家的胸怀，“演义”的笔法写作小说，在艺术上别开生面；《三家巷》、《苦斗》以细腻的风俗描写、繁复的生活画面展开情节，在风格上独标一格。《六十年的变迁》失之于“实”，《三家巷》、《苦斗》失之于“细”，都是这两个重要的长篇系列在艺术上的一些主要长处和不足。

（四）以《林海雪原》和《红岩》为代表的以革命英雄传奇为主体叙事的长篇作品

中国小说尤其是长篇小说素来有传奇的传统，中华人民共和国成立之后，为革命英雄树碑立传，传颂他们不同寻常的英雄事迹，是当代文学题中应有之义。加上传奇的文学样式通俗易懂，引人入胜，一向拥有广泛的读者群众。本期长篇创作中，革命英雄传奇的兴盛繁荣，主要是因为这些因素的影响和作用。

本期革命英雄传奇主要有两种类型，《林海雪原》和《红岩》分别是这两种类型的突出代表。以《林海雪原》为代表的一类革命英雄传奇，在艺

① 《六十年的变迁》计划写3卷：第1卷从清末变法维新前后写到辛亥革命失败，于1957年出版；第2卷从北洋军阀统治写到大革命失败，于1961年出版；第3卷从10年内战写到中华人民共和国成立，未及完稿，遗稿于1982年出版。以主人公季交恕60年的人生经历，串连了整个近代中国社会和中国革命从旧民主主义到新民主主义的漫长历史。《三家巷》、《苦斗》是5卷体长篇小说《一代风流》的第1卷和第2卷，先后出版于1959年和1962年。以后各卷《柳暗花明》、《圣地》、《万年春》依次出版于1981年、1983年、1985年。同样是以主人公周炳的“半生经历”，串连了从1919年到1949年中国共产党领导的新民主主义革命的全部历史。这儿的讨论均以这两个长篇系列在本期出版的第1、2卷为主，同时也考虑到作者的整体构思。

术上倾向于中国古代的通俗小说，主要靠传奇的人物和传奇的情节取胜，叙事和描写多用传统手法，尤其是话本小说的艺术技巧。《林海雪原》以杨子荣、少剑波为中心，塑造了一个带有传奇色彩的英雄群体的形象，这些传奇英雄穿越莽莽林海、茫茫雪原，与顽匪周旋角逐、斗勇斗智，从奇袭奶头山、智取威虎山到调虎离山捣匪巢，创造了一个又一个惊心动魄的英雄故事。这些大大小小的战斗故事环环相套，层层包裹，险象环生，奇境迭出，始终将英雄人物置于一种剑拔弩张的情势之中。在这种险恶的情势中，通过英雄人物克敌制胜、转危为安（也有流血牺牲、捐躯殒命），完成英雄性格的塑造和英雄主义的主题。这类革命英雄传奇往往有意突出英雄性格，叙事描写多用夸张笔法，故而带有很强的浪漫主义色彩。

以《红岩》为代表的一类革命英雄传奇则与此不同，这类革命英雄传奇虽然也塑造英雄性格，表现英雄主义的主题，但在艺术上却倾向于近代以来的现实主义小说的观念和技巧，即以真实地、本质地反映社会历史和塑造具有典型意义的人物形象为主，并不特别追求故事情节和人物性格的传奇性。《红岩》的某些故事情节和人物性格虽然也带有一定的传奇色彩，但从总体上说，却是中国革命在取得最后胜利的历史关头，光明与黑暗的殊死斗争的真实记录。这部作品不但描写了解放前夕重庆“中美合作所”集中营内共产党人和被关押的革命志士与国民党反动派所进行的狱中斗争，而且也通过监狱内外的关系，把对城市的学生运动和地下斗争以及农村根据地的武装斗争的描写结合起来，从而比较全面地反映了全国解放前夕敌我斗争的总体态势和历史发展的必然趋向。它的众多英雄人物身上所表现出来的大无畏的牺牲精神和坚如磐石的理想与信念，也全是因为在这最后的历史瞬间由光明和黑暗的殊死搏斗所激发出来的精神光焰，而不是运用某种传奇手法进行艺术夸张和神化描写的结果。从这个意义上说，这一类革命英雄传奇是有着深刻的现实主义基础的。

在本期长篇创作中，与以革命英雄传奇为主体叙事比较接近的另一种长篇类型，是以战史断面为主体叙事的长篇作品。这类作品比较突出的代表是被称做“战争史诗”的《保卫延安》和《红日》。这两部作品无疑都带有很强的纪实性，即它们基本上是它们所反映的解放战争中两个重要战略阶段上的战争史实的真实记录。只是在这个真实的历史框架中，作者依据真实地、历史地反映这场战争的需要塑造出来的战争英雄，才具有一定的传奇色彩。这些带有传奇色彩的战争英雄体现了战争的性质、威力和必胜的趋势，通过他们的传奇故事，作品写出了解放战争的艰苦复杂，也写出了解放战争的雄伟气势和“史诗”的规模。从这个意义上说，这两部作品中的战争英雄的传奇色彩，是战争的历史本身赋予的，是为战争的历史所规定的。在真实的战史和虚构的英雄之间达成一种艺术的平衡，创造一种艺术的张力，是这类以战史断面为主体叙事的长篇作品的主要艺术特色。《保卫延安》和《红日》尽管存在着许多表现的差异，也有各自的缺陷和不足，但在这类长篇作品中，却是具有典型意义的。

第四节　本期散文创作

本期散文创作概况　中国散文有着悠久的历史传统。“五四”文学革命，“散文小品的成功”，又“几乎在小说戏曲和诗歌之上”。① 在中国新文学史的不同时期，散文创作都取得了重要的成绩，出现了许多著名的作家、作品，逐渐形成了一个新的艺术传统。本期散文正是在这一传统的浸润之下，在新的历史时期开拓的一个新的发展阶段。

本期散文包含记人、叙事、抒情、议论、回忆、书信、随笔、小品、传记、杂文、山水游记和报告文学等诸多形式和类型。这些形式和类型因为各种不同的原因，在本期各个不同阶段上的发展虽然并不完全一致：有时纪实性的散文比较发达，有时文艺性的散文比较发达，有时政论性的杂文比较发达；但在总体上却使本期散文呈现出一种为此后一个相当长的时期所未曾有过的繁荣兴盛的景象。

从20世纪50年代初期到50年代中期前后，是纪实性的散文兴盛的时期。这个时期社会生活中出现了许多重大事件和新生事物，吸引了散文创作的高度注意。从抗日战争到解放战争期间一直十分活跃的文艺通讯和报告文学创作，仍旧保持了以往的势头。有些作家如刘白羽、华山等在解放战争期间的文艺通讯和报告文学创作，直接开启了本期纪实性散文创作的历史源头，对本期纪实性散文创作产生了重要的影响。由于社会历史的变化，不少已有成就的散文作家开始把笔触转向新的对象，以战争年代的敏感和热情报道新时代的社会生活中出现的重大事件，反映新人新事的萌芽和成长。与此同时，大批新的作家开始涌现出来，为纪实性的散文创作增添了新的力量。由于有组织的征集和提倡，群众性的写作热情也日益高涨。这些来自生活最前沿的作者的创作，以他们的耳闻目见、身历心受，增强了纪实性散文的亲历性和反映社会生活的广泛性程度，是这期间纪实性散文创作不可忽视的一

① 鲁迅：《南腔北调集·小品文的危机》，《鲁迅全集》第4卷，人民文学出版社1981年版，第576页。

支重要力量。

这期间纪实性散文的主要形式是文艺通讯和报告文学，也有一部分人物传记和个人自传性质的作品。文艺通讯和报告文学创作的主要成绩集中在两个重要的题材领域：其一是当时正在进行的抗美援朝战争；其二是恢复时期和第一个五年计划期间的经济建设。前者主要有专业作家的作品集，如魏巍的《谁是最可爱的人》、巴金的《生活在英雄们中间》、刘白羽的《朝鲜在战火中前进》和华山、靳以、菡子等人的作品集，以及专业和业余作者的合集《朝鲜通讯报告选》（一、二、三辑）、《志愿军一日》和《志愿军英雄传》等。其中特别是魏巍的文艺通讯《谁是最可爱的人》，以精练的选材和精心的结构，以及饱含热爱之情的议论和富于人生哲理的抒情，把志愿军战士的英雄事迹和崇高的爱国主义、国际主义精神，以及志愿军战士和朝鲜人民之间的血肉情谊，表现得淋漓尽致，感人肺腑，在读者中产生了巨大的影响，是这期间纪实性散文中一篇出类拔萃的优秀作品。后者虽然没有出现如前者那样影响巨大的作品，但所涉及的生活范围的广阔、所报道的生活内容的丰富、所反映的生活主题的多样，都是本期及此后的纪实性散文创作所无法比拟的。这些主要以文艺通讯和报告文学的形式写出的纪实性散文作品，从各个不同角度全方位地反映了中华人民共和国成立以后在经济恢复和第一个五年计划期间，各行各业所取得的建设成就以及新人新事的萌芽与成长，展现了新的社会制度的优越性和社会生活、人民群众的精神面貌所发生的历史性变化。这个领域的纪实性散文创作同样既有专业作家也有业余作者，其中特别是一些著名小说家例如柳青、秦兆阳、沙汀等的人物特写和吴运铎、高玉宝等的文学自传，格外引人注目。他们在这方面所取得的艺术成就，同时也表明了这期间的纪实性散文注重人物形象塑造的鲜明特色。

在这期间的纪实性散文中，特别值得提出的是50年代中期出现的一批揭露生活矛盾和阴暗面的文艺特写与报告文学，这些作品虽然很快就遭到批判和打击，但却与当时同类性质的小说创作一起，构成了一股“干预生活”的重要文学潮流。除纪实性散文外，这期间其他样式的散文创作也比较活跃，尤其是游记和杂文，前者记述作家在国内外参观访问所得的见闻、感受，后者议论新旧时代转变时期的各种社会问题，虽然成就不及纪实性散文，但却活跃了散文创作的空气，为此后的散文创作打下了重要基础。

20世纪50年代中后期的“反右”斗争和“大跃进”运动，对本期散文创作形成了极大的冲击。在“反右”斗争中，因为批判了“干预生活”

的纪实性作品和针砭时弊的政论性杂文，使此后的散文创作渐渐远离生活矛盾和社会问题，开始转向历史题材或集中于对英雄事迹、建设成就和革命精神的正面宣传与歌颂。与此同时，杂文等具有讽刺锋芒和其他“独抒性灵”的生活随笔、小品等散文文体也因此而开始全面萎缩。在“大跃进”运动期间，因为政治上的狂热和经济上的浮夸，使散文创作也沾染了华而不实的风气。50年代中后期，在历史题材的散文创作方面，由于“中国人民解放军三十年”征文活动①和“大跃进”期间群众性的文学创作热潮的推动，革命回忆录和“三史”（公社史、工厂史、部队史）的写作，在这期间取得了重要的收获。特别是其中的一些优秀的革命回忆录，例如陶承的《我的一家》、陈昌奉的《跟随毛主席长征》、缪敏的《方志敏战斗的一生》、邓洪的《潘虎》、罗广斌等的《在烈火中永生》、杨植霖等的《王若飞在狱中》等，产生了广泛的社会影响，同时也对本期革命历史题材的小说创作产生了重要的推动作用。与此同时，以及时地反映现实生活为主的报告文学，也因为现实的需要和理论的引导与提倡②而得到了长足的发展，继50年代初期之后又出现了一个创作的热潮。较之前一阶段，这期间的报告文学创作不但数量众多，而且在艺术上也大多突破了新闻通讯的文体局限，比较注重材料的选择和主题的提炼，以及精心的结构和人物形象的塑造，因而文学性大为加强。其中的优秀作品例如王石、房树民的《为了六十一个阶级兄弟》，徐迟的《祁连山下》，黄宗英的《小丫扛大旗》等，都较好地处理了报告文学的真实性与文学性的关系，在真人真事的基础上，通过艺术的加工处理，使作品达到了类似于虚构的作品那样的艺术效果，因而都具有较高的艺术成就。这期间报告文学理论的自觉和创作的成就，标志着本期报告文学开始脱离新闻文体，逐渐走上了独立追求的艺术道路，为当代报告文学此后的发展和繁荣打下坚实的基础。

---

① 这个征文活动是1956年8月由中国人民解放军总政治部发起的，主要征文作品刊登于战士出版社编辑出版的《星火燎原》丛刊。该刊从1958年创刊，到1963年停刊，共出10集，第5集、第8集因故未能发行，与1957年中国青年出版社编辑出版的《红旗飘飘》丛刊一起，共同推动了革命回忆录的写作热潮。

② 这期间几次重要的倡导和研讨报告文学的理论活动有1958年《文艺报》发表的专论《大搞报告文学》，1960年和1964年《文艺报》就报告文学创作问题发表文章和专论进行理论探讨，1963年《人民日报》编辑部和中国作家协会联合召开报告文学创作座谈会，讨论报告文学问题，这是中华人民共和国成立以后第一次召开关于报告文学的专门会议。这些理论倡导和研讨活动，对本期报告文学创作起了重要的推动作用，在短时间内形成了一个报告文学创作的高潮。

除了革命回忆录和“三史”等历史题材的散文和报告文学创作的兴盛之外，从20世纪50年代后期到60年代初期文艺性散文创作的繁荣，在本期散文中是一个十分引人注目的创作现象。文艺性散文兼有记人、叙事、抒情、议论等多种艺术因素，是中国古代散文的一个重要传统，在新文学史上也取得了重要的成就。本期文艺性散文在50年代中前期已有一定的创作基础，甚至在个别年头（例如1956年）曾经出现过短暂的创作高潮。但是，从总体上说，这期间的文艺性散文虽然有真情实感，也不乏少数精品佳构，但却普遍缺乏艺术的锤炼，在技巧上显得不够圆熟。60年代初，在倡导报告文学创作的同时，对文艺性散文也展开了广泛深入的理论探讨。特别是1961年上半年《人民日报》开辟的“笔谈散文”专栏，对散文的文体特点、创作规律和历史传统等重要理论问题以及古今散文的一些名篇佳作，进行了热烈的讨论和评析，使散文作家开始有了艺术追求的自觉和学习借鉴的对象，在创作中更加重视构思和传达的技巧，使文艺性散文的创作在艺术上得到了极大的提高。在经历了“大跃进”的挫折和连续三年自然灾害之后，面对国际国内的复杂形势，需要发扬自立更生、发愤图强的精神，用爱国主义和革命传统激励人民群众，团结一致，艰苦奋斗，克服暂时的困难，争取光明前途，也需要文艺性的散文这种自由灵活、感染力强的形式发挥宣传教育作用。这也是这期间文艺性散文繁荣兴盛的一个重要因素。加上60年代初文艺政策的调整所带来的短暂的“百花齐放”的局面，也给文艺性散文的创作提供了一个良好的艺术环境，使文艺性散文在很短的时间内能够得到长足的发展，出现了当代散文史上第一个文艺性散文创作的高潮。这个高潮中的文艺性散文包含了记人、叙事、抒情、议论各种因素，但以抒情性的因素所占比重较大。这种偏重于抒情的散文不但数量众多，而且艺术的成就最高。在这个创作的高潮中走向艺术上的成熟，形成了独特的艺术风格的本期几位重要散文作家如杨朔、刘白羽、秦牧等，更是本期文艺性散文在艺术上的突出代表。他们以及其他散文大家如冰心、巴金、曹靖华、碧野、吴伯箫，与数量众多的专业和业余散文作家的创作，共同构成了本期文艺性散文创作的洋洋大观，把当代散文创作推向了一个艺术上的高峰状态，对本期和此后的散文创作产生了重要的影响作用。

在文艺性散文走向创作高潮的同时，20世纪60年代初期，政论性的杂文创作也出现了一个短暂活跃的局面。在中国新文学史上，鲁迅所开创的杂文文体和创作风格，一直影响着现代杂文创作的发展。中华人民共和国成立以后，由于社会政治情况的变化，杂文创作的批判和讽刺的锋芒连同这种文体本身，都在开始减弱和走向萎缩。虽然在50年代中期因为“双百”方针的感召而出现了短暂的复苏，但很快便遭受到更严厉的批判和打击。60 年代初期，随着文艺政策的调整，杂文创作也开始重新活跃起来。以《燕山夜话》、《三家村札记》和《长短录》① 为代表的杂文创作，用“以古论今”的方式，通过介绍历史知识，针对现实问题发表议论，将知识性、趣味性和思想性熔为一炉，创造了一种“知识性杂文”体裁，推动了杂文创作的发展。虽然这种体裁的杂文也缺少批判和讽刺的锋芒，但因为能给人以知识和教益，且议论评说皆切中时弊，故而在读者中产生了广泛的社会影响。本期杂文创作也正是因为这种影响而在“文化大革命”到来之际，遭受了空前的劫难。《三家村札记》的作者竟被推上了历史的祭坛，成了“反革命修正主义分子”。② 杂文的劫难同时也是本期散文创作所遭受的全面浩劫的开始，整个“文化大革命”十年期间，除了几篇报道英雄模范人物的先进事迹的文艺通讯、报告文学和数量极少的一些文艺性散文，多少还保留了一点真实性的特征和艺术个性之外，其余多为一些趋时应景的表面文章和为政治斗争服务的粗滥之作。本期散文也因陷入一场政治的劫难而暂告一个历史的段落。

本期散文重要作家作品　如上所述，本期散文在 20 世纪 60 年代初期出现了一个创作的高峰。这个创作高峰中的作品虽然包括各种体裁和诸多形式，但以文艺性散文特别是抒情性散文的成就最大。其主要代表作家杨朔、刘白羽、秦牧，更是本期散文最高成就的标志。他们的散文代表了当代散文的一种重要艺术形态，对后来的创作产生了重要的艺术影响。

---

① 1961 年 3 月—1962 年 9 月，邓拓以“马南邨”的笔名在《北京晚报》上开设杂文专栏《燕山夜话》。1961 年 10 月—1964 年 7 月，邓拓、吴晗、廖沫沙以“吴南星”的笔名在《前线》杂志开设杂文专栏《三家村札记》。“吴南星”的笔名系吴晗的姓和邓拓的笔名“马南邨”、廖沫沙的笔名“繁星”中各取一字组合而成。1962 年 5 月—12 月，《人民日报》副刊开设杂文专栏《长短录》，主要作者为夏衍（笔名“黄似”）、吴晗（笔名“章自”）、廖沫沙（笔名“文益谦”）、孟超（笔名“陈波”）、唐弢（笔名“方一羽”）和张毕来。

② 1966 年 4 月 16 日，《北京日报》刊发《关于〈三家村〉和〈燕山夜话〉的批判材料》及《前线》和《北京日报》的“编者按”。1966 年 5 月 10 日，《文汇报》、《解放军报》发表姚文元的文章《评“三家村”——〈燕山夜话〉、〈三家村札记〉的反动本质》。此后，批判斗争逐步升级，并殃及全国各地。邓拓、吴晗被迫害致死。1979 年 2 月，中共北京市委为《三家村札记》及其作者平反。同年，《三家村札记》由人民文学出版社结集出版。《燕山夜话》也由北京出版社在 1963 年初版的基础上增补再版。

作为本期散文最有成就的作家之一，杨朔的散文是以追求诗化的抒情为特征的。这位作家的创作经历了一个由写实到抒情的发展过程，最后则趋向于拿散文“当诗一样写”，在散文中“寻求诗的意境”。① 他的这个创作特征虽然在20世纪50年代中期即初露端倪，并开始写出了在艺术上比较成熟的作品如《香山红叶》等。但真正体现他的成熟期的艺术风格和创作特征的作品，大多是创作在60年代初期。其中的《荔枝蜜》、《茶花赋》、《雪浪花》等，更是当代散文的艺术精品。

杨朔的散文追求诗化的抒情，主要表现在以下几个方面：其一是依据情感的变化谋篇布局、组织结构，使散文的抒情也具有诗一样的韵律。情感的变化所形成的起伏波折，本来是诗的韵律的内在依据。诗人依据情感的变化结构诗篇，诗便有了一种抑扬顿挫的旋律。杨朔的散文也擅长将作品的结构作这种诗化的处理，他的许多作品，例如《荔枝蜜》、《茶花赋》等，都是依据作者的情感发展线索结构起来的。因此他的这些作品不但能够把读者带入一种浓郁的情感氛围之中，而且还能够让读者通过这种情感的波动感受到一种节奏和韵律。其二是在散文中营造诗的意境，使散文也具有诗一样的艺术境界。作为一位散文作家，杨朔有比较深厚的古典文学特别是古典诗词方面的艺术修养，对艺术的意境又有比较自觉的追求，因此他的散文中情感的抒发总是伴随着或者寄托于相应的景物人事，通过这些景物人事，构造一个个含蕴无穷的艺术画面，让读者从这些艺术画面中产生丰富的联想，把读者的思绪带入一种无比深远的艺术境界。而且作者又往往喜欢把这些“含不尽之意”的艺术画面设置在文章的结尾之处，使其发生一种深化主题和引人回味的艺术功用。例如《荔枝蜜》的结尾处作者望见农民在田间劳动的画面，《茶花赋》中孩子的小脸和童子面茶花交相辉映的画面，《雪浪花》中老泰山推车走进霞光中去的画面等，都是这些作品的情感和主题凝聚的焦点，也是这些作品最能发人深思、引人联想之处。这些精心构造的艺术意境不但使杨朔的散文有一种诗的美感，而且在总体上也有一种象征的意味。其三是注重字句的锤炼，使散文的语言也具有诗一样的蕴涵。中国古典诗歌是很注重字句锤炼的，特别是在“诗眼”处的用字，所下的工夫更大。杨朔的散文语言虽然从总体上说是一种经过提炼了的日常口语，有口语的明白畅达、简洁朴素，但因为经过了艺术的提炼和加工，故而同时又显得含蓄隽永、精练醇厚。尤其是在写景、记事、摹人、状物和议论、抒情的关键处，遣词造句都十分讲究。有时仅仅用一个字、一句话，就准确鲜明地传达了对

① 杨朔：《东风第一枝·小跋》，作家出版社1961年版。

象的特征，或深入概括地揭示了作品的题旨。比较典型的例如《雪浪花》中老泰山所说的那个“咬”字，以浪花年复一年、日复一日地在礁石上“咬”出许多坑坑坎坎，来比喻劳动人民改天换地的伟大力量，既写出了自然事物的特征，又含有深刻的思想寓意，确实起到了一种“文眼”的作用。杨朔的散文的诗化，是与它的语言的这种精练含蓄的特征分不开的。

杨朔的散文主要得益于中国古代诗词艺术，是这期间的文学重视继承民族传统所结的果实。他以诗与散文的结合，把中国新文学史上主要受西方影响的现代散文的发展，向前推进了一步，造就了一种新的民族化的散文形态。这种新的形态的散文对本期和后来的散文创作产生了重要的影响，以至于在一个时期内，成了散文创作竞相仿效的艺术模式。与此同时，杨朔的散文创作自身也因为这种“模式化”而逐渐失去了艺术创造的活力，加上作者在“文化大革命”中含冤去世，他的全部创作亦告中止。

与杨朔将情感诗化不同，刘白羽的散文更注重情感的哲理化，因而他的散文是以富于哲理的抒情著称于世的。这位作家的散文创作在本期同样经历了一个从纪实性的文艺通讯、报告文学到文艺性的抒情散文的发展变化过程。写于20世纪50年代后期的《日出》是他的散文创作发生转变的重要标志。此后，直到60年代初，他的抒情散文创作进入了艺术的成熟期。这期间的一些重要作品如《红玛瑙》、《长江三日》以及抒情小品《平明小札》和《冬日草》等，都是传诵一时的艺术佳构。

如果说杨朔的散文艺术得益于作者的古典文学修养的话，那么，刘白羽的散文风格的形成，则与他的个人经历和他的前期创作密切相关。这位作家有过较长时间的记者生涯，尤其是在解放战争和抗美援朝战争期间，曾经写下过许多气魄宏大、评析精当的文艺通讯和报告文学，在读者中产生了广泛的影响。这样的个人经历和写作历史，逐渐使他的散文创作惯于用“全景”取材、从大处着笔，因而具有一种宏阔的规模和气势。而且他的长于评析新闻事件的能力，也使他对事物的把握具有一种逻辑的和理性的穿透力量，故而又能给人以深刻的思想启迪。当他把这样的创作个性和艺术才能转向抒情散文的写作时，必然会给他的作品带来一种独特的表达方式和全新的艺术面貌。

刘白羽的散文的哲理化抒情具有以下几个方面的突出特征：其一是他的情感空间的广阔。杨朔的散文是从生活的海洋中撷取一朵情感的浪花，通过这朵浪花去折射海洋的丰富辽阔。刘白羽的散文则通过组合个人的阅历和感受，尽可能地把生活的海洋的丰富和辽阔展现在读者面前，因而他的散文的情感空间就显得十分广阔。刘白羽对事物的感受一般不拘泥于一人一事、一景一物，而是由眼前的景物人事推及四面八方、过去未来。例如他写日出，就不仅仅是眼前的日出景象，而是在世界各地和个人的经历中看到的或遗憾未能看到的种种日出。又如他写长江三峡，也不仅仅是写三峡的风光和气势，而是写与三峡有关的诸多山川名胜、历史人物、都市景观、民间传说，乃至与三峡并无直接关系的世界革命历史人物，等等。正是通过这种由此及彼的艺术联想，作者把他对于现实与历史的丰富的经验和感受组合成一个整体的艺术空间，向读者展示了一幅幅无比壮阔的生活画面。其二是他的哲理思索的深邃。正因为作者在作品中营造了一个广阔的情感空间，因而从这个情感的空间中生发出来的哲理的思索，就不可能仅仅是一些日常生活的小智慧，而是关乎社会人生、历史发展的一些根本性的大问题。例如面对日出景象，他思索的是国家、民族的新生。由延安墙头的小诗开始，他思索的是革命和人生的道理。尤其是通过穿越长江三峡的航行，他深入地思考了有关人生道路、革命发展和历史前进的客观规律。甚至在一些抒情小品例如《平明小札》中，他思考的仍然是革命的历史和现实问题。因为主要涉及的是革命的主题，故而刘白羽的散文中的哲理可以称为革命的哲理或革命者的人生哲学。又因为他的这种思索总要联系比较深远的背景和涉及比较丰富的人生阅历与书本知识，故而又有比较厚重的历史感和比较普遍的启示意义。其三是他的整体的象征和豪放的风格。与杨朔在散文中营造诗的意境不同，刘白羽的散文构造的是一个个具有整体象征意义的艺术意象。上述“日出”、“红玛瑙”和“穿越长江三峡的航行”等，都是这样的艺术意象。通过这样的艺术意象，作者把他的情感的经验和哲理的思索，凝聚成一个艺术的整体，使其显示一种超出具体物象之外的更高层次的价值和意义。因为这些意象的象征含义涉及一些重大的社会人生命题，故而在艺术上也就具有一种不同寻常的气势与力度。这是决定刘白羽的散文倾向于一种豪放的抒情风格的重要的内在因素。此外，影响他的抒情风格的另一个重要因素，便是他的散文语言的色彩和气势。刘白羽的散文语言有很强的色彩感，这种语言的色彩是与他的情感的基调和意象的内涵相适应的，因而是凝重的、浑厚的。与此同时，他的直抒胸臆的表达方式又赋予他的语言以一种一泻千里的气势。这种注重夸饰形容（色彩）和铺叙排比（气势）的语言风格，使刘白羽的散文十分接近中国古代的抒情散文——赋体的形式，在当代散文中是弥足珍贵的。

刘白羽的散文因为从大处着笔，有时也难免流于空廓，行文常常缺少必要的节制与含蓄。有些作品理念的成分过重，说教的成分太强，削弱了形象的感染力量。这位作家在“文化大革命”后的新时期转向革命回忆录的写作和小说创作，也产生了较大影响。长篇小说《第二个太阳》荣获第三届茅盾文学奖。

在本期散文作家中，秦牧的散文是以知识性、趣味性和哲理性的结合为特征的。这位作家在青少年时代有过一段海外生活的经历，各种自然知识和生活见闻较广，加上早期从事过杂文写作，故而逐渐养成了他的散文的一种“漫谈”式的写作风格。这种写作风格以议论为主，但也夹杂有叙事和抒情，故而秦牧的散文与杨朔和刘白羽的散文不同，并非一种严格意义上的抒情散文，而是带有抒情色彩的夹叙夹议的文艺随笔和小品。在众多散文作家中，他的创作最为丰富，毕其一生，不辍于兹。但其中最有代表性的作品，除个别篇章如《社稷坛抒情》写于 20 世纪 50 年代中期外，其余各篇如《古战场春晓》、《土地》、《花城》、《潮汐和船》等，皆写于 60 年代初，可见这期间同样也是秦牧的散文创作在艺术上走向成熟的年代。

秦牧的散文的上述特征主要表现在如下几个方面：其一是对知识的“综合”。秦牧的散文取材十分广泛，题材问题对他来说，几乎不存在任何局限。正因为如此，所以他的散文所涉及的各种知识十分丰富。这些知识有些有一定的联系，有些却毫无关联。但不论何种情况，秦牧都能将它们有效地组织在一起，使之建立起一种内在的联系，构成一个有机的艺术整体。因此他的散文虽然材料繁多，知识丰富，却无零碎杂乱之感。例如《土地》中所涉及的知识从古代到现代，从中国到外国，从贵族到平民，从农夫到士兵，从礼仪到习俗，从耕耘到收获，从裂土封疆到殖民掠夺，从农民战争到土地改革，等等，这些隔着遥远时空的人事和互不相关的知识，经过作者的精心组织，从总体上显示了土地——这个人类生存之母所经历的历史沧桑和时代变化。其他如《古战场春晓》的说古论今，《社稷坛抒情》的谈天说地，《花城》的说花，《潮汐和船》的谈船，等等，都表现了这种对知识的高度“综合”的特征。对知识的“综合”运用，使秦牧的散文显得内容充实，肌体丰满，也具有一种引人入胜的阅读效果。其二是对材料的“点化”。秦牧曾说写散文要善于“点出新意”，“画龙点睛”。① 他的散文丰富的材料正是依靠这种“点化”的本领，使之现出时代的“新意”，透出哲理的精神的。例如《土地》，作者通过大量的材料，从不同的角度，历述大地母亲的种种沧桑浮沉和历史遭际，只是因为需要回答作者在作品中点明的一个中心问题：在人民做了土地的主人的时代，应当如何保卫和建设每一寸土地，使之发挥更大的潜力，变得更加美好，这些材料才具有一种现实的意

① 参见秦牧：《园林·扇面·散文》，《花城》，作家出版社 1961 年版。

义。又如《潮汐和船》，由“船和潮水的搏斗”，作者联想到人类凭借船只征服潮水的历史，历述船的历史沿革和航海者的命运变化，也只是因为作者从中寄寓了对文明的赞美，对往事的凭吊，对创造的讴歌，对勇敢、智慧和毅力的倾慕等富于哲理的意蕴，这些材料才显出了思想的光彩。其他如《社稷坛抒情》由古代思想家的探索想到民族子孙的责任，《古战场春晓》由反抗外敌的斗志想到建设祖国的精神，《花城》由花城花市想到如花的生活和创造花一样的生活的人民，等等，都是作者以思想和情感“点化”材料的途径和方式。秦牧散文的丰富的知识之所以能给人以感染和启迪，也主要是得益于他对材料的这种“点化”的功夫。其三是对文体的讲究。秦牧的散文创作是有比较自觉的文体意识的。他曾把散文比作苏州园林，“小是小了，然而却境界深邃，天地开阔，看起来花样蛮多”。又说散文像“扇面小幅，尺素之间，竟有烟波云海，幽谷峻崖，象牙雕，橄榄雕之类，小小一片一粒之间竟有许多的人物形象，使我们目注神驰”。① 可见，秦牧所理解的散文是外形精巧，内里充实，在方寸之间容大千世界，于咫尺之地尽腾挪变化。正因为如此，所以他的散文虽然知识丰富，材料繁多，但结构布局却极有条理，而且动静张弛、直曲收放，都煞费经营，调度得当。语言的运用，也十分注意文白雅俗、浓淡粗细的搭配。所有这一切，都使人读秦牧的散文有名山探胜，峰回路转，曲径通幽之感。

秦牧的散文因其用材极多，故而有时也不免遮蔽了情感，壅塞了思想。有些篇章也稍嫌臃肿拖沓，不够精练。这位作家在“文化大革命”后的新时期的散文创作仍然多产，但因为整体的艺术风格已经发生了变化，故而其影响不及本期这样深广。

本期其他重要散文作家的创作也各有特色，例如巴金的无尽感情的倾吐，冰心的赤子之心的袒露；曹靖华的音韵宛曲的情致，碧野的满目葱茏的景物，吴伯箫的朴实无华的忆念，以及叶圣陶的老成，孙犁的清新，袁鹰的诗意，魏钢焰的气势，等等，都是本期散文尤其是抒情性的文艺散文在艺术上的重要收获。

第五节　本期话剧创作

本期话剧创作概况　话剧是从西方“舶来”的艺术样式。近代以来，经过了曲折的发展演变，这种外来的艺术不但为中国的观众所接受，而且逐

① 参见秦牧：《园林·扇面·散文》，《花城》，作家出版社 1961 年版。

渐汇入了中国新文学的现实主义主流，成为为现实生活服务的重要形式。20世纪40年代后期，在人民解放战争的炮火声中，解放区作家的话剧创作就开始反映获得解放的中国人民在新政权下的劳动热情，以及为争取解放而进行的革命斗争。前者以描写工厂劳动竞赛的剧本《红旗歌》（刘沧浪、陈怀皑、陈淼等集体创作，鲁煤执笔）为代表，后者以描写革命军人几代人的斗争经历的剧本《战斗里成长》（胡可、胡朋等编剧）为代表。这两部剧本的创作时间虽然都在解放前夕，但真正产生重大影响却是在中华人民共和国成立之后，因而理所当然地成了本期话剧也是当代话剧的开山之作。50年代初期，随着全国解放的形势的到来，工作的重点逐渐由农村向城市转移，反映城市生活的话剧创作也日渐增多，特别是在《红旗歌》的影响下，出现了一大批反映工厂生活的话剧作品，因而工业题材的话剧在这一阶段就显得格外引人注目。其中如《不是蝉》（魏连珍编剧）、《在新事物的面前》（杜印、刘相如、胡零编剧）等，都产生了重要影响，是这期间话剧创作的重要收获。这期间话剧创作最重要的作品是老舍的新作《龙须沟》。这部作品以高度的艺术概括，以小见大，集中反映了中华人民共和国成立以后，社会生活所发生的翻天覆地的变化，表现了这期间的话剧创作讴歌新生活的热情和为现实生活服务的强烈愿望，在艺术上，也是50年代初期话剧创作成就的最高标志。

从20世纪50年代初期到50年代中期，本期话剧创作出现了一个陡起的高潮。这期间的话剧创作在继续密切关注现实生活的变动，及时反映工厂、农村和各个领域所发生的新的变化，热情歌颂新生事物的成长的同时，也把关注的目光投向当时正在进行的抗美援朝战争和革命斗争的历史。尤其是在前一个方面，由于这期间开始的国家的社会主义工业化进程和对农业的社会主义改造，都是在这个古老的农业国度发生的前所未有的历史变化，这个历史的巨变所引起的矛盾冲突本身就极具戏剧性，因而为这期间的话剧创作提供了丰富的艺术材料。其中在工业题材方面，夏衍的《考验》，继《红旗歌》和《在新事物的面前》等话剧之后，把这个领域的话剧创作从主题的开掘到艺术的表现都向前推进了一步，是这期间工业题材的话剧创作中一个重要的艺术收获。与工业题材的话剧创作相较，反映农业合作化运动中农村生活的变化的话剧创作显得更为活跃，在艺术上所取得的成就更大，因而在这期间的话剧创作中更为引人注目。其中特别是安波编剧的《春风吹到诺敏河》，及时地反映了农业合作社中劳动与分配的“大锅饭”问题；海默编剧的《洞箫横吹》，大胆地揭露了领导干部的思想作风问题；杨履方编剧的《布谷鸟又叫了》，尖锐地提出了关心人和个人对幸福的正当要求问题，等等，都触及了农业合作化运动中一些带普遍性的社会问题，有的甚至具有一种认识超前的意义，因而产生了强烈的社会反响，是这期间农村题材的话剧中有代表性的作品。这些作品也表明了这期间的话剧对急剧变动的社会生活的反映已经不满足于一般性的描写和歌颂，而是致力于发现和发掘生活中的矛盾与问题，从这些矛盾和问题中寻找和构造戏剧冲突，因而这些剧本都有比较深厚的现实基础，生活气息也比较浓厚，有的在艺术上还有一些新的尝试，在总体上都达到了一个新的高度。这期间的话剧创作在反映抗美援朝战争和革命历史题材方面，也有一些剧作产生了重要影响。其中特别是陈其通编剧的《万水千山》，以话剧的形式再现了红军长征的伟大历程，虽然在将长征的历史“戏剧化”方面还存在诸多不足和缺陷，但在整体上却具有一种史诗的气魄和规模，是这期间的话剧创作中一个不可多得的艺术收获。这个高潮期中的话剧创作特别值得一提的是一批涉及人们的“家庭生活、个人生活、感情生活”的剧作。这些剧作以岳野编剧的多幕剧《同甘共苦》为代表，表现了新旧交替时期在爱情、婚姻、家庭等个人生活领域发生的许多复杂的情感纠葛，被人称做是表现工、农、兵生活之外的“第四种剧本”。① 其中特别是一些独幕剧作，例如孙芋编剧的《妇女代表》、崔德志编剧的《刘莲英》、田心上编剧的《妯娌之间》等，在歌颂新人新的精神品质成长的同时，也描写了她们个人生活中的矛盾以及与旧的思想观念及封建残余的冲突与斗争，有的剧作如鲁彦周编剧的《归来》、赵寻编剧的《人约黄昏后》和何求编剧的《新局长到来之前》等，则对某些喜新厌旧、爱好虚荣、阿谀奉迎的不良品质和恶劣作风痛下针砭，有极强的讽刺锋芒和浓厚的喜剧色彩，是这个高潮期的话剧创作在艺术上的一个特殊收获。

由于如何运用话剧形式反映新的时代和新的人物，在此时期还缺乏经验的积累，加上这期间从事现实题材话剧创作的主要是一些新的作者，因而这个高潮期的话剧创作虽然十分活跃，但真正在艺术上比较成熟的剧本，毕竟数量不多。而且，由于某些题材决定论和阶级本质论的影响，话剧创作未能突破工、农、兵三种题材的局限，戏剧冲突未能摆脱敌与我、新与旧、先进

① “第四种剧本”是1957年6月11日《南京日报》发表的一篇署名黎弘（刘川）的评论话剧《布谷鸟又叫了》的文章的标题。该文认为这种剧本首先考虑的不是人物的社会身份，而是生活本身的“独特形态”。即从生活出发，按照生活本来的样子去描写生活，而不是从人物的社会身份出发，依照人物的阶级属性去编排生活。后来又有人将《同甘共苦》等反映“家庭生活、个人生活、感情生活”的剧作，都归入“第四种剧本”的范围。这种概括有利于话剧题材的开拓和突破创作的公式化与概念化，后来在“反右”和“批修”斗争中却遭到了无理的批判。

与落后、革新与保守之类的阶级矛盾和思想斗争的模式，毕竟也是一个普遍存在的事实。由于上述原因，这期间的话剧创作在艺术上也缺乏自觉的探索与追求，因而从表现手法到艺术风格，都显得不够丰富多样。从这个意义上说，这个高潮期的话剧创作仍然是本期话剧创作的一个艺术准备和积累阶段。

在这个高潮期的尾声，1957 年，老舍的话剧名作《茶馆》的发表，是本期话剧也是当代话剧的一个里程碑式的标志。这部剧作以别具一格的艺术结构、富于个性的人物语言和接近生活本色的戏剧冲突，以及深厚的历史感、独特的东方文化韵味和巨大的艺术概括力量，把中国话剧艺术推向了一个新的高峰，创造了一种具有“中国作风和中国气派”的现代话剧，在中国乃至在世界范围内都产生了重要的艺术影响。

在老舍的《茶馆》之后，这个高潮期的现实题材的话剧创作由于 1957 年的“反右”斗争、1958 年的“大跃进”运动和 1959 年的“批判修正主义文艺思想”的影响而跌入低谷。此后，从 20 世纪 50 年代后期到 60 年代初期的话剧创作，一部分作品因为批判了“干预生活”的主张和人性论，就刻意回避生活矛盾，满足于选择轻松题材、反映生活现象、制造杯水风波，或屈从于流行的阶级斗争模式，以阶级矛盾和阶级斗争代替戏剧矛盾和戏剧冲突。另一部分作品则因为受了政治的“冒进”、经济的“浮夸”和文艺的虚假的“浪漫主义”风气的影响，而陷入了在舞台上说假话、大话、空话的泥淖，一味“紧跟形势”、“配合中心”、“为政治服务”，完全背离了现实主义戏剧和戏剧艺术本身的基本原则。这期间的现实题材的话剧虽然也有极少数作品多少保持了自己的一点艺术追求，也取得了一定的艺术成就，但却无法摆脱这种风气的影响，更无法改变现实题材的话剧在艺术上走向滑坡的总体趋势。

在 20 世纪 50 年代后期到 60 年代初期这个现实题材的话剧低谷中，历史题材的话剧创作却在当代话剧史上隆起了一座少见的峰峦。这期间历史题材的话剧创作的繁荣，一方面是因为现实题材的话剧受到上述因素的隔阻，不能得到顺利的发展，作家既不愿趋附时尚，就转而向古代和现代历史去寻找创作的题材。另一方面则是因为这期间从事历史题材的话剧创作的作家，大部分是中国现代话剧史上成就卓著的文学大家，例如郭沫若、田汉、曹禺等，故而在艺术上就有一个很高的起点。尤其是取材于古代历史的话剧作品，例如田汉的《关汉卿》，郭沫若的《蔡文姬》、《武则天》和曹禺等的《胆剑篇》等，在艺术上都取得了重要的成就，是本期话剧中独树一帜的重要作品。与此同时，由这些作品引发的关于历史剧问题的讨论，也促进了历史剧创作的自觉，为当代话剧理论作出了重要的贡献。

从20世纪60年代初的文艺政策调整直到“文化大革命”发生前，本期话剧又出现了一个短暂的创作高潮。对文艺政策调整起着重要作用的“广州会议”（全国话剧、歌剧、儿童剧创作座谈会），本来就主要是围绕话剧创作问题展开讨论的。会议除了在理论上澄清了是非，端正了认识，扭转了偏向，并就创作实践中的问题进行了总结和探讨之外，还对前此阶段受到不公正的批评和批判的《同甘共苦》、《洞箫横吹》和《布谷鸟又叫了》等剧本，重新作出了正确的肯定和评价。在这样的形势下，话剧创作尤其是现实题材的话剧创作很快便得到回升，短短三四年时间内，就产生了一大批优秀的或比较优秀的话剧作品。较之前一个高潮期的话剧创作，这个高潮期的话剧创作在如下一些方面取得了一定的艺术进展：其一是大多比较注重人物形象的塑造，有些作品的人物还达到了一定的典型高度。其二是大多比较注重表现重大社会政治主题，因而大多具有较强的现实感。其三是艺术表现的技巧也有所提高，有些作品的情节和戏剧冲突还产生了巨大的社会反响。其中特别是沈西蒙、漠雁、吕兴臣编剧的反映人民解放军接管上海南京路的话剧《霓虹灯下的哨兵》，陈耘、章力挥、徐景贤编剧的反映青年一代的教育问题的话剧《年青的一代》，以及丛深编剧的同类题材的话剧《祝你健康》（又名《千万不要忘记》）等，所产生的社会影响更大。《霓虹灯下的哨兵》通过人民解放军的一个连队，在解放初期的上海南京路上与资产阶级的腐蚀和反动势力的残余的斗争，表现了一个“拒腐防变”的重要主题。《年青的一代》通过一群年轻的大学毕业生对待革命工作和人生道路不同的态度和选择，提出了一个如何继承革命传统，当好革命事业的接班人的问题。《祝你健康》则通过一个工人家庭内部发生的抵制资产阶级思想影响的斗争，反映了在争夺革命接班人的问题上所表现出来的两个阶级的激烈斗争。这三部话剧集中体现了这个高潮期的话剧创作在题材、主题和艺术表现方法上的一些主要取向，是这个高潮期的话剧创作的突出代表。这个高潮期的话剧创作虽然取得了上述进展，但同时也有一些明显的不足和缺陷。其主要表现，一是题材又回到了为“第四种剧本”所突破了的工、农、兵三种剧本的题材范围，而且更加专注于选择和表现这些领域的社会生活中的“重大题材”。二是主题更加集中于表现两个阶级、两条道路的矛盾和斗争，特别是“反修”、“防修”斗争，更加注重为现实政治服务，即使是反映革命历史题材的作品也不例外。有些作品甚至因此而“修正”和“拔高”作品的主题，人为地在作品中突出和强化阶级斗争和“反修”、“防修”的内容。三是艺术风格和表现手法比较单一，大多偏向于严肃的正剧风格和表现尖锐复杂的矛盾冲突，轻松的喜剧风格和辛辣的讽刺手法消失殆尽。有些作品在艺术上又出现了一种新的公式化和概念化的倾向。凡此种种，这些方面的不足和缺陷，都表明这个高潮期的话剧已经显露了“文化大革命”期间戏剧创作的某些“左”的迹象。

“文化大革命”期间，话剧也像其他文学样式一样遭到空前的浩劫。加上“四人帮”对戏剧领域的直接控制，话剧的劫难就更为深重。整个十年动乱期间，除了“四人帮”炮制的为其夺权斗争服务的如《盛大的节日》等政治活报剧外，正常的话剧创作几乎是一片空白。话剧的复兴同样有待于一个历史和文学的新时期的到来。

老舍的话剧创作 老舍在中国新文学史上是以小说创作的成就著称于世的。虽然他在抗战期间就开始了话剧创作，但真正产生重大影响并走向艺术上的成熟，却是在中华人民共和国成立之后。这位擅长各种艺术形式的“人民艺术家”① 的后半生主要从事话剧创作，直至“文化大革命”初含冤离世，在本期总共创作了十余部重要话剧作品，为当代话剧艺术作出了不可磨灭的历史贡献。

《龙须沟》和《茶馆》是老舍在本期的话剧代表作。《龙须沟》以北京市人民政府整修一条臭水沟为中心情节，通过住在沟沿上的一座大杂院里的四户居民在新旧社会不同的生活遭际，表达了作者对新生的人民政权的歌颂之情和“人民政府爱人民，人民政府人民爱”的中心题旨。《茶馆》则以一座茶馆为活动舞台，通过三个特定时代（清末的戊戌变法、民初的军阀混战和抗战胜利后的国民党统治）众多茶客的生活变迁，表现了作者所确立的“葬送（这）三个时代”② 的主题。同时也通过与这三个时代的对比，表达了作者对于新的社会制度的理想和信念。这两部剧作集中体现了老舍的话剧最基本的一些艺术特征。这些艺术特征是：其一，人物形象的个性化。老舍的小说曾经塑造了许多富有个性的人物形象，在这方面积累了丰富的艺术经验。他把这些经验也用于他的话剧创作，就使得他的话剧作品也像他的小说一样，将具有独特个性的人物形象的塑造作为艺术创造的中心课题。他曾说：“一个小说作者，在改行写戏剧的时候，有这个方便，尽管他不大懂舞台技巧，可是他会三笔两笔画出个人来。”③ 他曾说：“假若《龙须沟》

---

① 1951 年 12 月北京市人民政府授予老舍“人民艺术家”的光荣称号。

② 老舍:《答复有关〈茶馆〉的几个问题》,《剧本》1958 年第 5 期。

③ 老舍:《〈龙须沟〉的人物》,《文艺报》1951 年第 3 卷第 9 期。

剧本也有可取之处，那就必是因为它创造出了几个人物——每个人有每个人的性格，模样，思想，生活，和他（或她）与龙须沟的关系。这个剧本里没有任何组织过的故事，没有精巧的穿插，而专凭几个人物支持着全剧。没有那几个人就没有那出戏。"① 这其实也是老舍的《茶馆》和他的全部剧作的一个共同特点。其二，戏剧冲突的生活化。没有冲突就没有戏剧。一般话剧作品组织戏剧冲突主要是着眼于人物之间的思想、性格、心理、行为之间的对立和矛盾，从这种对立和矛盾的冲突中去寻找作品的戏剧性。老舍的剧作一般没有贯穿始终的故事情节和逐步推向高潮的戏剧冲突，他只为他的人物设置一些富有时代特征的活动舞台和生活环境，然后把他们集中起来，"设法使每个角色都说他们自己的事"，而且是"各说各的"，彼此并不一定发生直接的矛盾和冲突。这样的处理，就使得老舍笔下的戏剧情节如同生活本身那样朴实自然，"厨子就像厨子，说书的就像说书的"②，但因为这些人物都与他们生活和活动着的时代、社会相联系，故而他们的思想性格、生活遭遇和命运变迁又是充满戏剧性的。曾经有人认为老舍的《茶馆》"故事性不强"，建议老舍"用康顺子的遭遇和康大力的参加革命为主，去发展剧情"，这样"可能更像戏剧"。老舍没有接受这样的建议。他认为："抱住一件事去发展，恐怕茶馆不等被人霸占就已垮台了。"③ 这其中其实就包含有老舍的话剧在处理戏剧冲突问题上的这种追求"生活化"的"新的尝试"。其三，人物语言的性格化。老舍是文学语言的大师。话剧又主要是通过人物语言来塑造形象、传达剧情、表现剧作者的思想感情的。因此，较之老舍的小说，他的话剧的人物语言显得更加精练生动、活泼传神。周扬曾说："老舍先生写出了真正生动的、经过提炼的、性格化的、有思想的语言。"④ 老舍话剧中的人物语言是以他所熟悉的北京方言为基础的。但是，又经过了他的精心提炼、加工和改造，赋予这些日常的生活语言以特定的思想和情感的内涵，使之成为一种既是人物"自己的"台词，又是作者"我"赋予它的思想，即经过提炼和加工过的人物台词，既是"他们自己的"，"又是我的"。⑤ 这种"经过提炼的、性格化的、有思想的语言"，是老舍的话剧语言的基本特色。此外，因为老舍的剧作中的人物大多是一些普通市民和生活

① 老舍：《〈龙须沟〉的人物》，《文艺报》1951年第3卷第9期。

② 老舍：《答复有关〈茶馆〉的几个问题》，《剧本》1958年第5期。

③ 老舍：《答复有关〈茶馆〉的几个问题》，《剧本》1958年第5期。

④ 周扬：《从〈龙须沟〉学习什么》，《新华月报》1951年第3卷第5期。

⑤ 老舍：《答复有关〈茶馆〉的几个问题》，《剧本》1958年第5期。

中的“小人物”，故而他的剧作的语言又幽默风趣，有一种世俗的市井语言独特的韵味和色彩。

除了上述属于老舍的全部剧作的那些基本的艺术特征之外，《龙须沟》和《茶馆》更为重要的特点，是对于社会生活和历史变迁的巨大的艺术概括力。《龙须沟》处理的题材是新旧社会的对比，空间范围十分广阔；《茶馆》处理的题材是近代中国历史的变迁，时间长达半个世纪。要在话剧有限的时空内对这样丰富复杂的社会生活和历史内容作出艺术的概括，确有很大的难度。这两部剧作采用中国传统艺术“缩龙成寸”的结构方式，以精心选取的一些社会景观和生活画面，以小见大，以少胜多，有效地解决了这个艺术概括上的难题。其具体表现是：将剧中人物个人的生活经历和具体的活动环境社会历史化，通过一条沟、一家茶馆和众多人物的命运，概括一个社会、一段历史，反映时代的推移和变化。老舍在谈到《龙须沟》的创作时说：“假如我能写出几个人物来，他们都与沟有关系，像沟的一些小支流，我不就可以由人物的口中与行动中把沟烘托出来了么？”① 在谈到《茶馆》的创作时，他又说：“茶馆是三教九流会面之处，可以多容纳各色人物。一个大茶馆就是一个小社会。”“我要是把他们集合到一个茶馆里，用他们生活上的变迁反映社会的变迁，不就侧面地透露出一些政治消息么？”②可见，老舍是把《龙须沟》中的那座只有四户居民的大杂院和《茶馆》中的那座老字号的老裕泰茶馆，都看做是中国社会和中国历史的缩影，其中众多人物的活动和经历，无疑也超出了他们个人的意义，而被赋予了更为深广的社会历史内涵。正是通过这种艺术的“缩微”，容大千世界于方寸之间，《龙须沟》和《茶馆》集中地反映了劳动人民的命运在新旧社会所发生的深刻变化，以及新的社会制度必将取代旧的历史时代的必然趋势。同时也在中国话剧史上创造了一种对于社会历史的独特艺术概括方式，是老舍用东方的艺术表达方式改造西方传来的话剧样式所取得的重要艺术成就，对于话剧的民族化，具有重要的意义和价值。

老舍在本期的其他有代表性的剧作例如《方珍珠》、《红大院》、《女店员》、《全家福》等，对于社会生活的艺术概括，也具有类似的特点，基本上都是在空间上通过一点（一座大院、一家店铺、一户人家）来概括一个社会，或在时间上通过一个人的经历来概括一段历史。可见这是老舍的话剧对于社会生活进行艺术概括的主要形式。除此而外，老舍也有一些剧作是有

① 老舍：《〈龙须沟〉写作经过》，《人民日报》1951年2月4日。

② 老舍：《答复有关〈茶馆〉的几个问题》，《剧本》1958年第5期。

中心情节的，但这些剧作的成就一般都不如上述作品。老舍也有少数剧作是配合政治任务的“急就章”，有的甚至也沾染了特定年代的“浮夸”习气。但这都不影响老舍的话剧在整体上的艺术成就。无论从哪方面说，他都是当代话剧最优秀的艺术大家。

本期历史剧诸代表作家　郭沫若、田汉和曹禺作为本期历史题材的话剧创作最有代表性的作家，其艺术成就的表现是各不相同的。

郭沫若在本期重要的历史剧作《蔡文姬》和《武则天》，都是属于为历史人物“翻案”的作品。这位在新文学史上享有盛誉的一代文学宗师，同时又是一位在历史研究方面造诣极深的学术大家。早在20世纪20年代，郭沫若就开始了历史剧的创作。抗日战争期间，他创作的《屈原》等历史题材的话剧，在中国新文学史上产生了更加深远的影响，同时也标志着他的历史剧的风格的形成和走向艺术上的成熟。中华人民共和国成立以后，郭沫若继续把他在历史学领域所进行的科学研究和历史剧的创作结合起来，尤其是一些有重要分歧的历史人物，更成了他的历史研究和历史剧创作的重点对象。《蔡文姬》中写到的曹操和《武则天》中写到的武则天，就是他在这方面的研究和创作的主要成果。郭沫若曾经明确表示：“我写《蔡文姬》的主要目的就是要替曹操翻案。”① 这部历史剧作以曹操迎文姬归汉为中心情节，在戏剧舞台上第一次塑造了曹操作为历史上的一位伟大的政治家、军事家和文学家的正面形象，把曹操的文治武功，尤其是他的爱惜人才、重视文化建设的领袖才具，以及通情达理、富于人情味的个性气质，都淋漓尽致地展现在人们面前，从而一改曹操在人们心目中的“奸雄”形象，恢复了这位在封建时代“对我们民族的发展，文化的发展，确实是有过贡献的”，“了不起的历史人物”② 的真实面目。与此同时，作者也将自己在抗日战争爆发后从日本归国时“别妇抛雏”、“投笔请缨”的个人经历融进蔡文姬的形象，通过描写蔡文姬历尽坎坷终归汉室，用自己的才华为国家民族作出贡献，进一步反衬曹操在政治和文化上的远见卓识。整个剧本不但表现了作者作为一位历史学家的高度的“史识”，而且也表现了作者作为一位诗人的浪漫气质。因有“史识”，故而这部作品才有一种拨云见日的声势和气魄；因有诗质，故而这部作品才有一种烘云托月的雄奇和瑰丽。总之，让史家的识见与诗人的气质达成完美的结合，是这部作品也是郭沫若在本期的历史剧创作的

① 郭沫若：《蔡文姬·序》，文物出版社1959年版。

② 郭沫若：《蔡文姬·序》，文物出版社1959年版。

一个基本的艺术特色。他在本期的另一部历史剧作《武则天》的创作也是如此。如果说《蔡文姬》为曹操"翻案"是从曹操重视太平盛世的文化建设入手，那么，《武则天》的为武则天"翻案"就是从武则天平息豪门贵族的武装叛乱开始。这部作品以唐初统治阶级内部尖锐复杂的政治斗争为背景，以徐敬业的叛变为中心情节，将武则天置于一个由各种矛盾构成的冲突的漩涡中心，着力表现她运筹帷幄的谋略、纵横捭阖的才具、力挽狂澜的气势、开明的政治主张、开阔的政治胸怀、"不爱身而爱百姓"的政治品质，以及"以德化天下"、相信"人定胜天"的政治理想和信念等，一改武则天长期以来在一个男性中心的社会里被严重地歪曲和丑化了的"淫邪"形象，恢复了这位中国历史上杰出的女政治家，对唐代历史的发展作出过卓越贡献的一代女皇的真实面目。较之《蔡文姬》，这部作品虽然同样表现了作者对历史事件和历史人物不同寻常的"史识"，但因为主要人物的身份（蔡文姬是诗人、武则天是政治家）和戏剧情节（文姬归汉是别夫抛雏、武则天平叛是运筹帷幄）的差别，前者感情的成分显得更重，后者理智的色彩显得更浓。故而前者偏重于荡气回肠的抒情，后者偏重于剑拔弩张的议论。二者都是一种诗思的表现，都属于一种诗化的戏剧的范畴。"翻案何妨傅粉多"①，《蔡文姬》和《武则天》的主要缺陷是对曹操和武则天的描写过于理想化，作者的初衷虽在矫枉过正，但却影响了对这两个历史人物的正确认识和评价。两部作品的创作都是一气呵成，虽有一泻千里的气势，却缺乏精心的锤炼，也影响了整体的艺术质量。

如果说郭沫若在本期的历史剧创作是以对历史人物不同寻常的"史识"著称，那么，田汉在本期创作的优秀的历史剧作《关汉卿》就是以高超的艺术虚构的技艺取胜。关汉卿是我国元代伟大的戏剧家、世界文化名人，但有关他的生平资料流传下来的却极为稀少。要为这样的一位艺术家树碑立传，写出他的思想性格和真实形象，对于对"历史的真实"要求极高的历史剧创作来说，确有很大的难度。正是在攻克这个艺术难关的过程中，田汉表现出了一位成熟的剧作家高超的艺术虚构的技艺，在关汉卿等主要人物形象的塑造和整体的戏剧情节的构思和设计等方面，《关汉卿》的创作都取得了重要的成绩，为当代历史剧创作提供了新鲜的经验，在当代话剧史上有着重要的意义。作者的艺术虚构主要有以下三个方面的依据：其一是元代的社会环境。元代是异族入主中原，统治者不但在政治上对汉族施行血腥的高压，而且在文化上也实行野蛮的禁锢。尤其是广大知识分子，在废除科举以

① 郭沫若：《在昆明看演话剧〈武则天〉》，《东风集》，作家出版社1963年版。

后，失去进身之阶，社会地位日益低下。他们中的许多人沦落民间，转而用戏剧的方式表达自己的不满和反抗，同时也申诉普通下层民众的痛苦和不幸。关汉卿即是其中的一位杰出的代表人物。其二是关汉卿的戏剧作品。关汉卿一生创作了数十种杂剧，但流传下来的只有十余种。这十余种剧作，有的写侠妓“急人之难”（如《救风尘》）；有的写寡妇“机智勇敢”（如《望江亭》）；有的同情风尘女子“可怜的遭遇”（如《金线池》）；有的感叹乱世佳人命运的飘零（如《拜月亭》）；有的赞美先人的英雄豪气（如《单刀会》）；有的歌颂清官的为民申冤（如《蝴蝶梦》）；有的为受害者讨公道（如《哭存孝》）；有的为蒙冤者鸣不平（如《窦娥冤》），等等，都从不同的侧面集中反映了关汉卿作为一位平民戏剧家的思想性格和个性特征，是作者塑造关汉卿的艺术形象的重要依据。作者曾说关汉卿所处的历史背景和关汉卿的性格是“可靠的”。① 可见作者对上述两个方面是下了一番深入的研究工夫的，故而充满了高度的自信。其三是作者的个人经历。田汉是中国话剧运动的奠基人，也是一位革命的进步的戏剧艺术家，他的人生经历和戏剧活动，与关汉卿有许多相似或共通之处，这是他塑造关汉卿艺术形象的一个重要的主体依据。郭沫若曾说：“蔡文姬就是我！——是照着我写的。”② 田汉创作《关汉卿》也融进了他的个人经历和感情，他也是照着自己来写关汉卿的，关汉卿也是他自己。有了上述三个方面的依据，田汉所创作的《关汉卿》虽然缺少足够的文字资料，但却在一个更高的、本质的层次上达到了历史剧所要求的“历史的真实”。作品在艺术上采取“戏中戏”的同心圆结构，通过关汉卿和朱帘秀等杂剧艺人在创作和演出杂剧《窦娥冤》的过程中，与权臣阿合马所进行的不屈不挠的斗争，刻画了关汉卿的“蒸不烂、煮不熟、捶不扁、炒不爆、响当当一粒铜豌豆”的性格特征，表现了关汉卿作为一个人民的戏剧家与人民群众休戚相关、命运与共的高贵品质和不畏权势、宁折不弯的斗争精神，以及他严肃的创作态度、高超的表现技艺、巨大的社会影响，他与创作集体和普通观众生死与共的战斗情谊，等等。通过这些方面的描写与刻画，作品确实让关汉卿这位700年前的伟大的戏剧家的形象栩栩如生地挺立在观众面前，达到了艺术的真实和历史的真实的高度统一。如同郭沫若的历史剧一样，田汉的《关汉卿》也存在对历史人物的描写和评价过于“理想化”和“现代化”的问题。除《关汉卿》之外，田汉在本期还创作了其他几部历史题材和现实题材的话剧，改编或新编

① 参见韦启玄：《田汉同志创作〈关汉卿〉散记》，《剧本》1958年第5期。

② 郭沫若：《蔡文姬·序》，文物出版社1959年版。

戏曲作品多部，其中特别是《文成公主》（话剧）和《谢瑶环》（京剧），产生了较大的影响。这些剧作与《关汉卿》一起，集中反映了田汉在戏剧创作上多方面的才能和成就。

与郭沫若、田汉的历史剧创作不同，曹禺在本期执笔创作的历史剧《胆剑篇》（与梅阡、于是之合作）是以其所表现的现实精神为特点的。这位在中国现代话剧史上享有盛名的作家，在20世纪60年代初期，有感于当时国际国内的政治情势，也把创作的方向转向历史题材，希望从历史事件和历史人物中吸取对于现实有益的借鉴和启示。60年代初期，由于各种复杂的原因，国家的经济生活正处于一个困难时期，在国际政治斗争中，也面临着一个强力和真理谁胜谁负的问题。在这种情势之下，“发愤图强”就成了这个时代的一个突出的社会主题。围绕这个重大社会主题，这期间各个剧种创作了数十个以2400多年前春秋吴越之战中越王勾践“卧薪尝胆”的故事为题材的戏剧作品。《胆剑篇》在这些作品所表现的“发愤图强”的主题之外，进一步发掘这个历史故事的思想内涵，从中发现和提炼出了一个对当时的政治斗争极有意义的新的主题。这个主题把吴国的一时战胜归结为强力的作用，而把越国最终的胜利归结为真理（即事物发展的规律）的原因。也即是作品的台词所说的：“一时强弱在于力，千古胜负在于理。”对这个古老的历史题材的这个新的理解和发现，无疑是这部作品在贯彻历史剧的“古为今用”原则方面所取得的重要成就，也是这部作品有别于同期其他的历史剧作而具有更为强烈的现实精神的集中表现。围绕这两个层次的主题，作品在越国战败、越王被俘、生民涂炭、宗庙蒙羞的悲剧氛围中，描写了越国人民“十年生聚，十年教训”的惨痛经历和他们自强不息、百折不挠、同仇敌忾、雪耻兴国的斗争精神，塑造了越王勾践、大夫范蠡和苦成老人等一系列越国君臣和普通百姓的不屈形象。全剧情节跌宕起伏，矛盾冲突扣人心弦，特别是剧中主要人物的内心独白，既饱含深沉的哲理，又富于诗的激情。这些艺术上的主要特色，都使得这部具有强烈的现实精神的历史剧作，在艺术上也产生了强大的、现实的感染力。《胆剑篇》在注重历史剧的“古为今用”的同时，也存在某些“影射”现实的偏颇。尤其是在对人民群众的历史作用的认识问题上存在的“新的迷信”，“束缚”了作者的艺术创造力，在一定程度上也影响了作品的艺术质量。除《胆剑篇》外，曹禺在70年代末期还完成了他在60年代初即开始构思的历史剧作《王昭君》。这部新的历史剧作是这位戏剧家晚年的一部重要作品。曹禺在本期还创作了现实题材的话剧《明朗的天》，在50年代初期也产生了重要的影响。

中　编

1976—1989年的文学

第四章　社会文化背景

1976年是中国当代历史发生重要转折的一年。这年年初在北京天安门广场爆发的“四五”运动，集中体现了中国人民的意志和愿望，为粉碎“四人帮”，结束“文化大革命”“奠定了伟大的群众基础”。① 9月，毛泽东主席去世。10月，“四人帮”即遭粉碎，“文化大革命”宣告结束。从1976年10月开始，中国当代历史进入了一个新时期。以这个新的历史起点为标志，中国当代文学的新时期亦宣告开始。从1976年到1989年，是新时期文学发展的重要阶段，在这个阶段上，中国社会所发生的一系列重大历史变动，以及由此所带来的政治、经济、文化和社会生活等方面的巨大变化，无一不对这期间的文学的发生、发展产生重要影响，新时期文学就是在这些因素的作用和影响下，走完了这一段艰难然而却是有声有色的发展里程的。

拨乱反正与解放思想　“文化大革命”结束之后，从20世纪70年代末期到80年代初期，中国所面临的严重问题，是肃清“文化大革命”的遗害和帮派余毒，把被“文化大革命”搞乱了的一切都恢复到正常的状态。为此，在举国上下揭批“四人帮”的同时，即着手进行各个方面拨乱反正的工作。这种拨乱反正的工作首要的任务就是要落实人的政策。“文化大革命”中，数以千万计的干部群众遭到无理的批判和斗争，有的甚至受到了错误的组织处理和刑事判决，其中又以“文化大革命”的主要斗争对象——革命老干部和知识分子受害最深。各级组织部门对“文化大革命”

① 《中国共产党中央委员会关于建国以来党的若干历史问题的决议》，《三中全会以来重要文献汇编》（下），人民出版社1982年版，第814页。

所造成的大量冤假错案进行了分析甄别，推翻了强加在革命干部和知识分子身上的一切不实之词，为他们恢复名誉、平反昭雪，对他们的生活和工作作出妥善的安排，使他们能够投入正常的学习和工作。在此基础上，为了进一步解决历史遗留问题，又改正了20世纪50年代中期被错划的数十万“右派分子”，摘掉了已经改造好了的地主、富农的政治帽子。通过这些落实政策的工作，广大群众特别是革命干部和知识分子的身心获得了解放，社会的阶级关系也得到了调整，整个国家的社会生活开始恢复生机，逐步形成了一个“心情舒畅，生动活泼”的政治局面。其次便是恢复经济建设、整顿生产秩序。“文化大革命”使工农业生产、国防、科技建设和各项工作都受到极大破坏，有的甚至长期处于停顿状态，国民经济几乎濒临崩溃的边缘。在结束“文化大革命”的动乱之后，各级党政部门开始对生产秩序进行整顿，通过健全领导班子，恢复行之有效的规章制度和调动群众的生产积极性等系列措施，很快便使生产建设和各项工作都走上了正常的轨道，国民经济开始迅速回升，各行各业都取得了新的成就。在此基础上，为了尽快实施四届人大提出的“四个现代化”的宏伟蓝图，又决定把工作的重点转移到经济建设上来，确立以发展生产力为主要目标的努力方向，着手调整经济结构，制定经济改革的措施和办法，为国民经济迅速腾飞打下了坚实的基础。此外，在诸如社会治安及其他关系国计民生的重要领域，也开始了全面的拨乱反正的工作。通过拨乱反正，举国上下安定团结，百废俱兴，社会生活的各个方面都呈现一派欣欣向荣、生机勃勃的繁荣景象。

对“文化大革命”的作为进行拨乱反正，本身就是一次思想解放的重大举措。要进一步彻底肃清“文化大革命”的残余影响和思想流毒，尤其是要总结“文化大革命”的惨痛教训，避免重新上演这样的历史悲剧，更需要大胆解放思想，冲破诸如“两个凡是”① 之类的思想束缚。思想解放同时也是此后实行改革开放政策，加速现代化建设的重要前提和思想基础。1976年爆发的“四五”运动，反映了广大群众思想解放的自发要求，是思想解放运动的一次伟大尝试。在“四五”运动的影响下，“文化大革命”结束后，为了进一步挣脱极“左”思潮的束缚，确立新时期各项工作的指导思想和理论基础，在全国范围内又掀起了一个轰轰烈烈的思想解放运动的热潮。这次思想解放运动的核心是恢复党的实事求是的优良传统和思想作风，

① 指1977年2月7日《人民日报》、《红旗》杂志、《解放军报》社论《学好文件抓住纲》中提出的“凡是毛主席作出的决策，我们都坚决维护，凡是毛主席的指示，我们都始终不渝地遵循”。邓小平明确指出：“‘两个凡是’不符合马克思主义。”

确立“实践是检验真理的唯一标准”，并就真理的标准等一系列重大理论问题，在全国范围内开展了一场热烈而深入的理论讨论。通过讨论，统一了思想认识，端正了思想路线，恢复了被林彪、“四人帮”集团篡改和阉割了的马克思列宁主义、毛泽东思想的本来面目，使之在国家的政治生活中继续发挥作为“指导我们思想的理论基础”的意识形态的核心地位和作用。在解放思想的过程中，为了纠正一些错误的和有害的思想倾向，又确立了“四项基本原则”①，作为在新的形势下全党和全国人民必须共同遵循的思想政治纲领，并同那些违反“四项基本原则”的思想行为进行了不断的斗争，使思想解放运动能够沿着正确的轨道发展前进，对巩固和发展社会主义制度发挥更加有力的作用。思想解放运动还呼吁加强民主和法制观念，强调用民主和法制的力量保证国家的政治生活能够得到健康正常的发展。在认真总结历史的经验教训的基础上，这场运动还对中华人民共和国成立以来一些重大历史事件和重要历史人物的功过是非作出了实事求是的分析和评价，深化了对于历史的认识与反思。与此同时，在冲破“文化大革命”极“左”的政治束缚的过程中，思想解放运动也注重广泛地借鉴和吸收古今中外一切有益的思想营养，包括现代资本主义发展的最新思想，以扩大视野，更新观念，跟上世界前进的最新步伐。1978 年 12 月，中国共产党召开了具有重要意义的十一届三中全会，全会高度评价了以“实践是检验真理的唯一标准问题的讨论”为标志的思想解放运动，认为它“对于促进全党同志和全国人民解放思想，端正思想路线，具有深远的历史意义”。② 同拨乱反正一样，思想解放运动也是“文化大革命”结束后国家政治生活中的一件大事，它对于新时期的政治经济、文化教育和社会生活都产生了重大而深远的历史影响。

作为本期国家政治生活中的大事，拨乱反正和思想解放运动对“文化大革命”结束后的新时期文学的影响是多方面的。首先是平反冤假错案和落实干部与知识分子政策，解放了文学的生产力，使一大批在“文化大革命”中遭受迫害和摧残的作家、评论家能够进行正常的文学创作和文学评论活动。与此同时，一大批在 20 世纪 50 年代以来的历次政治运动中受到不

① 1979 年 3 月 30 日邓小平在党的理论工作务虚会上的讲话《坚持四项基本原则》中提出“必须在思想政治上坚持”的“四项基本原则”是：“第一，必须坚持社会主义道路；第二，必须坚持无产阶级专政；第三，必须坚持共产党的领导；第四，必须坚持马列主义、毛泽东思想。”

② 《中国共产党第十一届中央委员会第三次全体会议公报》，《三中全会以来重要文献选编》（上），人民出版社 1982 年版，第 12 页。

公正处理的作家、评论家也恢复了文学创作和文学评论的自由与权利。创作和评论又开始活跃起来，很快便获得了长足的发展和繁荣。其次是文艺理论、路线与方针、政策的拨乱反正、正本清源，推翻了“四人帮”的“文艺黑线专政论”，破除了“四人帮”的文化专制主义和各种极“左”的思想禁锢，恢复了“五四”新文学尤其是30年代以来革命文学的优良传统，端正了文学理论思想，促进了文学研究的发展。同时也使一大批在“文化大革命”中乃至在“文化大革命”前遭到不公正批判的文学作品和文学理论主张，得以恢复它们应有的历史地位，重新对文学的发展和广大读者产生积极的作用和影响。再次是由于拨乱反正和思想解放所提供的对于历史的回顾和反思的生活题材，丰富了文学作品的内容，推动了文学创作的潮流，使当代文学的发展又开始回复到现实主义的艺术轨道。

经济改革与对外开放　经济改革和对外开放的思想，在20世纪70年代后期就开始萌芽。党的十一届三中全会前，邓小平就指出：“如果现在再不实行改革，我们的现代化事业和社会主义事业就会被葬送。”① 要“实行开放政策，学习世界先进科学技术”。② 党的十一届三中全会在决定把工作的着重点转移到经济建设上来的同时，进一步明确了改革开放的方针。在完成政治思想上的拨乱反正和调整国民经济的任务之后，80年代中期，即开始了有系统地对经济体制进行全面的改革，同时扩大对外开放。改革开放进一步向纵深发展，从农村的联产承包责任制到城市企业管理体制的改革，从经济体制的改革到科学技术体制、教育体制的改革，等等。改革开放搞活了城乡经济，加快了经济建设的步伐，使社会生活的各个领域、各个方面都出现了蓬勃的生机和活力，为加速四个现代化的进程，建设有中国特色的社会主义打下了坚实的基础。

经济改革在20世纪70年代末、80年代初所面临的主要问题是人民生活问题，尤其是广大农民群众的温饱，更是一个十分紧迫的课题。“文化大革命”和长期以来“左”的农村政策的干扰，加上体制上的一些弊端，使农业生产长期处于一种低水平、低效率的落后状态。农民群众不能很快富裕起来，有些地区甚至仍旧处于贫困之中，尚未完全解决温饱问题。在农村实

---

① 邓小平：《解放思想，实事求是，团结一致向前看》，《邓小平文选》第2卷，人民出版社1994年版，第150页。

② 邓小平：《解放思想，实事求是，团结一致向前看》，《邓小平文选》第2卷，人民出版社1994年版，第132页。

行联产承包责任制，对农村经济进行大胆的改革，不但调动了农民群众的生产积极性，提高了农业的劳动生产率，使广大农民很快解决了温饱，摆脱了贫困，走上了富裕的道路，而且也搞活了流通，促进了城乡经济的交流和繁荣。农村经济改革所带来的农村面貌的变化和农业生产的飞速发展，积累了成功的经验，产生了强烈的示范效应，由此推广到城市经济的改革，便进一步深入触及计划经济体制本身的一些根本性的问题，其中尤其是如何看待近代以来在世界范围内已经发展得十分充分的、在世界经济中占有举足轻重地位的市场经济及与之相关的商品和价值规律问题。经济改革在城市进一步向纵深发展，就是在改革企业管理体制，扩大企业自主权，增强企业活力的同时，又大胆地借鉴和吸收市场经济的管理经验，自觉运用价值规律，发展社会主义商品经济，以改革和改善计划经济体制，建立一个“充满生机的社会主义经济体制”。在这个基础上，经过城市经济改革的实践和改革在各个方面的深入发展，从80年代后期到90年代初期，又逐步明确了建设社会主义市场经济的目标和方向。中国的经济改革经过了一个艰难曲折的过程之后，终于取得了令举世为之瞩目的伟大成功。改革从根本上改变了中国当代历史的进程，是推动生产力的发展和社会进步的巨大力量。

在进行经济改革、建设物质文明的同时，与经济改革相适应的政治体制的改革和精神文明的建设，也受到了高度的重视。政治体制的改革改善了党对经济工作的领导，协调了政府和企业的关系，健全了民主和法制，精简了政府机构，改革了干部人事制度，改变了党政机关工作人员的工作作风。精神文明建设在清除各种有害影响和社会丑恶现象、净化社会环境、改变社会风气、造就良好的社会道德风尚的同时，也致力于发展文化教育事业，普及科学文化知识，弘扬民族文化传统，进行爱国主义和社会主义思想教育，提高国民素质，造就一代新人。这些工作都极大地促进了经济改革的发展，在收获物质文明的成果的同时，也获得了精神文明的丰收。

对外开放作为经济改革的动力，同时也是经济改革的迫切需要。长期以来，我们在一个封闭的环境中从事经济建设，对外部世界缺乏起码的了解。尤其是对20世纪中期以来世界最新科学技术革命所取得的进展和成就，更缺乏系统深入的认识和把握。“文化大革命”中发展到一种完全闭关锁国的状态，更使国家的经济建设远离世界最新科学技术的发展，与发达国家的经济拉开了一个很大的距离。要缩短这个距离，改变落后状况，赶上世界经济发展的步伐，就不但要改革旧的经济体制和思想观念，而且在对内改革的同时，还要对外吸收和引进当代世界先进的管理经验和科技成就。对外开放同时也是进行技术革命，实现科技进步，建设现代化强国的必由之路。为此，从20世纪70年代末期开始，在逐步扩大和深化改革的过程中，也逐步加快了对外开放的步伐。对外开放在促进经济发展和科技进步的同时，不但加强了与外部世界的联系，扩大了人们的视野，改变了人们的思想，带来了观念的更新和解放，而且也使人们的物质生活与精神生活方式发生了很大的变化。通过对外开放，中国社会在各个方面都结束了长期以来的封闭状态，开始走向世界，加入世界历史发展的进程，成为决定当代世界事务、影响人类前途和命运的一支重要力量。

经济改革和对外开放为文化和文学的发展创造了良好的前提和条件。首先是改革开放带来的物质产品的丰富和人民生活的富裕，是本期文学发展的重要基础。从20世纪70年代末期以来，随着人民群众物质生活水平的不断提高，对精神文化和文学艺术的需求也日益强烈。这种需求不仅表现为量的增加，同时也有质的提高和对文学的品种、样式的多样化的要求。在满足这种需求的过程中，本期文学获得了长足的发展，出现了在当代文学史上极为罕见的繁荣景象。其次是改革开放改善了文艺管理，造就了文化市场，为本期文学的发展提供了良好的社会保障。在实行改革开放政策以来，文艺体制也在不断进行改革。改革改变了长期存在的文艺管理的行政方式和计划方式，尊重艺术的规律和文学自身的特性，使文学创作获得了更多的自主权和更大的自由度，文学的生产力得到了进一步的解放和提高。尤其是在建设社会主义市场经济的过程中，逐渐形成了一个遍布城乡的文化市场，从根本上改变了文学作品的传播方式，同时也引起了文学的生产和消费的极大变化。与此同时，现代大众传媒的发达，也为文学的生产和消费提供了一种重要的传播手段。所有这些，都是改革开放为本期文学的生存和发展创造的环境与条件，有这样的环境与条件的保障，本期文学才能获得极大的繁荣和发展。再次是改革开放造成了社会生活的深刻变动和人们的思想观念的巨大变化，为本期文学提供了丰富的生活资源和思想资料。本期文学在反映社会生活方面所表现出来的前所未有的多样性和对生活的思考的难能可贵的深刻性，大多是以改革开放所引起的这种现实的变动为基础的。

文化碰撞与文化融合　在本期社会生活中，改革开放所带来的直接变化除了经济的发展与科技的进步之外，就是由此所引起的中外文化的碰撞与融合。中国当代文化的发展长期以来处在一个封闭的环境之中，除了在社会制度和意识形态方面完全同质的前苏联等社会主义国家的文化之外，与当代世界其他各民族的文化基本上处于一种隔绝状态。对当代西方资本主义各国的文化甚至采取一种排斥和敌视的态度。这种封闭的文化环境和极端的文化态度，极大地限制了当代中国文化与世界各国文化之间的沟通与交流，影响了各民族之间文化的相互借鉴与吸收，使当代中国文化长期以来处于一种单向度的发展之中，缺少中国文化传统所固有的兼容并包、吞吐吸纳的胸怀和气度。尤其是在新的科技革命所带来的当今世界一体化的趋势之下，这种文化策略和文化态度，无疑更进一步加深了当代中国文化与世界各国文化之间的隔膜，使中国文化的现代化进程受到了极大的影响和阻碍。

从20世纪70年代末结束了“文化大革命”的文化闭关主义和文化禁锢政策以后，在逐步深入、扩大改革开放的同时，也逐步扩大和加深了引进、吸收外来文化的范围与程度。很短时间内，世界各国尤其是西方各国的物质文化产品和精神文化产品纷至沓来，人们对世界各国尤其是西方资本主义国家的政治制度、经济发展、社会状况以及思想观念、民情风习，开始有了比较客观真实的认识和了解，同时也开始吸收和利用这些外来的文化成果，从这些外来的文化成果中分享人类创造的成功和收获，使社会生活的各个方面都发生了一个新的变化。这个客观地真实地认识、了解外部世界，以及吸收和利用外来文化的过程，改变了长期以来由于政治的原因所造成的诸多成见，开阔了人们认识外部世界、了解外部世界的眼界与胸怀，扩大了人们与外部世界进行交流、对话的范围。在这个基础上，人们才开始逐渐正视长期以来受到排斥和敌视的西方资本主义国家的各种文化思想和意识形态。尤其是对20世纪以来西方政治、经济、哲学、文艺以及社会人文科学其他领域的新的学派和学说，更产生了浓厚的兴趣。这些学派和学说的思想观点，随之便得到了系统的翻译和介绍，有的还形成了研究的热点，出现了持续迭起的高潮。在80年代中期前后，这些外来的文化思想（其中主要是西方20世纪以来的文化思想）成了中国思想文化界一股不可遏止的理论新潮。而且这股理论新潮的进一步发展，又涉及近代以来西学东渐的历史经验和教训，以及在当今中国吸纳和融合的前景与可能性等诸多问题，使这些文化思想的引进直接联系到中国现代化的历史与现实进程，对本期的文化思想和意识形态产生了极大的作用和影响。

由于文化传统、历史情况和现实情境的不同与差异，对外来文化的引进与吸收，必然要在本土文化与外来文化之间，引起激烈的矛盾与冲突。这种矛盾与冲突的主要表现有如下几个方面：首先是作为社会主义国家意识形态的核心的马克思主义与各种资本主义文化思想的矛盾与对立。其次是具有深厚的理性和道德根基的中国传统文化与西方20世纪以来各种非理性主义的文化思想之间的矛盾与对立。再次则是在生活观念、心理习惯和行为方式等方面表现出来的中外文化的矛盾与对立。如此等等。这些矛盾与对立在本期文化思想和意识形态领域形成了几次重大的思想交锋与文化冲突，是本期引进和吸收外来文化的艰难曲折过程和历史复杂性的重要表现。但是，由于新的日趋缓和的国际关系和当今世界和平发展的总体趋势的影响，也由于中国的改革开放造就了新的现实可能与需要，上述这些方面的矛盾与对立、交锋与冲突，终究没有造成新的冷战局面和类似于以往的阶级斗争那样你死我活的敌对态势，而是在坚持社会主义意识形态的原则立场，在保持中国文化固有的民族精神和民族特性的基础上，通过中外文化的相互冲突与碰撞，与外来文化达成相互的理解与对话，并在这个相互理解和对话的过程中，对外来文化进行有选择的吸纳与融合。这种文化碰撞和文化融合的结果，便造成了本期文化思想的一种多极多元的复合状态：一方面是世界范围内各种不同的文化思想在同一空间中共时地存在，另一方面是每一种文化思想中都表现出了不同的文化思想的相互渗透和融合。本期文化思想因而呈现出了一种前所未有的纷纭繁复的局面和态势。

本期文学的发展从理论思潮到创作实践，无一不受这种多极多元的复合文化环境的作用和影响。首先是作家从这种文化思潮中取得了理解生活、观照生活的新的思想参照，从而影响到作品的主题出现了许多新的变化。其中尤其是存在主义的哲学思想、精神分析学的理论思潮和尼采、叔本华的人生哲学等，对本期新的文学主题影响更大。这些外来的文化思想因为与“文化大革命”造成的精神创伤，改革开放时代新的价值观念、人生信条以及人的自我意识的觉醒和自身潜能的发挥的要求等有许多暗合之处，因而或直接或间接地为作家所利用，在文学作品的主题方面取得了许多新的突破和开拓。本期文学新的主题类型的出现，大多是这些外来文化思想影响的结果。虽然其中也难免有生搬硬套之嫌，但从总体上说，对丰富本期文学作品的主题，深化作家对生活的认识和理解，却是有着积极的启发意义的。其次是推动了本期波澜迭起的文学新潮，对本期文学的革新创造起了重要的促进作用。本期文学的发展出现了许多递相迭起的文学新潮，这些文学新潮又大多有一定的外来文化或文学的背景。特别是西方 20 世纪以来现代主义的文化潮流和文学潮流，更是这些文学新潮兴起的直接动因。本期作家特别是一些新进的青年作家，或从这些文化潮流和文学潮流中获得艺术创新的借鉴和启示，或直接学习和摹仿这些潮流中某些派别的文学创作方法和技巧，总之是由于这些外来的文化潮流和文学潮流的影响作用，本期文学的创新意识才愈显强烈，愈加迫切。虽然也出现了许多极端的偏向，但这种创新意识对本期文学的艺术发展，仍然起了重要的推动作用。再次是活跃了本期文学理论和文学批评，使文学理论研究和文学批评出现了生气勃勃的繁荣局面。本期文学理论的更新和文学批评的活跃，大多有赖于外来的文化理论和文学理论思潮的影响，特别是20世纪以来西方文学理论和文学批评各学派的理论观念和思想方法，对本期文学理论和文学批评的影响更大。本期在20世纪80年代中期前后出现的文学理论批评的热潮，大多是以引进和尝试应用这些外来的文学理论批评的观念和方法为特征的。其结果无疑推动了本期文学理论批评的发展，造就了本期文学理论批评空前的活跃和繁荣。此外，则是这种多极多元的复合文化环境，为本期文学造就了广阔的发展空间和多种多样的可能性。本期文学不仅使中国新文学的现实主义和浪漫主义传统得到了继承和发扬，同时也对20世纪以来在世界范围内蓬勃发展的现代主义进行了有益的实践和尝试。中国当代文学从来没有像本期这样表现出创作方法和艺术风格以及体裁、样式、手法、技巧等方面的多重性和多样化，这种多重性和多样化的文学格局的出现，同时也是本期文学繁荣兴盛的重要标志。

第五章　文学思想潮流

本期文学思潮发展概况　与上一个时期相较，本期文学思潮有如下一些特点值得注意：其一是文学思潮与政治思潮的相对剥离。具体而言，则是文学思潮的发生、发展不再是通过政治运动或政治斗争的形式表现出来，文学思潮也不再作为政治运动或政治斗争的传声筒或导火索。其二是文学思潮的多样化表现。本期文学思潮的表现形式除了一定的理论思想和批评实践之外，更多地是通过具体的文学创作活动表现出来的，本期一些重要的文学创作现象和文学创作潮流，都是一定的文学思潮的具体表现，因此，本期文学思潮的表现形式也就显得比较多样。其三是文学思想的分散和庞杂。本期文学思想因为表现形式的多样，不是集中见于一些“运动”或“斗争”，因而就显得比较分散，加上本期文学思想所受外来影响较多，因而也显得比较庞杂。

鉴于这种情况，本章所论，主要是本期文学思潮在理论批评中的一些表现，虽然也要涉及一些创作现象和创作潮流，但其中所包含或体现出来的文学思想，将在有关本期文学创作的章节中去具体讨论。

本期文学思潮的发生和发展大致可分为以下三个阶段：

第一个阶段从20世纪70年代末到80年代初，是本期文学思潮的拨乱反正期。“文化大革命”结束后，在政治上开展拨乱反正的同时，也开始了文学领域的拨乱反正。文学领域的拨乱反正，除了落实干部和知识分子政策，平反冤假错案，解放作家作品之外，最主要的工作便是从理论思想上推翻“四人帮”的理论体系，肃清“四人帮”的思想流毒，恢复对文学历史和一些重大的文学理论问题的正确评价，澄清理论是非，端正思想认识，使文学理论思想尽快回到科学的马克思主义的发展轨道。

从20世纪70年代末到80年代初，文艺界在理论思想上的拨乱反正主要是围绕以下几个方面的问题展开的：其一是从批判“四人帮”炮制的“文艺黑线专政论”开始，到对“四人帮”拼凑的“黑八论”进行正本清源，恢复这些理论观点的真实面目和正确评价，逐步肃清“四人帮”的文艺理论思想体系的纲领性文件——《林彪同志委托江青同志召开的部队文艺工作座谈会纪要》（以下简称《纪要》）的核心观点的流毒，到最后集中开展对于《纪要》的全面、系统、深入的揭发和批判。通过这些揭发和批判，基本上推翻了“四人帮”的帮派文艺体系的思想理论基础，恢复了历史本来面目，解决了历史遗留问题，使文艺思想得到了极大的解放。其二是由揭批“四人帮”的文艺理论思想体系开始，逐步进入到文艺基础理论领域，对诸如文艺与政治的关系、现实主义理论、文学中的人性与人道主义等一系列重大基础理论问题，进行了深入的讨论和辨析。其中特别是关于文艺与政治的关系及与之相关的“文艺是阶级斗争的工具”① 的讨论，涉及中华人民共和国成立以来乃至中外革命文学历史上的一些重大问题，产生的影响更大。作为这些讨论的一个重要结果，也是本期文艺理论思想的一个重大调整和重要转折，在70年代末80年代初，开始正式放弃在历史上沿用已久的“文艺从属于政治”的口号，并用“文艺为人民服务，为社会主义服务”取代长期流行的“文艺为政治服务”的理论命题。② 与此同时，关于现实主义和文学中的人性与人道主义问题的讨论，也纠正了长期以来的许多理论偏颇，深化了对这些理论问题的认识，为当时以“伤痕文学”为主潮的文学创作提供了重要的理论依据。这些基础理论方面拨乱反正、正本清源的工作，不但深化了对“四人帮”的揭发和批判，对进一步肃清“文化大革命”的思想流毒有着极为重要的意义，而且也促进了文艺基础理论的建设，对本期文艺理论的发展和文学创作都产生了重要的影响。其三是围绕这期间的文学创作中出现的倾向和问题展开的讨论和争鸣，其中主要有对“伤痕文学”的总体认识与评价；对“歌颂与暴露”、“‘歌德’与‘缺德’”问题的争

---

① 1979年4月，《上海文学》发表了评论员文章《为文艺正名——驳“文艺是阶级斗争的工具”说》，引发了一场关于文艺与政治的关系问题的讨论。此前，较早提出这个问题的重要文章还有1979年1月《戏剧艺术》上发表的陈恭敏的《工具论还是反映论——关于文艺与政治的关系》一文。

② 参见邓小平：《目前的形势和任务》，《邓小平文选》第2卷，人民出版社1994年版，第255页。1980年1月26日《人民日报》社论：《文艺为人民服务，为社会主义服务》。

论与看法①；对文艺“向前看”与“向后看”问题的讨论与辨析②，以及对与之相关的诸多作家作品的评价，等等。这些创作问题的讨论与争鸣，所涉及的问题实质上仍然是上述文艺与政治的关系及与之相关的诸多文艺的基本理论问题。但因为结合了创作的实际，故而产生的作用更大，也更有现实意义。从70年代末期到80年代初期，文艺界在理论方面所进行的拨乱反正、正本清源的工作，完成了从“文化大革命”期间的文艺到新时期文艺的思想转变，为本期文学思想的进一步发展打下了坚实的基础。

在20世纪70年代末80年代初文艺界的拨乱反正运动中，1979年10月30日到11月6日在北京召开的中国文学艺术工作者第四次代表大会（简称第四次文代会），是一次重要的历史转折，具有一种里程碑的意义。这次文代会如同中华人民共和国成立初的第一次文代会一样，是文艺界一次胜利会师的大会，来自海内外不同年龄层次的作家、艺术家在经历了“文化大革命”的浩劫之后，重新聚集一堂，庆祝中国文学的新生，共商发展文艺的大计。邓小平同志代表中共中央向大会致《祝词》。《祝词》总结了中华人民共和国成立以来文艺工作的经验教训，肯定了广大文艺工作者在“文化大革命”期间同“四人帮”所作的斗争和“文化大革命”结束后在文艺界的拨乱反正和文艺创作中所取得的成绩，推翻了“四人帮”强加在广大文艺工作者头上的种种不实之词，恢复了对于革命文艺的历史和当代文学的正确评价，同时也阐明了新时期文艺工作的方针和政策，对广大文艺工作者和各级文艺领导提出了新的要求和希望，为新时期文艺的发展指明了前进的道路和方向。《祝词》是邓小平同志文艺思想的光辉结晶，是一篇马克思主义的重要文献，同时也是新时期文艺工作的行动纲领，对中国当代文艺的发展具有极为重要的指导意义。

第二个阶段从20世纪80年代初到80年代中，是本期文学思潮的观念变革期。这期间有关文艺与政治的关系、现实主义理论，以及文学中的人性和人道主义问题等的讨论和争鸣仍在持续进行，但已不仅仅是停留在对这些理论思想的拨乱反正、正本清源的层面上，而是更加深入一步，根据变化了

---

① 1979年6月《河北文艺》发表了李剑的《“歌德”与“缺德”》的文章，认为文艺应当以歌颂光明为主，即“歌德”，而把当时暴露“文化大革命”阴暗面的作品称为“缺德”文学。由此引起了一场激烈的争论。

② 1979年4月5日《广州日报》发表了黄安思的《向前看呵！文艺》的文章，认为当时揭批“四人帮”造成的罪恶、暴露“文化大革命”伤痕的作品，是“向后看”的文艺，不值得提倡。他“提出了文艺向前看的口号，提倡向前看的文艺”。由此引发了一场激烈的争论。

的情况对这些理论思想作出新的证明和解释，向这些理论思想中灌注新的内容，使之更能适应变化了的文学现实的需要。与此同时，由于这期间的文学创作中开始出现了一些新的艺术因素，这些新的艺术因素又主要是与既往的现实主义和浪漫主义异质的西方20世纪以来的现代主义的艺术方法和技巧；借鉴和吸收、学习和实验这些现代主义的艺术方法和技巧，必然要在理论上提出许多亟待作出新的回答的新问题，因而文学思想观念的更新也就成了一个不可避免的历史趋势。由于上述原因，这期间文学思想观念的更新的主要表现就是如何看待西方现代主义，以及学习、借鉴现代主义的方法和技巧所引起的文学创作与文学理论的革新与变化。在这个文学思想观念更新的敏感问题上，这期间各种观点的争论是十分激烈的。争论主要集中在如下几个问题上：其一是从80年代初到80年代中期，由诗歌创作中的“朦胧诗”① 问题及其理论主张所引起的争论；其二是80年代初由王蒙等人借鉴现代派技巧的小说创作实验和高行健谈现代派小说理论的“小册子”《现代小说技巧初探》② 所引起的争论；其三是80年代初由徐迟谈现代派的理论文章《现代化与现代派》③ 所引起的争论，等等。这些争论在80年代初的中国文学界集中形成了一种奇特的理论思想景观，反映了观念变革时期新旧思想的矛盾和冲突以及观念更新的复杂与艰难，同时也表明这期间的文学理论思想是本期最为活跃、最有创见的一个重要发展阶段。争论的过程和结果，不仅活跃了这期间的文艺理论思想，促进了创作的健康发展，同时也革新了以现实主义为支柱的旧的文艺理论思想体系，开始重视和接纳现代主义及其他异质的艺术因素，文艺理论思想观念由此逐步开放，发生了一个重要的转折和变化。

第三个阶段从20世纪80年代中期到80年代后期，是本期文学思潮的理论探索期。文学观念的变革必然要引发对于文学理论研究和文学批评新方法的探求。文学研究和文学批评方法的更新，也是新的理论建构的条件和前提。80年代中期前后，文学理论思想的一个重要发展，就是对文艺学方法论的高度重视，尤其是20世纪以来西方各种新的文学理论批评方法和模式，乃至与之相关的其他社会人文科学和自然科学的新方法论，更备受青睐，一

① “朦胧诗”的名称来源于章明在1980年第8期《诗刊》上的一篇评诗的文章：《令人气闷的“朦胧”》。作者称有些难懂的诗为“朦胧体”。后普遍用于指称当时一些青年诗人接受现代派影响的诗歌创作。

② 《现代小说技巧初探》，花城出版社1981年版。

③ 《现代化与现化派》，《外国文学研究》1982年第1期。

时间，竟形成了一股引进和研讨文艺学方法论的热潮。这股“方法热”的潮头所向，不但西方20世纪以来新的文学研究和批评方法，如俄国形式主义、英美新批评、结构主义批评、精神分析批评、神话—原型批评、阐释学、接受美学、读者反应批评、女权主义批评、新历史主义批评、文艺美学、文艺社会学、文艺心理学、比较文学，等等，都得到了比较系统全面的翻译和介绍，而且，系统论、信息论、控制论等现代自然科学的方法论也被引进文艺学领域，成为文学研究和文学批评新的方法和手段。甚至对上述方法论开始出现的一种激烈的“反拨”倾向，或由西方现代科学的最新发展所提供的最新方法论观念等，也开始引进到文艺学的研究和文学批评中来，在新方法内部又引起了新的革新和变化。80年代中期前后文学研究和批评领域的这股“方法热”，虽然也难免有浮光掠影、生吞活剥之嫌，但对拓展文学研究的思维空间，促进新的文学理论批评的建构，却是有着极为重要的意义的。这股文学理论批评的“方法热”，使本期文学理论批评出现了“由外到内”、“由一到多”、“由微观分析到宏观综合”、“由封闭体系到开放体系”的发展变化的总体趋势。尤其是在这期间及其后出现的以“20世纪中国文学”为代表的文学史研究的宏观方法和“文学的主体性”、“性格二重组合”理论，以及文艺美学、文艺心理学、比较文学和文学批评学理论、文学批评实践等，都取得了许多建设性的成就，为丰富和发展本期文学理论批评作出了重要贡献。除上述方面外，由于80年代中期前后兴起的通俗文学潮流的影响，这一阶段，通俗文学理论研究和批评，也得到了长足的发展，出现了当代文学史上少见的通俗文学理论研究和评论的热潮，为本期通俗文学的发展和文学理论建设同样作出了重要贡献。

从20世纪70年代末到80年代末，本期文学思潮经历了一个艰难曲折的发展过程，显示了本期文学在冲破“文化大革命”的禁锢之后，理论思想上的日渐自觉。一个文学思想自觉的时代最终必将结出丰硕的理论成果，虽然这种理论成果目前尚未形成一个完整的体系，且在吸纳和融合各种外来理论思潮的过程中，尚未真正形成自己的民族特色，但这些理论成果的萌芽既然在本期各个阶段上已经露出端倪，则它们在未来的广阔发展前景，是完全可以预期的。

本期文学思潮理论焦点　如上所述，本期文学思潮所涉及的问题十分广泛。这些问题，既有对以往的理论观点的重新认识和评价，也有本期所接触和面对的全新的文学理论思想。但不论何种情况，因为这些理论观点和文学思想都关系到中国当代文学发展的一些根本性问题，尤其是在这些根本性问题上，出现了如“文化大革命”及其前阶段的许多历史的曲折，故而在经历了这些历史的曲折之后，本期的文学理论思想又不得不重新回到这些关系中国当代文学发展的根本性问题上来。因为存在这种复杂的历史情况，本期文学思潮虽然涉及十分广泛的理论问题，但从文学基本理论的角度来看，仍然是在上一个时期的文学思潮所涉及的理论问题的基本范畴之内。为了清晰地显示中国当代文学思潮的这种历史的联系和变化，也为了学习的方便，我们仍然如上一个时期那样，把本期文学思潮集中涉及的理论焦点问题，归纳为以下两个基本方面，这两个方面的基本理论问题是：

（一）文学的性质、功能及与之相关的理论问题

这个方面的问题在上一个时期，包含有两个方面的内容和含义：其一是文学作为一种社会意识形态的属性问题，具体表现主要是文学与政治的关系及其相关问题；其二是文学作为一种特殊的意识形态，与政治等意识形态相区别的特殊性质和功能问题，具体表现主要是文学作为“人学”的特征和文学创造的特殊规律即形象思维问题及与之相关的美学问题。与上一个时期相较，本期对上述问题关注和探讨的侧重点稍有不同。形象思维和美学问题在上一个时期曾经有过较长时间的热烈讨论，并取得了许多重要成果，产生了重要影响。但在本期除了在20世纪70年代末因发表毛泽东《和陈毅同志谈诗的一封信》① 引发的一场关于形象思维问题的重新讨论外，此后就再也没有集中的理论探讨发生。而且，70年代末对形象思维问题的这次重新讨论的结果，最终也只是起到一个在理论上拨乱反正、正本清源的作用，即推翻60年代中期对形象思维理论的政治批判，还其在中外文学理论中的本来面目。虽然对当时的文学创作尤其是诗歌创作也产生了一定的影响，但在理论上却无重大的进展，基本上还停留在50年代那场讨论的水平线上。美学问题的讨论在上一个时期就存在一种纯理论和专业化的倾向，与文学创作实践缺少紧密的联系。本期从70年代末开始，关于美学问题的讨论和美学作为一门独立学科的建设就十分活跃，其结果是奠定了美学作为一门独立学科的理论基础，开创了中国当代美学发展的新局面。虽然对文学界的拨乱反正和文学理论建设与文学创作也产生了积极的影响和作用，但毕竟因为学科的局限太大，终究未能成为本期文学理论关注的焦点。

本期文学理论在文学的性质、功能及与之相关的理论方面，集中关注的焦点是文学与政治的关系和文学作为“人学”的特征及文学中的人性与人道主义问题。20世纪70年代末、80年代初，关于文学与政治的关系问题的

① 见《诗刊》1978年1月号。

讨论，因为其出发点和着重点是政治上的拨乱反正，故而较之上一时期对这个问题的讨论，是在对“文学从属于政治”、“文学为政治服务”等理论命题持肯定态度的前提下进行的不同，本期关于这个问题的讨论，对这些长期以来影响很大的理论命题，基本上是持一种否定的态度。虽然在讨论的过程中，也有个别意见仍然坚持“从属论”、“服务论”，甚至“工具论”的观点，但在下列问题上，讨论的结果却基本上达成了一种理论的共识：第一，文学与政治同属上层建筑的意识形态，都被经济基础所决定，并反作用于一定的经济基础。文学与政治的关系是不同性质的意识形态之间的关系，如同文学与哲学、宗教、道德、法律等意识形态的关系一样，它们之间的影响和作用是相互的。虽然政治对文学的影响和作用有时要强烈一些，但二者之间不存在主从关系或隶属关系。第二，文学的反映对象是社会生活，社会生活虽然包括政治生活的内容，但比政治生活要广泛得多，深刻得多。文学要反映各种各样的社会生活，不能仅仅反映政治生活的内容，而且要从生活实际出发，以客观实际生活为源泉，而不能从政治观念出发，把观念也当做文学的源泉。第三，文学社会功用是多种多样的。满足一定阶级的政治功利目的，只是文学社会功用的一个方面，此外，文学还要满足人民群众更广泛的精神需求，发挥它的教育、认识、审美和娱乐等多方面的综合功用。把文学的功能仅仅局限于为满足一定的政治功利目的服务，实际上是取消了文学特殊的社会功用。尤其是以“政治第一”或“政治唯一”的标准来进行文学批评，同时也要取消文学批评的特殊性和科学性，甚至把文学批评变成“政治批判”，或政策的传声筒。第四，从文学为政治服务的历史来看，革命文学虽然曾经对革命的政治发挥过巨大的作用，但在当代文学史上也造成了许多重大的失误和偏颇。尤其是当政治路线出现曲折和错误的情况下，文学为错误的政治服务会进一步扩大和加深政治错误的恶果，如此等等，这些方面的理论共识，为最终放弃“文学从属于政治”、“文学为政治服务”的口号，纠正“文学是阶级斗争的工具”的理论偏颇，奠定了重要的认识基础，是本期在文学的性质、功能等重大理论问题的探讨上所取得的重要收获。

本期关于文学中的人性和人道主义问题的讨论，最初是从20世纪70年代末、80年代初评价“伤痕文学”的作品的不同意见开始的。虽然是针对新的对象，但争论双方的基本观点并未超出50—60年代对这个问题的讨论范围，因此在理论上未能取得重要的进展。真正把这场讨论引向深入，并取得重大理论突破的，是这期间开始的思想解放运动和“真理的标准问题”的讨论。由于“文化大革命”的历史教训，有一个带根本性的问题，是对人的摧残和对人性的蹂躏，因而在拨乱反正的过程中反思历史，就必然要普遍深入地涉及人的问题。尤其是在当代社会生活、文化思想和文学艺术中逐渐成为禁区的人性和人道主义问题，更是这期间思想理论界热切关注的主要目标。与上一个时期的讨论对普遍人性和人道主义持基本否定的立场不同，本期的讨论对这些问题基本上是持肯定态度。虽然在讨论的过程中，也存在理解的差异和分歧，但在下列问题上，同样也达成了一种基本的理论共识：第一，关于人性问题，争论的焦点主要集中在人的自然属性和社会属性的关系，以及如何理解人的阶级属性和有无共同的人性等问题上。讨论的结果是基本上承认人性包括人的自然属性和社会属性"双重因素"，其中又以社会属性占据主导地位；人的阶级属性属于人的社会属性的范畴，在阶级社会中则是人的社会属性的主要表现。除了阶级性的差异之外，也有共同的人性存在。共同人性既以人的自然属性为基础，也包括社会性和阶级性的因素。第二，关于人道主义问题，争论的焦点主要集中在对人道主义的理解及人道主义与马克思主义的关系问题上。关于人道主义的内涵，在讨论中存在着狭义和广义两种理解。"狭义的人道主义指的是欧洲文艺复兴时期新兴资产阶级反封建、反宗教神学的一种思想和文化运动；广义的人道主义则泛指一般主张维护人的尊严、权利和自由，重视人的价值，要求人能得到充分的自由发展等等的思想和观点。"① 也有的在这种广义和狭义的理解之外，另对人道主义作了"作为世界观和历史观"的人道主义与"作为伦理原则和道德规范"的人道主义的区分，并且主张接受后一种理解，而反对把人道主义作为一种世界观和历史观来看待。② 这些关于人道主义的不同理解，虽然未能达成一致的意见，但却丰富了人道主义的理论内涵，同时也突破了上一个时期对人道主义的理解的局限，把人道主义理论向前推进了一步。关于人道主义与马克思主义的关系，涉及更为复杂的历史和理论背景，在讨论过程中，虽然存在反对长期以来把马克思主义与人道主义对立起来的观点，但同样也有反对把马克思主义与人道主义混为一谈的看法。这些理解和看法虽然各不相同，但有一种比较辩证的理解却是能为大多数论者所接受的，即："不能把马克思主义全部归结为人道主义，但是马克思主义是包含了人道主义的。"③

---

① 汝信：《人道主义就是修正主义吗》，《人性、人道主义问题讨论集》，人民出版社 1983 年版，第 21 页。

② 参见胡乔木：《关于人道主义和异化问题》有关内容，人民出版社 1984 年版。

③ 王若水：《为人道主义辩护》，见《为人道主义辩护》，三联书店 1986 年版，第 232 页。

与上述问题相关的，是这期间关于人性和人道主义问题的讨论因为涉及对“文化大革命”的某些“非人化”现象的历史反思，故而又提出了一个社会主义社会是否存在“异化”的问题。所谓“异化”，从语义上讲，“就是异己化”①，也就是自己所创造的东西成了控制和支配自己的对象。这个概念来源于黑格尔的哲学体系。马克思用它来分析资本主义社会普遍存在的“劳动的异化”现象，深刻地揭示了资本主义制度剥削的罪恶。在消灭了私有制和剥削的社会主义社会，还会不会有异化现象发生呢？这个问题涉及对“文化大革命”期间一系列违反人性和人道的反常现象的历史反思，因而是这期间关于人性和人道主义问题讨论的一个理论焦点。在讨论中，虽然有的论者在努力对不同性质的异化现象作出理论的区分，认为“对异化概念，要区别两种情况。一种是把异化作为基本范畴和基本规律，作为理论和方法，一种是把异化作为表述特定的历史时期中某些特定现象（包括某些规律性现象）的概念”，而且认为“马克思主义拒绝前一种异化概念，而只在后一种意义上使用这一概念，并且把它严格限制在阶级对抗的社会，特别是资本主义社会”。② 但是，也还是有人坚持认为社会主义社会也存在异化现象。有的更进一步明确指出，社会主义社会“不仅有思想上的异化，而且有政治上的异化，甚至经济上的异化”。③

邓小平同志在党的十二届二中全会上的讲话指出：“人道主义和异化论，是当前思想界比较突出的问题。”“人道主义有各式各样，我们应当进行马克思主义的分析，宣传和实行社会主义的人道主义（在革命年代我们叫革命人道主义），批评资产阶级的人道主义。”他反对“抽象地讲人的价值和人道主义”，认为离开了“具体情况和具体任务而谈人”，“就不是谈现实的人而是谈抽象的人，就不是马克思主义的态度”。他批评有些同志在谈论异化问题时“超出资本主义的范围，甚至也不只是针对资本主义劳动异化的残余及其后果，而是说社会主义存在异化，经济领域、政治领域、思想领域都存在异化”，他认为这样讲“不但不可能帮助人们正确地认识和解决当前社会主义社会中出现的种种问题，也不可能帮助人们正确地认识和进行

---

① 王若水：《为人道主义辩护》，见《为人道主义辩护》，三联书店 1986 年版，第 187 页。

② 胡乔木：《关于人道主义和异化问题》，人民出版社 1984 年版，第 55~56 页。

③ 王若水：《谈谈异化问题》，见《为人道主义辩护》，三联书店 1986 年版，第 189 页。

在社会主义社会中为技术进步、社会进步而需要不断进行的改革"。① 小平同志的讲话澄清了人道主义和异化问题讨论中的错误认识和糊涂观念，为这场讨论作出了科学的总结和评价。

本期关于人性和人道主义理论探讨的深入发展，是20世纪80年代中期围绕刘再复的"文学的主体性"理论所展开的讨论。"文学的主体性"理论的产生，一方面是对"文化大革命"的反思所带来的人的主体意识的觉醒和现实的变革对发挥人的积极能动的主体性的要求，另一方面则是文学长期以来对"人学"理想的独特追求的结果和文学在新的形势下回归它自身的特殊本质的表现。刘再复的"文学的主体性"理论，主要有以下三个层次的内容：第一个层次是作为理论基础的人的主体性问题。人的主体性包括实践主体与精神主体两个方面，前者"指的是人在实践过程中，与实践对象建立主客体的关系，人作为主体而存在，是按照自己的方式去行动的"；后者"指的是人在认识过程中与认识对象建立主客体关系，人作为主体而存在，是按照自己的方式去思考，去认识的"。② 第二个层次是关于人在文学中的地位和作用问题。强调文学的主体性，就是要"把人放到历史运动中的实践主体的地位上，即把实践的人看作历史运动的轴心，把人看作人"，尤其是"要特别注意人的精神主体性，注意人的精神世界的能动性、自主性和创造性"③，也"就是要在文学领域中把人从被动存在物的地位转变到主动存在物的地位，克服只从客体和直观的形式去理解现实和理解文学的机械决定论"。④ 第三个层次是文学的主体性问题。"文学的主体包括作为对象主体的人物形象，作为创造主体的作家和作为接受主体的读者和批评家。"⑤刘再复的主体性理论最初是从提出"人物性格的二重组合原理"开始的⑥，"文学的主体性"理论是他对文学中人的问题的研究的深入和继续。尔后，他又用人道主义来概括新时期10年文学的主潮。⑦ 他的这一系列工作，构筑了一个"以人为思维中心的文学理论与文学史研究系统"。虽然有许多论者对他的系列理论观点存在不同意见，有的还提出了尖锐的批评，引发了激烈的论争，他的理论观点本身也的确有许多缺陷和不够成熟之

---

① 邓小平：《党在组织战线和思想战线上的迫切任务》、《邓小平文选》第3卷，人民出版社1993年版，第41~42页。

②③⑤ 刘再复：《论文学的主体性》，《文学评论》1985年第6期、1986年第1期。

④ 刘再复：《文学研究应以人为思维中心》，《文汇报》1985年7月8日。

⑥ 具体观点参见刘再复：《性格组合论》一书，上海文艺出版社1986年版。

⑦ 参见刘再复：《新时期文学的主潮》，《文汇报》1986年9月8日。

处，但从总体上看，却不能不说，他的这一系列理论对纠正长期形成的“政治工具论”（“文学是阶级斗争的工具”）和“机械反映论”的偏颇，也有一定的参考作用。

（二）文学的创作方法及与之相关的理论问题

这个问题在上一个时期主要集中在现实主义，尤其是社会主义现实主义、“两结合”的创作方法以及与之相关的典型问题的理论探讨上。本期除继续对这些重要的理论问题进行深入的理论探讨之外，同时还涉及现实主义创作方法以外的现代主义问题。而且随着创作中的现代主义实验的因素不断增长，关于现代主义问题的讨论和争论也日益深入，逐渐成为本期关于文学创作方法问题探讨的理论焦点。

本期关于现实主义及与之相关的典型问题的理论探讨，主要集中在20世纪70年代后期恢复现实主义传统的理论讨论之中，其主要表现有如下几个方面：

其一是围绕对社会主义现实主义和“两结合”创作方法的再认识展开的关于现实主义理论的讨论。在讨论中，虽然还有继续肯定和坚持社会主义现实主义与“两结合”的创作方法的意见，但也有论者从强调现实主义的一般特性出发，认为古今中外的现实主义没有什么本质的不同，因而对现实主义加以“革命”或“社会主义”的限定是没有意义的。这些意见与上一个时期胡风、秦兆阳等人的看法基本一致，是对上一个时期受到批评或批判的现实主义的理论观点的一个历史的肯定。有些论者在辨析了现实主义与浪漫主义的关系和历史演变，对“两结合”的创作方法表示了不同的意见和看法之后，又着重指出“两结合”的创作方法的提出，缺乏历史的依据和现实的基础，在创作实践中也没有起到积极的、建设性的作用。此外，在这期间及其后，还有人提出过诸如将现实主义理解为超出创作方法之上的更高层次的概念——“文学的现实主义精神”，从而将现实主义看作是能包罗反映生活的各种不同创作方法的一种“体系”的看法和诸如“社会主义的批判现实主义”及“现代现实主义”之类的概念，但因为大多缺乏足够的理论根据和创作基础，对本期的现实主义理论均未能产生多大影响。

其二是以“写真实”的问题为中心展开的关于“写真实”与“写本质”、“生活的真实”与“艺术的真实”的关系以及与之相关的理论问题的讨论。关于“写真实”与“写本质”的问题，绝大多数论者鉴于历史的经验和教训，特别是“文化大革命”中帮派文艺的假、大、空倾向，从肯定新时期文学“写真实”的作用和意义出发，突破了自批判胡风的文艺思想以来在这个问题上所设置的理论禁区，从不同的角度论证了“真实性”在现实主义文学中的核心地位，“真实性”成了这期间文学创作和文学批评的一个基本的甚至是最高的评判标准。但是，也有的论者认为仅仅强调“写真实”是远远不够的，“写真实”不是现实主义的主要特征，而且认为这个口号很容易与自然主义相混淆，必须把“写真实”与“写本质”结合起来，才能正确地反映社会主义时代的现实生活。关于“写本质”的理解，在讨论中，也有的论者注意到了“本质”不仅仅体现在生活的光明面和它的发展主流之中，有时也可以通过生活的阴暗面和某些支流反映出来。因此，必须用一种整体的、发展的和辩证的观点去看待“写真实”与“写本质”的关系，从真实性出发，深刻地反映生活的本质和发展趋势。

关于“写真实”与“写本质”的关系的讨论，同时还涉及文学的真实性与倾向性的关系问题。在这个问题上，虽然有的论者认为只要讲真实性就够了，不必额外再讲倾向性。但多数论者还是认为，真实性必须与倾向性统一起来，既讲真实地反映生活，又讲正确的思想倾向，只有这样，才能更好地发挥文学对于社会生活的积极作用。

关于“生活的真实”与“艺术的真实”的关系问题，这期间的讨论在正确地肯定了“生活的真实”对于“艺术的真实”所起的基础作用和决定作用的前提下，着重强调“艺术的真实”不是“生活的真实”的机械的再现和刻板的摹写，而是经由作家的人格、理想和思想、情感等主观因素的作用所发生的一种创造性转化的结果，有论者把这个结果称为“第二自然”或“第二现实”。这些理解着重强调文学创作中的主观作用，与胡风对文学创作过程的论述有诸多一致之处，在一定程度上也突破了创作论的某些禁区，为此后的文艺心理学和文学创作论的研究开了先路。

其三是对典型问题的再认识和再探讨。典型问题是现实主义创作方法的一个核心理论问题，围绕典型及与之相关的人物形象尤其是英雄人物形象的塑造问题，上一个时期曾经有过持续不断的讨论，并且形成了许多有代表性的理论观点，在当代文学史上产生了重要影响。本期因为对现实主义发生了许多认识上的变化，特别是因为在创作实践中对“典型化”问题有了许多新的理解，因而对典型理论也就有了重新认识和重新探讨的必要。这些新的认识和探讨，主要集中在如下两个方面：其一是对恩格斯关于典型的经典理论的质疑所引起的关于典型人物与典型环境问题的讨论。恩格斯在《致玛·哈克奈斯》的信中曾说：“现实主义的意思是，除细节的真实外，还要真实地再现典型环境中的典型人物。"① 有论者认为长期以来在典型环境问题上流行的，只有体现了一定时代社会生活的主流和本质力量的环境才是典型环境的"主流论"或"本质论"，与恩格斯的这个定义有关。② 大多数论者不同意这种看法，但却否定了长期以来事实上存在着的，"把文学作品中的典型环境，与整个社会环境混为一谈，用整个社会环境，社会面貌去代替个别形态的看法"和"一个时代一种典型环境"的观点③，认为"典型环境应该看做是总的社会历史环境和具体人物生活在其中的具体环境的统一"。④ 文学作品中的"具体人物生活在其中的具体环境"既然是多种多样的，则典型环境也就有了多样性的体现，不会只有一种表现形态了。而且环境的典型化也有程度之分，最终要反映出总体的时代精神和社会发展的必然趋势。其二是关于典型的个性与共性问题。这个问题在上一个时期的讨论中基本上达成了认识上的一致，即典型是个性与共性的统一。本期的讨论虽然有论者对这个流行的典型理论提出质疑，但多数论者还是肯定了这种理解的合理性和正确性。有些论者认为典型的共性除了阶级性之外，还应当包含其他更为丰富的共同性因素，而且典型的个性与共性的统一关系是辩证的，其表现应当是多种多样的，并非"一个阶级一个典型"，也并非只有英雄人物才是典型形象。除了这些讨论之外，刘再复的"人物性格二重组合原理"，从人物性格的复杂构造出发，为典型问题的新的理解，也提供了新的理论依据。

西方现代主义的文学派别和创作方法，是本期文学所面对的一个全新的理论问题和创作实践问题。对于这个问题的争论和探讨，主要集中在如下几个方面：其一是对西方现代派文艺的评价问题。在这个问题上，因为存在着长期以来对西方现代派文艺的全面批判和全盘否定的思想影响，在本期讨论中，仍然有论者坚持现代派文艺是资产阶级腐朽、没落的意识形态，是与以马克思主义为指导的社会主义文艺根本不同的思想体系的观点。对西方现代派文艺继续持全盘否定的态度。但多数论者都能比较客观地承认现代派文艺也是"来源于社会的物质生活，而且是反映了这种物质生活关系的总和的

---

① 恩格斯：《致玛·哈克奈斯》，《马克思恩格斯选集》第 4 卷，人民出版社 1972 年版，第 462 页。

② 参见徐俊西：《一个值得重新探讨的定义——关于典型环境和典型人物关系的疑义》，《上海文学》1981 年第 1 期。

③ 参见孔周：《关于典型环境的讨论》，《文艺报》1981 年第 7 期。

④ 陈涌：《现实主义问题》，《文艺报》1982 年第 12 期。

内在精神的”。[①] 因而对西方现代派文艺的分析评价也就有了一个比较客观公正的态度。这些论者大多注意到了 20 世纪西方社会的物质生产和精神生活，尤其是两次世界大战对现代派文艺的形成和发展所产生的影响，以及西方文化和文艺发展自身的一些必然性的规律和要求。在此基础上，他们进一步分析了西方现代派文艺的哲学背景、思想倾向、题材类别、主题性质，以及艺术表现的方法和技巧上的一些特征，既肯定了它们比较真实深刻地反映了西方社会的现实，又指出它们把西方社会的危机夸大为人类普遍危机的偏颇；既承认它们对西方现代社会有所揭露和批判，又指出这种揭露和批判因为缺乏正确的思想指导而显得空虚和无力；既看到它们在艺术上大胆革新创造的作用和意义，又指出这种革新创造因为背离传统和现实而出现的一些极端倾向。凡此种种，在这些问题上，这期间的讨论对西方现代派的认识，较之上一个时期，都大大向前推进了一步。其二是现代派与我国文学的发展方向问题。这期间有一种比较极端的观点，认为既然我们要建设社会主义的现代化，就必然会出现具有“现代派思想感情的文学艺术”，甚至将其命名为“建立在革命的现实主义和革命的浪漫主义的两结合基础上的现代派文艺”[②]，把现代派视为我国文艺发展的方向。虽然这些论者也强调要建设不同于西方现代派文艺的“中国的现代派”[③]，但有些论者还是认为现代派“不适应我国社会主义制度和政治思想”[④]，而且文学的现代化也并非一定要发展现代派文艺。有的甚至断言中国不可能产生现代派文学。其三是对现代派艺术的学习和借鉴的问题。鉴于西方现代派文学在艺术上所取得的举世公认的成就和在世界范围内所产生的巨大影响，一般论者都认为在艺术上学习和借鉴西方现代派是完全必要的。但是，对在学习和借鉴的过程中出现的下列两个方面的问题，却产生了重大的分歧和争论。这些问题是：（1）过于夸大形式创新的作用，认为“当前文学创新的焦点是形式问题”。[⑤] 尤其是对在艺术形式上学习和借鉴西方现代派所带来的某些晦涩难懂的倾向，不同意见的争论更为激烈。（2）由此所导致的文学的“向内转”（即转向内心）和“表现自我”的倾向，尤其是对这种倾向所代表的一种“新的美学

---

① 徐迟：《现代化与现代派》，《外国文学研究》1982 年第 1 期。

② 徐迟：《现代化与现代派》，《外国文学研究》1982 年第 1 期。

③ 参见冯骥才：《中国文学需要“现代派”》，《上海文学》1982 年第 8 期。

④ 刘锡诚：《关于我国文学发展方向问题的辩难》，《当代文艺思潮》1983 年第 1 期。

⑤ 李陀：《“现代小说”不等于“现代派”》，《上海文学》1982 年第 8 期。

原则"①，争论双方意见的分歧更大。此外，这期间的讨论还涉及学习借鉴西方现代派艺术与创造民族形式的关系和刻意仿效西方现代派作品的"伪现代派"等诸多问题。这些问题的讨论和争论，有的一直延续到20世纪80年代后期，对深化认识新时期文学的发展方向和道路，有极为重要的现实意义。

① 参见孙绍振：《新的美学原则在崛起》，《诗刊》1981年第3期；谢冕：《在新的崛起面前》，《光明日报》1980年5月7日；徐敬亚：《崛起的诗群》，《当代文艺思潮》1983年第1期。

第六章　各体文学创作

第一节　本期诗歌创作

本期诗歌创作概况　本期诗歌创作的前奏曲是1976年年初爆发的“四五”运动期间的诗歌创作。在“四五”运动期间，天安门广场上以大字报和传单的形式张贴、散发了数以万计的诗歌作品。所有参加这场政治性集会的中国人都成了诗人，或具备诗人所独有的敏于感受、易于冲动的抒情气质。中国人民在经历了连续10年的“文化大革命”的动乱之后，已从自己的切身体会、濒临崩溃边缘的经济和反复无常的政治变动中，逐步看清了江青、张春桥等人的政治野心和“文化大革命”给国家民族带来的灾害。他们把希望寄托在已故总理周恩来一年前在四届人大会议上宣布的建设现代化强国的宏伟蓝图上，对这位品德高尚、为国家民族作出过巨大贡献的革命领袖和政府领导人表示了极大的崇敬和深切的怀念，也对江青、张春桥等人迫害周总理、操纵政治权柄、倒行逆施、为所欲为的罪恶行径，表示了极大的义愤。这是中国人民在十年动乱之后的一次新的觉醒，本期诗歌的艺术蜕变和新的艺术精神的形成，就孕育在这一次觉醒之中。天安门诗歌的内容十分丰富。其基本方面是对周总理的悼念和对江青、张春桥等政治野心家的声讨。有些作品也涉及对历史的反思和对现代化理想的向往。在悼念周总理的诗作中，人民群众不但表达了对这位领导人的哀思和怀念，而且也把他作为真、善、美的化身来歌颂。同样，在声讨江青、张春桥等政治野心家的同时，人民群众也把他们看做是假、丑、恶的代表。这表明这些诗歌作品不仅仅是人民群众用文学的形式同江青、张春桥等野心家所作的政治斗争，同时也是他们表现自己的人格理想、维护公理和正义的重要手段。天安门诗歌集中表达了人民群众的意志和愿望，显示了人民群众的决心和力量。它既是最后结束“文化大革命”的一次政治的预演，同时又是一个历史和文学的新时期开始的信号。

天安门诗歌是“愤怒的诗”，出自广大无名作者之手，在艺术上是急就章，因而难免简单、粗糙，有的甚至缺乏诗之为诗的起码要求。但是，正是这些看似简单、粗糙的诗作，一反“阴谋文艺”的帮腔、帮调、帮规、帮套和“文革”诗歌的空廓、浮泛、阿谀、矫情的风气，敢抒真情，敢讲真话，表达了人民群众真实的心声，显示了“真”的文学强大的生命力量。同时，天安门诗歌也是一次艺术形式的彻底解放。就其所采用的形式看，几乎囊括了中国诗歌从古典到现代、从文人创造的到民间流传的，以及与诗邻近的其他抒情文学所有的体裁和样式。在艺术表现的手法和技巧方面，也不拘格套、多种多样。举凡古今诗歌所具备的表现手段，皆为其所用。尤其是在采用民歌、童谣常见的谐音、隐语等表现手法，曲折地表达对江青、张春桥等人的诅咒和痛恨之情方面，收到了极强的艺术效果。天安门诗歌以其自由多样的形式、手法为本期诗歌的艺术解放开了先路。它在一个短暂的隐遁之后的再度复现，推动了本期诗歌创作最初的艺术潮头。

本期诗歌在20世纪70年代末结束“文化大革命”后的创作，直接承续了天安门诗歌的精神余绪。这期间的诗歌虽然不再是人民群众自发的创作，但基本内容除了欢庆粉碎“四人帮”的胜利之外，其主要方面如怀念和歌颂周总理（包括毛泽东、朱德等其他已故领导人）、控诉与声讨“四人帮”等，与天安门诗歌是完全一致的。正因为如此，本期诗歌创作从一开始就复兴了由天安门诗歌肇其端的说真话、抒真情的现实主义传统。而且在艺术上也突破了“四人帮”的清规戒律，真正实现了形式和表达上的完全自由。所有这一切，都表明这期间的诗歌创作正在开始一个艺术的觉醒期。由于这期间的诗歌主要是专业诗人自觉的创造，因而在艺术上也就具有较高的成就。其中如贺敬之的欢庆粉碎“四人帮”的胜利的政治抒情长诗《中国的十月》和李瑛的《一月的哀思》、柯岩的《周总理，你在哪里》、石祥的《周总理办公室的灯光》等怀念和歌颂周总理的诗篇，都产生了较大的影响，是这期间诗歌创作在艺术上的重要收获。这期间的诗歌创作也因为诗人的感情压抑太久，宣泄的要求过于急切，往往直抒胸臆，一览无余，缺少必要的精练和含蓄。也有些诗人尚未完全摆脱“文革”诗风的影响，在思想感情和艺术表达上都留有“文革”诗歌的残余和痕迹。这同时也表明这期间的诗歌创作在觉醒之后仍然处在一个新旧转换和蜕变的艺术过渡时期。

20 世纪 70 年代末的诗歌作为对天安门诗歌直接的历史回应，其创作的余波是 1978 年年底为“天安门事件”平反以及此后一系列“平反昭雪”活动所激起的诗歌浪潮。这个浪潮中的诗歌创作虽然仍以“伤悼”逝者（已不仅是逝世的领袖人物，还扩大到普通的“文革”受害者）和揭批“四人帮”为主，包括歌颂在天安门事件中与“四人帮”作斗争的英雄人物，如艾青复出后的抒情力作《在浪尖上——给韩志雄和他同一代的青年朋友》等，但在“伤悼”逝者和揭批“四人帮”的同时，还伴随有对历史的深入思考。尤其是 1979 年新闻媒介披露与“四人帮”作斗争的女共产党员张志新烈士惨遭杀害的事件①之后，更把这种反思历史的诗歌创作推向了一个高潮。这类诗作最有代表性的和在群众中广为流传的有雷抒雁的《小草在歌唱》和韩翰的《重量》等。前者借张志新遇害事件思考了“文化大革命”的惨痛教训，呼吁健全民主和法制，表达了人民群众在总结这段悲剧性的历史时所达到的一种思想的共识。后者则以英雄与“苟活者”的对比，显示了为真理而斗争的勇士的生命的“重量”和价值。这类诗作有影响的还有北岛的悼念如张志新一样因同“四人帮”作斗争而惨遭杀害的青年遇罗克②的诗作：《宣告——献给遇罗克》和《结局或开始——献给遇罗克》等。此外，则是一批悼念“渤海二号”沉船事件③死难烈士的诗作，也表达了对于人的价值的历史的思考。其中如舒婷的《风暴过去之后》等，也产生了较大的影响。上述诗作以及其他一些诗人类似的作品在这期间的持续出现，构成了一个“伤悼”逝者的诗歌潮流。这股“伤悼”诗潮的绝大部分题材是取自“文革”惨痛的历史，但也有少数（如“渤海二号”沉船事件等）是来自当时的现实生活。无论是取自历史还是来自现实，都与这期间的思想解放运动密切相关，表明这股“伤悼”诗潮的共同特点是对历史和人的有关问题的深入思考。70 年代末的这股“伤悼”诗潮是本期“伤痕文学”和“反思文学”潮流的一个重要组成部分，其揭露“伤痕”、“反思”历史的特征，除了集中见于取材于上述几次引人注目的“伤痕”事件的诗作外，更多的是体现在这期间的诗歌创作的整体倾向之中。尤其是一些

① 张志新是辽宁的一位普通的女共产党员，因发表对林彪、江青和“文化大革命”的不满言论而被逮捕，1975 年惨遭杀害。1979 年平反。

② 遇罗克是一位北京青年，因写作《出身论》，反对“文化大革命”宣传的“血统论”而被逮捕，1970 年遭杀害。1980 年平反。

③ “渤海二号”是一艘石油钻井船，因事故沉没，死 72 人。时人归咎于“官僚主义”的责任，成为诗歌创作的题材。

劫后余生的中老年诗人，这种创作的倾向更为显明。这期间的诗歌在揭露“伤痕”、“反思”历史的同时，也开始接触到社会变革的主题。关于这个主题向度上的诗歌创作一直持续到80年代初期，其中特别是一些青年诗人的作品，如骆耕野的《不满》、张学梦的《现代化和我们自己》和江河的《让我们一起奔腾吧》等，都产生了较大影响，是这期间的诗歌走出历史的梦魇，追寻光明的未来的一股全新的艺术潮流。

20世纪70年代末引发上述“伤悼”诗潮的“平反昭雪”和落实政策活动，同时也使一批自50年代以来在历次政治运动中受到错误处理的诗人回到诗坛，重新开始了他们中断已久的诗歌创作。他们的创作被称为“归来的歌”，是70年代末到80年代初的诗坛一股重要的创作力量。这批诗人的创作基本上代表了成熟于30年代，在40年代以后又有了新的发展的现实主义诗风。他们的重返诗坛，标志着中国新诗的现实主义传统在本期又开始全面复苏。他们在这期间的创作，较之他们的前期，大多有所发展和前进，有的还明显地表现出了艺术风格的最后形成和成熟，因而是这期间的诗歌重要的艺术收获。这期间崛起于诗坛的另一股重要的创作力量，是在“文化大革命”期间成长起来的一批“知青”诗人。他们的创作因受“文化大革命”特殊的社会环境的作用和接受了比较复杂的文化影响，在思想情感和艺术的感受与表达方式上都显得不那么明朗，甚至有些晦涩朦胧，故被人以“朦胧诗”相称。或因为他们是以异军突起的方式崛起于本期诗坛，又有人称他们为“崛起的一代”或“崛起的诗群”。这批青年诗人崛起于本期诗坛，标志着本期诗歌从观念到艺术都在发生一个革命性的变化，因而围绕他们的创作和理论主张，在本期诗坛就爆发了较长时间的讨论和争论。这场讨论和争论对本期诗歌创作和诗歌理论，乃至对整体的文学潮流和文化潮流都有重要的意义，其结果虽然没有也不可能形成一个统一的意见，但因为这批青年诗人的存在和事实上对诗坛所产生的巨大影响，从80年代起，本期诗歌就开始比较广泛地借鉴和吸收西方现代主义诗歌的艺术经验，尤其是从19世纪中期直到20世纪以来，在世界范围内产生了重大影响的象征主义和意象主义等现代主义诗歌流派的表现方法和技巧，因而使这期间的诗坛整体的艺术风气都发生了一个巨大的转变，却是一个不争的事实。这个转变同时也表明本期诗歌开始打破当代诗歌长期以来现实主义一统的局面，出现了与现实主义并存的兼有现代主义等多种艺术因素的多元的艺术格局。这个变化对本期诗歌发展乃至当代诗歌的未来，其意义无疑都是极为重要的。

20世纪80年代中期，由于社会生活的变化，诗歌创作的题材也发生了新的转移，加上“朦胧诗”的讨论和新潮诗歌长时间地吸引了人们的注意，一些“归来”诗人的创作渐趋沉寂。与此同时，推动新潮诗歌的一批青年诗人的后期创作，也更加热衷于艺术实验，迷恋抽象观念，因而也愈来愈远离现实生活和读者的感性经验。加上其中的一些骨干力量先后脱离国内诗坛，或转向其他体裁的文学写作，“朦胧诗”的创作和讨论的浪潮也开始消歇。在这期间，从新潮诗歌内部孕育生成的一股新的更年轻的创作力量，开始登上诗坛。他们被称为“新生代”诗人，或依中国新诗史上诗人的世代递嬗称为“第三代”（从50、60年代算起）或“第五代”（从20年代算起）诗人。与“朦胧诗”的队伍主要是由“文化大革命”中的“知青”诗人构成不同，“新生代”诗人大多是“文革”后成长起来的一代青年，而且他们的诗歌创作又大多是开始于大学校园，与“知青”诗人的文化背景和人生经历也完全不同。正因为存在这些差别，故而“新生代”诗人从一开始就是以“反拨”“朦胧诗”的面目出现的。但是，这种“反拨”不是着眼于纠正“朦胧诗”在艺术实验的过程中出现的种种偏颇，恰恰相反，其结果不但抛弃了“朦胧诗”对于美学上的“崇高”和创造艺术意象的合理的追求（所谓“反崇高”、“反意象”），而且，在另一个极端的方向上，进一步发展了“朦胧诗”的某些创作积弊。“新生代”是一个十分庞杂的诗歌群体，不但派别众多，山头林立，而且聚散无常，主张无定，带有很大的随意性。其中由一些比较稳定的团体所代表的艺术追求的倾向，主要有如下两个方面的特点：其一是对宇宙和生命的原生状态的追求。他们所理解的宇宙和生命的原生状态，是一种未曾经过文明和教化的作用的“状态”，亦即是人类社会的“史前状态”和个体生命的“本能状态”。因此，“新生代”诗人大多带有不同程度的“反文明”、“反文化”和“反理性”的倾向。其二是把诗看作是宇宙和生命的原生状态的存在方式，要求诗直接呈现宇宙和生命的这种原生状态。他们把人的感觉、意识和语言在长期的文明进化过程中所形成的文化沉淀和理性规范看作是呈现原生状态的障碍，因而要“摒除”这种障碍，对感觉、意识和语言进行“创造性的还原”。在这一方面，他们又表现出一种“反语言”和“反艺术”的倾向。由此可见，“新生代”诗人主要是受了西方20世纪的生命哲学、直觉主义和其他各种非理性主义，乃至60年代兴起的“反传统”的文化思潮的影响。他们把这些外来的文化思想和本国传统中的某些思想资料（例如《周易》和道家哲学等）糅合起来，又掺杂进自己的一些不成熟的理解，便成了他们所主张和提倡的各种理论观点。虽然这些理论观点也并非全无合理之处，但从总体上说是缺乏科学性和准确性的。正因为如此，这些理论观点也就不可能完全贯彻到创作中去，故而“新生代”诗人的创作与理论脱节的现象十分严重，理论宣言大于创作实践是一个普遍现象。虽然少数诗人也写过一些比较成功的作品，但从总体上说，毕竟未能为本期诗坛提供更多的收获，因而在艺术上也就未能为本期诗坛作出应有的贡献。

“新生代”诗歌作为继“朦胧诗”之后在20世纪80年代中期崛起的一股诗歌浪潮，存在的时间是十分短暂的。在这股浪潮过去之后，本期诗歌即趋向平稳发展。由于商品经济的兴起，本期诗歌在80年代后期正在酝酿一个重要的艺术转换，这个艺术的转换同时也预告本期诗歌的创作发展暂告一个历史段落。

“归来者”诸代表诗人　“归来者”是一个十分特殊的诗人群体。其中有在中国新诗史上享有盛誉的老诗人艾青，也有在20世纪40年代的诗坛上十分活跃的“七月派”诗人和部分“九叶派”诗人，以及崛起于50年代诗坛的一批青年诗人的中坚力量。1980年，沉默了20个春秋的艾青把他复出后的第一个诗集定名为《归来的歌》。从此，“归来的歌”就成了这一派诗人的新创作的共名。

在所有的“归来”诗人中，艾青是一位纵贯中国新诗数个世代的资深诗人。他的诗歌创作始于20世纪30年代，是30~40年代中国诗坛成就卓著的重要诗人。艾青的前期创作以深切地关注人民的疾苦和民族的历史命运著称，尤其是讴歌光明和为争取光明而斗争的诗篇，为人民革命和民族解放作出了重要贡献。在艺术上，则以现实主义为基调，又融合了象征主义等表现手段，是中国新诗走向成熟的重要标志。50年代，当艾青的诗歌创作正为适应新的时代的需要而发生艺术的转换时，突然被迫中断。直到20年后，他才重返诗坛，开始新的创作，成为本期诗坛“归来者”群体中一位有代表性的重要诗人。

艾青“归来”后的诗歌创作成就主要表现在如下两个方面：其一是长篇抒情诗。除前述歌颂在天安门事件中反对“四人帮”的英雄韩志雄的长诗《在浪尖上》之外，他在本期最有代表性的长篇诗作是《光的赞歌》和《古罗马的大斗技场》。《光的赞歌》继承了艾青的前期创作讴歌光明的诗歌主题，把这一主题由具体的历史事件升华到普遍的哲理高度。全诗以廓大的时空、恢弘的气度和深邃的思考，集中概括了人类在文明进化的过程中前赴后继地追求光明的历史和光的世界给人类带来的巨大文明、幸福和进步，以及光明必然战胜黑暗、人类将向更大的光明进军的历史趋势。在讴歌光明的同时，诗人也鞭挞了诸如野蛮、愚昧、迷信、专制等企图禁锢和消灭光明的黑暗势力，表达了自己献身光明、同黑暗势力斗争的决心和信念。《古罗马的大斗技场》则通过凭吊欧洲历史上的一处古代遗址，以夹叙夹议的方式，艺术地再现了古罗马大斗技场奴隶格斗的惨烈景象，控诉了奴隶制度的罪恶和奴隶主的残忍暴虐，也给今天的人们以深刻的警醒和思考。这两首诗作一个歌颂光明和进步，一个鞭挞野蛮和黑暗，基本上代表了艾青在这期间的长篇诗作艺术思考的两个相互联系的主要方面。这些诗作虽然是以某些抽象的事物和历史为题材，但都有很强的现实针对性，其中既包含有诗人对“文化大革命”的惨痛历史的深刻反思，也表达了诗人对光明未来的深切呼唤，是本期反思历史、呼唤改革的长篇力作。其二是短篇抒情诗。除了这些抒情长诗之外，艾青复出之后，也把他对于社会人生的坎坷经历和复杂体验，凝聚成一些抒情短章，代表作有《鱼化石》、《盆景》、《镜子》等。这些诗作的题材虽然是一些日常的生活景物，却都联系着诸如历史浩劫、人性扭曲和反思自省等重大社会人生主题，是作者在长诗中对社会人生的历史反思的一个重要侧面和艺术补充。艾青复出后的诗歌创作还涉及其他方面的题材和主题，如同诗人在前此各个时期的创作一样，他在本期的创作同样是十分丰富的。

艾青复出后的诗歌创作保持了他前期诗作基本的艺术特征。但与前期诗作相较，他在本期的创作无论长篇短篇，哲理性都普遍有所加强，因此哲理化也就成了艾青本期诗作的一个新的艺术特色。这些诗篇中的哲理一方面深化了作者对社会人生的思考，使之超越了个人经历和一般政治性的层面，而达到了一个普遍的哲学高度，因而具有较大的思想深度。诗的境界也随之更显深邃和廓大。但另一方面，也因为诗的理念成分太重，而缺少前期诗作所有的丰富鲜活的意象，同时也削弱了诗的形象感和感染力量。20世纪80年代中期以后，艾青因为年龄和身体的原因，创作日见减少，但他在复出后短短几年间的创作，却为本期诗歌作出了不可磨灭的历史贡献。

在“归来”诗人中，绿原等“七月派”诗人从20世纪30年代到40年代中期以后，一直环绕在胡风先后创办的文艺杂志《七月》和《希望》周围，是这些杂志的主要撰稿人和受胡风思想影响的一批青年诗人。他们处在抗日战争和争取民主制度的时代风潮之中，用诗作武器，动员民众，投入抗日的洪流，同种种黑暗、丑恶的社会势力作斗争。他们的诗用全身心拥抱现实，与现实共存亡，锋芒凌厉，激情高涨，有很强的主观性和进攻力量。他们在生活中也有一种团体精神和比较强烈的个性色彩。他们是在40年代的历史舞台上用诗为国家民族奋斗，追求光明和进步的一群青年知识分子。50年代中期，正当他们用诗欢呼民族的新生和革命的胜利的时候，却因为“胡风反革命集团”案的牵连而失去了写诗的权利。直到1980年“平反”

归来，才开始了新的创作生涯。

由于特殊的人生遭遇的原因，从20世纪50年代中期起，绿原等“七月派”诗人就长期在生活的底层挣扎苦斗，支撑着他们的，惟有矢志不渝的信仰和坚定不移的人格力量，以及极为难得的同志、朋友和亲人的友谊、爱护与鼓励。正因为如此，他们的诗作虽然也像其他“归来者”那样，饱含苦涩的泪水和痛苦的思索，如绿原的《重读〈圣经〉》等，但是，在他们的创作中，更多的和那些影响更为深远的诗作，却是对于“虽九死其犹未悔”的信仰和坚定不移的人格力量的赞颂，以及对于患难之中的友爱、亲情的眷恋与怀念。绿原和曾卓把他们复出后的第一个诗集分别定名为《人之诗》、《悬崖边的树》，即含有这样的意思。尤其是曾卓的传颂一时的名篇《悬崖边的树》，以一棵即将“跌进深谷”却又像是要“展翅飞翔”的“悬崖边的树”，记录了诗人和整个民族在历史的曲折中被一股“奇异的风”所“弯曲”了的，但却在倔强地抗争着、深切地期望着的动人形象，如镌刻在天幕上的浮雕，有一种撼人心魄的艺术力量。其他如绿原的《信仰》、牛汉的《悼念一棵枫树》等诗作中也都有类似的“树”的形象。这些砍不倒、折不弯、“直挺挺的”“与大地相连”的“树”的形象，无疑是诗人的信仰和人格的象征，它们的集中出现，表现了“七月派”诗人这期间的创作的一种共同的艺术取向。与“树”的形象相类似，在表现“七月派”诗人的信仰和人格的诗作中，“虎”的形象和“鹰”的形象也较有代表性。尤其是牛汉的《华南虎》和他的具有前后关联的两篇写“鹰”的作品《鹰的诞生》、《鹰的归宿》等，借“被囚禁的虎”和“高飞的鹰”，写遭受困厄的诗人不屈的意志和通过“涅槃”获得再生的主题，集中表现了一代知识人艰难困苦的人生历程和在痛苦的磨难中获得人格的完美与成熟的过程，具有极为重要的人生启迪意义。其他如绿原的《又一名哥伦布》、曾卓的《老水手的歌》中的“水手”的形象，也包含有类似的意义。这些诗作既是“七月派”诗人痛苦的人生体验的结晶，同时也使中国诗歌中自屈原的《离骚》之后表现人格理想的主题，在当代诗歌中得到了发扬光大。在“七月派”诗人中，表现苦难中的友爱和亲情的作品，以曾卓的《有赠》等最有代表性，也最为动人。这些诗作或写患难中的相濡以沫，或写浩劫后的相聚重逢，或写忠贞不贰的爱情，或写刻骨铭心的友谊，集中展示了这一派诗人历尽磨难的精神生活和丰富复杂的感情世界。

“七月派”诗人复出后的诗歌创作同样保持了他们的前期创作基本的艺术特色。该派诗人因受胡风的文艺思想和诗歌美学的影响，在创作实践中所表现出来的“主观精神”都十分强烈，有的甚至带有一种极端的情绪化倾向。在抒情的方式上则表现为一种直接的情感宣泄或内心独白，多采用与之相适应的散文化的自由体形式，作品的感情色彩浓烈，有很强的艺术感染力量。在经历过坎坷的人生遭遇之后，这派诗人的创作因为个体的体验和思索更加复杂深入，诗中的感情也随之变得更为凝重深沉。在保持直接的抒情方式的同时，有时也不免要借助某些相应的意象来曲折地表达人生感受，诗风因而也有隐晦含蓄之处。因为这派诗人从总体上偏重于直接抒情，因而某些诗作也不免失于直白浅露。在所有复出后的"七月派"诗人中，本期创作以绿原、曾卓、牛汉的成绩和影响最大，其他如鲁藜、罗洛、冀汸等，在本期的创作也比较丰富。在20世纪80年代中期之后，由于社会生活和文化环境的变化，这一派诗人逐渐失去了作为一个"归来"诗人群体的特殊意义，他们的创作开始汇入一个整体的文学潮流之中，并无一例外地出现了一种个体的艺术分化。

与"七月派"诗人不同的是，一批在"反右"斗争中受到不公正处理的20世纪50年代诗坛崛起的青年诗人的中坚分子，如公刘、白桦、邵燕祥、流沙河等"归来"之后的诗歌创作的主题主要是指向以下两个方面：其一是对于酿成"文化大革命"和其他政治悲剧的社会基础与思想根源的抉发和审视；其二是对于民主与法制、文明与富足的现代化社会的渴望与期待。简言之，就是反思历史、呼唤改革。他们在50年代的诗歌创作是以歌颂革命、歌唱建设著称，他们在这期间的创作同样也是反思历史、呼唤改革的诗歌创作潮流的中坚力量。

早在1976年年初，这批"归来"诗人尚未完全从逆境中解脱，其中的一些主要成员，就已经敏锐地感觉到了中国社会所出现的微妙变化，并在这期间及其后所发生的"四五"运动期间，写下了许多对江青、张春桥等人表示愤怒、不满和悼念周总理的诗篇，如公刘的《誓》、《咬住嘴唇……》、《大地以红心为盾》和白桦的《风暴般的悲歌》等，表明他们即使是身处逆境，仍不敢忘怀国家民族的前途和命运。粉碎"四人帮"以后，当他们重新获得了歌唱的权利，他们的歌声也就格外响亮，在同期诗人中也显得格外超群出众。1978年年底，白桦的长篇政治抒情诗《阳光，谁也不能垄断》在北京的"为真理而斗争"诗歌朗诵会上与艾青的《在浪尖上》等诗作同台朗诵后，即广为传诵，成为冲破阻力、追求思想解放的极富感染力的热情呼号。此后，在拨乱反正、思想解放运动中，他们的创作更加密切关注这期间所有重大的社会政治主题。公刘有一首名为《沉思》的诗说："既然历史在这儿沉思，我怎能不沉思这段历史？"最能代表这批"归来"诗人这期间的创作倾向。他们以诗的形式所表达的对于社会历史的"沉思"，与处在历史转折关头整个民族和全体人民的思考是完全一致的。鉴于“有些人以真理的主人自居”，把真理变成个人的“私产”，白桦说：“不！真理是人民的共同财富，就像太阳，谁也不能垄断。”（《阳光，谁也不能垄断》）他把掌握了真理的人民的觉醒比作“珍珠”，希望“把被我们随意抛撒掉的珍珠拾起来”，那样，“我们将是世界上最富有的人民”（《珍珠》）。他歌颂自由的空气——风，说“宇宙间如果没有风”，“世界将会多么呆板，空气将会多么沉闷”（《风》）。他坚信人民的力量，说“中国的上空没有上帝，只有八亿双睁着的眼睛。他们没有上帝威严，却远远比上帝精明”（《眼睛》）。公刘则把真理比作“无花果”或“毛栗子”，说它们“静悄悄，萌生于树叶之间”，“和树叶一样是绿的，并不红得耀眼”，说它们“把果仁藏得很严”，“有一层又厚又硬的壳”，“像刺猬似的不招人喜欢”。他祈求人们尊重“无花果”，虽然“它没有那股招蜂惹蝶的甜”；他希望人们理解“毛栗子”，因为“它告诫采集者：艰难”（《关于真理》）。正因为如此，公刘不但以满怀悲愤的心情歌颂像张志新那样为真理而献身的英雄，向人们发出大声的呼喊：“中国！你果真是无声的吗？”而且，他也冒着明枪暗箭，对真理作勇敢的探求。他在《关于〈摩西十戒〉》和《十二月二十六日》等篇章中，大胆地抨击了“四人帮”之流制造的“个人迷信”和“造神运动”，指责这场“造神运动”把“敬爱蜕变为迷信，天真嫁接成愚蠢”，“把每一间屋子都改造为庙宇。我们已经是教徒，不再是人”。他希望“地球母亲”：“快停止你的造山运动吧，我们的九百六十万平方公里的版图，岂能容如许林立的山岳！”邵燕祥则以《不要废墟》等一批气魄宏大的长诗，向人们发出沉重的呼喊：“让每一寸国土，不再出现历史的废墟；让每一寸心灵，不再出现精神的废墟。”在反思历史的同时，他们的一些呼唤改革的诗篇如白桦的《春潮在望》和邵燕祥的《中国的汽车呼唤着高速公路》等，也产生了较大影响。

从上述诗作中，我们不难看出，这批20世纪50年代的青年“歌手”，虽然历尽磨难，但当他们的生活“重新开头”，重新获得了歌唱的权利的时候，他们的诗依旧如50年代那样，是“真诚的歌哭，激情的呐喊”，他们依旧“要唱那永远唱不完的歌”，“该欢呼的欢呼，该诅咒的诅咒！”（邵燕祥：《中国又有了诗歌》、《假如生活重新开头》）这种真诚、热烈的风格同时也是他们“归来”后诗歌创作的一个基本的艺术特色。这种特色保留了他们在50年代的诗歌创作的艺术基调，虽然仍然存在他们的前期创作有欠精练、含蓄的弊端，但在思想情感和艺术表达方面，都明显地表现出了走向最后成熟的迹象。在这批“归来”诗人中，流沙河的创作稍有例外。这位在50年代曾因写作散文诗《草木篇》而遭厄运的诗人，复出之后，虽然也写了许多关切时事、富于激情和哲理的思索的诗篇，但他的那些独具一格的诗作，依然是沿着《草木篇》寄言"立身处世"的题旨，或感叹人生际遇，或歌咏友爱亲情，与"七月派"诗人复出后的某些诗作十分接近。尤其是他的带有自嘲和反讽色彩的《故园六咏》，化辛酸为笑谑，以苦涩为游戏，在"归来"诗人的创作中别开一种艺术的生面。类似的"归来"诗人的诗作还有著名画家黄永玉的作品，他的以"文化大革命"为对象的政治讽刺诗集《曾经有过那种时候》，在这期间也产生了重要的影响。80年代中期以后，这个"归来"诗人的群体也开始逐渐分化，其中的主要成员直到80年代后期虽然仍有新的创作，而且有些作品还达到了新的艺术高度，但因为社会生活的变化和艺术风气的转换，皆未能引起足够的重视和注意。

"朦胧诗"诸代表诗人 "朦胧诗"作为一个约定俗成的青年诗人群体诗歌创作的共名，其所指的对象是十分复杂的。其中既包括早期"知青"诗人如食指、芒克、多多、北岛等人的创作，也包括受其影响而在本期的创作中比较活跃并引起广泛争论和注意的舒婷、顾城、杨炼、江河，以及梁小斌、王小妮等人的作品。但是，为众所公认的"朦胧诗"最有代表性的诗人却主要是：北岛、舒婷、顾城、杨炼、江河等五位青年诗人。①

在所有"朦胧诗"一代诗人中，北岛处于一个十分独特的位置。这个独特性就在于，他不但是"文化大革命"结束后一个重要的"知青"诗人群体"《今天》派"的创始人，因而理所当然地成了"朦胧诗"在早先一个时期的代表人物，并且对顾城、舒婷等人的创作产生过实实在在的影响，而且，他的诗作也因为率先追求现代主义的表现方法和接近现代主义的某些文学主题，而在"朦胧诗"的讨论中引起了激烈的争论，因而理所当然地成为诗坛内外关注的对象，并且他的创作也确实给当代诗歌提出了许多值得深入探讨的重要问题。就国内发表和出版的作品看，北岛的创作主要集中在20世纪80年代中前期。80年代中期以后，就很少见到他新创作的作品。正因为如此，他的作品绝大部分都是表现对于"文化大革命"的噩梦般的感受。例如《触电》一诗写"我"与"无形"和"有形"的人"握手"，结果"被烫伤"和"留下了烙印"，即是以"文化大革命"期间人与人的紧

① 1986年，作家出版社出版了这五位青年诗人的诗歌合集《五人诗选》，其他国内外各种关于"朦胧诗"的作品选和理论研究论著的讨论对象，也主要是以这五位青年诗人的作品为主。

张关系为经验背景的，是这个特定时期的社会生活在诗人心灵上烙下的伤痕。这些伤痕最终将诗人的创作导向对于现实的深重怀疑和幻灭的情绪。最能代表这种情绪的诗作，即是在“朦胧诗”的讨论中被人们反复征引的写于“四五”运动期间诗作《回答》和稍后写成的诗作《一切》。这两首诗作以“我——不——相——信”和“一切都是命运/一切都是烟云”的极端态度，集中构成了北岛在这期间的诗歌创作的情感基调和情绪的纽结。他在《峭壁上的窗户》、《古寺》、《履历》等其他诗作中所表现出来的种种阴森、冷漠、荒诞、孤独和孤傲蔑世的情绪，几乎都是这种怀疑和幻灭情绪的派生物。这些作品表明，北岛的诗作是一个扭曲的时代被扭曲的精神印记。它对于人们认识和理解那个特定年代的心路历程，无疑具有一定的意义。但问题是，作者常常把这种对于一个扭曲的时代的感受推及全体，乃至今天的现实生活，故而在他的所有诗作中，又到处都烙有那个扭曲的年代的精神疤痕，这又使得北岛的诗作有一种浸人肌骨的阴冷和难以疗救的绝望。从这个意义上说，北岛的大部分诗作都没有走出那个噩梦般的年代。只是在一些表现对于殉道者的歌颂和幻灭后的追寻的诗作中，才多少显示出了一点生活的亮色，表现出了一点现实的气息。前者如上述《宣告》、《结局或开始》等，在歌颂殉道者为真理献身的精神的同时，也表达了对于理想、自由和价值与尊严的呼唤。后者如《船票》、《迷途》等，在表现一代人的失落感的同时，也有对于新的生活和重建自我的渴望。

在所有“朦胧诗”一代青年诗人中，北岛对诗艺的革新是较早有比较清醒的自觉意识的。他“试图把电影蒙太奇的手法引入自己的诗中，造成意象的撞击和迅速转换，激发人们的想象力来填补大幅度跳跃留下的空白”。同时，他“还十分注重诗歌的容纳量、潜意识和瞬间感受的捕捉”①。正因为如此，他的诗作的意象就显得十分丰富，意象的组合也不拘一格，而且大多是采取非逻辑的组合方式，故而他的诗作既有蕴涵丰富的一面，也有诸多晦涩难懂之处。除意象组合方面的特点外，北岛的诗作还长于构造象征，擅用反讽手法，在总体上也使得他的诗作带有明显的现代主义特色。与他的同辈诗人相比，北岛在运用现代主义的诗歌手法和技巧方面，显得更为娴熟，且能比较深刻地领会现代主义艺术的哲学精义，故而在“朦胧诗”一代诗人中，北岛无疑是一位最具现代主义倾向的青年诗人。

作为“朦胧诗”在南北诗坛最早引起争论的两位青年诗人——舒婷和顾城最初一个阶段的创作有许多相似之处。他们这期间的作品大多带有一种

① 参见《上海文学》1981年第5期“百家诗会”。

浪漫主义的色彩。追求人生理想和迷恋梦幻世界，是他们最主要的艺术特征。就这两方面而言，舒婷偏重于前者。她在这期间写下了许多歌颂友谊、赞美爱情和眷恋亲人的作品，表达了她对于人生的坚定信念和对于理想的热切向往。尤其是一些表现苦难中的爱情和友谊的诗作，如《赠》、《春夜》、《秋夜送友》等，十分真切动人。这些诗作大多写在“文革”之中，是诗人抵御苦难、寻求精神超脱的重要方式。同样是寻求对于“文革”残破的现实的精神“补偿”，顾城在这期间的创作，却以一片童心为自己营造了一个童话般的梦幻世界，以此来抵御邪恶的攻击和苦难的侵扰，让心灵永远沉浸于一种纯真的境界，如《生命幻想曲》等，他因此而被舒婷称为“童话诗人”。正因为如此，这两位诗人在经历过“文革”的苦难之后，虽然有些诗作也表现了理想幻灭后的失落感，如舒婷的《船》和顾城的《我是一个任性的孩子》等，有的甚至还留下了很重的阴影，如顾城的《眨眼》等。但与此同时，他们也在以新的创作追求光明的理想，重建人生的信念，如顾城的《一代人》和舒婷的《这也是一切》等。特别是舒婷的创作，在这方面表现得尤为突出。她的成名作《致橡树》、《双桅船》等，以并肩站立的橡树和木棉、朝夕相望的船和岸作喻，表达了一种以独立的人格为基础的新的爱情观念，向爱情这个古老的诗歌题材中，灌注了一种新的人生理想，表现了一代青年重建失落的人生的执著信念。她的其他爱情诗作如《神女峰》等，在广大读者特别是青年读者中也产生了广泛的影响。顾城这期间的创作，虽然如上述有些作品也表现了一种寻求光明和重建人生的意向，但大多数作品特别是稍后一段时间的作品，却倾向于表达一些抽象的观念，而且这些观念又大多来源于纯粹个人的生存感受，有些甚至是一些病态的、反常的心理经验，因而逐渐失去了他的初期创作中丰富鲜活的感性色彩，在读者中的影响也愈来愈小。

舒婷和顾城最初一个时期的作品，多采用直接抒情的手法，是比较典型的浪漫主义诗歌的抒情诗风。舒婷在运用直接抒情手法时，诗的形式更趋向于散文化。尤其善于在优雅的叙事和描写中，完成情感抒发的自然过程。她虽然很少尝试现代主义的表现手法，但她的诗作的意象却是十分丰富的。尤其是善于运用逻辑的方式进行意象的组合，如《祖国啊，我亲爱的祖国》用对比的方式组合两组异质的意象，表达作者对于祖国的历史和现实的复杂“经验”，不但有很强的艺术表现力，而且也明白易懂，不给人以晦涩艰深之感。舒婷在其他少数作品中所作的艺术实验，如《路遇》、《往事二三》等，虽然运用了意识流等非逻辑的意象组合方式，但却隐含有丰富的提示，同样收到了较好的艺术效果。顾城则在他的一个短暂的浪漫主义抒情阶段之后，很快便转向主要采用现代主义的抒情手法。虽然他的诗风后来愈来愈倾向于晦涩艰深，但也有一些作品，特别是一些篇幅短小的抒情小品，如《远和近》、《感觉》、《弧线》等，将现代主义的一些艺术表现方法运用于小诗创作，使这些抒情小品在传统诗歌创造意境的手法之外，又获得了一种扩大诗歌艺术蕴含的新途径，是顾城为当今诗艺革新作出的可贵的贡献。

在所有“朦胧诗”诗人中，杨炼和江河是较早对民族传统表现出认同倾向并立志要创作出新的民族史诗的青年诗人，因而他们的诗作在不同程度上都以自己的方式介入了民族的历史文化传统。

杨炼的早期创作如同顾城一样，也是把诗当做逃避苦难、寻求心灵慰藉的一种特殊方式，他这个时期创作的《海边的孩子》等作品，如顾城一样也充当了一个“幻想的主人”的角色，因而同样也可以把他称作是一位“童话诗人”。是20世纪70年代末80年代初的思想解放运动和新的文艺浪潮的震荡，使杨炼走出了浪漫主义的低吟浅唱和个人的感伤与忧郁，开始接近民族的历史和文化，他的诗也由此而发生了一个重大的艺术转变。此后，杨炼即立志铸造新的民族史诗，他在这期间创作的《大雁塔》、《乌蓬船》等诗作，借咏叹名胜古迹、山川风物，表达了作者对于民族历史的一种全新的感受与阐释。由这些诗篇，杨炼进一步深入到民族文化传统的深处，开始致力于以现代文明的最新思想成果“反观”民族的文化传统，求得对于民族文化传统的“重新发现”和“重新认识”。他这期间的创作因而带有很重的文化“寻根”的色彩，代表作如《半坡》组诗、《敦煌》组诗、《诺日朗》等，都是通过重新阐释民族文化传统，企图重塑民族文化的精神形象。杨炼在80年代中期前后的创作追求更加抽象的观念，知性的成分日益加重，如这期间创作的“以《易经》作结构的一部大型组诗”之第一部分《自在者说》、第二部分《与死亡对称》等，以诗甚至是非诗的散文形式来演绎一些抽象的哲学观念，形同哲学玄言和宗教谶辞，已经完全脱离了诗之为诗的基本要求。杨炼的诗因而也逐渐失去了在读者中的影响而成为他个人纯粹的精神寄托和冥想的世界。

在“再造”民族的历史文化方面，江河与杨炼有许多相似之处。他的代表作《太阳和它的反光》组诗，以一组古代神话传说为艺术观照的对象，同样是通过对这组古代神话传说的重新创造和重新阐释，表达了作者对于民族历史文化的再发现和再认识。与杨炼不同的是，江河不是从个人的经历而是从对于现实问题的关注进入民族的历史文化传统的。早在70年代末，江河的《纪念碑》等诗作就是以思考“文化大革命”的历史教训而引人注目的。80年代初，他又写下了如《让我们一起奔腾吧》等呼唤改革的诗篇。

在这些诗作中，江河始终将个人的命运与民族的整体，将民族的历史与现实、过去与未来紧紧地联系在一起，因而具有比较厚重的历史感和比较强烈的使命意识。江河的创作始终坚守他宣言过的创造新的民族史诗的诺言，只是他后来的创作日渐减少，未能在这方面收获更多的艺术成果。

杨炼和江河虽然有着类似的创作追求，但杨炼在转向创造新的民族史诗的时候，却同时也加强了诗作的叙事和描写的成分，即通过对于作者拟想中的特定情境的叙述和描写，完成作者对于民族历史文化的体认和阐释。他的这种艺术旨趣的进一步发展，便是通过这种虚拟的叙事和描写，在诗中营造一个糅合历史、现实和文化的多重经验的“智力的空间”。他认为这种“自足的”“智力的空间”体现了一种“东方的智慧”和东方的思维方式。① 他的诗作后来转向完全采用中国古代典籍（例如《易经》）的思维模式，也是基于这样的诗歌观念。与杨炼不同的是，江河始终保持了一个抒情诗人对于形象的直观感受和激情的冲动，他的诗作很少有杨炼式的沉滞的叙述和冗长的描写，因而意象大多比较单纯和明朗，同时也很少有杨炼式的形而上的冥思和玄想，因而又大多有较强的形象实感和情感的冲击力量。即使是一些带有现代主义色彩的艺术实验之作，江河也十分注重对于事物的感性经验。正因为存在着上述差别，因而杨炼的后期创作本身就表现出了对于这一代“知青”诗人的整体艺术追求的“反叛”倾向。在所有这一代“知青”诗人都面临着更年轻的“新生代”诗人的挑战的时候，杨炼却作为极少数的例外为他们所接纳，正说明在“朦胧诗”的短暂创作历史中，新的艺术蜕变的过程已经开始。

第二节　本期小说创作（上）：中短篇小说（一）

本期中短篇小说创作概况　在本期小说创作中，中短篇是一个十分活跃的领域。特别是20世纪70年代后期，中篇小说的崛起和持续繁荣，更进一步壮大了本期中短篇小说的创作声势。较之上一个时期，中短篇小说在本期小说创作中占据了一个十分突出的地位。

本期中短篇小说创作，大致经历了如下两个大的发展阶段：

第一个阶段，从20世纪70年代后期到80年代中期，是本期中短篇小说的现实主义回归和新变阶段。这个阶段的中短篇创作的一个主要特点是开始恢复和继续发扬现实主义的艺术传统。它在具体的创作行程中，则表现为

① 参见杨炼：《智力的空间》，《青年论坛》1985年第1期。

与这期间的社会生活完全同步发展，并以其所产生的强烈的社会效应（所谓“轰动效应”）积极作用于这期间的社会生活。与此同时，它也根据变化了的社会环境和读者需求，不断在艺术上作出更新和调整，以便使现实主义的艺术传统在新的时期能够得到新的丰富和发展。因为这期间的社会生活经历了从揭批“四人帮”、清算“文革”错误，到拨乱反正、解放思想，进而到实行改革开放政策的发展过程，故而与之同步发展的中短篇创作也存在一个由揭露“文革”“伤痕”的“伤痕小说”，到反思造成这些“伤痕”的社会历史原因的“反思小说”，进而再到为根治这些历史的“伤痕”，建设一个文明富强的现代化国家而呼唤改革的“改革小说”的相对性区分。①这些相对区分的小说类型，同时也是这期间中短篇小说的一些主要的创作潮流。从70年代后期到80年代中期的中短篇小说创作即是以这几次主要的创作潮流为其艺术标志的。

“文化大革命”结束以后，中短篇小说创作在经历了一个由写与“走资派”作斗争，到写与“四人帮”作斗争的短暂的题材和主题的转换之后，很快便转向了以揭露“文革”“伤痕”为主的“伤痕小说”的创作。1977年11月，刘心武的短篇小说《班主任》的发表，是“伤痕小说”创作潮流兴起的最初标志。此后，以翌年8月发表的卢新华的短篇小说《伤痕》② 等作品为代表的一大批中短篇小说，即集中揭露“文化大革命”给人们的精神与肉体所造成的“伤痕”，在20世纪70年代末造成了一股“伤痕小说”的创作潮流。这股中短篇小说创作潮流因为敢于触及重大的社会政治问题，敢于暴露生活中的矛盾和阴暗面，敢讲真话，敢吐真情，对特定时期的社会生活表现出了一种积极“干预”的态度和大胆批判的精神，因而在群众中引起了广泛而持久的“轰动效应”，成为这期间揭批“四人帮”、清算“文革”错误的有力的精神武器。正因为如此，这股中短篇小说创作潮流同时

① 一般论者所说的“伤痕文学”、“反思文学”和“改革文学”，虽然也应该包括小说以外的其他体裁的文学创作，而且在小说中也应该包括长篇小说，但真正集中体现了这些文学潮流的特征并产生了即时性的“轰动效应”，因而可以称作是这些文学潮流的突出标志的，仍然是以小说尤其是中短篇小说创作为代表。故此处称“伤痕小说”、“反思小说”、“改革小说”，特指以中短篇为主的小说创作潮流。而且这些小说创作潮流的兴起也不存在一个为一般论者所习惯认定的那种严格的先后次序和递嬗关系，属于不同潮流的作品往往同时并存、交错出现。本书只是为了论述的方便，才区别先后，并力求从社会生活的变化中找到这些小说创作潮流发生和发展的客观依据，以及它们之间可能存在的某种内在联系。

② “伤痕文学”和“伤痕小说”即由此得名。

也是本期小说在艺术上开始恢复现实主义传统的最初标志。尤其是直接承继了50年代中期兴起的“干预生活”的小说的精神余绪，成为这一被中断已久的现实主义小说创作潮流的历史的延续。在艺术上，这股中短篇小说创作潮流因为受“文化大革命”所造成的特定历史的影响而具有如下一些方面的鲜明特征：其一是因为宣泄心理的郁积而使大多数作品都带有比较强烈的主观色彩。其二是因为感叹失落的人生而使其中的一部分作品带有一种感伤的倾向。其三是因为表现生活的苦难而使其中的一些作品具有某种悲剧性的因素。此外，则是一些作品在咀嚼苦难的同时，也滋生了一种喜好议论的倾向。以上这些特征一方面使得这期间的中短篇小说极大地满足了人民群众对于文学作品的阅读期待，普遍都具有比较强烈的艺术感染力，但另一方面也表明，正在恢复中的中短篇创作还缺乏现实主义小说所应有的严谨的叙事作风，在艺术上还不够十分完美和成熟。

20世纪70年代后期的中短篇创作在揭露“文化大革命”“伤痕”的同时，本来就包含有思考造成这些“伤痕”的社会历史原因的成分，即在“伤痕小说”中本来就包含有“反思小说”的因子。此后的思想解放运动和对于中华人民共和国成立以来的历史问题的重新评价，进一步强化了中短篇创作“反思”历史的因素，使得“反思”历史在这期间的中短篇小说的题材和主题中，都占据了一个突出的位置。有些中短篇作品例如王蒙的中篇《蝴蝶》和茹志鹃的短篇《剪辑错了的故事》等，甚至主要是专注于对于历史问题的深入“反思”，成为有别于“伤痕小说”的一种新的小说创作潮流的明显标志。本期中短篇创作由此开始了从以暴露“伤痕”为主到以“反思”历史为主的艺术转换。在“伤痕小说”的创作潮流之中逐渐造成了一股特殊的“反思小说”的创作潮流。这股以“反思”历史为主的中短篇小说创作潮流，涉及的社会历史问题十分广泛，几乎包括1949年以来各个不同时期、各种不同领域的社会历史问题（个别还涉及革命战争年代的历史）。有的甚至是一些长期以来被视为禁区的十分敏感的社会政治问题。部分作品对历史的“反思”还由一般社会问题进一步深入到普遍人性的层面，达到了相当的思想深度。这股“反思”历史的中短篇小说创作潮流，因为把对“文化大革命”“伤痕”问题（包括其他诸多历史失误所造成的社会人生问题）的认识提到了一定的理性高度，因而深化了这期间中短篇创作的主题，也给读者认识社会人生带来了重要的启发意义，同样产生了强烈的社会效应。而且这些作品在艺术上较之以暴露“伤痕”为主的中短篇小说，主观色彩也大为减弱，大多比较注重深入写实，开始重建现实主义小说严谨的叙事传统。少数作品还达到了相当的艺术高度，标志着本期中短篇创作回归现实主义的轨道取得了重要的艺术成就。与此同时，这股以“反思”历史为主的中短篇创作潮流，为了满足更为复杂的艺术表现的需要，又开始借鉴西方现代主义的小说技巧，以丰富和加强现实主义小说的艺术表现力，本期中短篇创作因而在回归现实主义传统的同时，又使现实主义的小说艺术得到了更新和发展。它对于本期小说艺术革新，有着重要的开启意义。

20 世纪 70 年代后期暴露“伤痕”和“反思”历史的中短篇小说创作潮流，虽然集中涌起在“文化大革命”结束后的两三年间，但其余波却持续延伸到 80 年代初期（少数作品甚至延伸到 80 年代中期）。80 年代初，由于改革开放的时代浪潮的推动，由蒋子龙在 1979 年 7 月发表的短篇小说《乔厂长上任记》为滥觞的以反映社会改革为主的中短篇小说，逐渐形成了一股新的“改革小说”的创作潮流。这股以反映改革为主的中短篇小说创作潮流，其主要的题材领域是这期间正在进行的工厂和农村的经济改革，同时也涉及其他物质生活领域和人们的精神世界的复杂变化，因而大多有比较强烈的时代感和现实感。同时，又因为作家所关注的现实问题与人民群众的意志和愿望是完全一致的，因而对现实的变革产生了极大的鼓舞和推动力量。这期间以反映改革为主的中短篇创作，在艺术上大多富于浪漫主义的激情和理想主义的色彩，是这期间的中短篇小说回归现实主义传统的又一种重要表现形态。这股小说创作潮流虽然从根本上改变了本期小说创作自 70 年代后期以来长期从“文革”历史中取材的状况，完成了一次迫近现实的题材和主题的重大转移，但却由于作家过于拘泥于现实问题本身和艺术表现上不同程度的概念化，因而在 80 年代中期开始面临着一个重大的艺术危机。本期中短篇小说创作由此又出现了一次重大的艺术转换，开始进入到下一个重要的发展阶段。

第二个阶段，从 20 世纪 80 年代中期到 80 年代后期，是本期中短篇小说的现代主义艺术实验和与现实主义的融合时期。这期间中短篇创作的一个重要特点是在继续坚持和发扬现实主义的艺术传统的同时，又开始了种种现代主义艺术实验的尝试。如上所述，在前一个阶段的中短篇创作中，本来就存在有借鉴和吸收西方现代主义小说的艺术因素，但因为这期间小说创作的主导趋向是回归现实主义的艺术传统，因而这种借鉴和吸收主要是对现实主义的创作方法起一种丰富和补充的作用，并未真正形成现代主义小说的艺术特色。从 80 年代中期开始，由于改革开放的深入发展所引起的社会生活和人们的思想感情的急剧变动，以及小说创作本身艺术革新的趋势和要求，在这一阶段的中短篇创作中，就出现了一些具有现代主义某些流派的艺术特色的小说作品。现代主义的艺术实验也开始成了一种自觉的尝试。其主要表现有如下两个方面：其一是受西方某些现代主义小说作家作品直接影响的“拟现代派”小说①；其二是同样接受了这种影响，但主要是由小说创作自身的革新要求推动的“寻根”小说。② 这两种类型的现代主义艺术实验小说，同时也构成了本阶段的中短篇小说呈扇面展开的两股主要的创作潮流。当这两股创作潮流在80年代中期以后，各自都出现了一些极端的偏向的时候，以“新写实”小说为标志的与现实主义融合的趋向即告开始。本阶段的中短篇小说即是以上述两股创作潮流的发生、发展及其与现实主义的最后融合的归宿为其基本的发展态势的。

“寻根”小说是20世纪80年代中期由一部分青年作家有意识地发起和自觉推动的一股创作潮流。③ 其直接的动因是因为前一阶段以反映改革为主的中短篇创作，由于在艺术上面临着诸多难以处理的现实问题和改革本身的发展艰难曲折、复杂多变，迫使作家由现实问题转向民族的历史和文化，希望在一个更深入的层次上寻找现实问题的答案，吸取现实变革的精神力量。在这个过程中，一些拉丁美洲作家以现代观念审视民族历史文化传统的艺术观照方式，也给这期间的作家以深刻的启示。特别是他们因此而造就的魔幻现实主义文学的“爆炸”性影响，更成了“寻根”作家争相仿效的艺术对象。本期以“寻根”为宗旨的中短篇创作，也因此而开始了一个对于民族的历史文化的重新发现和重新铸造的艺术追求过程。以“寻根”为宗旨的中短篇创作，从根本上改变了当代小说长期以来从社会政治的角度观照现实的艺术视角，使追求小说更深层次的文化内涵，从此以后成了小说创作主要的艺术旨趣。这种追求同时也扩大了当代小说艺术表现的空间，对小说艺术革新具有极为重要的现实意义。

与“寻根”小说由现实问题转向历史文化不同，“拟现代派”小说所表

---

① “现代派”小说是论者对这一类小说的习惯性称谓。其实，这一类小说只是接受了西方现代派小说的艺术影响，并未真正形成一个艺术流派，也不是西方现代派小说在中国的艺术分支。准确的称谓应该是“拟现代派”小说。

② “寻根”小说的创作方法归宿未定。它在文化观念上虽然有回归传统的趋向，但在艺术表现上却主要是受西方现代派小说特别是拉美魔幻现实主义的影响，故仍属现代主义艺术实验的范畴之内。“现代派”小说和“寻根”小说不限于中短篇创作，但以中短篇创作表现最为突出。

③ 最早提出“寻根”主张见诸正式发表的文字有韩少功的《文学的“根”》（《作家》1985年第4期）、李杭育的《理一理我们的根》（《作家》1985年第6期）、郑万隆的《我的根》（《上海文学》1985年第5期）、阿城的《文化制约着人类》（《文艺报》1985年7月6日）等。

现的一些思想观念和情感状态，直接就是急剧变动的现实生活的精神产品。20 世纪 80 年代中期前后，改革开放的深入发展，使人们的思想情感经历了一个前所未有的复杂变化，这种复杂变化有许多方面甚至与西方人对现代社会的复杂经验有诸多相似之处。这种对于现实的超常经验就使得一部分作家，尤其是那些敏于感受、长于思索的青年作家，开始以西方现代主义小说的手法和技巧作艺术表达的最初尝试。与此相适应的是，另一部分青年作家则企图使当代小说的叙事观念同时也发生一个革命性的变化，故而这期间的另一批中短篇作家更多是热衷于小说的叙事方式和叙事技巧的革新尝试。这种革新尝试同样也接受了西方现代主义小说的影响，是现代小说的形式革命在本期中短篇创作中的重要表现。本期具有“现代派”特色的中短篇创作，是本期小说艺术革新的重要收获，它不但给当代小说带来了一些全新的叙事方式，而且也改变了当代小说的艺术观念，使当代小说在注重“写什么”的同时也注重“怎么写”的问题，使形式革命也成了当代小说一个重要的艺术课题。

进入 20 世纪 80 年代后期，“寻根”小说和“拟现代派”小说都暴露了各自创作上的弊端，前者的主要表现是崇拜原始野性的生命力量、迷恋抽象玄奥的文化观念，因而在艺术表现上或流为荒诞不经的编造，或失之概念的演绎和图解，破坏了小说的叙事传统。后者的主要表现是“预支”现代观念，追求极端的形式化，因而在艺术表现上或给人牵强附会之感，或陷入玄奥艰深的迷途，背离了读者的阅读期待。作为一种创作潮流，现代主义艺术实验无疑都难以为继。

正是因为这样的原因，本期小说创作的格局在 20 世纪 80 年代中期以后，才出现了一种新的变化。这种变化的表现之一，是在现代主义小说的艺术实验逐渐走向衰落之际，通俗小说的创作潮流却借助正在形成中的文化市场的力量，乘势崛起。其结果不但夺走了纯文学的小说的绝大多数读者，使纯文学的小说从此失去了“轰动效应”，而且也引起了理论批评的重视和注意，以至于在一个很短的时间内，就形成了一个通俗小说创作和理论研究与评论的热潮。本期通俗小说从 70 年代后期起，经历了一个从消除对过去时代（包括古代和近、现、当代）的通俗小说的艺术禁锢，到逐渐引进外国和港台地区的通俗小说，再到发展当代通俗小说的新创作的曲折过程，到 80 年代中期以后，已蔚为大观。其中的新创作虽然也有许多长篇作品，但因为传播媒介（主要是通俗文学期刊）的原因，仍以中短篇创作为主。这股通俗小说的创作潮流从根本上改变了本期小说创作的发展态势，使 80 年代中后期的小说创作继近现代小说之后，再度出现了一个雅俗对峙的艺术格局。

与此同时，在纯文学小说的内部，也因为现代主义小说的艺术实验走向衰落，而产生了一种“反拨”前此种种极端偏向的艺术趋势。这种趋势的主要表现便是20世纪80年代后期以“新写实”小说为代表的现代主义和现实主义的融合形态。①“新写实”小说虽然就其创作方法的属性而言，是属于现实主义的，但它并没有完全否定80年代中期以后小说创作中的现代主义艺术实验，而是抛弃了其中的某些极端的偏向，却将它的诸多合理因素融入现实主义的创作方法，使之继续得到生长和发展。正因为如此，“新写实”小说就不是一种纯粹的现实主义小说或者传统意义上的现实主义小说，也不仅仅是在艺术表现的手法和技巧上对现代主义有所吸收和借鉴的现实主义小说，而是从社会人生观念到艺术表现方法都全面地融合了现代主义诸多因素的现实主义小说。这种融合了现代主义的新的现实主义小说形态，表明本期中短篇小说创作在经历了一个曲折的艺术探索的行程之后，正在走向艺术上的完善和成熟。

“新写实”小说在“反拨”现代主义艺术实验出现的极端偏向的过程中，自身也暴露出了一些新的极端的偏向，这种偏向甚至使某些作品背离了现实主义的创作原则，走向了与现代主义相对的自然主义的极端状态。这必然又要引起新的一轮创作的调整。这个调整属于20世纪90年代的小说创作所面对的问题。本期中短篇创作至此即暂告一个历史的段落。

第三节 本期小说创作（上）：中短篇小说（二）

“伤痕小说”中短篇诸家代表作 “伤痕小说”中短篇创作涉及作家人数众多，题材的分布十分广泛。因为“文化大革命”的主要对象是革命干部和知识分子，而农民作为长期以来极“左”的农村政策和“文化大革命”的受害者，所遭受的伤害同样十分深重。“文化大革命”中由红卫兵运动的中坚而成为“上山下乡”的对象的一代知识青年，同样也是一个受伤的群体。因而“伤痕小说”的中短篇创作的题材就主要分布在上述几个方面。而这些方面的“伤痕”又集中表现为对于人性的扭曲和戕害，因而这期间“伤痕小说”的中短篇创作又都不同程度地涉及人性和人道主义问题。

刘心武作为“伤痕小说”开风气的作家，是以这一创作潮流的开山之

① “新写实主义”最初是由《钟山》杂志从1989年第3期起开始倡导的一种文学主张，后被用来概括20世纪80年代后期的小说创作状况。

作《班主任》引人注目的。这篇作品虽旨在歌颂一位忠诚于党的教育事业的班主任，却因为其中塑造了两个个人品质完全不同的青年谢惠敏和宋宝琦的形象，向人们展示了“文化大革命”的愚民政策给青年一代的灵魂所造成的不同形式的伤害，尤其是谢惠敏式的以革命的外衣包裹着的无知和愚昧，更令人震惊，因而向社会发出了“救救被‘四人帮’坑害了的孩子”的呼声，具有一种振聋发聩的艺术效果。《班主任》作为刘心武在这期间的中短篇创作的代表作，同时也集中表现了他这一阶段的中短篇创作的基本特色。这些特色主要包括：一是敏锐地提出问题，大胆地揭示问题。除了《班主任》等作品提出和揭示青年一代所受“文化大革命”的伤害问题（这方面的代表作另有《醒来吧，弟弟!》等）外，其他如《爱情的位置》提出爱情在生活中的位置问题，《我爱每一片绿叶》呼吁维护个性和尊重个人隐私问题，以及稍后的中篇小说《如意》歌颂纯真的爱情、呼唤人性的回归问题，等等。在一些长期被视为禁区的题材领域，刘心武在这期间的中短篇创作都敢于大胆突破，率先开路，因而在不同程度上都具有一种开风气的意义。二是注重解剖灵魂，深入刻画人性。刘心武在这期间的中短篇创作所揭示的主要是“文化大革命”给人们的精神所造成的创伤，因而他的笔触就不是停留在一些表面的生活现象上，而是深入到人的灵魂深处，揭示出人们的灵魂所受的伤害和被扭曲的状态。与此同时，也深入刻画在这个过程中人性的挣扎和苦斗，及其所表现出来的纯真和善良的本色。总之是以揭示灵魂的病苦、呼唤人性的复归为宗旨。刘心武在这期间的中短篇创作因而就具有很重的人道主义色彩。三是叙述夹杂议论，笔端常带感情。刘心武在这期间的中短篇创作大多比较注重情节的完整和人物性格的塑造，具有一般现实主义小说所要求的基本的艺术要素。但因为作者过于急切地表达积郁已久的思想和情感，因而在叙述情节的同时，又常常夹杂着对于事件和人物的分析与评价，把作者的主观的情感态度也带入叙事的过程之中。这些非情节性的因素的渗入，一方面使刘心武在这期间的中短篇创作发挥了一种思想启蒙的作用，另一方面也表明他的这些作品还缺乏现实主义小说所应有的严谨的叙事态度，在艺术上还没有达到成熟的状态。刘心武在20世纪80年代的创作开始转向当代市民生活，在艺术上也开始排除了非情节性因素，叙事日趋细腻和严谨。中篇小说《立体交叉桥》是这种转变的重要标志。此后，他在纪实体的小说（代表作有《5.19长镜头》、《公共汽车咏叹调》等）和长篇小说（代表作有获得第二届茅盾文学奖的《钟鼓楼》等）的创作方面，也取得了重要的成就，在本期小说中都占有极为重要的地位。

“伤痕小说”的中短篇创作在前述几个主要题材领域的发展和取得的成

就是各不相同的。影响较大、创作成就比较突出的首先是一批反映革命干部和知识分子在“文化大革命”期间遭受迫害的中短篇作品。以“大墙文学”① 著称的丛维熙的中篇小说《大墙下的红玉兰》描写了一位公安战线的老干部在“文革”期间被关进监狱，被迫接受囚犯的管制和改造，最后惨遭枪杀的故事，真实地再现了一部人妖颠倒、是非混淆的悲剧历史，是这个题材领域继王亚平的短篇《神圣的使命》之后的又一篇重要作品。丛维熙在这期间及此后一个相当长的时间内的创作一直在延续这一题材，而且由革命干部的遭受迫害延伸到知识分子和自身的遭遇，在这个特殊的题材领域取得了重要的创作成就。除了丛维熙的“大墙文学”系列作品之外，这期间如陈世旭的短篇《小镇上的将军》、陈国凯的短篇《我应该怎么办?》和冯骥才的中篇《啊!》、宗璞的中篇《三生石》等，都较有代表性。这些作品不但真实地反映了“文化大革命”期间革命干部和知识分子所遭受的迫害与苦难，而且也描写了他们不屈的抗争和坚贞的节操。在艺术上因为大多带有比较浓厚的悲剧色彩，故而都具有比较强烈的心灵震撼的力量。此外，方之的短篇《内奸》以一个特殊身份的主人公（爱国商人）在“文革”中所受的迫害及“文革”后平反所遇到的阻力，深入地揭示了极“左”的政治对世道人心的伤害，在这类作品中，别具一种艺术格调。

“伤痕小说”的中短篇创作在反映农村问题方面，这期间也有一些作品值得注意。例如韩少功的短篇《月兰》和锦云、王毅的短篇《笨人王老大》等，都描写了极“左”的农村政策给农民所造成的痛苦和伤害。尤其是叶蔚林的中篇《在没有航标的河流上》，以第一人称的视角，讲述了“我”跟随一只木排在一条“没有航标的河流”上漂流的见闻，通过空间位置的不断转换，全方位地展现了中国农村在“文化大革命”中满目疮痍、伤痕累累的残败景象，深入地揭示了这场空前的历史浩劫给中国农民所带来的巨大痛苦和深重的灾难。与此同时，作品也描写了中国农民达观的人生态度和强悍的生存力量，于一幅灾难的图画中，显示了生活的信心和希望。整个作品气势浑茫、格调流畅，是这期间中短篇创作中一篇不可多得的艺术佳作。从总体上说，“伤痕小说”的中短篇创作在反映农村问题方面，这期间还停留在生活的表象阶段，更深入地反映农村问题的作品还有待更多的思考成分的介入，因此，这一题材领域更有成就的作品是在此后的“反思小说”的创作潮流之中。与这种情况相类似，这期间触及一代知识青年身心“伤痕”

① “大墙文学”是指反映“文化大革命”中因遭受迫害而被关押在监狱的“大墙”之内的人们的遭遇的文学作品。

的中短篇创作，同样也比较表面化。虽然有卢新华的短篇《伤痕》和孔捷生的短篇《在小河那边》等，描写"文化大革命"给个人和家庭所造成的沉重的创伤，也产生了强烈的社会反响，但一些比较厚重的作品的出现，仍然有待于对这一代人的命运深入思索的结果，故它在艺术上更重要的收获同样也在"反思小说"的潮流兴起之后。

"反思小说"中短篇诸家代表作　在"反思小说"的创作潮流兴起之后，所有上述几个主要方面的中短篇创作都发生了一个重要的变化。这个变化的主要表现是，在"伤痕小说"的中短篇作品中，作为受难者描写的革命干部和知识分子（包括知识青年），在"反思小说"的中短篇作品中，同时又都成了思考着的主体。尤其是"文化大革命"和长期以来极"左"的政治错误所造成的各种社会关系和个人身份的"扭曲"，以及历史的曲折和个人命运的坎坷所包含的深刻而又复杂的哲理的启示，更是这些作品集中"反思"的一些主要的思想主题。在"反思小说"的中短篇作品中，农民虽然仍然是一群极"左"政策的受害者，但在描写他们的苦难的同时，他们的生活遭际和命运变迁所显示的社会历史意义，同样也受到了高度的重视，因而他们在作为受难者描写的同时，也承担了"反思"历史的主体的角色。

在以革命干部为"反思"主体的中短篇创作中，王蒙是一位有代表性的作家。这位作家在20世纪50年代的创作就以关注中国革命在取得胜利之后，在干部的思想作风方面所体现出来的微妙变化，以及批评官僚主义而格外引人注目。在因此而经历了半生磨难之后，他的创作仍不改初衷，继续以极大的政治责任感和更加深入的哲学思考，关注革命干部在经历过"文化大革命"的政治动乱之后，在个人生活和思想感情等方面所发生的更加复杂也更加重大的历史性变化，并由此而涉及在较长的时间内，由于各种复杂的政治和社会历史原因而导致的革命本质所发生的某些"异化"问题。他在这方面的代表作有短篇《最宝贵的》、《悠悠寸草心》和中篇《蝴蝶》等。其中又以中篇《蝴蝶》最具代表性。这篇作品借用"庄生梦蝶"不知"蝴蝶是我"抑或"我是蝴蝶"的典故，构造了一个关于主人公（老干部张思远）的身份、地位及其与群众的关系的复杂变化的政治隐喻，表达了作者对革命干部由于权力和地位的上升，由"人民的公仆"变为"人民的主人"这一在革命队伍内部事实上存在着的"异化"现象的严肃思考。同时也通过作品的主人公在经历过"文化大革命"之后的醒悟，到人民群众中去寻找失落的根本，重申了共产党人与人民群众的血肉联系的主题，在这一阶段的社会生活中具有极为重要的现实意义。这篇作品在艺术表现方法上借用了意识流手法，以人物的心理活动为主要线索，穿插组合人物经历，现实和历史的时空交错叠映，具有较大的生活容量和艺术表现的自由度。这部中篇和《春之声》等一系列短篇作品，同时也是本期中短篇小说开始借鉴现代主义表现手法，以及王蒙的个人创作风格由单一的现实主义转向多样杂呈的重要标志。王蒙是一位创造力十分旺盛的作家，同时也是一位在艺术上敢于变化、善于变化的作家。他的小说创作除中短篇外，长篇如《活动变人形》等，也是本期小说的重要收获。与王蒙这期间的中短篇创作“反思”的主题指向相类似的，另有李国文的短篇《月食》和张弦的短篇《记忆》等。这些作品都无一例外地以革命干部为“反思”的主体，通过他们的反躬自省和对历史的检讨，总结经验教训，认清前程来路，对正确把握社会生活的未来发展，具有深刻的启示意义。

在以知识分子为“反思”主体的中短篇创作中，张贤亮的创作最有代表性。这位作家有过与王蒙类似的人生经历，但他的带有“反思”性质的创作却主要不在总结历史的教训，而是集中于对自我灵魂的严峻拷问，即从道德、历史和哲学的高度审视自己既往的人生历史，从充满苦难的人生中体悟经过艰难的熬炼和痛苦的洗礼之后而获得升华的新的人生境界。他的最早产生重要影响的短篇小说《灵与肉》即带有这种肉体受难而灵魂得救的悟道性质，随后则以一组标明为“唯物论者的启示录”为总题的计划写作9部的中篇小说，来完成这一从苦难中升华的“反思”主题。其中特别是20世纪80年代中期发表的两部具有直接的情节关联的中篇《绿化树》和《男人的一半是女人》，以主人公章永璘的政治“落难”及其以后的一段人生经历为线索，完整地展示了主人公在坠入生活的底层之后，从最卑微低下的本能需求，经过马克思主义的理性启悟和众多劳动者特别是一些劳动妇女的人性的感召，而逐步升华到一个超越自我的人生境界的蜕变过程，把这一“反思”主题发挥到了一个相当的哲理高度。张贤亮的这类中短篇作品因而在艺术上就具有极强的思辨色彩。这种思辨色彩一方面使他的作品普遍都具有相当的思想深度，但另一方面同时也不免因此而陷入说教和失之概念化。与张贤亮的这类作品类似的另有鲁彦周的《天云山传奇》，这部中篇虽然旨在“反思”历史教训，但其中所描写的男女主人公在患难之中相濡以沫的爱情，同样具有一种让苦难的人生得到升华的力量，因而也能让人从中领悟一种人生的哲理和意义，是这种“启示录”式的“反思”主题又一重要的表现形式。此外，另有叶文玲的短篇《心香》也表现了类似的题旨，一瓣“心香”，对苦难岁月的爱情的祭奠，同样具有一种使人的灵魂得到净化的力量。

与张贤亮的这种意在超越现实人生的“启示录”式的“反思”相得益彰的，是以谌容的中篇《人到中年》为代表的以现实人生问题为对象的“警世钟”式的对知识分子问题的历史“反思”。这部作品正面切入的是“文化大革命”后被耽误了的一代中年知识分子的事业和生活问题，但由此追溯的却是长期以来在知识分子政策问题上的偏颇和失误所造成的历史积弊。与此同时，作品也描写了这一代中年知识分子勇挑事业重担，追求人生理想，坚忍不拔、百折不挠的忠诚品质和奋斗精神，在种种困扰不清的人生问题中，表现了一种道德升华的趋向和要求。与这部中篇类似的另有汪浙成、温小钰的中篇《土壤》。这部作品的主旨虽在道德判断，但同样涉及一代中年知识分子的人生和事业问题，而且对作品中的人物的道德褒贬，事实上也是追求理想人生的一种重要表现。总之，这一类以知识分子为“反思”主体的中短篇作品大多有比较强的道德自律的倾向，与上述以革命干部为“反思”主体的中短篇作品所具有的强烈的政治反省倾向一起，共同构成了这期间“反思小说”中短篇创作两种主要的意识走向。

在以“文化大革命”中的一代知识青年为“反思”主体的中短篇创作中，梁晓声、韩少功、张承志、史铁生、王安忆、孔捷生等，都有各自的代表性。“知青”题材的中短篇创作在经历了一个短暂的揭示“伤痕”的阶段之后，很快便因为强化了思考的成分而发生了许多新的变化。“知青”题材的中短篇创作也完全是因为这种思考成分的介入而达到了一个新的高度，格外引人注目。在对于“知青”岁月的历史“反思”中，梁晓声的创作最早表现出了对于“上山下乡”运动的历史评价的一种辩证态度。他的有代表性的短篇《这是一片神奇的土地》和中篇《今夜有暴风雪》，以北大荒“知青”开垦荒原的进军和大返城为背景，虽然也描写了这场运动给一代“知青”带来的痛苦和牺牲，但同时也十分珍惜他们为此而付出的热情、理想和青春的代价，对这一代人在荒谬的历史中所表现出来的开拓奋进的精神及其所收获的精神果实，表示了极大的赞赏和崇敬。这些作品因而在悲壮的牺牲中同时也显示了一种崇高的美学特征，是这类作品中最具震撼力量的篇章。梁晓声此后的创作特别是长篇《雪城》继续了这一主题和审美追求，使这一创作的余脉一直延伸到20世纪80年代中期以后。与梁晓声的这一“反思”倾向相近的另有韩少功的短篇《西望茅草地》，这篇作品在描写一个“知青”农场的悲剧故事的同时，对丢失在茅草地上的青春和爱情，同样也表现了一种不无惋惜和眷恋的情怀。与梁晓声和韩少功的这种“反思”倾向不同，张承志和史铁生的创作重在通过“反思”“知青”岁月，从中寻找一代青年与人民群众和民族历史之间深刻的精神联系。张承志的创作从一开始就把“人民”作为哺育一代青年的精神母体，此后，又同时把这一母体的内涵扩大到“土地”和“民族”，他的最有力度的两部中篇《黑骏马》和《北方的河》，即是以草原、河流和民族的历史文化作为一代青年的精神摇篮的。这些作品中的年轻的主人公，无论是生活上的进取还是事业上的奋斗，都是从这里吸取勇气、信心和力量。正因为如此，张承志的这些作品总能给人以精神的鼓舞，而且在艺术上也一改梁晓声式的悲剧气氛，显得博大雄浑，具有深厚的历史感和较大的文化含量。也因为如此，张承志的这些作品在这一阶段事实上已经率先表现出了一种文化“寻根”的倾向。与张承志对待“人民”和“土地”所表现出来的亲和倾向相同，但在审美态度上却大相径庭的是史铁生的短篇《我的遥远的清平湾》。这篇作品以平和的心境对“知青”岁月作审美的静观，淘尽苦难而留下对于黄土高原和高原人民的深情回忆。这种回忆同样也可以成为一代“知青”精神的源泉和动力。在所有“反思”“知青”岁月的中短篇作品中，王安忆的短篇《本次列车终点》和孔捷生的中篇《南方的岸》等，是较少表现出对“知青”生活的回归倾向的作品。这些作品在经历了对“知青”岁月的批判性审视之后，转而发现，真正属于这一代人的生活位置并非他们当初梦寐以求地要返回的城市，而是他们为之付出过血泪代价的农场或乡村，因而这些作品中的已经回城的“知青”又返回了他们插队的旧地，或表现出了强烈的回归倾向。这类作品的意义当然不在于这种回归倾向本身在事实上是否合理可行，而在于这种“反思”的取向进一步深化了“知青”题材的“反思小说”主题，使这一主题中的辩证精神和历史感都有所加强，因而是具有重要的启发意义的。此外，是以陈建功的短篇《丹凤眼》和《飘逝的花头巾》等小说为代表的对当代青年的人生态度和生活道路问题进行思考的作品，也涉及“知青”岁月结束后一代青年的人生选择与理想追求问题，是“知青”题材的“反思小说”的一种重要延伸形式。

在以农民问题为“反思”对象的中短篇创作中，高晓声是最有代表性的作家之一。这位从 20 世纪 50 年代中期起就因为“右派”问题而被遣回原籍农村，长期与农民休戚相关、苦乐与共的中年作家，复出之后，即倾注全部心力集中反映中国农民的生活和命运。他的最有代表性的作品——“陈奂生系列”小说虽然大多与此后的改革主题有关，但他复出后最初引起关注的短篇小说《李顺大造屋》，却是比较典型的带有“反思”性质的作品。这篇作品把中华人民共和国成立以后 30 年间中国农村的历史曲折和中国农民的命运变幻，浓缩在一个普通农民李顺大为造三间瓦屋而迭经起落的过程之中，通过李顺大造屋的历史“反思”中国农村的历史和中国农民的命运变化，以小见大，具有极强的艺术概括力。与此同时，作者也把笔触深入到中国农民的灵魂深处，深刻地揭示了当代中国农民在封建观念的束缚和极“左”政策的扭曲等双重外力作用下所造成的精神愚昧和麻木，在“反思”历史的同时，也继承了鲁迅挖掘国民性的根源的主题，因而具有较大的思想深度。高晓声在此后的创作尤其是在“陈奂生系列”小说中，进一步发挥了这一解剖国民灵魂的创作特色，他因此而成为本期作家对于农民问题反映最为深切同时也是最有成就的一位作家。除高晓声外，其他农村题材“反思小说”的中短篇作品有代表性的还有茹志鹃的短篇《剪辑错了的故事》、张弦的短篇《被爱情遗忘的角落》和张一弓的中篇《犯人李铜钟的故事》等。这三篇作品，前者以战争年代与和平建设时期的领导作风和党群关系的对比，检讨“大跃进”时期农村政策的历史失误；中者以一个家庭母女两代在婚姻爱情问题上的历史轮回，揭示极“左”政策所造成的贫困是如何阻碍妇女解放的历史进程；后者则以一个特殊历史情境下的特殊“犯人”——党支部书记李铜钟为解除群众的饥饿之苦而以身试法的故事，反思农村政策的历史失误所造成的惨痛教训以及共产党人应当如何维护广大人民群众的根本利益等问题。这些作品从不同的侧面、以不同的方式，深入触及中华人民共和国成立以后各个不同时期的农村问题，是“反思小说”的中短篇创作中最为系统也最为完整地反映一个特定的题材领域的社会生活的系列作品。除上述作品以外，另如叶蔚林的短篇《蓝蓝的木兰溪》和古华的短篇《爬满青藤的木屋》等，也涉及农村社会中的封建残余思想和现代专制势力对生活的窒息和人性的戕害问题，是农村题材的“反思小说”的一个不可分割的重要方面。

“反思小说”的中短篇创作中，还有一些作品涉及其他一些领域的社会生活和其他方面的一些社会人生问题。其中影响较大的有如下一些方面的作家作品值得注意：其一是以李存葆的中篇《高山下的花环》和《山中，那十九座坟茔》为代表的以部队生活为题材的中短篇创作。这个领域带有“反思”性质的作品最早产生重要影响的有徐怀中的短篇《西线轶事》。《西线轶事》不仅塑造了一位带着“文革”“伤痕”的军人形象，同时也赋予这位军人以英雄的特质，通过这个复杂的军人个体，表达了作者对于英雄主义和与之相关的社会历史问题的深入思考。李存葆的这两部中篇同样塑造了一批带着不同的心灵“伤痕”、承受着不同的生活重压的军人形象，而且这些军人在危及国家民族的生死关头，也都无一例外地成了舍生忘死的英雄。这些作品把军人和英雄置于特定的历史情境之下，真实地展现他们成长和活动的社会环境，深入地揭示他们丰富复杂的内心世界，不但冲击了向来有关英雄和英雄主义的理想观念，而且还借此将笔触伸向更为深广的社会生活领域，“反思”更加深远的社会历史问题。正因为如此，它们的影响也就远远超出了部队生活的范围，在本期“反思”题材的中短篇创作中具有极为重要的价值和意义。其二是以邓友梅的中篇《那五》、《烟壶》等为代表的以近现代历史上的市井生活为题材的中短篇创作。从短篇《寻访画儿韩》开始，邓友梅即注重把自己对于社会历史和人生问题的思考，寄寓于对近现代历史上一些特殊行业的社会生活或具有特殊身份的市井人物的评价和描写之中。因为创作取材的这种特殊性，故而这些作品大多具有深厚的历史文化蕴涵和浓郁的地方风俗色彩，而且作品多采用方言口语，叙事特别注重工笔白描，故而又被人称做文化风俗小说，是现代“京派”小说在当代的历史延续。京中作家这期间的创作追求文化内蕴和民俗特色的，另有汪曾祺、林斤澜、刘绍棠和陈建功等。汪曾祺以京派风格写江南人事，别具一格。他的短篇《受戒》和《大淖记事》以描写自然、健康的人性而名噪一时。刘绍棠则致力于“乡土文学”创作，从乡土民情中发掘民族传统的精神美德。他的中篇《蒲柳人家》是这方面的代表作。林斤澜在这期间写“怪异”年代的“怪异”世情，陈建功则以一组“谈天说地”系列作品写京都市民的文化心理积淀，等等，都产生了不同程度的影响。与邓友梅等京中作家的这种创作取向相近的是冯骥才的中篇《神鞭》等同样具有文化风俗色彩的小说创作。较之邓友梅的作品注重弘扬传统文化，崇尚美德善行，冯骥才的作品则同时还多了一点对传统的批判性审视，因而也就更具讽刺的锋芒和更带启发性的意义。此外是陆文夫的中篇《美食家》，虽然不是取材于近现代历史，但却同样是以一个异行奇人（吃客）的生平行状，从一个特殊的视角表现了传统文化在当代社会的历史命运，以及作者对于当代社会某种异常的运行轨迹的深入思考。他另有短篇《小贩世家》等，与《美食家》一起，组成了一个名之为“小巷人物志”的作品系列，是这方面的一些代表作品。江南作家与陆文夫的这种创作取向相近的，这期间另有王安忆的中篇《流逝》，在展现主人公的命运变幻的同时，也勾勒了社会历史和文化风习的沧桑变迁。陆文夫和王安忆的这些作品同样具有浓郁的地方文化色彩，在表现江南市井生活方面，与上述京津作家，恰成犄角之势。这期间南北两地作家对历史文化和民俗风情的热情和兴趣，是“反思小说”在艺术上日渐深化的重要表现。它同时也开启了本期文化小说的创作源头，是本期文化小说的艺术滥觞。

“反思小说”因为突出了作者对于社会历史和人生问题的诸多不同观点和看法，因而往往容易引起不同意见的讨论和争论。例如由礼平的中篇

《晚霞消失的时候》引起的关于宗教和历史观问题的讨论；由张洁的短篇《爱，是不能忘记的》引起的关于道德和婚姻爱情观念问题的讨论；由张辛欣的中篇《在同一地平线上》引起的关于新的生存原则和人生信念问题的讨论，等等。这些“有争议”的作品具有丰富的思想内涵，是“反思小说”的中短篇创作的一个重要方面。

“改革小说”中短篇诸家代表作　“改革小说”的中短篇创作有直接反映改革和间接反映改革两种类型。直接反映改革的中短篇作品往往直接切入现实生活中正在进行的改革活动，表现改革过程中的矛盾冲突，塑造改革者的正面形象。间接反映改革的作品往往把改革作为人物活动和事件发生的背景，主要描写改革对社会生活各个方面的影响和渗透，表现改革所引起的思想观念和心理行为等更深层次的波动和变化。

直接反映改革的中短篇创作以蒋子龙在这期间的作品最为著名，也最有代表性。这位工人出身的作家，早在20世纪70年代中期就曾以中篇小说《机电局长的一天》而引人注目。这篇作品描写了一位工业部门的领导干部在“文革”期间顶着政治风浪抓生产的故事，是这期间短暂的经济整顿①活动的直接产物。“文革”结束后的中国经济同样是从整顿经济秩序、恢复正常生产开始，因而在70年代后期发表的蒋子龙的一篇被称之为“改革文学”的发轫之作——短篇小说《乔厂长上任记》，仍然主要是以工厂的整顿工作为题材，但因为改革和现代化已经提上了议事日程，故而这篇作品同时也就获得了一种全新的本质和意义。《乔厂长上任记》因为满足了广大人民群众恢复生产、发展经济的现实要求和实现“四化”、振兴中华的美好理想，而产生了强烈的社会反响，成为这期间的经济改革和“四化”建设的一股重要的鼓舞和推动力量。此后，蒋子龙的创作即密切关注改革发展的历史进程，及时反映改革过程中出现的矛盾和问题，并以他的改革题材的小说创作影响和带动了“改革文学”的发展，成为从70年代末到80年代初的“改革文学”潮流中最有影响力也是最有成就的小说作家。其主要代表作除《乔厂长上任记》外，另有短篇《一个工厂秘书的日记》、《拜年》，中篇《开拓者》、《赤橙黄绿青蓝紫》、《锅碗瓢盆交响曲》和《燕赵悲歌》等。蒋子龙在这期间改革题材的中短篇创作，主要有以下几个方面的特点：其一是注重改革家形象的塑造。他这期间的中短篇创作大多是以一个领导和推动

① 指1975年邓小平主持中央工作期间实行的经济整顿政策，很快便因“四人帮”的破坏而中途夭折。

改革的人物为中心。这些中心人物往往充满改革的理想和激情，具有开拓奋进的力量和精神。他们不畏艰难，不怕挫折，以各自的方式追求改革的理想和目标，在这个过程中，也显示了各自不同的性格和特征。塑造这样的改革家形象，不但表现了作者的社会政治理想，而且也反映了人民群众的意志和愿望，是一种时代精神和历史趋势的重要体现。其二是敢于描写改革中的矛盾和冲突。蒋子龙最初描写改革的作品多以大刀阔斧地推进改革著称，即表现了一种敢于面对矛盾冲突的现实主义创作精神。此后，虽然鉴于现实改革的艰难和复杂，在作品中表现出了某种策略思想和灵活变通的方式，但仍然不回避描写阻碍改革前进的各种保守观念和社会势力。他的这些作品因而都比较真实地反映了改革艰难曲折的历史进程，在主题的开掘方面也达到了一定的深度。其三是具有理想主义的色彩和偏重豪放的艺术风格。蒋子龙的这些描写改革的作品，一方面真实地反映了改革时代的现实生活，另一方面同时也是对改革的理想的向往和呼唤。他的作品因此也就不可避免地带有极强的理想主义色彩，有的作品甚至还提出了某种理想的经济模式和管理方式，直接参与了现实改革的谋划和设计。与此同时，蒋子龙的作品在艺术上也偏向于这种以理想的方式描写人物和叙述情节的豪放的艺术风格，即以大笔勾勒、浓墨重染的方式，凸显人物性格的主要特征和情节发展的基本脉络，使人物性格和情节发展的主要轮廓都达到一种理想的要求，因而在总体上也就表现出一种粗犷豪放的艺术风格。这种艺术风格虽然也使得蒋子龙的作品常常失之于匆促和草率，但却增加了它的气势和力度，在本期中短篇创作中实属不可多得。

与蒋子龙的这种创作倾向相近的，这期间还有柯云路的短篇《三千万》和水运宪的中篇《祸起萧墙》等，也较有代表性。尤其是水运宪的《祸起萧墙》，敢于大胆描写改革者的悲剧，在揭示改革过程中的矛盾冲突方面，达到了相当的思想深度。

间接反映改革的中短篇作品又可分为以下几种主要类型：其一是反映改革所引起的现实关系的变动和人的精神面貌的变化。在这方面最有代表性的作家是高晓声和何士光。高晓声继《李顺大造屋》之后，在这期间创作了以短篇《陈奂生上城》为代表的“陈奂生系列”短篇作品，深入地揭示了改革给中国农民的命运带来的转机和他们的心理性格所发生的变化。何士光则以他的短篇《乡场上》和《种包谷的老人》等作品，表现了改革是如何使被饥饿扭曲了的灵魂得到伸展、使被贫穷抑制了的人生愿望得到满足。这两位作家因而最早从改变人生和改善人性的意义上显示了改革对于社会进步的作用和意义。此外，另如王润滋的短篇《内当家》和赵本夫的短篇《卖驴》等反映政治经济转变期复杂的社会心理，张一弓的短篇《黑娃照相》等表现富裕后的农民对精神生活的追求，邓刚的短篇《阵痛》等描写主人公的命运在改革过程中的戏剧性变化，以及矫健的中篇《老人仓》、王兆军的中篇《拂晓前的葬礼》等反映改革时期农村干部队伍的蜕变，等等。这一类作品都曾产生过不同程度的影响，是这期间值得引起重视的一些中短篇作品。其二是反映改革对传统的生活方式和思想观念的冲击及其由此所引起的社会文化和民情风习的深刻变化。在这方面贾平凹的中短篇创作最有代表性。这位对地域文化向来怀有浓厚的兴趣，曾经以类似于古代笔记体的小说《商州初录》而引人注意的作家，在这期间继续经营他的“商州系列”作品。这些作品集中营造了一片偏远、闭塞、原始、古朴的商州山地，描写这片山地居民在改革开放的时代浪潮的冲击下，从思想观念到生活习俗所发生的巨大变化，以及由此引起革新与守旧、文明与野蛮的剧烈矛盾和冲突。其中尤其是中篇《腊月·正月》同时还触及到阻碍现实变革的更深层次的文化根基问题，在这类作品中达到了一定的思想深度。作为本期中短篇创作一位重要作家，贾平凹的这些作品是他的创作转变的一个重要标志。此后，他的作品都十分注重从现实变革中挖掘历史文化的沉淀，而且在艺术上也偏重于向中国古代笔记、小品和话本、传奇吸取经验，追求中国传统文化的精神境界和风格神韵。虽然他这时尚无自觉的“寻根”意识，但无论从哪方面说，他在这期间的创作都是“寻根小说”的艺术先声。这期间涉及改革所引起的思想观念冲突的作品，较有影响同时也存在争论的是王润滋的中篇《鲁班的子孙》。这篇作品无论是就其较早触及商品经济的兴起所引起的价值观念和道德观念的冲突问题，还是围绕对这一冲突的历史评价和道德评价展开的争论问题，对改革题材的文学创作，都有重要的启发意义。其三是表现改革所激起的新的生活向往和人生追求。在这方面，最有代表性的作品是铁凝的短篇《哦，香雪》和路遥的中篇《人生》。前者以诗意的描写表现了一位山村少女对山外文明的热切向往之情，后者则以写实的笔法描写了一位处在城乡结合部的农村青年追求新的人生道路的曲折历程。前者以艺术上的精练含蓄取胜，后者以主人公命运的坎坷和追求的执著动人，都是本期中短篇创作中不可多得的优秀作品。

除上述方面以外，另如陆文夫的短篇《围墙》通过整修一段围墙针砭一种普遍存在的社会心理积弊，邓刚的中篇《迷人的海》通过人与自然的关系表现积极进取的精神，航鹰的短篇《金鹿儿》通过一个姑娘的人生情趣表现当代青年丰富多彩的内心世界，等等，都在不同程度上反映了改革时代的时代精神和生活信息，在这类间接反映改革的中短篇创作中，同样具有一定的代表意义。

第四节　本期小说创作（上）：中短篇小说（三）

“寻根小说”中短篇诸家代表作　“寻根小说”因为作家的创作旨趣和艺术取向的不同，大致可分为如下几种类型：其一是注重从民族历史和个体生命的原始状态中发掘民族精神的心理积淀；其二是注重从传统文化和人文精神的思想资料中寻找现代社会的精神支撑；其三是注重从民间文化和风俗习惯的历史遗传中发现生存活动的文化秘密。

第一种类型的中短篇创作以韩少功的中篇《爸爸爸》最有代表性。作为率先倡导“寻根”的作家之一，韩少功对民族的历史文化中深藏着的民族精神的心理积淀，怀着极为浓厚的探究兴趣。其目的在于通过这种探究，一方面对其中“保守落后的意识给予现实的影响，进行揭露和批判，另一方面则汲取精华，注入现实生活”，使之光大发扬，对当代人发挥一种“扶阳补气，益精固本”的作用。① 正是基于这样的创作旨趣，作者把他的目光投向具有楚文化的深厚历史沉淀的湘西地区，从那些带有某种原始形态的生活形式和生命形式中，去发掘民族精神的某些心理积淀的因素。这篇作品所写的鸡头寨山民，一方面有丙崽式的个体，从肉体到精神都表现出了一种永远也长不大的种族侏儒的特征，集中了民族根性中一切未曾进化完善的原始蒙昧的生理和心理因素；另一方面也有鸡头寨山民的整体，为着寻找生存领地和延续种族生命而表现出来的从精神到肉体都无比强悍的生存力量，集中了民族根性中那些创造了灿烂的历史文化和维持民族传统历久不衰的精神因素。正是通过对楚地先民的历史文化源头所作的这种批判性的审视，这篇作品确实较好地体现了作者的创作题旨，因而是这期间一篇比较典范的“寻根”作品。由于上述原因，这篇作品在艺术上就不是一般意义上的现实主义小说，而是带有整体象征意味的具有现代主义倾向的作品。作品中所有关于人物、情节和环境的描写，都不是具体的所指，而是被作者抽象化了的一种象征的符号，整个作品就是通过这个符号系统所构造的一个巨大的艺术意象，来表达整体的象征意味的。韩少功在这期间的创作另有中篇《女女女》和短篇《蓝盖子》、《归去来》等，也带有类似的艺术特色。这些作品不但标志着作者的创作开始由一般意义上的“知青”小说转向一个新的阶段，而且也使他在这个阶段上很快便以他的理论倡导和创作的实绩而成为一位极

① 参见韩少功：《关于文学“寻根”的对话》，《文艺报》1986年4月26日。

富代表性的“寻根”作家。

第二种类型的中短篇创作以阿城的中篇《棋王》和王安忆的中篇《小鲍庄》最有代表性。《棋王》以知识青年王一生将全部生命和生存的注意都专注于“吃饭”和“下棋”，来表现身处“文革”乱世的生存的艰难和在下棋中进入物我两忘的境界对于抵御乱世的精神力量。正是在后一种意义上，作品被众多论者普遍认为是接受了中国传统文化中以老庄为代表的道家哲学和佛教禅宗思想，把这些古老的人文思想资源通过作品中的人物转化成了现代社会个人生存的一种精神支柱。在作品中，作者不但赋予王一生一种颇带道禅色彩的随遇而安、淡泊宁静的生活态度，而且还通过他的迷恋棋艺，体现出道家哲学和禅宗思想超然出世、虚中静内的人生境界。通过这个人物和他的棋道，作者从一种向来被认为是消极的人生哲学中，发掘出了一种对于特殊历史情境下的社会环境具有一种积极的现实作用的思想精髓，从而使这些传统的思想精华又焕发出了一种现代的意义，在现代社会得到了更新和复活。这篇作品对主人公的现实经历的描写，是完全真实的，但通过主人公的现实经历所表达的文化蕴涵，却又带有一种象征的倾向。因而以真实的描写表达象征的含义，就成了这篇作品一个主要的艺术特色。与阿城的《棋王》偏好道禅不同，王安忆的《小鲍庄》更注重从正统的儒家文化中去寻找对于现代生活具有积极意义的精神因素。这篇作品同样把它的人物置于“文革”的乱世之中，但却不是像《棋王》那样依靠个体的精神超越来显示传统的力量，而是借助群体的精神联系来表现传统的深厚伟力。这篇作品在“文革”的整体背景上营造了一个几乎是孤悬于乱世之外的宁静、稳定的自然村落。除了自然人伦的力量，维系这个村落的居民生存和繁衍的精神支柱，便是建立在这种自然人伦关系之上的儒家文化的核心观念——“仁义”二字。依靠这种观念的支撑，小鲍庄人虽置身乱世，却安贫乐道，临难不惊，表现出了一种罕见的平和和宁静。正是通过小鲍庄人在乱世中的这种特殊表现，作品从中国传统的农业文化和乡村社会，以及在此基础上产生的儒家思想的传统中，发现了一种对于现代社会的稳定和发展极有意义的精神因素。作品借助小鲍庄人把这种具有现代活力的精神因素表现出来，同样包含了一种复活与再造传统的作用和意义。同《棋王》一样，这篇作品也是通过写实的手法表达象征的含义。但因为《小鲍庄》中的人物存在不同程度的符号化的倾向，因而较之《棋王》，其现实性有所削弱，象征的意味更加显豁。王安忆此后创作的探讨性爱问题的中篇“三恋”（《小城之恋》、《荒山之恋》、《锦绣谷之恋》）系列，是“寻根小说”的创作旨趣的自然延续，只是作者的艺术取向已由理性的层面转向本能的欲望，由文化传统转向生命本源，故不在此类作品的讨论之列。

第三种类型的中短篇创作以李杭育的“葛川江系列”短篇和郑万隆的“异乡异闻”系列短篇最有代表性。这两位作家虽然像大多数“寻根”派作家一样，对地域文化怀有极为浓厚的兴趣，但两者关注的侧重点却各有不同。郑万隆注重探讨特殊地域中某种民间文化性格形成的特殊性，因此他的作品也就十分注重描写具有特殊性格的人物和孕育这些人物的特殊的生存环境。在他的“异乡异闻”系列短篇（以《老棒子酒馆》等最有代表性）中，人物生存和活动的世界是一个汉族淘金者和鄂伦春族猎人杂居的“异乡”。在这个边远、荒野的山村，人们为着生存和实现他们的全部做人的欲望，需要付出异乎常人的力量和代价，在这个过程中，同时也养成了他们异乎常人的性格，造就了他们异乎常人的思想观念、情感方式和行事作为。通过这些“异人”、“异事”，作者向读者展示了这个特殊生存环境中人们“在创造物质的同时怎样创造了他们自己”，从人与环境的关系中，深入揭示了人的本质力量和某种特殊地域的特殊文化性格形成的全部奥秘。与郑万隆不同，李杭育注重探讨特定历史阶段上某种生存方式和风俗习惯变迁的特殊涵义，因而他的作品也就十分注重描写能够体现这种生存方式和风俗习惯的具有特殊身份的民间人物和足以引起这种变迁的特殊历史时刻。在他的“葛川江系列”短篇尤其是《最后一个渔佬儿》和《沙灶遗风》等作品中，人物的身份大多是代表某种即将告别历史舞台的旧的生存方式和风俗习惯的“最后一个”，或代表某种正在孕育形成之中的新的生存方式和风俗习惯的“最早一个”。这些人物在一个重大变革的历史时刻到来之际，无一例外地都要经历一次新旧蜕变的时代洗礼。通过他们不无惋惜地向旧的生活形式告别或仓促之中扑向新生活的种种新旧杂糅的人生情态。作品淋漓尽致地展现了这些处于新旧交替时代的民间人物的命运所发生的喜剧性变化，从这种变化所激起的人格力量中，显示了在一定的地域中由某种特定的生存方式和风俗习惯孕育形成的文化性格对于现代生活和历史变革的特殊的价值和意义。这两位作家的作品都十分注重风俗描写，因而在艺术上都具有十分浓厚的地域色彩。

与上述不同类型的“寻根”作家的创作旨趣相近或受“寻根”思潮影响的中短篇创作，这期间或在此前后，尚有如下一些作家的作品值得引起特别注意。其一是在“寻根”思潮尚未兴起之前，作品中就已经流露出了一种“寻根”趋向的，如张承志的中篇《黑骏马》、《北方的河》，贾平凹的“商州系列”中短篇作品。这两位作家的创作分别从当代青年与民间生活和民族历史文化的精神联系，以及农村变革所引起的文化变迁的角度接近

“寻根小说”的题旨，是“寻根小说”的艺术滥觞。其二是在“寻根”思潮兴起之际或稍后的创作与“寻根小说”的题旨相近的，如郑义的中篇《老井》（包括此前的另一个中篇《远村》）、莫言的中篇《红高粱》和扎西达娃的中篇《西藏：系在皮绳扣上的魂》等。前者着力发掘西部地区高原人民特殊的文化性格和强悍的生存意志，中者着力张扬齐鲁大地古朴粗犷的民风和原始野性的强力，后者着力追寻民族（藏族）文化之“魂”和人生信仰之谜等，都连接着一定的民族历史和民族文化的根系，是“寻根小说”用艺术的方式审视和重铸民族精神文化传统的一种重要表现形式。此外，还有朱晓平的中篇《桑树坪纪事》和李锐的《厚土》系列短篇等，虽然在题材分类上属于“知青文学”或以“知青”的眼光观照民间生活的作品，但因为其着眼点已不在于早期“知青文学”的“伤痕”、“反思”和稍后一些的审美“静观”，而在于以“知青”生活的经历与民间社会所建立的血肉联系，去发掘和发现民间生活永不枯竭的生命源泉和万世不衰的生存奥秘。这无疑也与“寻根小说”的创作题旨十分接近，是“寻根小说”的中短篇创作在更广泛的题材领域的一个自然延伸。作为一种文化思潮，“寻根”也对这期间的小说文体发生了重要影响。除上述在艺术手法和技巧上的诸多表现外，还有一个重要的方面，是这期间以李庆西、林斤澜等中青年作家和孙犁、汪曾祺等老作家为代表的“新笔记小说”创作。“新笔记小说”源于中国古代的一种“笔记”文体，因为主要是出自文人之手而不是像话本那样起于民间，故长期以来不受重视。“寻根”思潮的兴起，不但从这种古老的文体中发现了一种“独抒性灵”的文人传统，而且同时也发现了一种“不拘格套”的文体形式。上述作家以这种“新笔记小说”来描摹世态人情，往往十分注重其中的文化蕴涵，因而是这期间的“寻根小说”在艺术上的一个特殊收获。

“拟现代派小说”中短篇诸家代表作　“拟现代派小说”的中短篇创作因作家对西方现代派文学的选择和所受影响的性质与来源，以及在创作中对这种影响的融合与转化的不同而有不同的表现，就其影响较大和较有代表性的作品而言，主要有以下两种类型：其一是借用现代派手法表达作家对于社会人生复杂的经验和感受；其二是受现代派影响而热衷于纯粹形式的实验和探索。

第一种类型的中短篇创作以刘索拉的中篇《你别无选择》和残雪的短篇《山上的小屋》等最有代表性。《你别无选择》是所有这些“拟现代派小说”中为数不多的直接从现实生活中取材的作品。这篇作品以一群音乐学院的学生在急剧变动的当代校园所经历的种种追求和失落、不安和躁动、焦虑和苦闷，表现了人的现实选择的受动性。尤其是在一个新旧交替的时代，在旧的环境中选择新的追求，种种束缚和矛盾，几乎成了这群年轻人一种无法挣脱的“宿命”。作品没有去表现对这种“宿命”的悲剧的抗争，而是用一种调侃和戏谑的方式，通过“反讽”的手段，去消解这种“别无选择”的“宿命”的力量。这篇作品不但因其在思想观念上表现出来的某些“反传统”和反主流文化的倾向，而且也因其在艺术表现上舍弃中心情节和对固有的文学修辞风格的颠覆与破坏而十分接近西方某些现代派作家的创作，以至于被人称为“真正的中国现代派的文学作品”。① 由这篇作品开始的这种创作特征，经由徐星的短篇《无主题变奏》和王朔的早期作品如中篇《一半是海水，一半是火焰》等的发展，逐渐成为一种引人注目的创作倾向。王朔的后期创作则进一步把这种创作倾向推向极端，在20世纪80年代末期掀起了一股消解正统文化和文人传统，带有现代大众文化色彩的新的市民文学的艺术潮流。

如果说《你别无选择》等作品是来自当代青年对于当代社会的复杂的心理经验，那么，《山上的小屋》等作品就是由作者刻意经营的一个超验的世界。这篇作品同样无一定的中心情节，通篇只由一些幻觉的碎片组成。作品中所写到的一家人，不但相互之间处于一种怀疑、猜忌和仇视之中，而且每个成员的日常言行也都超出了常情常理和常规常态，显得十分乖张、古怪，带有一种精神分裂症患者的病态特征。通过这样的一些反常人物反常的举止言行和行事作为，作品表现了对于存在的荒诞感受。这种感受的某些片断可能具有一定的现实经验的依据，但从总体上说，却无疑是西方某些现代主义哲学和文学派别影响的结果。残雪的创作大多具有这样的特征，她因此而被认为是这期间“拟现代派”的中短篇创作中，以极端的方式最为直接地逼近西方现代主义文学的作家。

此外，莫言在这期间的创作强调直觉经验、追求感官效果，也带有明显的现代主义的艺术特色。他的中篇《透明的红萝卜》通过一个孩子对一只在火光照射下的“红萝卜”的奇异感觉，使一片带有象征意味的恶浊的生存环境透露出一线生命的亮色，在对于善和美的表现方面，确实给人们带来了一种异乎寻常的惊喜。但莫言后来的创作也把这种追求推向了极端，用官能的刺激反应代替了审美的情感愉悦，破坏了整体的艺术效果。同样是强调主观感觉和内心经验，何立伟在这期间的短篇小说创作却不同于莫言的追求

① 李泽厚：《两点祝愿》，《文艺报》1985年7月27日。

直觉和感官效果，而是发展了前此阶段小说创作中例如铁凝的《哦，香雪》那样的“诗化”倾向，同时又运用了现代主义的某些象征手段，创造了一种类似于他的短篇《白色鸟》那样以诗意的画面表达象征意蕴的新的“诗化”小说的艺术模式。何立伟在这期间的短篇创作大多带有这种倾向，但也有的作品流于纤巧造作，缺少一种“不着痕迹”的大家气度。

第二种类型的中短篇创作以马原的中篇《冈底斯的诱惑》和洪峰的中篇《极地之侧》等最有代表性。这两位作家在这期间的中短篇创作，除了在思想观念上接受了西方现代主义的某些哲学（主要是现象学和结构主义）影响之外，最为引人注目的是他们同时也把这种影响贯注于在小说的叙事方式方面所作的革命性的尝试中去。这些尝试主要表现在：其一，注重叙述本身的意味，而不在所叙述的内容。这两部作品与一般小说最大的不同，是它们都放弃了叙述一个具有统一性和完整性情节的中心故事，而是将一些缺乏逻辑关联的、带有极大的随机性和偶然性的情节片断随意组合起来，形成一个被有些论者称之为叙述的“迷宫”或“圈套”的结构。在这个“迷宫”或“圈套”之中，一方面那些被讲述的情节片断，或者因为缺乏内在联系，难以显示出整体的意义，或者因为相互替代，变得毫无意义；另一方面，这个叙述的“迷宫”或“圈套”结构本身，却同时又表明了一种意义，即这个世界的不可知和无意味。这种关于世界的不可知和无意味当然也可以看做是作品的一种意义，但作品表达这种意义却不是通过一般的情节或人物，而是通过叙述本身来完成的，因而相对于一般意义上的小说来说，就具有一种革新的意义。其二，不但叙述人在叙述，而且作品中的人物也参与叙述。因为注重叙述本身的意味，故而这两位作家的小说在叙述的角色、人称、角度和时态等方面，都有许多复杂的变化。尤其是马原的小说，作家不仅以叙述人的身份参与叙事，同时也是作品中的人物的叙述对象；同样，作品中的人物不仅是作家的叙述对象，他自己同时也充当叙述者的角色。这种变化表明在马原的小说中，叙事的主体与对象、真实与虚构的界限已混淆不清，在观念上同样反映了作家对于现象世界的真实感的失落和认识的困境。其三，不但叙述故事，同时也展现故事的叙述过程。因为要通过叙事的结构来显示叙述本身的意味，故而这两位作家的小说就十分注重展现故事的构思和写作的自然过程，即作家是如何构思故事和某种叙事的结构是如何形成的。通过这个过程，不但突出了“怎么写”在小说创作中的特殊意义，而且，也打破了读者对于“写什么”的阅读定势，破除了小说虚构性的“神话”。马原和洪峰的小说所作的这些纯粹形式的实验和探索，对这期间崭露头角的一批新进作家如苏童、余华、格非和孙甘露等，产生了重要的影响，他们在这期间以更激进的方式进一步推动了小说形式的实验和探索，成为“拟现代派小说”的中短篇创作在本期迭起的最后一次艺术浪潮。

“新写实小说”中短篇诸家代表作　“新写实小说”的中短篇创作在注重写实性的同时，因为作家取材的方式和追求写实的“新”质的艺术途径不同而有不同的表现，就影响较大和较有成就的作品而言，主要有以下两种类型：其一是注重对生存欲望和生命本能的表现；其二是注重对生存状态和生活本相的还原。

第一种类型的中短篇创作以刘恒的短篇《狗日的粮食》、中篇《伏羲伏羲》和方方的中篇《风景》等最有代表性。刘恒的两篇作品涉笔的都是人的“原欲”问题，《狗日的粮食》表现生的欲望，《伏羲伏羲》表现性的本能，都是中国传统文化思想所认定的人性的两个最原始的也是最基本的表现方面，即所谓“食，色，性也”，亦即是民间所说的饮食男女问题。这位作家对这个问题的探究的兴趣虽然与前此阶段的某些“寻根派”作家有诸多相似之处，但却不像前此阶段的某些“寻根派”作家那样一味张扬这种“原欲”的力量，而是同时也把艺术的注意力放在对于生存的意义和人性问题的探讨方面。《狗日的粮食》通过一个普通的农村妇女一生缺粮的遭遇，表明在生存资料极端匮乏的情况下，全部生存的意义只在于满足求生的欲望，人性和人的价值就必然会受到无情的扭曲。《伏羲伏羲》则通过一个通奸乱伦的性爱故事，表明人的原始本能与社会的理性规范之间的矛盾，是人所无法回避的一种悲剧的宿命。这两篇作品采用了一种冷峻的写实笔法，不动声色，不事修饰，对人性的刻画都达到了一种刻骨入髓的深度。同样是冷峻的写实，方方的《风景》则把她的笔触深入到社会生活的最底层，揭示人的生存环境对于生存的意义和人性的状态以及人的命运的决定作用，描写人为着改变自身的命运和生存状况、追求生存的意义和价值所作的挣扎与苦斗，以及在这个过程中所激发出来的人性的光辉和欲望的力量。这篇作品无论是它在整体上对于一个人口众多的城市平民家庭的日常生活和自然生态的不加掩饰的描写，还是它分别对这个家庭的众多成员特别是其中的“七哥”的思想性格所作的入木三分的刻画，都表明它对于“写实”的新质的追求达到了一种近乎“裸呈”的程度。尤其是在艺术表现手法上，通过这个家庭中的一个死孩子的眼光来观照其他活着的家庭成员的生活，把一幅每一个局部的描写都极为真实的生存图景嵌进一个在总体上是荒诞不经的结构框架，更显示了“新写实小说”在融合现代主义之后所形成的新的艺术特色，因而被认为是这期间的“新写实小说”最具典型意义的中篇作品。与刘恒的创作旨趣有某些近似之处，但更注重表现原始的欲望和本能的冲动对于显示生命力量的特殊意义的，在这期间另有杨争光等人的中短篇创作。但杨争光的作品有时又因为对于“原欲”和本能的过度放纵的描写，而不免给人以展览丑恶之感，是这类小说的主要的缺陷和不足。

第二种类型的中短篇创作以池莉的中篇《烦恼人生》、《不谈爱情》、《太阳出世》等“人生三部曲”和刘震云的两部具有情节的相关性的中篇《单位》和《一地鸡毛》等最有代表性。池莉的这些小说被认为是“新写实小说”中最注重表现生活的原生状态的作品。《烦恼人生》记述一个普通工人一天之中的生活细节和生活感受；《不谈爱情》和《太阳出世》分别描写恋爱结婚和婴儿出世，初为人父、人母的人生经历，都无大起大落的情节和大悲大喜的遭遇，不过是一些人皆身历、人皆心受的琐屑的日常生活和平凡的人生过程。作品用一种近乎自然主义的描写和类似于“生活流”的结构，把这些琐屑的日常生活和平凡的人生经历呈现在人们面前，使之与生活的本来面貌达成一致，接近生活的本色状态，因而具有很强的真实感。正是通过这种方式，作者把向来在文学作品中描写的理想的生活和生活的理想“还原”成生活的本来样子和本真色彩，让人们从中品尝甜酸苦辣俱备的而不是仅有甘洌甜美的生活滋味，从中体验喜怒哀乐兼有的而不是仅有喜悦欢欣的生活感受。也只有从这种真实的而不是虚幻的、实在的而不是想象的生活中体悟到的生活意义才是最接近生存的本义的。池莉的这些作品在描写这些平常人物的日常生活和平凡经历的同时，也描写了他们从中所获得的人生感悟和人格的升华，因而具有很深切的启示意义。与池莉用类似于佛家的“平常心”对待这些平常人物的日常生活和平凡经历，让她笔下的人物细细地体味生活的滋味和人生的意义不同，刘震云则感到这些平庸、琐碎、冗长、繁杂的日常生活和人生经历是他笔下的人物的一种沉重的负担和无形的桎梏。他笔下的人物因而总是因为不堪这种生活的重负而显得身心劳顿，因为无法挣脱这种无形的桎梏而显得尴尬无奈。正因为如此，他在讲述这些平常人物的日常生活和平凡经历的时候，就不可能像池莉那样知足能忍、心气平和，而是在平常的琐屑话语中，往往隐含着一种愤懑和不平、不安和躁动。这种以平常的话语说出的愤懑和不平，以琐屑的言辞表达的不安和躁动，也就使得刘震云的叙事风格带有很重的“反语讥讽”色彩。他的《单位》和《一地鸡毛》正是用这种“反讽”的方式去消解庸庸碌碌、周而复始的机关生活的沉重和无奈，在另一种意义上让人们获得一种人生的思索和启示。在对于社会积习和生存环境及人性中的某些畸变因素的鞭鞑和讽刺方面，李晓在这期间的中短篇创作与刘震云有某些近似之处，是“新写实小说”融合“黑色幽默”风格的重要表现。另有一些作家放弃前此阶段激进的现代主义实验后，也将关注社会的目光转向普通人的日常生活，以及他们在曲折演进的历史中的命运变化，表明这些作家对社会生活的理解逐渐摆脱了在现代主义实验阶段演绎西方人生哲学的新的概念化，对普通人的人生表现了真切的人间关怀。这些作家发展了池莉小说中的“忍者”哲学，是这期间“新写实小说”中普遍存在的一种“日常主义”创作倾向的重要表现。

上述两种类型的“新写实”作品，前者通过对生存欲望和生命本能的表现，显示生存的意义，发掘人性的内涵；后者通过对生存状态和生活本相的还原，体味人生的真义，揭示生存的困境，都是直接从现实生活中取材，所探讨的也是当代人所面对的现实问题。“新写实小说”在这期间的中短篇创作，另有一些作家把艺术观照的眼光投向历史，在对过去时代的社会生活的艺术描写中，表现出了对“写实”的新质的追求和新的创作旨趣。其中最有代表性的是以苏童的中篇《妻妾成群》为代表的一批江苏作家如叶兆言和范小青等人的创作。作为在前此阶段的现代主义艺术实验中表现激进的一位青年作家，苏童在这期间创作的《妻妾成群》除了在某些观念方面多少还留有西方现代主义哲学例如弗洛伊德的学说的影响外，其余则洗尽了现代主义的“铅华”，表现出了一种沉着写实的创作态度。这篇小说就其揭示畸形的家庭和两性关系对人性的扭曲而言，接近《伏羲伏羲》的创作题旨，对人性的开掘也达到了相当的深度；其叙事风格的平实、琐细，则与池莉等人的作品有诸多相似之处。从这些方面来看，以这篇小说为代表的一种被有些论者称之为“新历史小说”的创作倾向，显然是这期间的“新写实小说”艺术追求的一种重要表现。但是，从另一方面来看，这篇小说及其所代表的“新历史小说”的创作倾向，又显然接受了20世纪30~40年代某些带有通俗倾向的都市文学的创作影响，因而很快便与正在兴起之中的以王朔的后期创作为代表的当代市民文学合流，并借助现代大众传媒和文化市场的手段迅速蔓延，成为90年代在新的市场经济背景下的小说创作推涌出来的最初一个艺术潮头。

第五节 本期小说创作（下）：长篇小说（一）

本期长篇小说创作概况 如同本期中短篇小说创作一样，本期长篇小说创作在结束“文化大革命”之后，也发生了一个艺术的转换，并且以这一转换为标志，开始了当代长篇小说艺术发展的新阶段。

“文化大革命”结束后的20世纪70年代末期，长篇小说的出版较之处于

“文化大革命”之中的70年代中前期，虽然在数量上有了较大的增长，但就作品的类型和性质而言，与“文化大革命”期间出版的长篇小说，仍然没有根本性的改变。这期间的长篇创作因而一方面是“文化大革命”结束之后的政治历史变动所引起的艺术上的转换，另一方面是这种转换因为“文化大革命”的影响尚未完全消除和长篇创作本身的某些原因（例如艺术准备的时间和生产周期长、生活容量大、题材和主题较有稳定性，等等）而显得比较缓慢。这种缓慢转换的结果，便使得这期间的长篇创作在整个文学的历史性转变中出现了一种有别于其他文学体裁的异乎寻常的发展滞后的艺术态势。

也就是在这种发展滞后的总体态势下，从20世纪70年代末期到80年代初期，另有一些长篇作品，分别从不同的方面表现出了一种全新的艺术风貌和内在素质。这些作品同时也标志着本期长篇创作在这种缓慢转换的过程中，逐渐完成了艺术上的蜕变，并以其所获得的新质、所表现出来的新的艺术风貌，在这期间的长篇创作中，集中形成了一个引人注目的艺术高潮。这个艺术高潮的表现主要有以下几个方面：其一是以姚雪垠的《李自成》（第二卷）为代表的历史题材的长篇创作的蓬勃发展。在中国新文学史上，历史题材的长篇创作的发展一直都比较缓慢。进入当代以后，又因为对历史人物和历史事件的政治评价存在诸多敏感的禁区而较少有作家涉足其间，以至于在“文革”期间，历史题材的长篇创作几乎是一片空白。“文化大革命”结束以后，由于解除了极“左”的政治禁锢，加上历史的盛衰兴亡对现实有一种警醒和鉴戒的作用，一大批作家特别是像姚雪垠那样的身处逆境的作家，长期以来怀着寄托“孤愤”心情创作的历史题材的长篇小说才得以先后出版，在这期间的长篇创作中形成了一个十分壮丽的艺术景观。这些作品中比较有代表性和艺术成就较高的除了《李自成》（第二卷）外，另有刘亚洲的《陈胜》、蒋和森的《风萧萧》、杨书案的《九月菊》、凌力的《星星草》①、鲍昌的《庚子风云》、任光椿的《戊戌喋血记》以及徐兴业的《金瓯缺》的第一分册和第二分册②等。这些作品的题材虽然多数仍旧未能超出历代农民起义和农民战争，以及抗击外敌入侵和抵御外侮的范围，因而主题

---

① 凌力此后重要的历史题材的长篇小说还有获得第三届茅盾文学奖的《少年天子》，北京十月文艺出版社1987年版。她是本期取得重要创作成就的长篇历史小说作家。

② 《金瓯缺》第一分册、第二分册分别于1980年、1981年由福建人民出版社出版。第三分册、第四分册于1985年由海峡文艺出版社出版。获第三届茅盾文学奖荣誉奖。这里主要指第一分册和第二分册。

同样仍旧局限在表现阶级斗争和爱国主义的具有一定政治保险系数的范围之内，但作者对作品所涉及的具体历史事件和历史人物的理解与评价，却不拘泥于已有的政治判断所得出的现成的政治结论，而是深入到历史事件的内部和历史人物的内心世界，从中发掘历史事件发生、发展的诸多复杂的驱动因素和表现形态，以及历史人物的成长、活动的诸多复杂的个人动机和个性因素，从必然与偶然、主观与客观、行为与动机、个人与社会等相对性的范畴及其复杂的构成形式中，去揭示历史发展的规律性，去体悟历史的兴衰际遇所昭示的人生意味。随着作者对历史事件和历史人物在理解和评价方面所发生的这种变化，这些作品在艺术上也就十分注重运用现实主义的艺术原则，从历史事件和历史人物本身出发，去对真实的历史作艺术的"还原"，因而都达到了一定的现实主义深度，是这期间的长篇创作回归现实主义传统的一个重要的艺术标志。其二是以莫应丰的《将军吟》、李国文的《冬天里的春天》、古华的《芙蓉镇》和周克芹的《许茂和他的女儿们》等作品为代表的带有暴露"伤痕"和"反思"历史倾向的长篇创作的异军突起。这些作品产生的直接历史背景，便是刚刚结束的"文化大革命"和当时正在进行的拨乱反正与思想解放运动。写于"文化大革命"结束前夕的《将军吟》，以作者的耳闻目睹、身历心受，秉笔直书"文化大革命"的惨烈历史，是对"文化大革命"直接的历史实录和即时的情感反应，同时也表达了作者对于"文化大革命"历史教训的朴素的理性思考，在长篇创作中开启了"伤痕小说"和"反思小说"的艺术先河。《冬天里的春天》则以与王蒙的中篇《蝴蝶》和茹志鹃的短篇《剪辑错了的故事》类似的结构方式和表现手法，通过一位老干部"文革"后重返故里数日之内的活动和心路历程，将历史与现实、革命战争年代与和平建设时期的生活交错叠印，深入地思考了人民与革命及与之有关的重大历史主题，是这期间的长篇创作中一部比较典型的"反思"历史的小说作品。与这两部作品偏重于以革命干部为"反思"主体相较，《芙蓉镇》和《许茂和他的女儿们》则对知识分子与农民的命运投入了更多的思考与关注。这两部作品前者通过一位小镇妇女的坎坷命运和一位乡村知识分子政治"落难"的遭遇，深入地揭示了当代中国频繁的政治运动尤其是"文化大革命"对人性和人与人的关系扭曲的悲剧。后者以一个普通的农民家庭在"文化大革命"中所发生的变故，集中地展现了"文化大革命"的政治劫难对农村社会和农民群众所造成的严重摧残的恶果。这两部作品因为包含了分散在这期间的中短篇作品中有关知识分子和农民问题的历史"反思"的所有主题片断，因而较之这期间同类性质的"反思小说"的中短篇创作，就具有更为深广的历史内容和更为强烈的艺术震撼力，是这期间带有“反思”倾向的长篇小说的扛鼎之作。与上述以回归现实主义传统为特征的历史题材的长篇创作相较，这类作品在回归现实主义传统的同时，还对现实主义手法有所更新和创造，尤其是《冬天里的春天》大胆借鉴和吸收现代主义的表现技巧，表明这期间的长篇创作如同中短篇创作一样，也开始了对此后的长篇创作影响深远的艺术革新的最初尝试。无论从哪方面说，这类带有“反思”倾向的长篇作品，都给70年代末、80年代初带来了一种艺术的新质，同时也是这期间长篇创作高潮的一个重要的艺术标志。除上述两个方面外，这期间的长篇创作高潮的表现还有以张洁的《沉重的翅膀》① 为代表的直接反映当时正在进行的经济改革的现实生活的作品、以李准的《黄河东流去》② 为代表的描写过去时代的人民生活的作品，以及以魏巍的《东方》为代表的反映战争和革命历史的作品，等等。这些作品虽然在各自的题材领域都有一定的代表性，但由于各种各样的原因，这些领域的长篇创作大面积的丰收和取得比较重要的突破，却是在80年代中期前后，因而它们出现在这期间的主要意义，是为长篇创作在下一个阶段的发展预告了一个重要的艺术信号。

本期长篇创作经过了20世纪70年代末、80年代初集中爆发的高潮，在上述方面取得了重要成绩之后，从80年代初期到80年代中期的几年之间，开始进入了一个比较平稳的发展轨道。在这几年的时间内，一方面是前一阶段发展比较迅速的历史题材的长篇小说虽然仍时有新作，但相对而言，艺术的势头却有所减弱；另一方面则是前一阶段才露端倪、尚未获得充分发展的改革题材的长篇小说，这期间却因为客观情势的推动而获得了长足的发展，出现了以李国文的《花园街五号》、张贤亮的《男人的风格》、张锲的《改革者》、焦祖尧的《跋涉者》、苏叔阳的《故土》和柯云路的《新星》等为代表的改革题材的长篇创作的艺术高潮。其中特别是《新星》及其续作，以敢于大胆地揭露改革过程中的矛盾、冲破阻碍改革前进的势力而引起了强烈的社会反响，继70年代末的短篇小说《乔厂长上任记》之后，在长篇创作领域再度造成了“改革文学”的“轰动效应”。与此同时，作为前一阶段长篇创作高潮的主体部分的带有“反思”倾向的长篇小说，在完成了对于特定时期的社会历史的政治“反思”之后，开始向更深层次的文化的

① 《沉重的翅膀》1981年在《十月》杂志上发表，同年由人民文学出版社出版。1984年人民文学出版社出版了该书的修订本。这里主要是指该书的初版本。

② 《黄河东流去》上卷1979年由北京出版社出版，下卷1984年由北京十月文艺出版社出版。这里主要是指该书的上卷。

“反思”转换。在前一阶段长期徘徊于“五老峰”（老题材、老故事、老人物、老主题、老手法）前的革命历史题材的长篇小说，也在酝酿新的突破。需要特别指出的是，这期间特别是进入80年代中期以后，当代小说的现代主义艺术实验和文化“寻根”浪潮，无疑对长篇创作也产生了重要影响。这种影响的结果便使得80年代中期前后的长篇创作从总体上呈现出了一种有别于前此阶段长篇创作的全新艺术追求和精神风貌。

20世纪80年代中期前后的长篇创作，是本期长篇小说也是当代长篇小说艺术发展的一个重要阶段。在这个阶段上，由于出版发行体制的改革，给长篇小说的出版发行带来了诸多有利的条件，因而刺激了长篇小说的生产，使长篇小说的数量急剧增长，出现了前所未有的繁荣景象。与此同时，一批在70年代末80年代初的中短篇创作中十分活跃并取得了重要成就的中青年作家，这期间也开始把他们的创作重心转向长篇小说。他们作为一支新生的创作力量加入长篇创作的队伍，不仅给长篇创作带来了生机和活力，同时也带来了长篇小说观念的更新和艺术表现手法的变化。就这期间一些有代表性的作品而言，这种变化的表现主要有以下几个方面：其一是在主题的开掘方面，普遍重视文化的含量。长期以来，当代长篇小说的主题主要停留在社会政治的层面，即主要是从社会政治的角度去理解和反映生活（包括历史和现实），未能在此之外有所发掘和开拓。70年代末80年代初的中短篇创作突破政治模式的要求，以及这期间的小说创作对民情风俗描写的重视和民族精神传统的追寻，使这期间的作家对社会生活中的文化蕴藏充满了浓厚的兴趣，加上学术界的“文化热”和文学“寻根”思潮的推动，从文化的角度审视和表现社会生活，就成了这期间的长篇主题的一个共同的价值取向。比较有代表性的作品，较早的有李准的《黄河东流去》和刘心武的《钟鼓楼》，通过表现民族的精神传统和民间的生活风习来显示作品的文化意味；随后则有路遥的《平凡的世界》、贾平凹的《浮躁》和张炜的《古船》等，通过反映现实变革所引起的生活变动和社会结构的变化，来体现作品的文化蕴涵。这些作品因为注重主题的文化含量，因而对长期流行的社会政治的主题模式，都有所超越，有的还因为在艺术上成功地运用了象征的手段而获得了一种较深层次的隐喻意义。其二是在人物的刻画方面，普遍注重人性的深度。长期以来，以人物形象尤其是典型人物的塑造见长的当代长篇小说，对人物性格的刻画主要是注重其社会性中阶级的或政治的属性，而对超越阶级和政治的属性之上的更复杂的人性问题讳莫如深。70年代末80年代初的中短篇创作突破了人性的禁区，影响到这期间及此后的长篇创作，也十分注重开掘人性的深度。在这方面，比较有成就的代表作，首推王蒙的《活动变人形》。这部作品在本世纪中西文化交汇碰撞的背景下，塑造了一个处于两种文化的夹缝中生存的精神畸形儿和社会“零余人”的形象，把时代转换的艰难和文化更新的痛苦浓缩成人性和人格扭曲的悲剧，对人性的历史文化内涵的开掘确实达到了相当的思想深度。此外则是张抗抗的《隐形伴侣》等作品，也把人物置于一种特定的历史情境之中，对人性的变异及其本真，发出了严肃的诘问。这些作品因为大多涉及人性的弱点和缺陷，因而对人性问题又具有一种批判性的审视倾向。其三是在叙事的方式方面，普遍追求共时状态。长期以来，当代长篇小说因为受史传传统和话本小说的影响，十分注重历时性的叙事，在此基础上追求一种史诗或史的结构与规模。这种历时性的叙事虽然易于与作品所反映的社会生活达成一种同构状态，因而无疑加强了小说的真实性程度，但也影响了作品的艺术容量和情节的密度，缺少小说叙事所应有的多样性和发展变化。70 年代末 80 年代初的小说创作（包括某些长篇）开始采用多种第一人称的板块结构，或尝试运用西方现代派小说的意识流手法，造成小说叙事的共时性效果，同样也影响到 80 年代中期前后的长篇创作，使得这期间的长篇作品在艺术创新方面，普遍倾向于放弃线性情节结构，运用各种不同的手段，追求共时性的叙事。比较有代表性的作品，如上述《钟鼓楼》以高度浓缩的时间叙述几代人的生活故事，《活动变人形》和《隐形伴侣》等运用意识流手法剪辑历史与现实，以及张承志的《金牧场》、黎汝清的《皖南事变》等采取平行推进或交叉组合的板块结构，等等。这些长篇作品也因此而脱离了当代长篇小说长期以来所遵循的史传模式，开始接受一种现代的时空观念，从而使长篇小说的叙事方式发生了一个重大的革命性的变化。

进入 20 世纪 80 年代后期，长篇创作因受各种客观情势的影响，尤其是正在兴起的商品经济大潮的冲击，从整体上开始失去了 80 年代中期前后的艺术势头。但也有一些作品继续了上述方面的追求，取得了一些重要的艺术成就。比较有代表性的有：霍达的《穆斯林的葬礼》以一个穆斯林家庭几代人的经历和遭遇，表现了主人公对于真善美的人生境界的执著追求，具有深厚的文化意蕴和浓郁的宗教色彩。杨绛的《洗澡》以 50 年代知识分子的思想改造运动为背景，剖析了当代知识人的人格和灵魂，具有极强的讽刺锋芒和批判力量。铁凝的《玫瑰门》和残雪的《突围表演》则着眼于揭示人性的畸变和丑陋，也达到了一定的思想深度。这些作品在艺术上都有一些新的尝试，同样也表现出了一种追求共时性叙事的总体趋向。80 年代后期的商品经济大潮不但改变了长篇创作的发展态势，而且也迫使长篇创作面对商品经济条件下新的生存环境，长篇创作于是又面临着一个更大的也是更带根本意义的转折变化。这个转折变化的迹象在80年代后期还只是初露端倪，到了90年代，才逐渐发展成一种呈现出复杂状态的艺术潮流。

第六节　本期小说创作（下）：长篇小说（二）

本期几种主要艺术取向的长篇代表作　与20世纪50—60年代的长篇创作因为某种尊于一统的思想观念和文学观念的影响而逐渐形成了一些比较稳定的叙事类型不同，本期长篇创作则因为思想观念和文学观念的解放而出现了各不相同的艺术取向。这些各不相同的艺术取向虽然完全取决于作家的个人选择，但一定时期的社会生活和文化环境，又不能不对这些作家的个人选择产生影响，故而这些不同艺术取向的长篇创作，有时又表现出了某些近似或一致之处。基于这种异中有同的复杂情况，为了学习的方便，以下我们同样将本期长篇创作的不同艺术取向，就其有代表性的和在创作中取得了重要成就的，分别归纳为几种主要类型，并对这几种主要艺术取向上的长篇代表作展开一点具体的分析。

（一）以再现古代历史为艺术取向的长篇代表作

如上所述，本期历史题材的长篇创作，在20世纪70年代末80年代初曾经出现了一个突发的高潮，以这个高潮中出现的长篇作品为标志，本期历史题材的长篇创作，有两种倾向格外引人注目：一种是以《李自成》为代表的严格遵循历史事实，追求艺术的典型化和再现历史的本质的长篇作品；另一种是以《金瓯缺》为代表的以历史的真实为依据，注重对历史的重新审视和重新发现的长篇作品。这两种创作倾向虽然都不忽视历史小说所必须具备的历史的真实性，但二者在艺术创造中所追求的侧重点却各有不同。

《李自成》是一部严格意义上的现实主义小说，作者追求“历史科学和小说艺术的有机结合”，主张历史小说家既要“深入历史”，充分地掌握历史资料，又要“跳出历史”，进行独特的艺术创造。① 这部作品以长达五卷的篇幅②，完整地展现了李自成所领导的明末农民义军由小到大、由弱到强，直至取得推翻明王朝的胜利，又转而从胜利的峰巅跌入低谷，盛极而衰，走向悲剧结局的历史过程，深入地揭示了中国古代农民起义和农民战争的历史运动的本质与规律。与此同时，作品也通过这场农民战争，展现了明

① 姚雪垠：《李自成》第一卷“前言”，中国青年出版社1972年版。

② 《李自成》第一卷、第二卷、第三卷分别于1963、1977、1981年由中国青年出版社出版，第四卷、第五卷于1999年由中国青年出版社出版。

末清初错综复杂的阶级矛盾和民族矛盾，以及从宫廷到民间、从都市到乡村的纷纭繁复的生活画面。作者把中国古代长篇小说的史传传统和白描艺术，与中国现代小说的现实主义的典型化原则结合起来，使这部卷帙浩繁的长篇作品，在对于明末农民战争的壮丽画卷的历史性展示方面，既具有一种史诗的规模和气度，在对于明末清初社会生活的全景式描绘方面，又具有一种"百科全书"式的丰赡和宏富。而这一切，又都是与作者所遵奉的一种现实主义创作原则相伴相生的，即真实地再现典型环境中的典型性格。正是在这样一个典型的历史环境中，作品成功地塑造了以李自成为代表的中国古代农民英雄的群体形象，同时也使以崇祯皇帝为代表的封建统治阶级的众多人物形象的塑造，达到了相当的典型高度。整个作品因为是表现一场农民战争的历史悲剧，因而具有一种极为悲壮的艺术气氛，显示了一种类似于古典悲剧的崇高的美学色彩。作品在结构上大开大合，大起大落，举凡张弛动静的调度，疏密繁简的布局，皆合乎古典小说的规范法度，又兼有现代小说的灵活变化，在长篇小说的文体方面，也取得了一种创造性的艺术收获。《李自成》的主要缺陷和不足是李自成等农民领袖和农民英雄人物形象的塑造过于"现代化"，与此同时，整个作品也存在用现代的农民革命去比附古代的农民战争的问题，因而同样也存在类似的艺术描写的"现代化"痕迹。

相对而言，《金瓯缺》虽然同样也属于现实主义小说的艺术范畴，但作者的立意显然不在于按照某种关于中国古代的民族关系和阶级关系的既定理解去再现两宋之交的民族冲突和阶级冲突的本质内容或历史演变的内在规律，而是偏重于借助这一段民族冲突和阶级冲突错综复杂地交织的历史，寄托作者关于天下兴亡和世事沧桑的深重感慨，以及作者对于中国古代民族矛盾和王朝盛衰的历史的全新认识和理解。正因为如此，这部作品的意义也就不完全在于它的作者以史家的笔法真实地再现了北宋末年发生在汉、契丹和女真三个民族之间的政治冲突和军事纷争，塑造了在这个三国纷争的复杂局面中际会风云的众多帝王将相和民间英雄的历史形象，而是同时也在于它的作者真正是站在统一的中华民族的立场，以"多民族的统一体"的观念来看待和描写发生在北宋末年的这一场复杂的民族纷争和塑造在这场纷争中各个民族众多不同性格的人物形象的。因为摒弃了传统的民族偏见和汉族正宗的陈腐观念，因而这场复杂的民族纷争在作者笔下也就超出了一般意义上的民族矛盾和民族战争的范畴，而是表现为一种历史的合力，共同激活了12世纪中叶中国社会这一段沉重的历史。也正是在这个意义上，活动在这一阶段的历史舞台上的各民族的英雄人物和寻常百姓，他们为着各自的民族利益而表现出来的崇高的精神品质，同样也不局限于一般意义上的狭隘的民族范围，而是作为一个统一的中华民族的精神传统载入史册。尤其是在贯串全书的中心人物马扩身上，更集中了作者关于爱国主义、民族气节、道德情操和思想觉醒的理想与期望，因而这个人物事实上也就成了整个作品对于历史的重新审视和重新发现的艺术表现的关键之所在。《金瓯缺》有像《李自成》一样恢弘的结构，却无《李自成》那样严谨的章法，尤其是前半部分的细腻和后半部分的粗疏，前半部分的缓慢和后半部分的匆促，显得不够协调。作品在叙事中夹杂议论，拟用宋元时代的口语，也是得失互见，利弊参半，表明这部历史题材的宏篇巨制，在艺术上还未臻完美和成熟。作为一部由学者创作的长篇历史小说，《金瓯缺》无疑具有一种特殊的艺术价值。

（二）以反思当代政治为艺术取向的长篇代表作

本期长篇创作对当代政治的反思，在“文化大革命”结束后的特定历史转折时期，是一个比较集中的艺术取向。在这个取向上的长篇作品数量众多，艺术成就参差不齐，所产生的社会效应也各不相同。以这些作品的代表性和实际所取得的艺术成就而言，《芙蓉镇》和《许茂和他的女儿们》都堪称其中翘楚。

在反思当代政治的文学作品中，《芙蓉镇》是一部在艺术上十分独特的长篇小说。这部作品以类似于老舍的《茶馆》的戏剧结构，把中国当代历史上一个以“阶级斗争为纲”的极端政治化的年代（包括它的开端、前奏和对它所作的历史性反拨），即从20世纪60年代初期到70年代末期的社会生活，浓缩在国民经济调整的1963年、“四清”运动高潮的1964年、“文化大革命”时期的1969年和结束“文化大革命”后的1979年4个特定的历史时段。同时也如《茶馆》一样，把它的人物集中在一个偏僻的山乡小镇的生活舞台上，通过人物的悲欢离合、命运变幻，来透视一个特定时代的社会政治和人民生活。亦即是作者所说的：“透过小社会来写大社会，来写整个走动着的大的时代。”① 正因为如此，作品中所刻画的众多人物，无论善恶美丑；所描写的社会生活，无论奇正巨细，都包含有极为丰富复杂的社会历史内容，都与这一特定时代的社会政治密切相联。除了用这种特殊的结构方式，“借人物命运演乡镇生活变迁”的特点之外，《芙蓉镇》另有一个与《茶馆》同样类似的重要特点是“寓政治风云于风俗民情图画”。② 作者

① 古华：《闲话〈芙蓉镇〉》，见《新时期作家谈创作》，人民文学出版社1983年版，第222页。

② 古华：《闲话〈芙蓉镇〉》，见《新时期作家谈创作》，人民文学出版社1983年版，第217页。

对这座三省交界的湘南小镇的风俗民情精细入微的描写和刻画，不但为作品涂抹了一层浓郁的地方色彩，而且也把作品对于当代政治的反思引入到一个更为深刻的历史文化的层次，即通过世道人心和生活传统的力量来显示一种即使是政治和阶级斗争的强力也不可扭转的历史发展的必然趋势。这是作品有别于同期其他长篇政治反思小说的独特的艺术成就之所在，也是它在回归现实主义艺术传统的过程中所显示出来的一种独特的艺术魅力。《芙蓉镇》所取得的这些艺术成就同时也对新时期湖南作家群的创作产生了重要影响，是这个独特的创作群体贡献于新时期文学的一部长篇力作。古华此后因为长期留居国外，未见有新的长篇在国内问世。

与《芙蓉镇》一样，也是采取时空高度浓缩的方式来反思一个历史时代，《许茂和他的女儿们》则把全部艺术描写都集中在“文化大革命”后期的1975年冬极为短暂的一二十天时间之内。通过在这个短暂的时间内发生在一个普通农民家庭众多的家庭成员身上的矛盾纠葛和他们的命运变幻、身世沉浮，来透视整个“文化大革命”乃至中华人民共和国成立后当代农村社会的全部历史。作品虽然也描写了在“文革”乱世中政治投机分子的丑恶表演和真正的共产党人所遭受的迫害及其坚贞不屈的气节和操守，但它最深刻的题旨却不在于这场政治浩劫本身所造成的一些悲剧性事件，而在于与这场政治浩劫相联系的一系列极“左”的农村政策所造成的农村社会的历史的倒退。作者将这种历史的倒退集中浓缩于对作品的主人公许茂的性格描写之中，通过这个在土改和合作化后“正在抖落着身上的历史灰尘、解脱着因袭的重负的农民”，“又再次背起了那个沉重的负担”的性格逆转过程，深入地解剖了农村政策的失误给农民的命运所造成的历史悲剧，揭示了这种历史的悲剧对农村社会的历史进程所发生的巨大影响。作者说：“我解剖许茂老汉不是目的，我的目的是解剖历史。”① 与此同时，作品也令人信服地描写了1975年冬天那场短暂的治理整顿给中国农民和农村社会所带来的信心和希望，尤其是在四姑娘身上，这种信心和希望直接就是她的悲剧性命运发生转折的历史契机。四姑娘的悲剧的终结，也是整个中国农村和中国农民的悲剧历史的终结。在这个人物身上，作者同样是以“窥斑见豹”的方式，通过她的觉醒和斗争，显示了人民的力量和历史的趋势。《许茂和他的女儿们》在艺术上是一部比较严谨的现实主义小说，作品在真实地再现生活的本质、人物和环境的典型化，以及细节的运用和心理的刻画等方面，都取得

① 周克芹：《〈许茂和他的女儿们〉创作之初》，见《新时期作家谈创作》，人民文学出版社1983年版，第172页。

了独到的成就。尤其是由它的独特的自然环境和民情风俗所构造的田园诗般的艺术氛围，不但有效地映衬了作品男女主人公善良美好的心灵，而且也与那些政治投机分子所制造的愁云惨雾形成鲜明的对照。整个作品因而也具有如同《芙蓉镇》一样的“借人物命运”演“生活变迁”，“寓政治风云”于风俗图画的艺术特色，同样是一部反思当代历史的长篇力作。

（三）以反映现实变革为艺术取向的长篇代表作

在本期数量众多的反映现实变革的长篇小说中，艺术成就较高也较有代表性的作品，主要集中在下述三个重要的艺术层面上：其一是以《沉重的翅膀》为代表的敏锐地提出改革中的问题，大胆地描写改革过程中的矛盾，以思想的新锐著称的长篇作品；其二是以《平凡的世界》和《浮躁》为代表的反映改革所激起的生活变动和人生追求，以对人的命运的关注和精神世界的揭示见长的长篇作品；其三是以《古船》为代表的由改革开放的时代切入当代历史，表现对于当代历史的批判性的审视，以厚重的历史感和深邃的文化意蕴取胜的长篇作品。

作为在长篇创作领域率先及时地反映现实变革的作品，《沉重的翅膀》不但具有一种开风气的意义，而且它的成功的艺术经验也值得引起高度注意。这部作品虽然与其他众多反映现实变革的长篇作品一样，也设置了一个革新与守旧、改革与反改革的矛盾冲突的总体框架，摆开了一个两大阵营的对峙与斗争的总体态势，但却引而不发，并不在某些具体的方案之争上展开你死我活的断杀，也不追求这种斗争的胜负输赢的最后结果，而是在这个总的态势下，把笔触深入到人们的日常生活和日常工作的领域，通过一些具体的生活细节和工作场景，从一些日常行为中描写人们的思想观念、心理状态和性格特征的各种复杂的表现和变化。又进一步从这些日常行为背后，挖掘这些思想观念、心理状态和性格特征赖以形成的社会历史和文化传统的根源和基础。作品因而令人信服地表明，改革不仅仅是要革除旧的经济管理体制上的弊端，更重要的是要革除人们头脑中各种旧的思想观念的残余；不仅仅是要改变落后于世界经济发展的生产技术，更重要的是要改变与现代化的进程不相适应的人的精神素质。正是在这个意义上，作品表现了一种深刻的艺术题旨，即改革成败进退的关键，是在于人的改变。基于这样的艺术题旨，作品不但深入地解剖了以田守诚为代表的各种反对或阻碍改革的人物的卑劣灵魂和丑恶嘴脸，在他们身上显示了改革所遭遇的“左”的政治思想残余和旧的习惯势力的障碍，而且也真切地指出了以郑子云为代表的各种层次的改革者的心理弱点和性格缺陷，在他们身上表现了改革所难以挣脱的历史的重负和时代的局限。作品要写出中国工业带着“沉重的翅膀”起飞的艰难和这个新旧过渡时代“蝉蜕”的痛苦，就包含有上述两个方面的含义。也正是在这个意义上，作品通过郑子云、陈咏明在部属工厂推行改革的艰难实践，把改革的出路和现代化的希望放在重视人的价值、激发人的精神和发挥人的作用上面，表现了一种以人为中心的改革思想。有的论者认为这种改革思想是受了西方行为主义的影响，但它同时却又是以劳动者为主人翁的社会主义经济活动的题中应有之义，因而它事实上也体现了中国的经济改革向纵深发展的目标和方向。《沉重的翅膀》在艺术上也没有像一般长篇小说那样采取围绕中心情节组织矛盾冲突的结构方式，而是通过人物的心理活动、借助人物之间的各种复杂关系，把不同层面的社会生活组织起来，形成一种十分“散文化”的结构形式，带有很重的散文文体的特色。加上作者长于运用抒情的笔调叙事和穿插一些颇带政论和哲理意味的议论，就使得整个作品不但具有较大的生活容量，而且也富于激情和思辨色彩。

与《沉重的翅膀》通过人们的日常行为表现改革的必要性和必然趋势不同，《平凡的世界》和《浮躁》反映的是人们在这个总的趋势下的人生选择和追求，以及因此而引起的社会生活的躁动和变化。如果说《沉重的翅膀》在人的改变问题上，还只是提出了问题，那么，《平凡的世界》和《浮躁》就已经开始让它们的主人公在改革的过程中现实地改变他自己。作为生活在封闭的中国西部内陆腹地的作家，《平凡的世界》和《浮躁》的作者都倾向于让它们的主人公挣脱古老的农业文明传统和乡村社会的局限和他们个人身上所存留的旧式农民意识的残余和封建思想的影响，以便在改革开放的时代浪潮中能够跟上社会发展的步伐，尽快地改变他们自己的生活和命运。从这个意义上说，这两部作品无疑共同反映了变革时期的中国农村社会和中国农民命运变化的历史趋势。差别只在于，《平凡的世界》更多地是从积极的建设性的方面去描写在新一代中国农民身上正在生长着的新的精神品质和传统的美德在他们身上所发生的创造性转化。作品向我们展示的平凡的生活世界虽然也有思想的斗争、感情的冲突、人生的不幸和心灵的痛苦，但却通过人与人之间的理解与同情、关怀与爱护、奉献与牺牲，以及发自内心深处的美好的友谊和真挚的爱情，将这一切都化解在一种极富道德色彩的和谐与宁静的日常生活的氛围之中，作品因而从总体上显示了中国农村社会道德伦理传统对于生活的历史进程的巨大推动力量。尤其是作品集中笔力描写的孙家兄弟（孙少安、孙少平）的人生追求，更为典型地表现了中国农民在改革开放时代所获得的思想的自觉和道德的升华。他们的人生因而是中国农民生活和命运变化的一个理想的缩影。与《平凡的世界》不同，《浮躁》虽然也着力表现改革开放时代中国农民的“主体精神的高扬”，描写他们为改变自己的生活和命运所作的挣扎和奋斗，但却更多地是以批判性的审视眼光去表现他们“落后的”文化素质和“低层次的”文明水平与这种高扬的主体精神之间所形成的矛盾与冲突，描写他们在这种矛盾冲突中所表现出来的巨大心灵躁动和痛苦的精神裂变。这部作品中的乡村社会因而也就没有《平凡的世界》中那份生存的和谐与道德的宁静，而是像作品中的那条“浮躁不安”的州河一样充满着生命的喧哗和欲望的骚动。尤其是作品集中笔力描写的金狗和雷大空以各自的方式与封建宗法势力和旧的思想观念的残余（包括他们自身的局限）所作的悲剧性的抗争，更增添了这部作品批判性地审视传统的农业文明和农民的文化心理的思想力度。由于存在着这些创作旨趣上的区别，这两部作品在艺术上也表现了各不相同的风格特色。《平凡的世界》严守现实主义的创作方法，在人物形象的塑造、生活场面和细节的刻画，以及风土人情的描写和环境气氛的渲染方面，尤见力度。作品有如黄土高原一样深厚的文化底蕴和苍凉高远的艺术格调。虽然在结构和语言方面还存在某些不够精练严整甚至驳杂琐碎之类的缺陷和不足，但在总体上却不失为一部深沉厚重的长篇力作。《浮躁》则在现实主义的艺术描写的基础上，又吸收了一些现代主义的表现方法，尤其是在整体象征、心理分析和魔幻手法的运用方面，为作品涂抹了一层表现主义和神秘主义的艺术色彩。作品延续了“寻根小说”对文化问题的兴趣，因而同样具有比较深厚的文化蕴涵，但同时也发展了“寻根小说”对原始性的偏好，因而又暴露了创作上的一种自然主义的倾向。

在所有反映现实变革的长篇作品中，《古船》是一部在思想和艺术方面都比较独特的长篇小说。这部作品以改革开放所带来的农村社会结构和经济关系的变动为契机，由当下生活切入近40年间的历史变迁，集中笔力描写了一座乡村小镇上以隋、赵、李三个家族为代表的三种社会力量的消长和变化。有的论者认为这三种社会力量亦即是活动在中国近、现代历史舞台上的“民族资本工商业势力、农民势力和科技知识力量”①。它们之间的消长和变化，事实上亦即是历史的发展对它的方向和道路所作的选择与追求的结果。在这个层面上，作品深入地反思了当代历史上由于频繁的政治运动和阶级斗争，抑制乃至摧毁了对于经济的发展和社会的进步具有积极意义的新的生产方式和技术与知识的因素，相反却激活了在当代生活中残存的阻碍历史前进的封建宗法势力和专制思想的余孽，因而导致了持续的悲剧发生的“苦难的”历史。在反思这段历史的过程中，虽然作者对上述三种社会力量

① 陈美兰：《中国当代长篇小说创作论》，上海文艺出版社1991年版，第182页。

的历史评价存在着某些认识上的偏颇，但通过这种历史的反思所表达出来的改革的趋势和要求，却是符合历史发展的辩证行程，而且是具有极为重要的现实意义的。由这个反思历史的层面出发，作品进一步把笔触深入到人性和民族的历史文化的深处，通过这座乡村小镇上众多人物的“典型性格”和由他们所构成的“典型环境”，揭示了在民族个体身上所潜存的民族的历史文化和心理意识的积淀对现实变革所产生的巨大影响。在这个层面上，作品不但写出了国民的种种封闭、落后和愚昧、保守所造成的中国社会的长期停滞不前和现实变革的举步维艰，而且也写出了人们恶劣的贪欲和权势欲所带来的当代历史的长期动荡不安、流血争斗和对现实变革所造成的巨大破坏作用。尤其是作者笔下的赵炳，更是封建宗法制度、极“左”的政治潮流和人性中那些极端邪恶的因素所产生的一个文化怪胎和畸形的集合体。作者对这个人物的灵魂和行为所作的淋漓尽致的描写和刻画，不但在批判性地审视封建传统、农业文明和农民文化的历史惰性方面，具有极为重要的意义，而且在对于人性的开掘方面，也达到了相当的深度。这个人物因而也就成了这部作品塑造得最为成功的一个具有复杂的文化蕴涵的典型形象。与此同时，作品也以浓重的笔墨描写了民族个体的思想自觉、精神解放和人格觉醒的漫长而又曲折的心路历程。尤其是在作品精心塑造的理想人物隋抱朴身上，作者不但让他承担了阶级的历史的沉重负担和巨大苦难，而且也让他通过痛苦的忏悔、自省和反思，在马克思主义的理性之光的引导和历史巨变的感召下，从阶级的历史的重负、个人的痛苦与不幸和道德的自我完善的蜗居中挣脱出来，走入一个更加光明也更为廓大的人生境界。在隋抱朴身上，无疑寄寓了作者的人格理想和精神追求，凝聚了作者关于历史和人生的哲学思考，虽然其中某些抽象的人道主义因素曾经为众多的论者所诟病，但由这个人物所揭示的民族个体的精神蜕变和新生的历程，却是具有重要的启示意义的。《古船》在艺术上受“寻根小说”的直接影响，不但主题的意向注重从民族的历史文化的根源上去寻找现实问题的答案，而且在艺术的传达方面也善于将凝聚了民族历史文化积淀的古老事物与现实社会的复杂变动联系起来，通过“魔幻”手法，在二者之间寻找思想的暗示和精神的关联，形成一个以局部的象征支撑整体的象征的意象系统。为这个庞大的意象系统所覆盖，整个作品的艺术描写因而都带有一种象征的意味。从这个意义上说，这个带有象征意味的意象系统，同时也使《古船》有别于一般意义上的现实主义小说，而带有若干现代主义小说的艺术特色。

（四）以追寻民族精神为艺术取向的长篇代表作

本期长篇创作因为注重作品的历史感和文化蕴涵，大多在不同的程度上以不同的方式涉及民族的精神文化传统问题。但是，真正以表现民族精神、追溯民族精神的历史文化渊源为中心题旨的长篇作品，并不多见。《黄河东流去》和《钟鼓楼》堪称这类为数不多的长篇作品的优秀代表。

根据作者的自述，《黄河东流去》是“为展示民族精神、展示对民族前途的信心而创作的”。① 这部作品以1938年国民党当局为阻挡日军进攻，“以水代兵”，炸开黄河花园口大堤，造成豫、皖、苏三省44县人民家毁人亡、迁徙奔命的历史悲剧为背景，以黄泛区的一个村庄七户农民从1938年到1945年，在“八年离乱”期间所经历的水、旱、蝗、汤的灾难和颠沛流离的难民生活为线索，为我们勾勒了一幅触目惊心的现代“流民”的生活图画，历史地再现了发生在20世纪30—40年代之交的这场悲剧的劫难给中原人民的生活和命运所带来的巨大影响。作者以艺术的形式再现这场悲剧的劫难，不仅仅是要对那个惨绝人寰的事件进行控诉，也不仅仅是要为那些失掉生命的农民唱一曲挽歌，而是要借这场悲剧的劫难，把中国农民的伦理道德和精神品质，重新放到历史的天平上“称量一下”，通过他们在这场悲剧的劫难中不寻常的表现，写出我们这个民族的生命活力，它所赖以生存和发展的精神力量。为此，作者把一群普通的中州农民，放到一个极端险恶的环境之中，既写他们在为生存所作的挣扎和苦斗之中所表现出来的强烈求生欲望、非凡的生存能力、达观的人生态度、坚强的生活信念和高度的团结精神、真挚的乡土情谊，以及他们在家庭和日常生活中所表现出来的朴素的感情、善良的心地和纯真的道德品性；也写他们在生存条件发生变化之后的手足无措、无可奈何和改变旧的生存方式、适应新的生存条件的艰难，以及在这个过程中所暴露出来的封闭、保守、固执、狭隘的根性。在颂扬他们所遵奉的传统精神美德的同时，也批判他们身上所承担的因袭的重负。作品因此集中表达了一个经过苦难的洗礼使民族精神得到升华的主题。这种在苦难中升华的民族精神，也就是作者所要追寻的“民族之魂”。围绕这个“抒写民族之魂”② 的创作题旨，作品塑造了一系列中州农民的艺术形象。这些人物形象在表现农民阶级不同的精神品质方面，都具有一定的代表性，尤其是在主要人物李麦和徐秋斋身上，集中表现了作者对于民族精神的独特理解，具有更为重要的典型意义。作品对这些人物形象的个性刻画，尤其是在表现中州农民的典型性格（所谓“侉子性格”）方面，达到了相当的深度。以这

① 参见冯立三：《黄河风情画卷的诞生——访荣获第二届茅盾文学奖的作家李准》，《光明日报》1986年3月14日。

② 参见李准：《抒写民族之魂》，《文艺报》1985年12月21日。

些人物在这场悲剧的劫难中从乡村到城市迁徙流转的行踪和他们的生存活动为经纬，作品勾勒了一幅《清明上河图》式的“黄河风情画卷”，表现了深厚的文化蕴涵和浓郁的地方特色。与这种“风情画卷”的描写相适应，作品在结构上也采取了《清明上河图》的“散点透视”方式，以不同人物的活动为中心，组合不同空间的生活故事，形散神聚，似断实连，在总体上构成了一幅完整的风俗长卷，表现了中国长篇小说所独有的传统美学特色。

同样被称为《清明上河图》式的风俗画卷，《钟鼓楼》没有像《黄河东流去》那样采用纵向编年的方式交错编织众多人物的生活历史，而是采取一个由中心情节向周边辐射的被作者称之为“桔瓣式”的结构方式平行组合众多人物的生活故事。这部作品以类似于欧洲古典主义戏剧所遵循的“三一律”的原则，在一天之中的12个小时（1982年12月12日从早晨5点到下午5点）的时间内，以薛家的婚宴为中心情节，将当代北京众多市民的生活组织在一座九户人家合住的四合院的空间之中。通过这个高度集中的时空，透视当代北京市民生活的各个方面和这些方面的社会生活的历史沿革与现实变化。同样与《黄河东流去》不同的是，在《钟鼓楼》中，这些“天子脚下”、“首善之区”的市民，虽然也免不了有各自命运的升降沉浮和人生的悲欢离合，但却没有遭遇如中州农民那样的历史劫难和生存的悲剧，因而作品展现在人们面前的也就不是在死亡线上挣扎着的一群中州农民的惨酷的生存图景，而是一个由上自国家干部下到市井小民的形形色色的日常生活组成的当代城市生活的寻常画面。正因为如此，《钟鼓楼》也就不像《黄河东流去》那样，需要借助一场悲剧的劫难来显示民族精神的深厚伟力和升华蜕变，而是让民族的精神文化从生活的自然流程和日常情态中不动声色地显示出来。通过这些市民的日常生活，作品不但从不同侧面、不同层次全方位地立体地展现了当代城市生活的繁复声响和斑驳色彩，显示了当代城市生活的勃勃生机和活力，而且还由他们的过去和来路以及他们的思想观念、心理状态和行为方式中所包含的深厚的精神文化的积淀，把艺术描写的笔触伸向历史的纵深，挖掘当代生活赖以延续和发展的历史渊源，同时也通过过去时代的生活向今天的自然延伸和发展变化的趋势，预示生活的未来形态。作者说《钟鼓楼》“要表现生活自何而来，当今呈现何态，并将可能向何处而去”，而且力图把他的这一创作意图从一座小小的四合院的“点”扩展开去，使读者从中“体味到一种深沉的历史感和命运感”。① 这种历史感和命

① 刘心武：《多层次地网络式地去表现人——我写〈钟鼓楼〉》，《光明日报》1986年1月9日。

运感亦即是要让人们从中体味一种渊源深厚的精神文化传统是如何造就了一个民族的过去，又是如何影响和制约着一个民族的现在和未来，使得人们能够更为深入地认识生活，更为自觉地推动历史的进程。作者要把他的这部小说呈献给“已经和即将产生历史感的人们”，其深意即在于此。除了结构的特别，这部作品对北京的有关历史掌故、风俗人情和生活风貌的描写，尤见功力。特别是对众多市民性格的刻画，入木三分，具有重要的典型意义。虽然作品在结构方面还有欠严整细密，过多的议论和冗长的历史掌故知识的介绍，也影响了艺术描写的效果，但从总体上说，仍不失为本期长篇小说中一部富有创新精神的艺术力作。

（五）以揭示人性病态为艺术取向的长篇代表作

如前所述，本期长篇创作因为注重人物形象的人性内涵，因而在人性的开掘方面都达到了一定的深度。尤其是对于人性的各种弱点和病态的揭示，更是部分长篇小说一个集中的艺术取向。在这些作品中，《活动变人形》从思想到艺术都是一座突起的奇峰。

这部作品在20世纪中西文化交汇碰撞的历史背景下，以一个出生在世纪初的知识分子倪吾诚的漫长人生经历为主要线索，深入地剖析了以倪吾诚为代表的在两种文化的夹缝中生存着的一群中国人扭曲的人性和病态的灵魂。作品的全部思想意蕴都集中在对这些人物的思想性格所作的艺术解剖之中，尤其是对主要人物倪吾诚畸形的文化心理的揭示，更具典型意义。作为20世纪中西文化交合所产下的文化混血儿，在倪吾诚身上既有西方的科学与民主给他带来的思想觉醒、人性解放和人格独立的愿望与要求，也有他所出身的旧式地主家庭给他打上的软弱、怯懦、委琐、屈从的奴性烙印。因为存在着这种矛盾，所以倪吾诚虽留学西方，接受了西方文明的熏陶，却最终无法斩断“自我封锁、自我蹂躏、自我摧残”的封建文化的劣根，甚至也无力冲破他所深恶痛绝的“积淀着几千年的野蛮、残酷、愚蠢和污垢的家”的重围，以至于最后自暴自弃，自轻自贱，陷入了一种精神的分裂和崩溃的状态之中。倪吾诚的悲剧就在于，在他身上，封建文化的影响既属根深蒂固，他所接受的西方文明又十分皮相，前者既不能固守，后者又无法自救，在这两者之外，找不到新的出路，就只能接受精神的自戕，成为一个文化的畸形儿和时代的“零余人”。与此同时，作为环绕主要人物行动的环境的因素，作品也深入地剖析了倪吾诚的几个主要家庭成员——妻子静宜、妻姐静珍和岳母姜赵氏的灵魂病态。这三个女性尤其是静宜姊妹，一方面是封建家庭的包办婚姻和封建主义的贞节观念的受害者，另一个方面又用她们在封建家庭和寡居守节的过程中所养成的暴虐自私和阴毒怪戾的个性去戕害他人。

通过对倪吾诚和这三个女性扭曲的灵魂和病态的人性的刻画，作品深入地揭示了封建文化的病根和西方资产阶级文明在现代中国特殊的历史情境中所遭遇的尴尬和困境，同时也暗示了一种历史发展的趋势，预告了时代转换、文化更新和人性改造的历史曲折与艰难。这部长篇作品继续了作者在中篇和短篇创作中所进行的艺术实验，以更大幅度的时空跳跃，更为细致深入的心理刻画和更加自由灵动的议论及抒情的穿插，构造了一个融现实主义的艺术描写和现代主义的精神分析为一炉的、以展现人物畸形变态的心理意识活动为主的奇异的艺术世界。作品在艺术上虽然还存在诸如结构过于随意和有些描写议论失之琐碎冗长之类的问题，但它的大胆创新所取得的实绩给本期长篇创作所注入的艺术活力，对本期长篇创作的艺术发展，却是具有极为重要的推动意义的。

（六）以表现人生追求为艺术取向的长篇代表作

20世纪70年代末80年代初的文学创作在追寻失落的人生的同时，也在重建新的人生理想。这类作品在“知青”作家群的中短篇创作中尤为突出。80年代中期以后，这类以表现人生追求为艺术取向的创作开始集中地出现在一些长篇作品之中，《金牧场》是这类作品的一个优秀代表。

这部作品以主人公赴日本当访问学者、破译中亚古文献《黄金牧地》的经历为主要线索，平行组接了主人公在内蒙古草原插队落户、红卫兵运动期间沿红军长征路线徒步串连、大学毕业后在大陆北方的考古活动等三个片断的人生经历。这三个片断的人生经历从纵向连缀起来，就是主人公从一个狂热的“红卫兵小将”，经由“知青”生活的磨炼和接受专业教育的陶冶，最终成长为一位青年学者的人生历程。通过主人公这短短20年的人生历程，作品不但向人们展示了经历过“文革”动乱的一代青年从迷狂到成熟的成长过程，而且在上述不同的人生阶段上，作品竭力向人们显示的是这一代青年无论在何种情境下，都绝不放弃对于人生信仰和生活理想的执著追求，以及在这个追求的过程中所显示出来的青春和生命的力量。在这个层面上，这部长篇作品集中了作者在此前的众多中短篇作品中反复表现过的题材和主题，是作者表现人生追求的文学创作的一部容纳了多声部合奏的宏大精神乐章。与此同时，作品又通过与主人公的人生经历相关的一些历史的和现实的人生故事，把发生在不同年代、不同民族、不同信仰和不同身份的人们中间对于人生信仰和生活理想的不同追求，共时地展现在同一个艺术空间之中，使这些不同的人生追求，在总体上显示了一种超越时代、种族、宗教信仰和社会身份之上的一种带有终极意义的价值目标。这个带有终极意义的价值目标也就是作品在它的结尾处所表达的一个中心意思：“生命就是希望。我崇拜的只有生命。真正高尚的生命简直就是一个秘密。它飘荡无定，自由自在，它使人类中总有一支血脉不甘于失败，九死不悔地追寻着自己的金牧场。”从这个意义上说，这部作品也是一部礼赞生命、青春和理想的圣歌。在艺术上，这部作品不但完全打破了一般长篇小说的结构方式，用类似于电影蒙太奇的平行组接和穿插叠印的手法，使不同时空中发生的生活故事和瞬间的意识活动，能够共时地显示出来，呈现出一种复调状态。而且还把一种诗化的抒情手段运用于作品的叙事，使作品的人物和故事始终沉浸在一种浓郁的诗意的氛围之中。这部作品因而又被有些论者称为“诗化的小说”。也正是在这个意义上，这部作品同时又是本期长篇创作中最富“美文”色彩的一部长篇小说。

第七节　本期报告文学创作

本期报告文学创作概况　在上期散文创作一节，我们曾经从广义散文的角度谈到报告文学的创作情况。本期报告文学由于在20世纪70年代末开始异军突起，并且持续不断地以它的创作实绩，影响和推动着本期文学的发展，成为本期文学创作的一个重要构成方面。相对而言，一般意义上的散文创作在本期却没有像上期那样得到足够充分的发展，除了巴金的《随想录》等少数作品，在更普遍的意义上也没有取得如上期那样广泛的艺术成就。故而本期将以报告文学取代一般意义上的散文，作为重点研究对象。

报告文学在中国新文学史上萌芽于20世纪20年代，进入30~40年代，尤其是在抗日战争期间得到了长足的发展。50~60年代，报告文学虽然有过两度短暂的繁荣，但到了60~70年代的“文化大革命”当中，却遭受到巨大的挫折，跌入创作的低谷。70年代末结束“文化大革命”后的报告文学创作即是在这样一个曲折发展的历史背景下从低谷跃上峰顶，开始了一场持续不断的艺术爆炸。

“文化大革命”结束后的最初几年，报告文学创作虽然还缺乏一种真正意义上的艺术的自觉，但“文革”期间所遭遇的苦难、所积聚的情感、所耳闻目睹的悲剧，却迫使许多专业的和非专业的作者禁不住要拿起笔来，写下他们在这场历史浩劫中真实的经历和感受。尤其是在这期间所进行的政治上的拨乱反正和平反冤假错案的活动，更刺激了一种追忆历史和怀念逝者的报告文学创作的长足繁荣。其中特别是一些反映与林彪、“四人帮”集团进行殊死斗争的革命干部和普通群众的英勇事迹的报告文学作品，格外引人注目。这些作品因为大多是一些历史的实录，因而都具有报告文学所要求的真实性的基本品质，同时也因为表达了作者的真情实感和对于“文化大革命”的历史思考，因而又都具有较强的艺术感染力和思想的启示作用。这种追忆历史和怀念逝者的报告文学创作此后还有所发展和深化，伴随着这期间整体的“伤痕文学”的潮流，一直持续到20世纪70年代末期。其中比较有代表性的作品，例如陶斯亮记述老一辈革命家陶铸在“文革”期间的遭遇的《一封终于发出的信》等，在读者中产生了强烈的“轰动效应”。此外则是反映1976年“天安门事件”的报告文学作品等，不但产生了巨大的社会影响，而且还具有重要的史料价值。总之，这期间的报告文学创作虽然还处在一个艺术的恢复时期，但它的敢吐真情、敢讲真话、秉笔直书、敏于思考的特色，却为本期报告文学的繁荣和发展奠定了一个良好的基础。

与此同时，本期报告文学在20世纪70年代末期也在酝酿一个艺术上的崛起。这个崛起的显著标志便是1978年初徐迟的报告文学作品《哥德巴赫猜想》的发表。这篇记述数学家陈景润攻克世界数学难题“哥德巴赫猜想”，尤其是陈景润在“文革”期间的遭遇的报告文学作品，不但以其对主人公的深知深爱，引起了人们对于知识分子问题的密切关注，而且也以其独特的表现方式和在艺术上所取得的重要成就，成为本期报告文学也是当代报告文学发展的一个里程碑。以这篇作品为标志，本期报告文学从70年代末期到80年代中期，开始了全面的艺术突破。本期报告文学重要作家作品的出现，它的独特的艺术品格的形成，以及它对本期社会生活所发生的巨大影响作用，也大多集中在这个时期。这个时期因而是本期报告文学创作的一个重要发展阶段。

纵观这期间的报告文学创作，有如下方面的一些重要特点值得格外引起注意：其一是追踪时代前进的步伐，在与生活的同步发展中拓宽报告文学的题材领域。从20世纪70年代末期到80年代中期，在结束“文化大革命”以后，社会生活的各个方面都在发生急剧的变化。举凡这些变化在不同阶段上的各种表现和为广大人民群众所密切关注的人事，这期间的报告文学无不及时地予以报道和反映。首先是1978年初全国科学大会召开前后，涌现了一大批记述科学家的生平事迹和科研经历的报告文学作品。除了徐迟的一系列为科学家立传的报告文学作品外，比较有代表性的还有黄钢的记述地质学家李四光的生平事迹的报告文学《亚洲大陆的新崛起》、黄宗英的报道女科学工作者秦官属的坎坷遭遇的报告文学《大雁情》、穆青等记述植棉能手吴吉昌的人生道路的报告文学《为了周总理的嘱托》等。这些作品所涉及的对象从著名科学家到普通的科学工作者乃至从事科研活动的普通劳动者，集中表现了在科学的春天到来之际对知识和人才的高度重视。与此同时，一些艺术家、教育家和更大范围内的知识分子的工作和生活也受到了报告文学作家的密切注意。这些报告文学作品从总体上构成了一个以知识分子为题材的报告文学创作的热潮，对当代报告文学长期以来轻视知识分子题材的局面形成了一个重大的突破。本期报告文学在这一题材领域所取得的重要成绩，也是本期报告文学发展繁荣的一个重要标志。其次是在80年代改革开放的背景下，涌现了一大批反映改革开放所带来的社会生活的各方面的变化以及在改革开放过程中出现的新人新事的报告文学作品。其中特别是一些报道各种不同层次的改革者的改革活动和反映改革开放过程中出现的一些新的矛盾和问题的报告文学作品，引起了更强烈的社会反响。比较有代表性的前者如程树榛描写一家大型国营企业的厂长宫本言大刀阔斧地进行整顿改革的报告文学《励精图治》、袁厚春描写河北省委书记高扬的改革实践的报告文学《省委第一书记》等，后者如乔迈记述吉林农村某生产队在联产承包过程中党员受到冷落后重新奋起的报告文学《三门李轶闻》等。这些作品不但热情地讴歌了改革者的革新进取精神和他们为改革的事业所建立的丰功伟绩，显示了改革事业深厚的群众基础和必然的历史趋势，而且也尖锐地指出了改革所不可避免地要经历的裂变和阵痛，预示了改革的历史曲折和在前进的道路上可能遇到的荆棘泥泞、艰难险阻。与此同时，也有一些作品，如任斌武的《无声的浩歌》描写女青年范熊熊为制止某些干部的不正之风不惜以身蹈海的事迹，韩少华的《勇士：历史的新时期需要你!》记述青年党员陈爱武揭发商业部长利用职权搞不正之风的事迹等，也表现了在改革开放的过程中党和人民群众与各种腐败现象和不正之风所进行的坚决斗争。除了上述方面的作品之外，这期间改革题材的报告文学还深入到更加广泛的生活领域，报道改革开放所带来的思想观念、行为方式、社会风习和心理习惯等方面的复杂变化，显示了改革题材的报告文学巨大的生活容量和多样化的生活色彩。如同知识分子题材的报告文学一样，改革题材的报告文学所取得的重要成就，也是本期报告文学繁荣发展的又一重要标志。再次是以70年代末、80年代初的边境战争和国际性的体育比赛活动为背景，涌现了一大批军事题材和体育题材的报告文学作品。特别是后者，接续了当代报告文学在体育题材方面所作的艺术开拓，使体育题材的报告文学在本期逐渐形成了一股持续不断的创作潮流。其中有代表性的作品如理由的报道中国击剑女运动员栾菊杰的事迹的报告文学《扬眉剑出鞘》、鲁光报道中国女排运动员的训练和比赛活动的报告文学《中国姑娘》等，都产生了强烈的社会影响。这些作品不但及时报道了体育健儿奋勇拼搏的感人事迹，而且也集中表现了改革开放的时代精神和民族振兴的崇高理想，是这期间的报告文学创作不可忽视的一个重要构成方面。除了上述一些主要题材领域的报告文学创作外，这期间的报告文学创作随着改革开放的深入发展，还把笔触伸向海外和台湾、港、澳地区，报道在世界范围内发生的重大事件和一些新闻人物的生平活动（比较有代表性的如刘亚洲的国际题材的报告文学等）。这些作品扩大了读者的阅读视野，开阔了读者的思想眼界，表现了这期间的报告文学创作在题材方面的大胆开拓和全面开放的鲜明特色。

其二是充分发挥独立思考的精神，通过加强作品的理性内涵深化报告文学的思想主题。本期报告文学受20世纪70年代末80年代初拨乱反正和思想解放运动的影响，从一开始就以思想的敏锐和思考的深入引人注目。这种长于思考的特色，此后就一直伴随着本期报告文学创作的发展，成为本期报告文学主题深化的一个重要表现。本期报告文学因为发挥了这种独立思考的精神，因而绝大多数作品的主题都达到了一定的理性深度。在70年代末到80年代中期，特别是对如下两个方面的问题的思考，比较集中突出，所产生的社会影响也比较强烈。首先是70年代与80年代之交的一些作品“文化大革命”的历史教训的沉痛反思。这种反思的主题主要集中在一些反映“文革”期间因坚持真理反对极“左”思潮而惨遭杀害的烈士的事迹的报告文学作品中。比较有代表性的如张书绅的《正气歌》写辽宁女共产党员张志新，王晨、张天来的《划破夜幕的陨星》写北京青年遇罗克等。这些作品通过记述这些“捍卫真理的勇士”、“思想解放的先驱”的生平事迹和遭受迫害的经过，深入地思考了“文化大革命”所造成的人妖颠倒、是非混淆的历史悲剧，同时也大胆地提出了反对现代迷信、加强法制建设和尊重人权、实行政治民主等一系列重大而又敏感的思想理论问题。这些问题因为触及这期间思想解放运动的一些核心内容，因而引起了强烈的社会反响，对思想解放运动起了重要的推动作用。与此同时，另有一批作品通过揭露现实生活中存在的某些腐败现象和党风及干部作风问题，进一步强化了对民主与法制和党的建设等诸多问题的理性思考。虽然这种思考在少数作品中也出现了一些极端化的偏颇，但从总体上说，无疑强化了这期间报告文学的理性内涵，使这期间的报告文学在对特定时期的社会历史的思考方面，留下许多极为宝贵的思想资料。其次是从80年代初期到80年代中期的一些作品对中国正在进行的改革开放以及由此带来的诸多社会问题的深入思考。这些作品一般都不满足于纯粹客观地报道改革开放中的新人新事和各方面的巨大变化，而是同时也要表示作者对于改革开放诸多问题的意见和看法。有些作品甚至主要是为了表达这些意见和看法而去搜集资料、深入采访和着意创作的，这些作品因而都带有很强的议论说理和抽象思辨的色彩。其中特别是陈祖芬的一组总题为“挑战与机会”的报告文学作品，在对这些问题的思考方面比较系统深入，因而也具有比较广泛的代表性。这组作品以其特有的“政论”特色，通过一些具体的人事或普遍存在的社会现象探讨改革开放所提出的许多重大理论问题，视野开阔，思想新锐，具有极其重要的启发意义。除了直接针对在经济改革和对外开放的过程中提出的一些现实问题的思考外，这期间的报告文学作品还把思考的触角指向民族心理和传统文化的深层积淀，从中发掘那些阻碍现实变革的历史因素。其中尤其是某些涉及爱情、婚姻、家庭和社会问题的报告文学作品对传统的价值观念、道德观念、人生态度和行为方式等所作的批判性审视，更具思想的力度。在此基础上，有些作品还通过别具一格的思考传播了现代观念。这期间的报告文学作品对上述问题的思考集中了改革开放的时代观念变革和思想更新的基本内容，从总体上构造了一座改革开放时代的“思想库”，表明这期间的报告文学在主题的开掘方面达到了相当的理性深度。

其三是广泛吸收艺术的滋养，在融合异质因素的过程中寻找报告文学的艺术突破。长期以来，报告文学受新闻文体的局限，在注重真实性的同时，也显出了艺术创造力的不足。本期报告文学在当代报告文学尤其是 20 世纪 60 年代的报告文学融合散文和小说的艺术因素所取得的成就的基础上，进一步强化了融合异质因素的力度。从 70 年代末期到 80 年代中期，报告文学十分注重从诗歌、散文、小说、戏剧、电影和政论文章中吸取有益的营养，在不损害真实性的同时，力求使报告文学在艺术上更有感染力，也更具多样化的色彩。比较有代表性的如徐迟的报告文学把诗的激情和散文的修辞带入报告文学创作中，故而他的作品既具有一种抒情的韵致，又兼有一种文辞的华美，是一种散文诗式的报告文学的文体。柯岩、黄宗英在同样注重诗意的抒情的基础上，更明显地倾向于把散文的笔法用之于报告文学创作，因而她们的作品更多地是表现为一种结构上的活泼灵动和行文中的自由不拘，是一种高度散文化了的报告文学文体。这些作家同时都十分注意人物形象的塑造，因而又都在不同程度上吸收和运用了小说艺术的表现手法。在这一方面，理由和乔迈的报告文学除了注重人物形象的塑造之外，同时又十分重视将真人真事通过艺术的剪裁，编织成一个个颇带戏剧性的故事情节，使之产生引人入胜的艺术效果，因而具有极强的可读性。此外，则是陈祖芬等作家对电影蒙太奇手法的运用和将政论引入报告文学中，祖慰等作家对意识流手法的借鉴等，在这期间的报告文学创作中都有一定的代表性。这些作家的报告文学创作因为融合了这些异质的因素而在报告文学的文学性方面形成了一些重大的艺术突破。这种突破同时也是这期间的报告文学走向文体的自觉的一个重要标志。

20世纪80年代中期前后，报告文学创作因为生活的变化日趋复杂和作家的思考日渐深入，在艺术上随之也发生了一些重要的变化。这种变化的主要表现集中凸显在如下几个方面：其一是报道对象的中心“泛化”。前此阶段报告文学的报道对象大多是以某些中心人物为主，以对这些中心人物的描写和刻画为其基本内容。但出于某些特殊的创作题旨的需要，在这一阶段，也有一些作家开始放弃中心人物和中心事件，着手在更大的范围内对社会生活进行艺术“概括”。这种新的创作倾向的萌芽不再把报道的目标对准某些中心人物，而是以对众多人物的综合报道，集中表达一个统一的创作意图。比较有代表性的作品较早的有李延国报道引滦入津工程的报告文学《在这片国土上》等。此后，这种中心“泛化”的创作倾向进一步使报告文学创作由对人物命运的关注转向对社会问题的兴趣，报告文学也由此而在80年代中期逐渐发展成为一种“淡化人物”的创作模式。比较有代表性的作品有理由报道球迷事件问题的报告文学《倾斜的足球场》、涵逸报道独生子女问题的报告文学《中国的小皇帝》等。这些作品或从一个典型的个案入手，或着眼于普遍存在的社会现象，但最终都归结为对一种社会问题，尤其是为全社会所关注的重大或“热点”问题的分析和报道，是一种用形象的方式表达的社会学问题的调查报告。其二是观照视野的走向“宏观”。这期间的报告文学创作因为把关注的重点转向社会“热点”问题，因而就要求报告文学作家的眼光不能局限于一时一地、一人一事，而是要有一种宏观的艺术视野，即要从广阔的时空中求得对这一社会问题的历史成因、现实表现和未来趋势的比较全面系统的了解与看法。除了上述作品外，比较有代表性的另有李延国报道胶东农村改革形势的报告文学《中国农民大趋势》、麦天枢的报道西部移民计划的报告文学《西部在移民》等。这些作品因为是从不同角度全方位地透视某一社会问题，因而又被有些论者称为“全景式”的报告文学。与这种“全景式”的报告文学相适应，报告文学在规模体制方面也较之前此阶段有所扩大，尤其是中长篇报告文学获得了长足的发展，逐渐在这期间的报告文学体裁中成为一种占主导地位的艺术趋势。其三是艺术建构的倾向学术化。80年代中期前后，报告文学在上述方面所发生的变化，也使得报告文学的艺术建构由注重形象的鲜明性和艺术的感染力到倾向于追求信息的密集度和思辨的抽象化。比较有代表性的除了上述方面的作品外，另有如钱钢报道唐山震灾的报告文学《唐山大地震》，胡平、张胜友报道出国留学热的报告文学《世界大串联》等。这些作品不但记录了丰富的直接采访材料，而且还引用了许多间接的书本知识。因为汇集了有关报道对象的历史和现实的诸多信息，因而往往能使读者对报道对象有一个比较系统和全面的了解。与此同时，作者还调动了多学科的知识和方法论的手段，对这些直接的和间接的材料进行多侧面、多层次的分析与透视，使读者对所报道的问题能得到更加深入细致的理解和认识。这种报告文学创作因而带有很强的学术研究的性质，有些长篇作品甚至就是一部对于某一问题的别具一格的学术研究著作。

20 世纪 80 年代中期前后报告文学所发生的这些重大变化，给本期报告文学的发展带来了一种全新的气象，也使报告文学在文体上获得了进一步的独立和自觉。但是，与此同时，报告文学的发展也愈来愈偏离艺术的轨道，其固有的文学性相对前此阶段大为削弱。随之而来的是，这期间的报告文学在选材方面也日益趋附时尚，甚至有意迎合读者对于某些新奇怪异事物的庸俗兴趣，在艺术格调上向流行的通俗文化读物靠拢。有些报告文学作品因为选材不严、开掘不深而流于杂滥、浮泛。多数报告文学作品则因为竞相追求篇幅的长度、缺乏必要的艺术提炼和概括，因而显得冗长、拖沓，甚至散乱无章，难以卒读。进入 80 年代后期，报告文学创作虽然在“中国潮报告文学征文”① 中曾再度出现过短暂的繁荣，产生过如上述《西部在移民》、《世界大串联》和霍达的报道知识分子英年早逝问题的报告文学《国殇》，李存葆、王光明报道山东乡镇改革的报告文学《大王魂》，以及谢德辉报道个体户与金钱问题的报告文学《钱，疯狂的困兽》等影响较大的作品，但从总体上说，只是前此阶段的报告文学创作在艺术上的一个自然的延续，因而并未给本期报告文学创作的发展带来突破性的贡献。在此期间，报告文学的发展又不可避免地要受到正在兴起的商品经济的影响，以至于出现了一种极端商品化的创作倾向②，对 80 年代后期的报告文学的发展形成了极为有害的冲击。报告文学适应新的市场经济的环境，要有待 90 年代作出调整之后。但在新的生存环境中，它的更大的发展前景是完全可以预期的。

本期报告文学重要作家作品　本期报告文学作家根据上述分析可以相对区分为以下三种主要类型：第一种是 20 世纪 80 年代中期以前在创作中恪守以人物为中心的报告文学传统的作家，成就较高和较有代表性的主要有徐迟

① “中国潮报告文学征文”从 1987 年 11 月 1 日开始，到 1988 年 9 月 30 日截止，由全国各地众多报刊参与其事。后评出一等奖 10 篇、二等奖 30 篇、三等奖 60 篇。

② 指一种流行的“有偿报告文学”或称“广告文学”，即由企业厂家或个人出资赞助撰写和发表出版的报告文学。

和黄宗英等；第二种是在80年代中期以后逐渐放弃人物中心、追求综合地报道社会问题的作家，成就较高和较有代表性的主要有钱钢和李延国等；第三种是介于两者之间，并且在两个方面的创作中都取得了一定成绩的报告文学作家，较有代表性的主要有理由和陈祖芬等。以下仅就他们在一些主要作品中所表现出来的创作特征作一点具体的分析。

作为本期报告文学“开山”的作家，徐迟的报告文学创作是以关注科技界的知识分子的命运著称于世的。这位在现代诗坛享有盛誉同时又擅长翻译和散文创作的当代作家，从20世纪50—60年代起，即将创作的重点逐步转向报告文学，在这期间先后创作发表了许多报告文学作品。其中特别是报道美术史家常书鸿献身敦煌艺术研究的报告文学《祁连山下》和报道汉剧艺人的人生道路和艺术追求的报告文学《牡丹》等，产生了重要影响，是他在这期间的报告文学创作的重要代表作品。从本期开始，徐迟出于对知识分子在“文革”期间所遭遇的打击与迫害的愤懑与不平，同时也出于对科技发展和“四化”大业的重视与关心，开始把报道的对象集中专注于科技界的知识分子，尤其是那些对经济建设和科技发展作出了重要贡献的著名科学家。其代表作主要有报道地质学家李四光的事迹的报告文学《地质之光》、报道数学家陈景润的事迹的报告文学《哥德巴赫猜想》、报道植物学家蔡希陶的事迹的报告文学《生命之树常绿》、报道流体力学家周培源的事迹的报告文学《在湍流的涡漩中》，以及报道人工合成牛胰岛素结晶的科研集体的事迹的报告文学《结晶》等。其中又以《哥德巴赫猜想》和《地质之光》影响最大，在徐迟这期间的报告文学创作中也最具代表性。徐迟的报告文学创作主要有以下一些方面的特点：其一是“知人论世”，为科学家立传。徐迟的上述作品不是截取主人公的生平事迹的某一片断，或报道其人生和事业的那些闪光的瞬间，而是着眼于报道对象的“全人”和全部科研活动。尤其是注重把报道对象的人生经历和科研活动放到特定的历史环境之中，通过对比描写，折射出时代的发展和变化。因此，他的这些作品既带有很强的传记性质，同时又是时代变迁的真实记录。正是通过这些报道对象的人生经历和他们的科研活动所经历的历史性变化，徐迟不但写出了他笔下的人物对科学事业的执著追求，而且也写出了现代中国科技事业发展的曲折道路和历史趋势。与此同时，作者还突出地刻画了他笔下的人物特立独行的思想性格和忘我献身的高贵品质，消除了对他们的种种成见与误解和强加在他们身上的种种不实之词，还他们以真实的面目。因此，他笔下的人物就不但具有丰富的理性内涵，而且也具有感人的艺术力量。其二是探幽入微，将科学“诗化”。徐迟是一位诗人，他善于以诗人的眼光从报道对象的科研活动中去发现属于艺术的美和诗意。因此，在他笔下，无论是李四光的抽象的地质学理论，还是陈景润的枯燥的数学运算，抑或是牛胰岛素结晶的具体的科学实验等，都流荡着一种诗的旋律和韵致，都呈现出一种美的形式和结构。这种美和诗意，不仅仅见于作者在艺术描写中所运用的那些形象的比喻，更重要的是在于作者真正把握了科学与艺术在本质上的共通之处，即都是属于人类显示自身的本质力量的一种创造活动。正因为如此，作者就能够透过一些表面现象，从这些科学家内在的思维和心智活动中，去发掘和发现科学的创造所表现出来的美和诗意的特色。从这个意义上说，徐迟的报告文学将科学“诗化”，亦即是最大限度地发掘和发现科学创造活动的美学特质，将科学也作为一种审美的对象，从而给读者一种有别于一般审美对象的独特的审美感受。其三是精心构思，讲究文辞的华美。徐迟的报告文学在构思和语言方面是十分讲究的。他极善于从人物的生平活动和精神特质中提炼出一个核心的思想，抓住这个核心的思想组织材料、谋篇布局。例如，他把李四光的地质学理论所带来的革命性的贡献称之为“地质之光”；把陈景润的行事作为长期不被人理解以神秘的“猜想”二字来表达；把植物学家蔡希陶的工作称之为常绿的“生命之树”；把流体力学家周培源所经历的历史性转折比喻处于一个“湍流的涡漩”之中，以及把一个科研集体的精神称之为力量和智慧的“结晶”，等等。这些被提炼出来的核心思想恰如一首诗中被精心提炼出来的诗意，由它统领全局，作品就能够做到有条不紊、形散神聚，达到结构上的和谐与统一。与这种以凝练的“诗意”为核心的结构相适应，作者也十分讲究文辞的典雅与华美。徐迟的报告文学语言的主体是经过提炼的现代口语，但它同时也吸取了古代文言和“欧化”的语言精华，尤其是古代骈文的排比对偶和“欧化”的长句的运用，使作品的语言在总体上显示出一种“诗化”的散文语言的特色。这种围绕一个中心在语言上的铺叙排比的特色，极为接近中国古代大赋的文体特征。从这个意义上说，徐迟的报告文学因此也可以称之为一种现代的赋体。

在关注科技界的知识分子的命运方面，黄宗英的报告文学创作与徐迟有诸多相似之处。这位中国现代著名电影演员在转入文学创作之后，即以散文和报告文学创作的成绩格外引人注目。她在20世纪60年代发表的报道女知识青年侯隽的事迹的报告文学《特别姑娘》和报道农村姑娘张秀敏带领下的一个铁姑娘队的事迹的报告文学《小丫扛大旗》等，是她这期间的主要代表作。从本期开始，黄宗英把她的报告文学创作的重心逐渐转向知识分子题材，特别是对科技界的知识分子的命运，倾注了更大的关注和同情。其中成就较高、影响较大的作品，主要有报道女科学工作者秦官属的事迹的报告文学《大雁情》和报道另一位女科学工作者徐凤翔的事迹的报告文学《小木屋》等。与徐迟的同类题材的报告文学相较，黄宗英的报告文学创作主要有如下一些方面的特点：其一是独具慧眼，为科技界的小人物张目。黄宗英自称她的报告文学要写“普通人”、写“正在行进的人”，对他们“援之以手”，为他们“助一‘呼’之力”。① 这是她的报告文学在取材上的一大特点。她笔下的秦官属、徐凤翔和其他作品中的主人公，都是这样一些名不见经传，同时又长期遭受压制和曲解却在科学领域里默默地作出奉献的小人物。以这样的小人物作为报道的对象，拨开政治的迷雾和歧视与成见的遮蔽，写出他们的高贵品质和感人事迹，不但表现了作者披沙沥金的识见和勇气，而且也触及了“文革”结束后科技界的普通知识分子所面临的一些共同性问题，因而具有极为重要的现实意义。其二是深入体验，与作品中的主人公共命运。与一般报告文学作为新闻文体所要求的客观性不同，黄宗英的报告文学不是纯粹客观地报道事件、描写人物，而是充分发挥一个电影演员对角色的体验的特长，深入到对象的生活和工作中去，全身心地体验对象在人生中所经历的种种悲欢离合和喜怒哀乐。这种体验“角色”的特点在创作中的具体表现，便是作者常常用第一人称的手法，将自己与对象的结识和理解的过程同时也写进作品中去，使作者与对象始终处于同一情境之中，将对象与自我融为一体，忧喜与共，苦乐同当。通过自己的体验把对象的命运感同身受地传达出来，极为细致真切，具有感人至深的艺术效果。其三是“独抒性灵”，在艺术上不拘格套。黄宗英的报告文学是一种主观色彩极强的报告文学。举凡她的报道对象的生平事迹、举止言行乃至生存环境和生活细节，无一不是通过她的心灵的折光才得以表现出来。因此，她的报告文学与其说是客观地记述她的报道对象的生平事迹，不如说是通过她的报道对象的生平事迹表达作者对她的报道对象的认识和评价。而且这种认识和评价又往往带有作者强烈的主观感情色彩。尤其是作品中的一些诗意的描写，更增添了这种主观感情的色调。与此同时，她的报告文学还进一步发挥了她在60年代就引人注目的散文化的创作特色，把散文的多种体裁、多样化的表达方式和可能容纳的各种表现因素，都悉数调动起来，融入报告文学的写作中去。因此，她的报告文学不但体裁样式、谋篇布局灵活多变，而且叙述、描写、议论、抒情皆随心所欲，真正做到了不拘格套，自由抒发。

作为本期报告文学创作从以人物为中心向以社会问题为中心过渡的有代表性的作家之一，理由的报告文学创作在20世纪80年代中期前后，经历了

① 黄宗英：《与人物共命运》，《文汇月刊》1982年第9期。

一个重大的转折和变化。在80年代中期以前，这位从新时期才开始报告文学创作的作家，在创作上的特点主要有以下几个方面：其一是在题材领域的纵横开拓。在本期报告文学作家中，理由的报告文学题材范围是十分广泛的。就纵向而言，从70年代末为“天安门事件”平反，到80年代的经济改革，包括其间引起全社会密切关注的一些重大热点问题，例如70年代与80年代之交的知识分子问题；这期间的边境战争和重大体育赛事等，他的报告文学无不涉足其间，而且都取得了一些令人瞩目的创作成就。就横向而言，理由的报告文学几乎涉及本期报告文学创作主要的题材领域，包括重大政治题材和一般生活题材，知识分子题材和工人生活题材，军事题材和体育题材，等等。其主要代表作有：报道女击剑运动员栾菊杰的事迹的报告文学《扬眉剑出鞘》、报道普通挡纱女工索桂清的事迹的报告文学《中年颂》、报道北京东风电视机厂厂长黄宗汉的事迹的报告文学《希望在人间》、报道广州南方大厦经理邓汉光的事迹的报告文学《南方大厦》，以及报道数学家华罗庚的事迹的报告文学《高山与平原》、报道农学家蔡旭的事迹的报告文学《依傍田野的小屋》、报道妇产科专家林巧稚的事迹的报告文学《她有多少孩子》、报道画家袁运生的事迹的报告文学《痴情》、报道歌唱家李谷一的报告文学《李谷一与〈乡恋〉》等。这些作品通过众多人物形象及时地反映了新时期的社会生活在各个领域所发生的深刻变化，为新时期最初十年的历史进程留下了一份形象的实录。其二是对人物性格的精心刻画。在以人物为中心的报告文学作家中，理由是以对人物性格的精心刻画著称的。他笔下的人物不但因出身、经历、职业、教养、性别、年龄等方面的不同而性格迥异，而且在这些人物的独特个性中，作者又有意识地捕捉和突出地描写那些最能体现人物的精神品质的主要方面。例如，同是以女性为报道对象，在栾菊杰的性格中突出的是她的拼搏精神，在林巧稚的性格中突出的是她的博爱的胸怀，在索桂清的性格中突出的是她的任劳任怨的品格。同样是写科学家，华罗庚的性格中的倔强与率真和蔡旭的性格中的刚直与坚韧，也具有不同的意义。这些独具个性又别有深意的人物形象，不但使理由的报告文学避免了一般以人物为中心的报告文学往往将人物作为新闻宣传的道具或某些政治理念的载体的创作弊端，而且通过这些独具个性的人物形象，也使他的报告文学从不同的侧面显示了历史的新时期丰富多彩的精神风貌。其三是把小说写法引进报告文学。理由认为，“报告文学具有小说的全部表现特征”。①因此，他的报告文学完全采用小说的写法，不但在上述人物形象的塑造方

① 理由：《话说“非小说”》，《鸭绿江》1981年第7期。

面，是严格依照现实主义小说的典型化原则，刻画典型环境中的典型性格，而且，在对人物的经历和事件所作的剪裁和处理方面，也在努力追求情节的丰富性和生动性。甚至那些具体的生活细节的运用，也都符合现实主义小说的典型化要求。特别是长篇报告文学《痴情》，集中了他的小说化的报告文学的全部艺术特征。这部作品所描写的主人公被打成“右派”后的遭遇及其与妻子相濡以沫的感情，与这期间同类题材的“伤痕小说”如《天云山传奇》和《灵与肉》等，有异曲同工之妙。这些作品虽然都是真人真事，但经过作者所作的小说化的艺术处理，就显出了别具一格的艺术效果。在把小说写法引进报告文学方面，理由是本期有着同样追求的作家中，取得艺术成就最高的作家之一。80 年代中期以后，理由的报告文学创作在观念上发生了很大的变化。他开始摒弃在小说化的过程中不可避免的某些“杜撰式的描写”和“矫揉的文笔”，“收住主观随意性的缰绳”，追求“以客观而简洁的行动叙述把密集的信息呈现在人们面前”的“无技巧的更高明的技巧”的境界。① 从报道“5·19”球迷事件的《倾斜的足球场》到报道香港市民心态的《香港心态录》等作品，是他的这种观念转变后的代表作。这些作品虽然以不同的方式实践了作者新的报告文学观，但因为忽略了文学性的追求，因而艺术的感染力大为减弱。

与理由相较，陈祖芬的报告文学创作在艺术上转变的幅度更大。这位从 20 世纪 70 年代末期才开始报告文学创作的作家，在发生艺术转变的 80 年代中期以前的创作主要集中在知识分子题材领域，尤其是对科技、教育和文艺界的知识分子，投入了更多的热情和关注。与上述作家对知识分子问题关注的侧重点不同，陈祖芬的报告文学主要把笔力集中在她称之为“中国牌的知识分子”崇高的爱国主义精神和高尚的人格操守方面。她在这期间的主要代表作品有：报道内燃机专家王运丰的事迹的报告文学《祖国高于一切》、报道普通科技工作者程渊如的事迹的报告文学《中国牌知识分子》、报道中科院数学所研究人员裘宗沪的事迹的报告文学《朝圣者与富翁》、报道医学教授黄家驷的事迹的报告文学《黄家驷的道路》、报道医学博士林俊卿的事迹的报告文学《活力》，以及报道女导演陈颙的事迹的报告文学《节奏》和报道歌唱家王昆的事迹的报告文学《生命》等。80 年代中期前后，陈祖芬的报告文学创作在题材方面开始集中转向城市经济改革领域，并且以一组总题为“挑战与机会”的系列报告文学，显示了她这期间的报告文学与众不同的创作特色。这种特色主要是：其一，寻找焦点话题。城市经济改

① 理由：《香港心态录·后记》，作家出版社 1987 年版。

革是一个牵涉面广、影响全局的重大举措，一开始就令举世为之瞩目。其中许多问题都是关系到现代化进程的一些根本性问题。陈祖芬的报告文学不但大胆地切入了这些问题，而且还在其中不断地寻找引起全社会关注的焦点话题，以此来引起人们对这些问题的深入思考和探索。例如，《挑战与机会》中谈到的如何把握机会，迎接挑战的问题；《全方位跃动》中谈到的在社会的“全方位跃动”中，人们如何适应和驾驭急剧变化的环境问题；《选择与被选择》中谈到的如何把握机会、创造条件，接受社会的选择问题；《性格化与现代化》中谈到的人的现代化问题，以及《日本的启示》中谈到的要有危机感和竞争意识问题，等等。通过寻找和介入这些焦点话题，陈祖芬的报告文学从一开始便切入了城市经济改革的核心部位，因而引起了文学界内外的高度注意。其二，着眼观念变革。上述作品所涉及的焦点话题，从根本上说，都是城市经济改革的过程中出现的一些观念问题。因此，探讨城市经济改革过程中出现的观念问题，也就成了陈祖芬这期间的报告文学创作的又一重要特色。尤其是在《论观念之变革》和《理论狂人》等作品中，通过阐述主人公的经济理论和改革思想，更为系统深入地探讨了关系到改革开放全局的一些思想观念问题。有些问题的探讨（例如《理论狂人》中的主人公党治国的经济理论等）虽不无偏颇，却具有重要的启发意义（例如党治国关于所有制改革和企业职工的主人公责任感问题的看法等）。因为着眼于观念变革，故而陈祖芬这期间的报告文学就不是对改革的现象作泛泛的描写，而是同时在理论思想上也达到了一定的深度。其三，纵横议论评说。长于议论，是本期报告文学的一大特点。陈祖芬的报告文学尤其如此。她说：“我的确觉得议论能使我一吐为快，这是别的艺术手段所不能取代的。”①她的议论不仅表现为穿插于作品之中的对于人物和事件的片断评说，更重要的是表现在她的许多作品尤其是“挑战与机会”系列，本身就是一种形象的政论。这些作品的中心题旨既不是展示人物的命运，也不是表现事件的性质，而是论证某种理论或观点。以这些理论或观点为中心，作品将众多的人物和事件组织起来，作为论证的材料和例证。整个作品就是依照这样一种形象的政论的方式构造起来的。例如上述作品，大多是通过众多人物的“现身说法”和众多事件的“举例证明”来论证这些作品所确立的中心题旨的。在这些作品中，作者的分析、评价、启发、议论，不但是一种展开“论证”的手段，而且也起着组织材料和结构篇章的作用。虽然这些议论评说也影响了作品的形象性和情感的力度，却丰富了作品的思想内涵，给作品带来了一

① 陈祖芬：《一封没有写完的信》，《文汇月刊》1982年第10期。

种独特的雄辩力量。

作为本期报告文学作家“新生代”的优秀代表，钱钢和李延国的报告文学创作虽然在他们初试锋芒的20世纪80年代初期，也有某些作品是以报道个别人物的事迹为中心，而且一开始便取得了重要的成绩，引起了人们的高度注意。例如，钱钢与江永红合作的报道某部团参谋长王聚生的事迹的报告文学《“蓝军司令”》和李延国报道某化工厂年轻的厂长周大江的事迹的报告文学《废墟上站起来的年轻人》等。但他们很快便转向淡化中心人物的“综合式”和“全景式”的宏观报告文学创作，而且在这方面作出了开创性的贡献，成了80年代中期前后报告文学创作最有实力的年轻作家。钱钢在这方面的代表作主要是报道唐山震灾的长篇报告文学《唐山大地震》。李延国的代表作则有报道引滦入津工程的报告文学《在这片国土上》、报道胶东农村改革的报告文学《中国农民大趋势》和报道“二汽”建设事迹的报告文学《走出神农架》等。纵观钱钢和李延国在这方面的报告文学创作，其共同之处是：都着眼于报道对象的“全景”和全部历史；都注重对问题的深入思考和主观感情的投入，因而都长于议论和抒情；都具有一种廓大的气势和豪放的风格。不同之处是：李延国的这类报告文学比较注重取材的现实性，因而具有比较鲜明的时代特点，表现了比较强烈的时代精神；钱钢的《唐山大地震》则把关注的目光投向过去年代的重大事件，因而具有比较厚重的历史感，表现了比较深刻的反省意识。李延国的这类报告文学虽然是着眼于报道对象的综合景观，但却不忽视人物在其中的意义和作用，而且这些作品所报道的综合景观，表现在作品的主题方面，集中凸显的仍然是人的意志、理想和精神，其意在人而不在事；钱钢的《唐山大地震》虽然也写到了在地震灾害中人的各种表现，但其主题的指向却是围绕唐山震灾对地震灾害的历史以及特定时代的社会政治和诸多人性问题所作的反思，其意在事（“史”）而不在人。正因为如此，李延国的这类报告文学在艺术上的主要成就仍然是表现在对人物形象的描写和刻画方面，尤其是对众多人物形象进行素描和特写式的勾勒，是李延国的这类作品塑造人物形象的特长；钱钢的《唐山大地震》在艺术上的成就则主要是表现在对历史的和现实的、直接的和间接的材料所作的综合处理方面，尤其是通过这些材料的综合运用，客观地呈现历史的情境和事件的性质，是作者独特的匠心所在。此外，则是李延国的这类报告文学在结构和表现手法上颇多创造和变化，他的这类作品每一篇的写法都有所不同，因而显得摇曳多姿、丰富多彩；钱钢在艺术上的创造性则主要表现在对于报告文学文体所作的革命性的改造方面，他把报告文学由即时的（现实的）叙事改为历史的叙事，使报告文学的文体从新闻的时效性中彻底地解脱出来，进入到一个更为广大的叙事时空之中，因而显得更加自由无拘，也更显涵盖深广。

第八节　本期话剧创作

本期话剧创作概况　如前所述，当代话剧创作在中华人民共和国成立后的前 17 年经历了一个曲折的发展过程之后，于“文化大革命”中跌入到历史的最低点。“文革”结束后的 20 世纪 70 年代末期，又奇迹般地从低谷中跃起，并且率先突破禁区，以其所造成的强烈社会反响，成为文学新时期发端的一个重要艺术信号。此后，话剧创作虽然在本期的发展道路同样不是十分平坦，也有大起大落，但它在艰难发展中所留下的创作实绩，却对新时期文学作出了重要贡献，产生了重要影响，支撑和构造了新时期文学一段不可磨灭的重要历史。

本期话剧创作的发展，大致经历了如下几个阶段：

第一个阶段，从 20 世纪 70 年代后期到 80 年代初期，是本期话剧全面恢复当代话剧的现实主义传统的时期。“文化大革命”结束后的话剧舞台，在一个极为短暂的时间内，是以恢复上演“文化大革命”前的优秀剧本和“文化大革命”中受到“四人帮”的压制的剧作为其活跃的标志的。这其中即反映了话剧艺术拨乱反正、恢复传统的愿望和要求。1977 年，王景愚、金振家编剧的《枫叶红了的时候》和白桦编剧的《曙光》的发表，标志着本期话剧真正从创作上开始全面恢复当代话剧的现实主义传统。这两部剧作，前者以喜剧的表现手法，对“四人帮”及其爪牙的无耻行径进行了辛辣的讽刺。后者在悲剧的氛围中，对王明路线的惨痛教训进行了深刻的历史反思。二者都包含了此后的话剧创作回归现实主义传统的一些主要的艺术因素。70 年代后期的话剧创作即是沿着这两部作品所开辟的揭批“四人帮”和反思历史这两大题材领域，从不同的方向上历时地展开的。

以揭批“四人帮”为题材的话剧创作而言，除《枫叶红了的时候》之外，这期间成就较高和较有代表性的作品另有苏叔阳编剧的《丹心谱》和宗福先编剧的《于无声处》等。这两部作品与《枫叶红了的时候》一样，在揭露“四人帮”及其爪牙的丑恶嘴脸和罪恶行径的同时，也表现了人民群众为坚持真理和正义对之所作的抵制与斗争。尤其是以“天安门事件”为题材的话剧《于无声处》，虽然出自一位业余作者之手，在艺术上尚嫌稚嫩，但因为反映了人民群众的意志和愿望，故而产生了极为强烈的“轰动效应”。这部作品发表和演出在“天安门事件”平反之前，同时也表现了本期话剧创作特有的艺术勇气和现实主义艺术对于社会生活的强大作用力量。此后，正面揭批“四人帮”和表现与“四人帮”的斗争的话剧作品虽仍时有出现，但从总体上说，却主要转向表现肃清“四人帮”所留下的思想影响和医治“文革”所留下的精神创伤方面。这同时也表明这一题材领域的话剧创作正在向艺术的纵深发展，其代表作品主要有：崔德志编剧的《报春花》和马中骏、贾鸿源、瞿新华编剧的《屋外有热流》等。尤其是《报春花》因为涉及“文化大革命”中危害深广的“血统论”问题，因而同样产生了强烈的社会反响，是这期间在话剧领域揭批“四人帮”、拨乱反正的重要作品之一。与这类题材的话剧创作相联系的是，一部分触及现实生活中的种种矛盾和问题的话剧作品，也不能不追溯这些矛盾和问题的历史成因，因而这些作品实际上仍然是把批判的矛头指向“文化大革命”的各种思想流毒。比较有代表性的，例如赵梓雄编剧的《未来在召唤》表现思想解放的要求与坚持“两个凡是”的标准之间的冲突，邢益勋编剧的《权与法》表现滥用权力与维护法制之间的斗争，赵国庆编剧的《救救她》表现挽救被“文革”坑害的失足青年问题，等等。这些作品同时也表达了作者对“文化大革命”的历史教训的深入思考，是这期间由思想解放运动催生的“反思文学”潮流的一个重要组成部分。

但是，在话剧创作领域，属于真正意义上的反思历史的作品，在这期间，主要是表现在革命历史题材方面。由于在“文化大革命”中，一大批革命干部尤其是那些为革命建立了丰功伟绩的领袖人物和老一辈无产阶级革命家，都受到了打击和迫害，与此同时，他们的形象连同他们所创造的革命历史，也遭到了歪曲和篡改。在革命历史题材的创作方面具有深厚基础并取得了重要成就的当代话剧，一旦解除了极“左”的政治禁锢，就大胆地回归革命历史题材，努力按照现实主义的艺术原则，在创作中重塑革命者的真实形象，还革命历史以本来面目。这类作品成就较高、影响较大的除《曙光》外，主要有：丁一三编剧的《陈毅出山》，邵冲飞等编剧的《报童》，程士荣等编剧的《西安事变》，所云平、史超编剧的《东进！东进!》，以及沙叶新编剧的《陈毅市长》，王德英、靳洪编剧的《彭大将军》等。这些作品以一个强大的艺术阵容，显示了本期话剧创作在革命历史题材方面所作的重要开拓。其中有些作品，不但在对于历史真实的追求和对于历史问题的思考方面达到了一定的深度，而且在艺术表现上也有所创新和突破。尤其是稍后出现的《陈毅市长》，因为进一步解除了思想和艺术的禁锢，在创作上所取得的突破更大。这部作品通过一些日常化的生活场景和工作场景，刻画了一个平易近人、幽默风趣的陈毅市长形象，抹去了长期以来尤其是“文革”

期间在领袖人物身上所涂抹的“神化”的灵光，将领袖人物由“神”还原成人，对此后同类题材的创作产生了重要影响。本期话剧创作在20世纪70年代末、80年代初如此短促的时间内如此集中地专注于革命历史题材，在当代话剧史上是一个罕见的艺术现象，它同时也是本期话剧创作回归现实主义传统的一个重要艺术标志。

在上述两大题材领域的话剧创作蓬勃发展之际，这期间的话剧创作在20世纪80年代初期同时还把艺术的笔触伸向正在急剧变动中的现实生活，反映改革过程中的矛盾冲突，塑造推动改革进程的新人形象。在这方面的代表作主要有宗福先、贺国甫编剧的《血，总是热的》和梁秉坤编剧的《谁是强者》等。这两部作品所写的虽然都是一家普通工厂企业的经济改革，但所触及的却是改革的过程中不可避免地要面对的一些带有普遍性的矛盾冲突。而且两剧的作者都把改革者置于这种矛盾冲突的漩涡之中，甚至为他们的结局涂抹了一层悲剧的色彩，显示了改革进程的艰难曲折，同时也通过他们的改革活动在人民群众中所激起的巨大的心灵回响，表现了改革不可逆转的历史趋势。在这期间同类题材的其他作品虽然不一定正面反映改革过程中的矛盾冲突，但却把关注的目光投向新时期以来特别是由于改革开放所引起的思想观念、心理习惯和行为方式等方面更为深入细致的转折和变化。尤其是在表现婚姻爱情观念的变化方面，更加引人注意。除此之外，这期间历史题材的话剧创作也比较活跃，曹禺编剧的《王昭君》、陈白尘编剧的《大风歌》和颜海平编剧的《秦王李世民》等，是这方面的代表作。这些作品或以现代意识重塑历史人物和历史事件，或借助历史人物和历史事件来总结现实社会的经验教训，都表现了一种“古为今用”的创作精神，同样是这期间的话剧创作回归现实主义传统的一个重要表现。

第二个阶段，从20世纪80年代初期到80年代中期，是本期话剧创作在深化现实主义的同时，大规模地进行艺术的革新和实验的时期。从70年代末到80年代初期的话剧创作在全面恢复现实主义传统的同时，因为表现更为复杂的现实生活和满足更为多样的审美趣味的需要，也开始寻找丰富和发展现实主义话剧的新的艺术途径。有些话剧作家因而努力向中外话剧艺术学习、借鉴，同时也注意向兄弟艺术吸取创作经验，在话剧创作中开始了艺术革新的最初尝试。1979年发表的谢民编剧的《我为什么死了》是这种尝试的最早信号。此后，在艺术上比较成功并产生了广泛影响的主要有《陈毅市长》、《屋外有热流》和《血，总是热的》等剧本。这些剧作有的在结构上大胆突破传统模式，有的将西方现代派手法引入话剧创作，有的在舞台演出中尝试运用电影蒙太奇手段等，都给现实主义话剧带来了一些新的艺术因素，同时也集中表现了这期间的话剧创作艺术革新的趋向和要求。

伴随话剧创作这些新的尝试，进入20世纪80年代以后，本期话剧也开始了理论上的自觉，并就话剧艺术创新和戏剧观念等诸多问题，进行了一系列的理论讨论。其中特别是关于戏剧观念问题的讨论，不但直接承续了60年代初关于这一问题的理论探讨①，使许多重要的理论思想的萌芽（例如黄佐临所提倡的“写意”的戏剧观等）都有所丰富和发展，而且从80年代初期到80年代中期，始终伴随着话剧艺术革新的实践，对本期话剧艺术的发展起了重要的推动作用。这些讨论虽然最终没有也不可能形成一个统一的意见，但在一些主要问题上却达成了一个基本的共识，即肯定话剧艺术的创新是完全必要的，不创新就会“停步不前”（陈白尘语）；应当破除狭隘的戏剧观，提倡戏剧观念的多元化和不同戏剧观念的相互融合；认为话剧的表现手法、风格、流派应当多样化等。其中特别是关于“写意”戏剧和多种戏剧观念与表现手法的融合问题，因为与话剧创新的实践密切相联，因而在讨论中引起了更多的注意。

有了上述理论上的自觉，本期话剧创作在最初的艺术革新的尝试之后，从20世纪80年代初期到80年代中期，又进行了更大规模的艺术革新的实验和探索。这种艺术革新的实验和探索的主要倾向，是向西方现代主义的艺术表现手法学习和借鉴。在这个过程中，涌现了以高行健为代表的一批带有实验探索倾向的年轻话剧作家和作品，例如：高行健编剧的《绝对信号》（与刘会远合作）、《车站》、《野人》，刘树纲编剧的《一个死者对生者的访问》，陶骏（执笔）、王哲东编剧的《魔方》，孙惠柱（执笔）、张马力编剧的《挂在墙上的老B》，王培公、王贵编剧的《WM（我们）》，以及马中骏、秦培春编剧的《红房间　白房间　黑房间》等。这些作家作品在话剧艺术革新方面所作的实验和探索，集中表现在如下几个方面：其一，在戏剧冲突方面，打破了统一的中心情节（即“动作一律”），倾向于将不同的情节因素组合成多方面、多层次的戏剧冲突，体现了这期间的话剧创作反映现实生活的多样性和复杂性；其二，与之相适应的，是在戏剧结构方面打破了

---

① 1962年4月25日，著名话剧导演黄佐临在《人民日报》上发表了一篇题为《漫谈“戏剧观”》的文章，以在世界范围内有代表性的三种戏剧观，即斯坦尼斯拉夫斯基、梅兰芳和布莱希特为对象，探讨三者之间的相互影响和相互借鉴，主张戏剧观要“广阔”，要放手尝试多种多样的戏剧手段，推动戏剧的多样化和民族化，同时也批评了当时的戏剧界在戏剧观问题上的一些狭隘的表现，因而引起了一场关于戏剧观问题的讨论，后由于形势的变化，未能深入下去。

严格按照物理时空的次序组织戏剧冲突的结构模式，倾向于采用主观色彩极强的心理结构，或将散文的“形散神聚”、小说的主体叙事和电影蒙太奇的结构形式等引进戏剧结构，体现了这期间的话剧结构的开放性和创造性；其三，在艺术表现手法方面，打破了单一写实的风格，倾向于将中国传统戏剧的“写意”和西方现代派的象征、抽象、荒诞、变形以及超验的意识流手法等进行高度的融合，甚至将音乐、舞蹈、歌唱和传统戏曲与民间艺术的表现手法也融进话剧，体现了这期间的话剧艺术表现手法的综合性和包容性；其四，在作品的主题方面，打破了社会问题剧集中表现社会政治主题的单一向度，倾向于追求主题的深度模式和多种含义，尤其是主题的哲学内涵和文化意蕴，受到了高度的重视，体现了这期间的话剧主题的丰富性和深刻性；其五，在人物形象的塑造方面，打破了长期以来尊于一统的典型化规范和通过人物的外部行为（语言和动作）塑造人物形象的方法，倾向于向纵深开掘人物的内心世界。人物的心理活动、主观情感、意识流动、瞬间思绪乃至幻觉和梦境等，都受到了高度的重视。与此同时，在这期间也出现了一种抽象化和符号化的类型人物，从总体上体现了这期间的话剧创作在人物形象的塑造方面的内倾性和主观性。凡此种种，这期间的话剧创作所作的这些艺术的实验和探索，表明在戏剧观念上的一种多元竞进的局面正在形成。这种局面的出现，是本期话剧创作在艺术上革新进取的一个重要表现。

由于环境因素的影响，也由于艺术准备的不足，这期间的话剧创作在艺术上的实验和探索，也存在一些严重的缺陷。其主要表现是对西方现代派的学习和借鉴，未能做到完全消化理解，故而有生吞活剥和生搬硬套之嫌。尤其是在这种学习和借鉴的民族化方面所作的努力不够，以至于最终脱离了观众的审美需求，未能获得观众的普遍认同。与此相关的是，这期间的话剧创作在强调创新的同时，对传统的继承却有所偏废；在注重形式的同时，又把形式问题推向了极致。加上某些作品存在的新的理念化和说教倾向等，都给20世纪80年代中期以后的话剧创作留下了很深的艺术隐患。

第三个阶段，从20世纪80年代中期到80年代后期，是本期话剧创作在反拨现代主义的极端偏向和进行现实主义与现代主义的艺术融合的过程中，逐步走入创作低谷的时期。80年代中期前后的话剧创作在进行艺术的实验和探索的同时，也在反拨这期间出现的上述方面的极端偏向。反拨的标志就是较之80年代初，80年代中期以后的作品开始恢复摒弃已久的写实因素，与此同时，也比较重视戏剧冲突、戏剧结构的整一性和人物形象的塑造。例如这期间及其后出现的锦云编剧的《狗儿爷涅槃》、郝国忱编剧的《榆树屯风情》、李杰编剧的《田野又是青纱帐》、苏叔阳编剧的《太平湖》、杨利民编剧的《黑色的石头》、何冀平编剧的《天下第一楼》，以及陈子度、杨健、朱晓平编剧的《桑树坪纪事》等。但是，这些剧作又不是简单地重复传统的现实主义话剧的艺术表现手法，而是在反拨了现代主义艺术实验出现的极端偏向之后，同时又在现实主义的话剧艺术中融进了现代主义的合理因素。例如在这些以现实主义为主体的话剧作品中，就明显地融合了一些诸如荒诞、魔幻、隐喻、象征和心理情绪化及意识流等现代主义的艺术表现方法。尤其是《狗儿爷涅槃》和《太平湖》，在这方面的表现更为突出，因而也更有代表性。通过这种融合，80 年代中期以后的话剧创作以其稳健的步伐开始把本期话剧推向一个更高的发展阶段。

但是，与此同时，20 世纪 80 年代中期以后的话剧创作也开始面临着严峻的挑战。这种挑战的主要表现首先是随着改革开放的深入发展，人们满足精神文化生活的途径日益丰富多样，话剧在完成了 70 年代末 80 年代初的拨乱反正和思想解放的历史使命之后，因为长期以来在为政治服务的过程中逐渐丧失了它的趣味性和娱乐性的功能，因而很难满足新时期的观众对它的新的期待和要求。但是，80 年代电影、电视等现代传媒的兴起和蓬勃发展，却弥补了话剧在趣味性和娱乐性等方面的功能的不足，并以其无所不在的覆盖率，夺走了话剧的观众，占领了话剧的领地，逐渐取代了话剧在观众心目中的地位，因而不可避免地导致了话剧创作逐渐出现衰落的趋势。其次是话剧自身的历史和在新时期的发展，本来就存在着许多潜在的隐患和危机。话剧从 20 世纪初进入中国以后，虽然经历了近一个世纪的漫长发展过程，但它的“中国化”的进程却异常缓慢，因而并未像传统戏曲那样真正在中国观众中扎下稳固的艺术根基。加上在它的发展过程中先后出现过极端政治化和上述实验探索中的某些偏颇，就使得话剧作为一种“舶来品”所固有的隐患和危机更其加重。再次则是在 80 年代后期正在兴起的商品经济的大潮中，话剧为挽救自身的危机，盲目顺应和迎合“商品化”的潮流，在创作中一味“媚俗”，以至于某些作品又开始重蹈 20 世纪初“文明剧”在走向衰落的过程中所出现的“商业剧”的覆辙，也败坏了话剧的声誉，加速了话剧创作在 80 年代后期向低谷的滑落。

本期话剧创作虽然是以一个低谷状态标示它的一个相对完整的发展段落，但却并不意味着话剧艺术的生命就此宣告结束。话剧在 20 世纪 90 年代注定会有新的发展。但如何在商品经济的背景下发展话剧艺术，却是 90 年代的文学亟待解决的一个重要课题。

本期话剧重要作家作品　由于历史的原因，当代话剧艺术的发展相对集中在东北、华北、华东和中南等几个主要区域的都会之中，尤其是北京和上海，更是当代话剧艺术的重镇。本期话剧创作也主要是以这些区域的作家为主，其中艺术阵容最强、成就最高、影响最大因而最具代表性的仍然是京、沪两地的话剧作家。相对而言，这两地作家在本期的话剧创作又有各自的特点。一般来说，北京的剧作家比较注重剧作的地方特色和文化蕴涵；上海剧作家的剧作则具有比较强烈的创新精神和现代气息。在北京的剧作家中，高行健又以其独树一帜的艺术实验和探索，在本期话剧创作中占有一席独特的地位。故以下分别以京、沪两地有代表性的剧作家和高行健的话剧创作为主，对本期话剧重要作家作品进行具体的讨论。

（一）苏叔阳等北京剧作家的话剧创作

在北京剧作家中，苏叔阳是本期较早产生重要影响的一位话剧作家。这位作家的文学写作涉及话剧、电影、小说、散文、诗歌、剧评等诸多方面，以话剧创作的影响最大。他的话剧创作开始于 20 世纪 70 年代后期，成名作也是最有影响力的作品是 1977 年发表的话剧《丹心谱》。此后，他创作的重要话剧作品还有《左邻右舍》、《家庭大事》和《太平湖》等。这些作品从纵向贯串起来，不但比较集中地表现了苏叔阳的话剧创作的基本特色，而且也比较清晰地反映了他的创作在艺术上的发展过程。一般说来，苏叔阳话剧创作经历了一个从早期的注重戏剧冲突，到中期的注重生活化和后期的注重艺术创新的发展过程。作为他早期创作的主要代表，《丹心谱》是以通过集中的戏剧冲突塑造人物性格为特征的。这部作品以“文化大革命”后期的复杂形势为背景，围绕一家医院为完成周总理交付的研制 03 新药的任务，在广大医务工作者和一小撮“四人帮”爪牙之间所展开的斗争，集中塑造了坚持政治节操、人格高尚又各具个性的老中医方凌轩、丁文中和政治“风派”人物庄济生的典型形象，不但深入地反映了“文革”后期政治斗争的尖锐复杂，而且也显示了人心的向背和不可阻挡的历史趋势。作品采用严格的写实手法，是这期间的话剧创作恢复现实主义传统的重要表现。同样是以写实为特征，作为苏叔阳的中期创作的代表作品，《左邻右舍》和《家庭大事》却不去着意构造集中的和尖锐复杂的戏剧冲突，而是将作者笔下的人物置于日常的生活场景之中，通过富于民俗色彩和地方风情的生活画面，以及各具个性的人物言行和心理活动，透视社会历史，折射时代的变化。这些作品十分接近老舍剧作的艺术风格，因而也最能体现苏叔阳的话剧创作独特的地方特色。如果说苏叔阳在上述两个阶段上的创作是以写实为特征的话，那么，在以《太平湖》为代表的他的后期创作中，却在保持写实风格的同时，又融合了现代主义的表现手法。这部作品是为纪念老舍逝世 20 周年而作。作品通过老舍在“文化大革命”中投太平湖自尽前的所思所想和虚拟的老舍死后老舍的亡灵与人与鬼的种种对话，不但成功地塑造了老舍作为一位“人民艺术家”的真实形象，而且也表达了对老舍之死的深刻的历史思考。作品在艺术上将严格的写实与超现实的荒诞结合起来，将老舍的人生与老舍的作品融为一体。在结构上打破了情节的整一性，通过回忆和幻觉的闪回穿插，在现实与非现实之间造成了大幅度的时空跳跃。这部作品不但表现了苏叔阳的后期创作在艺术上的大胆革新精神，而且也是他的话剧创作取得新的艺术成就的一个重要标志。

在北京剧作家中，本期创作比较活跃且较有代表性的另有李龙云的话剧创作。这位作家同样是在20世纪70年代后期开始话剧创作的。他的处女作《有这样一个小院》因为是以“天安门事件”为题材，公演后曾引起争议。其代表作主要有以表现“京华风情”为特色的话剧《小井胡同》。这部作品以小井胡同的五户居民为主，选取了从北京解放前夕到党的十一届三中全会以后三十多年间的社会生活的五个历史片断，通过这五户人家数十个成员的思想性格和人生历程，集中反映了中国当代历史的曲折变化和发展趋势。作品在艺术上取法老舍的《茶馆》又有所创造和发展，与苏叔阳的《左邻右舍》和《家庭大事》等作品一起，共同体现了在老舍影响下的北京剧作家话剧创作的主要艺术特色。李龙云此后的创作也有新的发展和变化，他的《荒野与人》等作品，同样表现了融合现代主义的创作倾向。

如果说苏叔阳和李龙云的作品集中表现了在老舍话剧艺术影响下的北京剧作家话剧创作的主要特色的话，那么，锦云的话剧创作则对这种“京派”话剧的模式有所更新和突破。这位作家在小说和话剧创作方面均有成就。《狗儿爷涅槃》是他的话剧创作的主要代表作。这部作品把老舍式的通过人物经历反映社会变迁和莎士比亚式的戏剧独白与现代主义的象征、荒诞及意识流手法结合起来，表现了一个普通农民在近半个世纪的社会变动中所经历的人生变化和他的思想意识深处所负载的沉重的文化积淀。作品既不乏“京派”话剧的特点，又具有极强的创新意识，在艺术上把由老舍开创的话剧传统推向了一个新的发展阶段。

（二）沙叶新等上海剧作家的话剧创作

在上海剧作家中，沙叶新是一位极富创新精神的话剧作家。这位剧作家的话剧创作开始于20世纪60年代初期，但以新时期的话剧创作最为活跃，所取得的成就和产生的影响最大。其主要代表作有：《陈毅市长》、《马克思秘史》、《寻找男子汉》，以及与李守成、姚明德合作的《假如我是真的》（又名《骗子》）和《大幕已经拉开》等。纵观沙叶新在本期的话剧创作，其主要特点有如下几个方面：其一是致力于将领袖人物由“神”还原成“人”，追求现实主义的艺术深化。如前所述，沙叶新在这方面最有影响力的作品是80年代初期创作的话剧《陈毅市长》。此后，这类涉及领袖人物的话剧作品比较著名的还有《马克思秘史》。这部作品是为纪念马克思逝世100周年而作。如同《陈毅市长》一样，作者也避开了马克思所从事的重大革命活动，却着意从马克思的日常写作和日常生活中取材，尤其是那些琐碎的生活细节和隐秘的私生活场景，更是作者所摄取的主要表现对象。通过这些生活“秘史”，作品不仅写出了马克思作为世界无产阶级精神导师的崇高与伟大，同时也写出了马克思作为一个普通人的丰富和复杂。而且也正是因为写出了马克思作为一个普通人的丰富和复杂，他的崇高和伟大才真实可信。沙叶新的这些作品从根本上抹去了长期以来在文学创作中有意无意地给领袖人物绕上的一圈“神化”的灵光，使作品在人物形象的塑造方面达到了相当的现实主义深度。其二是将喜剧因素引入正剧创作，实现不同戏剧范畴的艺术融合。沙叶新的话剧作品一般都是表现一个严肃的正剧主题，例如《陈毅市长》和《马克思秘史》歌颂革命领袖，《寻找男子汉》追寻时代精神，等等，但作者在展开这些正剧主题的过程中，却有意识地引入了一些喜剧因素，例如《陈毅市长》和《马克思秘史》着重开发人物性格中的喜剧因素，《寻找男子汉》着重构造带有喜剧性的故事情节，甚至在《假如我是真的》这类以暴露社会问题为主的剧作中，也不乏一些极富喜剧色彩的戏剧冲突（诸如行骗和受骗等）。这些喜剧因素的加入，不但化解了一般正剧人物和正剧情节过于严肃滞重的痼疾，使人物性格和戏剧冲突更富弹性和张力，而且也增强了剧作的趣味性，使之更具艺术的感染力。其三是用生活化的戏剧场景取代集中整一的戏剧冲突，缩短剧作与观众之间的审美距离。沙叶新的话剧作品一般不刻意构造集中整一的戏剧冲突，而是倾向于采用“散文化”的手法，将众多分散的日常生活场景串连起来，从不同的侧面、不同的角度展现人物性格，表达作品的主题。他的作品最常见的结构是一种在《陈毅市长》和《寻找男子汉》中得到了成功应用的类似于“冰糖葫芦”式的串连形式，通过这种形式，作品不但充分地展示了对象的丰富性和复杂性，而且也给观众造成了一种接近生活自然形态的观赏“幻觉”，缩短了观众与剧作之间的审美距离，使观众更易于与剧中的人、事融为一体，增强了剧作的艺术接受效果。作者有时甚至把这种高度生活化的戏剧场景直接向观众开放，让观众也参与戏剧的创作，例如《陈毅市长》的开头和结尾等，都把观众纳入剧情之中，使观众也担当了剧中人的角色。沙叶新在本期与李守成、姚明德合作的剧本，都有很强的现实性，除上述《假如我是真的》和《大幕已经拉开》之外，另如《论烟草之有用》（与李守成合作）和《“风波亭”的风波》（与姚明德合作）等，都是“干预生活”之作。这些剧作具有沙叶新剧作的一些基本创作特色，是沙叶新在本期话剧创作的一个重要组成部分。

在上海剧作家中，宗福先、马中骏和贾鸿源等，虽然都是工人业余作者，但他们在本期的话剧创作却异常活跃，也取得了较大的成绩，产生了重要的影响。宗福先的话剧创作始于20世纪70年代末，他的成名作《于无声处》，以异常的政治敏感、集中的戏剧冲突和严谨的戏剧结构，一开始便引起人们的高度注意，是本期剧坛最具“轰动效应”的一部话剧力作。此后，宗福先与贺国甫合作创作的反映现实变革的话剧《血，总是热的》，同样产生了强烈的社会反响。这部以揭露改革过程中尖锐复杂的矛盾冲突著称的话剧作品，不但以其强烈的现实性和悲壮的美学风格震撼人心，而且在艺术上也进行了大胆的改革和创新。作品采用前苏联先锋派戏剧家梅耶荷德曾经试验过的戏剧“电影化”的手法，将全剧的主要情节切割成17个故事的段落或单元，用舞台灯光的明暗进行组接和转换，在每一个故事的段落或单元之中，也用灯光划分不同的表演区域并进行同样的组接与转换。整个作品因而打破了传统话剧依照时空的次序分场分幕的结构，形成了一种类似于电影蒙太奇的跳跃流动的视觉画面，收到了十分独特的艺术效果。

在戏剧“电影化”方面，马中骏、贾鸿源的话剧创作也作了类似的实验和探索。他们共同创作的独幕话剧《屋外有热流》（与瞿新华合作）和多幕剧《路》、《街上流行红裙子》，以及《红房间　白房间　黑房间》（马中骏与秦培春合作）等，都不满足于传统的话剧结构，而倾向于采用上述电影蒙太奇的结构手法。这些剧作因而都有比较丰富的生活内涵和较大的艺术表现的自由度，对这期间的话剧艺术革新，也产生了较大的影响。与宗福先剧作的“电影化”实验基本上是以写实为主不同，马中骏和贾鸿源的“电影化”实验却带有极强的主观表现色彩。他们的剧作更多的是依照人物的主观情感和意识的活动“剪辑”和组合生活画面，尤其是表现人物的下意识活动、梦境、幻觉的画面“剪辑”与组合，更是他们的剧作比较常见的主观性结构。与此同时，他们又广泛采用西方现代派文学的象征和荒诞的手法，在具体的戏剧情节中追求抽象的哲理意蕴，为现实的戏剧冲突寻找“陌生化”的表现方法，虽然有些剧作也难免生硬晦涩，但从总体上说，却能给观众带来比较丰富的思想启迪和比较复杂新奇的艺术感受。

（三）高行健的实验探索性话剧创作

在本期话剧艺术的实验、探索中，高行健是用力较专、取得的成绩较大而且也较富于理论自觉的一位话剧作家。这位作家的文学写作涉及戏剧、小说、散文、报告文学和文学评论等诸多方面，以戏剧创作和对现代小说技巧的研究最为引人注目。从20世纪70年代后期开始，他即致力于话剧艺术的革新实验，除作了许多专门的理论探讨，著有《现代戏剧手段初探》等论著之外，还在创作中进行了广泛的实验和探索。他的实验探索性剧作以《绝对信号》(与刘会远合作)、《车站》和《野人》等最具代表性，影响最大。这三部剧作集中反映了高行健的实验探索性话剧在艺术上的三种主要表现形态。这三种主要形态是：其一，心理剧，以《绝对信号》为代表。这部剧作采用小剧场演出的形式，将剧中人物集中于一列正在行驶着的货物列车的守车中，通过人物的内心活动和心理冲突，完成人物形象的塑造和戏剧情节的转换。这部剧作虽然也表现人物的现实活动，但这种现实活动除了在一般意义上展示情节的发展进程之外，在这部剧作中特殊的艺术功用主要是激发人物的回忆与想象，因而这些现实活动实际上也纳入了人物的心理活动机制。与此同时，作者又努力“把人物内心世界外化为舞台场面”①，使剧中的回忆和想象也成为人物的现实活动，成为可视可听的动作和对话，从而把观众也引入了人物的内心世界。通过演出场所和人物内心向观众的双重开放，《绝对信号》成功地打破了传统话剧封闭的艺术空间，在艺术革新方面走出了重要的一步。其二，象征剧，以《车站》为代表。这部剧作明显受着法国荒诞派戏剧尤其是贝克特的《等待戈多》的影响。剧本以一群乘客在一个车站等待来车为现实情节，但却意在表达一种象征的涵义。这种涵义虽然如《等待戈多》一样，也在表明一种“等待”的无奈。但《等待戈多》是从根本上把人生理解为一场无意义的等待，带有严重的悲观主义和宿命论的色彩。《车站》却把“等待”看做是人生旅途中可能遇到的一种选择的困境。作者在作品中以“沉默的人”由“坐等”到“起行”，为挣脱这种困境作出了另一种积极的选择，表达了一种完全有别于《等待戈多》的积极的象征涵义。虽然剧本在处理具象和抽象的关系方面还存在诸如隐喻性不足之类的问题，但把象征手法引进话剧创作，无疑扩大了话剧作品的艺术容量，对话剧艺术的发展同样具有一种革新的意义。其三，复调剧，以《野人》为代表。《车站》作为一部“无场次多声部生活抒情喜剧”，在“多声部”中，本来就包含有“复调的成分”。但真正体现了作者所追求的“复调”艺术，把复调手法在话剧创作中运用得比较纯熟，且产生了重要影响的，是他在80年代中期创作的话剧《野人》。这部剧作以上下数千年，

① 《探索戏剧集》，上海文艺出版社1986年版，第37页。

纵横数万里的时空为背景，从古代到现代，从城市到乡村，在一个历史和现实相交错的宏大舞台上展开戏剧情节和人物的活动。剧本的主要情节线索是一位生态学家从现代都市到原始森林考察自然界的生态平衡问题，但这位生态学家与妻子的感情危机及其后与山区姑娘幺妹子的爱情纠葛，却使他的心态无法平衡，与此同时，生态学家也发现了自然生态所遭受的种种人为的破坏，使整个社会和人类文明的生态都失去了平衡。剧本将上述有关自然生态、社会生态和人的心态等具有多重含义的主题编织在一起，“构成一种复调”，使之在不同的层面上全方位地展现了现代人复杂的生存图景。通过这幅复杂的生存图景，作品呼吁人与自然的友爱与亲近。同时也告诫人们，在寻找原始意义上的野人的同时，防止自己也变成现代的野人！为了表达这种复调主题，作者不但更为彻底地开放艺术的空间，使古今中外的人事和心内身外的冲突，都共现于同一舞台，而且也更加广泛地运用象征的手法，使整体的情节和局部的冲突，都带有一种隐喻的意味。与此同时，作者还极大限度地调动戏剧艺术的综合手段和多种功能，将古典戏曲、现代哑剧、魔术杂技、人体造型以及音乐、舞蹈、雕塑、绘画、说唱、朗诵乃至民俗风情、宗教仪式等，都融入舞台表演，使剧作在艺术上也呈现出一种多元复合的状态。无论从哪方面说，《野人》都是高行健的话剧创作在艺术上的一部集大成之作，它的出现，无疑给当代话剧艺术带来了一场重要的革新变化。

下　编

1989—2000年的文学

第七章 社会文化背景

深入改革与经济转型 20世纪90年代是结束“文化大革命”以后的历史新时期中国文学发展的一个重要的历史年代，这个年代的文学对中国当代乃至整个20世纪中国文学的意义，虽然目前尚未完全被人们所认识，但它展示在人们面前的巨大变化，以及这一变化所显示的一个新的发展趋势，却是一个有目共睹的事实。

引起这一变化的原因是多种多样的。就影响文学发展的社会文化环境的因素而言，从20世纪70年代末到80年代在中国实行的改革开放政策，到了90年代，已经进入了一个全面深入发展的新阶段。十年的改革开放，不但从根本上改变了社会经济结构，结束了计划经济长期一统天下的局面，发展了多种经济成分，搞活了流通，活跃了市场，改善了人民生活，发展了科技、教育、文化，提高了人民的物质文化生活水平，而且也增强了综合国力，提高了国际地位，扩大了对外交往，增进了与国际社会的联系，改变了中国在国际事务中的形象。与此同时，政治体制也在逐步进行改革，国家和政府的职能在发生相应的改变，经济活动、公共事务和私人活动的自主权和自由度在逐步扩大，社会人际关系得到了极大的改善，社会的多元化程度在日益加深，人们的思想观念和生活方式也发生了极大的变化。十年的改革开放所取得的这些成就，都为90年代最终把改革开放的目标确定为建设社会主义市场经济，打下了坚实的基础。

从20世纪80年代末到90年代初，是世界局势发生急剧变动的时候，东欧剧变、苏联解体，结束了战后东、西方世界两大阵营长期对峙的冷战局面，世界开始进入一个以和平、发展为主题的新时代。但是，与此同时，这一历史性的巨变，也给中国的改革开放带来了极大的冲击，在经历了“八九政治风波”以后，中国共产党仍然坚持走中国特色的社会主义道路，并且不失时机地把建设社会主义市场经济的目标，提到了进一步深化和扩大改革开放的议事日程上来。自70年代末期到整个80年代，邓小平在提出改革开放的系列举措、总结改革开放的经验和推动改革开放的发展过程中，围绕发展生产力、建设社会主义的目标，多次谈到市场经济的问题，为改革开放的进一步深入发展指出了一个明确的思路，奠定了思想理论基础。尤其是1992年他在视察南方各地发表的谈话中，明确指出：“计划经济不等于社会主义，资本主义也有计划；市场经济不等于资本主义，社会主义也有市场。”① 从根本上解除了长期以来对市场经济的恐惧心理，澄清了认识上的混乱，解放了人们的思想，明确了前进的方向，为确立建设社会主义市场经济的目标铺平了道路。在嗣后召开的党的第十四次代表大会上，建设社会主义市场经济就被确定为进一步深入扩大改革开放、建设社会主义现代化的努力目标和方向。在70年代末和整个80年代实行改革开放的过程中，虽然建设社会主义市场经济没有作为一个明确的目标和方向，但在改革传统的计划经济体制的同时，发展商品生产，搞活流通，活跃市场，事实上已经在为建设社会主义市场经济扫清障碍，摸索经验，创造条件，在一步一步地接近这个目标和方向，从这个意义上说，党的十四大提出建设社会主义市场经济，也是近十年来改革开放的必然趋势和归宿。

建设社会主义市场经济的目标和方向的确立，不但对进一步深入扩大改革开放起到了极大的促进作用，而且在社会生活和思想文化各方面也引起了极大的变化。长期以来，在计划体制下发展着的中国经济，虽然在特定时期，也为中国的社会主义革命和建设起到了特定的历史作用，但由于计划经济高度统一的运行机制，需要一个高度严密的社会组织和指挥系统作保证，而这种社会组织和指挥系统又因为比较适应刚刚结束的战时状态，以及物质资源、社会产品比较贫乏时期的资源配置和社会分配方式，因而得以在一个相当长的时期内主导了中国经济的发展，成为这期间中国经济发展占据绝对统治地位的也是唯一的一种运行模式。这种经济运行模式同时又通过国家政权和政治体制的作用，影响到社会生活和思想文化的其他方面，不但把人们的物质生产活动和一般社会行为纳入一个统一的规范，而且也规范和制约着人们的心理意识和思想观念，使人们的心理意识、思想观念和行为方式，都打上了计划经济的深刻烙印。在这种以生产资料的绝对公有（国家或集体）

① 转引自中共中央宣传部：《邓小平同志建设有中国特色社会主义理论学习纲要》，学习出版社1995年版，第52页。

为基础的高度统一的计划经济体制下，一切生产资料的个人占有行为和与之相伴随的个体生产方式，都是受到排斥的，私有观念和对私有财产的欲望，是不符合社会主义的公共道德的，都必须加以抑制或通过改造纳入到公有制的范畴和“大公无私”的集体主义轨道。这样的经济体制和运行模式，虽然凭借国家政权和政治体制的作用，特别是各种社会组织和思想政治工作的精神激励，也显示了它特有的效力，但随着社会的进步、生产力的发展和人民的物质文化生活需求的日益提高，也逐渐暴露出了它的一些先天的局限和弊端。从 20 世纪 70 年代末开始到整个 80 年代所进行的经济改革和对外开放，虽然在逐步突破这些局限、革除这些弊端，因而带来了经济的长足发展和社会生活的巨大变化，但却因为在思想理论上长期拘泥于一种绝对二元对立的冷战思维和意识形态领域的阶级斗争的影响，在诸如计划与市场、社会主义与资本主义等一系列重大理论问题上，还存在着一些思想混乱，加之整个改革开放都处在一种实验探索阶段，并未明确地把建设社会主义市场经济确定为改革开放的目标和方向，进入 90 年代以后，已不能适应冷战结束之后的和平、发展和科学技术的日新月异所带来的全球化趋势的需要。

“冷战”结束以后的 20 世纪 90 年代，不但是一个和平、发展的年代，也是一个全球化进程日益加剧的年代。自 14 世纪至 16 世纪文艺复兴以后，以资产阶级的政治革命和工业革命为标志，在西方首先发生的人类文明的现代化进程，从 19 世纪末到 20 世纪以来，对中国这个东方国家，形成了两次巨大的冲击：一次是 19 世纪末，西方列强凭借强大的经济实力，用坚船利炮轰开了古老中国的大门，以对外扩张的殖民化方式，迫使中国接受了现代化这一文明形式。但是中国在从古代社会转向现代社会以后，即遭遇了帝国主义列强的这种蚕食鲸吞，未及建成一个独立自主的现代民族国家，现代化的主体尚未发育形成。因此，这种被迫接受的现代化不过是西方国家的现代化在海外的一种扩张形式。中国仍处在殖民地和半殖民地状态之下。从 19 世纪末的资产阶级政治改良开始，经过 20 世纪初的资产阶级革命和嗣后由中国共产党人所领导的长期的革命斗争，终于取得了民族独立，建立了一个独立自主的现代民族国家。在这个前提下，中国才有可能以一种平等的身份加入世界范围内正在加速发展的现代化进程，也才有可能开始真正属于自己的现代化追求，建设真正属于自己的现代化。虽然在“文化大革命”及其以前的二十多年间，由于“冷战”状态下极端政治化的意识形态领域的阶级斗争的影响，我们曾经企图在一种封闭的状态下发展民族经济，实现民族经济的现代化，使得中国经济一度远离了世界经济发展的整体性轨道，大大落后于战后在世界范围内加速发展的现代化的历史步伐，因此当中国社会和经济再度向世界开放之后，战后世界新的一轮科技革命的浪潮（“第三次浪潮”）以及因此而引起的社会结构、生产方式和生活方式的革命性变化，就对中国社会和经济形成了新的一轮巨大冲击。这是继19世纪末中国被迫接受西方现代化浪潮的冲击以来，第一次以一个独立的民族主体的身份，以一种主动的姿态迎接新的一轮现代化浪潮的冲击。从20世纪70年代末开始到整个80年代中国的社会经济改革，就是以一种奋起直追、接受挑战的姿态，面向世界寻找加速发展现代化的历史机遇。走向世界，与国际经济接轨，加入世界范围内的现代化的历史进程，因而也就成了近二十年来中国社会经济发展的一个必然趋势。在这一趋势下，提出建设社会主义市场经济，正是顺应了这一时代潮流，是中国社会和经济加入世界范围内的现代化进程、走向现代化的必由之路。

市场经济与文学发展　在经历了“冷战”结束后世界范围内的历史巨变和国内的政治风波之后，20世纪90年代提出建设社会主义市场经济，对这期间的文学发展产生了重要的影响作用。首先是市场经济建设进一步扩大了社会生活领域，开放了社会生活形式，拓展了社会生活内容，给文学创造了更为广阔自由的表现天地，丰富了文学的题材和主题，尤其是作为市场经济竞争主体的个体的自由发展所带来的私人生活空间的开放和市场经济的发展所带来的物质消费欲望的增强，给这期间的文学开辟了一片前所未有的表现领域，对这期间的文学深化人性描写、凸显感性色彩，起到了极大的促进作用；与此同时，也促进了以市场为依托的通俗文化和感官文化（消费文化）向文学的介入和渗透，使文学的表现形态也随之发生了诸多变化。其次是市场经济建设进一步活跃和开放了文化市场，文化市场的进一步活跃和开放，不但促进了文学产品的传播和流通，扩大了文学产品的社会覆盖面，满足了人民群众对文学的多样化需求和选择，而且也加速了文学体制的改革，促使作家自觉地面对市场的需求和选择，更好地在市场经济的生存环境和生存条件下，选择自己艺术追求的道路和方向。与此同时，文学的管理体制也必然要进一步发生相应的变革，在80年代进行的文学体制改革的基础上，各级作家组织进一步打破了对文学和作家统一的“计划”管理方式，自由撰稿人和“个人化写作”已成为这期间新兴作家的一种普遍流行的职业身份和写作方式。文学体制和作家的职业身份、写作方式的这些变化，使这期间的文学出现了远比80年代更加生动活泼、更为多姿多彩的局面。再次是市场经济建设进一步促进和扩大了对外开放。进入90年代以来，随着全球化进程的加速和网络技术的兴起，世界各国之间已逐步消泯了各自固守的经济文化畛域，市场和网络的无所不包、无远弗届，使得世界各国的科学技术、物质文化产品，能够及时地得到沟通和传播，因而相互之间的影响也在不断地加深和扩大。在这种情势下，这期间的文学所接受的外来影响，无疑要比80年代深入广泛得多，也复杂微妙得多。这种深入广泛、复杂多变的外来影响，就使得这期间的文学呈现出了更为复杂多样的文化色彩，也孕育形成了一些新的文学样式和表现技巧。尤其是“网络文学”的兴起，不但改变了传统的纸质文学的书写和传播方式，而且也改变了人们的文学阅读和文学接受方式。网络技术通过全球化的市场把一种全新的文学样式带入了古老的文学殿堂，使文学家族的成分和结构、性质和功能，都在悄悄地发生一种颇具革命性的新变化。

由于中国传统“重农抑商”的文化观念和根深蒂固的农业生产方式的影响，也由于近代以来中国经济的市场化和商品化的整体性程度不高，尤其是中华人民共和国成立以后的一个相当长的历史时期对市场经济和商品化持续不断的政治批判，以及长期对外封闭的计划经济环境的影响，使得市场经济和商品化问题自改革开放以来一直是社会经济发展的一个敏感问题，也是思想理论上的一个十分混乱的问题。虽然70年代末以来的改革开放，为市场经济建设积累了一定的经验，奠定了一定的基础，也作了一定的思想理论准备，但当建设社会主义市场经济问题真正提上议事日程、付诸改革实践时，仍然免不了要出现一些应对无措、行止失端的偏向。其主要表现有以下几个方面：首先是把市场经济的运行体制，简单地套用于文学的管理体制，不加分析地把文学活动全方位地推向市场，结果导致了这期间在文学体制改革上，出现了盲目的市场化偏向。其次是把商品生产的价值原则和价值标准简单地套用于文学产品的生产和消费，无视文学产品所特有的精神文化价值和社会效应，结果导致了这期间的文学活动出现了严重的商品化偏向。再次是把依托市场的通俗文化和消费文化观念，简单地套用于创造性的文学活动，无视真正的文学创造所应当追求的独创性和思想、艺术深度，结果导致了这期间的文学创作在不同程度上也出现了一种时尚化的偏向。尤其是当这种偏向经由一种同样是依托市场、传媒和大众文化生长起来的“后现代”理论的文化阐释，更以一种“合理化”的文化潮流的姿态和与之相适应的文学创作，对改革开放以来的文学发展乃至“五四”文学传统，形成了一种内在的冲击。对这种冲击乃至对整个市场经济对文学的冲击的文化回应，以及由此而激发的一种新的创作倾向，也因此而成了这期间的文学理论思想和文学创作实践的一个众所瞩目的热点问题。

无论如何，20世纪90年代提出建设社会主义市场经济，毕竟是在社会主义条件下对市场经济建设的一个初步的尝试，如同整个中国社会目前尚处在社会主义初级阶段一样，社会主义市场经济的成熟发展也不可能一蹴而就，因此，文学适应社会主义市场经济的生存环境，接受社会主义市场经济积极健康的影响，也会有一个发展过程。但是，尽管如此，90 年代提出建设社会主义市场经济，对这期间的文学的影响毕竟是决定性的，它不但从根本上动摇了长期以来以计划经济为基础的文学体制的根基，而且也改变了作家的思想观念和文学活动的方式，它影响到未来文学发展的一些新质虽然目前尚处在萌芽状态，但这些新质一旦发展成熟，将会改变整个文学时代。从这个意义上说，20 世纪 90 年代如同 19 世纪 90 年代一样，将成为中国现代文学史上一个新的承前启后的文学年代。

第八章　文学发展概况

本期文学的阶段性特征　20 世纪 90 年代文学的发展，以其中期为界，大体上可以分为前后两个阶段。前一个阶段的文学明显地带有一种转换时期的文学特征。80 年代末，新时期文学在经历了“新写实”的最后一次辉煌以后，即遭遇了一场巨大的政治风波，这场政治风波使中国作家经受了一次前所未有的震撼和冲击，同时也把一部分作家卷入了政治漩涡的中心，加上这期间所发生的东欧剧变和苏联解体，进一步强化了这种震撼和冲击，对作家的思想和创作都产生了很大的影响。风波过去之后，虽然文学的发展并未改变改革开放以来所确定的道路和方向，也未中断正常的历史进程，但由于这些事变的影响，迫使作家不能不对一些关系到文学发展的重大思想理论问题，重新作出选择和思考，也不能不对自己的创作，重新进行规约和调整。这样，80 年代比较活跃的一批中青年作家，在 90 年代初一个很短暂的时间内的创作，相对而言就显得比较沉寂。这同时也使得 90 年代初期的文学，并未直接沿袭 80 年代末的“新写实”浪潮，而是根据新的历史情境，重新作出新的选择和调整。这一新的历史情境，即是前述在这期间提出的社会主义市场经济建设的举措，以及因此而造成的一种新的文学生存环境。

20 世纪 90 年代的文学，对于市场经济的生存环境，并非一开始就能从积极的方面去适应，而是经历了一个从仓促应对到自觉回应的历史过程。90 年代初，当深入发展的改革开放开始把社会主义市场经济建设推向历史的前台，长期以来，习惯于在旧的计划经济体制下生存的文学，一方面对新的即将到来的市场经济的环境有一种本能的不适应；另一方面，迫于历史发展的必然要求，又不得不作出种种顺应历史潮流的表示。虽然整个 80 年代的改革开放，已经为社会主义市场经济建设作了一定的铺垫，在这个过程中，文学对如何适应市场经济的生存环境，也应该有一定的经验和思想准备，但由于市场经济在80年代毕竟仍然是一个敏感的问题，不可能像90年代这样对文学发生如此巨大的现实作用力，故而当文学面对90年代出现的市场经济的生存环境，仍然显得心理准备不足，在整体上表现出了一种仓促应对的急迫情势。这种仓促应对的急迫情势，就使得90年代的文学从一开始就出现了一种盲目适应市场化的潮流，片面追求商品化的倾向。其主要表现有以下几个方面：

其一是文学的传媒和载体纷纷改旗易帜、改弦更张，希图以一个全新的面目走向市场。长期以来，当代文学的生产和消费因为在一个庞大的计划经济体制内运行，文学的传媒和载体向无生存之虞，20世纪80年代的改革开放虽然多了一些生存竞争意识，但毕竟仍未完全失去经济上的保证，故而仍能维持固有的运营方式。进入90年代以后，因为整个社会生产和经济活动都在走向市场，文学的传媒和载体也感到了生存的压力。在这种情况下，一些文学报刊为了适应市场经济的生存环境，就纷纷酝酿改版或改变刊物的"纯文学"性质，即由纯文学刊物改变为综合性的文化刊物，或由"纯文学"刊物向通俗类的和生活类的刊物靠拢。另一些文学刊物虽然依旧在坚守着"纯文学"的阵地，但同时也在谋划一种新的生存策略，纷纷占山头、树旗号、提"倡导"，以各种"新"字号的主张和"主义"① 包装自己，以求引起读者的注意，尽快进入市场，在市场上占有一席之地。文学传媒和载体在90年代初为适应市场经济所采取的这些生存策略，虽然也有其现实的合理性和文学自身发展的需要，但由于主要是受制于一种商业心理，因而在客观上也就助长了一种商业化的文学倾向。

其二是作家作品纷纷实行商品化包装，以求迎合商品化时代读者新的文化口味和阅读兴趣。由于在市场经济条件下精神产品的生产和消费，常常被人们混同于物质产品的生产和消费，往往为了商业利润和经济效益，主动放弃对读者的道德教化和精神引导的责任，完全交由市场选择和"买方"支配，这样，在文学传媒和载体纷纷走向市场的同时，一些出版部门也开始对作家作品有意识地实行商品化包装，以争取更多的读者，获得更大的利益。

① 这期间的文学刊物提出的"新"字号的主张和"主义"尤其集中见于1994年，主要有（以时间先后为序）：《北京文学》的"新体验小说"、《上海文学》的"文化关怀小说"、《钟山》的"新状态小说"等，此外，尚有"新都市小说"、"新市民小说"、"新历史小说"、"新表现小说"，以及以作家出生的年代为标志推出的新作家的创作，如"60年代出生的作家作品"等。

这种包装主要有如下两种方式：一种方式是类似于将物质产品包装成商品那样的“硬”包装，亦即通常所说的策划宣传和广告炒作等外在包装。另一种方式是对文学情节进行内在的“软”包装，这种“软”包装是将已经高度商品化的现代通俗文学最富感官刺激性和诱惑性的情节要素，尤其是性和暴力，融入“纯文学”的情节之中，或包裹“纯文学”的情节，成为“纯文学”情节的一个不可分割的组成部分，使之也具有通俗文学一样的表现形态，产生大体相近或完全相同的阅读效果。这期间出版的许多小说创作丛书和一部分在作品的名称中冠以“骚”、“野”、“畸”、“变”、“废”等富于感官刺激性和诱惑性字眼的长篇作品，都是这种商品化包装的产物。在包装作品的同时，也通过各种方式对作家进行包装，举凡作家的年龄（例如××年代出生的作家）、性别（例如女性作家）、经历（例如海外留学生或移民作家），乃至作家的爱情、婚姻、脾气、性格和生活中的趣闻轶事等，都是对作家进行包装的材料。经过这种商品化的包装，20世纪90年代初确有一些作家作品在进入市场之后，满足了相当一部分读者追新逐奇的趣味需求，因而赢得了较好的商业效益，但与此同时也使文学这种严肃的精神产品沾染了浓厚的商品气息，使作家这种高尚的职业变成了一种追逐金钱和实利的文化商品的制造者。

其三是娱乐消闲和即食快餐类的作品大量涌现，刺激了一种市场化的消费文学潮流的勃兴。由于市场经济本身所具有的一种消费性特征和商品经济所培植的一种消费观念、消费方式和消费趣味的影响，人们对于文化产品的观念和需求也必然要随之发生相应的变化。加上长期以来高度政治化、道德化的社会生活和文学规范对人们的束缚，以及快节奏的现代生活给人们所带来的精神压抑，等等，都希望通过文学阅读得到缓解，这样，一种适应这种观念和需求的娱乐消闲与即食快餐类的作品，在20世纪90年代初就开始大量涌现，这些作品与遍布市场的快餐文化和通俗文学合流，又受着复活的20年代、30年代周作人、林语堂等闲适派散文和港、澳、台地区流行的娱乐消闲类文学的影响，很快便充斥各种报纸专栏和书刊市场，成为正在兴起的商品化的文学大军和文化大军中的一支劲旅，这其中又以青春派的诗歌（如汪国真的诗）和女性散文（如所谓“小女人散文”）最具代表性，在读者中也最有影响。这些生活消闲和即食快餐类的作品虽然也满足了人民群众日益增长的生活消闲和消遣娱乐的需要，其中也不乏一些有一定审美价值的艺术佳作，但这种潮流无疑也在不断消蚀文学的思想深度和对艺术创新的特殊要求。它与依托市场的其他各种大众文化类型一起，在90年代初商品化的文学潮流中，构成了一道特殊的文化景观。

20世纪90年代初，文学对市场经济潮流这些仓促应对的表现，以及由此而导致的上述文学的商品化倾向，一方面固然表明文学正在努力适应新的市场经济的生存环境，另一方面也表明文学对市场经济的适应尚且停留在一个比较粗浅的阶段。社会主义市场经济建设固然为文学创造了一个新的生存环境，文学完全可以借助市场经济提供的新的物质条件求得更大的发展，但是，这并不等于说，文学同时也要认同市场经济所持有的价值观念和行为方式，以商业化的手段去追求经济利润和商业价值，以至于使文学这种精神文化产品也完全地商品化，成为商业化时代的一种赚钱的手段和工具。90年代初出现的这种文学的商品化倾向，无疑是不利于当代文学的发展和进步的。90年代中期前后，由于在发展社会主义市场经济的同时，社会主义精神文明建设不断得到强化，思想文化界对于市场经济建设过程中出现的许多社会文化问题，如信仰危机、价值失落、道德滑坡等，也开始了比较自觉的思考，尤其是在这期间开展的“人文精神”的讨论①，更使得纠正这种文学的商品化倾向、重建由于盲目地追逐市场化潮流而失落的“人文精神”，成为影响此后文学发展的一股重要的思想文化潮流。与此同时，文学自身也开始对这种商品化倾向进行深入的反省，并在反拨这种倾向的过程中逐步获得了对于市场经济比较自觉的理性回应。尤其是80年代以“五七族”和“知青族”为代表的一批中青年作家，在经历了80年代与90年代之交的一个短暂的沉寂之后，面对90年代初兴起市场经济的生存环境，仍然表现出了一种稳健的创作姿态，成为这期间力挽文坛颓风的一股中坚力量。在这种情况下，90年代中期前后的文学创作也随之发生了深刻的变化，由盲目追逐市场化而导致的商品化倾向，转向一个以追求人文精神、关切现实人生和高扬个体感性为主导的深入发展的新阶段。

本期各体文学创作概况　20世纪90年代中后期出现的这个深入发展的

---

① “人文精神”的讨论，是20世纪90年代影响广泛的一场文学和思想文化问题的讨论。这场讨论最先是由发表在1993年第6期《上海文学》上王晓明、张宏等人的一个对话《旷野上的废墟——文学和人文精神的危机》引起的。此后又波及《读书》、《光明日报》、《文汇报》、《中华读书报》等全国各地众多报刊，从1993年到1995年，持续两年之久，讨论的中心是如何看待90年代市场经济条件下的文学和思想文化现状，是否存在人文精神的“失落”和“危机”，如何理解人文精神和人文精神建设问题等。主要代表作后来由王晓明编入《人文精神寻思录》（文汇出版社1996年版）一书。这场讨论对90年代的文学和思想文化发展影响甚大，是这期间的文学和思想文化发生转折的重要标志。

文学新阶段的标志，就这期间成就最为突出因而也最有代表性的长篇小说创作而言，主要表现为如下几种创作倾向：第一种创作倾向是从 90 年代初始露端倪到 90 年代中后期渐成气候的，以张承志和张炜等作家在这期间创作的《心灵史》、《家族》（包括《柏慧》）等为代表的一种可以称之为追求精神理想的创作倾向。这种创作倾向与思想文化界正在进行的“人文精神”的讨论不谋而合，都是站在文化理想主义立场对市场经济背景下的社会人生进行一种自觉的理性审视，以求救治社会颓风而高扬理想的旗帜。这些作家的创作虽然不一定全都是有的甚至完全不是取材于当下的生活现实，但在他们的作品中所高扬的各式各样的精神理想，如宗教的、革命的，等等，对于重建精神信仰、价值秩序、道德传统和警醒世道人心、匡正社会流弊，无疑都有一种重要的启示作用，是一种理想主义色彩很重的创作倾向。这种创作倾向还应当包括邓一光的《我是太阳》等长篇作品，这些作品所写的虽然大多是一些“末路英雄”，但洋溢于其中的理想主义和浪漫精神在今天仍不乏一种震撼人心的艺术力量。与这种创作倾向相近，同样也显示了丰富的历史、文化等人文内涵的，还有以陈忠实的《白鹿原》、阿来的《尘埃落定》和王蒙的“季节”系列长篇小说等为代表，构成了以反思民族历史文化为特征的第二种创作倾向。这种创作倾向继承了 80 年代文学反思历史的精神指向，但较之 80 年代大多取政治的视角且多受“拨乱反正”的思维方式的影响，好做“翻案”文章，90 年代出现的这些创作对历史文化的反思，就更具理性色彩，也更接近历史哲学和文化哲学的高度。与这种反思民族历史文化为特征的创作倾向在本质上是一致的，但却表现为不同的思维向度的，是以韩少功的《马桥词典》和王安忆的《纪实和虚构》为代表的，带有文化和家族寻根色彩的第三种创作倾向。这种创作倾向的代表作家大多是 80 年代“寻根文学”的领衔人物，故而这类创作多承“寻根文学”之余绪，而又在规模体制和深广程度上超越了 80 年代的“寻根文学”，成为持续十余年的“寻根文学”浪潮的一个集大成式的发展。与这种带有寻根色彩的创作倾向对文化和家族传统的固守有关，以张炜的《九月寓言》和贾平凹的《废都》、《白夜》、《土门》、《高老庄》等系列作品为代表，构成了一种以传统的价值立场和文化心态应对现代文明的可以称之为带有文化保守主义色彩的第四种创作倾向。这种创作倾向或者固执于一种传统的文明形式，以此来对抗现代化浪潮的冲击；或者因为这种传统的文明形式受到现代化浪潮的冲击，而产生一种恐惧、惶惑、颓废、失落乃至濒临末世的绝望心理。这种创作倾向类似于西方现代主义文学的“反抗现代”却没有找到正确的价值立场和新的文化取向，因而虽与“寻根文学”在文化理念上相近，却缺少“寻根文学”所应有批判审视的文化态度和文化眼光。第五种创作倾向是以史铁生的《务虚笔记》和余华的《呼喊与细雨》、《活着》、《许三观卖血记》等为代表涉及人的生存状态尤其是普通人的世俗生存状态，以及人性和人生哲理范畴的问题，因而可以称做是一种带有人生本位色彩或人本主义色彩的创作倾向。这种创作倾向深切关注的是人的存在问题，直接表现的是文学作为“人学”的基本主题，因而大多接受了现代人本主义尤其是存在主义的哲学影响，是一种带有现代主义色彩的创作倾向。这类创作还应当包括王安忆在这期间创作的《长恨歌》，这篇小说虽然与现代主义哲学和艺术无染，但所关切的却同样是人的命运和人生问题，是这类创作中比较倾向于传统的现实主义创作方法的作品。

除了上述五种主要倾向的长篇创作之外，20 世纪 90 年代中期前后一些性别倾向很重的女性作家的长篇创作，如林白的《一个人的战争》、陈染的《私人生活》和 90 年代后期铁凝的《大浴女》等，也较为引人注目。以她们的创作为代表，构成了一种可以称之为带有女性主义或女权主义色彩的第六种创作倾向。这些长篇作品因为特别强调女性特征和女性权利，又受西方女性主义和女权主义的影响，因而具有女性主义或女权主义的创作倾向。这种创作倾向还应当包括以林白、陈染、海男、徐小斌、徐坤等女性作家在这期间创作的女性主义和女权主义色彩很重的全部长、中、短篇作品，这些作品以一种独特的女性立场、女性经验和女性视角，切入历史文化和社会人生，从总体上展现了在这个男权中心的社会里为女性所拥有和主宰的一个独特的生活世界，尤其是对女性个体生活体验和成长体验的倾诉，乃至个人生活隐私和身体隐秘的暴露，更使这种女性主义或女权主义写作带有很重的“私小说”色彩。这股女性主义或女权主义的创作潮流，也因此而加重了这期间文学创作的“个人化”或“私人化”倾向，成为这期间“个人化写作”或“私人化写作”的一支劲旅。

在这期间的长篇创作中，最能体现现实主义创作方法密切关注当下社会和现实人生的作品，要数在 20 世纪 90 年代中后期出现的一批以反映深入发展的改革开放和反腐倡廉为题材的长篇作品，如陆天明的《苍天在上》、张平的《抉择》、周梅森的《人间正道》、《中国制造》等，这些作品呼应了文学面向现实、反映改革的“主旋律”的提倡，敢于大胆暴露改革开放过程中各种错综复杂的社会矛盾，深入揭示围绕权力和财富展开的各种冲突和搏斗。因为表达了人民群众的愿望，传达了人民群众的呼声，显示了正义和道德的力量，因而受到读者的广泛欢迎，尤其是借助影视传媒的传播作用，在人民群众中产生了广泛的影响，产生了自 80 年代中期以来少有的“轰动效应”。这些作品大多恪守传统的现实主义创作原则和创作方法，虽然在典型环境和典型性格的创造方面，在不同程度上都达到了一定的艺术高度，但较之80年代中期前后出现的一些反映现实变革的作品，却只有生活内容和主题思想的变换，而缺少形式手法的创新和艺术上的进展，有些作品甚至是在影视作品产生了“轰动效应”之后，才改编成小说的，影响了这类作品的艺术质量。

在现实题材的长篇创作产生“轰动效应”的同时，历史题材的长篇创作进入20世纪90年代以后，也取得了长足的进展。以唐浩明的《曾国藩》和二月河的《雍正皇帝》等为代表的历史小说创作，在80年代历史题材的长篇创作已经形成的多元的艺术格局中，又进一步拓宽了历史观照的视野，在对历史事件和历史人物的历史评价，在历史人物的形象塑造，尤其是对人物心理和人性的深度开掘方面，以及在处理历史真实和艺术创造的雅、俗关系等问题上，都超越了以往的历史小说，成为当代历史小说发展新阶段的一个突出标志。

进入20世纪90年代中后期深入发展的文学新阶段，文学创作的发展并不是十分平衡的。就小说这一主要文类而言，长篇小说无疑得到了长足的发展，取得了重要的收获。由于80年代的文学创作特别是长篇创作的活跃积累了丰富的经验，为这期间长篇创作的繁荣发展作好了艺术准备，奠定了艺术基础。加上这期间提倡文学创作“三大件”① 的推动和深入扩大的文化市场对于长篇作品的需要，长篇小说就得以脱颖而出，一枝独秀，不但在产量上为过去年代所不可企及，而且其中的优秀之作，在质量上也达到了新的高度。从这个意义上说，认为90年代的长篇创作是继80年代之后当代长篇小说发展的又一个新的高潮，丝毫也不为过。相对而言，由于80年代的中、短篇小说创作已经有一个很高的起点，在读者中产生过很大的影响，也培养了一种相对稳定的阅读趣味，因而很难用新的创作去取代。加上中、短篇创作的一些优秀作家进入90年代以后，大多倾心于长篇创作，一些新进作家在中、短篇创作方面缺少足够的经验，在艺术上仍不够十分成熟，也很少有人真正潜心于中、短篇小说的艺术探索，故而这期间中、短篇创作的收获就

① 文学创作“三大件”是对江泽民总书记在1995年提出的文学创作要抓好长篇小说、儿童文学和影视文学“三大件”的简称。江泽民的这一要求对促进长篇小说的繁荣发展起了重要的影响作用。“据统计，1995年长篇小说的出版（发表）量大约为700余部，1996年突破800部，1997年预计逼近1000部。”（转引自何镇邦：《九十年代文坛扫描》，云南人民出版社2000年版，第14页。）

不如80年代那样丰厚。但是，尽管如此，90年代的中、短篇创作仍不乏优秀之作，仍有一些新的重要作家作品，在艺术上取得了一些新的进展，有的甚至超过了同一作家在80年代所达到的艺术高度，或在80年代的基础上又有了新的开拓。尤其是下列三种类型的作家在这期间的中、短篇小说创作，更为集中地显示了90年代中、短篇小说创作的面貌和成就。一类作家是上述女性作家群体。这个群体除了上述有较强的女性主义或女权主义倾向的创作之外，还应当包括一些性别倾向不十分明确或不十分强调性别问题的女性作家的创作，例如王安忆、铁凝、方方、池莉、叶广芩、迟子建、张欣等。这些女性作家或者在80年代已取得的成就的基础上，又以一些新的中、短篇力作把自己的创作向前推进了一步，或者是在90年代的中、短篇小说创作中开辟了新的生活领域和艺术视域。她们与上述带有很强的女性主义或女权主义倾向的女性作家的创作形成了鲜明的对比，二者相映生辉，在90年代中后期的文坛上，构成了一道异样的风景。另一类是在这期间被称为“现实主义冲击波”的一个群体或派别的作家的中、短篇创作。其中有代表性的作家有刘醒龙、谈歌、何申、关仁山等。这些作家的中、短篇创作如同上述第五种倾向的长篇创作一样，带有很强的现实主义色彩，它们集中反映的是深入发展的改革开放和市场经济乍起的背景下社会生活和人们的价值观念、行为道德等方面的剧烈变动，与上述长篇创作往往在一种正义和道德力量的引导下从“正面”暴露现实问题不同，这些作家的中、短篇创作更多地是执著于现实生活本身，直面经济转型期现实生活的矛盾和问题，揭示这些矛盾和问题及置身于这些矛盾和问题之中的人生的种种尴尬和困境，以表现他们对于变革时期的社会人生的真切的“人间关怀”。但由于作家在揭露这些现实问题、暴露这些现实矛盾的过程中，缺少应有的道德立场和道德评判的眼光，往往用容忍、姑息种种丑德、恶行代替对“社会进步”的肯定，混淆了历史评价和道德评价的界限，因而多为读者和评论家所诟病。加上这些作家的中、短篇创作在艺术上大多比较直露，甚少开拓和创新，故而虽有一时的“轰动效应”，却未能为这期间的中、短篇创作留下值得回味的艺术精品。此外，还有一类是所谓“60年代出生的作家”① 群体的中、短篇创作。代表作家有邱华栋、朱文、何顿等。这个群体的构成比较复杂，其中虽

① “60年代出生的作家”，也称“晚生代”作家，在创作上比较活跃的除上述诸人外，还有韩东、鬼子、东西、李冯、刁斗、张旻、鲁羊、毕飞宇、述平、刘继明、张执浩等。有的也把林白、陈染、海男、徐小斌、徐坤、迟子建等女性作家归入这一创作群体。

然也有如何顿等经历过“文化大革命”和“上山下乡”运动，因而创作比较接近80年代的“知青”作家的，但绝大多数成员却是生活和成长在“文化大革命”后一个完全不同的社会历史情境之中，他们因此没有“知青”作家所承担的那些历史的重负和对于往事的沉重记忆，能够敞开全部身心去拥抱这个充满金钱、物欲和各种感官诱惑的时代，他们的作品也因而更多地是表现个人在这个“物化”时代种种追求和冒险的经历，或人在这个“物化”时代自我和本真的失落与变异，总之是与商品和市场共生的种种欲望与诱惑、挑战与机遇所造就的人生世相和生存状态，以及人生观念和价值观念包括人性本身的蜕变与演化。与前述长篇作家不同，这些作家的中、短篇创作虽然对“物化”现实也有所批判，但却主要是取一种顺应的态度，他们往往以极端个人化的方式切入现实生活，而不大注重社会的普遍价值和标准，在艺术上也多取一种极端个人化的“先锋”和“前卫”的姿态，因而他们的创作与这期间的某些女性作家的创作一起，从总体上被人们称为一种“个人化”的写作倾向。这个创作群体虽然在这期间的中、短篇创作中比较活跃，但由于其“先锋”和“前卫”的姿态主要是限于各种人生观念和价值观念上的，而不是艺术的实验和探索，因而并未如80年代的“先锋”和“前卫”作家那样给中、短篇艺术带来更多新的创造和突破。

20世纪90年代中后期深入发展的文学新阶段，除了小说这一主要文体所取得的上述创作成就外，还应当包括这期间的散文创作所取得的重要成就。与80年代的散文创作成就主要见之于报告文学创作不同，90年代的散文创作从一开始就改变了报告文学一枝独秀的局面，在经历了90年代初期消闲娱乐的散文的一个突发的繁荣期之后，到了90年代中后期，滥觞于80年代而在90年代初期得到自觉提倡和实践的一种“大散文”（或曰“文化散文”、“学者散文”）创作，已蔚为大观，成为当代散文创作在艺术上的一个重要突破和收获，致力于这类散文创作且取得了重要成就的余秋雨及其“文化散文”，也因此而成了这期间的散文创作最有代表性的作家和作品。

如果说进入20世纪90年代以后，小说和散文创作都有各自的新进展的话，那么，相对而言，在80年代喧闹一时的诗坛和格外活跃的诗歌创作，则呈现出一种比较沉寂的状态。原因一方面固然是因为市场经济的兴起、消费文化的繁荣，不利于诗歌艺术的生长和发育；另一方面也因为诗人自身在创作上未能对新的生存环境作出及时有效的回应和调整，尤其是未能在80年代已有的艺术实验的基础上，提出新的艺术追求的目标，以至90年代的诗歌创作大体上是沿着80年代中期以后的惯性轨道滑行，加上在80年代中期以后比较活跃的一些诗人，到了90年代或因个体与艺术的生命早夭，或由诗歌转向小说和散文创作，未能专注于诗歌艺术的实验和探索，故而整个90年代的诗坛就不能不呈现出一种沉寂状态。但是，尽管如此，这期间仍有一些诗人如于坚、西川、臧棣、王家新等，仍在坚守诗歌创作的领地，同时也发展了自己的艺术追求，新的创作在艺术上也日见成熟，一些诗人在理论和实践上倡导“民间写作”或“知识分子写作”，也表明这期间的诗歌创作仍然不乏诗人对激变的现实人生的真切的“人间关怀”。

第九章　各体文学创作

第一节　本期诗歌创作

从20世纪80年代到90年代，中国诗坛发生了很大变化。“第三代”诗潮在80年代末消歇以后，即与整个文学一样，遭遇一场政治风波，诗人队伍分化，诗歌创作受挫。随之而来的是，90年代初推行社会主义市场经济体制，文学被卷入市场，商品化潮流泛滥，诗歌也深受影响。这期间有汪国真式的通俗诗歌出现，填补了诗歌创作的短暂“真空”。到90年代中期前后，诗坛才渐复常态，但已不复有“第三代”的派别杂陈、众声喧哗，而是逐渐形成了“知识分子写作”和“民间写作”双峰对峙的局面。

20世纪90年代末，诗歌界发生了一次重要的论争①，这次论争区分出了两种不同的文化价值立场，以及因此而导致的两种不同的理论和创作倾向。一种被称为“知识分子写作”，另一种则被称为“民间写作”。西川、王家新等，被指认是前者的代表；于坚、韩东等，被指认为后者的代表。这一分野一方面固然与这些诗人的个人身份有关，另一方面也受到学界反思知识分子和重新发现民间，以及大众文化的影响。“持‘知识分子写作’立场的诗人与诗评家强调书面语之于诗歌写作的艺术合理性，强调技艺的重要性，追求诗歌内容的超越性和文化含量，持‘民间写作’立场的诗人和诗评家则强调口语之于诗歌写作的艺术长处，强调诗歌的活力原则和原创性，

① 指1999年4月在京郊盘峰宾馆发生的一次诗歌论争，简称“盘峰论争”。

注重题材、内容的日常性和当下性。"① 前者显然与中国新诗向来的追求目标和艺术实践的历史有关，后者则更多地是沿袭了20世纪80年代中期"第三代"诗人对诗歌的原创性和日常化的艺术追求。二者本是诗学理论和创作实践中一般原理与特殊追求的关系，并无绝对不可调和之处，但发生在90年代末的这场争论，却集中显示了90年代诗歌创作两种主要的艺术倾向。

"知识分子写作"　早在1987年，诗人西川等在《诗刊》举办的"青春诗会"上，就提出了"知识分子写作"的主张。当时是针对长期以来诗歌创作过于追求"大众化"、"通俗化"的倾向的，同时也是对批评某些诗人的创作违背这一创作倾向的回应。强调的是诗歌的现代趣味、形式感，诗人独立的立场和批判精神，是继"朦胧诗"之后，对传统的诗歌观念的又一次挑战。虽然在主张"知识分子写作"的诗人中，具体看法不尽相同，也存在一些观点的分歧，但以一种对艺术本身负责的态度进行写作，在创作过程中通过对诗歌语言的精细处理，充分发挥各种写作技巧的艺术效果，准确有效地表达思想感情，却是他们的共同追求。进入20世纪90年代，这种创作倾向有了进一步的发展，逐渐形成了一个创作主张和艺术追求大致相近的群体。这一派诗人大多受西方哲学、文化和诗歌的影响，在写作中，既追求独立精神，又重视知识的作用，具有比较广阔的艺术视野，在理论上也有较多的自觉，是中国新诗现代主义诗风在这期间的一种历史延续。

西川的创作起于20世纪80年代，90年代以来出版的诗集主要有《虚构的家谱》、《大意如此》、《西川的诗》、《个人好恶》等。这些诗集中所收的作品，虽然不仅止于90年代，但却集中反映了诗人的创作从80年代到90年代发展变化的过程。这位从学生时代就热衷诗歌活动、成长于学院环境的诗人，初期创作以《在哈尔盖仰望星空》等诗作为代表，注重对自然事物、生活现象和生命过程的体验，有较强的感性经验色彩，同时又包含有某种虽可体验却无法把捉的神秘感，语言简洁、明净、清通、自然，有很强的质感，是一种接近"古典"风格的抒情诗。

进入20世纪90年代以后的创作发生了很大的变化，虽然仍有以《虚构的家谱》等为代表的短诗，多少还保留了初期创作的风格，但大量长诗，如《致敬》、《近景和远景》、《厄运》、《鹰的话语》等，却"改变了写作路

① 谭五昌：《世纪之交的中国新诗状况：1999—2002年》，《诗探索》2003年第3~4辑。

数”。这种改变，主要表现在如下几个方面：一是与初期诗作的纯粹经验不同，这些长诗往往加入了更多的哲理和玄思，这些思考的成分，有时是强化经验的，有时是瓦解经验的，有时是提升经验的，有时是贬抑经验的，有时与经验融为一体，有时又游离于经验之外，因而呈现出一种感性和理性纠结缠绕的状态。二是与初期诗作注重当下体验不同，这些长诗往往让思绪天马行空无拘无束地在过去、未来、天上、人间、经验、超验、意识、潜意识的世界漫游，把历史、自然、哲学、宗教、生命、社会、欲望、本能、幽灵、精怪、实景、幻境，乃至日常生活细节，都纳入想象的空间，通过“一个人在诸多方面的胡思乱想”（西川语），表现复杂多变、光怪陆离的生命感受和生存体验。三是与这种经验的和想象的驳杂相适应，这些长诗与初期诗作的形式和语言比，也有很大的变化。变化之一是这些诗作的语言虽然依旧比较口语化，但却不是指向具体确定的对象，而是指向一种意义的隐喻；变化之二是这些诗作的语言虽然仍不乏经验的色彩，但已脱离了诗人具体的感性体验，只具有一种描述的意义。变化之三是这些诗作虽然依旧分行书写，但已不复是严格意义上的自由体新诗，而是接近新诗中的散文诗体，或者就是一种分行书写的散文或杂感、语录。西川认为诗歌创作是一种“炼金术”，他把这些异质的思想和情感、知识和经验、形式和语言，都放在想象的洪炉里冶炼，结果虽炼出了金子，也难免有渣滓。如《厄运》一节的片断：

两个人的小巷。他不曾回头却知道我走在他的身后。

他喝斥，他背诵：“必须悬崖勒马，你脆弱的身体承担不了愤怒。”

他转过身来，一眼看到我的头顶有紫气在上升。他摇一摇头，太阳快速移向树后。

他说他看见了我身后的鬼影。（这样的人，肯定目睹过巴旦杏的微笑，肯定听得见杜鹃花的歌声。）

“八月，你要躲避乌鸦。九月，你得天天起早。”

他预言我将有远大前程，但眼前正为小人所诟病。

小巷里出现了第三个人，我面前的陌生人随即杳无踪影。我忐忑不安，猜想那迎面走来的就是我的命运。

我和我的命运擦肩而过；在这座衰败的迷宫中他终究会再次跟上我。

一只乌鸦掠过我八月的额头。

我闭眼，但听得乌鸦说道：“别害怕，你并非你自己，使用着你身体的是众多个生命。”

与西川的大幅度转变不同，王家新的诗歌创作，呈现的是一种梯级提升的发展态势。这位同样是在学院环境中成长起来的诗人，同样是从20世纪80年代开始了自己的诗歌创作生涯，出版有《纪念》、《游动悬崖》、《王家新的诗》和《未完成的诗》等诗集。初期创作歌咏青春、故乡、游历和人生感悟，也触及命运和时代，对自然山水和传统文化，有浓厚的兴趣，组诗《中国画》初步显示了他的创作才华和独特风格，逐渐引起诗坛的注意，但他最终走向成熟，却是在进入90年代之后，代表作有《瓦雷金诺叙事曲——给帕斯捷尔纳克》、《转变》、《帕斯捷尔纳克》、《词语》等。

以创作于20世纪80年代末的《瓦雷金诺叙事曲——给帕斯捷尔纳克》为标志，王家新的诗歌创作在90年代进入到一个新阶段。这种变化的表现之一，是他这期间的诗作取材开始告别童年记忆和青春经历，但同时却把这种记忆和经历作酵母，让它们在心灵深处沉淀、发酵，作为近期创作的原料和滋养。表现之二是他这期间的诗作不再满足于即时即地的感受，而是注重精神的相遇和对话，尤其是对那些自认有相近的命运遭际、相似的心灵痛苦的诗人、作家和知识分子，如帕斯捷尔纳克、索尔仁尼琴、纳博科夫等，更是他这期间许多诗作“倾诉”和“交流”的对象。他用这种“对象化”的方式，通过这些诗人、作家和知识分子，并在他们身上，寄寓了自己对国家、民族、历史、时代和社会人生的思考，同时也通过对他们的人格精神和思想品性的阐释，表达了自己特立独行、超远高迈的心灵诉求。表现之三是他这期间的诗作，逐渐远离本土的历史文化语境，以在欧美游历的经验，体会西方历史穿越中世纪的“城堡”，走向现代文明的过程，以此反观、映照本民族的历史文化，在东西方个体之间发生精神遇合的同时，也让东西方历史文化“相遇”。如《帕斯捷尔纳克》的开头三节：

不能到你的墓地献上一束花
却注定要以一生的倾注，读你的诗
以几千里风雪的穿越
一个节日的破碎，和我灵魂的颤栗

终于能按照自己的内心写作了
却不能按一个人的内心生活
这是我们共同的悲剧
你的嘴角更加缄默，那是

命运的秘密，你不能说出
只是承受、承受，让笔下的刻痕加深
为了获得，而放弃
为了生，你要求自己去死，彻底地死

王家新这期间的诗作十分重视语言和“词语”的作用，他认为：“诗歌写作中最大的难题是语言……语言问题集中了一个诗人所有的焦虑。”当我们在使用语言时，语言却向我们提示着它的潜在的可能性。因此，对“词语”的进入，就是他这期间的诗作所实验和追求的目标：“对我来说，不仅诗歌最终归结为词语，而且诗歌的可能性，灵魂的可能性，都只存在于对词语的进入中。”① 正是通过对“词语”的进入和以他独特的方式对“词语”所作的处理，王家新在这期间的诗作完成了他在精神领域与世界的“相遇”。

“民间写作”　“民间写作”虽然是于坚等在“盘峰论争”中提出的一种创作主张，但却有很深的历史背景和理论渊源。从发生学的意义上说，诗歌如同其他文体的创作一样，本起于民间，民歌民谣是其原初形态。从中外诗歌发展的历史上看，在创作中都不乏从民间吸取资源和营养的诗人，尤其是当文人的诗歌创作精神疲弱、风气衰竭的时候，民间更是他们振弱起衰的重要后援。民间甚至也是诗歌艺术更新和诗歌形式革命的动力之源。近代中国发生的“诗界革命”和“五四”白话诗运动，都是从民间诗歌受到启发，从民间歌谣吸取养分。此后，在中国现当代文学史的各个时期，都有诗人或诗歌团体，致力于诗歌“大众化”的提倡，从事“民歌体”的创作探索，同时也展开理论批评和学术研究，在实践和理论两方面，都收获了丰硕的成果，乃至形成了中国新诗的一种潮流和传统。这些，都是20世纪90年代诗歌“民间写作”的重要前提条件和理论、创作资源。

与此前历史上出现过的带有民间性的或与民间有关联的诗歌写作不同，于坚等在20世纪90年代提倡“民间写作”，最直接的来源，是他们在80年代“第三代”诗歌运动中所提倡的“日常化”和“口语化”写作。在他们看来，现成语言，或曰书面语言和规范语言中，有太多的理性沉淀和逻辑程

① 王家新：《回答四十个问题》，《为凤凰找寻栖所——现代诗歌论集》，北京大学出版社2008年版。

式，遮蔽了感觉和意识的原初形态，只有具有生命质感的日常口语，才能逼近存在的本源，揭示存在的本真状态。基于这样的认识，他们不满意90年代的一些诗人在创作中过于讲究语言和技巧，过于看重知识和书本，过于依赖西方和翻译，连带着也对这些诗人脱离时代、脱离群众、脱离生活和读者的“学院派”作风和某种“贵族化”姿态表示不满。这已经不是一个纯粹的诗歌理论问题，而是对这期间诗歌创作中存在的问题提出的批评。

作为这期间持“民间写作”立场的最有代表性的诗人，于坚的创作起于20世纪70年代末、80年代初，出版有诗集《诗六十首》、《对一只乌鸦的命名》、《一枚穿过天空的钉子》、《便条集》、《于坚的诗》、《在漫长的旅途中》等。他的初期创作主要取材于出生地云南，歌咏云南高原的人文、自然风物，诗风清新俊逸，有古山水田园诗之风。中期创作实验“口语化”，有《尚义街六号》、《罗家生》等，以平实朴素的日常口语叙事，一反“朦胧诗”的晦涩、沉重，开“日常化”、“口语化”写作的先河。进入90年代以后的创作，承袭了他在80年代的实验和追求，在语言、体式、方法、技巧方面，都有新的发展。代表作主要是“事件”系列短诗，和长诗《零档案》、《飞行》等。

“事件”系列是一系列以日常生活“事件”，如铺路（《事件·铺路》）、停电（《事件·停电》）和挖树（《事件·棕榈之死》）等为题材的诗作，这些诗作用日常生活口语，静态地客观描述事件发生的场景、过程和细节，以及作者在事件发生的当时当地、彼情彼境的经历和感受，不作主观判断和评价，也不带主观感情色彩，是一种“中性”的、“零度情感”的写作。如《事件：铺路》中对铺路过程中发生的“事件”的描述：“死掉了三十万只蚂蚁　七十一只老鼠　一条蛇/搬掉了各种硬度的石头　填掉那些直径不一的土洞/把石子　沙　水泥和柏油一一填上/然后　压路机像印刷一张报纸那样　压过去/完工了　这就是道路　黑色的　像玻璃一样光滑”。《事件：停电》中对停电后诗人在黑暗中的感觉的描述：“没有电　开关还在/电表还在　工具还在　电工　工程师和图纸还在/不在的只是那头狼/那头站在挂历上八月份的公狼/它在停电的一刹那遁入黑暗中　我看不见它/我无法断定它是否还在那层纸上　有几秒钟/我感觉到那片平面的黑暗中 这家伙在呼吸谛听”等。

与“事件”系列短诗偏于对事件发生的现场和感觉作特写式描述不同，长诗《零档案》和《飞行》，则重在描述一个漫长的人生经历或心理经验的过程。《零档案》描述存放在档案室的一个被作者命名为“零”的人的人生历史，从他的出生史、成长史、恋爱史（青春期），到他的日常生活，诸如住址、睡眠情况、起床工作情况、思想汇报、业余活动、日记，与之有关的表格，诸如履历表、登记表、会员表、录取通知书、申请表和他所拥有的物品清单，乃至一些潜意识的和隐秘的心理活动，等等，举凡与一个人的生命过程和生活历史有关的事物、场景、细节、过程，巨细无遗，应有尽有。这样的人自然是被作者抽象出来的，这样的人生也是作者根据众多人或所有人的生命过程和生活历史假想出来的人生，作者对这样的人生不作任何阐释和评价，只是纯粹客观地展示他的存在状态，虽然难免琐屑、堆砌之嫌，但对长期以来人事档案所拥有的政治权力和本质化的人生，无疑是一种话语的解构。如写“零”的“成长史”（片断）：

> 一岁断奶　二岁进托儿所　四岁上幼儿园　六岁成了文化人
> 一到六年级　证明人　张老师　初一初二初三　证明人
> 王老师　高一高二　证明人　李老师　最后他大学毕业
> 一篇论文　主题清楚　布局得当　层次分明　平仄工整
> 对仗讲究　言此意彼　空谷足音　文采飞扬　言志抒情
> 鉴定：尊敬老师　关心同学　反对个人主义　不迟到
> 遵守纪律　热爱劳动　不早退　不讲脏话　不调戏妇女
> 不说谎　灭四害　讲卫生　不拿群众一针一线　积极肯干
> 讲文明　心灵美　仪表美　修指甲　喊叔叔　叫阿姨
> 扶爷爷　挽奶奶　上课把手背在后面　积极要求上进
> 专心听讲　认真做笔记　生动活泼　谦虚谨慎　任劳任怨
> 不足之处：不喜欢体育课　有时上课讲小话　不经常刷牙
> 小字条：报告老师　他在路上拾到一分钱　没交民警叔叔
> 评语：这个同学思想好　只是不爱讲话　不知道他想什么
> 希望家长　检查他的日记　随时向我们汇报　配合培养

又如写“零”的“日常生活”的“起床”：

> 穿短裤　穿汗衣　穿长裤　穿拖鞋　解手　挤牙膏　含水
> 喷水　洗脸　看镜子　抹润肤霜　梳头　换皮鞋
> 吃早点　两根油条一碗豆浆　一杯牛奶一个面包　轮着来
> 穿羊毛外套　穿外衣　拿提包　再看一回镜子　锁门
> 用手判断门已锁死　下楼　看天空　看手表　推单车　出大门

如果说《零档案》所描述是一些物质实体，《飞行》所描述的则是一次“精神事件”。作者将作品的主人公置于万米高空之上，所见所闻虽然十分有限，但所感所思，却尽可以精骛八极，心游万仞。作品主人公的想象和联想涉及传统与现代、民族与国家、战争与和平、历史与文化、生存与死亡、经济与环保、公共领域与私人空间、全球化进程与日常生活等诸多方面的内容，几乎是一部有关人类文明、人类历史和人类生存的百科全书。作者借一次飞行“事件”，完成的是一次超越“事件”的精神之旅。

20 世纪 90 年代诗歌的“知识分子写作”和“民间写作”，都是诗人的一种文化立场，但这种文化立场要见之于诗歌创作，在思想和艺术上真正体现出各自的特点和之间的差异，产生出一些真正的精品力作，目前还有相当距离，也会有一个相当长的过程，因而这两种立场的诗歌写作的实验探索，注定任重道远、未有穷期。

第二节　本期小说创作：中短篇小说

女性作家群的创作　在中国现代文学史上，女性作家的创作，“五四”时期曾十分活跃，形成了一种相对集中的群体。此后这种性别的群体，逐渐从文学的历史上淡出，女性作家的创作，除偶尔有个性或风格上的区别外，几乎与男性作家无异。20 世纪 80 年代，女性作家的创作虽然也十分活跃，但因为性别特征不够突出，所以时人并未以一个女性作家群体视之，更不存在今天所说的女性主义（或女权主义）文学创作潮流。

进入 20 世纪 90 年代以后，由于此前西方女性主义理论和女性主义作家作品的译介，启发了这期间女性作家在文学创作中的性别意识，尤其是 90 年代中期世界妇女大会在北京召开①，集中了来自世界各地的女性主义的专家、学者、作家和社会活动家，从理论到实践，对女性主义问题进行了比较全面深入的论析和探讨。加上这期间中国社会开始实行社会主义市场经济体制，被物质消费所激发的欲望本能，以及随着现代科技、电子媒体的发展而兴起的大众文化潮流的影响，使得封闭已久的感官意识开始觉醒，在这个过程中，受中国文化传统禁锢甚深的女性，也开始挣脱各种观念的束缚，由

① 1995 年 9 月 4 日—15 日，第四次世界妇女大会在中国北京召开。会议主题为：以行动谋求平等、发展与和平；次主题为：健康、教育和就业。189 个国家的政府代表团、联合国系统各组织和专门机构、政府间组织及非政府组织的代表 15000 多人出席了会议。

“五四”以后的争取自由平等，到开始反观自身，正视自身生理的和心理的诸多问题，有了许多新的认识和发现、感悟和体验，由此开始了具有女性主义倾向和女性性别特征的文学书写，逐渐形成了一股被称作女性主义的文学创作潮流。

在本期女性作家的中短篇小说创作中，女性主义倾向和性别特征比较突出且具有较广泛影响的，当首推林白和陈染。这两位女性作家的小说创作成绩，虽然主要是以长篇为代表，但她们在这期间的有些中短篇小说，与她们同期的长篇小说创作，却有大致相同或大体相近的思想、艺术旨趣，有些情节和人物，在她们的长、中、短篇中，甚至构成了一种“互证”和“互写”关系，是一种整体性的女性生活的文本世界。

林白在这期间的中篇代表作，主要有《回廊之椅》、《瓶中之水》、《致命的飞翔》等。这些作品多写女性在成长过程中生理和心理，尤其是身体意识和性别意识（包括性意识）的觉醒，同时也把成熟的女性和成长中的女性带入男性社会，让她们在其中经受种种生理和心理、肉体和精神、思想和情感的“磨炼”，但最终却不给她们一个美满的结局，而是让她们在异性或同性的恋情，包括自恋的感情中，经受一种身心的矛盾和痛苦。林白的这些作品集中反映了一个强大的男权社会对女性的压抑，以及潜伏在女性身心内部与生俱来的男权文化的阴影。因此，虽然林白也写了女性对自身的性别权利的坚持，或对女性自我的坚守，但那结果不是虚无缥缈的，就是悲剧性的。她的作品描写“那些被贬抑、被排斥的女性意识，从女性生活的尽头，从文明的死角脱颖而出，令人惊奇而又惶惑不安”。①

在《回廊之椅》中，美丽冷艳的朱凉面对政治风雨和男性欲望，从容而优雅，不愿意放弃女性所特有的内在的丰富和优美，虽然嫁给了乡绅章孟达做了三姨太，却向世界关闭起自己的心灵之门，以一种难以想象的力量抵抗着外界卑鄙而粗暴的入侵，只向自己的使女七叶敞开一扇窗门，在同性的亲近中享受生命。在《瓶中之水》中，二帕和意萍萍水相逢，二帕不得不以身体为代价追求自己的事业，而意萍为了成全二帕同样可以付出身体的代价，她们天生就没有爱过男人，但是在现实社会中，她们却不得不迎合男性社会的规范。在这个过程中，意萍居高临下的施舍姿态，又深深地伤害了二帕，二帕只好退回到封闭的自我世界。她们注定要消失在彼此的世界之外，不能相爱，只能相互怀想。在《致命的飞翔》中，北诺为了职业不得不从

① 陈晓明：《〈致命的飞翔〉跋：记忆与幻想的极限》，长江文艺出版社2001年版，第358页。

事性与权力的交易，逢迎那个丑陋的秃头男人，被解聘和被抛弃使北诺有着双重的渴求：身体的（性）和社会身份的（职业）。但是秃头男人关心的只是自己欲望的发泄和满足，在虐待中获得的快感，北诺精心的梳妆成为微不足道的孤芳自赏，北诺忍无可忍杀了他，鲜血迸溅的场景壮观而血腥，在复仇的快感中却逃不出法律的制裁，如此等等。

林白的小说有一种异样的南国情调，特别是她津津乐道的“亚热带”雨林的风格——浪漫、唯美和诗意的抒情。她笔下的女人美丽、感性、欲望强烈而又富于内心生活，但却往往游走于婚姻和爱情的边缘地带。无论是写异性还是同性的恋情，包括隐秘的自慰体验，林白的笔触都非常大胆，但却不给人以淫秽之感，而是在一种诗情画意的氛围中不紧不慢地娓娓道来，显得从容而坦荡。林白不是讲故事的行家里手，不擅于讲述曲折完整的生活故事，但却善于在同一部作品中，让几个故事同时演进，交替穿插，切换闪回，虽无一贯到底之力，却不乏信笔所至的自由。林白同时又是一个对色彩、线条、声音都很敏感的作家，她通过诗一般的语言、画一般的笔致，或浓墨重彩，或轻描淡写，传达出来的是一种与众不同的女性生命和欲望的美学。

与林白相似，陈染这期间有代表性的中短篇小说，如《空心人诞生》、《与往事干杯》、《无处告别》等，也涉及女性在成长过程中生理和心理的诸多问题，不同的是，陈染往往喜欢把她笔下的女性，封闭在一个狭小的自我空间，甚至冥想的境界，在想象和幻想中追寻，又在想象和幻想中逃离。所追寻者，不外乎是女性心目中理想的男性，在少女时代则具体化为对父亲的依恋（即所谓“恋父情结”），追寻不得后又无法选择，受到伤害后又无力反抗，于是转而向同性或自身，即所谓“同性恋”和“自恋”中寻求身心的慰藉，再不得后便只有再度逃离。因此，她笔下的人物最后除了一己的内心，别无出路。陈染的作品因而也带有浓厚的主观臆想和内心独白的色彩，某些时候甚至带有一种精神病理的特征。“我是一个唯独没有现在的人。这是我与生俱来的残缺。而一个没有现在的人，无论岁月怎么流逝，她将永远与时事隔膜。所以，她永远只能在渴望孤独与逃避孤独的状态中煎熬。”①这是陈染的“夫子自道”，也是她笔下的女性所共有的精神特征。

如果说林白和陈染的创作，都在固执地坚守某种女性立场的话，那么，徐坤作为一位“具有自觉的女性意识的作家，同时又是一位才气横溢的女

① 《陈染文集·与往事干杯》，江苏文艺出版社 1996 年版，第 62 页。

学者"①，这期间的中短篇代表作，如《遭遇爱情》、《狗日的足球》、《厨房》等，在坚守女性立场的同时，还带有很强的自审意识。作为在20世纪90年代文坛崛起的一位新进的女作家，徐坤的创作初期在作品中"反串"男性角色，是为了刻意回避女人的"小"（即所谓"小女人"文学）。而后很快意识到女人的"弱"，于是就有了《狗日的足球》等作品无力的抗争。再后来进一步发现了女人的"弱"和"小"，皆缘于女人自身的困惑和矛盾，亦即是女人的"懦"，于是便有了《厨房》等作品的二难处境。徐坤的这些表现，与其说是张扬女性的权利和性别特征，不如说是对张扬女性权利和性别特征的一种自觉的反省，因而就其创作的种种表现而言，与其说是属于女性文学的范畴，不如说是对标榜女性主义的女性文学的一种颠覆和解构。

徐坤在这期间的中短篇创作是很丰富的，她在作为女性解构了女性主义的同时，又作为知识分子，解构了知识分子的精英意识，因而不断地进行文化的"解构"，就成了徐坤创作的一个基本特征。这特征就使得徐坤作为一个女性作家，却有一股男性的气质；作为一个知识分子，却更加接近大众的趣味和心灵。她的创作因此而在男人和女人之间，在大众和精英之间特立独行。

与上述带有女性主义倾向的中短篇创作形成鲜明对比，这期间相当多的女性作家仍旧坚持固有的"非性别"或"中性"创作立场。这些作家往往因为在20世纪80年代的中短篇创作，已取得了独到的成就，形成了独特的个人风格，所以这期间的创作，只是此前中短篇创作的一种深化和延续，其中变化较大、影响较著的，如王安忆的《叔叔的故事》，铁凝的《孕妇和牛》、《对面》、《午后悬崖》，池莉的《冷也好热也好活着就好》、《来来往往》、《生活秀》，方方的《行为艺术》、《埋伏》、《桃花灿烂》等。这些中短篇作品，有的意在"解构"神化苦难、圣化苦难的"叔叔"一代人的生活，有的从诗意的抒情转向"原罪"的发掘及惩与罚，有的在此前关注都市小人物的生存状态的基础上，继续书写他们遭遇市场经济的生活和命运，有的则一如既往地将各色人等置于特殊境况下拷问其德行和品性，如此等等，总之是仍以反映社会、揭示人生、解剖人性为旨归，其思想和艺术虽有奇正雅俗之别，但大体上却与她们此前的创作保持着一种本质的联系和内在的一贯性。

在这些"非性别"或"中性"写作的女作家中，从20世纪80年代中

① 徐小斌：《走近徐坤》，《当代作家评论》1996年第6期。

期就开始文学创作的女作家迟子建，在这期间的中短篇创作，尤其值得注意。迟子建在这期间发表的中短篇作品，较有代表性的主要有《逝川》、《雾月牛栏》、《清水洗尘》、《秧歌》、《香坊》、《白银那》等，在这些作品中，迟子建以她所特有的一种“亦真亦幻”的艺术笔调，构造了一个“童话”般的艺术世界，显示了一种独特的意义和价值。其创作的独特的意义和价值，主要表现在如下几个方面：

第一，从文学地理学的角度看，迟子建出生在漠河这个被称作北极村的中国最北端的村镇，以她的全部童年记忆和人生体验写出了这个地域特有的自然景观和生存状态，在中国作家中，不但是独特的，而且是唯一的；第二，在迟子建的作品，尤其是在她早期的一些中短篇作品中，东北这块冻土地不独是寒冷的，同时也是温暖的，她是用一种温暖的、充满人性的笔调去撩拨这块被冻雪封冻的土地，让它的每一个毛孔都散发出一种生命的热力，因此她笔下的人生，都有一种异乎寻常的从冰雪封冻的地层深处蒸腾起来的温暖气息；第三，迟子建的作品是“泛神”的或“泛灵”的，万物有神或万物有灵，可以看作是她的作品尤其是她早期的一些作品中一种主导的文化观念，尽管这种文化观念对于她本人来说未必是自觉的，但却浸润在她的作品的字里行间，使她的作品不独具有北欧文学那样因地域的独特所带来的幽深和神秘，更具有中国文学因文化的独特所秉承的感悟和灵性。

“现实主义冲击波”　进入20世纪90年代以来，中国文坛一个最为引人注目的文学事件，是一股被人们称作“现实主义冲击波”的中短篇小说创作潮流所引起的震荡。

1996年，文学评论界把这期间反映社会转型期农村和工厂现状的一些中短篇小说，称为“现实主义冲击波”。① 其中最有代表性的作家，是湖北的刘醒龙和河北的所谓“三驾马车”谈歌、何申、关仁山。代表作有刘醒龙的《分享艰难》、《挑担茶叶上北京》，谈歌的《大厂》，何申的《年前年后》，关仁山的《大雪无乡》等。

刘醒龙作为一位来自大别山腹地的“乡土”作家，从20世纪80年代初登上文坛开始，其创作就与他脚下的土地和生养他的乡村，有着割舍不断的天然联系。其初期创作以乡土经验为资源，后来虽然经历过一个短暂的艺术试验，但最终还是回到了他所习惯的写实轨道上。进入90年代以后的中短篇创作，则是经历了一个否定之否定的行程之后，复归于乡土写实。前期

① 参见雷达：《现实主义冲击波及其局限》，《文学报》1996年5月24日。

中篇作品，如《村支书》、《凤凰琴》、《秋风醉了》等，虽与乡村历史仍有千丝万缕的联系，未完全摆脱政治和政策的“纠缠”，但已切入转型期一些普遍的社会问题和价值理念的转变，在对历史和人生的悲悯情怀中，隐隐透出一种无奈和悲凉。后期中篇代表作，如《分享艰难》、《挑担茶叶上北京》、《路上有雪》等，则直面转型期中国农村的一些触目惊心的现实，揭示乡村社会存在的诸多矛盾和问题，其中既有乡村社会政治体制本身的痼疾，也有改革开放和经济发展带来的新的问题；既有社会发展难免付出的牺牲和代价，也有个体欲望造成的痛苦和悲剧；既有置身其中不得已而为之的无奈，也有接受内心拷问难以面对的尴尬。凡此种种，都是这些作品所描写的转型期的“艰难”和阵痛。这些作品往往以乡镇干部（或村干部）为中心人物，在他们身上，寄托了作者更多的理解和同情。与90年代前期作品相比，刘醒龙这期间的中篇创作，因为对现实问题的暴露更为直接，更少修饰，因而具有更强的艺术“冲击”力。

在被列入“现实主义冲击波”的三位河北作家中，何申笔下的中心人物，也大多是乡镇干部，也像刘醒龙一样，是从乡镇干部的视角，切入当今农村的社会问题，但不同的是，何申在描写这些乡村干部尴尬处境的同时，更注重发掘他们的“优秀品质”，因而“背负着因袭的重担”（鲁迅语）艰难前行，是他笔下人物的共同特征。相对而言，同样关注转型期的农村社会，关仁山的作品虽然也写了乡镇干部，但更多的是着眼于乡村社会普通人的“各种生存的努力、挣扎”，他要本着作家的良心和责任，“以笔替百姓诉说幸福和艰难”。① 与此同时，关仁山的创作也十分关注转型期乡村社会的精神文化问题，将笔触深入到各种社会风俗和职业行当内部，揭示其中发生的价值观念和文化心理的冲突与变化。在上述有代表性的“现实主义冲击波”作家中，谈歌这期间的中短篇创作属传统的工业题材，他所关注的仍不外乎转型期工厂的矛盾和问题，工人的生存困境和艰难，中心人物仍是工厂的各级领导干部，所描写的仍是他们的尴尬和无奈，但因为转换了创作题材，也带来了个性和风格的差异。

作为本期兴起的一股引人注目的小说创作潮流，“现实主义冲击波”曾经产生过广泛的社会影响，但同时也很快陷入困境，难以为继，个中缘由，对在整个20世纪中国文学发展中占据主导地位的现实主义来说，有着重要的启示意义。

我国新文学中的现实主义自“五四”以降，迄于20世纪70年代末、

---

① 关仁山：《我们共有一个家》，《当代作家评论》1997年第2期。

80年代初，基本上是属于经典现实主义的艺术范畴。虽然这期间现实主义文学在不同时期的创作中也出现了一些越出经典规范的艺术表现，但从总体上说，经典现实主义在我国新文学中经历了从原生形态的批判现实主义，到经过了改造的社会主义现实主义（包括不同时期的“革命现实主义”和“两结合”的创作方法）的巨大变化之后，不但在理论上占据了绝对的统治地位，而且在实践中也成了主导的潮流。经典现实主义在我国新文学史上特殊的历史地位和在创作中所取得的巨大成就，无疑逐渐使它获得了一种独特的话语权力，这种话语权力不仅表现在它的一些基本理论原则已经成了创作和批评的圭臬，以无可争辩的权威决定着作家的创作选择和批评的价值判断，同时也表现在它对于读者公众的文学阅读的巨大影响力，通过不断积累的知识和经验，内化为读者对现实主义作品的自觉或不自觉的阅读期待。

从“五四”到20世纪70年代末、80年代初，我国新文学中的现实主义即是置身于经典现实主义所构造的这种话语权力的制约和影响之下。只是因为这种经典现实主义的话语权力从五六十年代起就因为政治的原因开始发生异变，并在从60年代中期到70年代中期的十年“文革”期间进一步发展到极端状态，成为不仅是反经典现实主义同时也是反现实主义的政治权力话语，这种绝对权威的经典现实主义的话语权力才开始逐步趋于瓦解。我国新文学中现实主义也由此而开始逐步从经典向现代发生转化。这种转化的发生虽然有其深刻的社会历史和文学自身的原因，但由于它一开始便置身于一个新的开放的文化环境，不得不面对纷至沓来的西方现代主义各流派的艺术挑战，并为着改善自身的功能和结构，又不得不对这些异质的艺术因素有所借鉴和吸收，因而就其实践形态而言，这种转变又如整个20世纪的现实主义在世界范围内由经典向现代的转变一样，是对于现代主义的挑战所作出的艺术回应。正因为如此，这种转变的结果无疑也带有如同世界范围内的现代现实主义所具有的那些有别于经典现实主义的新的艺术特征。

20世纪80年代以来，虽然经典现实主义在新时期文学的各个阶段上无论是理论还是创作都代有传人，但就其发展的趋向来说，这种具有现代特征的现实主义毕竟是当今中国现实主义文学的一种基本的和主要的表现形态。而且，这种新的现代形态的现实主义在不断的发展变化中也逐步拥有了自己独特的话语世界。虽然没有必要也不可能把这种新的现实主义话语重新推到如同经典现实主义话语那样的霸权地位，但也不必否认它事实上正以其独具的开放性和先锋性对创作和批评产生巨大的影响和制约力量。这种影响和制约力量同样也可以被看作是一种现实主义的话语权力。当今中国文学正是以这种新的现实主义的话语权力与经典现实主义的话语权力相抗衡，并以相互之间的矛盾和抵牾发生着嬗递和蜕变，构造了当今中国现实主义文学的双重语境。作为一种创作潮流的发生，“现实主义冲击波”就处在这种双重语境的作用之中，它的种种长处和特征、不足和局限，无一不与这种双重语境的作用在下述问题上所造成的矛盾有关。

第一个方面也是最基本的方面，是现实主义文学与现实生活的关系问题。在这个问题上，经典现实主义在实践中，曾经有过一个相当长的时期，尤其是在世界范围内的无产阶级和社会主义文学实践的历史上，比较强调反映生活的本质，而反对仅止于生活现象的客观描写（对自然主义的持续批评是一个重要的证明）。20世纪以来的现代现实主义在反对经典现实主义的本质论的同时，又把作品所描写的生活现象由描摹客观存在的事实转向表现主观孕化的对象。不能说属于“现实主义冲击波”的作家作品完全放弃了反映生活本质的追求，这些作家几乎众口一辞地表明自己的作品要反映这个变革的时代，就是追求本质地反映生活的一个有力的证明。但是，就一些有代表性的作品而言，这种“反映时代”的本质论追求，又似乎没有完全或完全没有贯彻到底。最典型的表现便是这些作品的取材大多停留在现实问题的层面，尚未真正深入揭示这些问题背后所隐含的生活本质。不少论者把这些作品称为新的“问题文学”，确实是切中肯綮。个中原因当然是十分复杂的，除了作家自身的能力和素质之外，最主要的原因，一方面显然与作家刻意规避本质论在现实主义文学历史上出现的种种极端偏向有关，另一方面又显然留有作家对前此阶段的“新写实”潮流疏远本质、迷恋表象的创作倾向进行艺术反拨的痕迹。由于这些制约和影响因素的存在，这股小说创作潮流中的作家既不可能刻意去挖掘生活的本质，使自己的作品对生活的反映达到如经典现实主义作家那样的思想深度，又不可能大胆地反叛经典的原则，使自己的作品真正打上如20世纪诸多现代现实主义派别那样先锋或前卫的艺术印记。这就使得这些作品注定要成为经典和现代之间的中间产品。由追求经典现实主义本质地反映生活的原则出发，却不停留在“肤浅”地摹写生活现象的层面，这不能不说是这股“现实主义冲击波”的小说创作潮流普遍存在的一个创作困境。

第二个方面也是最主要的方面，是现实主义文学的典型化问题。在这个问题上，经典现实主义在其实践的历史上，同样也有过一些诸如注重典型的共性抹杀典型的个性，甚至“一个时代一个典型、一个阶级一个典型”之类的极端化偏向。现代现实主义对它的反拨，不仅是这些极端化的艺术表现，同时也是现实主义文学的全部典型化原则。我国当代文学从20世纪50—60年代到“文化大革命”结束后的新时期，就经历了一个从追求典型化（包括上述极端化的追求）到消解典型（包括反典型）的发展过程。这种转变过程所造就的双重典型语境，同样也影响到属于“现实主义冲击波”的作家塑造人物形象的方式。

表现在这些作家的创作中，就是在人物形象的塑造上，普遍存在着双重的艺术矛盾。第一重的矛盾是从表面上看，这股小说创作潮流中的作家，很少或基本上不在典型化的问题上作刻意的追求，这从他们的创作谈之类的创作反思文字中很少或基本上不涉及这类问题即可得到证明。但是，这并不意味着他们在创作中就真的如前此时期的某些作家那样，完全放弃了典型形象的塑造，有意消解艺术典型。恰恰相反，由于经典现实主义的艺术原则根深蒂固的作用，以及在典型问题上当代中国作家同样怀有一个未了的经典情结，因而在这些作家的作品中，经典现实主义有关典型化的一些主要艺术原则仍然在起着潜移默化的影响作用。由于这种作用的存在，我们才会在那些乡镇干部和乡镇企业家的形象中读出一点典型意义。这些具有某种极为有限的典型意义的艺术形象，同时也是经典现实主义的典型话语在这些作家的创作中所留下的一点文本的痕迹。

第二重的矛盾是，尽管如此，由于这种有限的典型化结果不是一种自觉的追求，因而，虽然这些作家在创作中也确实是运用了一些经典现实主义作家创作艺术典型的综合手法（例如综合众多乡镇干部和乡镇企业家的形象，创造一个乡镇干部和乡镇企业家的典型等），但却没有也不可能实现经典现实主义对艺术典型的内在要求，即从本质或所谓“共性”的意义上对一种人物形象的思想性格作出深刻的艺术概括。由于缺乏一种内在的质的规定，因而这些人物形象在多数情况下就难免不流于平面化、类型化甚至是一种“恶劣的个性化”的艺术表演。我们在阅读这些作品的过程中，之所以很难在那些乡镇干部或乡镇企业家的形象身上找到一种比较完整、比较稳定的性格特征，或一种性格的生成和发展的历史，原因也大半是因为这些人物性格的生长和发展不是源自一个完整的时代背景和某种稳定的社会因素的作用，而是飘浮在这个时代河床表面的一些错综复杂的表象（即所谓“问题”）碎片的撞击，以及在这些表象碎片构成的一些偶发性事件中重复发生的人格表演的结果。无意追求典型化却无法挣脱典型的语境，无意消解典型却背弃了典型化的精义，这同样是这股“现实主义冲击波”的小说创作潮流普遍存在的又一个创作困境。

第三个方面也是一个较深层次的问题，是现实主义文学的理性原则问题。在这个问题上，经典现实主义作家本着各自的信仰和立场以及各自对于社会人生的看法和理解，在不同的时代和不同的国度，对现实主义文学的理

思议的惨重牺牲”的伟大精神。第二个层面的意义，是作者要借这种宗教精神和民族精神烛照整个国民精神，点燃国民精神的火光。作者说：“我听着他们的故事；听着一个中国人怎样为着一份心灵的纯净，居然敢在200年时光里牺牲至少50万人的动人故事。在以苟存为本色的中国人中，我居然闯进了一个牺牲集团。我感到彻骨的震惊。”“多斯达尼（哲合忍耶称呼“朋友”的复数）就是中国底层不畏牺牲坚守心灵的人民。”第三个层面的意义，是作者认为这种精神不仅仅是一种宗教精神和民族精神，同时还是一种普遍的人文理想和人道主义精神。他说：“不应该认为我描写的只是宗教。我一直描写的都只是你们一直追求的理想。是的，就是理想、希望、追求——这些被世界冷落而被我们热爱的东西。我还将正式描写我终于找到的人道主义。”“我借大西北一抹黄色，我靠着大西北一块黄土。我讲述着一种回族的和各种异族的故事。但是，人们，我更关心你们，我渴望与你们一块寻找人道。”“我将告诉你们哲合忍耶的故事，其实正是你们追求理想、追求人道主义和心灵自由的一种启示。”作品摒弃了一般长篇小说习惯于以塑造某些中心人物和以某些中心情节为主线的叙事方式，而代之以作者所赞颂的哲合忍耶的这种“精神”，作为它的这部“毕生之作的主人公”。“心情、气质、决意、牺牲的渴望——我必须描述的这一切，都是无形的。”正因为作者所要描述的是一种“无形的”精神，而且是一个群体所拥有的精神，而不是具体的个别的人、事，所以他也就不能不去寻找一种与之相适应的新的叙述形式。这种叙述形式就是作品现在所采用的，属于哲合忍耶内部秘密抄本作家的写作体例，即把200年间哲合忍耶的卫教斗争，分为七代，以每一代的故事为一“门”，共计七“门”，以民间传说和历史资料为底本，以历时过程为主线，以众多信徒的故事为经纬，完整地“勾勒”了哲合忍耶200年间前赴后继的卫教斗争。

关于这部作品的形式，作者曾说：“一种人心的追求造成了一种凛然的人道精神。这种可以活在穷乡僻壤、可以一贫如洗，却坚持一个心灵世界的人道精神，造成了一种如一片岩石森林般的人民。这种人民簇拥着他们的领袖即圣徒，称做‘穆勒什德’。几十万民众把自己的故事，划分在一代一代穆勒什德的光阴里。因此，我以他们的形式为自己的形式。”但是，尽管如此，在这部别具一格的长篇小说中，还是保持了张承志一以贯之的文体气势和叙事风格，因为注重于一种精神，而不是具体个别的人、事，就使得这部小说较之作者本人以前的作品，更显得气势恢弘，恰如作者自己所说：“成千上万人马呼啸着冲下山冈，扬起漫天黄尘时，那大场面中的人——是无形的。”① 这部作品中所描写的人、事，几近这种“大象无形”的境界。从这个意义上说，张承志的这部作品不仅是“全美了”他的“为人民”的创作宗旨，同时也“全美了”他对“美文”的艺术追求。

与张承志通过一个教派卫教的历史表现对于一种形而上的精神信仰的固守不同，张炜则始终执著于已经过去了的历史和正在行进中的生活现实，通过发掘和展示“历史、社会、人性中蕴含的固有的魅力”，表现一种为着某种人生信仰和人格理想而“牺牲”、而“殉道”的精神。他说：“人类社会在向文明演进的过程中注定了其中最优秀、最纯粹的一类要付出牺牲、要殉道。这几乎是一种无可避免的宿命。”他在这期间发表的两部相互关联的长篇小说《家族》和《柏慧》，就集中地表现了他为之“着迷”的这种牺牲和殉道精神，以及由此而产生的人格魅力。作为在20世纪80年代的社会文化语境中成长起来的小说家，张炜的前期创作就比较注重对于现实和历史问题的思考，他的《秋天的愤怒》《秋天的思索》等中篇作品和长篇小说《古船》，就体现了这种长于思考的创作特征，也因此而具有一定的思想深度。进入90年代以后，作者有感于人们常常容易遗忘生活中一些重要的东西，而企图以写作来战胜遗忘，《家族》和《柏慧》，就是这种以写作“战胜遗忘的一种努力”。作者在这儿所说的“遗忘”，是指人们往往因为追逐社会的发展进步（比如现代化），或因为沉溺于现实的物质生活，而“遗忘”了在历史和现实中，为着追求这种发展和进步以及人自身的人格完善而付出的牺牲、而为之“殉道”的精神。张扬这种精神，正是人对于历史和现实的一种心灵回应，“现实和历史都期待回答的声音”，《家族》和《柏慧》则是作者以心灵回应现实和历史的一份答卷。正是基于这样的创作初衷，所以这两部相互关联的长篇小说，就包含有对于历史和现实两个方面的叙事和由这两方面的“故事”所激起的心灵回声。《家族》在历史部分写到了宁、曲两家人为革命所付出的牺牲，尤其是作品的主人公宁珂，由于复杂的社会关系和历史问题的影响，在为之流血奋斗的革命成功之后，却遭受了不公正的待遇，致使妻儿都受其牵连。现实部分所写的是宁珂的后代——“我”随同03研究所副所长、导师朱亚参加开发半岛地区勘察工作的经历，朱亚坚持实事求是的原则，认为条件尚未成熟，不宜开发，但论证报告尚未写成，

① 以上引文均见张承志：《走进大西北之前——代前言》，《张承志文学作品选集·心灵史卷》，海南出版社1995年版。

就积劳成疾，患癌症去世，“我”坚持导师的意见，却受到好大喜功的领导与某些政治投机分子的打击，被迫接受审查，甚至还牵连到父亲的历史问题，等等。历史和现实部分都写到了宁家两代人对人生理想（革命）和人格理想（正直）的追求，也写到了他们在追求这种理想的过程中，所经受的曲折和艰难、困境和屈辱，但却百折不挠、九死未悔，始终不放弃对自己所认定的人生理想和人格理想的坚守。

在此基础上，《柏慧》以一种诉说的方式，把《家族》中对理想的坚守，转换成一种对历史和现实的“逃离”，作品中的“我”仍然是宁珂的后代，在向前恋人柏慧和老师老胡师的倾诉中，反复叙说了自己的生活经历：从家庭逃离至深山流浪，大学毕业后又从工作的研究所逃离至一家杂志社，复又从杂志社逃离至滨海的一家葡萄园，远离城市、远离人群、远离家庭和妻儿，与几个乡民一起，过起一种类似于隐居式的生活。“我”的逃离，或者是因为父亲的历史问题的影响，或者是因为研究所内人事关系复杂、领导作风败坏，或者是因为杂志社同人利欲熏心、杂志办得平庸俗滥……总之是有悖于“我”所信守的人生理想和做人的原则。在述说这种逃离的感受和思考的过程中，作品也表达了“我”对于乡村、自然、野地和纯朴的人性、善良的德行以及崇高的理想的向往，却对人欲膨胀的城市、勾心斗角的人群、蝇营狗苟的生活，表示了深深的憎恶之情。作品还穿插叙述了古莱夷国的历史和秦朝方士徐福出海寻长生不老药的故事，暗喻了今人受现代文明的侵袭如古莱夷国在强秦的攻击面前退守海隅和徐福不得不向海外去寻找新的生存领地一样的归宿，表现了一种“反抗现代”的文化保守主义倾向。这种文化保守主义倾向在张炜这期间前于《家族》、《柏慧》创作的另一部长篇小说《九月寓言》中，表现得尤为突出。虽然《柏慧》最后以一个葡萄园的意象，表明作者对于精神家园的坚守，但把这种带有很重的“原始主义”或“自然主义”色彩的葡萄园，置放于现代文明的对立面，以此作为人们在现代社会坚守的精神理想的归宿，又似乎偏离了作者在《家族》包括《柏慧》的主体部分对这种精神理想的历史的、现实的具体描述，因而这种抽象的“原始主义”或“自然主义”的精神理想，相对于整个作品来说，事实上又是处于一种游离状态。

《家族》和《柏慧》在创作上有着紧密的内在关联，这种关联性就表现在《家族》是叙事的主体，《柏慧》则是对这个主体的回应。在谈到这两部作品的创作时，作者说：“我知道，在这个时代，在良知的催逼下，人该留下他珍贵的声音。这就是我中断《家族》写作而着手完成《柏慧》的原因。

今天和昨天是不可分割的两部分。《家族》和《柏慧》可以当一部书来读。”“《家族》只写了历史和现实的‘故事’，而《柏慧》却记录了‘声音’。现实和历史都期待回答的声音。《柏慧》仅是一次回答，是时代对心灵的一次考验。简单点说，《家族》是历史与现实的岩壁，而《柏慧》只是它的回声……”①因为是一种主体独白型的叙述文体，所以《柏慧》的抒情和议论的成分较重，以致淹没了对情节的叙述，或将情节裹挟于抒情和议论之中，突出了作者的主观情志而偏废了对情节的客观叙述，所以其中的人物和事件都显得较为模糊。这种过于主观的叙事，甚至在《家族》中也有所表现，虽然在《家族》中，客观叙事的部分和主观抒情议论的部分在结构上作了相对的区分，但由于作者这种偏向主观的叙事作风的影响，其中的人物、事件包括时代和环境，仍然显得模糊不清。在 20 世纪 90 年代的长篇创作中，张炜的这种叙事作风在高度意象化的《九月寓言》中曾经发挥得十分精彩，但在这种要求真实地再现历史和现实的长篇小说中，就难免有许多败笔。

以陈忠实的《白鹿原》、阿来的《尘埃落定》和王蒙的“季节”系列长篇小说等为代表的反思民族历史文化的创作倾向　如前所述，20 世纪 80 年代文学是一种极富反思性的文学，这种反思性的特征，不但集中表现在 80 年代初兴起的“反思文学”的创作潮流，而且也表现在此后逐步泛化为 80 年代的一种普遍的文学精神。这种文学精神影响到 90 年代的长篇创作，就使得这期间长篇创作在对民族历史文化的反思方面达到了一个新的高度。陈忠实的《白鹿原》、阿来的《尘埃落定》和王蒙的“季节”（《恋爱的季节》、《失态的季节》、《踌躇的季节》、《狂欢的季节》）系列长篇小说等，是这一阶段的长篇创作对民族的历史文化和当代生活深入反思的艺术结晶。

陈忠实作为一位在 20 世纪 60 年代中期就开始文学创作的小说家，在喧闹的 80 年代文坛上，是颇为寂寞的，他在这期间发表的一些中、短篇作品，虽然也表现了一种长于思考的创作特征，但大多是针对改革开放过程中出现的一些现实的社会或人生问题，并未深入到历史文化的层面。80 年代中期，在酝酿和写作中篇小说《蓝袍先生》的过程中，“一个重大的命题由开始产生到日趋激烈日趋深入，就是关于我们这个民族命运的思考”。这种思考把他的某些从未触动过的生活库存“触发了、点燃了”，使它对这个问题的思考，就像“一种连续性爆炸，无法扑灭也无法终止”，由此开始了长篇小说

① 以上引文均见：《战胜遗忘——关于〈家族〉的对话》，《张炜文集》第 3 卷，上海文艺出版社 1997 年版。

《白鹿原》的创作酝酿和构思。① 从 80 年代后期到 90 年代初期，经过了 5 年的艰苦创作，终于完成了这部具有史诗规模和气魄、记录了我们这个“民族的秘史”的长篇力作。这部作品经“修订”后于 1997 年获得第四届茅盾文学奖②，是这期间长篇小说反思民族历史文化的重要收获。

《白鹿原》反映的是从清末民初到中华人民共和国成立近半个世纪中国社会的历史变迁，作品把反映这段历史变迁的众多人物和矛盾冲突，集中浓缩在陕西渭河平原白鹿原上同属一个家族的白、鹿两个家庭之间，通过这两个家庭之间的恩恩怨怨、爱爱仇仇，以及众多家庭成员在其中的命运变幻和人生沉浮，表现了我们这个民族在 20 世纪上半叶的 50 多年间不断与旧的腐朽的东西“剥离”，“从衰败走向复兴复壮”的历史过程，以及在这个过程中和由这个过程演示的民族心灵和民族灵魂艰难蜕变的历程。作者说：“一个民族的发展充满苦难和艰辛，对于它腐朽的东西要不断剥离，而剥离本身是一个剧痛过程。”作者认为，在 20 世纪上半叶的近 50 年间，我们这个民族的每一次剥离都是“不彻底”的，“对上层来讲是不断的权力更替，而对人民来说则是心理和精神的剥离过程，所以，民族心理所承受的痛苦就更多”。“我们这个民族就是在这样一种不断饱经剥离之痛的过程中走向新生的。”基于这样的理解，作者认为，“从清末到 1949 年中华人民共和国建立，所有发生过的重大事件都是这个民族不可逃避的必须要经历的一个历史过程”。在这个过程中，“所有悲剧的发生都不是偶然的，都是这个民族从衰败走向复兴复壮过程中的必然。这是一个生活的演变过程，也是历史演进的过程”。③ 这就是作者对历史的思考和创作《白鹿原》时所把握住的民族的命运和时代的脉搏。

正是基于对民族命运和时代脉搏的这种把握，作品通过以下三个层面的艺术描写，把我们这个民族在 20 世纪上半叶所经历的历史蜕变和精神蜕变，

---

① 参见陈忠实：《关于〈白鹿原〉的答问》，《〈白鹿原〉评论集》，人民文学出版社 2000 年版。

② 《白鹿原》在参评茅盾文学奖的过程中，评委会认为：“作品中儒家文化的体现者朱先生这个人物关于政治斗争‘翻鏊子’的评说，以及与此有关的若干描写可能引出误解，应以适当的方式予以廓清。另外，一些与表现思想主题无关的较直露的性描写应加以删改。”（见《文艺报》1997 年 12 月 25 日）“在作者接受修订意见后决定授予茅盾文学奖。”（参见何启治：《欣喜·理解·企盼》，《〈白鹿原〉评论集》，人民文学出版社 2000 年版。）

③ 参见陈忠实：《关于〈白鹿原〉的答问》、《〈白鹿原〉获茅盾文学奖后答问录》，《〈白鹿原〉评论集》，人民文学出版社 2000 年版。

充分地展示在人们面前。第一个层面的描写是有关社会政治的层面。在这个层面上，作品的艺术描写完整地勾勒了近现代社会从推翻清王朝的革命，到国、共两党分分合合、你来我往、“翻鏊子”式的政治斗争和军事斗争的历史，以及在这期间穿插的各种政治力量、民间势力的活动和抗日民族战争的历史。这个层面的艺术描写虽然不是作品的情节主体，但却是推动作品的主体情节和人物性格发展的一个重要的环境因素。正是这一部急剧变动、扑朔迷离的近现代历史在白鹿原上所激起的时代巨澜，把白、鹿两家的儿女和整个白鹿家族，都卷入到一个民族同旧的“腐朽的东西”相“剥离”，走向“复兴复壮”的历史过程，才使得他们的人生道路同时也出现了许多艰难和曲折，才使得他们的心灵同时也经历了许多痛苦和裂变。这个层面的艺术描写也因此而为整个作品对“民族命运的思考”提供了一个真实的、具体的历史情境，正是在这个真实的、具体的历史情境中，作品展开了有关家族生活的第二个层面的艺术描写。在这个层面上，作品虽然也写到了白、鹿两个家庭力量对比的消长乃至整个白鹿家族命运的兴衰起落的变化，但却把艺术描写的重心放在对整个白鹿家族的家族精神乃至众多家族成员的灵魂拷问方面，通过这种拷问，揭示我们这个民族在急剧变动的近现代历史中所经历的精神“剥离”和灵魂蜕变的过程。白嘉轩作为白、鹿两姓组成的家族的族长，无论是个人立身处世，还是在对族人的教化、约束方面，都是恪守正统的儒家文化的道德伦理规范的，是正统的儒家文化在家族生活中的具体体现。与此相对应的是，身为“乡约”的鹿子霖，他的立身处世和行事作为，却处处有悖于儒家的道德伦理规范，更多地是屈从于一己的私利和私欲，因而不可避免地要与白嘉轩发生许多龃龉和冲突，乃至引起两个家庭之间的矛盾和纷争。但是尽管如此，这两个家庭的众多成员却没有因此而表现出如同白嘉轩和鹿子霖那样明显的忠、奸、正、邪、善、恶、美、丑之分，而是因为社会历史变动的复杂影响，在他们身上呈现出各种道德品性错综杂糅和变动不居的状态。白家固然有如白灵这样为国尽忠的革命者似乎体现了儒家文化的精神传统，也有如白孝文这样不仁不义的政治投机家又似乎有悖于儒家的道德伦理规范。同样，鹿家的后代也不尽如鹿子霖那样唯利是图、丧尽天良，完全蔑视儒家的精神文化传统，也有如鹿兆鹏那样献身革命的热血男儿和鹿兆海那样具有一定的民族气节的抗日军人，又似乎与儒家的精神文化传统一脉相承。更不用说介于白、鹿两家之间，又受到多方面的文化和现实环境的复杂影响，走过了复杂的人生道路的黑娃和黑娃的妻子——既是丧尽天良的鹿子霖的泄欲工具，又是白、鹿两家道德冲突和权利纷争的牺牲品的小娥，就更不能简单地归结为是以白嘉轩为代表的儒家文化传统或是背离儒家文化传统的鹿子霖的影响，抑或是二者的矛盾冲突的产物，如此等等，所有这些描写无不表明，在白鹿家族半个世纪“生活演变”的历史中，无论族长白嘉轩如何言传身教、身体力行地维护儒家文化这个家族传统的精神支柱，都无法抵御近现代社会历史变动的巨大冲击。上述人物身上所呈现出来的各种道德品性错综杂糅和变动不居的状态（包括白嘉轩本人身上出现某种微妙的变化所呈现出来的复杂状态），就是这种社会历史变动的巨大冲击所产生的结果。因为这种家族传统的精神支柱联系到整个民族的精神文化传统，因而这种冲击所引起的变化，事实上也意味着整个儒家文化传统在近现代社会的解体和在新的历史时代所发生的精神蜕变。

如果说作品在这一层面上对作为民族的精神文化支柱的儒家文化传统的“拷问”，还大多是停留在实践（家族生活）的层面上的话，那么，作品通过着力刻画的关中大儒朱先生的形象，则把这种“拷问”进一步延伸到属于儒家文化的精神本体的层面。在这个层面上，作品无疑是把朱先生作为儒家文化在关中地区的代表人物同时也是作为整个儒家文化传统的化身来加以艺术刻画的。在白鹿原上，朱先生不仅以他的力践躬行垂范当世，同时还以他的职业身份广施教化，以他的权威地位为乡民立法（乡规民约），甚至也以他所坚守的理性原则和人格节操，参与抵御外来侵略和平衡白鹿原上的各派力量和各种势力的政治、军事纷争，为白鹿原上的乡民消灾免祸，求取富足和安宁。可谓既独善其身，又兼济天下，既超然物外，又心忧寰宇，儒家文化尤其是关中儒学所具有的一切精神的和实践的特征，在朱先生的身上无一不得到鲜明的体现。但是，尽管如此，朱先生的儒学依旧无法制止白鹿原上“翻鏊子”式的政治、军事纷争，也无法消弭这种政治、军事纷争在白鹿原上所造成的各种动乱和灾难，更无法保证他所教化的乡民在这种动荡的时势中始终恪守儒家的政治和道德伦理规范，包括直接承受朱先生的教益，受朱先生影响至深的上述白、鹿两家的诸多子弟和一度浪子回头“学为好人”的黑娃等，最终都不是或不完全是按照朱先生的教导走上儒家所理想的人生道路，养成儒家所理想的精神人格，而是依照自己在这个动荡的时代所遭遇的具体的历史情境和切身利害，去选择自己的人生道路，去塑造自己的人生历史，他们也因此而对朱先生所坚守的传统的儒学理想再一次提出了严峻的挑战。朱先生的结局是既不能兼济天下，也无法独善其身，留给他的最后的出路惟有一死，即与他所信守的一种文化（儒家文化）的命运共始终。

综上所述，这三个层面的艺术描写，构成了一个整体，既表现了我们这个民族在20世纪上半叶的50年间艰难的历史蜕变过程，又表现与之相伴随的同样艰难的精神蜕变过程，所有这些过程都是走向一个“复兴复壮”的结局，但过程本身却充满了悲剧性。《白鹿原》的史诗性和悲剧性就在这个过程及其结局中得到了充分的体现。

在艺术上，《白鹿原》虽然严格遵循现实主义的创作原则，“仍然属于现实主义范畴”，但显然又对现实主义小说艺术进行了大胆的革新。作者的前期创作深受当代作家柳青的影响，《白鹿原》在取材的角度、史诗性的追求和人物形象的塑造乃至地方特色和语言风格等方面，仍留有这种影响的痕迹，但这部作品的创作又显然是作者力求挣脱这种影响，寻找属于“自己的真正意义上的创作”所作的实验和努力。这种努力集中表现在，基于一种画出我们这个“民族的灵魂”、写出我们这个“民族的秘史”的创作题旨，作者把现实主义小说对真实性的追求，由外在的历史的真实，转向内在的“心理真实”，把现实主义小说对人物性格的塑造，转向对人物的文化心理的分析。作者说：“我过去遵从塑造性格说，我后来很信服心理结构说。”他认为“解析透一个人物的文化心理结构而且抓住不放，便会较为准确真实地抓住一个人物的生命轨迹”。《白鹿原》的众多人物形象尤其是一些主要人物形象的塑造，确实实现了作者这一新的创作追求，因而在坚持现实主义创作原则、接受柳青的艺术影响的同时又有所超越，为现实主义小说创作提供了一些宝贵的新鲜经验。与此同时，作者也向西方现代主义小说汲取了诸如象征、魔幻等艺术表现手法，乃至借鉴西方流行文学的一些艺术经验，从而使《白鹿原》的创作从总体上实现了作者“开放艺术视野，博采各种流派之长，创造出色彩斑斓的现实主义”① 的艺术主张。

与《白鹿原》同获第四届茅盾文学奖、同样是基于思考民族命运的创作题旨，藏族作家阿来的《尘埃落定》却表现了与前者完全不同的艺术取向。这部作品虽然也涉及西藏土司制度崩溃前的一个相当长的时间的历史，但却主要地不是从一个纵向的过程展开这部历史，而是选取了一个特殊的叙事角度，以麦其土司的二少爷——傻子“我”的眼光来看这部历史，从而使这部历史带有一种特殊的“魔幻”色彩。傻子是麦其土司酒醉后与汉族太太所生的一个男孩，傻子虽傻，但对历史却有非凡的预见性：当汉人特派员带来了鸦片，在土司们之间引发了罂粟战争，土司们因多种罂粟而闹粮荒的时候，傻子却建议麦其土司多种粮食，棋高一着，尔后又开辟边境贸易，为麦其家族的发展打开了新的局面。傻子甚至预见到土司制度的灭亡：结果

① 参见陈忠实：《关于〈白鹿原〉的答问》，《〈白鹿原〉评论集》，人民文学出版社 2000 年版。

是先有梅毒蔓延，后有红色汉人解放西藏，土司制度果然走到了末路；麦其土司死了，连同他的官寨一起被炸弹炸掉了；麦其土司的汉族太太自杀了；麦其土司聪明的大儿子被仇人杀死了；傻子最后也被家族的仇人杀死了。一切都尘埃落定。“尘埃落定后，什么都没有了。”在这部作品中，作者选取傻子的视角，对理解作品的主题，有如下两重意义：一重意义是以傻子作为土司制度灭亡的历史见证：“我当了一辈子傻子，现在，我知道自己不是傻子，也不是聪明人，不过是土司制度将要完结的时候到这片奇异的土地上来走了一遭。”“我确实清清楚楚地看见了结局，互相争雄的土司们一下子就不见了。土司官寨分崩离析，冒起了蘑菇状的烟尘。腾空而起的尘埃散尽之后，大地上便什么也没有了。”这种既非“傻子”也非“聪明人”的叙述主体，无疑强化了作品叙事的客观性，因而作品虽然是以“我”的眼光去看历史，但“我”却可以以一个既非智者亦非愚人的身份，保持对历史的清醒意识，成为历史的客观见证。而且傻子对历史的预见不是依靠聪明人的理性，去求得对历史的一种合乎规律的认识，而是凭借自己的一种独特的直觉感悟，穿透种种理性外壳的屏蔽，直接去触摸历史的隐秘部分。这种把握历史的方式虽然带有一点神秘主义色彩，但却更易于深入历史的本真状态，因而在某种意义上说，也更容易深入历史的真实本质。另一重意义是以傻子传达一种个体生命存在的哲理。作为土司麦其的儿子，傻子从出生开始，就成为觊觎土司之位的哥哥权力争夺的对象，只是因其傻，才未过早地被哥哥所杀。与傻子相较，麦其土司的大儿子好色、好权、好斗，结果被仇人杀死。傻子虽然最后也被家族的仇人所杀，但生前却超然物外，事事尽如所愿。从这个意义上说，傻子的傻，实则是中国古代哲学所奉行的一种避祸全身之法。“是的，上天叫我看见，叫我听见，叫我置身其中，又叫我超然物外。上天是为了这个目的，才让我看起来像个傻子的。”因其“置身其中”，所以才能深切感受土司制度的罪恶，预知它必然灭亡的命运，又因其“超然物外”，所以才使这种感受和预见能够超越一己的得失利害，成为一种客观公正的历史判断。在作品中，傻子每天早晨醒来的第一件事是反复追问自己：我是谁？我在哪里？正是因“置身其中”而惟恐失去“超然”判断的表现，也是企图挣脱“置身其中”的拘囿对个体存在的本真状态的一种终极的追问。作为一种特殊的叙事角度，傻子不但以其独特的主体身份，成为土司制度灭亡的历史见证，同时也以其独特的处世哲学，反证土司制度的灭亡，皆源于对于权力和财富的一种不可抑制的贪欲，以及这种贪欲所造成的种种人间的罪恶。从这个意义上说，这种特殊的叙事角度，不但使整个作品获得了一种深厚的历史感，而且也让人体悟了一种悲天悯人的人道主义情怀。从20世纪80年代中期以来，西藏作家就以其独特的文化风韵和叙事风格，引起了人们的广泛注意，成为文学寻根和小说叙事革新浪潮中的一支劲旅，阿来的创作显然承接了这一卓有成效的文学革新的成果，《尘埃落定》因而既带有扎西达娃式的神秘主义文化色彩，又不乏马原式的叙事圈套的痕迹，虽然由于作者所选定的这种特殊的叙事角度的影响，相对于这一题材所提供的艺术表现的可能性来说，作品对历史的反映尚未达到应有的深度和广度，对人性的挖掘也稍欠力度，因而在整体上尚嫌不够深沉和厚重，但就其承接80年代中期的文学寻根和小说艺术革新浪潮，转化诸如拉美魔幻现实主义和西方现代小说的叙事经验，创造新的民族的叙事艺术来说，《尘埃落定》仍不失为一部承前启后的优秀作品。

如果说《白鹿原》和《尘埃落定》对民族历史文化的反思，主要是着眼于过去年代的历史及维系这一部分历史的文化传承的话，那么，王蒙的"季节"系列长篇小说，对民族历史文化的反思，就主要是正在行进中的当代历史及其中所存留的民族文化的深层积淀。进入20世纪90年代以后，王蒙这位在80年代复出文坛即以反思当代历史和当代生活著称的作家，继续了他在80年代乃至更早一个时期的创作对当代历史和当代生活的思考，他把这些思考最终凝聚为一部以"季节"命名的连续性的长篇小说，为当代文学反思当代历史和当代生活锻造了一部哲理的诗篇。

王蒙的"季节"系列长篇小说共分四部，即《恋爱的季节》、《失态的季节》、《踌躇的季节》和《狂欢的季节》。这四部长篇小说从时间上说，纵贯从中华人民共和国成立前夕的20世纪40年代末，到"文化大革命"结束的70年代末近30年的当代历史和当代生活。作品以主要人物钱文的人生经历为线索，展现了与共和国一起成长起来的一代知识分子在这段岁月中曲折坎坷的人生经历和心路历程，也寄寓了作者对这段历史和一代知识分子的命运的独特感悟和深刻思考。在谈到"季节"系列长篇的创作时，王蒙说："早在80年代，我希望有机会能写一下我们这一代人，写我们所经历的革命和新生活，写我们的心灵史，写人类的这一种刻骨铭心的经验……""我希望我能写出真相，我能为历史提供一份证词。""我有第一手的经验，第一手的感觉，第一手的反应，第一手的喜怒哀乐。把这些写出来，是我的历史责任，是我对于后人的交代。"①

基于这样的创作题旨，在这部系列长篇中，王蒙从以下几个层面对共和国所经历的这一段艰难时世和知识分子在其间的坎坷命运，展开了他独特的

① 王蒙：《长图裁制血抽丝》，《文艺新观察》2001年第1期。

历史叙述。第一个层面是社会历史的层面。这个层面的历史叙述，虽然主要是作为作品中的人物活动和人物经历的一种历史和时代的背景，但依旧不失为一份浸透了当事人鲜活的感性经验的真实的历史实录。在这个层面上，作者无意去重复叙述影响这一段历史和一代人命运的，诸如“反右”斗争和“文化大革命”等一系列重大的历史事件，也无意去评判这些重大历史事件的是非正误和得失功过，而是让这些重大的历史事件和这一段历史，内化为作品中众多人物的个体经验，通过他们的个体经验的折光，使这些重大的历史事件和这一段历史得到感性的显现。这样，这些重大的历史事件和这一段历史在作品中也就不仅仅是对一些客观存在的史实的追述和记录，而是因为这些个体的参与而赋予这些事件和历史以鲜活的生命，这些事件和历史也因此而被这些个体的经验所激活，成为由他们参与其间和以他们的全部人生作代价所制作的一部历史的活剧。例如在作品中涉及最多的，也是影响作品中的一些主要人物的命运变化至巨的“反右”斗争，作者就是从这些经历过这场斗争的当事人的经验和感受的角度去进行“折光”式的叙述的，而不是用这些当事人的经历去演绎这场斗争发生发展的历史过程，这场斗争在这种“折光”式的叙述中，因而也就不仅仅是独立于这些个体之外的客观存在的历史事件，而是同时也内化为这些个体的人生经历的一个有机构成部分，使这一历史事件通过这些个体经验并在这些个体经验中得到真实的、具体的感性显现。这种将社会历史事件内化为个体经验的叙述方式，虽然不一定完全符合现实主义地再现历史的原则，但却消泯了历史与个人的距离，为在此基础上展开下一个层面的个体经验的叙述，提供了一个充分地内在化了的社会历史背景。

第二个层面是个体经验的层面。对个体经验的叙述，是这部系列长篇小说的主体内容。从某种意义上说，这部作品所叙述的，就是钱文等众多知识分子在中华人民共和国成立以后的30年间的个人经历，这些个人经历尤其是主要人物钱文的经历，都具有不可重复的独特性，他们虽然都从青年时代起就追求进步、向往革命，虽然对革命事业都表现了罕见的忠诚和热情，虽然历经挫折和坎坷仍然坚守革命的理想和信念，但由于各种复杂的原因，尤其是1957年“反右”斗争的影响，在这30年间，却走过了不同的人生道路，经历了不同的人生磨难，因而也就有了不同的人生经验和人生感受。叙述这些不同的人生经验和人生感受，无疑使这部作品在展现当代知识分子的人生历程和心灵历程方面，显示了无与伦比的丰富性和复杂性。从这个意义上说，这部作品堪称中国当代知识分子的人生实录和心灵实录。但是，由于作品对社会历史所作的上述个体经验化的内在叙述，因而作品中所有人物的个体经验，也就不再是一种纯粹个人意义上的日常生活经验，而是带有一种特定的社会政治和历史文化内涵的个体经历。这种个体经历的集合，便是一个特定的社会历史时代的缩影和一个特定的知识分子群体的形象，或者说是一个特定的知识分子群体在一个特定的社会历史时代的人生历程和心路历程的缩影。于是，在《恋爱的季节》中，我们看到的是一代知识分子在迎接革命胜利的20世纪40年代和50年代之交，追求革命的青春、理想和热情。在《失态的季节》中，我们看到的是一代知识分子在50年代中期乍暖还寒的复杂政治气候中，革命的青春、理想和热情遭受挫折之后的失态、彷徨和苦闷。在《踌躇的季节》中，我们看到的是一代知识分子在60年代初期短暂的"调整"所赢得的斗争间歇中，徘徊歧路、左支右绌、进退失据的矛盾、尴尬和窘态。在《狂欢的季节》中，我们看到的是一代知识分子从60年代中期卷入"文化大革命"以后直到70年代末"文化大革命"结束，在这期间所经历的种种政治迷狂和精神蜕变的历程。凡此种种，正是这些个体经验的集合，使我们得以从总体上把握一个历史时代和置身于其中的一代人的精神特征和心理特征，同时也使这一历史时代和置身于其中的一代人的历史通过这些不同个体的经验得到感性的显现。

第三个层面是政治反思的层面。作为一部具有很强的反思性的作品，对影响一代知识分子的命运和一个时代的历史进程的当代政治及与此有关的革命和革命历史进行深入反思，无疑是这部作品的一个重要的创作题旨。在这个层面上，如同前此时期的许多反映当代历史的作品一样，这部作品对当代政治生活中出现的，尤其是弥漫于20世纪50—60年代的社会生活中的"左"的政治思潮及其在"文革"中的极端表现，以及因此而给一代知识分子所带来的人生苦难和命运悲剧，都表示了明确的批判态度。在批判的同时，也深入地揭示了这种极端化的政治潮流给这期间的社会生活、人际关系和人情人性所造成的诸多扭曲和变形的表现。但是，作者对当代政治的反思又不仅仅停留在这个直接批判的层面，而是进一步在这种直接批判所揭示的反常的社会政治环境中，深入考量与这期间的社会政治密切相关的革命，在一代知识分子心目中所占的地位和分量。在这个层面上，作者笔下的众多人物都无一例外地坚守自己在青年时代所选定的革命理想，也都无一例外地在按照一个革命者的要求去选择自己的人生目标和生活道路，都把做一个革命者和献身革命看做是最高的人生境界和人格理想。从这个意义上说，作品中所写到的整个一代知识分子都有很深的"少共"情结，都是一些坚定的和"永远的"少年布尔什维克。但是，他们在作品中所写到的那个年代所遭遇的人生苦难和命运悲剧，也往往是来自由他们所坚守的这种革命演变而来或为着这种革命的需要而开展的各种政治运动，甚至于连同他们在这些政治运动中的某些有悖于原旨的革命理想和人格操守的行为，也不能不借助这种革命的名义，或直接就是以这种革命的名义开展的政治运动的一个必不可少的环节和构成部分，这就难免常常要使他们陷入一种十分尴尬和无奈的境地，他们也因此而不能不在自己所坚守的浪漫的革命理想和在那个年代置身其中的严峻的生活现实所造成的矛盾和困境中不能自拔。作品忠实地描写了一代知识分子所遭遇的这种尴尬和无奈、矛盾和困境，并由此而再一次触及他在80年代初的一些同样带有很强的反思性的中、短篇小说中所触及过的“异化”主题。不同的是，这一主题在这部长篇作品中的展开，不仅仅是以一个造成“异化”的“文化大革命”为前提，而是以世界范围内的社会主义运动尤其是苏联的革命和社会主义为艺术的参照系（作品中有大量的与苏联的革命和社会主义包括苏联文学比较的描写）。这表明作者对这一问题的反思在这部长篇作品中较之80年代得到了进一步的扩大和深化，他也因此而在90年代的长篇创作中把这一主题的表现提到了一个更新更高的艺术层次。

第四个层面是人生感悟的层面。如前所述，这部作品中的人物因为人生道路的曲折和命运的坎坷，作者往往对之生发出较多的人生感慨，这些人生感慨一部分附着于上一个层面的政治反思，表现为作者对这些人物的政治命运的同情和关注，更多的内容则表现为作者结合这些人物的遭遇，对人生问题的感悟和思索（包括对知识分子自身的弱点和在他们身上所体现出来的某些国民的劣根性的分析和批判）。这种感悟和思索虽然在总体上依旧没有脱离作者所坚持的革命的世界观和人生观的范畴，但也渗透了中国传统文化乃至西方现代哲学的某些世界观和人生观的因素，尤其是中国传统士人对待人生“穷”、“达”的处世态度和西方现代哲学对世界的荒诞性问题的思考，更贯穿和体现在作品所表达的人生感悟之中，这表明作者在扩大和深化反思的社会历史和政治视野的同时，也扩大和深化了人生哲学的视野，因而使这部作品在表现当代知识者的人生问题上，获得了一种特殊的文化意义。

王蒙在艺术上是一个多能善变的作家，他的创作虽然总体上是属于现实主义艺术范畴，但从20世纪50年代“干预生活”的创作到80年代复出文坛后的种种艺术革新和实验之作，都表明这位作家所坚持的现实主义具有一个广阔开放的、能够容纳多种艺术因素，包括某些与现实主义异质的艺术因素的发展空间。这部“季节”系列长篇集中体现了他的这一创作特征。如前所述，由于这部作品对历史的反映不是遵循一般现实主义作品所普遍遵循的客观再现的原则，而是将历史内化为众多人物的个体经验，通过个体经验的折光，使历史得到感性的显现，因而这部作品所表现的，就不是通常意义上的客观存在的历史事实，而是一代知识人对他们所经历的这一段历史的感受和思考，是被他们感受着和思考着的历史，同时也是他们的感受和思考的历史，亦即他们的心灵史和思想史。正因为如此，所以在这部作品中，历史就不是由一系列相互关联的事件所构成的一个整体，而是在作品人物的感受和思考中闪烁跳动着的事件的碎片，只是借助这些人物的感受和思考的粘合作用，并在这些人物的感受和思考中，历史才被显现为一个有机的整体。这样，整个作品的叙述重心，就不是通常意义上的事件、细节和场面，而是作品中人物的感受和思想，那些影响人物命运，引发人物的感受和思想的事件、细节和场面，只是作品的思想之流中的悬浮物，真正构成作品的叙述主体的则是由无处不在的议论构成的感受和思想本身，是这种感受和思想发生、发展的逻辑与过程。王蒙把这种文体称为一种“夹叙夹议的宏大文体”①，说的就是这种叙述特征。因为是以思想的叙述而不是以事件的叙述为重心，所以，这部作品中的人物就不是活动在一个统一的事件（情节）之中，而是被裹挟在一个浩瀚的思想之流中，这些人物因而也就不可能通过他在某一事件中的表现（语言和行动），显示自己独特的个性特征，只能通过自己在这个思想之流中的独白和对话，表现自己独特的人生态度和生活态度，因而这些人物在不同程度上又大多带有一种思想者的特征，由这些不同的思想者的“微型对话”，也就构成了整个作品的“大型对话”关系。从这个意义上说，这部作品又可以称为存在着一种多声部的对话关系的“复调小说”。② 从《青春万岁》到“季节”系列，王蒙的长篇创作经历了一个从“激情叙述”到“思想叙述”的发展变化过程，这同时也使他的长篇创作在艺术风格上由《青春万岁》的诗化激情，转向“季节”系列对诗化叙事的逐渐解构。这种解构诗化的叙事策略的主要表现是在“季节”系列中，大量采用反讽、荒诞和象征、隐喻等现代主义小说的叙事方法和技巧，同时小说的语言也杂糅了古文、方言、口语和欧化句式（包括词汇），行文诡谲多变，风格铺张扬厉，通过这种“狂欢化”的语言操作，既表达了作者对历史文化和社会人生的复杂感受，也创造了一种带有极强的“后现代”特色

① 王蒙在《狂欢的季节》第八章中说：“他再也忍受不了他自己的夹叙夹议的宏大文体。”“他”是作者自指，这里借用这一说法特指“季节”系列的文体。见《狂欢的季节》，人民文学出版社 2000 年版，第 160 页。

② 巴赫金把存在于整个作品中的主人公之间的对话关系称为“大型对话”，而把在主人公的“内心独白”中潜在的对话关系称为“微型对话”，由这些对话构成了陀思妥耶夫斯基小说的“复调”或“复调小说”。参见巴赫金著：《陀思妥耶夫斯基诗学问题》，三联书店 1988 年版。

的叙述文体。

第四节　本期小说创作：长篇小说（二）

以韩少功的《马桥词典》和王安忆的《纪实和虚构》等作品为代表的带有文化与家族寻根色彩的创作倾向　如前所述，韩少功是20世纪80年代中期倡导文学“寻根”的始作俑者和“寻根文学”的领军人物。这位知青出身的作家不但对农村生活极为熟悉，而且也深得民间文化的精髓，这使得他的带有“寻根”色彩的作品，不但获得了一个以乡村为依托的极为丰富的想象空间，而且也使得他的这类作品因为对民间文化的开掘而获得了深厚的文化底蕴。他在90年代中期出版的长篇新作《马桥词典》就集中体现了上述两个方面的创作优势。《马桥词典》以一个名叫马桥弓的南方乡村为背景，从马桥人的口头语言中，选取了115个常用语词①，依词典的体例，逐一加以解释。但这种解释又不是像一般意义上作为工具书的词典那样，仅仅满足于科学地、准确地解释词义，而是在以一种独特的方式释义的同时，更注重挖掘隐含在这些语词背后的日常生活、民情风俗和历史文化的积淀。在谈到本书的创作时，韩少功说：“词是有生命的东西。它们密密繁殖，频频蜕变，聚散无常，沉浮不定，有迁移和婚合，有疾病和遗传，有性格和情感，有兴旺有衰竭还有死亡。它们在特定的事实情境里度过或长或短的生命。”正因为如此，所以作者对语言的“普通化”（包括“普通话化”）所造成的“个人对社会的妥协”、“生命感受对文化传统的妥协”以及语言本身的感性生命的萎缩，都深感忧虑，故而就决定用一本书来“发现隐藏在这些词后面的故事”，同时也还原语言本身所具有的一种感性生命。“在这本书里，作者力图把目光投向词语后面的人，清理一些词在实际生活中的地位和性能，更愿意强调语言与事实存在的密切关系，感受语言中的生命内蕴。”② 就作者的这一创作初衷而言，我们不难发现，《马桥词典》的创作旨在反拨一种日渐“普通化”的语言规范，以便在还原语言的感性生命的同时，也通过这种有生命的语言，推进人们对自身的认识和文化反省。如果说韩少功在80年代创作的“寻根”小说，是通过对一种古老文化的想象性

---

① “《马桥词典》条目首字笔画索引”所列举的词条为115条，有些词条又附有别的词条或在解释中牵出相关、相近的词条，实际词条不止这个数目。一说“计一百五十个词汇”。

② 以上引文参见《马桥词典》“后记”和“编撰者序”，作家出版社1996年版。

还原去发掘现实的文化积淀，那么，他的《马桥词典》就是从这种文化的载体——现实的言语行为中去开掘一种生命（也是文化）存在的状态。从文化“寻根”到语言“寻根”，《马桥词典》无疑是“寻根文学”的一种深化和延续。

《马桥词典》的一百多个词条，大体上可分为指人和指物（包括一些生活事象和文化事象）两大类型：指人的词条所选取的往往是马桥的一些有特殊经历或特异言行的人物，这些词条或通过一些情节片断概述人物的生平事迹，或以一些生活细节和具体言行展现人物的个性特征，类似于人物传略和人物行状，主要是通过这些有特殊经历和特异言行的人物的生平行状，折射社会历史的变迁和民情风习的变化，同时也借以发掘人物的思想性格和言语行为背后所隐含的历史文化积淀。指物的词条主要包括马桥地区所特有的一些具体事物和最能体现马桥弓的地方特色和文化特色的生活事象与民俗事象。这些词条或通过描述一些具体的事物，述说马桥弓的历史沿革和社会变迁，或通过介绍一种特殊的生活事象和民俗事象，透视马桥人所特有的一种生活方式、思维方式和风俗习惯。上述有些词条还兼有交待马桥弓的历史文化背景和现实生活环境的功能。无论是指人还是指物的词条，其综合的叙述意指，都在于通过对这些词条的独特阐释，揭示在这个神秘的语言世界中所隐含的历史文化和生存活动的秘密。就这一叙述意指在作品中的具体表现来看，主要有以下三个层面：第一个层面是马桥弓独特的历史文化对马桥人的现实生存的影响。如同《爸爸爸》中的鸡头寨一样，《马桥词典》中的马桥弓，也是作者想象中的一个楚文化的历史空间，因此，在马桥人的性格中，也就有了楚文化的历史遗传。马桥人的蛮勇、倔强，就是这种遗传因子的表现。与此同时，楚地盛行的巫风，对马桥人的文化观念、人生观念和心理行为，也有很深的影响，这种影响又使得马桥人笃信天命鬼神，有着浓厚的宿命观念和神秘主义色彩。如果说，这些影响主要来自于作者想象中的那个楚文化的历史空间的话，那么，第二个层面的影响就是来自于更大范围内的文化传统。楚文化作为一种地域文化，如同所有地域文化一样，也要受制于一个总体的文化系统，是这个文化系统在具体的地域文化环境中孕育和派生出来的一个文化的子系统。因此，马桥人在深受楚文化影响的同时，又不能不接受渗透于楚文化系统中的整体的儒家文化传统的影响。这就使得马桥人在一种封闭的环境中所形成的自足的天性日趋保守，同时也使得马桥人在艰难的生存条件下所形成的蛮勇和倔强的性格日趋钝化。马桥人于是在畏天命鬼神的同时，还畏圣贤、畏大人、畏一切有形的和无形的权威与偶像。马桥人的性格中由是也便增加了许多迷信和怯懦、愚昧和麻木的成分。因为有这些历史文化因素的渗透和影响，所以马桥人在现实的生存活动中，就有了许多矛盾而又复杂的表现。这种表现同时也是来自第三个层面的影响，即现实的生存环境的影响的结果。就这一个层面的影响而言，马桥人在当代社会既要承载贫穷与落后这些生存条件的艰难，又要把通过一种独特方式（集体生产）改变这种贫穷与落后，看做是实现一个伟大目标的必经过程和必由之路，因而在忍受这种生存条件的艰难的同时，还要接受改变这种生存条件的独特方式。在频繁的政治运动中，马桥人既无心也无法真正与闻政治，但又不得不“关心政治”，身不由己地被卷入政治运动的漩涡，参与政治运动中各种似是而非的角斗。对马桥人来说，那些古老的文化传统、生活观念和风俗习惯，是他们赖以生存的根基，长期以来已经成了他们生命的一个构成部分，但为了一种文化的新生、社会的发展和文明的进步，又不得不接受一种痛苦的改造和革命，以适应一种新的文化和时代风尚。凡此种种，因为置身于这种矛盾和张力场中，所以在马桥人的思想性格中也就少了几分庄严，多了几许滑稽；少了几分自怜，多了几许自讽。马桥人由是也便成了一个历史和现实、传统和现代矛盾冲突的文化载体。正是通过这种复杂的文化载体的一套独特的表达系统——马桥人所特有的一种语词系统，韩少功深入地揭示了隐含在这一套语词系统背后的文化变迁和文化冲突的奥秘，在对这种文化变迁和文化冲突进行一种批判性的审视的同时，也对受一种本质和规范制约的日渐“普通化”了的文化符号实行了一次突围的尝试。

《马桥词典》是一部以词典的方式写作的长篇小说。这种长篇小说的体例虽然并非韩少功所独创，但在当代中国作家中，也确无先例可援，因而就长篇小说的文体而言，仍不失为一种大胆的实验。① 这部以对单个词条的阐释性叙述构成的小说，给读者留下了一个巨大的阅读空间，需要读者通过阅读想象来填补它的无数“空白”和“未定点”。这些单个词条虽看似各自独立、互不相干，但却存在着一个整体的内在关联。它们分则承担各自的艺术功能：或描摹人物言行，或勾画人物性情，或以细节精微取胜，或以场面生动见长，乃至交待背景、描述环境、烘托气氛，等等。它们合则构成了一个有关马桥弓的整体的历史文化场景和社会生活场景。就这种由分立的词条构

① 1994年第2期《外国文艺》杂志上刊载了塞尔维亚作家米洛拉德·帕维奇的长篇小说《哈扎尔辞典》（戴骢、石枕川译）。这是我国作者读到的第一部词典体的小说。嗣后，作家出版社于1996年出版了韩少功的长篇小说《马桥词典》，两书的创作和出版时间虽有先后之别，但都是一种独立的艺术创造。此前，我国作家尚未见以词典体为小说者。

成的文体而言，《马桥词典》类似于古代笔记小说，不过是一些“掇拾旧闻”、“记述近事”的“丛残小语”。① 但因为在这些“丛残小语”之后，存在着马桥弓这个作者想象中的楚文化的整体历史空间，因而它又通过一种内在的逻辑力量和事实上的关联，将由这些“丛残小语”所描述的人、事，在读者的阅读想象中，整合成一个完整的艺术世界，从这个意义上说，《马桥词典》又是一种极具张力、极具开放性的现代小说文体。

如果说作为一部带有“寻根”倾向的小说，《马桥词典》承接的是20世纪80年代小说文化“寻根”的余绪的话，那么，这期间同样带有“寻根”倾向的另一部长篇作品——王安忆的《纪实和虚构》，则是从80年代“寻根”小说中衍生出来的一种带有家族“寻根”倾向的小说。在80年代的“寻根”文学中，王安忆对建立在血缘宗亲基础上的儒家文化的家族伦理，是取认同态度的，因而她的“寻根”文学的代表作《小鲍庄》，也就表现对于传统的家族文化强烈的认同感和归宿感。但是，到了90年代，这位女作家在经历了这种想象性的认同感和归宿感之后，却现实地感到了一种无根的漂泊和孤独。这种漂泊和孤独的感受，也许是来自于现代都市生活的真实体验，也许是来自于对人的生存境况和存在困境的终极关注，总之是这种漂泊感和孤独感促使王安忆创作了这部小说。小说以现实时空与历史时空交错穿插、平行推进的两条线索，把“我”的家庭在革命胜利后以“革命同志”的身份进入上海这个大都市的生活历史和“我”个人在这座城市的成长史，与“我”对母系家族历史的追溯组合在一起，以后者为经，以前者为纬，以后者为虚，以前者为实，共同营造了一个经纬交织、虚实相生的艺术世界。整个小说共分10章。在前8章中，单数章以写实的手法描写“我”和“我”的家庭进入这个城市和在这个城市生活的历史，着重表现在“我”的成长史中所经历的无根的浮萍一样的漂泊感和“我”的家庭企图融入这个城市而不得的孤独感。双数章则纯用虚构的手法，从“我”母亲的姓氏（“茹”）入手，在想象中完成了对母系家族历史的追寻。小说的结局是，“我”和“我”的家庭既无法现实地摆脱无根的漂泊和孤独，虚构的家族寻根也成了一场破灭的幻梦。“我”不但最终没有摆脱这种无根的漂泊感和孤独感，相反却因为在现实和想象中所经历的双重失落而愈益加深。

如前所述，20世纪80年代中期的文学“寻根”，是源于一种现实力量的推动，即诸多的现实问题，需要从历史文化深处去寻求最终的解答，但

---

① 参见鲁迅：《中国小说史略》，《鲁迅全集》第9卷，人民文学出版社1981年版，第60页。

是，在“寻根”文学兴起之后，人们发现，我们所刻意寻找的历史文化的“根”，不但是理解现实问题的一把钥匙，而且是人的精神和人的心灵的一种栖息之所和皈依之所。于是，“寻根”文学终极的价值目标便由现实转向历史，即由寻求现实问题的答案转向在历史文化深处寻找最后的精神归宿。王安忆的《纪实和虚构》就是“寻根”文学的这种价值转向的结果。在这部作品中，主人公及其家庭所经历的现实的“无根”状态，不但是因为作为一个“外来户”，他们在上海这座城市既无家族，又无亲友，因而在血缘亲情方面处于一种漂泊和无所依归的孤独状态，而且也因为他们由一个金戈铁马、威武雄壮的革命战争年代，进入这座城市后所经历的和平时期的市民生活所形成的强烈对比，使他们产生了严重的精神失落。这是又一种意义上的漂泊和无所依归的孤独状态。因为有这样双重的漂泊感和孤独感，故而成为一个崛起于北方大漠的马上民族（北魏时期的蠕蠕族）的后裔，既可以满足主人公及其家庭对家族血缘的归宿感的渴望，又可以实现主人公及其家庭对失落了的革命年代的雄强精神（英雄主义和理想主义）的追寻。于是，一个子虚乌有的茹姓家族千余年间的兴衰历史就被作者在一个虚构的历史时空中有声有色地搬演开来。这种“寻根”的努力无疑具有很强的现实性，它是作者企图超越现实的漂泊感和孤独感的表现。但是，因为这种“寻根”的努力毕竟是借助一部虚幻的家族历史，它事实上是无法让人产生现实的认同感和亲和感的，因而实际上也是无法现实地满足对家族血缘的归宿感的渴望的。而且，一个古代民族的充满原始野性的英雄主义与现代革命基于一种理想精神的英雄主义，在价值取向上，也不可同日而语，故而在这部家族的英雄历史中，同样不能满足对于失落了的现代革命精神的追寻。这种事实的逻辑，又使得作者不能不亲手拆除她所精心建构的这部家族的历史，“寻根”的努力复归于徒然。这种矛盾和悖论一方面表明了作者对于自身的现实生存困境的清醒意识，另一方面同时也是对人类存在的终极困境的深刻隐喻。从这个意义上说，这部带有“寻根”倾向的作品同时又兼有一种现代主义倾向。

诚如书名所示，《纪实和虚构》是一部以“纪实”和“虚构”相结合的手法创作的小说，这种结合不仅止于上述以“纪实”的手法描写主人公的现实生活和以“虚构”的手法想象主人公的家族（母系）历史的结合，更重要的还在于，整个小说是“用最具体最写实的材料去表现一种完全虚构性的东西”。① 这就意味着无论是描写现实还是想象历史，都包含有“纪

① 参见齐红、林舟：《王安忆访谈》，《作家》1995年第10期。

实”和“虚构”两种成分，整个小说就是由这两种基本手法相互依存共同建构的一个艺术世界。“我以交叉的形式轮番叙述这两个虚构世界。我虚构我家族的历史，将此视做我的纵向关系，这是一种生命性质的关系，是一个浩瀚的工程。”“我还虚构我的社会，将此视做我的横向关系，这则是一种人生性质的关系，也是个伤脑筋的工程。”王安忆把这种方法称为“创世”的方法，即“创造这纸上世界的方法”，换言之，亦即是小说的创作方法。这种以“纪实”（写实）的手法去营造“虚构”的世界的创作观念，是王安忆的创作告别20世纪80年代的观念化追求的一个重要转变，表明作者的创作由对观念的倚重，转向重新回到事实与经验。就作品对上述“纪实”和“虚构”的关系的处理来看，虽然作者“在虚构这纵横两个世界时”，努力寻找“现实的依据”：“我一头扎进故纸堆里翻看二十五史，从中寻找蛛丝马迹。我还留心于现实的细节，将此细节一丝不苟地写在我的虚构中。我甚至以推理和考古的方式去进行虚构，悬念迭起，连自己都被吸引住了。”①但因为作者所虚构的“家族的历史”和“我的社会”，毕竟是两种不同性质的社会生活，因而当作品以丰富的生活细节真实地再现“我的社会”的同时，对“家族的历史”的想象却无法达到同样的真实，二者在艺术效果上是并不完全一致的，因而在“家族的历史”和“我的社会”之间，依然没有完全摆脱以观念缝合历史和现实的痕迹。

以张炜的《九月寓言》和贾平凹的《废都》等作品为代表的带有文化保守主义色彩的创作倾向　文化保守主义或泛言文化守成主义，就现代中国的社会文化语境而言，是指由现代化进程激起的一种文化反弹。这种文化反弹主要针对现代化进程所带来的一些负面效应，其具体表现是站在与现代化进程相对的民族文化或人类终极的文化价值立场，以这种文化价值观念反拨现代化所带来的一些负面效应，表明对现代化的一种文化批判态度，或在传统与现代的冲突中基于这种文化立场所产生的一些复杂的文化心理效应。进入20世纪90年代以后，由于改革开放的深入发展，社会转型和现代化进程日益加速，由此所激起的一些文化反弹和心理反应，在文学中也有所表现，张炜的《九月寓言》、贾平凹的《废都》及他在这期间创作的其他一些长篇作品，就是这方面的代表。

如前所述，张炜在20世纪90年代的创作，不仅以前述《家族》和《柏慧》等作品高扬失落已久的一种精神理想，以此来抵抗市场化带来的

① 参见《纪实和虚构·跋》，王安忆自选集之五《米尼》，作家出版社1996年版。

物欲化倾向，同时也以《九月寓言》这样的作品表明作者在现代化进程中所选择并坚守的一种终极的文化价值立场。这部创作于80年代末、出版于90年代初的以“寓言”命名的长篇小说，是张炜在《古船》以后思想和艺术发生重大转变的一部重要作品。与《古船》以几个家族的兴衰和力量的消长为中心表现洼狸镇的历史不同，《九月寓言》是以一种“散点透视”的手法，表现一个沿海渔村的一群被称为“鲅鲅”的村民的自然生态和文化生态。这群被称为“鲅鲅”的村民为了寻找生存的领地，漫无目标地来到一片荒漠的海滩上，在他们停下来的地方(“鲅鲅”便因“停吧，停吧”而得名）组成了一个自然村落，然后在这里繁衍生息，在一种与世隔绝的状态下，过着一种日出而作、日落而息近乎原始状态的生活。与这种近乎原始的生存状态相适应，“鲅鲅”们在这种封闭的状态下也逐渐形成了一种近乎原始的生活方式和文化习俗。直到在当地发现了煤田，煤矿开采逐渐威胁到“鲅鲅”们的生存，才最后结束了小村的生活历史。

与20世纪80年代的“寻根”小说对某些原始的生存状态的批判性审视和一些改革小说对现代化进程的礼赞不同，在这部作品中，张炜是以一种无限惋惜和深情眷顾的情怀来描写这一群“鲅鲅”和他们的生活的，是对这种已经逝去的生活方式和生存状态所唱的一曲深情的挽歌。不仅如此，作者还以此来重建他的人文精神和生活理想（包括艺术理想），抵抗现代化进程对人的自然本性和一种自在自为的生存状态的侵蚀和剥夺。作者把他所向往的“鲅鲅”们的生活，归结为一种“融入野地”的状态，这种“融入野地”的状态。

在作品的艺术描写中，有如下几个层面的意义：第一个层面的意义，是以这种“融入野地”的状态为一种理想的生存状态，以此来表明作者的一种回归自然的生活理想和艺术理想。第二个层面的意义，是以这种“融入野地”的状态抵御城市化和现代文明的进程日益物化的现实，还原生命的本真和存在的本原状态。第三个层面的意义，是以这种“融入野地”的状态为一种理想的精神家园，以此来摆脱现代人在现代社会所感受的焦虑和孤独，为人的存在寻找一个最终的精神归宿。在谈到这一“融入野地”的状态时，作者说：“城市是一片被肆意修饰过的野地，我最终将告别它。我想寻找一个原来，一个真实。”“当我还一时无法表述‘野地’这个概念时，我就想到了融入。因为我单凭直觉就知道，只有在真正的野地里，人可以漠视平凡，发现舞蹈的仙鹤。泥土滋生一切。在那儿，人将得到所需的全部，特别是百求不得的那个安慰。野地是万物的生母，她子孙满堂却不会衰老。

她乳汁汇流成河，涌入海洋，滋润了万千生灵。”① 以回归自然来规避社会的变化和文明的演进所带来的存在的压力，本来是古今中外一切文化保守主义者应对现实的基本价值取向，张炜以同样的价值立场来回应现代化进程所带来的身心焦虑，虽然其中也包含有对于现代化的负面效应的某种文化批判因素，但以这种极端的文化立场来对待现代化进程所带来的文化后果，毕竟不是一种辩证的态度，也有悖于社会发展和文明进步的终极价值目标。从这个意义上说，《九月寓言》所坚守的这种保守主义的文化立场，又显得过于抽象化和理想化。

如前所述，《九月寓言》不是凭借中心情节而是以一种“散点透视”的手法，集中表现一个为书名所示的“九月寓言”这个中心意象。作品的“每一章实际上是一部中篇，由它们合而为一，一部从结构上、气质上看也很完整的长篇”。这种写法类似于中国散文理论所说的“形散神聚”，所有的艺术描写都指向“九月寓言”这一中心意象。对于这一中心意象的含意，虽然作者也“讲不太清”，但无疑是“九月”这个成熟的季节所隐喻的一种人与自然(“野地”)的和谐(“融入”)状态。“它是我最先捕捉到的一个意象。也只有在这种意象的笼罩、指导和牵引下，我才能够兴味盎然地写到底。”②这一中心意象也因此而具有一种整体的象征意义。与这种整体的象征相适应，作品的每一个细部，也不用写实的手法追求故事情节和人物形象的“真实”、完整，而是以一种散文化的叙述和诗化的笔调，把一些具体的生活细节、生活场面、人物言行和情节片断，涂抹成一种浑茫无际、汪洋恣肆的生活画面，造就成一种极富主观色彩的艺术意象，以此来表达上述整体的象征意义。从这个意义上说，这部作品同时又具有一种诗化叙事的特征。从《古船》到《九月寓言》，在保持整体象征和意象化追求的同时，张炜在20世纪90年代的长篇创作，也强化了叙事的主观化倾向。

如果说张炜的文化保守主义倾向主要表现在他的创作中的某种“反抗现代性”的文化立场和文化理想的话，那么，贾平凹的文化保守主义倾向就主要表现在他的创作以传统回应现代所激起的文化心理效应。这位在20世纪80年代的小说创作中，始终以极大的热情关注他所熟悉的中国农村的改革开放和现代化进程所引起的社会文化变迁的作家，进入90年代后，则

① 张炜：《九月寓言·融入野地（代后记）》，《张炜文集》“长中篇小说卷二”，上海文艺出版社1997年版。

② 参见张炜：《关于〈九月寓言〉答记者问》，《张炜文集》“长中篇小说卷二”，上海文艺出版社1997年版。

把关注的目光投向他一向比较陌生的城市，在一个复杂的城市文化环境中，经验现代化冲击所引起的复杂的文化心理振荡。他在90年代初创作出版的一部争议很大的长篇小说《废都》，就是这一创作转换的结果。他的这一创作转换同时也表现在嗣后创作的《白夜》、《土门》、《高老庄》等系列长篇小说之中。这些作品或别开生面、续写西京，或由城及乡、另辟蹊径，都离不开以传统应对现代所引起的复杂的心理效应。

作为一部有争议的小说，《废都》所写的“都”城，是十二朝故都“西京”。因为建都的历史悠久，所以传统文化的积淀深厚。这种深厚的文化积淀，“既是资本也是负担”。作为“资本”，它不但足以炫耀世人，而且在强大的现代化潮流的冲击面前，也有免遭淹没、赖以固本的雄厚资源。作为“负担”，它不但要承受历史的重压，而且也难以摆脱代有传承，以至深入到下意识深处的思想观念、行为方式、思维定势和心理习惯等诸多方面的束缚，故而又显得封闭保守、麻木落后，在现代化的进程中踯躅不前、举步维艰。加上长期以来政治经济体制的影响，就使得西京社会的这一负担日益加深。西京的改革开放和现代化进程，就是在这样的社会历史文化环境中揭幕的。因此传统和现代、封闭和开放、保守和改革、计划经济和商品体制，以及因袭的旧习和崛起的新潮之间，必然要发生剧烈的矛盾和冲突。虽然《废都》的某些重要情节线索，也正面地反映了这些矛盾和冲突在政治、经济领域的表现，但就其主体情节而言，却是致力于表现这些矛盾冲突所引起的文化心理效应，尤其是作为传统文化和西京社会文化积淀的主要承载者的文化人在这些矛盾冲突中所经历的巨大的心理裂变和精神裂变。这部作品的主体情节，是围绕汪（希眠）、龚（靖元）、阮（知非）、庄（之蝶）西京四大文化名人编织起来的一幅错综复杂的社会生活画面，尤其是作为主要人物的作家庄之蝶，更是处在这幅画面和矛盾纠葛的中心地带。作为西京城内首屈一指的文化名人，庄之蝶曾经“奋斗过”、“追求过”，而且这种奋斗和追求还取得了相当的实绩，使他暴得大名。但是，不幸的是，他很快就发现，在这个日益世俗化、日益商品化的西京社会，他已为他所取得的声名所累。为了求得解脱，他一如古代落魄才子、失意文人，转而沉溺于醇酒美人，从婚外的爱情和肉欲的满足中去寻求精神的安抚和慰藉。作品的情节主线，就是描写庄之蝶与妻子牛月清、情人唐婉儿、保姆柳月、女工阿灿，以及他初恋的女友景雪荫和他的朋友汪希眠的老婆等女性之间的肉体和情感关系。通过这条情节主线，作品把叙述的笔触伸向西京社会的政治、经济、文化和日常生活的各个方面，全方位地展现了一幅《清明上河图》式的社会生活画面。这幅斑斓驳杂、光怪陆离的社会生活画面所展现的，既不是繁华锦绣的盛世景象，也不是热气腾腾的改革洪流，而是在改革开放和现代化潮流冲击下故都文化的一幅“落日”图景。这幅“落日”景象同时也是故都文化的一种“末世”景象。通过这种“末世”景象，作者不但淋漓尽致地表现了西京社会在现代化潮流的冲击下所出现的那种人欲横流、精神失落和文化衰颓的“废都”状态，而且也深入地揭示了由西京四大文化名人尤其是作为主人公的庄之蝶所代表的那种“自卑性的自尊”、“无奈性的放达”和“尴尬性的焦虑”的“废都”文化心态。在谈到《废都》的创作构思时，贾平凹说：“我并不认为我仅是来写写西安，觉得扩而大之，西安在中国来说是废都，中国在地球上来说是废都，地球在宇宙来说是废都。从某种意义上讲，西安人的心态也恰是中国人的心态。这样，我才在写作中定这个废都为西京城，旨在突破某一局限而大而化之，来写中国人，来写一个世纪末的人。”① 虽然作者以寓言的手法，通过穿插于作品中的一头终南山的老牛的“思考”和“独白”，也表达了以老庄哲学的“回归自然”拯救“废都”的文化理想，但作品的整体艺术描写和它最终所提供的情节结局，却明白地昭示了这个十二朝故都文化在改革开放和现代化潮流的冲击下的一个不可挽回的衰颓趋势。“废都”所显示的终究是一个象征着一种文化“落日”的“荒原”意象，庄之蝶与西京文化名人不过是踯躅于这一片世纪末的文化“荒原”上的身心破碎的文化畸零人的形象。

贾平凹说：“对我而言，《废都》不仅是生命体验，几近于是生命的另一种形式，《废都》是生命之轮运转时出现的破缺得以修复的过程”，“是‘安妥我灵魂的一本书’，是我‘止心慌之作’”。② 从这个意义上说，《废都》是一部非常“私人化”的作品，是作者在特定时期的一种特定心境的表现。《废都》在整体上表现出来的一种自我宣泄和自我麻醉的艺术旨趣，就源于这种个人化的特殊心境。这种自我宣泄和自我麻醉的艺术旨趣，尤其是其中某些露骨的性描写和对古代作品如《金瓶梅》的性描写的直接模仿，也因此而颇招物议。但是，尽管如此，《废都》在艺术上仍不失为一部有特色的作品。这部作品在艺术上的主要特点，是将古代“人情小说”（或称“世情书”）如《金瓶梅》等作品描摹世态人情的“刻露”、“尽相”、“幽伏”、“含讥”③，与现代小说对社会生活的真实反映和典型化原则结合起

---

① 贾平凹：《〈废都〉创作问答》，《文学报》1993 年 8 月 5 日。

② 贾平凹：《〈废都〉创作问答》，《文学报》1993 年 8 月 5 日。

③ 参见鲁迅：《中国小说史略·第十九篇　明之人情小说（上）》，《鲁迅全集》第 9 卷，人民文学出版社 1981 年版。

来，因而既有古代“人情小说”通俗娱情的特征，又兼具现代写实小说反映现实的功能。二者虽然不能截然划分，但在作品中相依相存、相克相生，构成了一个富有张力的叙事空间。在这一表层的叙事空间之下，还隐含有一个深层的叙事结构。这个深层的叙事结构是由作品中的那些怪异的、虚幻的、荒诞的等诸多变形的和反常的艺术因素构成的。这种深层的叙事结构，在作品中构造了一个整体的象征和隐喻系统。通过这一象征和隐喻系统，把这部通俗的写实作品的艺术题旨引向一个更为深入的和更具普遍性的哲理层次。

在《废都》之后，贾平凹连续创作出版了《白夜》、《土门》、《高老庄》三部带有上述文化保守主义色彩的长篇小说。如果说《废都》中的庄之蝶，是以一种传统士人所特有的文化积淀来应对现代化潮流的冲击，因而产生了一种可以称之为“世纪末情绪”的文化心理效应的话，那么，在《白夜》中的主人公夜郎身上，这种回应现代化潮流冲击的文化积淀，就是来自中国社会悠久的民间传统。与庄之蝶耽于醇酒美人，在无奈的人生面前，以一种退守的态度独“善”其身，沉溺于感官的享乐不同，夜郎则率性任真、豪侠仗义，在纷乱的时世中，以一种野性的方式，寻求个人的自由与社会的公正和道义。如果说庄之蝶的方式有比较浓厚的士大夫文化色彩的话，那么，夜郎的方式就有着十分浓厚的流氓无产者的文化气息。他就是以这种为民间社会所特有的人生态度和行为方式，在西京社会的五行八作、三教九流之间作人生的“逍遥游”的。这也就使得作者在艺术上能够如同《废都》那样，以夜郎这个人物为中心经纬西京社会，以“散点透视”的手法，全方位地展现西京社会的世俗生活画面。作品在对世俗生活的精细描写中，也用民间文化所特有的一种真真幻幻、虚虚实实的手法，营构了一个带有象征和隐喻意味的深层叙事结构，寄寓了“白夜”阴阳不分、人鬼不分、昼夜不分的寓意。从这些方面看，《白夜》堪称《废都》的姊妹篇，是贾平凹的文化保守主义立场在民间向度上的一个集中反映。

如果说在《废都》和《白夜》中，贾平凹的文化观照目光主要是对准西京这样的现代都市的话，那么，《土门》和《高老庄》就把这种文化观照的目光，从都市转向了城市与乡村的结合部，或由城及乡的文化对比和文化反差。在以城市化为鲜明标志的现代化进程中，城乡结合部往往是一个敏感的地带，因而也吸引了众多作家关注的目光。与最早关注城乡结合部的人生问题（中篇小说《人生》）的路遥不同，贾平凹虽然也写了城市化进程不可逆转的历史趋势，但却没有像《人生》那样通过高加林的人生奋斗历程，表现乡村社会对于现代化的热切向往。恰恰相反，作品中所写的仁厚村村民对城市化进程，是持一种抵制态度的，而且还将这种抵制的态度诉诸诸多合法的与不合法的、正当的与非正当的反抗和斗争。虽然这种“逆历史潮流而动”的反抗和斗争最终必然要归于失败，但作者却是“站在仁厚村的角度来写这一进程的，写行为上的抗拒，心理上的抗拒，在深深的同情里写他们的迷惘和无奈，写他们的悲壮和悲凉，写一个时代的消亡”。① 这种文化保守主义立场，也就决定了《土门》必然是为一个逝去的时代和即将消失的文明所唱的一曲悲壮的挽歌。从《废都》到《土门》，贾平凹在以文化保守主义立场应对现代化潮流冲击的过程中，也由被动退守到主动抵抗，逐步进入到一种“双重意义的批判”的阶段，即“既批判了农民的落后与愚昧，同时也批判了城市文明中不文明的成分，发展的不择手段，人情冷漠，偏执的热情（足球骚乱）等等”。② 《土门》的这种“双重意义的批判”态度，再进一步发展到《高老庄》中，就是在继续这种“双重意义的批判”的同时，也表现了一种双重意义上的文化互补。这部作品以主人公子路和西夏由城返乡的经历为情节主线，通过出生于乡村的子路与出生于城市的西夏在由城返乡的过程中，被两种反差极大的生活环境和社会文化环境激发出来的不同的文化态度，表明城市与乡村、现代与传统之间既存在着相互对立也存在着一种双向互补关系。作为农民的儿子，子路返乡固然如鱼得水，但在与乡村生活和乡村文化的这种天然的亲和状态中，也逐渐蜕去了子路在接受城市文化和现代文明熏陶过程中所获得的新的文化习性，从这个意义上说，乡村文化无疑对城市文化有一种消蚀作用。与子路不同的是，出生于城市、在城市文明和现代文化环境中成长起来的西夏，虽然对乡村生活和乡村文化感到陌生，也有诸多的不习惯和不适应，但最终却在乡村生活和乡村文化中蜕去了城市文化和现代文明的诸多伪饰，在充满着野性的自然状态的乡村生活与乡村文化中，获得了一种返璞归真的感受。在这个意义上，乡村文化对城市文化又有一种补充作用。子路的由乡入城，接受现代文明的熏陶，是城市文化对乡村文化的一种现代提升。他由城返乡的经历，又表明乡村文化对城市文化有一种天然的消蚀作用。西夏的由城入乡，虽然在城市文化与乡村文化的对比中，处处表现出乡村文化的原始与落后，但她最后融入乡村文化甚至乐而不返，则表明乡村文化对城市文化也有一种补充作用。在《高老庄》

① 贾平凹：《关于长篇小说〈土门〉的通信》，《土门》（评点本），长江文艺出版社 1999 年版。

② 贾平凹：《关于长篇小说〈土门〉的通信》，《土门》（评点本），长江文艺出版社 1999 年版。

中，贾平凹就是通过这种复杂的对比关系，把他的文化保守主义立场由对传统的固守，逐步转化到在上述双重批判和双向互补关系中的文化建构的。在这种文化立场发生微妙变化的同时，《土门》和《高老庄》在艺术上也有一些新的变化。这两部作品在保持自《废都》以来从古代小说承袭下来的平实如话的叙事传统的同时，又特别注重事实上从早期的商州系列小说就已经开始了的对于带有象征意味的意象化的艺术追求。在谈到《土门》的创作时，他说："我不想使这部小说故事性太强，更喜欢运用象征和营造一种意象世界来寓言。"① 在谈到《高老庄》的创作时，他又说："我的初衷里是要求我尽量原生态地写出生活的流动，行文越实越好，但整体上却极力去张扬我的意象。"② 虽然象征和意象就一种严格意义上的文学流派和艺术表现手法而言，是与西方文学艺术发展的历史紧密相联的，但就贾平凹在创作中所追求的象征和意象而言，在接受西方影响的同时，似乎更注重开发中国古代文学传统中的象征和意象的艺术资源。从这个意义上说，贾平凹在艺术上也不失为一个开放的文化保守主义者。

第五节 本期小说创作：长篇小说（三）

以史铁生的《务虚笔记》和余华的《在细雨中呼喊》③、《活着》、《许三观卖血记》以及王安忆的《长恨歌》等作品为代表的，带有人生本位或人本主义色彩的创作倾向 在20世纪80年代的"知青"作家中，史铁生曾经以一篇《我的遥远的清平湾》，率先摆脱了对"知青"生活的苦难化和神圣化叙事，转而以一种审美静观的态度，在被回忆所净化（诗化）了的一种田园牧歌式的乡村生活中，寻找心灵的栖居地。与这种对人生苦难的诗化想象的创作相对应的是，这位因身体残疾而不得不忍受一些异常的人生痛苦的"知青"作家，在他的早期创作中，同时也有许多作品着力表现残疾人在残酷的生存现实中的挣扎和奋斗。正是因为这种想象性的满足和虚拟的挣扎与奋斗，不能从根本上回答这位既经历过历史的苦难又承受着现实的痛苦的"知青"作家的诸多人生难题，所以，他的创作从80年代中期开始，

① 贾平凹：《关于长篇小说〈土门〉的通信》，《土门》（评点本），长江文艺出版社1999年版。

② 贾平凹：《高老庄·后记》（评点本），长江文艺出版社1999年版。

③ 该作最初发表于《收获》杂志1991年第6期，原名《呼喊与细雨》，后改为现名。

就由直面现实人生，从对现实人生的超越中寻求精神的解脱，转向直接逼近这些人生问题的本质，从形而上的层面去探索解决这些问题的可能性。史铁生的创作于是也就由诗的空灵转向思的玄奥，由对形的执著转向对神的崇尚，开始进入到一个思入空冥、神游太虚的“幻境”。与此同时，在艺术上也开始由诗化和写实，转向寓言和抽象，日益疏离现实世界，日渐沉迷于一种思想的空间。他最终也就由一个执著于现实人生的现实主义作家，变成了一个热衷于探究人生终极问题的带有现代主义倾向的“先锋”作家。他在90年代创作的长篇小说《务虚笔记》，就是经由上述转变之后的一部在思想和艺术上的集成之作。

作为一部“务虚”的人生“笔记”，《务虚笔记》显然不是一般意义上的反映现实人生的写实（“务实”）小说，而是一部以寓言的手法探究人的命运和存在问题的哲理小说。这部作品虽然也如一般现实主义小说那样，写了诸多人物的命运和种种人生现实，而且也是将这些人物和他们的命运变幻置放于一定的历史时代和社会文化环境之中，因而也有一定的现实性和时代特征。但整个作品从总体上看，却不是像一般现实主义小说那样，旨在反映现实的社会人生问题，而是将它的写作题旨指向探究这些现实的人生形态存在的种种可能性。作品实际上是作者在“写作之夜”通过这些现实的人生故事，对这种可能性的种种设想。这些人生故事，主要是如下几对恋人、夫妻的爱情和婚姻关系的聚散离合：残疾人C与女“知青”X、医生F与女导演N、画家Z与女教师O（包括青年WR与O的恋爱关系）、诗人L与女青年T、画家Z的叔叔（老革命）与其恋人、Z的父母，等等。虽然作者也写了这些恋人、夫妻之间的情与爱，有些情爱也写得刻骨铭心、催人泪下，但却不止于这些情爱描写本身，而是通过这些男女之间错综复杂的遇合、离散和相互寻找，表达人生的种种偶然性和对永恒的追寻。C与X相爱、结婚，最后却又分离。分离的原因不为别的，是因为双方都怀疑自己对对方的爱会连累对方，自己也就不是“好人”而是“坏人”了。O小时候与Z两小无猜，只因O的父母瞧不起Z的出身，使Z受到侮辱，产生仇恨，疏离了彼此之间的关系。其间O爱过WR，WR因出身和言论被送到远方劳改，回来后决心从政，与O分手，O又嫁过一个她不爱的男人，离异后与Z结合，但却因为忍受不了Z的莫名仇恨和高贵感而自杀，Z在O死后不知所终。F与N从小相爱，N出身不好，N家不愿影响F的美好前程，致使二人分离。后来F另外结婚，N做导演，又到海外，F后来死于心脏病，N赶回国内终未得一见。Z父解放前为报人，解放初逃往海外，Z母一直等待，直至Z父死在海外。Z叔的恋人因为掩护Z叔而成为“叛徒”，一直含冤蒙垢等待Z

叔，直到晚年才与Z叔相聚。L与恋人相爱又分手，分手后，又到处寻找，等等。这些情爱故事因为不仅是着眼于道德情感而是同时也指向对存在问题的探究，因而有如下几个方面的特点：第一是所有这些情爱故事及其婚姻结局都是残缺不全的或悲剧性的；第二是所有这些残缺或悲剧都是由一些无法抗拒的社会或个人身心方面的原因造成的；第三是这些因社会或个人的原因而离散的恋人或夫妻又在终身相互寻找（或在内心深处寻找）。通过这些残缺的或悲剧性的情爱故事，作品集中表达了如下几个层面的哲学思考：第一个层面是人的存在本身是悲剧性的（故而这些情爱故事都是残缺不全的或悲剧性的）；第二个层面是这种悲剧性是由各种随机的偶然的因素造成的（这些情爱故事的发生和发展演变及其结局充满了太多的随机和偶然）；第三个层面是对这种残缺的补救和悲剧性的抗争都是徒劳的（故而这些男女的相互寻找都是没有结果的或结果极其悲惨）。从这个意义上说，这部作品无疑带有很重的存在主义的哲学意味。

与这种从具象（具体的情爱故事）直接逼近抽象（抽象的人生命题）的创作题旨相适应，《务虚笔记》中的人物形象和故事情节，也被作者作了抽象化或符号化的艺术处理。如上所述，作品中的人物虽然也有一定的个性，但他们的名称却是用抽象的称号来代替。而且众多人物的身份和经历常常互相重叠、替代、交叉、分合，作者也常常把自己代入其中。整个作品中的人物仿佛代数符号，人物关系则是代数方程式。在任何一个人物符号中，可以代入许多其他人物，在任何一种人物关系中，也可以代入其他人物关系，这些已有的人物和人物关系也可以互相代入，甚至还可以把一个人物分解成人物1、人物2，又可以将几个人物合并为一个人物。通过这种“代数”关系，作者打破了一般小说所追求的个别性，转而寻找一种普遍性的寓意：这种身份可以是现实中的某一个人，但也完全可能是另一个人；这种经历虽然可能发生在现实中的某一个人身上，但其他人身上也完全有可能发生此类遭遇。故而这种符号化的人物和人物关系背后所隐含的是人的命运普遍存在着的可能性，作品中的人物因而也就由通常意义上的个性化的人物，成了一种对普遍性的寓言和象征。当然，因为对作品中的人物和人物关系的这种符号化的抽象处理，也给读者的阅读带来了一定的困难，同时也使作品中的人物和人物关系本身变得扑朔迷离，影响了作品艺术效果的发挥。

与史铁生的《务虚笔记》通过一种抽象化的寓言方式，在普遍性的意义上探究人生的终极问题不同，作为一位在20世纪80年代的创作中热衷于现代主义实验的“先锋”作家，到了90年代，余华却倾向于通过某些个体的生存事实，观照人的存在的一种普遍状况。这位作家在80年代所做的那些激进的“先锋”文学实验，最为引人注目的特点，是对人的残酷的生存事实和存在状况的揭示。这种残酷的生存事实和存在状况，就其性质而言，不是一般现实主义作家所揭示的种种社会罪恶和人生病苦，而是在人的本能深处潜藏着的暴力和欲望。这种暴力和欲望不但以个别的方式出现在人们的日常生活场景之中，让人们经受种种“欲”的侵蚀和“力”的伤害，乃至灵肉的创痛和死亡的恐惧，而且还以一种普遍性的形式，建构了各种文化的规范和一部理性的历史，以此制约着人们的思想和行为，让人们永久地置身于这种特殊的权力控制之下。余华在 80 年代的创作，就旨在通过某种有关欲望和暴力的叙事，来颠覆这种历史理性，来解构这种文化语码，从而使个体的生命和存在得以从这种权力的重压下解放出来。余华在这期间的创作因而带有很重的启蒙叙事的色彩。与此相对应的是，余华这期间的小说叙事，也带有很强的“暴力化”倾向：“80 年代，我在写作那些‘先锋派’的作品时，我是一个暴君似的叙述者，那时候我认为小说中的人物不应该有自己的声音，他们都是叙述中的符号，都是我的奴隶，他们的命运掌握在我的手里。因此那时的作品都没有具体的时间和空间描述，因为这些人物并没有特定的生活环境。”这种双重的“暴力化”叙事倾向，也就构成了余华在 80 年代的小说创作的总体特征。进入 90 年代以后，余华的创作全面放弃了这种“暴力化”叙事，转而从某些个体的生命过程和这些个体的日常生活历史本身，去体验人类普遍存在的生存困境和存在状况。与此同时，他这期间的小说叙事，也不再充当“暴君”的角色，而是变成了一个“民主的叙述者”。“到了 90 年代，我在写作自己的第一部长篇小说《在细雨中呼喊》时，我发现笔下的人物开始反抗我叙述的压迫了，他们强烈地要求发出自己的声音，我屈服了，然后我的文学世界出现了转变，我成为了一个民主的叙述者。我此后的写作就是不断地去聆听人物自己的声音；我不再去安排叙述中的人物，而是去理解。理解福贵或者许三观的一言一行，让他们走自己的道路，而不是我指定的人生道路。这时候我才发现自己写下了一个活生生的中国人。”① 他在 90 年代的三部长篇作品，就是这一转变的产物。

《在细雨中呼喊》是余华进入 20 世纪 90 年代以后，也是他的全部创作生涯中的第一部长篇小说。这部作品以一个名叫孙光林的少年的成长经历为主要线索，叙述了他在成长过程中的种种生理和心理的变化、所经历的种种生存的艰难和人性的险恶、所体验的种种生命的欢乐和死亡的恐惧，以及孙

① 以上引文均见叶立文、余华：《访谈：叙述的力量——余华访谈录》，《小说评论》2002 年第 4 期。

光林的同龄人和孙光林的众多家庭成员乃至与之有关的其他社会成员，在这个少年的成长过程中投射在他身上的种种影响和烙印。整个作品集中表现的就是这个少年的生理、心理、情感、理智在成长过程中所发出的朦胧的“呼喊”(所谓“细雨”应是这种“朦胧”状态的象征)。这种朦胧的呼喊既是生命本能在一个少年的成长过程中，对种种漠视、压抑和扭曲这种本能(如作品中写到的孙光林及其同龄人的性心理问题等)的社会势力和文化规范的抗争所发出的无声的呼号，也是一种未经社会污染和文明雕琢的人类天性在一个少年的成长过程中，与成人社会的种种虚伪、卑鄙、肮脏、丑恶的行径（如作品中写到的弃子、通奸、施虐等）之间的冲突所发出的幽渺的回声，以及与这一切相伴随的一个少年在成长过程中，对生理的压抑、心灵的孤独、情感的破碎、理智的冲突和生之忧患、爱之虚无、死之恐惧等种种人生的尴尬和存在困境的体验所发出的生命的颤音，如此等等。这些艺术描写既使这部作品具有一般“成长小说”所具备的时代感和社会性，同时也赋予了这种注重社会历史内涵的“成长”主题以一种哲学的意味，使之成为个体生命和存在状况的一个普遍的象征。与余华 80 年代中期以前涉及“成长”题材（如《十八岁出门远行》等）的作品旨在反抗成规、揭示暴力的逻辑和存在的荒诞不同，《在细雨中呼喊》则把这种成规、暴力和荒诞的存在本身都转化为主人公的一种内在的生命体验，这部作品因而也就舍弃了他早期作品的那种强烈的动作性，而具有较强的内省特征。与这种内省的视角相适应，作品虽然也有一些叙事视角上的变化，但却主要是采取第一人称的叙事角度，以主人公的一种内心独白的方式，通过对成长过程中上述种种人生体验的叙述，构成了对生命与存在的一种总体追问。余华创作的这一转变，同时也为他的下一部长篇《活着》定下了一个基本的叙述格调。

同样是对生命与存在的一种追问，《活着》则因为有一个“游手好闲”的“收集民间歌谣”的采风者“我”作为听众，因而减少了一些独白的意味，而增加了一种诉说的色彩。这部作品以现实主义小说常见的一种线性时间关系，通过主人公徐福贵的自述，讲述了他在一生中所经历过的命运的起落和生存的苦难。作为一个普通人，徐福贵不但由于社会历史的变迁和命运的捉弄，逐渐失去了属于他的土地、财产、所有的亲人和全部的尊严，而且也因此逐渐由一个地主家的少爷变成了一个贫苦的农民、一个被胁迫的壮丁和一个最终只能与一头老牛为伴的孤苦伶仃的鳏夫。但是，尽管如此，福贵却没有被残酷的命运所击垮，相反，却默默地忍受着这些难以忍受的人生苦难无怨无悔、无怒无争地“活着”。余华在解释这种福贵式的“活着”的人生哲学时说：“‘活着’在我们中国的语言里充满了力量，它的力量不是来自于喊叫，也不是来自于进攻，而是忍受，去忍受生命赋予我们的责任，去忍受现实给予我们的幸福和苦难、无聊和平庸。”因此，“《活着》讲述了一个人和他的命运之间的友情”，“讲述了绝望的不存在；讲述了人是为了活着本身而活着，而不是为了活着之外的任何事物而活着。当然，《活着》也讲述了我们中国人这几十年是如何熬过来的”，① 如此等等。余华对《活着》的这番自我阐释，表明这部作品通过徐福贵平凡的人生传奇和生活传奇，不但反映了在一个特定的历史阶段上，一个普通的中国人艰难的生活历程，因而具有一定的社会历史意义，而且，也借以在一个更深入的层面上，揭示了一种带有某种乐生主义色彩的生存哲学的奥秘。这种生存哲学虽然在应对生存的尴尬和困境方面有类似于西绪弗斯式的力量，但却带有中国文化所特有的一种柔性色彩，表明余华在对人的生命与存在问题的观照方面，也开始转向民族文化本位的立场。

余华在谈到《活着》的叙述方式时说：“刚开始我仍然使用过去的叙述方式，那种保持距离的冷漠的叙述，结果我怎么写都不舒服，怎么写都觉得隔了一层。后来，我改用第一人称，让人物自己出来发言，于是我突然发现自己的叙述里充满了亲切之感，这是第一人称叙述的关键，我知道可以这样写下去了。”为此，他甚至把人物的叙述语言严格地限制在福贵这个“只读过几年私塾的农民”可能有的语言表达能力的范围之内，让“所有的语词和句式都为它而生”，因而用“最朴素的语言”，写出了一个“活生生的中国人”的人生和命运。②

同样是写小人物的人生和命运，《许三观卖血记》的主人公许三观的人生经历，就没有福贵那么大的起伏和“传奇”色彩。这部作品以一种颇带漫画化的夸张手法和一种略带喜剧性的叙述笔调，讲述了主人公许三观从20世纪五六十年代之交到七八十年代之交，二十多年间的一段平凡的人生经历。作品以许三观在这期间的8次卖血经历为情节的主线，集中展现了这个小人物的生存困境和命运的尴尬。许三观虽然是因为好奇心的驱使偶然卖了一次血，用卖血的钱解决了婚姻“大事”，但此后卖血却成了他应对生活困难和人生窘境的一个重要手段：为解决儿子与他人的纠纷卖血；为招待儿子下放地的生产队长卖血；为给下乡回家的儿子一点零用钱卖血；为儿子治肝炎病卖血；为慰问受伤住院的暗恋“情人”卖血，甚至在“三年灾害”

---

① 余华：《活着·韩文版自序》，南海出版公司1998年版。

② 参见余华、杨绍斌：《“我只要写作，就是回家”》，《当代作家评论》1999年第1期。

期间，为全家人能吃一顿面卖血，等等。最后，自己老了，生活变好了，无需以卖血“谋生”，却想为自己卖一次血，重新体验一次卖血后吃炒猪肝、喝黄酒的滋味，但却因为年老血“衰”而遭拒绝，为此当街痛哭，深感一种无名的失落和恐惧。如同《活着》中的福贵在经历了无数的人生苦难之后，最后仍然被历史和命运残酷地夺去了所有属于他的东西一样，许三观在以自己的鲜血应对种种生活的困难和人生的窘境之后，最终也被生活剥夺了他赖以维生的手段和对生存的信心与希望。虽然人生和命运在让他们经受了种种的尴尬和困境之后，最终都把他们推向了绝望的境地，但作者却没有让他们身陷绝境而不能自拔，相反，却竭力表现他们“对苦难的承受能力”和“对世界的乐观态度”。所不同的是，福贵式的“活着”更多地是倾向于对生活苦难和命运打击的被动忍受，许三观式的“活着”则倾向于对生存困境和人生尴尬的主动消解，二者都具有中国式的人生哲学所特有的乐天知命、坚忍达观的文化特征。这种乐天知命、坚忍达观的人生态度同时也是带有特定的文化色彩的人的本质力量的一种现实的显现。余华在谈到福贵和许三观时说：“一个人内心的力量就是所有人积聚起来的力量，内心就像笼罩我们的天空那样无边无际，它属于我们所有的人。这就是为什么我认为只要写出一个真正的人，就是写出了广阔的人群。”① 如同《活着》对福贵的描写一样，这部作品对许三观的艺术描写因而也就具有了一种普遍性的意义。与《在细雨中呼喊》的独白式叙事和《活着》的诉说式叙事不同，《许三观卖血记》所采用的是一种独特的对话体的叙述方式。这种对话体的叙述方式，在作品中“承担了双重的责任”：“一方面是人物的发言，另一方面又是叙述前进时的旋律和节奏。”整个作品就是在这种对话中和由这种对话的互动关系推动情节的发展的。这种对话体的叙述方式同时也使这部作品充溢着一种特殊的叙述语感（余华称这种语感为“越剧的腔调”，即“让那些标准的汉语词汇在越剧的唱腔里跳跃”）和因此而带来的一种“单纯的力量”。②

余华在他的创作《自述》中谈到他从巴赫的《马太受难曲》中所得的感受时曾说，“我明白了叙述的丰富在走向极致以后其实无比单纯”③，这

① 叶立文、余华：《访谈：叙述的力量——余华访谈录》，《小说评论》2002 年第 4 期。

② 以上引文参见余华、杨绍斌：《“我只要写作，就是回家”》，《当代作家评论》1999 年第 1 期。

③ 余华：《自述》，《小说评论》2002 年第 4 期。

也是中国文学所讲究的“灿烂之极归于平淡”的一种境界。他在20世纪90年代的长篇创作就是逐步从80年代的先锋文学实验的“丰富”和“灿烂”的“极致”，在一个更高的层次上，开始复归于“单纯”和“平实”的一种艺术实践。余华的这一创作转变的历程，对于从80年代中期开始的整个先锋主义的文学实验来说，也有它独特的代表性。

无论是《务虚笔记》式的寓言，还是《在细雨中呼喊》式的独白，抑或是《活着》式的诉说，还是《许三观卖血记》式的对话，上述作品对人生问题的探究，最终都被作者引向了对生命和存在问题的终极追问，因而就其艺术思维的逻辑理路而言，是因下而上，在终极的意义或哲学的层面上体现其价值。

与上述这些作品不同的是，王安忆的《长恨歌》对人生问题的探究，却是专注于生活本身的形态，在对浸透了生活液汁的人生形相的咀嚼涵泳中，显示出“存在”所特有的一种文化意味。这部作品的艺术思维理路因而是沉潜乎下，即在对一种生存状态的逼真描写中，把“存在”还原成一种实在的生存本相。作品虽然是以一个女人（王琦瑶）从20世纪40年代中期到80年代中期近40年的人生经历为主要的情节线索，但却不同于一般以人物为中心的现实主义小说，主要致力于刻画一种典型性格或塑造一个典型形象，而是通过这个人物的人生经历和生活变迁，着力表现其生于斯、长于斯、死于斯的上海这座极富世俗色彩又极具现代意味的都市所特有的一种生活形态和精神特征。王安忆说：“在那里面我写了一个女人的命运，但事实上这个女人只不过是这个城市的代言人，我要写的其实是一个城市的故事。”“我是在直接写城市的故事，但这个女人是这个城市的影子。”① 王安忆在这里所说的“城市”，当然不单是指行政意义、地域意义或物质意义上的城市，而是世俗生活和文化精神意义上的城市。因为城市之为城市，不仅仅是因为行政区划、地缘位置有别于乡村，也不仅仅是因为街道、房屋、车辆和其他种种物质的设施与乡村不同，而是因为一座城市正如一个人，不仅仅有名号、籍贯和肉体的外壳（物质的外壳），更重要的是还有属于它的生命的历史和生活的历史，以及在生命的成长和生活的演进过程中，逐渐发育形成的一种人生态度和生活理念。这种属于一个城市的文化精神的人生态度和生活理念，是这个城市的心魄和灵魂。王安忆通过一个女人在40年间的命运变幻，所要表现的正是这个女人生存其中的上海这座城市的心魄和灵魂。作者笔下的上海，既有一般市民社会所共有的那种平庸、琐屑、空虚、

① 齐红、林舟：《王安忆访谈》，《作家》1995年第10期。

无聊、随波逐流、得过且过的生活特征，又有一个华洋杂处、中西合璧、传统与现代并存的商业都会所特有的新鲜、刺激、淫靡、势利、喜好浮华、追逐时尚的文化色彩。作者倾尽笔力，描写上海市民生活的种种细节，写由这些“最具体最琐碎的细节”组成的上海市民所特有的生活方式，以及这种生活方式赖以生长和展开的上海市民聚居的弄堂的独特生活环境。这些有关上海市民生活细节、生活方式和生活环境的精细入微的艺术描写，决不仅仅是像一般意义上的现实主义小说那样，为人物的活动创造一个逼真的生活环境，而是同时也要写出上海这座城市的经络、骨骼和鲜活的血肉。作为作品的主人公，王琦瑶才是这座有血有肉的城市的产儿，她的生活和人生才凝聚了这座城市的心魄和灵魂。作品的主体情节以 40 年代、50—60 年代和“文革”结束后的 70—80 年代三个大的时间段落，集中展现了王琦瑶在这期间的命运变幻，以及通过王琦瑶的命运变幻所体现出来的上海这座城市在不同历史时代的精神特征和心路历程。40 年代的王琦瑶因喜好新奇、追逐时尚而在一个偶然获得的机遇中成为沪上名媛，尔后则身价百倍，在经历过一番似爱非爱的感情缠绵之后，很快便成为他人的金屋娇娃。但好景不长，一半是时势变迁，一半是命运不济，不久就由藏娇金屋而落入市井陋巷。50—60 年代的王琦瑶因为是一个被生活和时代遗忘已久的旧人，也就不得不褪尽铅华学了一门谋生的本领，心甘情愿地在上海的弄堂里过起了一个普通市民的生活。虽然这期间也起过一点情感的涟漪，但毕竟是在年复一年、日复一日的三餐一宿和与街坊邻居、熟人朋友吃喝、聊天、围炉、打牌中打发时光，这样的时日固然琐屑无聊，但也使得王琦瑶这样一个过时的人物能在这个风云多变的时代，得以苟全性命、避祸偷生。“文革”结束后的 70—80 年代，仿佛一夜春风，一切过去年代的杂树繁花又开始苏生，王琦瑶也得以旧梦重温，再度成为一个新的开放年代的时尚和新的一代追逐时尚的市民注目的中心。虽然她复活的爱情再度被现实击碎且无端招致杀身之祸，但在她的生活和人生的最后阶段，在她身上毕竟短暂地重现了上海这座城市被历史湮没已久的繁华和时尚。王琦瑶的人生似乎是一个悲剧的怪圈，起于偶然，终于偶然，成于浮华，死于浮华，但她毕竟实实在在地活过，在她身上毕竟实实在在地体现出了上海这座独特的城市崇尚机遇和时尚的活力，同时也体现出了当这种现代生活的活力被一种异己的力量所抑制的时候，它又是如何以一种惊人的实在和琐碎，顽强地维护着它生存的根基。这是这座独特的城市文化精神的两面，作为这个城市的“代言人”和“影子”，作者通过王琦瑶的人生和命运的变幻，在她身上，确实把这种看似矛盾实则同一的文化精神渲染得淋漓尽致。

与《纪实和虚构》用冷静客观的“写实”和虚拟“写实”的叙述手法追溯家族的历史、追忆个人成长史和家庭的生活史不同，《长恨歌》中所有看似客观精细的艺术描写，无论是有关王琦瑶的身材相貌、言谈举止、衣着打扮、饮食起居、交朋结友、恋爱婚姻以及其他方面的生活做派，还是伴随着王琦瑶生平经历的、作为王琦瑶的生命历程和生活历史的一个有机构成部分的不同年代、不同境遇下的上海市民社会的生活环境、不同阶级、不同层次的上海市民的生活方式，以及不同场合、不同情境下的一些具体的生活事象和生活细节等，无不带着一种品评鉴赏的态度，仿佛整个上海市民社会和王琦瑶的整个人生历程和生活历史，都是一种年代久远而又历久弥新的艺术品。作者叙述的责任不仅在于巨细无遗、毫发不爽地描述其状貌和特征，而且同时也要说出在品评鉴赏的过程中所得的滋味和感受。这种带有很强的主观鉴赏特征的叙事，使这部作品无论是状物拟人还是描情叙事，都显得生机盎然、意趣横生。这种叙事效果表明王安忆的创作在经历了前期的主观化叙事，经过中期种种客观化叙事的实验后，转而将主观情志融入客观描写所达到的一种水乳交融的艺术境界。因为把艺术描写专注于市民社会的日常生活，而有意疏离这期间事实上对市民社会的日常生活产生重大影响的历史事件和时代变迁，因而作品通过王琦瑶的人生历程和生活历史，在深入地揭示上海这座城市独特的文化精神的同时，却又少了一点社会历史和文化习俗的变迁所带给我们的那一份无奈和苍凉，这就使得整个作品的艺术描写显得繁冗、琐碎，缺少应有的一种历史的厚重感和沧桑感。

以林白的《一个人的战争》和陈染的《私人生活》为代表的带有女性主义或女权主义色彩的创作倾向 在20世纪90年代崛起的女性作家中，林白是一位具有极强的女性性别意识，且对女性的性别经验（包括生理的和心理的）的叙事最为大胆彻底也最为深入持久的作家。这位在80年代中期就开始了小说创作生涯的女作家，在她的早期创作中，就十分关心女性的人生和命运。虽然她这期间对女性问题的关注基本上还是局限在传统意义上的男女关系的范畴，但却已经超越了对女性遭遇的简单的道德同情和寄希望于男女关系的道德拯救，以一种独特的性别眼光看待问题，对整个男性社会和男女关系表示了根本上的失望和不信任。由这种失望和不信任，林白在90年代中期前后的创作，就开始疏离男性社会，全面转向女性自身。在她这期间的创作中，不但女性的身体脱离了男性的目光，成了女性自我反身观照的对象，而且女性的心理也脱离了男性的影响，开始以女性自我为中心独立建构各自的性别经验。与此同时，林白这期间的创作也发展了女性对自我的依恋意识和同性之间的互恋意识，把女性对男权和男性社会的依赖转变为女性对自我和同性的依赖，在男人的权力和男性社会之外，拥有了一个属于女人自己的天地和女性自己的世界。所有这一切，林白都是通过她的作品对女性的生理和心理的真实而大胆的袒露实现的，她这期间的创作因而也就以暴露女性的身体隐私和生活隐私而格外引人注目，林白也因此被人们看做是对其后的创作产生深远影响的“个人化写作”或“私人化写作”① 的代表作家。她在90年代中期发表的第一部长篇小说《一个人的战争》，就是这种具有极强的女性性别意识和性别特征的“个人化写作”或“私人化写作”的代表作品。

如同一般意义上的成长小说一样，《一个人的战争》也是以主人公林多米的成长经历和生活历程为主要情节线索展开叙事的。只是作者的叙述意指不是如一般意义上的成长小说那样，主要是指向主人公的人格成长，或借以显示一定的社会意义，而是专注于主人公的一种性别意识的觉醒，以及这种觉醒了的女性意识在其成长经历和生活历程中所遭遇的身心内外的矛盾和冲突。就整个作品的情节构成而言，林多米的成长经历和生活历程可以分为两个大的段落：一个段落是她的童年和少年时代。在这一阶段，作品的艺术描写侧重于主人公的性别意识的觉醒和成长。这种性别意识的觉醒和成长，主要表现在如下两个方面：第一个方面，是女性的身体意识和性别意识的觉醒。由于幼年丧父，母代父严，林多米从小就生长在一个缺少慈爱的残缺的家庭环境之中，因而养成了一种封闭、孤独的性格，加上经常接触母亲医院里的男女生殖器模型和亲眼目睹女性的生殖活动，耳濡目染生殖宣传和男女性关系方面的知识，就由最初的好奇到后来通过窥视他人的身体和对自己的身体的“凝视和抚摸”，以及诱惑同龄女孩开展性游戏来满足这种好奇心，由此，她的这种封闭、孤独的性格也就得到了有效的转移。在这个过程中，多米作为一个女性，逐渐开始了对于一个女性的身体的自我意识，这同时也是她的性别意识开始觉醒的标志。第二个方面是在女性的身体意识和性别意

① “个人化写作”或“私人化写作”，就其广义而言，是指那种疏离了统一的思想规范和艺术规范，以个人的自由选择和自主创作为特征的一种写作方式。这种写作方式是对长期以来遵从一种统一规范的“集体化写作”或“群体化写作”方式的反动。就其狭义而言，是特指20世纪90年代兴起的以表现女性的身体隐私和生活隐私为特征的女性文学创作，是对这一创作现象的命名。这一命名源于对林白的《一个人的战争》及其他女作家类似作品的讨论。但林白本人表示“很不喜欢‘私小说’这个提法”，而“倾向于个人化写作的说法”，认为“个人化写作是一种更为纯粹的艺术创造”。（参见王雪瑛：《众说纷纭女作家》，《海上文坛》1996年第11期。）

识觉醒的过程中所经验的压抑和禁忌。因为身体意识和性别意识的觉醒，多米愈来愈感到有一种发自身体内部和潜意识深处的本能的冲动，使她愈来愈迷恋于这种自我抚慰式的满足和对游戏中的性经验的渴望。但是，与此同时，多米又常常处在一种莫名的恐惧之中。这种恐惧不是来自外部世界的直接打击，而是发自多米内心深处对这种自慰行为和性游戏活动的一种道德敬畏。这种道德敬畏是男性社会在漫长的历史过程中，运用它的特殊权力所制造的种种文化规范和道德禁忌对女性所造成的巨大心理压力。多米的身体意识和性别意识的觉醒和成长，就是处在这种由男性社会所制造的文化规范和道德禁忌的有形的和无形的压抑之中。她的童年和少年时代也因此而充满了生命的成长和本能的冲动与文化的规范和道德的禁忌之间的矛盾和冲突。这种矛盾和冲突甚至常常侵入多米的梦境，使她置身于一种死亡的恐惧之中。多米也因此而愈益疏离社会人群，用一种更加自我封闭的病态方式来抵御外界的压力，维护一个女性的生命成长和自我意识。

与对多米的童年和少年时代的艺术描写侧重于主人公的性别意识的觉醒和成长不同，另一个段落艺术描写的侧重点，是多米作为一个女性在其生活历程中所经验的身心内外的矛盾和冲突。这种身心内外的矛盾和冲突，主要表现在如下三个方面：第一个方面是多米对自我的性别意识和这种性别意识在现实的确证过程中的矛盾和冲突。作为一个具有自觉的性别意识的女性，多米一方面继续顽强地以一种病态的方式，通过自慰自恋和对同性的依恋，来躲避男性社会的攻击和侵犯；同时，她又在这种自慰自恋和对同性的依恋中，寄托了对于男性的渴望和幻想。一个女性的成长和成熟，只要不是纯粹生物学意义上的，就不能不通过男性这个社会化的对象并在男性身上才能得到现实的确证。多米因而同时又渴望进入社会，“投入人群”，以便最终脱离这种自慰自恋和对同性的依恋状态，在男性的抚慰和征服中，确证自己作为一个女性的生命存在。第二个方面是多米试图在男性身上确证自我的生命与存在，与男性的话语霸权之间的矛盾和冲突。这一方面的艺术描写主要集中在多米在与几个男性的接触中，所遭遇的诱惑、欺骗和暴力的经历。不论多米对这些男性是否真正产生过爱情，这些男性都无一例外地基于自己的本能和需要，利用了多米确证自我的生命与存在的渴求，以男性社会编织的种种有关女性的“谎言”，以及对女性的种种美丽的誓言与承诺，诱骗多米进入一种由男性的话语霸权所设置的陷阱，迫使多米“心甘情愿地”交出了从一个少女的初夜到一个成熟的女人所有的感情生活乃至做母亲的权利。多米就这样由对确证自我的生命与存在的幻想，到陷入人生困境而不能自拔，被男性社会的权力彻底地剥夺了作为一个女性的全部存在和自我。第三个方面是多米在经历了与自我和整个男性社会的种种“战争”之后，企图逃离自我和整个男性社会，与这种逃离的实际上不可能实现之间的矛盾和冲突。“出逃”本来是多米的人生中的一个重要主题，在过去的经历中，多米曾经有过多次出逃的经验，但每一次出逃，不论是出于逃避还是寻求新奇刺激的目的，最后都不免要使自己面临一道“深渊”：“出逃是一道深渊，在路上是一道深渊。女人是一道深渊，男人是一道深渊。故乡是一道深渊，异地是一道深渊。路的尽头是一道永远的深渊。”虽然多米承认自己最终成了一个“逃跑主义者”，但“逃跑”的结果还是不得不接受男性社会的“收容”：“后来有一个老人收留了她。这个老人就是她的丈夫。”多米的人生注定无法走出男性社会的阴影，因而也就无法反抗作为一个女性与生俱来的宿命。

林白曾说，我的写作是“将包括被集体叙事视为禁忌的个人性经历从受到压抑的记忆中释放出来”，使之成为“一种真正的生命涌动”、“个人的感性与智性、记忆与想象、心灵与身体的飞翔与跳跃，在这种飞翔中真正的、本质的人获得前所未有的解放”。① 与这种释放个人的经验与记忆、追求灵肉的飞翔与跳跃的创作题旨相适应，《一个人的战争》力求用一种富于感性色彩和官能刺激的叙述语言，将想象和经验的碎片组合成一道道的人生风景，以此来展现一个女性的性别意识的觉醒和在成长的过程中所经历的身心内外的矛盾与冲突。这部作品因而也就有别于一般成长小说在严格的物理时空中展开叙事，而专注于在一种心理的时空中重组记忆和经验。虽然作品的结构因此难免给人以杂乱之感，但较之依托严格的物理时空的叙事，却显得格外的灵动和自由。

无独有偶，陈染的长篇小说《私人生活》中的主人公倪拗拗，也是一个因为父亲粗暴、专横，从小就失去了父爱的女孩。但与多米不同的是，在缺少父爱的环境中生活的倪拗拗，虽然也有如多米一样的“恋父情结”，以至在她后来的生活中，也在寻找一个“拥有足够的思想和能力‘覆盖’我的男人”作为父亲的替代物。但因为父亲的粗暴、专横从小就在她的心灵刻下了很深的烙印，以至于这种“恋父情结”尚未完全发育成熟，就对父亲产生了一种失望、规避和抗拒的心理。这种心理的进一步发展，就是在倪拗拗身上发生的“弑父”的冲动，这种“弑父”的冲动甚至被付之于一种虚拟的“弑父”行为（如用剪刀剪父亲的毛料裤等），由此，也就在倪拗拗的心中种下了一颗仇视男权的种子。在对父亲的失望、规避和抗拒的同时，

① 林白：《记忆与个人化写作》，《一个人的战争》“附录一”，内蒙古人民出版社1996年版。

倪拗拗也从母亲的溺爱和呵护中，领略到了一份女性所特有的甜蜜和温馨，于是也就在母亲所筑的爱巢中逐渐疏离了社会人群，成了一个早衰的幽闭症患者。倪拗拗的这种幽闭状态，一方面是抗拒父权（男性社会的象征）的结果，另一方面同时也是她的女性意识萌发的温床。这种女性意识的萌芽，开始虽然也像多米那样在寻找一个男性的对象，期望通过这个对象并在这个对象身上，使自己的女性本质得到现实的确证，但却因为对父亲的仇恨和对母亲的特殊依恋，尤其是以男权为中心的社会日渐扩大和加深的围剿与打击（如在学校的遭遇和T老师的性侵犯等），就使得她最终不能像多米那样向男性社会敞开，只能将自己完全幽闭于自己的身体，或转而从同性（如禾寡妇）身上去寻求一个女人的生理和心理欲望的满足。倪拗拗的同性恋倾向也便由此发生。她甚至把对同性的感情，也转移到某个异性（如尹楠）身上，在看似一种正常的男女关系中，从异性身上去寻找和发现同性的替代物。倪拗拗的这种根深蒂固的同性恋倾向，不但使她成了一个极端仇视男权的女性主义者，而且也使她把同性关系视为一个女性的生命和存在的全部内容。故而当倪拗拗所赖以存在的这一切发生变故之后，她的整个人生也成了一堆碎片。这种碎片式的结局和倪拗拗的整个碎片式的生活和思维特征，无疑也是她置身其中的某种“后现代”的生存状况和精神状态的象征。陈染的《私人生活》也因此而从一个女性的存在问题出发，直逼人类的一种生存困境和精神困境，她的这部小说也因此有别于林白的《一个人的战争》，带有一种形而上的思辨色彩。与《一个人的战争》注重语言的感性特征，从而使整个作品充满着一种流动的诗意不同，《私人生活》则把感觉、梦幻、思辨、臆想等各种不同的语言风格融为一体，共同营造了一种“杂语”式的叙事语境，在这种叙事语境中，展示人物幽闭的精神状态和这种精神状态下的一种纷繁杂乱的思维特征。如同作品人物碎片式的人生一样，这部作品也是一种比较典型的碎片式的“后现代”文本。

第六节　本期小说创作：长篇小说（四）

历史题材长篇小说重要作家作品　在20世纪90年代的长篇小说创作中，历史题材的长篇小说是一支劲旅。“文化大革命”结束后新时期历史题材的长篇小说创作，自姚雪垠的《李自成》（第二卷）肇其端，从80年代以降，就一直久盛不衰。由于社会历史、思想文化和文学观念的变化，历史题材的长篇小说创作，如同其他方面的文学创作一样，在这期间也发生了深刻的变化。这个变化的一个主要表现，就是历史题材的长篇小说创作逐步摆脱了长期以来在题材的选择和主题的确立方面的思想政治束缚，以及艺术上现实主义一元独尊的局面，在历史人物的选择、历史事件的处理和对历史的认知、判断与评价，以及艺术表现的方法与技巧诸方面，都获得了较大的自由度。因而80年代的长篇历史小说创作，也就取得了令人瞩目的重大成就，出现了如姚雪垠、徐兴业、凌力、刘斯奋等一批重要的历史题材的长篇小说作家和《李自成》、《金瓯缺》、《少年天子》、《白门柳》① 等一批取得了重要成就的历史题材的长篇小说作品。在这个过程中，同时也孕育了90年代历史题材的长篇小说创作的新的艺术萌芽。酝酿和开始创作或完成于80年代中后期至90年代中期、在90年代先后出版的一批历史题材的长篇小说创作，在80年代已取得重要突破的基础上，把“文革”结束后新时期历史题材的长篇小说创作进一步推向了一个繁荣发展的新阶段。这个新阶段的标志，就是以唐浩明的《曾国藩》、二月河的《雍正皇帝》和刘斯奋的《白门柳》为代表所构成的历史题材的长篇小说创作三足鼎立的艺术格局。

作为一位湖南籍作家，唐浩明对曾国藩这位因为历史的原因长期以来被加诸各种恶谥的乡先贤的人生和事业、学问和人品，本来就怀有浓厚的深入探究的兴趣，加之工作的关系，在整理、修订和编辑、出版《曾文正公全集》的过程中，得以接触了有关曾国藩的生平事迹的大量第一手资料，对这位有争议的历史人物有了更深入切近的了解，由此也便萌发了“准备将他作为主人公构思长篇历史小说《曾国藩》”的创作动机，希望通过艺术的创造活动，剥去“外人给他的包装”，显露“他的本来面目”，使其笔下的曾国藩真正成为“一百多年前那个真实生活过的历史人物”②，去搬演他的起落沉浮、有声有色的人生壮剧和人生悲剧。

曾国藩生活的时代，是中国最后一个封建王朝在经历过西方强国坚船利炮的重创、割地赔款之后，内忧外患交并、国运日渐走向衰落的时代。在这样的一个时代，对外，清王朝一方面要对付西方列强的蚕食鲸吞，另一方面又不得不采纳洋务派人士的意见，向西方列强学习，用西方列强的方式使自己也强大起来；对内，却又不思革故图新，造就“师夷长技”、富国强兵的社会基础，相反却依旧致力于维护自己的封建统治。这就使得生活在这个时

---

① 刘斯奋的《白门柳》包括《夕阳芳草》、《秋露危城》、《鸡鸣风雨》三部，第一部创作出版于20世纪80年代初，第二、三部出版于90年代。第一、二部于1995年获第四届茅盾文学奖。

② 唐浩明：《〈曾国藩〉中的曾国藩》，《文艺新观察》第三辑，长江文艺出版社2003年版。

代的像曾国藩这样希图有所作为的志士仁人，不能不处在身内身外的一种极度复杂的矛盾之中。曾国藩的人生壮剧，就起于这个复杂的时代；他的人生悲剧，也是由这个复杂时代的诸多矛盾因素造成的。作为清王朝在这个日渐走向衰落的时代的一位中兴之臣，曾国藩为他所效命的王朝建功立业，成就一生功名的起点，是从丁忧守制期间，受命在家乡操办团练，训练一支有别于已经失去了战斗力的八旗和绿营的特殊军队，即“湘勇”或“湘军”，以对付日益强大的太平天国农民起义军的武装势力。尔后，曾国藩就率领这支特殊的“曾家军”，从湖南到湖北，从湖北到江西，又从江西到安徽，在长江中下游一线，与太平军展开了殊死的搏斗，直到最后攻克太平天国的首都天京，为清王朝立下了不世的功勋。作品沿着这一情节主线，在忠实地再现曾国藩这个历史人物的生平事迹的同时，也深入地刻画了这个复杂的历史人物身心内外的各种矛盾。通过这种矛盾的刻画，深入地揭示了中国封建社会末期所面临的深刻的历史困境和文化困境。在攻陷天京之后，作品还写到了曾国藩对捻军的作战、平息天津教案、创办新式工业、派幼童出国留学和培养新式人才等几件大事。虽然这几件大事对于曾国藩的整个人生和事业来说，已是达到辉煌的顶点之后日渐走向滑坡的结局和尾声，但对于表现作品主人公的人生和命运的转折及其思想性格的变化来说，仍然是有重要意义的。

小说的作者曾经明确表示，他是“将文学人物曾国藩定在中国传统文化的继承者的基调上”的，认为“小说中的曾国藩的一切表现——无论成败得失、优劣短长，都可以看出中国传统文化这个庞然大物对他的影响。他的一生生活在这个文化氛围中，他的一生也在努力按这个文化传统规范自己，陶铸自己……若要找一个严谨地，尽可能一丝不苟地遵循中国传统礼义行事的人，曾国藩可算一个典型；若要在中国近代史上找出一个新旧文化分界线上的代表者，曾国藩可算是全面体现旧文化的最后一个大人物；如果要为2000年中国封建文化寻找一位化身的话，曾国藩可算是一个理想人选”。① 整个作品就是按照这样的一个“文化认知”的基调来塑造曾国藩这个历史人物的。因此，从曾国藩的文化人格及其内在矛盾入手，透视封建社会末期所面临的深刻的历史困境和文化困境，应当是理解这部长篇历史小说的一把钥匙。就这一历史困境和文化困境在曾国藩的人生历程和思想性格中的表现而言，主要有以下几个方面：第一个方面的表现，是曾国藩希望成就

① 唐浩明：《〈曾国藩〉中的曾国藩》，《文艺新观察》第三辑，长江文艺出版社2003年版。

功名事业，实现儒家济苍生、扶社稷的政治理想，与这种理想的实际上不可能实现之间的矛盾所造成的困境。造成这种矛盾的主要原因，既有一种不可挽回的历史趋势（封建制度的灭亡）和不可逆转的世界潮流（现代化的进程）的力量，也有正在走向灭亡的封建制度（尤其是清朝）内部一些无法医治的顽疾和西方文明发展进步的压力。这些问题和压力，诸如满、汉之间的猜忌、朝廷内部的争斗、大小官吏的腐败、地方势力的掣肘，以及军无斗志、府库空虚和对西方势力（包括先进科技）的隐忧等，从曾国藩在湖南练勇，直到他出省作战，乃至取得最后的胜利，无时无刻不像魔影一样伴随着他，成为他成就一生功名事业的最大障碍。虽然曾国藩在他的政治和军事生涯中曾经多次成功地解决过一些具体的困难和问题，但这种属于一个即将终结的制度和即将覆灭的王朝所面临的终极困境，决非某一个人的能力所能挣脱的。因而曾国藩这个中兴之臣注定不能使他所效忠的王朝真正得到中兴，他因此也就注定只能接受一个“了却君王事，未得身后名”的悲剧宿命，后人的毁谤也因此而生。第二个方面的表现，是曾国藩一生按照儒家的思想传统和道德规范修身养性、行事作为，与这种思想传统和道德规范的践行之间的矛盾所造成的困境。在儒家所认定的修身、齐家、治国、平天下这四个几乎囊括了全部人生活动的实践领域，曾国藩可谓克尽所能，严格遵循儒家的思想传统和道德规范，力践躬行。他墨绖出山，临危受命，可谓尽忠王事；殚精竭虑，创建湘军，可谓为国分忧；出生入死，驰骋疆场，可谓为民用命；严以律己，诚以待人，可谓心存仁厚；沉浮起落，宠辱不惊，可谓志在公忠，如此等等，曾国藩都堪称儒家修、齐、治、平的楷模。但是，尽管如此，作为一个处在各种复杂的现实关系中的人，他在践行儒家修、齐、治、平原则的过程中，仍然存在着许多无法克服的知行之间的矛盾和悖论。他受命练勇，创建湘军，虽然是尽忠王事，但也未尝不包藏私心；他虽然多次拒绝过世外高人和部属亲信撺掇自立的诱惑，但也更多地是考虑一己的身家性命、利害得失，并非完全为了忠于朝廷；他虽然对部属亲信广施诚信，尤其是对那些颇有文韬武略的人才，珍爱有加，但在处理兵败求助的湖北巡抚青麟和诛杀太平天国降将韦俊叔侄等问题上，却又难免背信弃义之嫌；他虽然治军有方，处事公道，但为了家族的利益，也时常有意无意地偏袒执掌重兵的九弟曾国荃，借以培植私人势力，尤其是有意无意地纵容曾国荃将安庆和天京破城后的大量金银财宝运回家乡，据为私有，等等，都不能说是公忠之举，更不用说他在平息饥民之变、处理天津教案和对太平天国的战争中滥杀无辜等，就显得过于凶残暴戾，有失仁者用兵之道。上述这些“行”的方面的问题，有些固然可以归结为为人处事必不可少的权谋之计，有些则是"克己"修身必破心中之贼，但相对于"知"的一方面而言，毕竟有悖于曾国藩所遵奉的儒家的思想和道德原则，因而这种知行矛盾也就注定了曾国藩如同一切儒家思想的信徒一样，不可能是一个儒家思想的真正彻底的实践者。这既是知与行的终极矛盾使然，也与曾国藩置身其中的复杂现实有关，因而在曾国藩这个中国历史上的最后一个大儒身上所存在的这种知行的矛盾和悖论，依旧是一个时代和一个王朝的历史困境和文化困境的曲折表现。第三个方面的表现，是曾国藩作为一位三军统帅和封疆大吏的雄才大略、杀伐决断的胆识与气魄，与曾国藩作为一个普通人的"胆气薄弱"、忧谗畏讥、谨小慎微、敏感多疑的性格之间的矛盾所造成的困境。作者认为曾国藩是一个"性格常常相悖而又和谐统一的人物形象"："既魄力宏大又胆气薄弱，既冷酷残忍又富有感情，既老谋深算又轻信人言，既敢于斗争又忧谗畏讥，既自强自立又相信命运，既严肃端谨又诙谐风趣。"这种既"常常相悖而又和谐统一"的矛盾性格，一方面固然是来自家族的遗传和后天养成的独特个性，另一方面则与他置身其中的险恶的政治和军事环境有关。曾国藩除了早年在京城做了十来年的太平京官，一生都是在这种险恶的政治和军事环境中度过的。这种险恶的政治和军事环境，迫使他不能不用极其残忍的手段平息骚乱、制服强敌，不能不用极其狡诈的权谋化解危难、全身避祸，在这些方面曾国藩都堪称一代枭雄。但是，与此同时，曾国藩对他的这种极端残忍的手段和权谋心术所产生的后果（尤其是伤及无辜），又常常"于心有戚戚焉"，尤其是害怕上天的惩罚和冥冥之中的报应，甚者以至于夜不安寝、魂不守舍，惶惶不可终日。这种矛盾的表现，不能完全归结为曾国藩个人道德上的虚伪，而是现实的政治和军事环境，与儒家所固有的"仁者之心"和天命、鬼神观念之间的冲突所产生的矛盾心态。这同时也说明对于曾国藩这样的一个挽狂澜于既倒、担匡扶之重任，且置身于各种复杂的矛盾漩涡之中的朝廷柱石之臣来说，要想真正保持一个儒者的仁爱之心和不惭不疚的澄明心境，何其难哉。发生在曾国藩身上的这种性格和心理上的矛盾，同样也是一个儒者的人格理想在现实中所遭遇的终极困境，曾国藩也因此而不能做一个儒家文化的完人，他"也不是光环耀眼的楷模"，而是"一个与常人无异的普通人"。①

作为一部以曾国藩这样有争议的历史人物为主角的长篇历史小说，作者避开了常见的做"翻案"文章的创作路数，而是致力于复原"一百多年前

① 以上引文参见唐浩明：《〈曾国藩〉中的曾国藩》，《文艺新观察》第三辑，长江文艺出版社 2003 年版。

那个真实生活过的历史人物”。因此，作品也就少了一份先在的政治或文化理念，而多了一种严谨的现实主义创作态度。这种严谨的现实主义创作态度首先表现在，作者力求穿越岁月的迷雾，将曾国藩还原到一百多年前的那个真实的历史情境中去。为此，作者依据那样的时代格局，在曾国藩周围设置了一系列错综复杂的矛盾纠葛。这些矛盾纠葛的对象，大而言之，有足智多谋、英勇善战的正面之敌太平天国将士，有对他时时、处处、事事掣肘的地方势力和勾心斗角的官吏朝臣，以及既用又疑、且纵且收、恩威并施、宠辱交加，掌握了对他的生杀予夺大权的君主皇室。小而言之，有他统率下的难以驾驭的骄兵悍将和追随左右无法随意措置的骨肉兄弟，以及忠实于他却又各怀异志的部属亲信，等等。正是曾国藩所面对的这些错综复杂的矛盾对象，在他的周围编织了一个巨大的社会关系和个人关系的网络，作者才能将他“置于那个动荡的、混乱的、新旧交替的时代中，置于惊天动地的大事件、错综复杂的矛盾交织中，让曾国藩在这样的场所中去活动、去周旋”①，去搬演他的起落沉浮、有声有色的人生壮剧和人生悲剧，在这种人生壮剧和人生悲剧中，对曾国藩的心路历程进行文化的透视和分析。这也就保证了作者对曾国藩的思想性格的塑造和文化心理的分析，是置放于一个为现实主义的创作原则所要求的真实的历史情境和典型的社会环境之中，是依据一定的现实关系并在这种现实关系中，如实地描写他的思想性格的复杂性和文化心理的矛盾，而不是主观臆想或某些先在的政治、文化理念的产物。这是这部长篇历史小说最重要的现实主义品质之一。其次，作为一部严格遵循现实主义创作原则的长篇历史小说，而且是以类似于中国古代纪传体史书记述“传主”生平事迹的方式为主人公“立传”为特征的作品，无疑要把人物形象的塑造放在重要地位。作者曾说：“百余年来，各种各样的历史文本保存了曾国藩在这个世界上曾留下的痕迹。这些历史文本自然是小说创作的重要依据。但是，我时常想，历史文本上的曾国藩，好比残缺的古画，小说中的曾国藩应是完整的雕塑。为此，我需要做大量的收集挖掘工作，同时也需要自己来弥漏补缺。历史文本上的曾国藩，又好比僵卧的木乃伊，小说中的曾国藩应是一个有血有肉、喜怒哀乐、爱恨情欲一样不少的活生生的人物。为此，我不但要写他外在的事功，更要深入到他的内心世界，写他作为一个‘人’的与人不同的个性。也就是说，写他的精、气、神，有了这三个要素，人才是活的，历史文本上的曾国藩，也好比受时代影响而成为别人手中

① 唐浩明：《〈曾国藩〉中的曾国藩》，《文艺新观察》第三辑，长江文艺出版社2003年版。

化了妆的道具，小说中的曾国藩应该去掉人为的包装恢复其本来面目。”①在对曾国藩的艺术形象的塑造和思想性格的刻画方面，作者确实实现了他预期的这一创作目标。作品中的曾国藩，既有作为一个普通人在伦常关系和日常生活中表现出来的那些丰富复杂却又可亲可近的个性特征，也有作为一个“大人物”在政治谋略和军事行动中表现出来的那种令人敬而远之、望而生畏的不同凡响的思想性格，而且这两个方面在作品中的曾国藩身上，又不是分裂的、游离的和平行展开的，而是统一和相互渗透于曾国藩对儒家修、齐、治、平的人格理想的追求和实践之中，都是这种以儒家的人格理想为核心的性格特征的一个有机的组成部分。这样的性格描写，因为突出了其中的文化成分而有别于一般意义上以人的自然属性（人类本性或普遍人性）或社会属性为基础的性格描写，因而也就具有巨大的文化含量和深厚的文化意蕴。这种具有巨大文化含量和深厚文化意蕴的人物性格，同时也使得作者笔下的曾国藩有别于以普遍人性为基础或以社会政治为基础在文学中创造的性格典型，而是在这些性格典型之外，别创了一种以文化人格为基础的性格典型。这同时也是这部长篇小说的现实主义新质的一个重要表现。再次，作为一部以人物为中心深入透视一个历史时代种种矛盾和困境的长篇历史小说，《曾国藩》也如一般现实主义小说那样，致力于再现那些与历史人物的活动有关的重要历史事件和历史场景，尤其是与曾国藩的人生和事业密切相关的练勇和与太平军的大小战争，以及与此有关的朝野上下和官场内外的活动，更是贯穿于全书的始终，成为支撑这部小说的主导性的情节线索。在对这一主导性情节展开的叙述中，作者不但通过与曾国藩的人生和事业有关的众多人物的活动，从多层次、多侧面集中地再现了曾国藩所处的时代各种复杂的内外矛盾和险恶的政治、军事形势，而且在精心塑造曾国藩的艺术形象的同时，或灵活穿插，或略加点染，或刻意对比，或巧设陪衬，或疏枝斜出，或比干而立，或如影随形、相伴始终，或草蛇灰线、忽隐忽现，如此等等，总之是运用各种表现手段，塑造了一批如左宗棠、胡林翼、李鸿章、彭玉麟、曾国荃、康福、陈敷，包括太平军的一些将领等众多各具个性、各有特色的人物形象。这些人物形象不但对曾国藩的形象塑造起了一个烘云托月的作用，而且也是作者对曾国藩的思想性格进行文化心理分析的一个重要参照系统。在这个参照系统中，所有这些人物身上那些为曾国藩所欣赏器重的思想性格和精神品质，在不同程度上都是曾国藩所遵奉的儒家人格理想的对象

① 唐浩明：《〈曾国藩〉中的曾国藩》，《文艺新观察》第三辑，长江文艺出版社2003年版。

化；相反，那些为他所憎恶和鄙弃的，同时也是他践行儒家的人格理想所极力克服的对象。因而作品中写到的曾国藩看人看事的眼光和爱才识才的标准，也都是以儒家的人格理想为中心的。这种以主要人物的人格理想为中心的辐射式叙事，一方面固然因为所有的人事都经过了主要人物的人格理想的折光，因而有助于主要人物的思想性格和艺术形象的塑造，有助于丰富与深化主要人物的思想性格的文化内涵；另一方面这些人物形象也因为受主要人物从其人格理想出发的观照角度的局限，而不能从多层次、多侧面展开充分的性格刻画，以至于有些人物形象也因此而难免流于浮光掠影和趋于扁平化，这不能不说是这部以人物为中心的长篇历史小说一个重要的艺术缺憾。

在20世纪90年代的长篇历史小说创作中，二月河是一个名不见经传、“横空出世”的作家，这位大器晚成的作家年届不惑才开始从一个“红学”爱好者，转向历史小说创作，从20世纪80年代中期到90年代末期，在近十五年间，创作出版了近500万字的长篇历史小说，① 是当代历史小说创作中，作品数量最丰、影响最大的一位小说家。与90年代众多清宫题材的作品主要取材于清代末期的宫廷生活不同，二月河的这些作品集中关注的是从康熙经雍正到乾隆一百三十多年间所谓“康乾盛世”的一段历史。这段历史在史学界和人们的口碑中历来众说纷纭，颂之者取其疆域广大、社会安定、物阜民丰、国力强盛，贬之者则斥其文网遍布、冤狱屡兴、人心危危、弊端丛生。正是因为这个原因，所以，对这三代帝王功过是非的评价，也就存在着许多不同的甚至是完全对立的意见。尤其是在野史和民间传说中被描绘为“谋父、逼母、弑兄、屠弟”、私改遗诏、抢夺皇位的雍正皇帝，更引发了许多不同的看法和争论。作为一位熟谙中国历史尤其是清代历史的小说家，二月河通过精研大量的历史资料，对这些帝王尤其是争论最大的雍正，形成了自己的一些独到的看法。在二月河眼里，雍正是一个既勤于政事又富有政绩的君主。就勤政而言，从“康熙、唐太宗上溯到秦始皇这些勤政的君主，没一个比得上他的”。他因此而留下的政绩，“不但给乾隆的‘十全武功’、‘极盛之世’垫下了家底子，也留下了一个不错的吏治环境”。“他确实是整人了，文字狱整平民也整官吏，‘摊丁入亩’整地主，‘官绅一体当差’整了特权读书人，‘火耗归公’整了遍天下的贪官污吏。连他整弟弟

① 这些小说依次为《康熙大帝》4卷：“夺宫初政”、“惊风密雨”、“玉宇呈祥”、“乱起萧墙”，《雍正皇帝》3卷：“九王夺嫡”、“雕弓天狼”、“恨水东逝”，《乾隆皇帝》6卷：“风华初露”、“夕照空山”、“日落长河”、“天步维艰”、“云暗凤阙”、“秋声紫苑”。

整哥哥杀儿子细查过去，若明若暗也似有不得已的苦衷。”“他得罪的官僚、缙绅、地主、读书人太多了，因此，活着的时候就没什么好口碑。”他虽然“性格有缺憾”，但“个性极为鲜明”，“当阿哥时是孤臣，当了皇帝又成了保护孤臣的‘孤家寡人’”。凡此种种，由于这些复杂的原因，就使得雍正这位“在历史和现实中”“疑团重重、争议纷纭”的皇帝，“活着是个悲剧人物”，死了后的二百多年间依旧“是个悲剧的历史人物”。作者说：“从康熙初政、虎虎灵动的生气、勃然崛起到乾隆晚期江河日下穷途末路，时光流淌了近一百四十年，是中国封建社会的回光返照，即所谓‘最后的辉煌’……雍正这十三年是这段长河中的‘冲波逆折’流域。宏观地看它，是嵌在大悲剧中的一幕冲突激烈的悲剧。”①

正是基于这样的认识，作者虽然在《雍正皇帝》的创作中，对他笔下的雍正王朝的历史和主宰这段历史的雍正皇帝作了艺术的加工和处理，但依旧保持了他在研讨这段历史和这一历史人物时所认定的悲剧的基调。这一悲剧基调见之于作品的情节，主要表现在如下几个方面：

第一个方面是雍正希图在政事上有所作为，这种愿望和整个官僚制度及皇族的利益之间的矛盾冲突所造成的悲剧性。无论是在登基之前作为一个“办差”阿哥，还是在登基之后作为一个勤政的皇帝，雍正对他执政前后这个正处于上升时期的王朝所面临的矛盾和问题，如国库空虚、官场腐败、政务不兴、民生多艰等，是十分清楚的，也是深怀忧虑的。正因为如此，无论是为着积累政治资本还是为着王朝的整体利益，他都期望通过自己的勤勉“办差”和宵旰图治，充盈国库，澄清吏治，使民有所养，皇基永固。但无奈的是，这些影响到王朝的生存和发展的矛盾和问题，一方面虽然有他作为一个历史人物所认识不到的诸如整个官僚制度所存在的根本性症结，另一方面也有他作为一个皇子和“儿臣”所不敢也不愿深究的，因为“父皇”晚年的疏于政事而造成的恶果。这样，无论是作为一个阿哥“办差”，还是作为一位皇帝勤政，他都不能不有所顾忌，即既要消除这些隐患和流弊，又不可否认包括“父皇”的晚年在内的功业和政绩，尤其是不可能从根本上改变造成这些隐患和流弊的整个官僚制度，触动那些不法官绅和整个皇族的根本利益，这就难免要让这位能干的阿哥和有所作为的皇帝，不能不常常陷于左支右绌、捉襟见肘的尴尬境地。他一辈子为清除上述隐患和流弊而开罪于一些有权势的王公大臣、官吏缙绅，乃至众多的王室成员，也全是因为他们

① 以上引文参见二月河：《新年杂想》，《匣剑帷灯——二月河作品选》，长江文艺出版社 1998 年版。

所依仗的是整个官僚制度和至高无上的君主所赋予他们的地位和特权。在这种不可动摇的力量面前，他虽然竭尽全力，凭借自己的特殊地位和非凡才能，也成就了若干功业，但最终仍然只能面对兄弟反目、皇子谋位、妖孽惑宫、孤臣遽死、新政碍行、军事失利，发出天违人愿、壮志未酬的哀叹。这是雍正个人的悲剧，也是整个封建时代一切有作为的明君贤相、志士仁人的悲剧。

第二个方面是雍正为着王朝的利益所作的一切"办差"和勤政的努力，与这种努力背后所隐含的个人私欲之间的矛盾冲突所造成的悲剧性。如同一切历史人物一样，雍正无论是作为一位"办差"阿哥，还是作为一位勤政的皇帝，在他的行为动机中，都不可能不藏有一种或隐或显的"贪欲"和"权势欲"。这种被恩格斯称为"历史发展的杠杆"的个人私欲（即"恶劣的情欲"）①，一方面促使这些历史人物参与历史活动，成为驱使他们行动的一种激情的力量，在这一方面他们是"为私"的。另一方面，他们的行动所造成的一些客观后果，又往往对历史的发展起了一种推动或促进的作用，在这一方面，这些历史人物的行动又表现出了一种"利公"的性质。但是，这二者之间又常常会发生一种矛盾和冲突，即这种"为私"的动机未必总能造成一种"利公"的结果，或者为着达到"为私"的目的而以"利公"的名义作掩饰。当这种动机与效果发生悖谬的时候，一种悲剧就会随之发生。作为"办差"阿哥，雍正觊觎王位虽然经历了一个由不自觉到自觉的过程，但一旦产生了这种自觉意识之后，一切为皇室"办差"所作的努力及其所取得的成果，都成为与其他王子"夺嫡"的资本。与此同时他也暗中拉帮结派、培植私人势力，或行韬光养晦之计，以取得父皇的垂顾和信任。当雍正运用自己的权谋心智夺取王位之后，为着巩固自己既得的地位和权力，又不惜任用私人、剪除异己、残害亲信、谋杀重臣。而这一切，又都是在整顿吏治、肃清朋党、革除旧弊、推行新政，为着整个王朝的利益和天下百姓的安危的名义下进行的。这种动机与效果的悖谬，便造就了他的一种表里不一、内外相悖的分裂人格。即在一个能"办差"的阿哥和有作为的明主背后，还隐含着一个心狠手辣、冷酷无情、睚眦必报、刻薄寡恩的暴君的性情。这种分裂的人格，不仅仅是某种帝王心术和政治谋略的表现，同时也是基于一种"恶劣的情欲"参与历史活动，在历史活动中追逐个人的"贪欲"和"权势欲"所造成的结果。这是权力对人性的"异化"，它

① 参见恩格斯：《路德维希·费尔巴哈和德国古典哲学的终结》，《马克思恩格斯选集》第4卷，人民出版社1972年版。

所造成的悲剧因而也是人性的悲剧。

第三个方面是雍正作为一个有血有肉的普通个体，与他作为一个参与“夺嫡”的王子和为着巩固自己的帝位的皇帝，在道德和情感方面的矛盾冲突所造成的悲剧性。如上所述，在为皇室“办差”和残酷的权力斗争中，雍正虽然以沉默寡言、性情乖张、行事悖谬的“冷面王”著称，但并不等于他就没有普通人所应具有的一种道德天性和人伦之情。恰恰相反，作为一个普通个体，雍正又是一个心地善良、性格和顺、尊老爱幼、怜贫惜弱、极富同情心又一心向佛的父兄和长者。这不仅仅表现在他呵护从小就失去母爱的十三弟、搭救要饭的狗儿、坎儿，对外放的李卫（狗儿）及其一家关怀备至，对布衣谋士邬先生礼敬有加，对转寄旧情的引娣隆眷优渥等方面，同时也表现在他在“夺嫡”斗争中尤其是在登上帝位之后，在处理与兄弟子息和亲信近臣的关系中的矛盾态度上。这种矛盾态度不能完全看做是雍正的虚情假意，其中也确实包含有对兄弟子息和亲信近臣的伦常之情，如他对待桀骜不驯且一再参与叛逆活动的十四弟的宽容和在处理“八爷党”问题上的犹豫态度等。但是，尽管如此，在涉及天命攸归和权力之争的问题上，他仍然只能选择牺牲这种伦常之情而断然采取毫不留情的处置手段。他在登基前活埋背叛他与八爷勾结的管家高福儿，在登基之夜又处死了深知他许多隐秘的坎儿和十几个专一为他办差的心腹，疏离为他谋夺帝位运筹帷幄的邬先生，登基后又囚禁拥立有功但却暗中结交“八爷党”的亲舅隆科多，赐死忠心耿耿办差、为巩固皇权立下大功的年羹尧，对“八爷党”的主要成员和与自己离心离德的众多兄弟，则或威逼、或罢黜、或软禁，无一轻饶，甚至当自己的儿子威胁到帝位传承时，也毫不留情地以死相逼。凡此种种，这都不是雍正的天性残忍和缺少应有的人伦之情，而是残酷的权力斗争的情势使然。这就使得雍正虽然在权力斗争中始终是一个胜利者，在推行他所设想的新政中也施展了他的政治抱负，但在作为一个普通人的个人情感方面，却始终是一个孤独者，在为人的道德上，始终处在一种矛盾的状态，雍正的人生也因此而陷入了一种难以挣脱的困境之中。这种困境既是一个身居高位的帝王的困境，也是人类的一种普遍的生存困境的表现。这种人生的困境最终也就把雍正这位“豺身狼顾”、“鹰视猿听”、“一世阴鸷枭雄之主”，推向了一个乱伦的悲剧结局，由此整个作品也便完成了对这个“悲剧的历史人物”的艺术形象的塑造。

作为一部以一个主要历史人物为中心透视一个历史时代的长篇历史小说，《雍正皇帝》围绕雍正的事业悲剧和人生悲剧，集中展现了从康熙晚年到整个雍正时代的王朝历史和活动在这一历史舞台上的众多人物形象。就这一段王朝的历史而言，由于康熙晚年一心想做一个千古完人，以宽仁为政，疏于政事，结果导致政务废弛、国库空虚、贪污肆行、弊端丛生，在这种情势下，雍正无论是登基前作为一个“办差”阿哥还是登基后作为一位勤政的皇帝，对于根除积弊，振弱起衰，为一个王朝的百年盛世承前启后、奠定宏基，无疑起到了一个决定性的历史作用。正是围绕雍正在登基前后的历史活动，作品从政治、经济、军事、文化和吏治、官风、民情、习俗等各个方面，全方位地展现了“康乾盛世”处于转折阶段的这一段“冲波逆折”的重要历史，深刻地揭示了这一历史时期的各种错综复杂的社会矛盾和这一时期社会历史发展的主要趋势。与此同时，围绕雍正这一主要人物的历史活动，作品也塑造了众多处于不同矛盾方面或作为环境构成因素的形形色色的人物形象。这些人物形象从宫廷内外、朝堂上下到官场幕帐、军旅行伍乃至商贾细民、江湖术士等，无不个性独具、栩栩如生，尤其是作为雍正“夺嫡”的主要对手和助手，以及在他登基后围绕巩固权力和推行新政而进行的斗争中，作为他的主要对手和股肱之臣的形象，如允禩的虚伪奸诈、允禵的勇武倔强、年羹尧的凶残骄悍、邬思道的足智多谋、允祥的仁义忠勇、李卫的狡黠机智、田文镜的勤勉尽忠、孙嘉淦的孤忠耿直、刘墨林的逞才使气、李绂的善用心机，以及允礽的庸懦、允禔的愚妄、允祉的淡泊、允䄉的诡谲、允䄉的鲁莽、隆科多的昏聩、弘时的阴毒、弘昼的荒唐、弘历的干练、张廷玉的忠谨、方苞的儒雅、马齐的沉稳等，都具有一定的典型性，有的还达到了相当的典型深度。正是对一定的历史时代真实的、本质的再现和众多人物形象的成功塑造，使得这部匠心独运的长篇历史小说在思想和艺术上都达到了相当的现实主义深度。

二月河曾说：“在读者与专家中，我尽可能兼顾两者，真的要开罪一方，我则宁可对专家不起。”① 这表明二月河的艺术旨趣是尽可能地沟通雅俗而偏向于俗。基于这种艺术旨趣，他的长篇历史小说创作就必然要从具有悠久历史的中国古代小说传统中去吸取艺术滋养。见之于《雍正皇帝》的创作，这种“吸取”，主要表现在如下几个方面：第一个方面是对作品情节主干的叙述，基本上秉承的是带有史传色彩的历史演义小说的传统，因而整个作品的叙述重心，是从康熙晚年“九王夺嫡”到雍正登基、推行新政直至雍正王朝结束的一段历史。对这段历史的叙述，作者突出的是权力斗争的主线，围绕权力斗争展开主要情节，在权力斗争中塑造各色人物形象。这条

① 二月河：《〈康熙大帝〉自序》，《匣剑帷灯——二月河作品选》，长江文艺出版社 1998 年版。

主线的叙述因而充满了激烈而复杂的矛盾冲突，在这种矛盾冲突中人物性格也显得格外鲜明突出。第二个方面是围绕作品的情节主线对一些情节副线即次要情节的叙述，则秉承的是中国古代尤其是明清以降社会人情小说的传统。这些情节副线，或通过胤儞、弘历作为阿哥的"办差"经历，或通过一些封疆大吏"为政"和"亲民"的作为，以及帝王"巡幸"或王子"亲征"的行迹，串演起朝野上下、宫廷内外、内地边陲、市井乡村、帝王后妃、皇亲国戚、王公大臣、商贾行帮、士子官绅以及三教九流、五行八作的人生世相和生活百态。在围绕主线展开权力斗争的矛盾冲突的同时，也全方位地展现了这期间极为广阔的社会生活面貌。众所周知，二月河受中国古代社会人情小说的巨制——《红楼梦》影响至深，在长篇历史小说创作中，他把他作为一个"红学"迷对《红楼梦》的长期研习所得，也运用于作品的谋篇布局、人物刻画和环境描写，就使得这部作品虽然就其情节主线而言，带有历史演义的性质，但支撑整个作品的，却不仅仅是一架孤立的权力斗争的骨骼，而是还有附着其上、填充其间的，由众多丰富的日常生活画面或世俗生活图景凝聚而成的血肉。这些日常生活画面或世俗生活图景因为细节描写的鲜活和人物情态的逼真，随着作品情节主线的发展演进，同时也向人们徐徐展开了一幅《清明上河图》式的社会生活画卷。第三个方面是作品在直接秉承中国古代通俗的话本或白话小说传统的同时，也接受了渗透于这一传统之中的正统诗文和民间文化的影响，在叙述中融入了大量诗词歌赋、曲文联语乃至童谣民谚等亦雅亦俗的艺术因素，这些因素的融入，不但改善了作品的修辞，丰富了作品的修辞效果，而且也增加了作品的艺术情趣，使作品在雅俗之间获得了一种适度的张力。与此同时，作品的叙述语言也力求融合雅俗，在现代白话口语的基本叙述语式中，也适当地吸收了一些古代白话小说乃至古典诗文的字、词和句法，作品的叙事话语也因为这种"间离"现代的拟古追求而收到了一种"陌生化"的审美效果。也许是因为作者有意"开罪"于雅而取悦于俗，作品的某些情节设置和艺术描写，如番僧作祟、道士斗法等，因近于"神魔"而失其实，另有一些情节设置和艺术描写，如兄弟夺爱、父女乱伦等，因偏向"传奇"而失于巧，都有悖于作品整体的真实性追求，在一定程度上，也影响了作品的艺术效果。

在20世纪90年代长篇历史小说中，《白门柳》是一部创作时间跨度最长、所获得的荣誉最高的小说。这部多卷本的长篇历史小说以明清之际的一段"天崩地解"的历史为背景，将笔力专注于"明末清初活跃于江南地区的一群著名的文化人"，从"当时的知识分子，也就是所谓'士'的阶层来楔入，试图通过他们在这一时期所走过的坎坷曲折的道路，从一个侧面记录历史的一些足印，揭示某种发展线索”。作者认为“就17世纪中叶那一场使中国社会付出了惨重代价的巨变而论，如果说，也曾产生过某种质的意义上的历史进步的话，那么恐怕既不是爱新觉罗氏的入主中原，也不是功败垂成的农民起义，而是在‘士’的这一阶层中，催生出了以黄宗羲、顾炎武、王夫之为代表的我国早期的民主思想”。基于这样的理解，作者“决定把《白门柳》的创作立意规定为：通过描写明末清初著名思想家黄宗羲以及其他具有变革色彩的士大夫知识分子，在‘天崩地解’式的社会巨变中所走过的坎坷曲折的道路，来揭示我国17世纪早期民主思想产生的社会历史根源”，以实现作者通过文学创作“去寻找和表现那些代表积极方面的、能够体现人类理想和社会进步的事物”的文学理想。① 围绕这样的“创作立意”，作品把这一群文化人的生活和活动，集中置放于明清易代的三年时间内②，通过这期间明末复社的活动和社内社外矛盾，明亡后围绕拥立新君、建立南明弘光政权各派力量之间所展开的矛盾和斗争，以及弘光政权崩溃后，以南明鲁王政权为中心浙东各派力量的抗清斗争等中心情节和“贯串全书始终的核心人物”——钱谦益和柳如是、冒襄和董小宛，以及黄宗羲等人的活动，集中展现了这个特殊年代的一代知识分子的人生道路和历史命运，以及在这个过程中一种新的思想萌芽和产生的历史过程。

因为作者把作品的“创作立意”定位于“揭示我国17世纪早期民主思想产生的社会历史根源”，即“把新思想的产生作为最终的表现目的”③，所以，它的全部艺术描写也就在于寻找这种正在萌芽中的“新思想”（即早期民主思想）与当时的社会历史之间的内在联系，以及在这个“天崩地解”的时代催生这种“新思想”的各种复杂的社会历史因素。这种艺术描写主要表现在如下几个方面：

第一个方面也是最主要的方面，是通过明末清初复社的活动，表明这一代知识分子所坚守的政治理想实际上的不可为，必须重新寻找革新政治的出路，由此催生了一种新思想的萌芽。在明末东林党人的影响下，复社的一群青年知识分子，以天下国家为己任，关心朝政，领导清议，在国事蜩螗之

---

① 以上引文参见刘斯奋：《白门柳·跋》，中国青年出版社1998年版；《〈白门柳〉的追述及其他》，《文学评论》1994年第6期。

② 即明朝覆亡前夕的崇祯十五年三月到当年的十二月；李自成农民军攻入北京之后，南明弘光政权在南京建立及其崩溃的崇祯十七年四月到次年的五月；以及同年六月到次年的五月，南明鲁王政权在浙东建立到全线溃败。

③ 刘斯奋：《〈白门柳〉的追述及其他》，《文学评论》1994年第6期。

际，以致力于振弱起衰、革故鼎新而著称士林。他们奉行儒家的政治理想和立身处世的原则，以“君子”自命，以别于阉党余孽和奸佞“小人”。他们凭借江南这块物产丰富、经济发达、传统思想文化根基比较深厚、新兴的市民阶层相对活跃的地区的政治经济和思想文化环境，呼朋引类、同声相应、同气相求，希望通过他们的活动，于国事、家事和个人仕途都有一番作为。作品以大量篇幅写到他们议论朝政、抨击阉党、疏离群小、痛诋奸佞，抒发肃清吏治、革除弊政、收拾民心、复兴大明的政治理想。他们在危难时刻，挺身而出，抵御外侮、光复河山、报效国家的作为，表明他们确实是一批品行端方、思想激进、奋发有为、敢作敢当的政治文化精英。如果不是遭遇明清之交的历史巨变，这些青年知识分子无疑都可能成为支撑朱明王朝的柱石和栋梁。但是，明清之交急剧变动的社会政治形势，要求于这些青年知识分子的，却不是或不完全是头上的星空和心中的道德，或纸上的理想和口头的清议，而是切切实实革新政治的措施和行动。而这一点又恰恰是这些恪守道统、空怀理想的青年知识分子所最为缺乏的。这不仅从他们治社无方，致使社友离心、社局日下的情势可以看得出来，同时也可以从他们在与阉党余孽阮大铖、马士英的斗争中，一味逞才贾勇、缺少谋略，致使奸人得志、权臣当道的结局得到证明。更有甚者，是在国家处于危难之际，他们仍一味满足于清议、奔走于社局，既不知审时度势、共赴危难，更遑论救亡图存、戮力回天，终致时局日下，国破家亡，一代英才，竟成覆巢之卵。凡此种种，这些致命的弱点和缺陷，最终就使得这些青年知识分子在经受了明末清初的各种历史巨变之后，不能不深自反省、改弦更张，由此也便催生了一种新的思想因素在其中的一些新锐之士如黄宗羲等人身上开始萌芽滋长。黄宗羲的始而失望于社局，继而绝望于朝政，终而寄望于民众，正是他在明清之际的这场历史巨变中所经历的一段重要的思想蜕变的历程。

第二个方面是晚明社会政治窳败、朋党之争剧烈，统治者为政失聪，致使阉党余焰复炽，国势日渐颓唐的情势对一种新思想的产生所起的激发作用。以复社为中心的这群青年知识分子，经历了个人在科举或仕途上的挫折之后，对这种忠而见背、贤才弃用的现实深感失望，开始由对权奸的痛恨到对整个政局都产生疑问。例如黄宗羲在得知朝廷置复社同仁对阉党余孽的抵制与斗争于不顾，决定起用阮大铖的同党马士英，以及他进京会试因科场黑暗而名落孙山后的感受，就是如此。尤其是在经历了弘光小朝廷从建立到溃败的过程中的种种“窝里斗”和在抗清斗争中的种种猜疑与歧视之后，像黄宗羲这样的思想大胆、行为激进的复社成员，更对是否应当忠于一家一姓之天下产生了深重的怀疑。这种怀疑也就从根本上动摇了封建统治的思想根基，同时也是一种新的民主思想萌芽的标志。

第三个方面是明清之际复杂的社会政治和经济文化因素，对一种新思想的产生所起的孕育和催生作用。作为人物活动的环境，作品对明末江南地区的社会生活、经济活动和民情风习，都有许多精细的描写。这些艺术描写同时也表明在这期间的江南地区，一种新的属于资本主义性质的经济因素已在开始萌芽滋长。这种新的经济因素的萌芽滋长同时也在动摇传统的“义”、“利”观念和人们的生产与生活方式，成为孕育新思想产生的一种社会温床。与此同时，作品也通过复社成员包括黄宗羲与西方来华传教布道的一些饱学之士直接或间接的交往，得以窥见西方先进的科学技术和新的知识领域，开阔了眼界，增长了见识，对一种新思想的形成，也起了发酵和催生的作用。这是问题的一个方面。另一方面，明末李自成的农民军攻入北京和清兵入关、明朝覆亡，对这群爱国忠君的青年知识分子来说，既使他们经历了一场国破家亡的巨痛，也促使他们在痛定思痛之后，思考了一些从未遭遇过的一些极为敏感也极具叛逆性的现实问题。例如黄宗羲对李自成的“造反”虽然依旧站在正统立场，视其为大逆不道，但却又清醒地意识到，即使没有李自成“造反”，国事终不可为，迟早要生变故。对清兵入关，他虽然仍严守夷夏之别，奋起御侮，但也不能不正视这种力量的对比所提出的问题，不能不承认关外这个马背上的民族的强大和活力。倘承袭汉人文化，以汉人之法治理汉人，他们也未尝不能久据中原。正因为黄宗羲在这些关乎王朝大统和纲常名教的重大问题上产生了许多“叛逆”的想法，所以无论是在拥立新君、建立弘光朝廷的过程中，还是在组织义军、武装抗清的斗争中，他都处在一种极为复杂的矛盾状态：一方面作为大明王朝的臣民，他不能不竭尽孤忠，靖难殉节；另一方面，他又不能不承认，这些非常变故，对于根除王朝积弊、医治政治顽疾，又未尝不是一件好事。正是这种看似矛盾的心理，无形中便成了一种新的带有民主色彩的反抗封建正统思想的催化剂。

如果说作者所要表达的一种新思想，在他笔下的黄宗羲这个“核心人物”身上得到了集中的体现，因而这个人物也就成了他笔下的一种思想的典型的话，那么，他笔下的另外两组“核心人物”，即钱谦益和柳如是、冒襄和董小宛，则分别是这一代知识分子（包括与这些知识分子的命运休戚相关的一些女性）在这个“天崩地解”的时代所遭遇的历史命运的不同缩影。作为一位被作者称之为“思想型”的人物，诚如作者所说，黄宗羲往往“是从天下万民的宏观角度去拷问现实”的，“视发现和坚持真理为人生意义的最高体现”，因而作品对这个人物性格的塑造，虽然也写到了他与生俱来的“单纯”的天性和执拗的脾气，即他的性格的“固执而且时带偏激”

(这种性格特征也就决定了他容易成为一种激进思想的凝聚者和代言人),但却主要是着眼于他在遭遇社局和时局的种种激烈动荡和复杂变化的过程中，对关乎纲常名教、国家社稷和个人安身立命的一些重大问题的反省与思考。这种注重反省和思考的特征，就使得这个人物更接近一个思想者而较少普通人身上所特有的那种日常生活气息。

相对而言，作为东林前辈的钱谦益和复社同仁的冒襄，则都具有作者所说的那种“生活型”人物的性格特征。与黄宗羲的注重思想不同，他们更注重个人的身家性命、利害得失和成败安危，作为东林党人和复社成员，他们虽然也以天下国家为己任，为维护纲常名教和个人名节，也敢于挺身而出，与阉党及其余孽和奸佞小人作坚决的斗争，在国家危难之际，甚至也能奔走呼号，或策划拥立新君，或意在军前效命，总之是都有过一番作为或意欲有所作为的。但当这一切危及个人的身家性命和切身利害时，他们却不能像黄宗羲那样，义无返顾，成仁取义，殉节靖难，以不失“君子”和“士人”本色。这样，作者笔下的钱谦益和冒襄，就不复是黄宗羲式的“单纯”的思想型人物，而是带有生活本身所特有的复杂性的历史角色。正因为如此，所以，无论是钱谦益的谋求复出而向阉党余孽妥协，以致为保住自己的官位而对政敌马士英摇尾乞怜，甚至在兵临城下之际参与献城投降，还是冒襄在复社同阉党余孽的斗争和明朝覆亡后拥立新君、武装抗清的斗争中，始终都在为自己的父亲迁官和家人的避难奔走等，都有其作为一个普通人所承担的生活角色的不得已和无可奈何之处。正是因为这种不得已和无可奈何，又常常使他们在这个过程中不能不陷于一种矛盾和痛苦的状态。即使是钱谦益的一度归顺新朝，也没有逃脱这种矛盾和痛苦的煎熬。恰恰相反，他最后的离京南归，重返反清复明斗争的营垒，正是经历这种痛苦的矛盾斗争所作出的选择的结果。冒襄虽然一直远离斗争的中心，一心为家事奔走，但即使最后使自己和家人得以保全，却终于无法消除内心深处无时不在的“义”与“利”、“忠”与“孝”之间的剧烈矛盾和冲突。他最后选择了一条苟全性命于乱世，“拒不与征服者合作”、“苦持节志”、“独善其身”的道路，与其说是对大明王朝的忠贞，不如说是作为一个复杂的生活角色而不是作为一个“单纯”的思想者的无可奈何的选择。如同黄宗羲一样，作者是把这两个人物与之共同作为明清之交三种不同类型的知识分子的典型加以刻画的。他们“由于处境不同，性格不同，价值取向不同，因而所走的道路也不相同。而这种不同在他们那个阶层当中，又有其各自的代表性。通过集中地描写他们，可以比较完整地揭示这一阶层的历史面貌，同时也多侧面地展现当时的社会巨变”。①

作者说：“在众多的‘主义’和品类中，我更倾心于现实主义的创作样式”，“我始终相信现实主义创作方法的特殊功能，它能够引导我对人物的发掘达到意想不到的深度和广度”。事实上，这部作品所体现的现实主义的创作原则和作者对现实主义创作方法的追求，与其说是作者在创作中“始终遵循严格的考证，大至主要的历史事件，小至人物性格言行，都力求书必有据”，不如说主要是作者在创作中，“专全力去表现特定的历史条件下，在各不相同的社会地位、文化修养、生活处境、利益关系之中活动着的人性”。② 正因为如此，这部作品在艺术上的主要收获，也就在于它以严谨的现实主义手法，在精心构造的典型的社会历史环境中，成功地塑造了一大批具有不同程度、不同方面的典型意义的人物形象。这些人物形象除了上述贯穿作品始终的“核心人物”黄宗羲、钱谦益和冒襄，堪称三种不同类型的知识分子典型之外，还有构成这一知识分子群体的其他具有不同程度的典型意义的人物形象，如陈贞慧、周镳、侯方域、方以智、刘宗周、史可法等。他们或精明强干、或刻板固执、或风流倜傥、或通脱旷达、或恪守道统、或尽忠国事，都以他们各自的性格禀赋，在他们所遭遇的具体历史情境和生存境遇中，共同搬演着一个“天崩地解”的时代的一幕幕人生悲喜剧。作为这一幕幕人生悲喜剧的串演者或对立面和配角，作品中所写到的另两类人物，如阮大铖、马士英和柳如是、董小宛等，也有各自的典型性：前者虽然与复社诸公同属“士”的阶层，但却有“君子”、“小人”之别；后者虽然与复社公子有尊卑贵贱之分，但却是一样多情重义的人中之英。正是因为他们的存在，才使得这个“天崩地解”、混沌一团的乱世得以有忠奸正邪、善恶美丑之分，他们也因此而成为人性的复杂多变和深奥微妙的一个历史证明。

第七节　本期散文创作

文化散文创作发展概况　如前所述，中国当代散文在20世纪60年代初期曾经出现过一个抒情散文的高峰，到了80年代，又因报告文学这种广义

① 以上引文参见刘斯奋：《〈白门柳〉的追述及其他》，《文学评论》1994年第6期。

② 以上引文参见刘斯奋：《白门柳·跋》，中国青年出版社1998年版；《〈白门柳〉的追述及其他》，《文学评论》1994年第6期。

的散文文体的崛起而使这期间其他类型的散文创作相形见绌。进入 90 年代以后，散文创作虽然出现了一个观念多元、手法多样、文体杂陈、风格迥异的繁盛局面，但相对而言，其中也有发展得比较成熟的散文品种，足以代表这期间散文创作的特色和成就。被人们习惯称做“大散文”、“学者散文”或“文化散文”的卓尔不群、一枝独秀，就是这期间散文创作新的特色和成就的标志。

一般说来，“文化散文”（“大散文”、“学者散文”）是指那种在创作中注重作品的文化含量，往往取材于具有一定历史文化内涵的自然事物和人文景观，或通过一些景物人事探究一种历史文化精神的散文。这种散文的作者多为一些学者或具有较深文化修养的学者型作家。因为上述原因，这类散文往往显得视野开阔、气魄宏大，且具有较强的学术性。追溯这类散文创作的艺术源头，其远因自然是出自中国散文悠久的历史传统。中国古代散文，既有精巧的山水游记、轻松的性灵小品、质朴的书札笔记，也有以《庄子》为代表的天马行空、汪洋恣肆，以丰富的想象和深邃的理性著称的哲学散文，以《左传》、《史记》等为代表的时空廓大、气势恢宏，以历史的沧桑感和记人的生动传神、叙事的纵横捭阖为特征的史传散文，以及以孟(《孟子》)、荀(《荀子》)、韩(《韩非子》)、贾（贾谊）为代表的富于雄辩的论辩散文、以汉赋为代表的铺张扬厉的诗体散文等。这后一方面的传统，就孕育了我们今天所说的“文化散文”的艺术精神。其近因，则是直接肇自近二十多年来的文化变迁和文学变迁。中国古代散文在经历了“五四”新文化运动和文学革命的转变之后，虽然“又来了一个展开”，其“成功”，“几乎在小说戏曲和诗歌之上”①，但那主要是指一种随笔“小品”(包括杂文）式的散文品种，后来虽然有所发展和变化，但除新兴的报告文学这种广义的散文文体以外，其规模体制和艺术格局，从总体上看，依旧比较狭窄。

近二十多年来，由于社会历史的变迁，思想解放和文学革新的推动，散文作家如同其他文体的作家一样，文学观念也在发生变化，不但文化视野在逐步扩大，而且艺术表现的形式、方法与技巧，也在日趋多样化。在这样的情势下，近二十多年来的散文创作，一方面致力于恢复和重建中国散文悠久的历史传统，另一方面也注重吸收外国以及台、港地区散文创作的艺术经验。在这个过程中，近二十多年来的文学发展，从 20 世纪 80 年代初的历史

---

① 鲁迅：《小品文的危机》，《鲁迅全集》第 4 卷，人民文学出版社 1981 年版，第 576 页。

反思转向80年代中期前后的文化寻根，是触发“文化散文”创作的主要艺术契机。

从20世纪80年代初期到80年代中期，由于对历史的反思和对传统的回归的影响，一些作家的散文创作就比较注重发掘其表现对象中的文化内涵，或有意识地开掘一些有较深历史文化积淀的创作题材，如王英琦的“文化遗址散文”系列作品《我的先民，你在哪里?》、《“木乃伊”旁的奇思异想》、《烽火台抒怀》、《古城墙断想》、《南疆界碑》、《大唐的太阳，你沉沦了吗?》、《青山有幸埋诗骨》、《不该遗忘的废墟》、《塔克拉玛干之谜》等，通过凭吊从半坡到圆明园、从古长城到永乐宫、从南疆界碑到青山古冢等一系列历史文化遗址和作者自己深入蛮荒的冒险经历，告诫人们“千万不要忘记了在你们的身旁有一片不该遗忘的废墟”。这既是针对“文革”及其前的一个较长的历史时期，极“左”的政治思潮轻慢、蔑视以至于全盘否定民族的历史文化传统的现象，有感而发，也是为人们思考现实问题、挣脱现实困境、振奋民族精神、推进改革开放提供一个重要历史参照。从这个意义上说，王英琦的这些看似发思古之幽情的散文创作，实则集中地反映了这期间的散文创作拨乱反正、反思历史、重建传统的一种精神取向。这种精神取向因为与这期间文学发展的整体趋向同步，因而也是这期间正在蓬勃发展的“伤痕—反思”文学的一个重要组成部分。王英琦的散文因为取材的特别，思虑的深入，且具有极强的反省意识、忧患意识和浓郁的文化色彩，而有别于当时颇为盛行的伤悼散文和忆旧散文，一扫这类散文的感伤气息和落寞情怀，而具有一种浑厚凝重的气魄和雄强豪放的风格。因为上述特征，王英琦的散文创作事实上已经奠定了“文化散文”的一些基本艺术雏形。与此同时，这期间，受中国现代乡土地域文学传统和台港地区的乡土散文及地域散文的影响，一些作家也把这种注重文化内涵的发掘的创作旨趣，具体到对一些乡土和地域题材的开掘之中，由此便产生了最初的一些带有乡土和地域特色的散文创作，如汪曾祺的写老北京、贾平凹的写商州等。这些散文虽然也具有“文化散文”的一些基本特征，但因为格局较小，或与同一作家创作的笔记小说相类似，因而又缺乏“文化散文”作为一种“大散文”所应有的艺术气魄和文体特征。但这类散文的出现，对“文化散文”的形成和发展，无疑起了一种推波助澜的作用。尤其是当它作为早期“寻根文学”的一些代表作，更对嗣后受“寻根文学”思潮影响得以发展壮大的“文化散文”创作，产生了重要的艺术影响。

20世纪80年代中期前后，由于“文化大革命”结束后的一个时期文学在反思历史的过程中对民族文化传统的重新体认，同时也由于拨乱反正和改革开放以后，思想解放和文学解禁，扩大了艺术表现的领域（包括地域），这期间通过开拓文学的题材和主题，发掘文学中的文化因素，已经受到了各体文学创作的普遍重视。尤其是以“西部诗歌”为先导的“西部文学”的崛起和某些新潮诗人从倡导民族史诗向重构民族文化方向的创作深化，更进一步加剧了文学创作中的这种文化化倾向。在这个过程中，对后来的“文化散文”创作产生重要影响，同时也标志着“文化散文”创作在早期所取得的重要成就的，是一些从诗歌创作转向散文创作的“西部诗人”，其中又以周涛和马丽华的创作转变最具代表性。作为“西部诗人”，周涛和马丽华的诗歌创作都以表现西部的自然风光、人文景观、民情习俗和历史文化著称，他们的诗歌创作不但向人们展示了长期以来为文学所忽视的丰富多彩的西部题材，而且也为文学注入了一种以雄强豪放著称的西部风格和以开拓创业为特征的西部精神。他们在 80 年代中期前后先后转向散文创作，正是以这种独特的西部题材、西部风格和西部精神为特征的。与王英琦的创作素材主要来源于她在祖国各地游历的经验不同，周涛和马丽华的创作之源主要是出自他们长期在新疆、西藏的生活和工作经历，当然也包括在整个西部地区的游历乃至冒险的经历。他们的创作也因此而较王英琦多一些刻骨铭心的切身体验，少一些旁观者客观、冷峻地审视的色彩。这同时也是“文化散文”创作由寄寓于历史反思到转向注重自身的文化体验的结果。周涛和马丽华的散文创作因而也是“文化散文”由早期的粗具规模到逐渐壮大成形和不断走向深入发展的一个重要标志。

就这两位作家从 20 世纪 80 年代中期迄今的散文创作而言，虽然他们都是来自内地，但由于进入西部有时间的先后长短和进入的方式上的差异，以及各自的人生经历、创作经历乃至文学和文化观念上的不同，因而在艺术上也各具特色，形成了一个自然的分野。如果说马丽华的散文创作注重在自己的亲身经历中体验西部的文化特色和文化精神的话，那么，周涛的散文创作就似乎更偏向于由西部的自然风光、民情习俗、人文景观和历史文化所引发的想象和思考。他的散文创作因而依旧保留了他作为一个“西部诗人”所特有的诗性和神性的特征。这位作家的散文代表作品主要有散文集《稀世之鸟》、《游牧长城》、《兀立荒原》和《周涛散文》（三卷本）等。在这些散文作品中，作者虽然也记录具有西部特征的景物人事，但他的笔触却不流连于这些景物人事本身，更不去精细地刻画这些景物人事最能体现西部特征的那些精确的细节，而是转向抒写对这些景物人事的独特感悟和由这些景物人事所引发的独特思考。而且这种感悟和思考又不停留在这些景物人事本身所显示的具体确定的社会意义和人生价值的层面，而是指向一些带有普遍性的或终极性的生命和存在的哲学问题。通过对西部的景物人事的这些独特的感悟和思考，周涛的散文不但在西部完成了一次精神的漫游，而且作者也把这种借助散文创作所进行的精神漫游，作为自己融入西部，与西部的历史文化、自然人文融为一体的一种独特的精神生活方式和生存方式。周涛的散文创作因而在进入 90 年代以后，又以其独具的诗性特征和理想主义格外引人注目，成为这期间的文学所倡导的人文精神的一个独特的标志。在艺术上，周涛视散文创作为“表达思想的工具，而不是描摹生活的画笔”①，因而他在创作中也就格外喜好议论和抒情，而疏于叙述和描写。而且他所主张的这种“表达思想”的散文，又必须是绝对自由的，不受章法和规范的约束，要能“让思想和感情自由奔放地表达”。正因为如此，他的散文就如天马行空，独往独来，带有极强的自我表现的性质。这种天马行空、独往独来式的精神漫游，一方面使得周涛的散文创作较之那种拘泥于叙事和细节描写的散文，显得格外生气勃勃、自由灵动，另一方面也因为疏于对文化事象的完整记叙而难免要削弱作品的文化含量。

相对于周涛从 20 世纪 50 年代作为一个不谙世事的少年就随父辈进入新疆，以后又长期生活、学习和工作在新疆的经历而言，在 70 年代中期结束大学生活后进入西藏的马丽华，此后虽然也一直生活和工作在西部这块神秘的土地上，但毕竟只是一个羁留于西部的人生之旅的过客和外来的文化闯入者。因此她的散文创作也就不可能像周涛那样，与西部的山川风物和历史文化天然地融为一体，而是经历了一个由表及里、由浅入深的感受、体验和认识的发展过程。在这个过程中，这位带有一种传奇色彩的充满了游侠式的浪漫冒险经历的女作家，在进藏后的二十余年的时间内，足迹差不多踏遍了西藏大地，尤其是最能体现藏文化特色的藏北地区，创作和出版了大量散文作品。其中，长篇纪实散文《藏北游历》、《西行阿里》、《灵魂像风》和它们的合集《走过西藏》，更是她的西藏文化散文的代表作。作为一位诗人，马丽华最初的散文创作如同周涛一样，对西藏的山川风物、人文景观，也充满了一种诗化的想象，但与周涛不同的是，这种诗化的想象，不是源于作者对西藏文化深刻内心体验中所生发出来的诗意，而是作为一个外来文化的闯入者，在对西藏的自然人文的审美静观中所获得的感性经验。她的这些创作因而更多地是表现为对西藏的山川风物和人文景观的深情礼赞，在这种深情礼赞中，同时也寄寓了一个理想主义者的浪漫情怀和对于人生理想的诗意追

① 周涛：《散文的前景：万类霜天竞自由》，《周涛散文》第 2 卷，东方出版中心 1998 年版。

寻。随着作者对西藏自然人文和历史文化的了解的进一步深入和感受与体验的进一步加深，对西藏的这种由诗化想象而生发出来的深情的礼赞，就开始转化为一种建立在对西藏文化的深刻理解的基础上的深度文化体认。这种文化体认不仅表现为作者在无尽的游历中，用自己的身心去追寻藏文化的足迹，去体验藏文化的悠久神秘和博大精深，从而将自己的身心融入到这种文化的历史中去，实现文化的融合、灵魂的净化和个体的精神升华。同时也表现为作者在这个过程中，始终在设身处地地企图通过自己的想象，重新经验藏文化在西部这块高寒缺氧的山地上孕育发生和成长成熟的奥秘，通过这种想象性的经验，重建藏文化的历史阐释，在这种新的历史阐释中，使这种古老的文化焕发出新的光彩和生机。这是作者对西藏的经验和感受、理解和认识的凝聚，也是她的散文创作的诗意提升。在马丽华的散文创作中，天然地贯穿着汉、藏两种文化的比较和碰撞，这种比较和碰撞的结果，是通过作者对藏文化的融入实现两种文化的亲和。与此同时，作者在对藏文化的理性审视中，也引入了一个现代的维度，即从现代历史和现代生活的进程中，审视西藏这一古老文化的发展演变和存在状态，为这一古老文化在历尽沧桑后走向现代，提供一种理性的参照，马丽华的散文又因此而对藏文化多了一层从现代文明的高度进行批判性审视的色彩。与周涛视散文为“表达思想的工具”不同，马丽华的散文虽然也不乏对藏文化深刻独到的感受和思考，但她一般不脱离具体的描写对象去作天马行空式的冥思玄想，而是把她的思想感情融注到具体的物象之中，从对西藏的历史文化和民情风俗的考古式的发掘与探险式的游历中，去深入地感受、体验、领悟和思索藏文化的精神奥秘。她的散文因而既展示了藏文化丰富多彩的历史画卷、绚丽多姿的山川风物、诡奇幻异的民情习俗，同时又无处不浸透着浓郁的诗意和深沉的哲理。她的散文也因此既是历史的、游记的，又是诗的、哲学的，兼有文化学和人类学的双重意义。

20 世纪 80 年代中期，当周涛和马丽华以一个“西部诗人”的身份，先后转向这种带有浓厚文化色彩的“西部散文”创作的时候，在小说界掀起的“文学寻根”的热潮，进一步加剧了这种注重文化的散文创作追求。这期间的散文创作事实上已经完成了由伤悼逝者、反思历史向追求文化的创作转换，“文化散文”已然露出了一种新的创作苗头。如前所述，90 年代初，在市场经济的格局初开、商品大潮涌起之际，散文如同其他文类的创作一样，也出现了一种盲目追随市场潮流，日益沉迷于一种“消闲”和“消费”性的“小散文”的商品化创作倾向。为挽救散文创作的这股颓风，创刊于 90 年代初的《美文》杂志，开始倡导一种“大散文”的写作：“鼓呼大散文的概念，鼓呼扫除浮艳之风，鼓呼弃除陈言旧套，鼓呼散文的现实感，史诗感，真情感，鼓呼真正的散文大家，鼓呼真正属于我们身外的这个时代的散文!”① 按照倡导者的理解，这种“大散文”，要实现如下几个方面的创作目标：“（1）张扬散文的清正之气，写大的境界，追求雄沉，追求博大感情。（2）拓宽写作范围，让社会生活进来，让历史进来。继承古典散文大而化之的传统，吸收域外散文的哲理和思辨。（3）发动和扩大写作队伍，视散文是一切文章，以不包专写散文的人和不从事写作的人来写，以野莽生动力，来冲击散文的篱笆，影响其日渐靡弱之风。”② 这一提倡虽然在散文创作界和理论界也引起了一些关于“大散文”问题的讨论，被人视为此后的“文化散文”写作的始作俑者，但究其实，它的真正意义却在于，推动了在80年代中后期已日渐露出苗头的“文化散文”创作的进一步发展，扩大了“文化散文”创作的规模和声势，使“文化散文”的创作由前此阶段的分散、自发的状态，发展到一种较为集中、自觉的艺术追求。“文化散文”因此在90年代呼应文学中的人文精神的提倡，在反拨市场化、商品化的潮流中，逐渐发展为一种相对成熟的新的散文艺术品种。

文化散文重要作家作品　进入20世纪90年代以后，从事“文化散文”创作的作家，就其广义而言，大致有如下几种类型：其一是上述周涛、马丽华等作家自80年代中后期以来创作的自然延续。这类创作因其前缘而带有较强的地域色彩和较浓的乡土气息，是“文化散文”中的一支“地域文化”或“乡土文化”散文的创作劲旅。其二是以张中行、季羡林、金克木等为代表的“学者散文”的勃兴。这类散文或回忆故人往事，或述说人生经历，或漫论旧学新知，或记叙，或描述，或抒情，或议论，形同古代笔记，又如现代随笔，既有深厚的学养，又见娴熟的文笔，是一种学艺双佳、文质彬彬的新古典主义的散文文体。其三是以张承志、史铁生、韩少功等为代表的跨文体或兼文体作家散文创作的繁盛。如果说从80年代中期前后，相继有作家从一种文体如诗歌创作转向散文创作，尔后成为专事散文写作的散文作家的话，那么，到了90年代，这种创作转换就更多地表现为一种跨文体或兼文体的写作，即在专擅一种文体（主要是小说）写作的同时，又兼司散文创作。尤其是在文学倡导人文精神、高扬人文理想的过程中，一些作家在把

---

① 《美文》杂志创刊于1992年9月，由作家贾平凹主编，引文见该杂志创刊号由贾平凹撰写的《发刊词》。

② 贾平凹：《走向大散文》，《贾平凹文集》第14卷，陕西人民出版社1998年版。

这种创作题旨贯注自己专擅的小说或诗歌文体的形象描写的同时，也借助散文这种更直接的表达形式，表达自己对历史文化和社会人生的思考。这类散文创作虽然也如“学者散文”一样讲究思想和学问，但由于作者擅长形象描写而兼有形象的实感，因而更具感性特征。除此而外，这期间的一些报告文学、人物传记、山水游记、生活小品和哲学随笔等，也都在不同程度上带有“文化散文”的一些艺术特征。追求散文中的文化意味，已然成了 90 年代散文创作的一种普遍流行的艺术风气。

作为 20 世纪 90 年代“文化散文”创作产量最丰、影响最大因而也最为引人注目的散文作家，余秋雨的散文创作无疑具有不可替代的独特性。这位学者型的散文作家在专事散文创作之前，曾有一段相当长的时间，从事戏剧艺术理论的教学和研究工作，出版了一些颇有影响的艺术理论和文化史论论著。在从事教学和研究的过程中，对一个学者的生命形式和存在方式，他也进行了深入的反省和拷问：“我们这些人，为什么稍稍做点学问就变得如此单调窘迫了呢？如果每宗学问的弘扬都要以生命的枯萎为代价，那么世间学问的最终目的又是为了什么呢？如果辉煌的知识文明总是给人们带来如此沉重的身心负担，那么再过千百年，人类不就要被自己创造的精神成果压得喘不过气来？如果精神和体魄总是矛盾，深邃和青春总是无缘，学识和游戏总是对立，那么何时才能问津人类自古至今一直苦苦企盼的自身健全?”因为这种反省和拷问，所以他才“在这种困惑中迟迟疑疑地站起身来，离开案头，换上一身远行的装束，推开了书房的门”，在古老中国的历史长河中，在遍布华夏的文明遗址上，同时也在大江南北、黄河上下的山山水水间，开始了无尽的精神漫游和文化追寻。从 80 年代中后期起，他在《收获》杂志为他开辟的“文化苦旅”和“山居笔记”两个专栏上，发表了他走出书斋后创作的大量散文作品，这些散文作品分别结集为《文化苦旅》和《山居笔记》，此后又有选本《文明的碎片》、《秋雨散文》和散文新作《霜冷长河》等作品出版，在“文化散文”创作中一时蔚为大观，成为广大读者争相传阅的对象。进入新世纪以后，余秋雨又借香港凤凰卫视组织的“千禧之旅”和“欧洲之旅”，将自己的精神漫游和文化探寻的足迹，拓展到中东、南亚和欧洲各地，陆续出版了《千年一叹》和《行者无疆》等新的散文作品集，在探索了中华文明之后，又相继对伊斯兰文明和基督教文明进行了深入的文化探寻，表现了这位作家在“文化散文”创作方面的最新成就和持久不衰的旺盛的创作生命力。

在谈到自己的散文创作时，余秋雨说：“我站在古人一定站过的那些方位上，用与先辈差不多的黑眼睛打量着很少会有变化的自然景观，静听着与千百年前没有丝毫差异的风声鸟声，心想，在我居留的大城市里有很多储存古籍的图书馆，讲授古文化的大学，而中国文化的步履却落在这山重水复、莽莽苍苍的大地上。大地默默无言，只要来一二个有悟性的文人一站立，它封存久远的文化内涵也就能哗的一声奔涌而出。”中国古代山水，正是因为有无数“有悟性”的文人，先先后后在同一个地方站立过，所以才把他们的经历、学问、思想、情感乃至整个人生和命运，都留在了这平平常常的山水间，形成了一代又一代层累地堆积的历史和文化的沉淀，所以才引发了作者的兴趣。作者“发现自己特别想去的地方，总是古代文化和文人留下较深脚印的所在”，是一种“人文山水”而不完全是“自然山水”①，无疑正是要从这些历史文化蕴涵极为丰富的山山水水间，追寻古代文人的足迹，发掘古代文化的沉淀，通过这种追寻和发掘，既寄托自己的文化关怀，又给读者以文化启迪。他的散文创作的文化价值取向也主要体现在这些散文之中。在谈到这些自然和人文景观召唤自己的“文化指令”和自己的散文创作观照这些自然和人文景观的“精神标准”时，余秋雨说：“至少有一个最原始的主题：什么是蒙昧和野蛮，什么是它们的对手——文明？每一次搏斗，文明都未必战胜，因此我们要远远近近为它呼喊几声。”②

围绕这样的主题，余秋雨的散文创作主要从如下几个精神向度，展开了他的文化寻觅。

其一是追索一种文化生成的奥秘。文化是人类的物质生活和精神生活的积淀，大到一个民族的文化，小到一个地域的文化或一个行业的文化，都与该民族、该地域和该行业的物质和精神活动的一定历史和现实环境有关，是这些历史的和现实的因素共同作用的结果。这种结果体现为一种文化事象，往往不是已经消逝了的人们的物质和精神活动本身，而是这些活动所留下的一些历史的遗留物。这些历史的遗留物虽然不能系统地呈现一种文化形成的历史和完整的形态，但却保留了该种文化深厚的精神积淀。余秋雨的这类作品正是通过这些历史的遗留物，去追寻一种文化孕育、萌芽、生长和发展、演变的奥秘的。如《莫高窟》写敦煌佛教文化、《抱愧山西》写山西晋商文化等。前者通过审视敦煌洞窟开凿兴建的历史和洞窟壁画形成的历史，深入地揭示了佛教在中国传播的过程中，由历代众多信徒虔诚的心灵所孕育创造的辉煌的佛教艺术文化，是一个民族心底的“一种彩色的梦幻，一种圣洁

① 以上引文均见余秋雨：《文化苦旅·自序》，《文化苦旅》，东方出版中心 1992 年版。

② 余秋雨：《文明的碎片·题叙》，《秋雨散文》，浙江文艺出版社 1994 年版。

的沉淀，一种永久的向往”的产物。后者则通过考察山西境内现存的一些商号的遗址和它们兴衰的历史，深入地揭示了山西独特的地理环境、民情风习和历史变迁对独特的晋商文化所起的孕育和催生作用。这类作品更多地表达的是作者对一种文化的赞叹和神往，同时也带有一种文化寻根的意味。

其二是感叹一种文化的历史兴衰。文化作为人类物质生活和精神生活的一种历史沉淀，在它的发生和发展过程中，本身就会经历许多兴衰际遇，就要经历历史风雨的冲刷淘洗。今人所面对的，只能是在这种历史的兴衰际遇中，经过历史风雨的冲刷淘洗所留下的文化残存物。这种文化残存物，在今人眼里既是一种文化的特殊标志，同时也记录了该种文化在历史的兴衰际遇中所留下的冲刷淘洗的擦痕。深入这种文化残存物的里面，细致地辨认这种文化残存物所存留的历史风雨的擦痕，不但可以捕捉到该种文化从无到有、由盛而衰的历史轨迹，同时也可以深切地感受到该种文化的命运变迁所昭示的历史宿命。如《道士塔》写敦煌佛教艺术宝库典籍的盗卖和流失，《风雨天一阁》写一个藏书家族的兴盛和衰落等。前者通过一个道士的无知，揭露的是一种腐朽的制度和一段屈辱的历史导致敦煌艺术的毁弃，后者通过一个藏书楼的历史，揭示的是一种历史的变迁和文明的发展导致一种藏书文化的兴衰。前者所写的是“一个巨大的民族悲剧”，后者所写的则是“一种极端艰难、又极端悲怆的文化奇迹”。二者都隐含了作者对中国文化的沧桑际遇的一种深切的历史感叹。在表达这种感叹的同时，这类作品也表现了作者一种强烈的文化批判意识和对一种文化历史的理性审视的态度。

其三是对一种文化的缔造者由衷的礼赞。文化既然是一种群体的历史创造的产物，因而文化总是与一定的人群和一定的历史相联系。但是，在文化的创造中，那些起着举足轻重或决定性作用的始作俑者或核心人物，如某些明君贤相、圣哲先贤、仁人志士、骚人墨客等，他们的历史活动和文化活动所留下的行迹，又往往会成为一种文化的历史表征。这种文化的历史表征不但忠实地记录了该种文化艰难缔造的历程，同时也生动地显示了该种文化的缔造者的思想性格和精神品质。穿越这种历史的表征，我们不但得以窥见该种文化的缔造者所创造的丰功伟绩，而且还得以领受这些文化的缔造者独特的人格魅力。如《一个王朝的背影》通过承德山庄写康熙皇帝，《都江堰》通过都江堰水利工程写蜀郡太守李冰等。前者写的是奠定了一个王朝基业的康熙皇帝的文治武功，后者写的是开创了“天府之国”的富饶历史的李冰泽被后世的无量德政。这类作品在表达作者对这些文化缔造者由衷礼赞的同时，也重塑了这些文化缔造者的精神气质和人格形象。

其四是对一种文化人的命运的深切关注。在中国文化的历史长河中，文化人因其是文化的缔造者、守护者和传承者而成为在社会人群中身份地位都比较特殊的一群，他们的命运也因此而与一个时代的文化兴衰枯荣、发展变异紧密相连。通过这些文化人的命运，往往可以捕捉一个时代精神发展的脉络，折射一个时代风俗时尚的变化。尤其是在漫长的中国古代社会，有诸多文化人因为坚守一种文化立场和道德操守，或与统治者意见不合，或遭受奸佞之徒的陷害，或因派别斗争而罹祸，或因直言谏诤而见疏，如此等等。这些文化人的命运自然是脱不了贬谪流放，甚至因此而妻离子散、客死他乡。但是，与此同时，这些文化人遭受贬谪流放的足迹，也构成了一种独特的流徙文化，他们遭受贬谪流放的人生历程和心路历程，也构成了一部独特的文化历史。追寻这些流放者的足迹，不但可以通过他们的坎坷命运和尴尬人生，深入探究一代文化人苦难的精神历程，而且也可以借此触摸这些文化人历尽磨难却依旧不乏高贵的心灵。如《流放者的土地》写清代流放宁古塔的官吏文人，《苏东坡突围》写苏东坡流放黄州的经历等。前者写流放者的坎坷命运和在流放地艰难竭蹶的生存状态，后者写苏东坡因流放而有幸获得个体精神的“突围”，都寄托了作者对中国古代文化人的人生和命运的无穷感慨。在感慨这些文化人的人生和命运的同时，也对造成他们这些不公正的人生和命运遭际的社会文化乃至心理性格的原因，进行了深入的反省和思考。

其五是发掘一城一地的文化蕴涵。任何一种文化，都有保存于书本之中的文人的文化，也有存留于生活之中的民间的文化。尤其是有众多人群聚居的村墟乡镇和现代都市，更是一种文化最易呈现自己独特形态的处所。发掘这种人群聚居地的文化蕴涵，无异于开掘一种蕴藏丰富的历史地层，从那些存留于历史遗址中的世俗生活场景、保存于历史化石中的民俗风情，乃至历史在今人的思想性格中的一种文化投影，都易于把握该种文化的一种历史发展和现实形态。如《白发苏州》写苏州的历史，《贵池傩》写贵池的民俗，《上海人》写上海人的性格，《江南小镇》写江南的民居园林，《西湖梦》写西湖的文化和传说等。这些作品或通过一段历史写一座城市的古老，或通过一种民俗写一地人民的性情，或借助一种市民性格写现代都市文化的复杂，或借助一类建筑写旧式乡镇生活的恬静，抑或用亦真亦幻的传说来勾画一片湖水的文化梦境，如此等等，都意在通过这种考古式的发掘，为现代生活提供一种精神文化资源。

除上述几个主要方面外，余秋雨的“文化散文”还涉及回忆故人往事、臧否历史人物、评说文坛掌故、赏玩自然山水，乃至独抒一己性灵等诸多方面。这些方面的创作无一不贯穿着余秋雨对他的描写对象独特的文化发现和文化阐释。

作为一位有代表性的“文化散文”作家，余秋雨的散文创作也有他自己独特的艺术追求。这种艺术追求主要表现在如下几个方面：第一个方面是重文化的感悟而不重过程和细节的描叙。余秋雨的散文创作涉及的描写对象，相对而言，主要有游历性的和观赏性的两个类型。前者多见于一种游历的过程，后者则见于一种观赏的细节。但无论是突出过程的游历对象，还是凸显细节的观赏对象，余秋雨的散文创作一般都不把他的笔力主要放在对这些游历过程和观赏细节的描述上面，而是特别注重在游历过程和观赏细节的同时所得到的文化启示和文化感悟。他的作品因而为表达这种文化启示和文化感悟而生发的议论和抒情，要远远大于叙述和描写性的因素。夹叙夹议、夹抒夹议因而也成了他的“文化散文”创作的一个主要艺术特色。第二个方面是重文化的联想而不重事实的考据。余秋雨的散文创作涉及的许多对象，都是过去年代的历史，有些还是争议颇多或悬而未决的问题，因此需要对历史事实作大量的考订工作。余秋雨的散文创作虽然在事实的考订方面为人所诟病，也确有一些知识性的失误，但在保证一些基本事实和主要细节相对准确的前提下，他在创作中注重的是由这些事实和细节所引起的文化联想和文化想象，而不是这些事实和细节本身。这样，他的散文创作反而因注重文化想象而显得自由灵动，因注重文化联想而显得摇曳多姿，与某些头巾气重的胶柱鼓瑟的所谓“学者散文”判然有别，这是他的“文化散文”的又一个主要艺术特色。第三个方面是重理性的阐发而不重资料的引证。与上一个方面相联系的是，余秋雨的散文创作既不重事实的考据，也就无意于论证某种文化事象的确凿无误，评判某种文化历史和文化人物的正谬曲直、是非功过，而是追求对对象的文化蕴含的深入挖掘和独到阐发。而且这种理性阐发也不是依靠逻辑的推演和实证的分析，而是依靠丰富的文化想象和文化联想完成的。这就使得余秋雨的散文创作避免了过繁过甚的“掉书袋”式的资料引证，而具有一种因此而带来的独特的理趣。这是余秋雨的散文创作第三个主要艺术特色。

与上述三个方面的艺术特色相关联的是，余秋雨的散文创作因重想象和联想，而融合了虚拟性很强的戏剧和小说的一些艺术表现手法，他的某些散文作品因而具有很强的情节性，甚至出现带有一定冲突性的戏剧场面。同样是因为上述在丰富的文化想象和文化联想中完成对表现对象的理性阐发的创作特色，余秋雨的散文创作也融合了庄子的哲学散文天马行空、汪洋恣肆的思维理路和两汉赋体散文铺叙夸饰、华美凝重的修辞方式，他的散文因而又呈现出浸润了一种理性精神和内在理趣的诗化特征。余秋雨的散文创作因为是处于一种游动和行走状态之中，是一种所谓“行者散文”，因而就难免要留下许多行色急急匆匆、行程断断续续的痕迹。这种痕迹一方面表现在他的某些散文作品思虑不深、了无新意，往往流于一些即兴的观感和泛泛的议论；另一方面则表现在另有某些散文作品缺乏必要的剪裁构思，行文随意，篇章散漫，影响了他的散文创作的整体艺术质量。

第十章　2000年以来的文学

第一节　概　　况

中国当代文学在进入20世纪90年代以后，发生了很大的变化。引起这种变化的主要原因，是90年代初开始的社会主义市场经济建设。社会主义市场经济，是结束“文化大革命”，实行改革开放政策二十多年来，中国社会发展的必然结果，它影响于文学的，既有管理体制方面的适应市场经济条件的改革，也有作家自身和文学创作必须接受的市场经济的挑战和选择。社会主义市场经济同时也造就了一种有别于以往的人文社会环境和文学的生产、流通与消费机制，这些都对文学发展产生了重要影响。

文学自身的发展，并不受世纪转换的影响。进入新世纪以来的文学，是20世纪90年代文学的一个自然发展和延续。其中有持续稳定的因素，也有与世推移的变化。如果要把新世纪以来的文学作为一个正在行进中一个并不完整的文学时段来看的话，那么，它也有一些特征和发展趋势，值得引起我们的注意。

相对于20世纪90年代而言，进入新世纪以来，由于市场经济的环境，已逐渐为人们所适应，与文学相关的管理体制、市场运作，经过不断的调整、改革，也日趋健全、日渐规范，作家的创作心态因而也渐趋平稳。虽然这期间仍不免某些文学“炒作”现象，但那大多属于文化市场运作过程中必不可免的一些极端表现，与20世纪90年代初盲目追逐市场化潮流所导致的商品化的创作倾向，应有一定的区别。这期间的文学因而就不像90年代初期那样主要甚至完全由市场操纵，也因此没有90年代那样的起落沉浮、躁动喧哗。

由于作家大多有一个比较平稳的创作心态，所以虽然在写什么和怎么写的问题上，仍不免要受读者市场乃至大众传媒的影响，但较之20世纪90年代初一窝蜂地涌向市场，却少了许多盲目性，而增加了许多自觉和自主的意识。在题材的选择、主题的确立和艺术表达方式乃至文体和风格的追求方面，作家的自我定位一般都比较明确，大多是本着自主的选择而不是追随市场的潮流，因而像90年代出现的那种一浪接着一浪的创作“热”潮现象，不复再现，表明作家的创作主观能动性已大为增强。

与此同时，由于作家对市场经济条件下的社会发展和人的生存状态，也有了比较明确、清醒的认识，因而看待社会人生问题和生活现象，也不像20世纪90年代市场经济兴起之初那样简单和抽象。那种将物质与精神、科技与人文、原欲与道德、现实与理想、功利与审美截然区分的二元对立的创作思维，逐渐有所改变，对因深入发展的改革开放和市场经济建设所引起的诸多现实问题，一般都能取“理解之同情”的态度，充分注意到它的复杂性和多面性，且视点下沉，在关注上层“官场”斗争的同时，也关注下层普通人尤其是一些“弱势群体”的生存状态。对社会问题的暴露，也不仅仅停留在问题本身，而是深入到解剖人性的层面，或在暴露问题的同时深入地解剖人性，在这个过程中，较好地协调历史评价和道德评价之间的矛盾与冲突，因此，那些反映急剧变动的现实生活的作品，较之20世纪90年代同类作品偏激的价值立场（历史的或道德的），更加切近当下中国的生活实际，也更显现实主义的艺术深度。

在关注现实生活的同时，新世纪以来的文学创作依旧保持了对历史的个人化书写、对人性的深入探究和对文化、生态等诸多与人的现实生存和社会发展密切相关的问题的浓厚的关注兴趣，这些方面的创作，大体上都沿袭了20世纪90年代的创作旨趣，而在深度和广度上都有所开拓。从这些创作与90年代文学的持续性的联系和关系中，也可以窥见新世纪以来中国文学的一种相对平稳的发展态势。

“文化大革命”结束以后的中国文学，是极富创新精神的。20世纪80年代的文学创新，主要是围绕传统的现实主义和浪漫主义创作方法的新变，以及新的现代主义的艺术实验两个方面展开的。90年代文学承续了这一艺术创新的格局，但因为经过了80年代文学自身的多次“反拨”，已不再表现为一种“反传统”的激进的先锋和前卫姿态，而是与传统的创作方法达成“和解”，并逐渐与传统的创作方法相互融合、渗透，创造一种新的文学的基本表现方法和技巧。有些作家甚至因此而表现出一种向传统“回归”

的姿态，在用现代观念刷新传统的同时，也促使传统的创作方法向现代发生创造性的转化。凡此种种，表明90年代的文学已经结束了对西方现代派文学简单的学习和模仿，开始进入到一个融会贯通、另择新机、别开生面的全新境界。

20世纪90年代文学这种融汇中西、独出机杼的创新精神和艺术取向，直接影响了新世纪以来的文学创作。在这期间的创作中，作家对思想和艺术新意的追求，不是像20世纪80年代中期激进的先锋文学实验那样，主要依靠演绎西方现代哲学的某些思想文化理念和模仿西方现代派文学的某些创作方法与技巧，而是凭借多方面的思想文化和艺术资源，对历史和现实进行独立的思考与独特的表现。虽然这期间也有的作家表示，在“向西方文学的借鉴压倒了对民间文学的继承的今天”，要反其道而行之，向民间“有意识地大踏步撤退”。① 但这种“撤退”，事实上已是经历了一个“灿烂之极”之后的“平淡”，其中已包含有近20年来“向西方文学借鉴”所吸收的诸多现代因素，因而与20世纪40年代以后文学的民族化和民间化倾向，就不是同一个意义。这种在一个更高的层面上，通过一个否定之否定的艺术行程，再度回归民族传统和本土经验的创作倾向，正是新世纪以来的文学稳健发展的总体态势的一个艺术缩影。

新世纪以来，各体文学创作的发展是不平衡的。这种不平衡状况，与20世纪90年代基本相似，但又略有区别。其中，长篇小说的发展势头稍有减弱，但仍有力作问世；中短篇小说则保持了一向比较平缓的发展态势，有特色而缺乏精品；诗歌创作，因为创作主张的分野，而呈现出在双峰对峙（“知识分子写作”与“民间写作”）中多向分流的格局；散文创作相对于20世纪90年代而言，“大散文”的潮头渐歇，一般散文的质、量相对稳定；一向敏感于现实的报告文学，在关注重大事件、紧扣时代主旋律的同时，也关注百姓生活，尤其是农民和社会弱势群体的生存状态和命运变化。

第二节 诗歌创作

20世纪90年代诗歌经历了一个市场萎缩、领地消失的过程。进入新世纪的一个新动向是诗歌市场危机暂告结束，诗歌报刊的市场份额在缩减中已趋于稳定，且产生了相应的读者群。诗歌报刊的扩版、新报刊的加入、民间诗歌报刊的活跃，为诗人们提供了更多展示作品的平台，为诗歌的发展开拓

① 莫言：《檀香刑后记》，作家出版社2001年版。

了更大的生存空间。

在传统的纸质媒体之外，新世纪以来，给诗歌提供更广阔、更自由的展示平台的，是作为新的电子媒体的网络。网络这个神奇的数字英雄给诗歌的发展打开了新的窗口，传统的文学文本在网络空间被激活，电子文学文本在网络空间肆意狂欢，网络几乎成了新世纪的一个新的诗歌王国。虽然现在还不能肯定网络将来究竟会在多大程度上影响诗歌的发展，但它确实为诗歌的发展提供了新的机遇，对诗歌发展是一种巨大的推动，却是一个不争的事实。“网络诗歌”的出现，对现行的诗歌观念，也是一个强有力的冲击，由此也可能给现代中国诗学带来一些新的理论元素。

在这个由传统的纸质媒体和现代的电子媒体构成的诗歌舞台上，诗人的身影十分活跃。从20世纪80年代开始，诗坛就山头林立、流派众多、旗帜变幻，尤以80年代中期为最。新世纪以来，虽然不像20世纪80年代中期那样集中突现、数量众多、规模巨大，但仍保持有极端的断裂姿态和追求片面的深刻等基本的行为特征。所谓极端的断裂姿态，是指与别的诗歌派别尤其是与前此有影响的诗歌派别的断裂，以标榜自己的创新性和独特性。所谓追求片面的深刻，是指其理论主张往往有意突出和强调诗学理论的某一个片面，将之推向极点，以追求其绝对的深刻性。

这期间先后出现的主要有“70后”、“下半身”和“中间代”等几个主要的诗歌派别。在这几个主要的诗歌派别中，作为“70后”诗人的一个组成部分的“下半身”群体，刻意强调“身体写作”的本体论意义，竭力否定一切既有的诗歌观念，力图表现形而下的生命体验。“70后”和“中间代”诗人群体，则基于一种代际“影响的焦虑”，力求挣脱前代诗人的影响，独立创造自己的历史，同时，在这个诗歌备受冷落的时代，也借此引起人们的广泛注意。这些诗歌群体的出现，虽然也集合了新的创作队伍，为近期诗坛贡献了一些新人新作，但终究因为缺少一种文学流派产生所应有的历史根基和诗学根基，加之缺少足够的创作实绩的支撑，有的派别的某些诗歌创作，又因为越过了道德的或艺术的底线，赤裸裸地表现肉体的欲望，缺少应有的艺术审美价值而为读者所诟病，因而难有持久的艺术生命力。

新世纪以来，诗坛的这种群体性活动较有影响的有“甲申风暴·21世纪中国诗歌大展”。这次大展是继1986年《诗歌报》和《深圳青年报》联合举办的“中国诗坛1986年现代诗群体大展”之后，最大规模的一次现代诗的群体展示。这是一次经过较长时间酝酿，由《星星》诗刊、《南方都市报》和新浪网联合举办的一次诗歌大展。于2003年8月开始征稿，2004年3月正式推出。

这次大展的主要目的是：大规模展示当代汉语诗人的优秀创作，真实反映中国诗坛现状，呈现国内各诗歌网站、社团和个人的最佳诗歌创作成果，强档推出当代实力诗人，为积蓄已久的中国诗歌风暴搭建舞台，摇旗呐喊，同时，也让小众的诗歌和大众的读者发生联系。此次大展共集中展示了近300位诗人的近千首诗歌作品。参展的诗人既有“朦胧诗”及其前的“知青诗人”，也有“朦胧诗后”诸派以及其后的“70后”和“中间代”诗人，几乎囊括了当下诗坛的主要创作力量和代表性的诗歌作品，是当下诗坛的一次实力展示和力量整合。这次诗歌大展因为吸收了民间社团、刊物和网络诗人群体参加，因而也沟通了不同诗群间的交流，并使诗歌与读者大众的接触获得了一个立体交叉的渠道。

继20世纪90年代末发生的诗歌论争之后，新世纪以来的诗歌论争更加活跃。这些论争，大多是20世纪90年代末“盘峰论争”的余波，基本上仍以“知识分子写作”和“民间写作”为分界，不过有些论争已延伸到某个派别的内部，虽然更加复杂、多变，却无多少新的诗学含量。与之相对应的是，创作上的双峰对峙的格局依然存在，但在双峰对峙中，又呈现出多向分流的趋势。就其较为引人注目的一些诗歌创作现象和诗人诗作看，如下一些方面颇能代表这种多向分流的大致取向。

其一是对现实问题的关注。近年来，国内外发生的一些大大小小的政治、军事和一般社会生活事件，如伊拉克战争、非典疫情、孙志刚事件①、汶川地震以及一些社会弱势群体的生活和生存问题等，不仅引起了报告文学作家和小说家的普遍关注，同时也触动了诗人的心灵。如以山东民工“自焚”讨薪事件为题材，就有过一次向各派诗人征稿并因此而酿就的一次诗歌创作行动，汶川地震发生后，不少诗人奔赴灾区，充当志愿者，不仅以自己的诗作，同时也以自己的实际行动，关心灾区人民，关注这次重大的灾害事件。这些诗歌行动，不仅体现了各派诗人关注现实的创作热情，也反映了近年来诗歌创作的“及物”倾向。

其二是对生存体验的关注。“文化大革命”结束以后的中国诗歌，在摆脱了长期极端的政治化影响之后，十分重视个体的生命经历和生存体验。近年来的诗歌创作承续了这一内在化的创作追求。无论是标榜“知识分子写作”还是标榜“民间写作”的诗人，抑或是在二者之间，主张走第三条道路的诗人，一无例外地都把个体的生命经历和生存体验看作是诗歌创作的主

---

① 2003年3月20日原籍湖北黄冈的孙志刚被广州市政府执法机关以“三无人员”的理由收押，拘禁期间被殴打致死。

要精神资源，以引发生命的颤栗和心灵的震撼为诗歌创作的最高目标，不同的只在于表现的角度各有侧重：有的侧重于表现原始的、本能的生命欲求，视身体的物质存在为诗歌创作的本原，或侧重于表现这种原始的、本能的生命欲求被禁锢被压抑所产生的精神和情感的变异；有的侧重于表现日常的、世俗化的生活状态和生存体验，从这种世俗的、日常生活状态和生存体验(包括日常化的语言即口语）中去感悟生命和存在的本真状态；也有的侧重于表现一种超凡脱俗的宗教情感或神性体验，从中去体味生命和存在的神圣与崇高的境界。总之，与“文化大革命”结束后的十来年的诗歌不同，近年来的诗歌创作，主要地不是以历史、民族、文化为主题，而是以个体、生命、存在为轴心。

其三是对本土经验的关注。这种关注包括本土的的生存经验、文化体验和话语资源。“文化大革命”结束之后的中国诗歌，在相当长的一段时间内，以追逐西方现代主义诗歌为时尚，对西方人的生存体验、文化思想和话语方式，不加分析地生吞活剥、照搬照套。近年来，经过了诗歌界的自我反省，诗人们把关注的目光逐渐由西方转向东方，开始从本民族的历史文化和文学传统中，去发掘和起用一些淹没已久的精神资源和话语资源，通过一种创造性的转化，使之成为今天诗歌创作的一种不可或缺的思想和艺术要素。2003年11月《诗刊》在深圳举办了第19届青春诗会，研讨的主题就是“在古典诗歌长河中传承”，得到了与会众多诗人的认同。诗人于坚在创作了颇带古典色彩的长诗《长安行》后说：“我终于把‘先锋’这顶欧洲礼帽从我头上甩掉了。我再次像30年前那样，一个人，一意孤行。不同的是，那时候我是某个先锋派向日葵上的一粒瓜子，如今我只是一个汉语诗人而已，汉语的一个叫做于坚的容器。”①于坚的话，集中表现了新世纪诗歌创作与本土文化、本土精神和本土文学传统衔接的强烈渴望。

第三节 中短篇小说创作

在经历世纪末的焦躁之后，进入新世纪的小说创作，与20世纪80—90年代的繁华、喧闹相比，虽然数量上仍蔚为壮观，但整体上却有些沉默，尤其是中短篇小说创作，没有出现人们所期望的那种具备所谓“跨世纪”风格的作品，也没有出现像20世纪那样能吸引文学界甚至全社会的目光，引起“共鸣”乃至“轰动”的篇什。这种平静的状态是文学从社会“中心”

① 参见《作家》2002年第10期。

逐渐退居边缘的必然结果，同时在某种意义上，小说褪去浮华，增添一分沉稳和平静，或许正是它走向成熟的标志。

褪去浮华，首先表现在技巧层面。经过“五四”时期与20世纪80年代两次欧风美雨的沐浴以及一个世纪的发展，中国现代小说的技术含量达到了一个较高水平，尤其是80—90年代先锋作家的文本实验和新生代作家的“炫技”游戏，将小说的各种可能性都做了充分的发挥。评论界曾经为这种形式和“技术”的进步而兴奋，更有甚者将其视为中国小说走向现代化的标志。

技术含量的增加虽然给当代小说的发展带来了积极的影响，但技术终究是技术，它不可能完全取代小说的内质，当它达到一定程度，或者一种极致时，作家就会发现技术并非小说的唯一要素，它终究无法取代小说之为小说的一些根本性的东西。

进入新世纪以来的中短篇小说创作，一个显著特点是作家的技术热情相对冷却，此前所张扬的文本实验悄然退场，技巧隐身于质朴而娴熟的叙述之中，运用诸多叙事手法而不着痕迹，小说的外表不再乖张，而显得沉稳平实。如王安忆的《小说二题》、史铁生的《两个故事》、莫言的《冰雪美人》、刘庆邦的《信》、毕飞宇的《地球上的王家庄》、尤凤伟的《原始卷宗》、红柯的《过年》、迟子建的《花瓣饭》等。

在技术隐退的同时，新世纪的中短篇小说，也在逐渐对各种意义的重负作“瘦身”处理。小说家不再热衷于精心编织细密的故事情节，去表达或暗示某种隐秘、深奥的含义，而是让故事像生活本身那样，按照自身的存在形态和发展逻辑，自然而然地呈现出来。如迟子建的《芳草在沼泽中》、阿来的《遥远的温泉》等，完整的故事被分割在不同的叙事时空之中，整体的情节由丰富的细节所取代，通过看似散漫、零乱的叙述，呈现的是生活本身的状态和事实的逻辑，而不是对某种外加的意义的暗示和阐释。

与此同时，也更注重故事本身的可读性，而不追求这种可读性之下的深度意义。如方方的《奔跑的火光》、池莉的《怀念声名狼藉的日子》等。有的因为具有较强的视觉效果，如毕飞宇的《青衣》，主人公筱燕秋在生命的最后时刻穿着戏服在风雪中独唱，不仅好“读”，而且好“看”，因而被搬上荧屏，成为可视性的“影像”，这期间被改编成影视剧的中短篇小说因而也逐渐增多。

从文本实验和“炫技”游戏中抽身出来，这期间的作家渴望贴近生活现实，有意识地拉近与当代生活的距离。当代生活的丰富多姿与变化多端，在作家们的笔下得到真实而迅捷的抒写，池莉的《看麦娘》、张者的《唱歌》、许春樵的《一网无鱼》、刘心武的《京漂女》、申维的《第六代》、唐颖的《告诉劳拉我爱她》、东西的《我为什么没有小蜜》、程青的《艾琳访谈录》等都再现了生活的鲜活感，能使人感受到当代生活的清新气息和可触摸的实感。

此外，如池莉的《生活秀》、东西的《不要问我》、陈忠实的《日子》、鬼子的《瓦城上空的麦田》、赵本夫的《鞋匠与市长》、须一瓜的《淡绿色的月亮》等，也分别从不同的角度，展示了当下的生存状态。

这期间中短篇小说关注现实的主要表现，是将目光投向普通人的底层生活，对底层民众倾注了更多的人间关怀。如铁凝的《逃跑》反映平民面对贫穷而求生存的艰难和无奈。其他还有北北的《寻找妻子古菜花》、刘庆邦的《到城里去》、李洱的《龙凤呈祥》、熊正良的《我们卑微的灵魂》、陈应松的《望粮山》、杨争光的《符驮村的故事》等，这些小说不同程度地表现了底层人民对现代生活的向往，以及现代生活给他们带来的始料未及的后果。

因为对底层生活的关注，这期间的中短篇创作，又大多聚焦于传统的农村题材，如毕飞宇的“三玉”（《玉米》、《玉秀》、《玉秧》）系列、魏微的《乡村、穷亲戚和爱情》、刘亮程的《榆树的影子》、姜贻斌的《槐树的秘密》等。农村在改革开放以来所发生的诸多变化，尤其是农民的生活观念和行为方式的变化，以及农民的生存状态、遭遇和命运，是这些作品集中关注的焦点问题。

在传统的农村题材中，以进城打工的“民工”生活为题材，是这期间中短篇小说创作一个新的艺术生长点。如荆永鸣的《北京候鸟》、张抗抗的《芝麻》、熊正良的《我们卑微的灵魂》、孙春平《包工头要像鸟一样飞翔》等。尤其是孙春平的《包工头要像鸟一样飞翔》，写一个包工头为了替民工争回工钱，爬上高耸的烟塔的无奈之举，最为贴切地表达出了民工这个弱势群体的生存困境。

与之相应的是，传统的现实主义的表现手法和技巧再度“复活”，它与现代小说叙事方法和技巧的结合，成为这期间的作家切入现实人生、揭示生存本相的有效途径。

这期间，中短篇小说创作中的“写实”倾向，在某种意义上可以视为20世纪80年代后期新写实小说的延伸。但与新写实小说相比，面对现实的“无奈”情绪，更多地转变为对生活本身冷静的认知。所以，这期间中短篇小说的“写实”，没有停留在无奈认同的层面，而增添了思考的力度和开掘的深度。如东西的《不要问我》、毕飞宇的《青衣》、严歌苓的《谁家有女初养成》、蒋韵的《上世纪的爱情》、莫言的《冰雪美人》、邓一光的《怀念一个没有去过的地方》等都有不同程度的表现。其中，又以毕飞宇和陈应松的创作，表现最为突出。

毕飞宇在这期间创作的《青衣》和“三玉”系列，详尽地描述了当代女性各不相同的人生历程。筱燕秋、玉米的命运不仅揭示了造成女性苦难的社会根源，更凝聚着对女性自身的文化心理及人性弱点的深入发掘。在她们身上，不仅表现了权力与文化对中国女性的压抑与桎梏，更令人震撼的是，在漫长的历史进程中，女性已经把这些外在的种种压抑和规范，内化为一种与生俱来的心理习惯，表现为一种麻木的顺从和无奈的认同。

陈应松在这期间创作的“神农架系列”小说，从人与自然的关系入手，表达了作家对人类生存环境和生存状态的强烈忧患。《豹子最后的舞蹈》中豹子在猎手追杀中走向死亡的悲壮绝望，《松鸦为什么鸣叫》里松鸦鸣叫后出现的死亡征兆，《狂犬事件》中乱咬一气的疯狗所到之处灾祸连连……大自然向人类呈现的不祥之兆正是现代人生存危机的寓言，由此引发人们对人与自然如何和谐共存于世的思考。他笔下的神农架虽然是一个实在的地域，实际上是刻意营造的一个艺术空间，通过这个空间，作家追寻生命的极致状态，探寻生命的意义本源。

无论是毕飞宇的《青衣》、《玉米》，还是陈应松的《豹子最后的舞蹈》，都让人感受到一种深沉的悲剧力量。近几年的中短篇小说少见喧闹的游戏文字，悲凉和沉重似乎是艺术风格的主调。尤其是关注底层生活的作品更为突出。有的作家的艺术表现达到了相当冷峻的程度，如阎连科的《黑猪毛白猪毛》，通过村民们抢着替撞死人的镇长坐牢，揭示出权力在农村日常生活中的渗透，以及农民在权力重压下的愚昧与麻木。

就连以宁静、平和见长的迟子建，这期间的创作，也透出一股冰冷的寒意，笼罩着一种无法释怀的伤感。如《一匹马两个人》、《酒鬼的鱼鹰》、《微风入林》等，都是与仇恨和复仇有关的故事，与迟子建此前的创作追求和谐与友爱大相径庭。但她这期间的另外一些作品，如《疯人院里的小磨盘》，仍在追寻一丝人类天性中不应该丧失的东西，仍不失一贯的单纯和率真。

此外，如北北的《寻找妻子古菜花》、陈希我的《我们的骨》等，仍执着于爱的坚贞和灵的坚守，写尽“烦恼人生”的池莉也在《看麦娘》中流露出对美好人性的向往。凡此种种，说明这期间的中短篇小说创作在波澜不惊、平稳踏实的外表下，仍不乏丰富多样的追求和艺术表现。

第四节　长篇小说创作

从20世纪90年代中期开始，长篇小说的年生产量就达到了700多部，是“文化大革命”前17年当代长篇小说生产总量的一倍。此后，又逐年递增，到20世纪90年代末，年产量已突破千部大关，是前10年（即80年代）长篇小说生产量的总和。新世纪以来，这种逐年递增的势头虽稍有缓和，但仍然稳定在年产千部左右的数目。

在这个庞大的长篇家族中，创作成就较为突出，较能代表这期间长篇小说新的特点和新的水平的，是一批20世纪80～90年代在中短篇创作或长篇创作中，就已经取得重要成就或有较高知名度的中老年作家。由于这些作家的生活积累和文学积累比较深厚，文化底蕴和创作经验比较丰富，且有比较稳定的文学观念和持续性的艺术追求，因而他们的创作一般不大受社会的、文化的或文学的时潮所左右，他们特别注重的，往往是自己刻骨铭心的个体经验，以及与这种个体经验相联系的同样刻骨铭心的历史记忆。

例如王蒙在这期间出版的长篇小说《狂欢的季节》和《青狐》，就是这种个体经验和历史记忆的综合产物。前者是他从20世纪90年代开始的“季节”长篇系列的最后一部，后者则是接续这最后一部，更向当下延伸的“后季节”系列的首篇。包括“后季节”在内的整个“季节”系列长篇小说，构成了一部全面展现当代中国知识分子心路历程的“长河小说”。这个系列长篇承续了“文化大革命”以后的中国文学反思历史的创作题旨，是对历史和人生的理性思考的结晶。

与王蒙专注于当代历史不同，同样经历过20世纪50年代那场“干预生活”的创作潮流的老作家宗璞，却把眼光从当代转向了与她的父辈的生活和个人的记忆相联系的抗战期间的历史。在20世纪90年代，这位老作家就不顾病弱之身和丧父之痛，以《野葫芦引》为总题，定下了一个四卷本系列长篇的创作计划，以反映抗日战争期间中国知识分子的人生和命运。继20世纪80年代《南渡记》出版之后，她在近年出版了《东藏记》，以南迁昆明以后的明仑大学为背景，展现了在战时物质生活极为艰苦的条件下，中国知识分子的人格操守和精神面貌。如果说王蒙的系列长篇是通过人的命运反思历史的话，那么，宗璞的系列长篇就是借历史的天平，称量人的风骨和灵魂，两位老作家对人生和历史的关系所作的艺术处理，确有异曲同工之妙。

此外，老作家张洁在这期间出版的长篇巨著《无字》，堪称一部集个体经验与历史记忆之大成的力作，虽然写的是一个家族几代女性的经历，但一个世纪的历史风云与这些女性的人生和命运相激相荡所卷起的波澜，却的确无法用语言文字来描述和形容。

中年作家是新世纪以来长篇创作的中坚力量，其创作可谓“各师成心，其异如面”，他们一般是本着自己一以贯之的旨趣进行创作，在这期间又有了进一步的深化和拓展。

张炜在20世纪90年代就形成了人文理想重建和精神家园坚守的创作主旨，新世纪以来相继出版的长篇小说《外省书》和《能不忆蜀葵》、《丑行与浪漫》等，则转向对追逐爱与美的过程中个体命运的关注和失落了的精神理想的反省与批判。

韩少功的近作《暗示》把《马桥词典》发掘隐藏在词语后面的故事的创作追求，发展到发掘包藏在具象之中的“隐秘的信息”和言与象之间的关系，说到底，仍然是他在20世纪80年代倡导“寻根”的延续。

王安忆在20世纪90年代一方面热衷于家族寻根的冲动，另一方面则关注上海普通市民的人生和命运，新世纪以来的长篇创作，一方面把她的寻根冲动由家族范围弥散到整个上海人的根须上面，用一部《富萍》描述了上海这个移民城市由散而聚的浮萍一样的人生图景；又以一部《桃之夭夭》在笑明明和郁晓秋母女身上移植了王琦瑶的骨血和灵魂。当然，王安忆这期间也写了像《上种红菱下种藕》这样的长篇，给人的感觉仿佛是反映当下农村正在发生的生活变革，但在那个小女孩秧宝宝周围，编织的又分明是一幅微缩的城市生活图景。

贾平凹在20世纪90年代创作了一系列反映这个急剧变动的时代，人的心态和生态的不平衡的长篇作品，有的还引起过很多非议和争论，新世纪以来，贾平凹的长篇创作一方面继续像《废都》那样，写社会的“病相”和人生的“病相”，如《病相报告》，只不过这“病相”已不是《废都》那样的历史转型时期的世纪病，而是漫长的历史所酿就的社会病态和人生病态。另一方面他也写了《怀念狼》这样听起来很另类的小说，小说虽然讲的是人和自然的生态平衡问题，其实仍然是他在20世纪的长篇创作中关注的城市生态和乡村生态的平衡问题的一个自然延伸，终归是现代化进程所引起的现实问题。从这个意义上说，贾平凹虽酷爱历史文化，却是一个现实感很强的作家。他的近作《秦腔》就是这种现实感的明证。这部获得第七届茅盾文学奖的作品，以作者的故乡（棣花街）为背景，将中国农村近二三十年来的变化，置于城市化（现代化）进程之中，写出了这期间的中国农村“一切都充满了生气，一切又都混乱着，人搅着事，事搅着人”，“扑腾腾往前拥着走”的艰难行进的历史，让作者“不知道该赞歌现实还是诅咒现实，是为棣花街（作品中是清风街——笔者）的父老乡亲庆幸还是为他们悲哀”。就是在这种“矛盾和痛苦”中，作者“以这本书为故乡树起（了）一块碑子。”①

莫言和刘震云继续了他们在20世纪90年代的艺术实验。这种实验包括所谓“狂欢化”叙事和对历史的解构与对生活的反讽式观照。如果说莫言在这期间创作的《檀香刑》是写历史的话，那他就是用民间的历史解构了官修的正史，如果说他在这期间创作的另一部长篇小说《四十一炮》是写现实的话，那他就是用一个精神侏儒的倾诉解构了活生生的现实。

同样，擅长反讽的刘震云在他的长篇近作《一腔废话》和《手机》中，一如既往地以各种悖谬的方式揭示人的生存的尴尬和困境。尤其值得注意的是，这两位作家在这期间的长篇创作，除了共有一种话语“狂欢”的倾向外，莫言还特别强调向民间“大踏步地撤退”，他的《檀香刑》因而成了这期间的长篇小说取用和转化民间资源的一次成功的尝试。

与莫言、刘震云的这种“狂欢化”的创作倾向相近，一向“躬耕垄亩”，埋头于他的“耙耧山区”寻找创作资源的阎连科，近些年来也开始了自己的艺术实验，如《日光流年》的“倒记时”、《坚硬如水》的“语言的狂欢”和《受话》的“狂想现实主义”等。这位创新精神极强的中年作家近年来的长篇创作，虽形式诡谲多变，语言荒诞怪异，但仍不失其一以贯之的乡土精神和批判意识，表明中国作家已逐渐将更多的注意力转移到艺术创新上来，在追求艺术创新的过程中日渐走向成熟。

近年来还有更多积累了丰富创作经验的作家将重心移向长篇创作，大大增添了长篇小说成果的分量，这里有三个现象较为显眼。

其一是历史题材的长篇创作。如熊召政的四卷本长篇小说《张居正》，以严谨的现实主义笔法，精心塑造了中国封建王朝内部最后一位身居高位的政治改革家张居正的形象，深入反映了明代万历年间诡谲多变的政治历史，是近年来现实主义长篇历史小说的扛鼎之作。

相对于《张居正》这种谨严的历史小说而言，张一弓的《远去的驿站》，就有点“新”历史的意味，历史不过是作者的一个想象的空间，其目的不是要再现历史的真实或历史的本质，而是要借历史这个时空舞台，搬演一段知识分子的人生故事，借他们的人生轨迹和命运变幻，来演绎形形色色的知识分子精神。这类长篇还有李锐的《银城故事》，说的是辛亥年间的一

① 贾平凹：《秦腔·后记》，作家出版社2005年版。

段故事，实则是讲历史的偶然和与人情、人性的关联。

与上述作家不同，在中短篇创作中成就卓著的刘醒龙，在尝试了多部长篇创作之后，这期间以六年时间三易其稿，完成了一部三卷本（修订本为两卷本）的长篇小说《圣天门口》。这部作品虽取材于中国现代革命历史，但却不拘泥于再现史实，也不满足于对历史的想象，而是介于两者之间，即以真实的历史为依托，致力于从暴力革命的历史中打捞失落的人性，在“绝对正确的革命”之上，重建“绝对正确的人道主义”（雨果语）。

其二是女作家的创作。被称为“女性主义”或“女权主义”的文学创作潮流，兴起于20世纪90年代，近年来，虽潮头暂歇，但女作家的创作势头不减。除前述的宗璞、张洁、王安忆外，新世纪以来，在长篇创作方面较为活跃的还有铁凝、方方、池莉、张抗抗、徐坤、毕淑敏、林白、虹影等，以及后面还要提到的一些更为新锐的女作家们。

其中铁凝的《大浴女》和张抗抗的《作女》，分别从内外两个方面，展现了女性心灵成长和人生奋斗的艰难历程，前者重在对灵魂的自我拷问，后者重在对女性身份的挑战，面对的都是女性的宿命。

同样带有自传色彩，徐坤的《春天的二十二个夜晚》和虹影的《饥饿的女儿》，前者从个体生存的角度进入，后者从社会历史的角度进入，女性的经历折射的都是特定的社会人群。

在创作中一向不大看重性别特征的方方，这期间从成长的角度，依年序事，用一部“年谱体”的小说《乌泥湖年谱》，写出了一段鲜为人知的历史和一个知识群体的命运。

相反，在创作中性别特征很重的林白，也一反向来的作风，在《万物花开》中，同样以一个古怪孩子的眼光，摄取了一种“花开花落两由之”的自然状态的存在。

较之上述女作家，池莉走的依旧是一条雅俗共赏的路子，她在这期间创作的《口红》、《有了快感你就喊》和《水与火的缠绵》等长篇小说，既反映光怪陆离的现实，也表现缠绵悱恻的情爱，既有引人入胜的故事，又不乏对人生问题的探讨，所以依旧拥有众多的读者和观众。

因为《拯救乳房》的书名而引出纷争的毕淑敏，在这部长篇中探讨的其实是一个十分严肃的心理学问题和人生观问题，如同徐坤的另一部长篇《爱你两周半》，把人性和人情放在一个特殊的情境中予以考量一样，毕淑敏的这部作品也借癌症治疗这个非常事件疗救人的意志和精神，二者有异曲同工之妙。

与东北地区的少数民族有着地缘上的亲近关系的迟子建，在这期间，以她惯有的宁静而温婉的笔调，写出一部长篇新作《额尔古纳河右岸》，这部获得第七届茅盾文学奖的作品，通过最后一个鄂温克酋长女人之口，述说了一个民族近百年间游猎迁徙、饱经忧患、日渐式微的沧桑历史，是一部激越、苍凉的民族史诗。

其三是以“反腐倡廉”为主题及与之相关的长篇创作。从20世纪90年代以来这个题材领域的创作就格外引人注目，被人们称为“官场小说”或“反腐小说”，多有作品进入畅销书的排行榜。进入新世纪以来，其创作势头有增无减，且由暴露官场黑幕、官员隐私转向政治剖析，因此张平、周梅森等代表作家都倾向于把自己创作的这类小说称为“政治小说”。其代表作有张平的《抉择》、《国家干部》，陆天明的《大雪无痕》，周梅森的《国家公诉》、《天下大势》和张宏森的《大法官》等。

较之20世纪90年代的同类长篇作品，这些新的长篇创作虽然依旧意在反映现实和弘扬主旋律，在艺术上也依旧没有脱离传统的现实主义轨道，但在观照社会问题的视野、切入社会问题的角度和思考社会问题的深广程度上，较之此前的创作，都有所拓展和深化，在揭示问题的同时，也注意解剖人性；在针砭时弊的同时，也注意探求病根，因而在读者中都有较大影响。尤其是借助影视等大众传媒的作用，产生了自20世纪七八十年代之交以来少有的普遍而持久的“轰动效应”。

在近年来的长篇创作中，涌现出的新生力量，值得引起我们的特别注意。这支长篇创作的生力军，虽然不一定都有长期的创作经历和丰富的艺术经验，有的甚至是一些初登文坛的新手，但他们却大多出手不凡，表现出鲜明的艺术个性，有的还达到了相当的思想和艺术高度。

孙惠芬这位东北籍的女作家起先是以一部《歇马山庄》，写活了在这个大变革时代的乡村女性受着城乡双重“牵挂”的生存状态和情感状态，而后又以一部独创的“方志体”的长篇小说《上塘书》引起了人们的广泛注意，进一步由人及“物”，娓娓述说乡村的历史。

阎真是有过留学经历的学者型作家，在20世纪90年代出版了反映他的留学生涯的长篇《曾在天涯》之后，近年来突然转向由学入官的知识分子的命运沉浮和人格变异，他的长篇新作《沧浪之水》，对知识人的人格和灵魂的剖析，有相当的穿透力。

与阎真对现实的知识分子的人生叙事相近，杨显惠的《夹边沟纪事》，却把关注的目光投向历史。这部由系列中篇组成的长篇小说，忠实地记录了发生在近半个世纪前的“反右派斗争”和“三年自然灾害”那段历史悲剧，可以看作是尤凤伟的《中国：1957》的姊妹篇。

韩东的《扎根》，可谓“后文革文学”一部长篇力作。说它“后”，是因为这部作品摆脱了有关“文革”叙述的“伤痕”情感模式，以平淡的口吻叙述了一个下放家庭包括它的知青子女在农村的“扎根”生活，没有苦难意识，没有悲剧意识，也没有“无悔”和忏悔意识，有的只是平平常常、琐琐碎碎、庸庸碌碌的日常生活，一如他们周围的各色人等。

张懿翎的《把山羊和绵羊分开》采用的也是日常化叙事，讲述了一个“小侉子”与她的数学老师之间的爱情，但其叙事语言把方言、土语、民谣、俗谚、知识分子的书面语和普通话的规范语言等各种表达方式混杂在一起，通过一个女孩子自由无羁的生命，照亮了知青年代暗淡的生活岁月。

生长在西部边疆的董立勃用残酷而美丽的笔调书写的兵团生活令人震颤，在《白豆》及其姊妹篇《米香》中，述说的是生产建设兵团的几个女人的人生故事。白豆对美与善的绝决选择，米香和宋兰的命运鬼使神差的逆转，读来都令人不禁扼腕叹息。

同样与知青有关，姜戎的《狼图腾》通过一个在草原上插队的知青的耳闻目睹，向人们述说了一个充满传奇色彩的狼族的历史，以它们在与人类共处的过程中相互展开生存竞争的惨烈图景，来呼唤一种狼性精神的复活。

如果说《狼图腾》所写的是一种自然生态，那么范稳的《水乳大地》表现的则是一种文化生态。这部作品以澜沧江大峡谷的百年沧桑为背景，表现了不同民族、不同宗教水乳交融、和谐共处的主题，在艺术上虽对魔幻现实主义有所借鉴，但却是植根于西南边地的生活现实和历史文化经验，具有鲜明的地方特色和民族特性。

与《水乳大地》的魔幻不同，雪漠的《大漠祭》如同其书名，以对西部农民的一腔虔诚，用质朴的叙事，在贫瘠而奇幻的西部大沙漠上，描画了西部农民的一幅原生态的生活图景。

同样是写西部，红柯的《西去的骑手》写的是一段亦虚亦实的历史故事。这部作品以一个颇带传奇色彩的“尕司令”的人生历程张扬了西部人的生命和血性、人格和精神。西部题材在近期长篇创作中的集中涌现，表明对西部的开发将给西部文学带来一个新的崛起的前景。

第五节　散文创作

同诸多文学体裁所承受的市场挤压相比，以“杂”著称，以“散”见长的散文却占有不小的地盘，进入新世纪以来，仍然是颇受广大读者欢迎的文类。各种报刊为求生存，舍得辟出相应版面为散文提供发表园地。有人粗略估算，全国各报刊每天能发表散文作品 20 余万字，一年约计发表 1000 多万字①，近些年来更有增无减。

与此同时，散文创作队伍也在不断扩大，表现为作者数量的增多和作者身份的驳杂。就作家队伍而言，已经形成了代际较为清晰的作家群，出现了“四世同堂”的繁盛景象。季羡林、施蛰存、杨绛等一批“跨代”的老作家，在人生的暮年焕发出了蓬勃旺盛的创作活力；李国文、宗璞、邵燕祥、林斤澜等一批已年过花甲的作家，先后涉足散文领域，这期间陆续有新作发表；张承志、韩少功、史铁生等“知青”一代作家，是这期间散文创作的中坚力量；胡晓梦、鲍吉尔·原野、素素等“后知青”一代或称“新生代”作家，不但人数众多，作品的数量也相当可观。

与此同时，也打破了专业作家一统天下的局面。学者、专家、编辑、记者、社会名流、影视明星、白领丽人，乃至离退休干部职工等，也加盟散文创作，扩大了这期间散文创作的题材和主题，打破了散文创作固有的章法，使这期间的散文更显自由灵动，更具生机和活力。

这期间的散文创作，虽然也不乏噱头和炒作，但毕竟有许多作家摒弃浮躁，潜心思考。他们的散文，或追寻历史文化奥秘，或探索社会人生问题，或书写当下生活百态，或探究天人之际玄妙哲理，既充满理性色彩，又兼具个人性情，是这期间散文创作的主要潮流和主导倾向。其中又以接续 20 世纪 90 年代的“文化散文”和忆旧怀人类的散文创作，最为引人注目，所取得的成绩最大。

世纪之交，此前以“文化散文”名世的余秋雨，参加了由凤凰卫视发起组织的考察活动，考察了人类几个重要的文明发祥地。余秋雨以他独特的文化眼光和观察视角，以日记体的形式，写下了《千年一叹》，承 20 世纪 90 年代“文化散文”创作的余续，成为新世纪散文创作较早出现的一个亮点。

继余秋雨之后，20 世纪 80 年代以小说《高山下的花环》等名世的李存葆，是新世纪“文化散文”创作的又一重要作家。在《大河遗梦》、《祖槐》、《鲸殇》等篇章中，作者面对五光十色的现代社会，表现出了对自然生态环境恶化的忧虑；在《飘逝的绝唱》、《东方之神》中，直面人欲、物欲无节制的膨胀，世俗的平庸以及人格的低贱，发出“何处才是人性解放的底线”的感慨。在作者笔下，老百姓世代供奉、文人墨客竭力颂扬的关

① 参见《90 年代散文回眸——散文创作研讨会纪要》，《光明日报》1997 年 9 月 13 日。

公，既是高悬在人们头上的一柄光芒四射的良心的宝剑，又是华夏民族浇铸的一座巍然屹立的人格的长城。由于对社会人生有一种宏观的透视和把握，又融入了作者所特有的一种军人气质和学术品格，因而他这期间的“文化散文”作品，不但激越轩昂、气势豪放，显示了一种阳刚之美，而且旁征博引、议论风生，兼有中国传统散文所特有的“政论”风格。

这期间，20世纪90年代执着地“守护精神家园”的张承志，在此前的《清洁的精神》之后，又写出了散文《高贵的精神》，继续在他所神往的精神王国里高视阔步、率性漫游。

袁鹰的《沈园柳老不飞绵》，对无数文人墨客留下足迹和感叹的沈园，吟咏出新的人生感怀，是一篇不同于一般抒情写意，而有着深厚文化内涵的作品。

梁衡的《把栏杆拍遍》描述了文武双全的爱国词人辛弃疾胸怀大志却报国无门、郁郁不得志的一生，写得回肠荡气又富有情致。《乱世中的美神》写宋代女词人李清照的特立独行。文章侧重描绘李清照的命运和内心波澜，透过李清照坎坷动荡的一生，展示了她不同凡响的才华和超凡脱俗的品格。《最后一位戴罪的功臣》写林则徐虎门销烟之后戴罪发配新疆，在当地为老百姓做实事、谋福利的事迹，把林则徐胸怀天下、正直清廉、勤谨务实的形象刻画得淋漓尽致。

唐浩明是一位杰出的历史小说家，他的《晚清政坛上的一对杰出师生》的主角曾国藩和李鸿章，曾是他的历史小说的主人公。这篇散文用另一种笔调，深刻而详尽地解读了这对不同寻常的师生之间的交往，其间既充斥晚清政坛的激荡风云，又透着中国传统士人的独特品性，写得从容大度，耐人寻味。

在半封建半殖民地的中国，民族工业巨子寥若晨星，以他们的生活为题材的散文更是少见，商人兼作家薛尔康的《百年荣公馆》弥补了这方面的不足。文章对实业巨子荣崇敬的公馆以及荣氏家族的命运的描写，从一个侧面反映了中国民族工业的百年风雨和人世沧桑。

忆旧怀人的散文，既是中国散文创作的传统，又是20世纪80年代以来散文创作的新宠。进入新世纪以来，这类散文创作更为作家情有独钟，出现了一大批隽永深厚的名篇力作。

史铁生在从事小说创作的同时，始终不辍散文创作。他的《有关庙的回忆》抒写心灵中的庙宇，庙宇伴随着他的人生，扮演着或慈祥或宽容或冷酷或森严的角色，对他的心灵成长起过很大的作用。《病隙碎笔》由一大组短文构成，作品从人性的角度解剖了残疾人的思想和爱情，内涵深刻，说理犀利，令人感动。《记忆与印象》是作者回忆母亲的作品，母亲的家乡，母亲的早年生活，母亲对自己深挚的爱，母亲的离世，都成为他永远的记忆。

张隆溪的《怀念钱钟书先生》是一篇内容丰富、情文并茂的作品。作者在一个偶然的机会结识了钱钟书先生，以知识和学问为桥梁，与钱先生结成了忘年交。作品于娓娓叙述中，深入解读钱钟书的个性和为人，在他渊博的学识和孤傲的性格的另一面，展示了他提携后学、平易近人的儒者风范。

画家黄永玉与作家沈从文都是湘西人，又有亲戚关系，他的《平常的沈从文》，通过大量生活细节，在对日常生活中的沈从文的描述中，再现了他的这位才华横溢的"表叔"命运坎坷而又傲骨铮铮的生平。一位是画坛巨匠，一位是文坛泰斗，不仅是亲情的纽带使他们紧密相连，更因艺术、心灵上的默契，使黄永玉如此透彻地读解了沈从文。

2002 年 7 月，作家孙犁去世，很多报刊都发表了纪念文章。铁凝和丛维熙都亲聆过孙犁的教诲，在创作上都受到过他的影响，与孙犁有着特殊的感情。铁凝的《怀念孙犁先生》，丛维熙的《荷香深处祭文魂》，写得充实丰富而又情真意切，耐人品味，令人感动。

竹林的《怀念江流》细腻地描述了当年地位卑微的她从一位正直的编辑那里所得到的帮助和影响，勾勒出了一位富有艺术气质而又充满男性魅力的普通编辑的形象。看似冲淡、平和，却写得用心用情，细细品味，蕴涵无穷。

阎纲的《三十八朵荷花》以三十八朵清洁无暇的荷花，幻化出一个令人感、令人思、令人痛的生命，白发人送黑发人的悲苦，读来让人感到一种难以抑制的心灵的创痛。

进入新世纪以来的散文创作，有两个热点，值得特别引起关注：

其一是 2000 年新疆人民出版社推出的青年作家刘亮程的散文集《一个人的村庄》。作品描绘了人畜共居的村庄里一种特有的自然生存状态，展示了人类久违的朴素和宁静，被视为后工业社会的"乡村哲学"。

在刘亮程笔下，所有的动物都是人的朋友，所有的动物都通人性，所有的动物都是"哲学家"。动物和人的交融，让人感受到人活着的意义和"人"的存在的悲剧内涵。他用他所特有的散发着泥土气息的语言，描绘乡村的朴素旷远和宁静美丽，引发人遥远而真切的记忆，唤起人绵绵不绝的思绪，在散文界和广大读者中引起了很大的反响，有评论者甚至称刘亮程为中国"20 世纪 90 年代的最后一位散文家"。

其二是杨绛的《我们仨》。该书自 2003 年 7 月出版以来一直稳居畅销书排行榜首。无数读者为书中表达的深邃厚重的人情和正直清朗的操持所感动，在新浪网2003年评选的“好书奖”中名列第一。

该书分三部：第一部“我们俩老了”，第二部“我们仨失散了”，第三部“我一个人思念我们仨”。开篇叙述一个老人失去亲人的梦，用梦境的形式讲述了一家三口相依为命的情感，整个叙述没有想象中的大喜大悲，它们是含蓄而有节制的，难以言表的亲情和忧伤弥漫在字里行间：“我们这个家，很朴素；我们三个人，很单纯。”

作者用平静的笔触、温婉的语调，细致入微地记下了“我们仨”的相守相助、相聚相失。杨绛女士作为一个92岁高龄的老人，无比清晰地记录着她所经历的一点一滴：跨过半个地球的足迹，穿越半个世纪的时光，经历过的战火、疾病、政治风暴、生离死别……风雨袭来的时候，在“家”这个最安全的庇护所里，他们相濡以沫、相依相伴、相扶相携，即便是最后命运让他们天上人间，阴阳殊途，依然难断眷眷之情。对于每天忙碌于生存竞争以至于忽略了亲情的人们，如何向生命要质量、要快乐，以何种方式面对衰老，家的意义在哪里，什么是真的人的生活，什么是亲情和爱情，正是《我们仨》带给读者们重新思考的问题，或者这也是这本散文如此畅销的重要原因之一。

附　录　当代台、港、澳文学概论

第一节　当代台湾文学概论（上）

当代台湾文学概况　我国台湾文学作为整体的中国文学的一个不可分割的重要组成部分，因为处在一个特殊的地域，其发生和发展就不可能不具有它自己的独特性。台湾文学的源头可以追溯到最早的土著居民所创造的口头文学，但因为没有文字的记载，已湮没无闻。见诸文字记载的台湾文学，最初是 17 世纪中叶随郑成功入台的汉族文人在台湾地区所传播的文学火种，因此，台湾文学从一开始便是祖国大陆文学在海外的一脉薪传。此后，在清朝统一台湾的二百多年间，① 台湾文学与祖国大陆文学的一体化关系更为密切，台湾文学也因此而得到了更快的发展，逐步形成了自己的个性，奠定了艺术的基础。特别是在鸦片战争以后，台湾文学更以其鲜明的爱国反帝的特色，在近代中国文学中独树一帜。其中的代表人物对近代中国的文学革新运动同时也产生了重要影响。1895 年甲午中日战争失败后清政府割让台湾地区，台湾地区继被荷兰殖民者侵占后，再度被迫与祖国母体分离，台湾文学也因此而进入了一个漫长的日本占领时期。这期间的台湾文学一方面饱受日本占领者的摧残和蹂躏，另一方面也在占领者的铁蹄下艰难地发展和前进。特别是从 20 世纪初开始，台湾文学不但在祖国大陆的新文化运动的直接感

① 1683 年（清康熙二十二年），福建水师提督施琅率军进入台湾，郑克塽（郑成功之孙）率众归顺，台湾经由荷兰殖民者的占领和明郑政权的分治后，重新纳入中央政权统一管辖之下。由此至 1895 年清政府向日本割让台湾，历 211 年。

召下，也掀起了一场文学革新运动，而且祖国大陆的新文学在不同发展阶段上的重要作家、作品和文学思潮，大多被介绍到台湾的文学界，并对台湾新文学的发展产生了重要影响，以至于台湾的新文学同样也经历了类似于祖国大陆新文学的一些主要的发展阶段和基本的发展过程。台湾新文学的发生和发展虽然依旧辗转在日本占领者的铁蹄之下，但与祖国大陆新文学的内在精神却是完全一致的。从1937年抗日战争爆发到1945年抗战胜利，台湾新文学经历了一场灭绝性的摧残和打击，日本侵略者不但强迫台湾作家为其侵略战争服务，而且禁止台湾作家用中文写作，以至于在经历过这场战争的劫难之后，台湾作家不得不从重新学习中文开始，才能进入正常写作，重建台湾文学的传统，恢复与祖国大陆文学的联系。

由于存在着上述方面的特殊性，相对于祖国大陆文学而言，台湾文学的“当代”起点，无疑应当从抗战胜利开始。抗战胜利以后，台湾虽然重新回到祖国的怀抱，但由于经济基础、社会制度、政权性质和意识形态的差异，半个多世纪以来，台湾文学却走着一条与祖国大陆文学完全不同的发展道路。这种不同及其与之相关的诸多因素，也就构成了当代台湾文学一部独特的发展历史。其历史发展，就总体趋势而言，主要经历了如下几个阶段：

第一个阶段，从抗战胜利的20世纪40年代中期到国民党政权迁台的40年代后期，是当代台湾文学由日本占领时期的殖民地文学转换到回归祖国母体的民族文学的历史转换时期。这个时期由于台湾光复后出现的短暂政治“真空”，加上在国民党政权迁台以前，政治的控制也没有50年代以后那么严密，台湾地区人民在挣脱日本侵略者的长期统治，获得解放和新生以后，急于了解隔绝已久的外部世界的变化，吸收外部世界的新鲜事物，故而包括文学思想在内的各种理论思想的讨论十分活跃，尤其是对战后台湾文学的发展问题，在讨论中倾注了更多的热情和关注。与此同时，光复后大批大陆作家（其中包括在大陆的台湾本省作家）也开始进入台湾从事文学、新闻、教育和其他方面的社会活动，他们把祖国大陆新文学在不同时期形成的文学潮流和文学传统带入台湾，通过他们在台湾的影响和传播，形成了一种汇流的趋势。虽然这种汇流的趋势最终因为各种原因未能在艺术上取得重大收获，但对当代台湾文学的未来发展，却产生了深远的影响。这期间台湾作家的创作因为战后的生计问题和语言障碍，艺术的转换十分艰难，加上对战后的情况不够熟悉，理解不深，故而除了少数作家反映日本占领时期的社会生活的作品比较突出之外，其余在艺术上未能取得重要成就。能够代表这个转换时期的台湾作家的创作成绩的，主要是小说家吴浊流的作品。他的作品大多创作在日本占领时期，光复后才得以发表和出版。其中特别是长篇小说

《亚细亚的孤儿》和短篇小说《先生妈》，以及光复后创作的中篇小说《波茨坦科长》等，都产生了较大影响，是这期间台湾文学的重要艺术收获。此外，则是在日本占领时期挣扎苦斗的老作家杨逵，光复后也十分活跃。但他的文学活动的主要成绩是在创办文学刊物、出版文学丛书和文学思想的建设方面，其文学创作的实践则正处在艰难的转换之中。

第二个阶段，从20世纪50年代初期到50年代中后期，是当代台湾文学反共的“战斗文艺”的统治时期，同时也是各种非“战斗”的文学潮流的孕育时期。1949年，国民党盘踞台湾后，为配合其“反共复国”的反动政治宣传，安定人心，加强岛内“心防”，将文艺也纳入其政治和军事行动的范畴之内，开始大力提倡和推行其反共的“战斗文艺”。加上这期间大批具有反共倾向的作家特别是国民党的军中作家随迁入台，更助长了这种反共的“战斗文艺”的声势。从50年代初期到50年代中后期，整个台湾文学几乎完全处于这种反共的“战斗文艺”的统治之下。比较有代表性的作家作品，在诗歌方面主要有：孙陵的《保卫大台湾歌》、葛贤宁的《常住峰的青春》和墨人的《哀祖国》等。在小说方面主要有：陈纪滢的长篇《荻村传》、姜贵的长篇《旋风》和潘人木的中篇《如梦记》等。此外，这期间属于这种反共的“战斗文艺”的戏剧创作也十分活跃。这些作品，主要是表现“反共复国”的政治主题，在艺术上多数是对这种主题作形象的图解，因而公式化、概念化的倾向十分严重。因为是出于一种政治的需要，在创作中就难免要按照主观意志随意歪曲历史和生活的真实。失去了真实性的基础，这些作品因而也就不可能达到很高的艺术成就和具有长久的艺术生命力。这种反共的“战斗文艺”从50年代初期开始推行，至50年代中期到达巅峰状态，但在50年代后期和60年代初期，即因“反共复国”神话的宣告破灭和台湾社会经济正在发生的变化，以及其自身所暴露出来的严重弊端而滑向低谷。虽然国民党当局直到60年代中期才对这一反共的文艺政策作出局部的调整，但事实上却早已宣告了它的历史的终结。

在反共的“战斗文艺”的高压统治之下，20世纪50年代的台湾文学，各种非“战斗”的文学潮流同时也处在艺术的孕育之中。这些非“战斗”的文学潮流，暗伏了当代台湾文学发展的诸多契机，当代台湾文学此后的各种走向，无一不是以这些非“战斗”的文学潮流为其直接的艺术源头。这些非“战斗”的文学潮流的表现，主要有以下几个方面：

其一是“怀乡文学”的兴起。由于20世纪50年代的台湾地区作家主要是来自祖国大陆，远离故乡，漂流海外，思乡的情绪自然十分浓重。加上日久天长，自觉归去无望，对故土的眷念日益强烈。有些作家同时也不愿附和“反共复国”的政治梦呓，欺人自欺，加入反共的“战斗文艺”的合唱，或者对政治本来就不感兴趣，于是便把笔触转向内心，抒写思乡的情怀和记忆中故乡的景物人事。尤其是一些女性作家的创作，在这方面表现得更为突出。其中较有代表性、创作的成绩较大的有苏雪林、谢冰莹、张秀亚和林海音等人的散文和小说。林海音后来出版的小说集《城南旧事》的影响更大。这部作品以几个互相关联的短篇小说，围绕主人公英子童年时代的生活经历，从不同的角度展现了20年代老北京的民情习俗和社会风貌，寄托了作者对故都北京的深刻相思之情和割舍不断的愁绪，是这类“怀乡文学”中艺术成就较高的作品之一。“怀乡文学”因为牵涉一种普遍的社会情绪和永恒的心理情结，因而在50年代的台湾文学中产生了很大影响，以至于某些热衷于反共的“战斗文艺”的军中作家，也以这样或那样的方式，曲折地表达自己的思乡情怀。这股创作潮流虽然是兴起于50年代，但却上承台湾文学的历史传统，下开台湾文学的艺术风气，对整个当代台湾文学都产生了深远的影响。

其二是“乡土文学”的复兴。台湾“乡土文学”的传统最早可以追溯到17世纪中叶本岛诗人所创作的乡土诗歌和20世纪初本岛作家对“乡土文学”的自觉提倡。在此后的发展中，“乡土文学”因为是台湾文学的民族意识和民族精神的重要表现，因而不可避免地要受到殖民者的压制和摧残。尤其是在日本占领者统治台湾的半个世纪期间，台湾“乡土文学”几乎到了一种濒临灭绝的境地。光复后的台湾“乡土文学”虽然获得了一个恢复发展的历史机遇，但由于作家所面临的生存困境和语言障碍，加上国民党当局的政治高压，致使其恢复和发展依旧十分缓慢。由于台湾“乡土文学”的创作主体主要是本岛作家，他们一方面既无在大陆的政治、军事斗争的背景和经验，因而也就不可能去创作表现“反共复国”的“战斗文艺”作品，另一方面又不能忘怀于本岛同胞的命运与遭遇，尤其是在日寇铁蹄下所遭受的深重苦难，故而当他们一旦获得生存和创作的机会，就会义不容辞地以自己的创作去接续前辈作家所开创的“乡土文学”传统，“乡土文学”于是在20世纪50年代中期前后又开始了艰难的复兴。在这期间复兴“乡土文学”的主要作家，除了上述在日本占领时期顽强坚持创作的老作家吴浊流之外，还包括在这期间成长起来的一批中青年作家，其中又以钟理和最为突出，所取得的创作成绩最大。他的长篇小说《笠山农场》和短篇小说《贫贱夫妻》等，虽然都带有自传性质，但却比较集中地反映了台湾人民在光复前后的生活境况和人生遭际，其中包含某些反对封建主义的因素，同时也接续了台湾新文学的民主主义传统，在这期间的“乡土文学”创作中具有重要的典型意义。复兴后的“乡土文学”创作大多如钟理和的作品这样取材于日本占领时期和光复初期台湾人民的现实生活，又多以揭露日本殖民主义的罪恶统治和反对台湾社会的封建残余势力为主题，同时也表现了台湾人民身上蕴藏的中华民族的传统美德和他们为争取自由解放所进行的反抗斗争。在艺术上则在继承传统的现实主义表现手法的同时，又有所探索和创新。虽然这期间复兴的“乡土文学”在此后的发展中还经历了诸如现代主义的冲击之类的曲折，但却对当代台湾文学的民族回归浪潮产生了重要的作用和影响。

其三是纯情文学的滥觞。几乎同样是出于对极端政治化的“战斗文艺”的刻意规避，当“怀乡文学”的女作家沉湎于故乡和往事的回忆时，另有一批女性作家的创作却同时在向普遍的人伦情感中去寻求精神的慰藉。尤其是作为文学的永恒题材的婚姻、爱情故事，更是这类作家撷取的主要创作材料。这类作品以表现男女之间的纯情为主，又往往喜欢把这种纯情推向极致，造成比较强烈的感人效果。在艺术上则在追求古典情韵的同时，又兼有女性作家的秀美，因而很受读者的喜爱。这类纯情文学作家较有代表性、创作的影响较大的主要有孟瑶和郭良蕙等。她们的作品直接影响了此后在台湾兴起的通俗的言情小说的创作，开了这类言情小说的艺术先河。

其四是现代主义的发轫。在反共的“战斗文艺”的声浪甚嚣尘上之际，一种与政治相对隔离的现代主义的文学潮流从 20 世纪 50 年代初期开始也在潜滋暗长。这股文学潮流在 50 年代中期以后已蔚为大观，进入 60 年代，则因为各种内外情势的变化，逐渐取代了反共的“战斗文艺”的地位，成为 60 年代台湾文学发展的主要潮流。

第三个阶段，从 20 世纪 50 年代中后期到 60 年代中后期，是当代台湾文学的现代主义运动时期。当代台湾文学的现代主义因素的发轫，虽然如各种非“战斗”的文学潮流一样，是对极端政治化的“战斗文艺”的刻意规避，但它最终发展成为一种广泛的文学运动并在整个 60 年代的台湾文学中占据了主导的地位，却有着更为深刻的内在原因。这些原因主要是：其一，国民党政权在统治大陆期间，本来就有很深的欧美政治、经济和文化背景，败退台湾后，美国出于“冷战”的需要，对之所提供的军事和经济“援助”却有增无减。其结果不但造成了整个台湾社会在政治、经济上对美国的盲目依赖和盲目崇拜的心理，而且以美国为代表的西方文化也在这种完全不设防的情况下乘机涌入台湾社会，将整个台湾文化包括台湾文学完全置于它的无所不在的影响之下。这种全盘“西化”的浪潮是台湾文学的现代主义运动兴起的主要推动力量。其二，与此同时，台湾当局实行严厉的文化控制政策，又强行割断了台湾文学与“五四”新文学的革命的、进步的精神传统的历史联系，以鲁迅为代表的大批优秀新文学作家的作品被列为禁书，禁止传播、阅读，整个青年一代被迫处于新文学的“母乳”缺失的饥渴状态。在这种状态下，台湾作家尤其是青年一代极易倒向西方现代主义文学，从中去吸收艺术的滋养，作为学习和仿效的榜样。台湾现代主义文学运动的主力主要是后起的青年作家，尤其以学习外国语言文学的青年学生居多，原因即在于此。其三，台湾地区的经济发展和社会转型，为现代主义文学运动的发展造成了充分的现实条件。台湾地区经济在“美援”的刺激下，同时也经过自身的调整，在60年代获得了长足的发展，开始从传统的农业社会向现代的工商社会转型变化。在这个过程中，伴随着工业文明和物质产品的高度发达，台湾社会也开始出现了与西方现代社会类似的生存困境和精神危机。现实的困境和危机必然导致文学转向内心世界，向主观和超验的领域去寻找精神的寄托。由逃避政治到逃避整个物质化的现实，台湾文学在社会经济转型的同时，也推动了文学的转型变化。其四，中国新文学历史上的现代主义文学思潮对我国台湾地区现代主义文学运动的影响。台湾现代主义文学运动的发起人和早期的参与者，有许多人本身就是中国新文学史上在30—40年代曾经出现过的某些现代主义文学派别的成员或追随者，他们入台以后，同时也把这些现代主义文学派别的理论主张和创作追求带入台湾文学，通过他们积极自觉的倡导与实践，在我国台湾地区的当代文学中接续了中国新文学的现代主义艺术传统。从这个意义上说，我国台湾地区的现代主义文学运动的兴起与中国新文学的历史影响也是分不开的。

台湾现代主义文学运动的发生和发展，大致经历了如下几个阶段：第一个阶段，从20世纪50年代中期到50年代后期，是台湾现代主义文学派别的形成期和理论、创作的探索期。在这期间，台湾现代主义诗歌的主要派别都先后以创办诗歌杂志或报纸的诗歌副刊为阵地，开始集结力量。① 尤其是《现代诗》的出版，不但是台湾现代主义诗歌运动（也是整个台湾现代主义文学运动）的萌芽的标志，而且在此基础上成立的“现代派”，也是台湾现代主义文学运动中最早出现的，人数最多、规模最大，也最有自觉意识的文

① 这些诗歌派别及其创办的诗歌杂志或诗歌副刊主要有：1953年2月由纪弦独资创办的诗刊《现代诗》，在此基础上，1956年1月，纪弦又在台北发起召开现代诗人第一届年会，宣布成立“现代派”；1954年3月由覃子豪、钟鼎文、余光中等发起成立“蓝星”诗社，在报纸附发以“蓝星”为名的诗歌副刊或出版各种名目的“蓝星诗选”、“蓝星诗页”、“蓝星诗刊”和“蓝星”诗歌丛书等；1954年10月，由张默、洛夫发起，次年痖弦加入，成立“创世纪”诗社，出版《创世纪》诗刊。

学派别。与此同时，台湾现代主义小说的创作力量在此期间也开始集结①，他们虽然不及现代主义诗人那样引人注目，但却是此后台湾现代主义文学运动的中坚力量。这些现代主义的诗歌派别，大多有比较明确的理论主张和独特的创作追求，虽然创作的成绩并不十分突出，但理论的探讨和争论却十分活跃，其中又以这些派别的主要成员纪弦、郑愁予、覃子豪、余光中、洛夫和痖弦等在理论和创作上最有代表性。第二个阶段，从50年代后期到60年代中期，是台湾现代主义文学运动的艺术收获期。这期间的现代主义文学运动的主要特点：一方面是一些在前一阶段积极倡导现代主义的主要诗人的诗歌创作到这时才真正在艺术上开始接近现代主义的本质内容，体现出现代主义的主要特色。与此同时，他们中的许多人也开始了多方面的艺术融合，通过这种融合，反拨“全盘西化”的极端，促使传统向现代发生创造性的转化，从而也使现代主义诗歌的艺术表现力得到了进一步的深化和扩大。故而在这期间一些主要现代主义诗人的诗歌创作都在走向艺术上的成熟，创作了他们最具代表性的现代主义力作，为这期间的现代主义诗歌提供了重要的艺术收获。另一方面是在前一阶段正在集结力量的现代主义小说作家，到这时也开始在创作上崭露头角，并以他们日益增强的实力逐渐占据了这期间的现代主义文学运动的主导地位，成为当代台湾现代主义文学运动进入全盛时期的主要标志。其中的代表作家主要有白先勇、王文兴、欧阳子和作为“留学生文学”及台湾旅外作家的代表人物的於梨华和聂华苓等。第三个阶段，60年代后期，是台湾现代主义文学运动的衰落期。台湾现代主义诗歌运动到60年代中期，由于一些主要派别的先后解体（包括这些派别的主要刊物停办），或这些派别的主要成员相继出国，开始由鼎盛走向衰落。到了60年代后期，出于同样的原因，现代主义小说也遭遇了相同的命运。随之而来的是，70年代初“乡土文学”的崛起，不但从理论到实践对整个现代主义文学运动进行了一次总体的清算，而且也最终结束了台湾现代主义文学运动的历史，使台湾当代文学的发展开始转向一个新的阶段。

需要特别提出的是，在20世纪60年代台湾现代主义文学运动兴起的同时，同样是由于经济发展和社会转型的原因，文学的商品化倾向日益加深，

① 1956年9月，台湾大学外文系教授夏济安等人创办《文学杂志》，主张继承和发扬中国文学的伟大传统，同时也译介西方的文学理论和创作，其中特别是西方现代主义文学，对白先勇等人产生了重要影响，引导他们走上了文学创作的道路。1959年7月，夏济安赴美，主编易人，白先勇等人于1960年3月创办《现代文学》杂志，集合了台湾这期间现代主义小说的主要创作力量。

社会对消费文化的需求逐渐扩大，加上民众对长期以来反共的“战斗文艺”和“全盘西化”的现代主义文学的逆反心理的作用，通俗文学借助正在兴起的文化市场和日益发达的现代传媒，趁势崛起，并以其庞大的创作队伍和迅猛发展的创作势头，很快便成为这期间对读者影响最大的一股重要的文学潮流。其主要代表，是琼瑶的言情小说、高阳的历史小说和古龙的新派武侠小说。这股文学潮流的兴起，改变了60年代台湾文学的整体格局，同时也使此后台湾文学的发展，始终处于一个雅俗对峙的局面之中。研究60年代及其后的台湾文学，不能不注意到这一重要的艺术因素。

第四个阶段，从20世纪60年代中后期到70年代后期，是当代台湾“乡土文学”的全面回归时期。这期间台湾“乡土文学”的全面回归，主要有以下几个方面的原因：其一是台湾“乡土文学”传统的作用。如上所述，台湾“乡土文学”有着悠久的历史传统，在战后曾经有过一个短暂的复兴。虽然因为主客观条件的限制和现代主义文学运动的兴起而未能获得充分的发展。但在这期间，不但这一传统从未中断，而且还通过几代“乡土文学”作家的共同努力，积聚了新的力量，开始了创作与理论的准备。这种代有传承的传统，是“乡土文学”全面回归的重要内驱力。其二是台湾社会和国际形势变化的影响。60年代中期以后，由于前述各种原因，台湾经济得到了较大的发展，社会生活趋于稳定，政治的钳制也相对放松，思想文化和文学艺术开始获得了一个比较宽松的发展环境。在这种情势下，台湾当局对本岛作家的戒备和敌视的心理也得到了较大的缓解，“乡土文学”重又获得了发展和活跃的现实可能。加上在台湾经济发展的过程中，本岛人士和岛内经济占有重要的地位和作用，使得人们更加关注本岛居民的历史和现状，同样也为“乡土文学”的重新活跃和全面回归提供了重要的土壤和条件。进入70年代以后，国际形势的一系列重大变动①，刺激了台湾社会对长期以来在政治、经济上过分依赖美国和日本的所谓“合作”的历史进行了深入的反思，同时也通过这种反思进一步认清了美国和日本相互勾结掠夺中国的侵略本质，民族意识开始广泛觉醒。与此同时，在思想文化领域，则对“全盘西化”的思潮进行了严厉的批判，尤其是对过去20年间在文学上的“全

---

① 这些国际形势的重大变动主要是：1970年爆发的“钓鱼岛事件”和“保钓运动”（1970年美国宣称准备将我国领土钓鱼岛等岛屿连同琉球群岛一起“归还”给日本，由此引发了一场声势浩大的“保钓运动”）；1971年联合国驱逐蒋介石政权，接纳中华人民共和国为其正式成员国；1972年美国总统尼克松访华，中美签订《上海公报》以及同年9月中国和日本正式建立外交关系等。

盘西化”思潮的全面而集中的理论清算，不但为台湾文学的发展最终找到了自己的民族文化和民族文学传统的归属，而且也为“乡土文学”的全面回归扫清了道路，提供了充足的理论根据。其三是文学自身的变化和来自文学内部的要求。60 年代中期以后，一度在台湾当代文学中占据统治地位的反共的“战斗文艺”逐步退化为毫无生气的“反共八股”，走向穷途末路。喧闹一时的现代主义文学浪潮，也日益暴露出了它的致命的缺陷和弊端。人们同样也不满意于在经济转型过程中出现的商品化文学和文学的商品化倾向。于是，关切现实、回归传统和崇扬人性的“乡土文学”，也就成了对上述极端的文学倾向的三重反拨。从这个意义上说，“乡土文学”在 60 年代中期以后的全面回归，也是台湾当代文学发展的一种历史的必然。

台湾“乡土文学”的全面回归，大致经历了前后两个阶段：前一个阶段，从 20 世纪 60 年代中期到 70 年代初期，是台湾“乡土文学”全面回归的艺术准备期。这个时期的主要特点是：老一代“乡土文学”作家如杨逵、吴浊流等，继续以其社会影响和文学活动，维系“乡土文学”传统，推动“乡土文学”的发展。战后第一代“乡土文学”作家如钟理和、钟肇政等，则在“跨越”了语言的障碍，经过一段时间的沉默之后，又开始活跃并逐渐引起人们的关注。① 此外，战后成长起来的第二代“乡土文学”作家如陈映真、黄春明等，在经过了一个现代主义的影响时期之后，在这期间也开始回归台湾“乡土文学”传统，逐步成为本期“乡土文学”创作的中坚力量。与此同时，一些主要“乡土文学”刊物的创办和“乡土文学”评论与研究的开展②，也为“乡土文学”的全面回归准备了阵地，打下了坚实的理论基础。后一个阶段，从 70 年代初期到 70 年代后期，是台湾“乡土文学”全面回归的理论论争期和创作兴盛期。如上所述，70 年代初对思想文化和文学领域的“全盘西化”思潮进行的批判与清算，引发了一场关于“乡土文学”的激烈论战。这场论战规模巨大、牵涉面广，从 70 年代初期一直持续到 70 年代末期，虽然其中掺杂了许多政治的因素，以至于最后不

---

① 在这些作家中，钟理和的情况比较特殊，他的作品除极少数外，几乎全部是在他 1960 年 8 月去世以后，才由友人为之结集出版，作为作家的钟理和才真正为人们所认识。

② 这些“乡土文学”刊物主要是：1964 年 4 月吴浊流创办的《台湾文艺》、1964 年 6 月吴瀛涛等创办的《笠》诗刊、1966 年 10 月尉天骢等创办的《文学季刊》等。这期间从事台湾“乡土文学”评论与研究用力最专、成绩最大的是本岛作家叶石涛。他的评论和研究对台湾“乡土文学”的全面回归产生了重要的理论影响。

是由是非曲直本身而是由政治的强力干预来结束这场争论①，但争论的结果毕竟有力地反拨了台湾文化和台湾文学中的“全盘西化”倾向，推动了弘扬民族意识和本土意识的新的思想文化和文学运动，同时也使台湾“乡土文学”传统得到了理论的重建，并在新的历史情境中获得了一种新的本质规定，成为在70年代的台湾文学中崛起并且逐渐占据主导地位的一股现实主义的和回归民族传统的文学浪潮。在理论争论的同时，这期间的“乡土文学”创作也得到了蓬勃的发展，尤其是陈映真、黄春明、王拓、王祯和、杨青矗等战后第二代“乡土文学”作家和宋泽莱、洪醒夫等更年轻的一代“乡土文学”作家的小说创作更加活跃，取得的成绩更大。其中又以陈映真和黄春明的创作，最为集中地体现了本期“乡土文学”的主要特色和最高成就，是本期“乡土文学”全面回归最有代表性的重要作家。在这期间，以“笠”诗社为代表的“乡土”诗人群体的诗歌创作和其他一些作家的带有“乡土”特色的散文创作也十分活跃，虽然其总体的成就不及“乡土”小说，但却是全面回归的“乡土文学”创作的一个不可分割的重要组成部分。70年代后期，由于在“乡土文学”论争中，台湾当局对“乡土文学”作家所施加的政治高压的影响，使“乡土文学”的发展遭受了重大的挫折。进入80年代，因为一个多元的文学格局的出现，“乡土文学”虽然仍在发展，但作为一个时期的文学主潮，已暂告一个历史的段落。

第五个阶段，从20世纪70年代后期到80年代，是当代台湾文学走向多元发展的时期。这期间台湾文学多元发展的局面的出现，主要有以下几个方面的原因：其一是国际局势和两岸关系激烈变动的影响。进入80年代，世界局势发生了巨大变化，和平与发展成了当今世界两大基本主题。1979年，中华人民共和国与美国正式建立外交关系，台湾在国际社会的处境更加孤立。与此同时，祖国大陆实行的改革开放政策和“一国两制”、和平统一的构想，也对台湾当局提出了严峻的挑战。在此情境之下，岛内改革政治和实行民主的呼声日益高涨，迫使台湾当局不得不在政治上作出反应和调整，实行有限的改革和开放，台湾社会开始出现了一个政治多元化的局面。这种

① 1979年12月10日晚，以台湾《美丽岛》杂志社成员为主的一些非国民党人士因为与台湾当局的矛盾，在高雄组织集会并举行火炬游行，参加和围观群众达2万人左右。当局出动警察进行镇压，造成大规模冲突，200余人受伤，是为“高雄事件”。事后，当局查封《美丽岛》等刊物，逮捕160余人。“乡土文学”的积极倡导者和著名作家王拓、杨青矗也因受牵连而被捕入狱。在此前的“乡土文学”论争中，台湾当局即利用报纸和各种会议对“乡土文学”的倡导者进行政治的警告、威胁和诬陷，“高雄事件”后，“乡土文学”论争即以这种悲剧的结局落幕。

局面的出现，为文学的多元化造就了一个适宜的生存背景和条件。其二是社会生活和思想文化再度转型的作用。台湾社会在经济发展的有力推动下，自60~70年代逐步完成了从传统的农业社会向现代工业社会的转型变化之后，到80年代，又面临着从现代工业社会向后工业社会的转型变化。在这个过程中，高度发达的科学技术和知识信息，不但为人们个体的生存选择造就了现实的条件和可能，使社会生活呈现出一种复杂的多元形态和价值取向，而且还影响到人们的思想观念和文化风尚，同时也进入了一种多元纷呈的复杂状态。尤其是在这期间同时接受的西方后工业文明的诸多作用和影响，更进一步加深了社会生活和思想文化的这种多元化趋势。在这种趋势下，台湾文学为满足多样化的社会需要，同样也出现了多元的选择。其三是文学自身发展变化的必然结果。从60年代起，当代台湾文学在反拨了反共的“战斗文艺”之后，又经历了现代主义和“乡土文学”的激烈对抗阶段，到70年代中后期，虽然“乡土文学”的论争仍在继续，但基于艺术创造的需要，在创作中事实上已经出现了相互融合的趋向。在这个基础上，80年代因为出现了一个多元的社会文化环境，这种相互融合的趋向不但得到了进一步的强化，而且各自的独立发展也获得了新的条件与可能。与此同时，作家队伍的更新换代和“新世代”或“更新世代”的作家登上文坛①，超越了派别的纷争和门户之见，在艺术上表现了更为开放的态度和更其多样的取向，台湾文学的多元化趋势也因此而得到了长足的发展，出现了前所未有的多元竞进的活跃局面。

台湾文学在20世纪80年代的多元发展，主要表现在如下几个方面：其一是文学主导精神的泛化，多种创作潮流的兴起。70年代“乡土文学”的全面回归，使台湾当代文学开始接续被极端政治化的50年代和“全盘西化”的60年代中断了的民族文学的深厚传统，关切现实、回归本土开始成为台湾文学中起主导作用的精神趋向。这种精神趋向不仅在80年代继续发展的“乡土文学”中得到了进一步的体现，同时也渗透到文学创作的各个方面，并通过某些现实性极强或极富本土色彩的文学题材的选择，集中显现为一些十分引人注目的创作潮流。其中比较有代表性的主要有反映台湾地区近代以来尤其是当代政治历史的“政治文学”的创作潮流，反映台湾地区社会在日渐都市化的过程中出现的问题和现代都市生活与都市精神的“都市文学”的创作潮流，以及反映台湾地区妇女独立自主的要求和现代女性

① 台湾文学界一般称1950年以后出生的年轻作家为“新世代”作家。“更新世代”作家则依此类推指20世纪60年代及其后出生的更年轻的一代作家。

的生存境况与人生追求的“女性文学”创作潮流等。这些创作潮流既是台湾“乡土文学”传统在80年代的发展和延续，同时又与继续发展和不断向前延伸的“乡土文学”的创作潮流一起，共同构成了80年代台湾文学多样化的表现形态。其二是文学派别壁垒的瓦解，不同创作方法的兼容。如上所述，从50年代到70年代，台湾文学派别的壁垒是十分森严的。这一方面固然推动了文学潮流的更迭和文学历史的发展变化，另一方面也束缚了文学观念的更新和文学创造力的发挥。80年代的台湾文学虽然依旧存在前此阶段各派文学力量的余绪，但却消除了前此阶段的敌对状态，逐步寻求相互之间的对话、沟通和理解。与此同时，这些文学派别的内部也在不断地进行分化和组合，在这种分化和组合的过程中，也开始认可不同的创作倾向。因为文学派别的壁垒逐步趋于瓦解，80年代的台湾文学也就能够接受和容纳各种不同的文学创作方法。尤其是在前此阶段处于激烈对抗之中的现代主义和以“乡土文学”为标帜的现实主义的创作方法，不但各自都得到了充分的发展，而且还有所更新和深化。除此而外，则是在这期间兴起的后现代主义，虽然同时兼有反拨现代主义和现实主义的双重倾向，而且作为一种创作方法尚未完全臻于成熟，但因为比较深切地反映了台湾社会向后工业时代转型的真实状况和精神特征，因而同样得到了比较充分的发展。尤其是一些“新世代”和“更新世代”的作家的创作，这种后现代的特征更其显明。在破除了文学派别的壁垒以后，现实主义、现代主义和后现代主义就成了80年代台湾文学并行不悖的几种主要的创作方法。其三是文学创作视野的扩大，各种艺术手法的融合。80年代的台湾文学在多种创作潮流同时并起、不同创作方法多元竞进的过程中，也出现了艺术表现手法和形式技巧方面的多样化发展和相互融合的多元局面。这种多元局面一方面表现为传统的手法技巧继续得到广泛的应用，另一方面则表现为各种先锋前卫的艺术实验层出不穷。与此同时，各种不同的艺术表现手法和形式技巧又趋向于相互吸收和借鉴，以至于无论古今中外、奇正雅俗、文学与非文学的方法和手段、形式与技巧，只要为我所用，即可悉数“拿来”。台湾文学因此而在80年代出现了前所未有的既高度个性化又高度综合化的活跃局面。

20世纪80年代台湾作家的文学创作，成就较高、影响较大因而也较有代表性的，除在前此阶段已经取得重要创作成绩的“前行代”作家如陈映真等人以外，主要是后起的“新世代”和“更新世代”作家。陈映真在这期间的创作成绩主要表现在“政治文学”方面，代表作有《铃铛花》、《山路》和《赵南栋》等。在“政治文学”的创作方面，其他“前行代”作家如李乔、王拓、杨青矗等，也十分活跃。尤其是曾经作为“政治犯”被关押多年的施明正根据自己的牢狱生活经历创作的小说《渴死者》和《喝尿者》，率先闯入“政治文学”的禁苑，揭露台湾当局迫害“政治犯”的血腥罪恶，在这期间产生了重要影响，此外是“新世代”作家黄凡等人的创作，把“政治文学”对于现行制度的批判进一步提升到超越政治派别之上的普遍性高度，揭示政治本身的荒诞、丑恶和对人性的扭曲与异化，也产生了重要影响，代表作有黄凡的小说《赖索》等。

除“政治文学”外，“新世代”和“更新世代”作家的创作成绩主要集中在“都市文学”和“女性文学”方面。就“都市文学”而言，黄凡的小说创作同样具有一定的代表性。这位作家不但以《都市生活》等系列短篇和长篇《财阀》等，深刻地反映了台湾社会的都市化进程和现代都市精神的成长，以及由此带来的现代都市人的生之困境和灵之烦恼，而且也以《东区连环泡》等作品，同样深刻地反映了台湾社会在向后工业时代转型的过程中，现代都市精神的瓦解，以及因此而出现的社会生活和精神情感无序无为的“解构”状态。黄凡的小说创作同时还十分重视叙事模式的试验和致力于“解构”语言的正常叙事功能，他的小说《如何测量水沟的宽度》等，也因此而带有很强的“后现代”色彩。就“女性文学”而言，比较有代表性的作家主要有李昂、廖辉英、吕秀莲、袁琼琼和朱秀娟等。其中又以李昂的小说《杀夫》、《暗夜》，廖辉英的小说《油麻菜籽》，吕秀莲的小说《这三个女性》，袁琼琼的小说《自己的天空》和朱秀娟的小说《女强人》等，产生的影响更大，也更有代表性。这些作品或揭示妇女在身心方面所受的压抑，或表现妇女独立自主的人格追求，集中显示了这期间“女性文学”创作的主要特色。

除小说创作外，20 世纪 80 年代的台湾诗坛和散文创作也十分活跃，虽然就总体成就而言，不及小说创作突出，但如“新世代”诗人林耀德、女诗人席慕蓉等的诗歌创作，以及余光中、颜元叔等的散文创作和柏杨、龙应台等的杂文创作，都十分引人注目，有的还产生了轰动性的社会影响，都是 80 年代台湾文学多元创作格局的一个不可或缺的重要组成部分。

20 世纪 80 年代台湾文学的多元格局因为正处在一个逐步形成和不断建构之中，从理论到创作，各方面的准备都存在诸多明显的不足，因而从总体上说，在艺术上还不够十分稳定和成熟。但这种格局的出现，却预示了台湾文学一个未来的发展趋势。随着海峡两岸关系的发展和文学交流的扩大，台湾文学最终必将融入一个更大的中国文学的多元格局之中，回到祖国母体的温暖怀抱。

第二节　当代台湾文学概论（下）

当代台湾文学重要作家作品　当代台湾文学作家人数众多，作品数量巨大。但在上述阶段一些主要文学潮流中，创作成就较高、影响较大，因而也较能体现当代台湾文学的特色和风貌的，主要集中在现代主义诗歌创作、现代主义小说创作和“乡土小说”创作几个方面。以下我们仅就这些方面一些有代表性的作家作品进行一点简要的分析。

（一）当代台湾现代主义诗歌重要诗人诗作

如前所述，当代台湾现代主义诗歌运动主要是由“现代派”、“蓝星”诗社和“创世纪”诗社三个诗歌团体倡导推动的。在这三个诗歌团体的众多诗人中，又以这些团体的创始人或主事者纪弦、郑愁予、覃子豪、余光中、洛夫、痖弦等的诗歌创作，比较集中地体现了他们的艺术旨趣和创作追求。这些诗人的诗歌创作虽然并非全都属于现代主义的艺术范畴，对现代主义的理解也各不相同，甚至互相对立，但他们的创作却从总体上反映了当代台湾诗歌在现代主义运动影响下的基本状况和主要趋势。

纪弦和郑愁予作为台湾现代主义诗歌运动最早的倡导者与人数最多的诗歌团体——“现代派”的创始人和主要代表，在祖国大陆都有过诗歌创作的经历。尤其是纪弦，同时还是20世纪30—40年代中国现代主义文学运动的积极参与者与追随者，出版过多部诗集，在诗坛有过一定的影响。40年代末入台后继续从事诗歌创作，并把在大陆所受“现代派”的影响，带入台湾诗坛，在50年代的台湾诗坛，率先倡导和推动现代主义诗歌运动。从这个意义上说，纪弦为沟通台湾当代诗歌与中国现代新诗的历史联系，接续中国现代新诗的艺术传统，作出了重要贡献。纪弦所倡导的“现代派”诗歌，在理论上主要是以西方自波特莱尔以降的所有现代主义诗歌派别的“精神与要素”为其核心观念，认为中国的新诗“乃横的移植，而非纵的继承”，主张诗的内容与形式、手法与工具的创新，强调诗的“知性”特征，“追求诗的纯粹性”等。他把这些主张归结为“现代派的六大信条”①，写在他们的旗帜上，作为他们共同的理论纲领。虽然纪弦个人的诗歌创作并未完全实践这些理论，但对台湾诗坛却产生了巨大的影响。它一方面固然促进了新诗现代化的努力，但另一方面同时也助长了“全盘西化”的创作倾向。正因为如此，纪弦在理论上便成了台湾诗坛最有争议性的一位“现代派”

① 参见《现代诗》1956年第13期。

诗人。纪弦的诗歌创作以50年代中期前后为界，大致可分为两个时期。前期创作虽接受了“现代派”的影响，但诗风却倾向于浪漫主义，以抒发自我对于社会人生的感受为主，在艺术上则兼有讽世和自嘲的特征。其中如表现思乡之情的《一片槐树叶》和表白自我意识的《七与六》等，都产生了较大影响，是纪弦这期间比较有代表性的诗歌作品。纪弦的后期创作开始实践他所提出的“现代派”的艺术信条，因而表现了比较强烈的现代主义倾向。代表作如《春之舞》表现商业社会对生命的异化、《阿富罗底之死》表现工业文明对美的肢解等，都以舍弃激情的冷静观照和超离经验的“知性”分析，表达了作者对于现代社会的荒诞感受。纪弦的这些诗作如同所有“现代派”作品一样，也是以对现代工业文明的批判性审视为特色，在艺术上确有许多新的试验和创造。但有些作品也不免过于抽象或醉心于文字游戏，陷入了形式主义的圈套。

如果说纪弦的诗歌创作经历了一个从浪漫主义向现代主义的转换，是一个并不十分完全的“现代派”诗人的话，那么，郑愁予的诗歌创作就从来没有超出过浪漫主义的艺术范畴，而且就其基本的艺术表现手法看，他同时又是“现代派”中一位最富传统色彩的现代诗人。这种特点不仅表现在他的诗作多以传统诗歌对于故国山河的眷恋、对于离愁别绪的咏叹，以及对于人间疾苦的关怀、对于至爱真情的歌颂为题材，同时也表现在他的诗作广泛地糅合了古典诗词的艺术表现手法，在诸如诗语的锤炼、音韵的协调、结构的安排、意境的创造等方面，都追求古典诗词的韵味和格调。这种韵味与格调与婉约派的诗词十分接近，因而受到读者的普遍喜爱。尤其是他的乡愁诗和爱情诗，更为集中地体现了这种创作特色。代表诗作如《梦土上》表现漂泊的感受、《错误》表现爱情的失落 、《如雾起时》表现远游的情思等，都在读者中广为流传，尤以《错误》一诗在读者中流传最广、影响最大。郑愁予的诗作的艺术水平一般都比较整齐，除上述作品外，他的山水诗也十分出色。在极端政治化的“战斗”诗风泛滥成灾的20世纪50年代的台湾诗坛，郑愁予虽名列“现代派”，但他的创作却集中地反映了这期间的台湾诗歌以“现代派”的名义追求抒情性的普遍要求。

覃子豪和余光中作为“蓝星”诗社的创始人和主要代表，无论是就其人生经历抑或创作追求来说，都有很大的差别。覃子豪与纪弦一样，20世纪30~40年代在大陆曾经有过一段诗歌创作的经历，与中国新诗的传统有着比较直接的精神联系。这位诗人早期的诗歌创作一方面因为接受了欧洲浪漫主义的影响，故而有抗战期间现实性极强的爱国的、战斗的呼号；另一方面也因为接受了法国象征主义的熏陶，故而与现代主义又有很深的渊源关系。覃子豪在40年代末入台后，经过了一段较长时间的沉默才重新开始诗歌创作。由于现实情境的改变和现代主义倡导的影响，从50年代以后，他的创作便显现了他的早期诗作中尚不十分明显的象征主义特色，成为这期间台湾现代主义诗歌运动中象征主义倾向最为突出的一位现代诗人。覃子豪的诗歌创作以60年代初出版的诗集《画廊》为标志，可分为前、后两个时期。他的前期诗作大多创作和发表在50年代中期以前，以诗集《海洋诗抄》和《向日葵》为代表。这期间的诗作因为融进了作者丰富的人生阅历，加上早期创作的浪漫主义影响尚未完全消除，故而虽运用象征手法，但仍不失其现实涵义。例如《追求》以流星追逐落日象征人生的最后“追求”，《向日葵》以向日葵象征个体生命的存在等，都是以具体的物象象征具有特定含义的人生感受，而且激情的抒发与抽象的隐喻并重，集中表现了覃子豪在这个时期的诗歌创作的主要特色。在这个时期过去之后，诗人对现代主义诗歌进行了较长时间的理论思考，撰写了大量理论研究和诗歌评论文章，创作则处在新的“追求与实验”之中。到60年代初《画廊》的出版，诗人开始否定诗的抒情性，转而向情感和字句以外去寻找诗意，亦即是那些隐藏在具体的情感和物象之后的抽象的存在。代表作如《金色面具》和《瓶之存在》等，前者以面具为象征，追寻面具背后隐含的“虚无”；后者以瓶为象征，探索瓶的存在的哲学奥义。这些诗作在技巧上都达到了相当圆熟的境界，但因为把诗的象征引入了一个不可捉摸的虚空之中，就不免要陷入不可知论和神秘主义。覃子豪以在理论上反拨“现代派”的极端的艺术信条始，却不幸在创作上最终仍然走入了“现代派”的艺术圈套。

在当代台湾现代主义诗歌运动中，余光中是一位在理论和创作上都十分成熟的现代诗人。这位诗人在参与现代主义诗歌运动之前，曾有过一段诗歌创作的经历，出版过诗集《舟子的悲歌》等，深受欧美浪漫主义和郭沫若及“新月派”众多诗人的影响。这种影响与他在学生时代对古典诗词的偏爱，奠定了他的诗歌创作的传统根基和注重抒情的浪漫特色。正因为如此，在参与发起“蓝星”诗社之初，他对“现代派”所主张的“全盘西化”的“横的移植”论与放逐抒情的“知性”追求，就表示了坚决的反对态度。此后，余光中在诗歌理论方面，一直坚持在传统与现代、中国与西方之间寻找一条相互融合、相互“转化”，最终实现中国新诗的现代化、创造真正现代的中国新诗的理想途径。这同时也是他的诗歌理论的一个核心内容和重要特征。为此，他不但进行了深入的理论研究，而且还参与了许多重大的理论论争，尤其是在反对现代主义诗歌运动的各种极端偏向方面，发表了许多卓越的见解，对台湾当代新诗理论建设，作出了重要的贡献。与此同时，余光中的诗歌创作也在努力从事这方面的实验和探索。这种实验和探索，大致经历了如下几个阶段：首先是20世纪60年代初期前后的创作，在现代诗中融入古典诗词的意象和表现手法，创造古典诗词的意境，代表作如《等你，在雨中》等。在这个基础上，60年代中期前后，又进一步把这种追求发展成一种在艺术上更加成熟的“新古典主义”，这种“新古典主义”诗作不仅仅是把传统诗词的意象和手法融进诗歌创作，同时还把传统的文化精神带入现代社会，用传统的文化精神烛照现代人生，使之在现代社会得到新的升华。这些诗作因而不仅有古典诗词的意境，同时还兼有中国传统文化所特有的精神气韵。代表作如《莲的联想》等。在这个“新古典主义”时期过去之后，余光中的诗歌创作于70年代中前期在融合传统与现代、中国与西方的追求方面达到了一种了无痕迹的超越境界。代表作如《白玉苦瓜》，通过台湾故宫博物院陈列的一只白玉苦瓜，象征中华民族在苦难的历史中升华的民族精神和民族文化。全诗既用现代主义诗歌常见的整体象征的表现手法，又含有中国传统文化尤其是儒、佛、道三家哲学所尊奉的“净化”、“涅槃”和“超升”之类的意义。作者通过巧妙的构思把二者有机地结合起来，使象征手法对具体物象的“超越”，与上述文化观念所强调的精神文化的“超越”融合成一个浑圆的整体，既赋予象征手法以一种哲学的意义，又使哲理的含义得到了“诗化”，确实进入了一种出神入化的艺术境界。余光中的诗歌创作经历过“既反传统于先，又反西化于后”的蜕变，最后不但复归于传统，而且也促使传统向现代发生创造性的转化。与此同时，他的诗风也由“灿烂之极”复归于“平淡”，在这期间写下了许多平易自然的诗作，他的传诵极广的《乡愁》就是一个突出的代表。无论从哪方面说，余光中都是当代台湾诗坛一位成就极高的现代诗人，他在诗歌理论和创作方面所作的追求同时也代表了台湾现代主义诗歌运动正确的方向和发展趋势。

在“现代派”和“蓝星”诗社掀起的现代主义诗歌运动的第一个浪潮过去之后，在这个浪潮中同样起过推波助澜的作用的“创世纪”诗社，到了20世纪50年代后期，进行了一次重大的改组（包括《创世纪》诗刊的扩版）。改组后的“创世纪”诗社不但吸收了前二者的众多成员（包括它们的一些创始人），而且在艺术观念上也放弃了他们在前此阶段所提倡的“新民族诗型”，转而以“超现实主义”相标榜，并对60年代的台湾现代主义诗歌创作产生了重要影响，推动了台湾现代主义诗歌运动进入第二次高潮。在这个高潮中，对“超现实主义”的追求最为执著，在创作上的成绩最大，因而也最具代表性的，是“创世纪”诗社的主要创始人洛夫和痖弦。这两位诗人的创作早期都受过中国新诗浪漫主义传统的影响，到50年代中期前后参与现代主义诗歌运动，倡导“新民族诗型”，主张“形象第一，意境至上”、“中国风”、“东方味”，仍然未超出浪漫主义的艺术范畴。这种提倡在当时虽然有反拨“现代派”“主知”重“理性的阐发”和“蓝星”诗社“主情”重“情绪的直陈”的意义，但因为缺乏有力的创作实绩的支撑，故而实际上并未产生全局性的影响。洛夫和痖弦在这个阶段上的诗歌创作，也依旧是以浪漫主义的抒情为特征，而且有一种唯美的倾向。代表作如洛夫的诗集《灵河》和痖弦的成名作《我是一勺静美的小花》等。从50年代末开始，洛夫和痖弦在鼓吹“超现实主义”的同时，创作的风格也在发生相应的转化。洛夫从1959年起，致力于经营长诗《石室之死亡》，历时五载，到1964年始得完成。这部长达600余行由64首无题诗编号组成的抒情长诗，集中对生命与死亡的问题进行了深入的哲学思考。全诗运用丰富繁密的意象，通过语义的矛盾和语法的悖谬，按照“超现实主义”的艺术原则，把在潜意识深处“找到的东西”与客观存在的东西（即所谓“预制的东西”）组合起来，构成一幅超越现实世界的怪诞画面，以此来表现作者对生命与死亡的焦虑感和虚幻意识。长诗发表后，在台湾诗坛产生了重大影响。虽然各种评价和诠释的分歧与对立也随之纷至沓来，但从总体上说，仍不失为台湾现代主义诗歌运动和洛夫个人的一篇“超现实主义”的艺术力作。在《石室之死亡》之后，洛夫的诗歌创作从60年代后期开始，在经历过从明朗走入艰涩之后，到70年代，复又“从艰涩回到明朗”。但这种复归的“明朗”已不是早期的直抒胸臆，而是在对人生和艺术的彻悟之后所达到的一种“宁静”、“淡泊”的境界。但即使是在这种变化之后，洛夫所体认的依旧是那份“宁静”和“淡泊”（包括语言表达）中自然地流露出来的生命意识。从这个意义上说，洛夫的诗歌创作只是从“超现实主义”的一面转到了另一面，并未真正走出现代主义的艺术范畴。洛夫的诗歌创作真正从“超现实”回到现实，则是在80年代经历了回归故国的现实感受之后。

与洛夫的“超现实主义”诗歌创作致力于开掘内心体验和潜意识活动不同，痖弦在20世纪50年代后期转向“超现实主义”，即十分注重将现实的东西（亦即“预制的东西”）通过极端主观化的处理，造成一种“非现实”的或“超现实”的效果，故而他的作品往往给人以极强的现实感和现实主义的印象。这位诗人对“超现实主义”的理论和创作有深入的研究和独到的见解，他虽然一样执著于“超现实主义”者所孜孜探究的生存的命题，但却不作形而上的玄思冥想，而是以现实人生尤其是小人物的生存困境为题材，着力表现生存的焦虑和悲苦。在这些作品中，他充分地发挥了从事戏剧表演的特长，同时也引进了一些短篇小说的技巧，往往将人物置于一种刻意构造的戏剧情境之中，通过一些生活细节的组合和安排，显现人物的处境和命运。代表作如《上校》、《坤伶》、《盐》、《红玉米》等。由于这些作品所构造的戏剧情境大多带有一种喜剧（或荒诞）色彩，细节的组合也异乎常态，因而又形成了痖弦的诗作一种重要的反讽特色。除表现小人物的悲苦外，他也用这种手法去表现对于现代文明的批判性审视，在这期间写下了许多并非实地游历的对于世界一些重要文明古国和工业都会的“纪游”诗。这些作品的题材虽然发生了重大转换，但集中表现的仍然是现代人的生存困境和对世界的荒谬感受。痖弦有时候也通过一种极端主观化的方式来表达这种生存的困境和荒谬的感受，例如他的长诗《深渊》等，就是借助一系列荒诞的意象和梦呓般的语句来表达现代人所面临的生存的“深渊”景象。但即使是在这种主观性极强的诗作中，痖弦所特有的反讽特色仍十分显明。反讽对痖弦来说，不仅是对荒诞现实的一种诗化的表达，同时也是化解人生无奈的一种宣泄的途径。这是痖弦作为一位“超现实主义”诗人所具有的最主要的艺术特征。在当代台湾所有的“超现实主义”诗人中，痖弦是对“超现实主义”的各种艺术表达的可能性进行了充分的尝试并取得了诸多成功的现代诗人，他的诗作因而也比较集中地反映了“超现实主义”诗歌在艺术上所取得的成就和收获。

（二）当代台湾现代主义小说重要作家作品

如上所述，在台湾现代主义文学运动进入全盛阶段，推动这股文学潮流并在创作上起着一种中坚作用的，主要是以《现代文学》杂志的创办者为主的一批学院派的年轻作家，其中又以白先勇、王文兴、欧阳子的创作最为集中地表现了现代主义小说的一些主要创作特征和艺术追求。

白先勇作为台湾现代主义小说的旗手，同时又代表了台湾现代主义小说中传统色彩比较浓厚，并且最终仍以回归传统和促使传统发生创造性转化为归宿的一种起主导作用的发展趋向。这位作家因为家庭背景和出生时代的特殊关系，在童年时代就经历了一系列国事家事的重大变动，在心灵深处埋下了很深的沧桑感和忧患意识的种子。这种沧桑感和忧患意识，此后就贯穿于白先勇小说作品的人物和情节之中，成为白先勇小说创作的一个重要的心理情结和情绪基调。他在20世纪50年代后期开始的小说创作虽然经历了一个主观色彩极强的成长时期，这期间的小说多从理念出发，情感太露，不懂节制，形式也不够完整，而且作品所描写的人生故事和生活感受，又带有一种病态的浪漫和梦境的虚幻色彩，但其中的一些以少年时代的生活回忆为题材的作品，仍然包含有一定的社会内容。特别是短篇小说《玉卿嫂》反映一位普通妇女被扭曲的人性和悲剧的人生，集中表现了作者的文学才华和这期间的小说创作的主要成就。在结束了这个成长期的“主观小说”的创作之后，白先勇于60年代初期赴美留学。由于环境的变化和涉猎的广泛，他的小说创作开始从个人主观世界里挣脱出来，逐渐把自己丰富的人生见闻和复杂的人生感遇，寄寓于一些具有典型意义的故事情节和人物形象之中，表现出了一种比较鲜明的写实倾向。他的小说创作也因为反映了比较深广的社会人生内容和善于在写实的手法中融合各种现代主义的表现技巧，而走向艺术上的成熟阶段。能够代表白先勇在这个成熟阶段上的艺术成就和创作特色的小说作品，主要有两个大的系列：其一是反映留学生生活的《纽约客》系列，其二是反映流落台湾的大陆人的命运的《台北人》系列。在前一个系列中，作者通过一些台湾留学生在异国的遭遇和处境，不但表现了一代“失根”的中国人既不能见容于异国，徒作无谓的挣扎的生存悲剧，而且也表现了他们因为一种特殊背景的原因，又无法回归于故土，只能作漂泊的孤魂的“浪子”命运。作者在这个系列作品的卷首用陈子昂《登幽州台歌》的诗句“前不见古人，后不见来者。念天地之悠悠，独怆然而涕下”点明题旨，正表明这个系列作品同时也表现了作者积郁甚深的家国之慨。其代表作有《芝加哥之死》、《谪仙记》等。与前一个系列描写年轻一代在异国的漂泊不同，在后一个系列中，作者通过国民党败退台湾后，一些“失势”的上层军政人士及其眷属，以及一些“失意”的下层官兵的生活处境和人生遭遇，主要表达的是一种感同身受的人世沧桑、世态炎凉的深重感慨，从中也透露出了弥漫于台湾社会的一种普遍的绝望心理和末世情绪。作者在全书卷末同样引了刘禹锡的《乌衣巷》诗：“朱雀桥边野草花，乌衣巷口夕阳斜。旧时王谢堂前燕，飞入寻常百姓家”，点明创作题旨，正是这种对世事的感慨和对人生的无奈的心境的真实写照。其中的代表作主要有《游园惊梦》、《永远的尹雪艳》等。在这两个系列作品中，白先勇除善于借助中国古典诗词、戏曲的意象和意境来表达现代主义所追求的象征意蕴外，还善于把现代派的意识流技巧融入现实主义的叙事描写，在传统与现代的结合方面，逐渐臻于一种融通圆熟的艺术境界。70年代初，白先勇开始创作他的第一部长篇小说《孽子》，到80年代初才最后完成。这部作品标志着白先勇的近期创作正在告别他此前的创作所承接的中国文学“感时伤怀”（包括历史沧桑感和人生无常感）的传统，开始真正接触现代生活中一些比较敏感的社会问题。虽然这部作品因为涉及同性恋问题而遭致众多论者的诟病，但作者在这部作品中所表达的悲天悯人的情怀，仍然不失白先勇的小说关切社会人生的一贯精神。

与白先勇倾向于融合传统与现代不同，在台湾现代主义小说家中，王文兴和欧阳子属于受现代主义影响较深，因而在创作上所表现出来的现代主义特色也比较明显的小说作家。这两位作家的创作分别代表了台湾现代主义小说在以下两个方面的主要艺术取向：探讨人的存在的意义和发掘人的内心世界的奥秘。在前一个取向上，王文兴的小说创作用力最专，所取得的成绩也较为引人注意。这位作家在20世纪60年代中期以前的短篇小说创作主要有如下两种类型：一类是表现人性的种种丑恶和缺陷。这类作品往往取材于青少年的一些人生经验，以青少年的眼光和情怀来对待世间人事，在真诚与纯洁的心灵面前，揭示人性的虚伪与污浊，其代表作有《黑衣》、《欠缺》等。另一类是表现人在环境的力量面前的渺小和无能，以及人的不能自我主宰和不可知的悲剧命运，代表作有《海滨圣母节》、《草原的盛夏》等。这两类作品无疑都受存在主义的影响，以表现人对外部世界的“恶心”感和存在的荒谬为指归，虽然在艺术上也不乏心灵的震撼力，但终究因为理念的成分太重而未臻成熟的境界。在60年代后期，王文兴开始致力于长篇小说创作。他在70年代初发表的长篇小说《家变》，是他作为一个现代主义小说家的主要标志。这部作品主要描写发生在一个家庭内部的叛逆故事，通过儿子对父亲的厌弃和虐待，表现了一种极端的反传统倾向。与此同时，作者也通过这个家庭裂变的故事，表现了在传统与现代的夹缝之间挣扎、冲突的现代人的一种生存的无奈和尴尬。这部作品在叙述语言方面也进行了大胆的实验，同样表现了一种极端的反传统倾向。作者甚至认为，《家变》的意义全在它的文字。但它的文字却是满纸生造和错脱的字词、不合文法和违拗不通的句式、文白夹杂中西混用的句型，以及佶屈聱牙、生硬艰涩的句读，等等。因为在道德和语言上的这种极端的反传统，作品发表后即招致读者和文学界人士的激烈批评。王文兴虽然在他的下一个长篇《背海的人》中继续发展了这种极端的语言实验，但因为不是一条正确的创新途径，终究未能在艺术上产生真正的突破。

在台湾现代主义小说家中，欧阳子是以发掘人的内心世界的奥秘著称的作家，她的小说因而被众多论者称为“心理小说”。这位作家对人类复杂微妙的心理，有浓厚的探究兴趣，尤其是对两性关系中深藏的一些潜意识活动，作了更为深入细致的艺术刻画。她笔下的主人公大多是一些受过良好教育的青年女性或中产阶级的妇女（也有少数男性），但在爱情、婚姻和家庭生活中，却有着诸多的缺陷和不幸，压抑了过多的冲动和苦闷。她的小说主要是撷取这方面的心理活动的材料，通过一些诸如两情的猜忌、多角的恋爱、婚外的私情，甚至乱伦行为等反常的或变态的男女关系，把潜藏在人类心灵深处的复杂微妙的心理活动大胆地揭示出来，真实地展现了现代人受着各种生存的困境折磨着的内心世界的一幅斑驳陆离的心理图景。其代表作主要有《花瓶》、《魔女》、《秋叶》、《近黄昏时》、《墙》、《网》等。与这种创作的旨趣相适应，欧阳子的小说在艺术上广泛借鉴了西方现代派小说的心理分析、意识流和超现实主义、象征主义的表现手法，在结构的完整和叙事角度的变化方面，也十分讲究，尤其是对人物心理分析和潜意识活动的揭示，达到了一种精细入微的真切程度。欧阳子的小说创作从观念到艺术上都深受弗洛伊德的精神分析学说的影响，她的作品也因此而常常与一些根深蒂固的道德观念发生剧烈的冲突，在文学界内外引起了不同意见的激烈争论。虽然她对某些病态或变态的心理行为不加分析地客观展示，确实容易对读者产生一些消极影响，但就作者的艺术追求本身来说，她却堪称当代台湾一位现代主义特色最为突出的小说作家。

（三）当代台湾“乡土小说”重要作家作品

如前所述，当代台湾“乡土文学”创作虽然在光复后的复兴期，钟理和等作家的创作比较突出，在它的全面回归的20世纪60~70年代，钟肇政等作家的创作则比较活跃，所取得的成就也较为引人注目。尤其是钟肇政的两部长篇三部曲——《浊流》三部曲和《台湾人》三部曲，更是这期间“乡土文学”创作的重要收获。但是，由于这期间的“乡土文学”创作从思想到艺术都具有一种全新的意义，能够体现这种全新意义上的“乡土文学”的特色，并且在创作上取得了众所公认的突出成就的，主要是战后第二代“乡土文学”作家，尤其是陈映真和黄春明的小说创作。

作为全面回归期的当代台湾“乡土小说”创作的主要代表，陈映真和黄春明的小说创作在起步阶段的20世纪60年代中期以前，都受过当时正处于全盛时期的现代主义文学运动的影响，尤其是作为西方现代主义文学的思想背景的存在主义哲学，对他们的创作影响更大。这两位作家在这期间的小说创作虽然也接触到一些社会人生问题，但却大多陷于一种绝望和苦闷之中而不能自拔，故而他们笔下的主人公最后都免不了要以自杀来解脱人生的矛盾和痛苦，笼罩着一层“死亡”的阴影，代表作如陈映真的《我的弟弟康雄》等。由于一种未能广泛深入地体察社会民情的知识人的感伤与忧郁情绪的作用和所受西方哲学思潮的影响，他们这期间的小说创作又有比较强烈的主观色彩和比较浓重的理念成分。虽然陈映真的成名作《将军族》，因为反映了从大陆来台的退役老兵和台湾下层人民的痛苦遭遇和悲惨命运而引起了广泛的关注，但从总体上说，他们的创作尚未脱出在这期间正甚嚣尘上的现代主义影响的范围。

进入20世纪60年代中期以后，陈映真和黄春明的小说创作都发生了重大的艺术转变。虽然早期的现代主义影响在此后的创作中，逐渐转化为一种开放的艺术观念和宽容的创作态度，但此后的创作却告别了对现代主义的观念演绎和艺术模拟，开始转向正在急剧变动中的台湾现实生活，描写在这个变动中台湾社会的种种人生世相。在艺术上也开始摒弃主观抒发而注重客观写实，拒绝演绎理念而强调反映生活。他们作为一种严格意义上的“乡土文学”作家的地位才开始逐渐确立，并在60年代后期到70年代先后走向艺术上的最后成熟。

陈映真在走向艺术上的成熟之前，从20世纪60年代后期到70年代中期，曾经因为政治上的嫌疑而被台湾当局囚禁8年之久。在这期间，他的小说创作不但在风格上发生了重大的变化，继《将军族》之后，写下了许多对大陆来台人员的生活遭际和命运变化表示密切关注以及诸如《唐倩的喜剧》等对台湾社会日渐“西化”的现实和趋附时尚的风气表示辛辣讽刺的小说作品，而且在理论上对自己的早期创作进行了系统的总结和反思，并以许南村为笔名在70年代中期出狱后发表了《试论陈映真》的长篇论文。这篇论文不但标志着陈映真的小说创作一个时期的终结，而且也集中地表达了陈映真关于文学的基本问题和台湾文学的历史与现状的总体看法。它与陈映真此后在“乡土文学”论争中所表达的理论观点一起，构成了陈映真对于台湾“乡土文学”独特的、自觉的理性思考。这种思考的最大特点是凸显了台湾“乡土文学”的现实主义和民族意识的特性，使“乡土文学”突破了长期以来狭隘的题材局限和地域局限，真正回到了中国新文学的现实主义和民族传统的怀抱，陈映真因此而与其他“乡土文学”作家一起，为“乡土文学”新质的确立作出了重要的理论贡献。他在70年代中期以后进入成熟期的小说创作，即是对这种理论思考积极实践的艺术成果。在这期间，陈映真的小说创作致力于“批判外国的经济和文化之支配性的影响，唤起中国的、民族主义的、自立自强的精神”。① 其代表作主要有系列小说《华盛顿大楼》（第一集）中的《夜行货车》、《上班族的一日》、《万商帝君》和《云》等作品。在这些作品中，作者一方面通过一些西方跨国公司的老板对台湾员工的欺诈剥削，表现了外国资本主义经济对台湾社会的殖民掠夺；另一方面也通过这些公司的台湾员工与外资老板的冲突与斗争，表现了台湾人民的民族气节和反抗精神。与此同时，这些作品也通过一些中国员工在这些

① 陈映真：《建立民族文学的风格》，《乡土文学讨论集》（尉天骢主编），台湾远景出版事业公司1978年版，第336页。

跨国公司“甜美的控制”和虚幻的诱惑下，人生理想和奋斗目标的破灭，以及某些丧失民族气节和独立人格的洋奴的为虎作伥与奴颜卑膝，表现了这种具有无所不在、无所不能的控制力的现代跨国资本的垄断组织对人性所造成的各种异化。从这些方面看，这些作品既具有台湾“乡土文学”一以贯之的反帝爱国的思想主题，同时又兼有批判性地审视现代工业文明的全新意义。在这些作品中，陈映真用一种冷峻的写实手法，不但无情地揭露了西方垄断资本的象征——华盛大楼这座庞然大物的腹内深藏的种种污垢和罪恶，而且深入地解剖了在这座庞然大物的阴影中活动着的各色人等的灵魂的卑劣与猥琐。与此同时，作者又吸收了诸如象征和意识流等一些现代主义的表现技巧，通过结构的变化，叙述视角的转换，增加作品的生活容量，强化作品的思想深度。这些作品也因此而打破了传统的“乡土文学”纯粹写实的特色，在融合现代主义手法的过程中，显示了“乡土文学”的一种艺术新质。陈映真的小说创作在80年代以后转向当代政治题材，虽然作品所触及的内容主要是50年代台湾社会的一些敏感的政治“历史”问题，但其严肃的现实主义创作态度，却是上述“乡土文学”精神的发展和延续。

与陈映真成熟期的小说创作主要取材于现代都市生活不同，黄春明在20世纪60年代中后期到70年代以前的小说创作主要是以他所熟悉的乡村社会为背景。50—60年代的台湾农村，由于西方资本主义的入侵和台湾社会日渐商业化的趋势的影响，正在发生急剧的转型变化。这种变化一方面固然带来了生产方式和生活方式的发展与进步，但在一个畸形的社会经济结构中，更多的却是农村经济的破产给农民造成的不幸与痛苦。与此同时，现代工业文明在古老的乡村社会所引起的强烈震荡，也给农民造成了极度的心理矛盾和困惑。黄春明这期间的小说创作所关注的重心，即是处于这种急剧的社会转型之中的台湾农民的生存状况和心理状态。比较有代表性的作品，主要有以下几种类型：其一是反映在自然经济解体的过程中传统农民所经历的观念转换的痛苦，代表作有《青番公的故事》等；其二是表现农村社会在都市化的进程中传统农民与现代生活之间的冲突，代表作有《溺死一只老猫》等；其三是描写在商业化的潮流中传统农民生存处境的尴尬，代表作有《锣》和《儿子的大玩偶》等；其四是表现农村经济破产后流入城市的农民的痛苦遭遇和悲惨命运，代表作有《两个油漆匠》和《看海的日子》等。在这些作品中，黄春明一方面对台湾社会日渐商业化的趋势和畸形发展的工业文明，给予有力的批判；另一方面也对传统农民身上存在的某些落后的意识和陈腐的观念，施以善意的嘲讽。与此同时，作者还十分注意发掘这些普通农民身上所蕴藏的民族的传统美德，表现他们在日渐商业化的潮流面前对这种传统的美德和生活信条、人格尊严所作的顽强的精神固守。凡此种种，在这些方面，黄春明的农村题材的小说创作都具有与以往的“乡土作家”完全不同的艺术新质。进入70年代以后，黄春明小说创作的背景开始由农村移向城市，由对转型期的农村社会和农民命运的关注，转向对转型期的城市生活种种病态的批判与揭示，代表作主要有《苹果的滋味》、《莎哟哪啦·再见》、《我爱玛丽》和《小寡妇》等。这些作品通过一些极具讽刺意味的生活故事，对台湾社会普遍存在的崇洋媚外的恶劣风气和某些丧失民族气节与人格尊严的奴隶根性，进行了无情的揭露与批判，同样也以讽刺的手法，表现了台湾人民的觉醒与斗争。虽然读者和评论界对这种创作的转移评价不一，但这些作品无疑进一步扩大了黄春明的“乡土小说”题材和主题的范围，也表现了黄春明的小说创作在成熟期的艺术风格的一次重大转变和突破。作为一位曾经接受过现代主义影响的新一代“乡土小说”作家，黄春明的小说创作在写实手法中同样融合了诸如象征和意识流等现代主义的表现技巧，尤其是对讽刺艺术的成功运用，更兼有外国文学和传统小说的双重影响。但从总体上说，这位作家的小说创作在情节结构、人物塑造和叙述方式、语言风格等方面，却更倾向于继承中国小说的艺术传统。包括老一辈“乡土文学”作家所重视的民俗风情和地方特色，同样是黄春明的小说创作孜孜不倦的追求目标。正因为如此，在新一代台湾“乡土小说”作家中，黄春明既是现代的，同时又被众多论者称为“标准的乡土作家”。

第三节 当代港、澳文学概论

当代港、澳文学概况 香港、澳门一水之隔，近在咫尺，地理位置十分接近。由于历史的原因，都遭受过外国殖民者的侵占和掠夺。这种特殊的地理和历史因素，决定了港、澳两地的文学发展处于一个大体相似的社会文化环境之中。加上两地作家的易动和文学交流十分频繁，作家队伍和文学作品发表、出版的归属很难截然划分，故而两地文学又常常呈现出一种密不可分的混成状态。相对而言，香港文学在长期的历史发展中逐渐形成了一种独立的品格和独特的形态，也取得了较大的成就，出现了一些有影响的作家作品。在这些方面，它都足以作为两地文学的代表，集中显示一种特殊形态的中国文学的成就和特征。故而本节所论，虽然主要是以香港文学为直接对象，但却是一种混成状态的港、澳文学的典型表现和集中代表。

港、澳地区由于在地缘上与内地连成一体，又未曾经历过如同台湾地区那样的开辟时期和特殊的历史变迁，故而其文化和文学的发展也不存在一个相对完整的历史（古代的和近代的）形态。就这个地区的新文学而言，由于特殊的社会原因，接受内地新文化运动和新文学运动的影响也比较迟缓。直到1927年鲁迅在大革命的高潮中应邀到香港发表文学演讲之后，才把新文化运动和新文学运动的火种传播到此，这个地区的新文学运动才在鲁迅的影响之下得以蓬勃开展起来。大革命失败后，一批进步青年来港，加速了这一运动的发展，港、澳地区的新文学运动从此开了一个新的生面，并且逐步与内地的新文学运动连成一体，成为整体的中国新文学运动的一个不可分割的重要组成部分。在抗日战争爆发后20世纪的30—40年代中期和抗战胜利后的40年代后期，由于内地大批进步文化人士和新文学作家来港，在港、澳地区新文学运动的历史上先后造成了两个重要的繁荣时期。这些进步文化人士和新文学作家在港、澳地区开展的文化活动、主持的文学刊物、创作的文学作品，对港、澳地区的文学历史产生了重要的影响，为港、澳地区的文学发展打下了坚实的基础。中华人民共和国成立以后，虽然这些进步人士和新文学作家陆续回到内地参加文化建设，但也有一部分仍然留在香港坚持文学活动，与已经成长起来的港、澳本地的作家一起，共同推进了这一地区当代文学的发展与繁荣。

港、澳地区当代文学的历史起点，同样是以1949年中华人民共和国的成立为标志。中华人民共和国成立以后，港、澳地区与内地分属不同的社会制度，从经济基础到意识形态，都存在着极大的差异。在与内地完全不同的社会文化环境中形成的当代港、澳文学，因而也就具有与内地文学完全不同的性质、特征和表现形态。这种不同同时也表明当代港、澳文学开始进入了一个相对独立的发展时期。从20世纪50年代到80年代，港、澳地区当代文学的发展虽然不断受到来自内地的各种影响，但就其自身的特殊表现来说，却经历了与内地文学完全不同的几个重要的发展阶段。

第一个阶段，从中华人民共和国成立到20世纪50年代后期，是“反共”的“美元文学”与爱国的进步文学对峙的时期，同时也是处于中间状态的通俗文学和现代主义文学的发轫时期。50年代初期，美国政府出于“冷战”和在亚洲发动新的侵略战争的需要，对新生的中华人民共和国采取敌视政策，除了继续支持败退台湾的国民党政权的“反共复国”路线之外，同时还把香港作为他们颠覆新生的中华人民共和国的前沿阵地。当大批进步文化人士和新文学作家回到内地参加文化建设，香港文化界和文学界在短时间内被来自大陆的“逃亡”文人所控制的时候，他们即通过驻港的新闻和文化机构，搜罗和支持一批具有反共意识的文化人和文学作家，以美元作后盾，开始炮制大批反共的文化读物和文学作品。尤其是美资亚洲基金会所属的亚洲出版社和受这家基金会资助的《人人文学》杂志，在这期间出版和发表了大量具有反共倾向和怀旧意识的文学作品和理论论著，集中掀起了一股反共的“美元文学”的黑色浪潮。在这股反共的“美元文学”浪潮中，影响较大的文学作品是赵滋蕃以国民党逃亡香港的军政人员及其家属的遭遇为题材的小说《半下流社会》，以及张爱玲在驻港的美国新闻处直接授意下创作的反共小说《秧歌》和《赤地之恋》等。这些作品大多是主观理念的产物，内容既无真实性可言，在艺术上也流于公式化和概念化。它们与这期间充斥台湾文坛的反共的“战斗文艺”遥相呼应，成为在美国政府直接操纵下的一种国际性的反共浪潮的重要组成部分。

与这种“反共”的“美元文学”相对的是，一批在中华人民共和国成立前后从大陆来港工作的进步文化人和香港本地的年轻作家，则以《文汇报》、《大公报》和《新晚报》等几家有影响的报纸的文艺副刊为主要阵地，在极端困难的情况下，创作和发表了一批以歌颂人民革命和中华人民共和国的成立、揭露国民党政权的反动本质为主要内容的爱国的进步文学作品。其中最有代表性的、影响最大的是曹聚仁的报告文学和阮朗（唐人）的中国现代史通俗演义。曹聚仁的《万里行记》和《北行小语》等报告文学作品，以大量客观事实真实地报道了中华人民共和国成立后各个方面所发生的巨大变化，有力地驳斥了反共宣传对人民政权的恶毒攻击，澄清了反共宣传对中华人民共和国所造成的种种误解。阮朗的《金陵春梦》系列作品则以通俗的章回体小说的形式，通过蒋介石个人和蒋家王朝发迹的历史，揭露了国民党政权的腐朽本质和必然灭亡的客观规律。这些作品与反共的“美元文学”形成鲜明的对照，在海内外读者中产生了广泛的影响，同时也给这期间的港、澳文坛，造成了一个两军对垒的激烈态势。

在“反共”的“美元文学”与爱国的进步文学的两军对垒之中，20 世纪 50 年代的港、澳文坛，由于商业化的社会环境的影响和广大市民群众文化消费的需要，以娱乐和消遣为主要功能的通俗文学也乘势崛起，并且通过现代传媒手段，日渐占领了读者市场。其中影响最大、成就最高的，是在这期间兴起的梁羽生和金庸的新派武侠小说。特别是金庸的武侠小说，此后逐渐在海内外读者中享有崇高的声誉，成了港、澳地区这种特殊形态的通俗文学的主要代表。与此同时，50 年代中期，由于西方不断传入的现代派文学和台湾地区正在兴起的现代主义文学运动的影响，港、澳地区也开始出现一种现代主义文学的艺术萌芽。比较有代表性的是《文艺新潮》杂志对文学“新潮”的倡导和对西方现代主义文学思潮与作家作品的翻译与介绍，以及刘以鬯等作家带有现代主义倾向的文学创作尝试等。这期间崛起的新派武侠小说和现代主义的文学萌芽，虽然尚未得到充分的发展，但却在两军对垒的50年代中期前后的港、澳文坛，形成了一种处于中间状态的特殊的文化制衡力量。

第二个阶段，从20世纪50年代后期到70年代后期，是现实主义文学与现代主义文学的消长时期，也是这两种形态的文学在创作上的成熟和收获时期。进入50年代后期，由于国际形势和港、澳地区社会经济情况的变化，这个地区的文学也出现了一些新变化的迹象。这种变化的主要表现，其一是随着美国政府在朝鲜发动的侵略战争的失败和台湾当局“反共复国”计划的破产，港、澳地区的反共浪潮开始走入低谷，以之为背景的“美元文化”和“美元文学”也随之全面溃退。其二是随着大陆南来作家对港、澳地区的社会生活的日渐熟悉和本地作家的日渐成熟，由30—40年代大陆南来作家开创的现实主义文学传统，在这期间得到了进一步的恢复和发展。其三是在前一个阶段开始萌芽的现代主义文学，因为港、澳地区经济的飞速发展和内地的“文革”动乱的影响，也获得了长足的进步。此外，则是通俗文学随着港、澳社会商业化程度的不断提高，在这期间也进入了一个空前的繁荣和兴盛时期。除了新派武侠小说逐渐走向艺术上的成熟，产生了许多脍炙人口的精品之外，言情和科幻小说的创作也取得了重要的成就，出现了以亦舒为代表的言情小说和以卫斯理（倪匡）为代表的科幻小说的创作高潮。凡此种种，这些新变化的迹象表明，当代港、澳文学在这期间已经进入了一个艺术发展的全盛阶段。

从20世纪50年代后期到70年代后期，港、澳地区现实主义文学的发展经历了一个曲折的过程。从50年代后期到内地发生“文化大革命”的60年代中期以前，是港、澳地区现实主义文学的一个重要转换阶段。这种转换的主要表现首先是以阮朗为代表的内地南来作家开始突破长期以来偏重于反映中国现代历史和内地生活的题材局限，逐渐把关注的目光投向本地居民的生活现实和生存状况。阮朗在50年代中期以后创作的二十多部小说和近十部电影剧本，大多数是取材于本港居民的现实生活，而且也打破了他长期以来所擅长的历史演义的模式，开始由依托历史事实的形象演绎和对人物与事件的粗线条勾勒，转向比较深入细致的现实主义描写，刻画典型环境中的典型性格，因而在艺术上也日臻成熟。其他南来作家的创作也大抵如此。其次是本地作家的崛起和迅速成长，更进一步强化了这种关注本港现实的创作趋向。由于本地作家深谙港、澳地区的历史掌故、民俗风情和方言土语，因而其创作又表现出了不同于内地南来作家的比较浓郁的地方特色。在这期间崛起的本地作家中，以舒巷城的小说创作最有代表性，所取得的成就最大。这位作家被众多论者称为“香港的乡土作家”，他的作品不但真实地反映了香港下层市民的生活境遇和思想性格，而且也真切地展现了香港下层社会的生存环境和生活风貌。在艺术上，这位作家的小说则以构思的精巧、布局的严谨、语言的简练和风格的朴实著称。代表作除短篇集《山上山下》、《雾香港》和《曲巷恩仇》等外，尚有长、中篇小说多部，尤其是60年代初出版的长篇小说《太阳下山了》，更是这期间港、澳文坛公认的一部现实主义力作。创作题材的转换和本地作家的成长，标志着这期间港、澳地区的现实主义文学开始真正扎根于港、澳社会现实生活的土壤，并以其所取得的创作成就，把港、澳地区现实主义文学的发展推向了一个新的艺术高度。60年代中期内地开始的“文化大革命”，对港、澳地区的现实主义文学同样产生了灾难性的影响。以《文艺世纪》等杂志为代表的现实主义文学的主要阵地，因为陆续停刊而丧失殆尽，一些进步报纸的文艺副刊转而追随政治潮流，多数现实主义作家的创作也因此而处于一种停顿状态。虽然从70年代初期起，港、澳地区的现实主义文学开始出现一些回升的迹象，但真正获得艺术的新生，则如同整体的中国文学一样，是在70年代后期结束“文化大革命”的历史动乱之后。

在现实主义文学曲折行进的同时，港、澳地区的现代主义文学在这期间也经历了一个缓慢的发展过程。发轫于20世纪50年代中期的现代主义文学思潮，到了60—70年代，由于下列方面的原因，逐渐在港、澳地区的青年中广为流行：其一是在相对稳定的国际环境中，港、澳地区的经济得到了飞速的发展，与此同时，人们的思想观念和行为方式，也在经历一场由传统向现代的转型变化。在这个过程中，传统与现代、精神与物质、技术与文化等方面的冲突与矛盾，为现代主义文学的发展提供了现实的土壤和条件。其二是内地的“文化大革命”和国际性的学生运动浪潮的冲击，加剧了现代社会普遍存在的一种反叛传统的趋向，同时也给青年一代造成了许多思想上的困惑与矛盾，在青年一代中引发了一场严重的精神危机。这种精神危机很容易与现代主义的影响一拍即合，从而为带有先锋和前卫色彩的现代主义文学的发展造就了一批激进的艺术主体。此外，则是港、澳地区的“西化”教育和西方文化的直接影响，内地“文化大革命”对这期间的现实主义文学的冲击，以及50年代后期“美元文学”溃退后，一部分作家和某些文学报刊转而提倡现代主义文学，等等，都是造成这期间现代主义文学长足发展的一些重要的外部因素。这期间的现代主义文学在创作上取得重要成就的仍然应当首推刘以鬯的小说创作，这位作家在经过了50年代的实验探索时期之后，到60—70年代的创作在艺术上已渐趋成熟，尤其是他在60年代初期出版的长篇小说《酒徒》，被论者誉为“中国的第一部意识流小说”，是这期间现代主义文学的重要艺术收获。此外，也斯和女作家西西的小说创作，在这期间的现代主义文学中，也具有一定的代表性。港、澳地区的现代主义文学虽然在现实主义文学遭受挫折的60—70年代获得了长足的发展，但因为生存在一个高度商业化的社会环境之中，加上自身也存在一些不可避免的局限，终究未能成为这期间文学发展的主流。

第三个阶段，20世纪80年代以后，是现实主义和现代主义相互融合和不同形态的文学多元发展的时期，也是港、澳文学与内地文学扩大交流和酝酿回归的时期。70—80年代之交，中国内地结束“文化大革命”，实行改革开放政策，对港、澳社会产生了直接的和带有根本性的影响作用。随着长期以来在港、澳文坛实际存在的政治上的“左”、“右”对立的局面的逐步趋向缓和，文学上的不同思想倾向和艺术派别之间的壁垒也开始有所突破。大多数文学刊物都采取了比较开放的方针，刊载不同倾向和不同风格的文学作品。作家之间也增进了相互交往，扩大了艺术交流。不同倾向、不同派别的作家共同关心港、澳文学的现状和未来，成了这期间港、澳文坛一种良好的文学风气。这种局面的出现不但活跃了港、澳地区的文学创作，带来了文学的整体繁荣，而且也使港、澳文坛长期以来各行其道甚至相互对立的带有政治倾向性的文学与远离政治的文学、现实主义文学与现代主义文学，以及艺术化的纯文学和商业化的通俗文学等，开始走向艺术上的相互吸收和相互融合。其结果是，一些向来远离政治的作家，开始关注港、澳的前途和祖国的命运，创作的题材和主题为之一变；现实主义作家开始吸收现代主义的表现技巧，艺术的表现力相应有所扩大；现代主义作家开始重视民族传统和关注现实问题，“曲高和寡”的局面正在逐步改变，甚至以消遣和娱乐为主要功能的通俗文学也在借鉴纯文学（包括现代主义文学）的观念和技巧，使一些通俗文学样式在艺术上也具备某种先锋性的特征。在相互吸收和相互融合的同时，这些不同形态的文学又在向着更深广的方向，各自在进行着新的艺术追求的努力。虽然在这个急剧变动的复杂情势中，港、澳作家尚来不及提供更多的在艺术上产生重要影响的创作实绩，但港、澳文坛因此而在这期间出现了一个前所未有的多元竞进的繁荣局面，却是一个有目共睹的事实。与此同时，港、澳地区与内地的文学交流也日益频繁。港、澳文学不但逐渐吸引了内地众多研究者的注意，而且也逐步纳入了整体的中国文学的观照视野。尤其是在80年代中期关于香港问题的中英联合声明签署以后，港、澳文学又开始了一个新的回归祖国的“过渡”时期。这个“过渡”时期同时也是港、澳文学的一个重要的历史转折时期。

当代港、澳文学重要作家作品 如上所述，当代港、澳文学在近半个世纪的曲折发展历程中，涌现了许多重要的文学潮流，培育了许多重要的文学品种，产生了许多重要的作家作品。但是真正以其创作上的影响贯穿当代港、澳文学的历史，并且代表了一定的文学潮流或某些特殊的文学品种的最高创作成就，同时又在岛内外产生了重要影响的，在纯文学方面主要是刘以鬯的小说创作，在通俗文学方面则主要是金庸的新派武侠小说。

刘以鬯在港、澳文坛是一位德高望重的资深报人，同时又是一位成就很高的小说作家。这位作家的文学创作开始于20世纪30年代初期，他在中学时代就参加了现代作家叶紫发起组织的"无名文学社"。尔后从内地到香港，在大半个世纪的时间内，主要从事报纸和期刊的新闻编辑工作。他的文学写作，可分为两大类型：一类是为维持生计所写的"娱乐别人"的"流行小说"，这类小说加上他为报纸所写的其他专栏文章，总计有六七千万字之多。对这类应时的"行货"，在发表之后，他大多弃之不顾，只有其中极少数经过严格的修改、删削，才得以保留在他后来出版的作品集中。另一类是在这些流行的"行货"之外，作为一位真正的艺术家所创作的体现了他的独特艺术追求的"娱乐自己"的小说。这类作品主要有长篇小说：《酒徒》、《陶瓷》、《岛与半岛》，中短篇小说集：《天堂与地狱》、《寺内》、《一九九七》、《春雨》，文学评论集：《端木蕻良论》、《看树看林》、《短绠集》等。其中又以《酒徒》和《寺内》最有代表性，是他的小说创作成就的主要标志。

刘以鬯的小说创作成就，主要表现在他对小说形式所作的新的实验和探索方面。这位作家虽然有极强的现实感，也创作了许多极富现实性的小说作品，但他却坚持形式是文学的本质论，认为传统的现实主义已不足以反映错综复杂的现代生活，只有不断地进行艺术创新，探索新的表现形式，才能获得文学所特有的独立的艺术世界，也才能挽救小说文体的危机，跟上时代的发展。他把自己的小说称为"实验小说"，正是他的这种极端的形式本位论的集中反映。他在小说艺术形式方面所进行的创造和实验，主要是来自西方现代派小说的影响，同时也从中国现代小说尤其是带有现代派倾向的小说创作中吸取了有益的艺术经验。他把中外小说在20世纪以来所创造的这些最新的艺术经验融于自己的小说创作，根据现实的需要，进行了大胆的艺术创造，从而使他的"实验小说"在创造新形式的过程中，同时也创造了现代小说的一种新的民族特性。他对小说形式所作的实验和探索，主要表现在如下几个方面：其一是对"意识流"手法的成功运用，在这方面主要以长篇小说《酒徒》为代表。这部小说因较早成功地运用了西方现代派的"意识流”手法，而被论者誉为“中国的第一部意识流小说”。作品通过一位从内地到香港的作家在醉酒状态下的一系列心理意识活动，表现了作品的主人公在商业社会追求真正的文学和爱情而不可得的深重苦闷，以及对人类某种永恒矛盾的悲剧性象征。这部作品同时也比较集中地体现了作者关于现代小说的一些主要艺术观点，这种观点认为现代人经受了太多、太重的心理压力，因而所激起的内心反应也必然十分强烈。这样，现代人的内心矛盾和内心冲突，也就成了较之现实主义所反映的外在真实来说，是更为真实的现代人生的反映。他的这部小说就是着眼于反映这种由于外部环境的压力所引起的内在矛盾和内心冲突。作品采用作者所主张的“横断面”的写法，截取主人公人生活动中的诸多片断，将眼前的感官印象和对往事以及相关事物的自由联想叠印起来，通过第一人称的自我独白，将一位在矛盾和痛苦中挣扎着的文化人的内心世界揭示得淋漓尽致，同时也折射了现代商业社会光怪陆离的人生世相，在反映内心真实的同时也反映了外在的真实，表现了作者对于现代商业社会中人的生存和文化的生存问题的深切关怀。其二是用艺术的方式对古代生活的独特阐释，在这方面主要是以他的“故事新编”系列中短篇作品为代表。这些作品的主要篇目有《寺内》、《除夕》、《蛇》、《蜘蛛精》和《追鱼》等，无一例外地都是取材于中国古代的文学作品或戏曲作品。作者截取了这些作品的情节片断或将其中的情节进行局部的改装和组合，然后用现代小说的叙事方式，对这些作品的思想意蕴和人物的性格内涵作出新的阐释。作者阐释这些古典作品中的人物与故事的主要依据，是弗洛伊德的精神分析理论。根据这种理论，这些经过作者改编的古代故事，大多是以人的本能欲望尤其是性的本能来消解人的文化本质和爱情神话。虽然作者的这种阐释和评价不可避免地会带有弗洛伊德学说的谬误和偏颇，但因为曲折地反映了作者对现代商业社会人的自然本性日趋失落的深重焦虑，因而是有一定的认识意义的。除此而外，刘以鬯另有一些中短篇作品还尝试了各种各样的偏离正常艺术规范或“反小说”的表现方式，例如《链》是作者有意写作的一篇“没有故事的小说”，《动乱》是一篇“没有人物的小说”，《对倒》则是一篇“有人物无故事的小说”。这类偏离正常艺术规范或“反小说”的作品还有《吵架》、《打错了》、《春雨》、《副刊编辑的白日梦》和《黑色里的白色　白色里的黑色》等，都比较有代表性。这些作品虽然都是一些极端的形式实验，但通过这些极端的表现形式，却表达了作者对于人性、人的本质和人的存在等诸多问题的独特看法，是作者在他的小说创作中所表现出来的现代主义哲学观点的一个重要组成部分。无论从哪方面说，刘以鬯都是一位现代主义倾向很重的小说作家，他以他的“实验小说”在商业化气氛极浓的港、澳文坛独树一帜，显示了港、澳文坛在纯文学的创作方面所取得的引人注目的突出成就。

与刘以鬯的现代主义“实验小说”形成鲜明对比和极端反差的是，金庸以他的通俗“新派武侠小说”，同样在当代港、澳文坛独树一帜，并在海内外产生了广泛而深远的影响，甚至形成了一门独立的“金学”，成了当代港、澳文学一个重要的艺术标志。这位作家也是一位资深报人，从20世纪40年代中后期在大陆投身报界，直到80年代，以其毕生精力从事新闻编辑和出版工作。只是因为一些偶然的因素，才开始投入武侠小说的创作。金庸的武侠小说创作起于50年代初，到70年代初挂笔封刀，十几年来，一共创作了15部长中短篇武侠小说作品。① 这位作家的创作态度十分严肃，在创作过程中和作品发表后，不断进行艺术的加工和修改，故而他的作品在艺术上成就极高，被众多论者和广大读者奉为新派武侠小说的翘楚。

综观金庸的武侠小说创作，与传统的武侠小说尤其是与近代十分兴盛的旧派武侠小说相比，主要有如下几个方面的特点：其一是走出了传统武侠小说民间与官府、侠客与贪官（包括依附贪官的豪强恶霸）对立的二元模式，构造了一个完全意义上的江湖社会，扩大了侠的活动天地，展现了侠与侠之间的人格对立和善恶冲突，浓缩了更为丰富的人性内容和更为深刻的社会含义。传统武侠小说产生的社会基础是社会的不平，造成不平的主要根源是官府和依附官府的豪强恶霸。侠作为一种铲除不平社会的正义力量，其斗争的目标主要是对准官府，尤其是那些贪官。其性质是在民间与官府、侠客与贪官之间展开的正义与邪恶的斗争。金庸的新派武侠小说彻底地走出了这一二元对立的模式。他的作品在主流社会之外构造了一个虚幻的江湖社会，通过这个特殊的江湖社会（有自己的组织结构、价值标准、道德规范和历史传统），着重表现侠与侠之间的矛盾冲突，展现侠的独特个性特征和丰富的人性内涵，同时也折射一定时期的社会历史。从这个意义上说，传统武侠小说是现实的，金庸的新派武侠小说是虚幻的；传统武侠小说是形象化的历史，金庸的新派武侠小说是“成年人的童话”（华罗庚语）。其二是破除了传统武侠小说正统的儒家观念，容纳了多元的历史文化精神，把武侠小说由政

① 金庸创作的这15部武侠小说是：《飞狐外传》、《雪山飞狐》、《连城诀》、《天龙八部》、《射雕英雄传》、《白马啸西风》、《鹿鼎记》、《笑傲江湖》、《书剑恩仇录》、《神雕侠侣》、《侠客行》、《倚天屠龙记》、《碧血剑》、《鸳鸯剑》和《越女剑》。他把上述前14部作品书名的字头连缀成了两句流传极广的联语：“飞雪连天射白鹿，笑书神侠倚碧鸳。”短篇《越女剑》他认为不很重要，故未包括在内。

治—道德主题引向历史—文化主题，拓展了武侠小说主题表现的范围和深度，表现了作者对历史文化的反思意识和兼容并包、重塑再造的文化气度。传统武侠小说以正统的儒家观念为思想根基，在历史观上以汉族为正宗，以少数民族为夷狄；在政治观上以皇权为中心，以“犯上”为叛逆；在道德观上以“仁”、“义”为大道，以“势”、“利”为歧途。故而传统武侠小说的主题往往思想狭隘，说教气重。金庸的新派武侠小说完全打破了上述正统儒家观念的束缚，对汉民族的历史文化进行了系统深入的批判性反思，表现了一种反叛儒家传统的新的文化意识。与此同时，他的作品还融合了多民族的历史文化传统和包括佛道庄禅以及世俗的民间文化在内的多种文化传统的因素，表明作者具有一种真正开放的历史观念和文化态度。正因为如此，金庸的新派武侠小说的主题较之传统武侠小说也就显得更其廓大和丰厚。其三是打破了传统武侠小说在武功描写上重外力和技艺的倾向，注重对侠客的内在力量和心术智谋的描写，尤其是将武功击技与中国文化结合起来，把中国文化的精神气韵灌注到武功击技的描写中去，体现了中华武功独特的文化精神和哲学意蕴。从这个意义上说，金庸的新派武侠小说又被众多论者誉为中国传统文化的形象教科书。除此而外，金庸的新派武侠小说在艺术上还十分重视吸取现代小说的表现方法和技巧，包括西方现代派小说的某些技法，都为他所广泛采用，较之传统武侠小说，他的作品因而又具有浓厚的现代气息。

综上所述，金庸的新派武侠小说在当代港、澳文坛虽属一种流行的通俗文学类型，但由于作者在艺术上所取得的高度成就和在海内外所产生的广泛影响，仍不失为中国当代文学宝库中不可多得的艺术瑰宝。

第三版后记

2006年，本书被批准为教育部普通高等教育“十一五”国家级规划教材，即应读者需要，按出版社要求对第二版再度进行修订。这次修订，有如下一些变动：

第三版第九章增加了两个小节，即第一节“本期诗歌创作”、第二节“本期小说创作：中短篇小说”，将第八章“文学发展概况”中概括提到的相关内容，依例展开，以便教学，并对全书的章节序号也作了相应调整。

对初版和第二版的章节标目作了一点技术处理，使之更加统一、规范，并将原第二版第十章“当代台、港、澳文学概论”，改为“附录”，以适应课堂教学和现行课程设置。

这次修订增加的第十章“2000年以来的文学”，原型是我参与主持的“中央实施马克思主义理论研究与建设工程”项目“文学教材编写”之子项目“当前中国文学创作状况”“概说”部分的内容，该项目最终成果已由春风文艺出版社2006年12月出版，书名为《新世纪以来文学创作若干情况的调查报告》(王先霈、王又平、於可训主编)。除由我执笔撰写的“概况”和“长篇小说创作”外，易文翔、谢淼、黄静等分别参与了“中短篇小说创作”、“散文创作”、“诗歌创作”的初稿写作，最后由我据此增删、调整、改写而成。因“2000年以来的文学”离我们太近，成“史”尚待时日，暂只作一个整体的综合述评。借此次修订之机，对自本书问世以来，关心本书修订、出版的同仁，并致谢忱。

作　者

戊子岁末于珞珈山两不厌楼